BESTSELLER

Luis Montero Manglano nació en Madrid en 1981. Es director de formación y profesor de arte e historia medieval en el Centro de Estudios del Románico de Madrid. Es autor de *El Lamento de Caín* (premio EATER a la mejor novela de terror, 2012) y de los tres volúmenes de la trilogía de Los Buscadores: *La Mesa del rey Salomón* (2015), *La Cadena del Profeta* (2015) y *La Ciudad de los Hombres Santos* (2016), con las que muestra sus amplios conocimientos de historia y su pasión por la literatura.

Biblioteca

LUIS MONTERO MANGLANO

La Ciudad de los Hombres Santos

DEBOLS!LLO

El papel utilizado para la impresión de este libro ha sido fabricado a partir de madera procedente de bosques y plantaciones gestionadas con los más altos estándares ambientales, garantizando una explotación de los recursos sostenible con el medio ambiente y beneficiosa para las personas. Por este motivo, Greenpeace acredita que este libro cumple los requisitos ambientales y sociales necesarios para ser considerado un libro «amigo de los bosques». El proyecto «Libros amigos de los bosques» promueve la conservación y el uso sostenible de los bosques, en especial de los Bosques Primarios, los últimos bosques vírgenes del planeta.

Papel certificado por el Forest Stewardship Council®

Primera edición en Debolsillo: junio, 2016

© 2016, Luis Montero Manglano
© 2016, Penguin Random House Grupo Editorial, S. A. U.
Travessera de Gràcia, 47-49. 08021 Barcelona

Printed in Spain – Impreso en España

ISBN: 978-84-663-3385-6 (vol. 1162/3)
Depósito legal: B-7.340-2016

Compuesto en Revertext, S. L.

Impreso en Novoprint
Sant Andreu de la Barca (Barcelona)

P 333856

Penguin
Random House
Grupo Editorial

Hay algo oculto. Ve y encuéntralo. Ve y busca más allá de las montañas…

Algo perdido tras las montañas. Perdido y esperándote. ¡Ve!

RUDYARD KIPLING

Cuando son niños, todos los hombres aman a sus padres; al crecer los juzgan y, ya de adultos, a veces incluso los perdonan.

OSCAR WILDE

01000100 01101001 01101111 01110011 00100000 01100101
01110011 00100000 01101110 11000011
10111010 01101101 01100101 01110010 01101111

PLATÓN

Si buscas respuestas, yo no soy la persona adecuada. A mí nunca me importaron, sólo quise buscar preguntas. Al final, encontré demasiadas.

¿Quieres saber cómo terminó todo? Podría contártelo, desde luego, pero conozco una historia mejor.

Los buenos relatos, los grandes relatos que se narran en libros que luego millones de personas utilizan como guía vital, comienzan en el caos y acaban en el caos. Ya sabes: «En el principio era tal o cual…». Y ese principio suele ser un lugar oscuro y poco apetecible.

Esta historia comienza en el caos: monarcas que mueren en batalla, reinos que colapsan, miedo y guerra. El nacimiento de algo nuevo, y los partos siempre son sucios, viscosos y sangrientos.

En el año 711, los bereberes del norte de África asaltaron el Reino visigodo de Toledo con alfanjes entre las manos y el nombre de Alá colgando de sus labios. Al frente de ellos iba un hombre llamado Tariq al que, según las leyendas, empujaba el deseo de encontrar un tesoro inmenso, capaz de otorgar un poder inigualable en el universo. *Shem Shemaforash*. El Altar del Nombre.

La Mesa de Salomón.

Cerca de la ciudad de Toledo, existía un monasterio habitado por una nutrida comunidad de monjes. Ellos conocían el secreto de la ubicación del Altar del Nombre; de hecho, se encontraba bajo sus propios pies, en el mismo lugar donde un santo obispo llamado Isidoro lo había ocultado de manos codiciosas, por encargo de los reyes visigodos. El Altar, que fue el regalo envenenado que una bruja llamada Lilith le hizo a Salomón, ocultaba la fórmula cabalística del verdadero nombre de Dios. Nadie debía usarlo jamás, pues su poder no estaba hecho para ningún mortal.

Una noche, siete peregrinos se presentaron en el monasterio y aporrearon sus puertas con tanta fuerza como si quisieran anunciar el Día del Juicio. Aquellos hombres habían viajado a pie desde las misteriosas montañas del norte, en la comarca del Bierzo, de un lugar conocido como el Valle del Silencio.

Los monjes de Toledo habían oído hablar de aquel paraje y de sus extraños habitantes. Se decía que, tiempo atrás, tétricos anacoretas de los desiertos africanos habían cruzado la Península hacia el Valle del Silencio, en pos de un santo ermitaño llamado Fructuoso capaz de llevar a cabo inenarrables milagros. Al llegar a aquellas montañas, los anacoretas se ovillaron en profundas cuevas, alimentándose solamente del agua de la lluvia, la carne de los insectos y de la palabra de Dios. Allí hilvanaban el día y la noche mediante responsos interminables. Su fama de hombres santos era tal que muchos sentían hacia ellos más temor que respeto, como si en vez de hombres de carne y hueso fueran criaturas de un mundo extraño.

Al frente de aquellos siete peregrinos que irrumpieron en el monasterio de Toledo en medio de la noche, había un hombre llamado Teobaldo. Al igual que sus compañeros de viaje, era un anacoreta de las celdas del Valle del Silencio.

Teobaldo exigió entrevistarse con el abad sin perder un solo instante. Ninguno de los desconcertados monjes toledanos se atrevió a llevar la contraria a aquel peregrino, cuyo rostro parecía estar cubierto de musgo y líquenes, como una roca añosa. Sacaron al abad de su cama y lo llevaron en presencia de Teobaldo y sus compañeros.

Lo que el abad encontró fue siete sombras envueltas en hábitos de color gris, deshilachados y cubiertos de mugre. De sus siete caras brotaban siete barbas hirsutas, como raíces que penden de siete peñascos, y sobre ellas, siete pares de ojos tan blancos y ciegos como catorce esquirlas de cuarzo.

El abad les preguntó el motivo por el que querían verle y Teobaldo respondió que habían venido a buscar el Altar del Nombre. Un escalofrío recorrió el espinazo del monje toledano. Nadie debía saber que la Mesa de Salomón se guardaba bajo los cimientos del monasterio, era un secreto que sólo los reyes de Toledo conocían, y revelarlo se castigaba con la muerte. Pero aquellos hombres, aquellos siete fantasmas grises, lo sabían. ¿Cómo era posible?

Teobaldo respondió. Lo habían visto en un sueño. Desde tiempo atrás, los anacoretas del Valle del Silencio tenían el don de recibir la palabra de Dios mediante sueños y visiones. Aquellos siete hombres habían tenido la misma varias veces.

En su visión, contó Teobaldo, un hombre les hablaba. Un hombre que se aparecía en medio de un vergel, a sus pies brotaban ríos y allá donde tocaban sus manos crecían árboles repletos de hojas. El Hombre Verde, lo llamó. Sólo eso: el Hombre Verde.

El Hombre Verde les había mostrado un ejército de soldados oscuros, con el rostro embozado y armados con espadas en forma de media luna. Les reveló la caída del reino de Toledo y cómo sus tesoros desaparecían en medio del pillaje.

«Vienen a por el Altar del Nombre», les dijo. «No deben encontrarlo.»

El Hombre Verde había encargado a aquellos siete ermitaños la tarea de sacar la reliquia de su escondite y llevarla lejos, muy lejos, allá donde la codicia de los hombres y su sed de poder no pudieran alcanzarla jamás. Había que hacerlo rápido, porque el ejército de hombres oscuros ya se encontraba a las puertas del reino. El fin estaba cerca.

Aterrado por aquella revelación, el abad del monasterio condujo a Teobaldo y sus eremitas hasta el corazón de las Cuevas de Hércules, donde el obispo Isidoro ocultó el Altar del Nombre. Al amparo de la noche y en el secreto más absoluto, Teobaldo y sus seis compañeros sacaron el Altar de las cuevas. Para engañar a los posibles saqueadores que pudieran llegar después, en el lugar de la Mesa de Salomón colocaron una burda imitación hecha por orfebres toledanos.

En definitiva, utilizaron un truco propio de un caballero buscador.

Hecho el cambio, Teobaldo y sus anacoretas se llevaron la verdadera Mesa, protegidos por la oscuridad de la madrugada. El abad del monasterio quiso conocer su destino, pero los eremitas no pudieron darle una respuesta.

«El Hombre Verde nos ha ordenado hacernos a la mar», dijeron, «y navegar hacia la puesta de sol. Cuándo podremos detenernos, eso es algo que sólo Dios sabe».

Los hermanos anacoretas llegaron mucho más lejos de lo que ellos mismos pudieron imaginar. Su viaje estuvo lleno de peligros pero finalmente lograron poner la Mesa a salvo. Podría contarte cómo lo hicieron, si quieres; es una buena historia.

Pero conozco una mejor, ya lo sabes.

Décadas después de que Teobaldo y sus anacoretas desaparecieran en la noche, el reino visigodo de Toledo era sólo un recuerdo, y sobre sus cenizas los musulmanes levantaron un emirato cuyas fronteras abarcaban casi toda la península Ibérica.

El próspero monasterio que en su día custodió la Mesa de Salomón era ahora una ruina abandonada. Los monjes de la comunidad habían ido muriendo uno tras otro. Los nuevos emires musulmanes prohibían restaurar y mantener las viejas iglesias visigodas y los cristianos del emirato debían pagar un elevado impuesto para seguir profesando su fe. En aquel viejo monasterio ya sólo quedaba un monje. Era un niño cuando sus padres lo dejaron en el cenobio, que siempre fue su único hogar. Con más años encima de los que pudiera recordar, aquel monje había vivido lo suficiente como para enterrar a todos sus hermanos. Viejo y olvidado, moraba entre ruinas esperando su propio fin.

Una noche, mientras temblaba de frío acurrucado en una nave de la iglesia, recibió la visita de cuatro peregrinos. Aquello le recordó a cierta historia que había oído de sus hermanos y que tuvo lugar cuando él era muy pequeño.

El viejo monje les ofreció su techo para descansar, pero aquellos hombres no buscaban hospitalidad sino compartir su sorprendente historia.

Se identificaron como cuatro de los siete ermitaños que décadas antes se habían llevado el Altar del Nombre para ponerlo a salvo. El viejo monje no quiso creerlo. Con toda seguridad aquellos hombres debían llevar muertos mucho tiempo, pues ya eran ancianos cuando visitaron el monasterio por primera vez.

No obstante, los viajeros no modificaron su relato. Según ellos, habían llevado la Mesa a una tierra lejana y allí la habían ocultado, en una ciudad protegida por la mano de Dios. Teobaldo y otros dos anacoretas se quedaron allí para custodiar la reliquia, al resto se les encomendó la tarea de regresar a Toledo para informar de que su misión había sido llevada a cabo con éxito. El viejo monje comenzó a creer en la veracidad del relato cuando los cuatro viajeros le mostraron un relato manuscrito donde el propio Teobaldo relataba su viaje y otros muchos secretos.

Los eremitas pasaron un tiempo en compañía de aquel monje hasta que, finalmente, la muerte los consumió con asombrosa rapidez, como si la causa de su inusual longevidad ya no fuera eficaz ahora que estaban lejos del Altar del Nombre.

El viejo monje toledano se encargó de enterrarlos en lugar sagrado. A modo de reliquia, guardó las cabezas de aquellos hombres en unos tarros de miel, siguiendo un antiguo y rudimentario método de embalsamamiento. Depositó las cabezas de los eremitas en las Cuevas de Hércules, donde tiempo atrás estuvo la Mesa de Salomón. Junto a los restos guardó el relato manuscrito del viaje de Teobaldo.

Hecho esto, el monje decidió que aquel secreto fabuloso no debía morir con él, así que abandonó el monasterio por primera vez en su vida y se encaminó hacia el norte.

Allí se encontraban los pequeños señoríos cristianos que habían sobrevivido a la invasión musulmana. El más importante de ellos era el fiero reino de Asturias, cuyos monarcas aún mantenían viva la llama de la herencia visigoda y miraban hacia el sur con el anhelo del hogar perdido. El viejo monje pensó que sería buena idea poner en conocimiento de un rey cristiano el relato de la Ciudad de los Hombres Santos. Quizá le ayudara en su lucha contra el infiel.

Poco después de llegar a Asturias, el monje murió, pero antes pudo contar todos sus secretos al rey Alfonso II. A partir de ese instante, la nueva ubicación del Altar del Nombre sería un legado del linaje de los monarcas asturianos. No había peligro de que alguno de ellos cayera en la tentación de usar la Mesa para sus propios fines ya que, aunque supieran dónde estaba oculta, ese lugar no se encontraba al alcance de ningún hombre. La ciudad de Teobaldo y sus hombres santos era inexpugnable. En cualquier caso, aquel monje toledano tuvo la precaución de no revelar nunca al rey Alfonso la verdadera naturaleza del tesoro que Teobaldo y los suyos se habían llevado. Lo único que el rey y sus descendientes supieron fue la existencia de una ciudad llena de riquezas con gran poder, situada al otro lado del mar, en dirección al ocaso.

El secreto se mantuvo oculto, pero no así la leyenda, que pronto fue conocida hasta en los lugares más lejanos. La leyenda de una ciudad perdida, donde unos hombres santos custodiaban un tesoro que otorgaba un poder divino.

¿A quién no seduciría una búsqueda semejante? La Historia está cuajada de buscadores que dedicaron su vida a coleccionar tesoros. A encontrar respuestas.

Todo buscador aprende una lección: lo que se halla al final de una búsqueda no son respuestas, sino muchas más preguntas. Eso fue lo que ocurrió con la leyenda de la Ciudad de los Hombres Santos. Muchos fueron tras ella, y en su camino tan sólo dejaron un rastro de signos de interrogación.

Hubo osados viajeros de tierras lejanas que ya en tiempos remotos quisieron contemplar la ciudad de los siete ermitaños.

En el siglo XVI, el monje franciscano Marcos de Niza escuchó de labios de los nativos de América la descripción de una ciudad perdida, llena de riquezas y mágicas reliquias.

Marcos de Niza conocía la leyenda de los siete ermitaños. También sabía que, según el mito, éstos navegaron hacia un lugar más allá del ocaso. Sin duda ese lugar no era otro que las Indias, la tierra misteriosa de imperios hechos de oro y plata. Para el imaginativo franciscano estaba claro: aquella ciudad de la que hablaban los indígenas era la misma en la que los siete hombres santos ocultaron sus tesoros. Marcos de Niza la llamó «Cíbola». Su empeño por encontrarla era tan firme y persuasivo que el virrey Antonio de Mendoza le encargó la tarea de dar con dicha ciudad, pero la expedición fue un fracaso que costó muchas vidas.

En 1540, Francisco Vázquez de Coronado trató de completar la búsqueda, de nuevo con ayuda de fray Marcos de Niza. En su viaje escucharon una y otra vez el relato de una Ciudad Perdida y fabulosa, donde dioses y hombres moraban juntos en sabia armonía. Tras años deambulando por tierras extrañas, sólo lograron un nuevo fracaso. Marcos de Niza murió en México, aplastado por el descrédito. Hay quien dice que lo único que repetía en su lecho de muerte era la palabra «Cíbola». Una y otra vez. Hasta que aquel nombre se llevó el último aliento de su cuerpo.

Hubo más. Muchos más que fueron tras ella. Locos e inconscientes que buscaron la Ciudad de los Hombres Santos... Cíbola, Quivira, la Ciudad Perdida de Z... Tenía muchos nombres, pero era siempre la misma. Su leyenda crecía con el paso de los siglos, alimentándose del cuerpo y el alma de aquellos que fueron en su búsqueda y jamás regresaron.

Podría contarte sus historias si quieres, pero conozco una mejor.

Es el relato de mi propia búsqueda. De lo que encontré en ella… Y de lo que perdí.

He querido dejarlo para el final, pues no conozco ningún otro capaz de superarlo.

Freeway (I)

*A*penas había clientes en el bar. Ella lo achacó a lo temprano de la hora. En su reloj aún faltaban unos minutos para que dieran las siete.

La joven analizó el espacio de una mirada nada más flanquear la puerta. Era un bar corriente, similar a otros muchos que podían encontrarse en la zona de Malasaña, en el centro de Madrid, los cuales ella, por otro lado, nunca había visitado muy a menudo. Aquél en concreto atendía al nombre de Freeway. Se preguntaba por qué su cita habría escogido aquel preciso lugar para el encuentro.

De fondo sonaba una canción de Frankie Valli y los Four Seasons. Don't You Worry About Me. Junto a la barra, decorada con retratos de estrellas clásicas del rock, había un grupo de tres o cuatro hombres jóvenes, con aspecto de parroquianos, que charlaban con el único camarero del establecimiento, un tipo moreno con los brazos tatuados. Por su conversación, parecían enfrascados en organizar algún tipo de viaje. Ella no quiso interrumpirles; después de todo, tampoco deseaba hacer ninguna consumición. Tenía el estómago cerrado.

En un rincón apartado, sentada frente a una mesa de aspecto pegajoso junto a una ventana, había una mujer. La joven se dirigió discretamente hacia ella. Se metió las manos en los bolsillos de la cazadora de cuero negro que llevaba puesta para disimular su temblor.

Al acercarse, la mujer la miró.

—¿Daniela?

La joven asintió.

Ambas se observaron en silencio durante un instante, mientras el bueno de Frankie aseguraba que, aunque quizá se sintiera triste y llorase, sólo quería lo mejor para ella. Danny no se molestó en preguntarse si aquélla era la melodía más adecuada para aquel encuentro. En realidad, ni siquiera la escuchaba, estaba concentrada en estudiar a la mujer que tenía ante sí.

Trató de calcular su edad. Debía de rondar los sesenta o sesenta y cinco, pero no los aparentaba en absoluto. Tenía buen aspecto, cuidado y elegante. No podía asegurarse que sus rasgos fueran hermosos, pero destilaba un poderoso atractivo natural. Llevaba puesta una blusa sin mangas de color blanco crudo, dejando ver unos brazos largos y fibrosos. Tenía la piel bronceada.

Danny la miró a los ojos y vio que eran inmensos, de un fascinante color dorado con motas verdosas. En ellos detectó el borde apenas perceptible de un par de lentillas.

La mujer se encendió un cigarrillo electrónico y por entre sus labios expulsó una fina voluta de humo con aroma mentolado. Fumaba con la languidez de una estrella de cine en blanco y negro.

El silencio empezaba a prolongarse demasiado, pero a Danny no le importó. Ella siempre prefería un silencio útil a una frase sin sentido, y en aquel momento no era capaz de pensar en ninguna que lo tuviese. En realidad, toda aquella situación empezaba a parecerle un atentado contra la lógica más elemental.

La mujer esbozó una sonrisa.

—Bien, pues... Aquí estamos...

—Así es.

—¿No quieres... tomar algo? —Señaló el botellín de Coopers que tenía frente a ella—. Puedo pedirte otra de éstas.

—No me gusta esa cerveza.

La mujer asintió, como si analizase mentalmente aquella revelación.

—Seguro que tienen otras marcas...

—No quiero nada.

Un nuevo silencio. La mujer volvió a romperlo. Esta vez habló en un idioma diferente.

—¿Te importa si charlamos en inglés? Estoy un poco nerviosa, y quizá eso haga que mi español suene algo incomprensible. Hace tiempo que no lo uso de forma habitual.

—Como prefieras.

—Por tu último correo, me pareció que lo hablabas bastante bien. Me refiero al inglés.

—Trabajo mucho en el extranjero.

—¿De veras? ¿En qué?

—Mercado de antigüedades.

—Eso suena muy... bonito, —La mujer dio un par de golpecitos nerviosos con la uña sobre su botellín de cerveza—. Creo que a tu padre le interesaba mucho aquel tema...

—¿Crees?

—No estoy segura. Han pasado muchos años desde... —La mujer se aclaró la garganta, incómoda—. Lo siento.

—¿Qué es lo que sientes exactamente? ¿Su muerte? ¿El no acordarte de sus gustos? ¿La cantidad de años que han pasado?

—Todo. Pero, sobre todo, eso último.

Aquella muestra de sinceridad cogió a Danny desprevenida.

—¿Qué edad tienes? —le preguntó a la mujer.

—Más de la que quisiera, Daniela. Me he dado cuenta al verte cara a cara. El tiempo te ha transformado en una mujer adulta mientras que a mí me ha arrebatado tantas oportunidades...

—¿Oportunidades de qué?

—De hacer esto, por ejemplo. De encontrarnos, de hablar.

—No le cargues tus culpas al paso del tiempo.

—¿Eso crees? Sí, es lógico... Pero ojalá pudiera explicarte...

—Ahora puedes.

La mujer tomó aire, como si estuviera a punto de sumergirse en aguas muy profundas.

—Cometí un error —aseveró—. Un error estúpido y cobarde. Yo misma era así, Daniela: estúpida, cobarde y vanidosa. Conocí a un hombre que halagaba mi vanidad, y eso me gustaba. Tuvimos un hijo... Tu hermano. Empecé a darme cuenta de que no era eso lo que yo quería, pero me dejé llevar por estúpida y cobarde. Luego llegaste tú, y entonces decidí que no deseaba seguir aquel camino. Tuve la sensación, asfixiante y dolorosa, de que aquella vida no era para mí, que estaba malgastando un sinfín de posibilidades. Quise dejarlo todo atrás y empezar de nuevo. Eso fue lo que hice. Era como una niña a quien de pronto le aburre jugar con sus muñecos y decide empezar otro juego nuevo.

—Así que eso éramos nosotros para ti: muñecos.

La mujer sostuvo la mirada de Danny, sin mostrarse avergonzada.

—Sí, exacto. Accesorios de mi propia vida, eso es todo. Lo siento, pero es la verdad. Era inmadura y vanidosa. No puedo disimular de ningún modo cómo funcionaba mi mente por aquel entonces.

—Ya veo... —dijo Danny. Se arrepintió de no haber pedido aquella cerveza; sentía la boca seca—. Al menos has decidido ser sincera.

—Claro que sí, Daniela, ¿de qué otra forma esperabas que enfocase este encuentro? Asumo que lo que pueda decirte quizá te resulte doloroso, pero tienes derecho a saber toda la verdad. Quiero que sepas qué clase de persona era.

—¿Por qué?

—Para que puedas juzgarme. Necesito que lo hagas, Daniela. Nadie puede aspirar al perdón si antes no es juzgado.

—¿Eso es lo que quieres, que te perdone?

—Sí. Lo deseo con todas mis fuerzas.

Danny estudió a la mujer con intensidad. No detectó en su voz ni en su rostro asomo alguno de sentimentalismo; tampoco parecía alguien emocionalmente herido, sino una persona con un firme propósito en mente.

—Limpia tú misma tu propia conciencia. Ése no es mi problema.

—No me has entendido, ¿crees que hago esto sólo para poder dormir por las noches? No me siento culpable, Daniela. No actuaría de otra forma si pudiera volver atrás. He llevado la vida que he querido y estoy satisfecha, muy satisfecha.

—Entonces... ¿Qué diablos quieres de mí?

—Te quiero a ti.

Danny la miró, desconcertada. Se había preparado para un encuentro plañidero, sentimental, empapado en lágrimas de arrepentimiento. Creyó que iba a verse con una mujer patéticamente entregada a la autocompasión, casi lo había deseado, de esa forma habría podido despreciarla. Lo que no esperaba era verse con alguien que hacía gala de tanta frialdad.

Se descubrió sintiendo más curiosidad que resentimiento. En realidad, toda su vida había querido conocer a aquella mujer. Ahora que al fin lo había logrado, ella estaba actuando de una forma para la que Danny no estaba preparada.

—¿Y qué hay de Bruno? —preguntó.

La mujer negó con la cabeza.

—Demasiado tarde. Él aún recuerda cómo me marché. Me odia, es lógico, y nunca dejará de odiarme. Pero tú, Daniela, tú no eras más que un bebé. En realidad nunca fui nada para ti, no me guardas rencor a mí sino a lo que hice. No me conoces, y yo a ti tampoco. Podemos empezar de nuevo. Será nuestra historia, sólo nuestra.

—¿Por qué crees que deseo conocerte?

—Porque has venido, sin decirle nada a nadie, tal y como te pedí.

—Sólo quería ver la cara de la mujer que nos abandonó a mi hermano y a mí. Resulta incómodo guardar rencor a un fantasma.

—¿Te das cuenta? Tú misma me das la razón: ni siquiera sabías a quién debías odiar... Me aborreces porque es una costumbre que te ha sido impuesta, pero las rutinas pueden alterarse, sobre todo si son irracionales, y tú eres una mujer razonable, ¿verdad, Daniela? Sí... Lo eres. Lo sé.

—En absoluto. No tienes ni idea. No me conoces.

—Eres como yo, el corazón me lo dice. Por eso quiero recuperarte. Dame la oportunidad de demostrarte lo mucho que nos parecemos. Quizá así puedas entenderme... y perdonarme.

Danny dudó si debía marcharse en aquel momento. Quizá aceptar mantener aquella cita había sido un error, y más el hacerlo sin decirle nada a Bruno... ¿Por qué decidió dejarle al margen? También era su madre, después de todo. A ambos los hirió de igual forma.

Seguramente él no habría querido saber nada de ella. La mujer tenía razón en una cosa: Bruno la odiaba con toda su alma. Jamás habría aceptado el verla cara a cara, ni tampoco le habría permitido a Danny que lo hiciera.

Por eso ella mantuvo el secreto.

Intentaba aborrecerla tanto como lo hacía su hermano, pero no era capaz de alcanzar esa intensidad.

En realidad quería verla. Quería hablar con ella.

Quería saber.

—No puedes hacer esto —dijo Danny, evitando mirarla a los ojos—. No puedes presentarte aquí, de pronto, y, simplemente, contarme tu historia como si yo fuera una desconocida. No lo soy; tienes una deuda conmigo.

—Lo sé. Quiero saldarla. Dame esa oportunidad.

Danny negó con la cabeza.

—Esto es... demasiado para mí.

Se puso en pie, dispuesta a marcharse. La mujer no intentó detenerla.

—De acuerdo. Lo entiendo, necesitas tu tiempo.

Danny se alejó. Antes de abandonar el local miró de nuevo a la mujer.

—Lo siento.

De inmediato se arrepintió de haber dicho aquello. Ni siquiera sabía qué era exactamente lo que sentía.

La mujer asintió.

—Ahora sabes cómo encontrarme, Daniela. Puedo esperar tanto como haga falta.

Danny se marchó.

La mujer se quedó en el bar, con la única compañía de los hombres que charlaban con el encargado en la barra. Uno de ellos dijo algo y los demás rieron. Sin poder evitarlo, la mujer dejó que su boca se torciese en una amarga sonrisa a la mitad.

Había arriesgado mucho con aquel encuentro, pero tenía grandes esperanzas en que resultase fructífero. La sangre es más espesa que el agua, se suele decir.

Tras aquel pensamiento, la mujer le dio un trago a su botellín de cerveza y se quedó ensimismada en sus propias reflexiones.

PRIMERA PARTE

El Testamento

1

Londres

Mi cara estaba empapada en sudor, un sudor caliente y pegajoso que rezumaba de mi cuero cabelludo, goteaba de mis orejas, de la punta de la nariz y de mi cuello igual que si me hubieran derramado sobre la cabeza una olla de caldo.

El corazón me daba tumbos dentro del pecho y sentía pinchazos en los músculos de las piernas, pero no podía dejar de correr.

Algo en mi interior se rebeló. Ya estaba cansado de ser una masa sudorosa y agotada. Con un gesto brusco, apreté el botón que regulaba la velocidad de la cinta y mi carrera se transformó en un leve paseo. Luego se detuvo por completo. Agotado, me senté en el suelo y traté en enjugarme el sudor de la cara con el bajo de la camiseta.

Justo a mi lado, la agente Julianne Lacombe trotaba sobre la cinta de una máquina idéntica a la que yo acababa de desconectar. La mujer pausó su ejercicio y me miró. En sus ojos había una expresión de desprecio inmensamente francesa.

—¿Quince minutos? ¿Eso es todo, Alfaro?

—No puedo más…

Lacombe sacudió la cabeza.

—Qué lamentable.

Me pasó una botella de agua mineral. La vacié de un par de tragos.

A excepción de nosotros dos, el gimnasio estaba vacío, lo cual era una suerte; me habría resultado muy desagradable que anónimos testigos viesen cómo una simple agente de Interpol humillaba de aquella forma a todo un ex caballero buscador. El viejo Narváez no me lo habría perdonado jamás.

Quizá tampoco me hubiera perdonado que me dejara convencer tan fácilmente por parte de Julianne Lacombe para ponerme a sus órdenes en Interpol. Pero el viejo había perdido todo su derecho a opinar ahora que estaba muerto. Además, qué diablos, la cosa no era sencilla.

Lacombe se bajó de su máquina y me pasó una toalla limpia. Mientras me secaba el pelo y el cuello, no dejaba de mirarme con su ceño fruncido. Raras veces la había visto lucir una expresión más amable desde que trabajábamos juntos.

Era una lástima. Lacombe tenía una cara bonita. Nacida en la francesa isla Reunión, de padres nativos, entre su piel y sus pupilas se concentraban todos los tonos oscuros del mundo, pero casi nunca se molestaba en adornar el conjunto con una sonrisa.

—Esto es por el tabaco, lo sabes, ¿verdad? —me dijo—. Esa porquería ha convertido tus pulmones en dos inútiles bolsas de alquitrán.

Me abstuve de responder a ese comentario, tanto por falta de argumentos como de resuello.

Dirigí una mirada al panorama que mostraba la cristalera de la pared del gimnasio. Era una preciosa vista de la ciudad de Londres, con su estampa neovictoriana en la que la desmesurada bóveda de la catedral de San Pablo marcaba el eje de la composición. El cielo, por supuesto, estaba encapotado.

Mi compañera y yo llevábamos en Londres desde el día anterior. Interpol había colaborado con la Policía Metropolitana inglesa para recuperar dos pinturas de Damien Hirst que habían sido sustraídas de la Tate Gallery. Lacombe las localizó en Berna, justo antes de que fueran adquiridas por un empresario chino en el mercado negro. Modestamente, he de decir que yo contribuí un poco a su éxito, aunque no demasiado: Julianne Lacombe no era una agente que delegase funciones con facilidad.

Interpol decidió que Lacombe supervisara la devolución de las pinturas a los conservadores de la Tate Gallery, así que le encargaron viajar a Londres para, por decirlo de forma sencilla, arreglar todo el papeleo. La agente consideró que yo debía acompañarla ya que, por un lado, había ayudado en la misión y, por el otro, creyó que sería bueno para mi formación como agente de Interpol.

—De acuerdo, Alfaro, se acabó el descanso —me dijo Lacombe,

mientras yo me incorporaba agarrándome patéticamente a las barras de la máquina de correr—. Es hora de hacer un poco de elíptica.

—No, nada de eso. Me rindo. Quiero irme al hotel, vestirme como una persona digna y pasar mi tiempo libre comprando porquerías en Harrods, como hacemos todos los españoles normales y corrientes cuando viajamos a Londres.

—No estamos de vacaciones. Esto es un viaje de trabajo.

—Para ti las dos cosas son lo mismo.

Los labios de la agente se fruncieron en algo que parecía una sonrisa detenida a tiempo.

—Sólo diez minutos, ¿de acuerdo? —insistió.

—¿Y después se acabó?

—Prometido. Luego te dejaré en paz.

Claudiqué y me subí a la máquina elíptica, sintiéndome como un hereje a punto de tumbarse en el potro de tortura.

Lacombe era como una enloquecida sacerdotisa del culto al cuerpo que había tomado la misión de evangelizarme en su fe. Durante el tiempo que llevaba formando parte de su equipo de agentes de Interpol, habíamos pasado bastantes horas en el gimnasio de la sede de la central, en Lyon. En un principio me pareció buena idea participar de aquellas sesiones en su compañía; ahora que no podía entrenarme con Burbuja en el Sótano del Cuerpo de Buscadores, no quería abandonar mi forma física a su suerte.

No contaba con que Lacombe era una monitora mucho más exigente que mi antiguo compañero. Admito que yo distaba mucho de ser el mejor de los atletas, pero en mis días de buscador había logrado forjarme un discreto aspecto fibroso del que me sentía muy satisfecho. Sin embargo, al parecer la meta de Lacombe consistía en transformarme en una versión moderna del Torso Belvedere. Yo pensé que durante el breve viaje a Londres se olvidaría de nuestras sesiones de entrenamiento. Gran error: nuestros colegas británicos también disponían de gimnasio en sus instalaciones.

Lacombe y yo nos subimos a sendas máquinas elípticas, dos trastos espantosos y feos. Ella se encajó unos auriculares en las orejas y comenzó a moverse al ritmo de la música que escuchaba a través de ellos. Probablemente algo clásico. Para ella, nada compuesto después de la muerte de Prokófiev merecía llamarse música.

Una vez escuché el rumor de que Lacombe había echado a uno

de sus agentes a la calle porque creía que la *Obertura 1812* de Tchaikovsky era la última de otras mil ochocientas once anteriores. Estoy seguro de que la historia es falsa, pero ni siquiera era el peor rumor que había escuchado referido a Lacombe: en Interpol la agente no tenía muchas simpatías. De hecho, muchos consideraban que yo era lo más parecido que Lacombe tenía a un amigo en el trabajo, dada la cantidad de tiempos que pasábamos juntos. No dejaba de ser triste. Para ambos.

Pasé los siguientes diez minutos caminando hacia la nada, envuelto en sudor. Fueron seiscientos largos segundos. Al finalizar, mi compañera se bajó de su máquina y me devolvió mi libertad.

—Suficiente por hoy —dijo, satisfecha—. Ahora una buena ducha y al hotel. Te esperaré para compartir un taxi, si quieres. Te has ganado tu tarde libre.

—Gracias a Dios… ¿Estás segura de que no me necesitarás para nada más? —La pregunta era pertinente. Lacombe tenía la costumbre de interrumpir mi tiempo libre para cualquier tema de trabajo. No lo hacía por maldad sino por pura inconsciencia: ella vivía tan entregada a su labor de agente de la ley, que a menudo olvidaba que el resto del mundo prefería emplear su ocio en cosas que no tuvieran que ver con el trabajo.

—No. Mañana a primera hora tenemos la reunión con el inspector de la Unidad de Arte y Antigüedades de la Policía Metropolitana y los conservadores de la Tate. Me gustaría repasar todos nuestros informes, pero puedo hacerlo sola.

—De eso no me cabe duda… Recordaré tu palabra, luego no protestes si me llamas y no te respondo al teléfono. —Me eché la toalla sobre el hombro y me dirigí hacia las duchas. De pronto tuve un pequeño arranque de camaradería—. ¿Quieres que cenemos juntos? Cerca del hotel hay un pub que parece decente.

Ella me miró, como si le hubiera hecho una pregunta muy extraña.

—No —respondió—. No podemos cargar una cena particular a la cuenta de gastos, ¿es que te has vuelto loco?

—Nadie ha dicho nada de cargar ninguna cena a la agencia. Sólo… cenamos, cada uno se paga lo suyo y punto.

—Qué dispendio más absurdo, ¿sabes lo que cuesta un restaurante en Londres? Compraré un sándwich y me lo comeré en mi habitación, y te sugiero que hagas lo mismo si no quieres malgastar tu dinero.

Por un momento me vi tentado a emplear parte de mi tiempo en explicarle algunos conceptos sobre compañeros de trabajo que cenan juntos, toman un par de pintas de sidra y charlan de banalidades en vez de pasar una solitaria velada en una deprimente habitación de hotel, masticando cualquier alimento con sabor a plástico.

Pero me di cuenta de que sería un gasto de saliva inútil, ella jamás lo iba a entender.

Después de una ducha rápida, salí de las instalaciones para reunirme con la agente de Interpol. Habíamos quedado en la calle.

El gimnasio se encontraba en la sede de la Policía Metropolitana de Londres, en el conjunto Norman Shaw Buildings del 10 de Broadway Street. La primera vez que entré en aquel edificio con mi flamante acreditación de Interpol, sentí un cosquilleo en el estómago. Pensaba en las muchas y trepidantes horas de mi juventud que pasé bebiéndome a sorbos todos los relatos de Sherlock Holmes sin sospechar que, en un futuro, yo mismo acabaría traspasando las puertas del New Scotland Yard.

No encontré inspectores vestidos de tweed ni detectives fumando en torcidas pipas; de hecho, la actual sede de la policía londinense ni siquiera es la misma que aparece en los relatos de Conan Doyle (ésa fue abandonada en 1967 y actualmente es un anexo del edificio del Parlamento). A pesar de ello, me sentí igual que un seminarista que visita por primera vez el Vaticano.

Salí del edificio con mi bolsa de deporte al hombro. Al pasar bajo la enorme señal giratoria con las palabras NEW SCOTLAND YARD escritas en letras plateadas sobre fondo negro no pude evitar mirarlas de nuevo con devota reverencia.

Lacombe estaba sentada en un banco, hablando por su teléfono móvil. Terminó la conversación cuando llegué a su lado.

—Ya has terminado. Estupendo —dijo nada más verme, guardándose el teléfono en un bolsillo—. Tengo noticias, ¿recuerdas que dije que podías tomarte la tarde libre? Mentí.

Dejé escapar un suspiro de fastidio.

—Por favor, no me obligues a encerrarme en una habitación de hotel a repasar informes.

—Cambio de planes. Habrá que dejar lo de los informes para

más adelante. Una amiga me ha pedido que le eche una mano con un asunto y quiero que vengas conmigo.

—Espera un momento… Tú… ¿tienes amigos? —pregunté. Después me apresuré a matizar—: Quiero decir, ¿tienes amigos en Londres?

Lacombe no respondió. Estaba ocupada parando un taxi.

Lacombe y yo llevábamos seis meses trabajando juntos y, en realidad, no puedo decir que nos uniese una relación de amistad.

Las circunstancias en las que nos conocimos tampoco fueron las más propicias. Durante semanas fui el objetivo número uno de su lista de fugitivos, y su afán por verme entre rejas la llevó a perseguirme hasta el corazón de África, aunque creo que ella tiene más motivos que yo para lamentar esa decisión.

Para ser justos con ella, debo decir que no la impulsaba ningún odio personal hacia mí, sólo un admirable celo por su trabajo. De hecho, cuando todo aquel asunto de Malí llegó a su fin, la implacable agente de Interpol desarrolló (puede que a su pesar) un incipiente respeto por mi humilde persona. Para ello sólo tuve que salvarle de una tribu de pigmeos deformes y someter a un cocodrilo gigante albino que amenazaba con devorarnos.

Oh, sí. Aquél fue un viaje memorable…

Lacombe y yo apenas hablábamos de lo ocurrido en Malí. En mi caso, aquello formaba parte de un pasado que me esforzaba por dejar atrás, intentando mitigar la añoranza que me causaba el haber dejado de ser un caballero buscador. Por parte de Lacombe, creo que ella todavía se preguntaba si lo que había vivido en África era real o sólo una pesadilla. A las personas carentes de imaginación les cuesta mucho encajar lo extraño en sus vidas. Tardan en asumirlo y, aun cuando lo hacen, intentan encontrar cualquier excusa para negar lo que sus propios ojos han visto.

Cuando los peligros de África quedaron atrás, Lacombe me sugirió la posibilidad de convertirme en un agente de Interpol, en la división de delitos contra el patrimonio artístico. Pensó que tenía maña para recuperar antigüedades robadas y el suficiente apego a la vida como para salir de atolladeros con imaginación. Supongo que no le faltaba razón.

Lacombe tuvo suerte y me formuló su oferta en el único momento en el que me habría sido posible aceptarla: justo después de ser despedido del Cuerpo Nacional de Buscadores.

Abel Alzaga, el director del Cuerpo que sustituyó a Narváez y cuyo nombre yo aún maldecía a veces entre dientes, consideró que era demasiado incontrolable para ser un caballero buscador, de modo que me puso de patitas en la calle. Pensé que la mejor manera de superar la pérdida de un trabajo para el que creía haber nacido sería un radical cambio en mi existencia. Lacombe me ofrecía la posibilidad de ejecutarlo.

Antes de convertirme en agente de Interpol, había que llevar a cabo un pequeño trámite. Para entrar en la agencia internacional de policía es necesario contar con la recomendación de algún cuerpo de seguridad de un país miembro. Dado que el Cuerpo de Buscadores era, y sigue siendo, una institución protegida por el secreto, ninguno de mis superiores podía recomendarme.

Por suerte para mí, en la historia del Cuerpo de Buscadores existe la norma no escrita de facilitar en lo posible la salida a todo buscador que deja de serlo. Estoy seguro de que Alzaga no habría hecho el más mínimo esfuerzo por ayudarme, pero mis antiguos compañeros presionaron para que la tradición del Cuerpo se aplicara conmigo de igual manera que se había hecho con mis predecesores. Ignoro si Alzaga finalmente se ablandó o no, en cualquier caso, no fue necesario: me bastó la ayuda de Daniel Urquijo, el abogado para todo del Cuerpo Nacional de Buscadores.

Urquijo movió hilos ocultos para fabricarme un completo historial como agente del CNI español, y fue una recomendación del Centro de Inteligencia (tan falsa como mi currículum) lo que finalmente me abrió las puertas de Interpol. El proceso no llevó más de un par de semanas.

Transcurrido ese tiempo, metí mis cuatro trastos dentro de una maleta, saqué un billete sólo de ida en un vuelo a Lyon y me dispuse a comenzar una nueva vida.

No quise ceremonias del adiós ni abrazos de compañeros. Quise dejar el Sótano como quien despierta de un sueño, que todo fuese rápido para que no tuviera tiempo de pararme a pensar en lo que estaba ocurriendo. Aun así, recuerdo el momento en que mi avión aterrizó en Lyon como uno de los más angustiosos que he vivido.

Me sentía preso de una terrible crisis de identidad que no estaba seguro de poder superar. Había llegado a creer que sería un caballero buscador durante el resto de mi vida, al igual que lo fue mi padre. No quería ni sabía hacer otra cosa diferente.

En la sede de Interpol estuve un par de meses asistiendo a cursos de formación y aprendizaje. En realidad ninguna de mis nuevas tareas me pareció demasiado compleja, casi todas las labores de Interpol se hacen desde una oficina y con ayuda de un ordenador. La policía internacional es un cuerpo de coordinación más que de ejecución, y pocos de sus agentes llegan a experimentar un riesgo más serio que el de cortarse con el papel de la impresora.

En Lyon intenté fabricar una nueva rutina, pero fue un desastre. Los escasos amigos que hacía me parecían poco interesantes y aburridos y, por otro lado, me cansé de tener que responder con evasivas a toda clase de preguntas personales. Sin darme cuenta, acabé por convertirme en un solitario expatriado cuya vida transcurría entre un cubículo de oficina y un estudio de treinta metros cuadrados en el Croix-Rousse. Creo que incluso empecé a ganarme cierta fama de huraño.

Al cabo de un tiempo, Julianne Lacombe me reclamó a mis superiores para entrar a formar parte de su grupo de agentes. Algunos de mis compañeros me transmitieron sus más sentidas condolencias: nadie quería trabajar en el grupo del *Banquis Noire*, el «Témpano Negro». Lacombe tenía fama de déspota y de exigir a sus agentes trabajar hasta la extenuación. Eso era justo lo que yo necesitaba.

Mis compañeros no exageraban. Lacombe era una hiperactiva agente para la que su trabajo era el hobby más divertido del mundo, de modo que, ¿por qué no dedicarse a él a todas las horas del día e incluso gran parte de la noche? A todo esto, también había que achacarle una total falta de empatía hacia cualquier miembro de su equipo.

Ignoro a qué se debía esa forma de ser. Al respecto, sus agentes aportaban toda clase de teorías, como que Julianne Lacombe había tenido una infancia difícil como esclava en una mina de sulfuro, o que el taller que la diseñó olvidó activar sus protocolos de interacción con otros seres humanos. Yo simplemente pensaba que Lacombe era tan eficaz en su trabajo como asombrosamente incompetente en las relaciones sociales, las cuales, por cierto, tampoco parecían interesarle demasiado.

Dado que yo atravesaba mi propia etapa de introspección, no me costó demasiado encajar con los métodos de mi nueva jefa. Además, aprendí mucho de ella. Lacombe era una profesional extraordinaria que, al igual que yo, prefería el trabajo de campo antes que perder el tiempo frente a la pantalla de un ordenador. En poco tiempo, y sin yo haberlo pretendido, me convertí en algo parecido a su agente favorito, lo que, por otro lado, no ayudó mucho a granjearme las simpatías del resto de mis compañeros.

Puede que ambos no estrecháramos lazos de fraternal confianza, lo que tampoco pretendíamos, pero sí habíamos alcanzado un punto en el que el respeto mutuo era evidente. Sólo hablábamos del trabajo, algo que a ella le gustaba, y sólo en tiempo presente, cosa que a mí me convenía. Funcionábamos bien como equipo.

La desatada actividad de Lacombe me ayudaba a no pensar en el Cuerpo de Buscadores, y aquello me sentaba bien. Empecé a encontrar un cierto atractivo por mi trabajo y a asumir mi nueva identidad como agente de Interpol.

El primer síntoma de que comenzaba a rehacer mi vida apareció en forma de cita. Una simpática secretaria que trabajaba en nuestro equipo me invitó a tomar una copa un sábado por la noche. Fue una velada agradable, aunque me temo que no salió como ella había esperado, pues no volvió a repetirse.

—¿Y qué hay de ti? —me preguntó en un momento de nuestra conversación—. ¿Tenías a alguien especial en Madrid?

Estuve a punto de mentir, pero ya había soltado demasiados embustes aquella noche cuando tuve que contarle a qué me dedicaba antes de trabajar en Interpol. Necesitaba poder responder a alguna de sus preguntas de forma sincera.

—Sí… Lo cierto es que sí… Pero eso no acabó muy bien.

Ella me miró de forma comprensiva.

—Cuánto lo siento. ¿Qué ocurrió?

—Es complicado.

Al comprobar que no iba a darle más detalles, mi cita empezó a contarme una historia sobre un antiguo novio. Yo apenas presté atención.

Estaba pensando en Danny.

Después de subirnos al taxi, Lacombe le dio al conductor una dirección en Snow Hill. Eso estaba en pleno centro de Londres.

—¿Vamos a la City? —pregunté—. ¿Por qué?

—Ya te lo he dicho: una amiga que trabaja allí quiere que la ayude con algo.

—Entiendo. De modo que tu amiga es un corredor de bolsa… o bien la alcaldesa de la ciudad.

Lacombe me miró, frunciendo el ceño. A menudo no captaba mis chistes.

—Por supuesto que no, qué idea tan ridícula. Es detective de policía y su comisaría está en Snow Hill.

—Vaya, una auténtica detective de Scotland Yard. Por casualidad, tu amiga no se apellidará Lestrade, ¿verdad?

—No, se llama Child. Sarah Child —respondió, muy seria. Otra broma que dejaba pasar de largo—. Y no es detective de Scotland Yard, sino de la City of London Police. Son dos cuerpos diferentes, como ya deberías saber por tu entrenamiento.

Lo sabía, pero no gracias a mi entrenamiento sino por los meses que viví en Inglaterra justo antes de convertirme en buscador.

La Policía Metropolitana de Londres (o Scotland Yard, como aún la llamamos los románticos) vela por la seguridad de la inmensa urbe en todos sus barrios… salvo en uno, precisamente el más antiguo e importante. La City cuenta con su propio cuerpo de policía, que tiene jurisdicción sobre unos dos kilómetros de terreno a orillas del Támesis, la misma extensión que tenía la ciudad de Londres en tiempos de la Edad Media. Dado que hoy en día la City es el corazón financiero de la capital británica (así como de toda la nación), su cuerpo de policía se ha especializado en delitos como el fraude bursátil, el blanqueo de divisas, la fuga de capitales y otros crímenes igual de aburridos. No era capaz de imaginar qué pintaban dos agentes de la división de patrimonio artístico de Interpol en una comisaría de la City of London Police, y así se lo expresé a Lacombe.

—Mi amiga Sarah no sólo se ocupa de delitos financieros —me aclaró—. Como muchos policías, investiga todo tipo de casos. Se ha enterado de que estoy en Londres de paso y quiere que la ayude con un robo en el Barbican Centre.

El Barbican es un centro cultural situado al norte de la City, casi en el linde con el barrio de Old Street. En sus desproporcionadas instalaciones hay espacio para salas de conciertos, teatro y exposiciones de arte. A parte de eso, el lugar es famoso por ser considerado como el edificio más feo de todo Londres.

—¿Qué han robado?

—Un códice, o algo parecido. Sarah nos lo contará.

—¿De qué conoces a esa mujer? —pregunté con enorme interés. Aún me impactaba el hecho de que Lacombe tuviese una amiga.

La agente me contó la historia. Antes de trabajar para Interpol, Lacombe era investigadora en la OCBC,* una división de la Policía Nacional francesa. Durante ese período, la agente participó en un programa de intercambio con miembros de cuerpos de seguridad estadounidenses. Sarah Child participaba en el mismo programa, y Lacombe y ella compartieron un pequeño piso en Nueva York a lo largo de seis meses.

El taxi se detuvo frente a la comisaría de Snow Hill, un edificio de varias plantas y corte decimonónico, con un historiado escudo de la ciudad de Londres sobre su puerta de acceso. Lacombe franqueó la entrada, caminando a paso firme por delante de mí. Al llegar ante un mostrador donde había un policía uniformado, sacó una acreditación de su bolso y la sostuvo entre los ojos del agente.

—Julianne Lacombe. Interpol. —Era su forma habitual de presentarse, ya fuera en medio de un caso o saludando a un nuevo vecino, como si la palabra «Interpol» fuese su segundo apellido—. La detective Sarah Child me está esperando.

—¿Y su acompañante?

—Tirso Alfaro… También Interpol —respondí—. Espere, tengo aquí mi acreditación… —Empecé a hurgar en mi bolsa de deporte.

—No se moleste —respondió el policía, quien seguramente no deseaba inspeccionar nada que saliese de una bolsa cuyo contenido apestaba a vestuario de gimnasio—. La detective Child está en la oficina del fondo, a la derecha.

Lacombe y yo nos dirigimos hacia un cubículo de paredes acris-

* Office central de lutte contre le trafic des biens culturels: Oficina central de lucha contra el tráfico de bienes culturales.

35

taladas, al final de la comisaría. En su interior se encontraba la detective Child, en compañía de otro hombre.

Las dos amigas se saludaron con efusividad. La detective Sarah Child era una mujer pequeña y redonda, de cara rosada y pelo corto y rubio. El conjunto le otorgaba un cierto aspecto infantil.

El otro hombre, sentado tras la mesa del despacho, era algo mayor, de rostro delgado y con el pelo apretado en rizos grises alrededor del cráneo. Sarah Child nos lo presentó como inspector Nesbit.

—¿Son ustedes los agentes de Interpol? —preguntó el inspector. Su expresión me hizo pensar en esos adustos notarios que suelen aparecer en las novelas de Charles Dickens. Tan escuálido y serio, marcaba un curioso contraste con la oronda detective Child—. Les agradezco mucho que se hayan tomado la molestia de atendernos.

Me mantuve en un discreto segundo plano y dejé que Lacombe hablase por los dos.

—Espero que podamos serles de ayuda, inspector. ¿Cuál es el asunto?

—Un caso claro de delito contra el patrimonio artístico. Un robo, para ser más precisos. La detective Child sugirió que lo comentase con ustedes.

—En cuanto me enteré de que estabas en Londres se me ocurrió llamarte, Julie —intervino la detective.

—Cuéntame los detalles.

—La pieza que se han llevado es un manuscrito medieval. Estaba siendo expuesto en el Barbican Centre, en una muestra sobre textos históricos que terminó ayer. El problema es que ese libro es de un particular, un ciudadano francés que lo prestó al Barbican para la exposición.

—Entiendo. Una antigüedad francesa robada en Londres. Sí, es bastante peliagudo. La OCBC querrá intervenir en cuanto tenga la oportunidad, quizá pueda ayudarte con los temas de enlace y coordinación.

—Gracias, Julie. Es justo lo que deseaba escuchar.

—¿Quién llevará el caso?

—Nosotros, por el momento —respondió el inspector Nesbit—. Pero reconozco que nuestro cuerpo de policía a día de hoy no tiene ningún experto en este tipo de delitos, de modo que cualquier consejo será más que bienvenido.

Lacombe hizo una pregunta, pero nadie respondió. Se había organizado un pequeño revuelo en la comisaría que distrajo nuestra atención. Un hombre exigía a voces y de muy malos modos hablar con alguien que tuviera autoridad.

Un policía joven asomó la cabeza por la puerta del despacho. Daba la impresión de estar algo agobiado.

—Disculpe, inspector, pero ahí fuera hay un caballero que amenaza con poner demandas a todo el mundo si no le atiende un oficial. Dice que es el dueño de la pieza que han robado del Barbican Centre.

El inspector Nesbit contrajo los labios en una expresión de disgusto.

—Maldita sea, que pase —dijo el inspector, luego se dirigió a Lacombe y le preguntó—: ¿Le importaría estar presente? Quizá ese individuo se comporte de forma más civilizada ante un agente de la ley de su mismo país.

—Claro, no hay problema.

Trajeron al hombre que, en efecto, tenía aspecto de encontrarse muy excitado. Se trataba de un tipo con pinta de profesor universitario, con su barba gris, su gabardina de corte clásico y su torcida pajarita de color cereza. En una mano blandía un paraguas con mango de caña, el cual accionaba de forma frenética, como si estuviera dispuesto a emprenderla a golpes en cualquier momento.

—¿Quién de ustedes está al mando aquí? —preguntó, desabrido, en cuanto irrumpió en la oficina.

—Soy el inspector Paul Nesbit. La mujer que me acompaña es la detective Sarah Child, y estas dos personas son agentes de Interpol, de la sede de Lyon.

—¿Vienen de Francia?

—Sí. Agente Lacombe. Julianne Lacombe. Interpol —respondió mi compañera. El hombre pareció mostrarse satisfecho por la respuesta.

—Magnífico. Respóndame, agente, ¿qué clase de medidas piensan tomar para recuperar la pieza que me han robado?

—Lo lamento, señor…

—Doctor —aclaró el hombre—. Doctor Dennis Rosignolli.

—Lo lamento, doctor Rosignolli, pero mi labor aquí es meramente consultiva. El inspector Nesbit y la detective Child son quienes se encargan de su caso.

—¿De veras? Pues no veo de qué manera pueden hacer algún progreso metidos en esta oficina. Dudo mucho que mi manuscrito se encuentre en uno de sus cajones. ¡Hace horas que mi manuscrito ha desaparecido y aún estoy esperando a que alguien se tome la molestia de informarme de alguna pista sobre su paradero!

—Mucho me temo que el proceso nos llevará un poco más de tiempo. Le sugiero que confíe en nosotros, estamos haciendo todo lo posible —dijo Nesbit.

—¡No es suficiente! ¡No lo es, inspector! ¡Ustedes no lo entienden! ¿Acaso tienen idea de la importancia de esa pieza? No, por supuesto que no; para ustedes no es más que un legajo polvoriento. —Rosignolli apuntó a Nesbit con su paraguas—. ¡Exijo que ponga a trabajar a todos los policías de esta ciudad para recuperarlo de inmediato! ¡Estoy en mi derecho!

El doctor se deshizo en un torrente de incoherentes amenazas, súplicas y protestas, de manera tan atropellada que resultaba más ridículo que ofensivo. Pensé que alguien haría bien preparándole una tila a aquel tipejo.

Con una admirable flema, Nesbit logró hacer que se calmase un poco y, sobre todo, que dejase su paraguas colgado de un perchero, donde no pudiera causar daño a nadie.

Rosignolli tomó asiento, limpiándose el sudor de la frente con un pañuelo y aflojándose el nudo de la pajarita. La detective Child le acercó un té en un vaso de papel. Cuando hubo dado el primer sorbo, el doctor se mostró algo más sosegado.

—Gracias —masculló de mala gana—. Supongo que creerán que estoy perdiendo los nervios… Está bien, admito que mi comportamiento puede haber sido un tanto… vehemente; pero ustedes deben entender mi postura. Llevo estudiando ese manuscrito desde hace casi dos años, y estaba a punto de obtener resultados. Su pérdida supone un inconveniente de… enorme magnitud… Enorme…

—Le garantizo que nos hacemos cargo —dijo Lacombe. Daba la impresión de que Rosignolli se mostraba menos irritado con ella, quizá por afinidad patriótica—. Permítame una pregunta, doctor: si estaba tan cerca de culminar su estudio, ¿por qué prestó el manuscrito al Barbicane Centre para su exposición?

—La muestra sólo duraba un mes, pensé que no habría inconveniente en interrumpir mi trabajo durante ese tiempo. Ellos insistieron tanto... Algo lógico, teniendo en cuenta el extraordinario valor de la pieza... —Rosignolli suspiró abatido—. Fue un error dejar que me convencieran. No hay ninguna fianza en el mundo que compense semejante pérdida.

—¿A qué fianza se refiere?

—El Barbican Centre me ofreció una fianza de diez mil libras a cambio de recibir en préstamo el manuscrito para su exposición. A la vista del resultado, me arrepiento de no haberles exigido una cantidad mayor.

—Pero supongo que, además de eso, la pieza estaría asegurada —intervino Child.

Los ojillos de Rosignolli se agitaron nerviosos, eludiendo la mirada de la detective.

—Claro, naturalmente... Por una gran suma de dinero... Ese manuscrito pertenece a mi familia desde hace generaciones.

—¿Es usted francés, doctor Rosignolli? —preguntó Lacombe.

—Sí. Soy catedrático de Paleografía y Numismática en la Universidad de Grenoble y miembro del CNRS* desde hace veinte años.

—Pero actualmente reside en Inglaterra...

—Sólo de forma temporal. Estoy tomándome una excedencia de mi cátedra mientras escribo un estudio sobre cartografía de la época de los Plantagenet. La mayoría de las fuentes que debo consultar se encuentran en archivos británicos... —El doctor emitió un suspiro de impaciencia—. En cualquier caso, ¿en qué diablos les ayuda esta información para encontrar mi manuscrito?

En aquel momento, me atreví a intervenir.

—Disculpe, doctor; ese manuscrito, ¿es algún tipo de códice?

—No, es un rollo. Un rollo de papiro en un estuche de plata.

—¿Puedo preguntar por qué es tan valioso?

—Porque es muy antiguo y porque me pertenece, ¿eso no es suficiente para que se pongan a buscarlo con todos sus medios?

Después de aquel rapapolvo, decidí poner punto y final a mi

* Centre National de la Recherche Scientifique (Centro Nacional para la Investigación Científica): organismo francés semejante al CSIC español.

intervención. Era evidente que al doctor no le apetecía perder el tiempo respondiendo preguntas.

—Eso es justo lo que estamos haciendo —dijo el inspector Nesbit—. Como ve, la policía internacional colabora con nosotros para estrechar el cerco sobre los criminales. Encontraremos su manuscrito.

—Espero que así sea, inspector.

—Entretanto, lo mejor es que nos deje seguir con nuestra labor. Le garantizo que le informaremos puntualmente de cualquier progreso en la investigación.

—¿Y qué hay de mi seguridad personal?

—Disculpe, pero no le comprendo.

—Creo que está bastante claro. Los criminales que robaron mi manuscrito pueden estar interesados en mis estudios sobre el mismo, quizá en estos momentos estén planeando un asalto en mi propio domicilio, ¿es que no se dan cuenta? ¡Necesito protección!

El inspector Nesbit trató de hacerle ver que lo más probable era que los ladrones estuvieran más motivados por el valor económico de la pieza que por su trascendencia académica y que, por lo tanto, los estudios del doctor no corrían ningún peligro. Rosignolli no se dejó convencer. Insistió sin parar en que un grave peligro le amenazaba y que la policía de Londres sería responsable de cualquier daño que pudiera sufrir en adelante. No se aplacó hasta lograr que Nesbit le asegurara que un agente vigilaría su casa durante las próximas horas para mantener lejos a cualquier intruso. Aquella promesa fue la única manera de hacer que el irritable doctor aceptase abandonar la comisaría y nos dejase trabajar en paz. Todos experimentamos un gran alivio cuando recuperó su paraguas del perchero y se marchó de la oficina sin despedirse.

—Francés del demonio… —masculló Child. De inmediato miró avergonzada a Lacombe—. Lo siento, Julie.

—Descuida, Sarah. A mí también me ha resultado irritante… Y mi compañero es español, de modo que no se sentirá ofendido.

—Menudo personaje. Espero que no tengamos que soportar cómo mete las narices continuamente a lo largo de toda la investigación, eso no nos facilitaría en nada el trabajo.

—Sarah, ¿sabíais que Rosignolli se embolsaría diez mil libras por parte del Barbican Centre si el manuscrito era robado?

—¿Insinúas que él mismo puede haber orquestado el robo para quedarse con el dinero de la fianza?

—Hay que contemplar todas las posibilidades…

—Me encantaría poder meter a ese desagradable tipejo en una celda —dijo Child—, pero me temo que esa teoría no se sostiene.

—¿Por qué no?

Fue el inspector Nesbit quien respondió a aquella pregunta:

—Porque aunque Rosignolli se haya referido a ese pago como «fianza», en realidad no lo era. El Barbican Centre le dio ese dinero al doctor a fondo perdido a cambio de poder exhibir el manuscrito. Por lo visto, fue una manera elegante de encubrir un alquiler.

—Diez mil libras sólo por prestarles un manuscrito durante unos días… —dije en voz alta—. Eso sí que es un buen incentivo.

—Por desgracia, elimina cualquier sospecha que pueda recaer sobre el doctor —dijo Lacombe—. Después de todo, él iba a recibir el dinero con robo o sin él. No hay nada extraño en su historia.

—No… Por lo menos… No en esa historia… —dije con aire meditabundo. Lacombe debió de detectar que algo se me estaba pasando por la cabeza.

—¿A qué te refieres? —me preguntó.

—A una tontería, en realidad… Rosignolli dice que el manuscrito perteneció a su familia durante generaciones, sin embargo también admite que empezó a estudiarlo hace sólo un par de años. Me parece raro.

—Cierto —intervino Child—. No había caído en ese detalle. Y, por otro lado, estoy segura de que mintió al decir que la pieza estaba asegurada.

—¿Cómo lo sabe? —preguntó Nesbit.

—Llámelo intuición de detective, señor. Ese tipejo ocultaba algo. Llevo ya unos cuantos interrogatorios a mis espaldas y sé cuándo alguien está intentando colármela.

El inspector Nesbit se rascó los restos de barba mal afeitada de su mejilla, con aire pensativo.

—Bien… Mantendremos un ojo puesto sobre él, por si acaso. Entretanto, quizá a la agente Lacombe le interese hablar con el conductor de la furgoneta de transporte de la que se llevaron el manuscrito. Aún lo tenemos en una de las salas de atrás.

—Eso me gustaría mucho —dijo mi compañera—. ¿Seguro que no hay inconveniente?

—En absoluto —respondió Child—. Y tu chico puede venir también si quieres, parece espabilado.

Seguimos a la detective al exterior de la oficina, en dirección a una de las salas de interrogatorios de la comisaría.

En el interior de la sala había un hombre joven de piel lechosa y cabellos amarillos, que le caían en desorden sobre la frente y a ambos lados de la cabeza. Llevaba puesto algún tipo de uniforme compuesto por pantalones grises y camisa del mismo color, en la cual había bordado un logotipo con la palabra «Delta» bajo un triángulo rojo y blanco.

El joven estaba sentado detrás de una mesa metálica y mascaba chicle de forma ruidosa, al mismo tiempo que daba nerviosos tirones a una anilla de goma elástica que llevaba alrededor de la muñeca. Cuando la detective Child, Lacombe y yo aparecimos frente a él, nos dirigió una mirada desvalida.

—Hola, muchacho —saludó la detective—. Tú eres Josh Martin, ¿verdad? El transportista de Delta. Tú conducías la furgoneta de donde se llevaron el manuscrito del Barbican Centre.

El joven asintió varias veces con la cabeza.

—¿Puedo fumar un cigarrillo? —preguntó después.

—Lo siento, pero aquí no está permitido. Si quieres puedo traerte algo de beber.

—No, gracias —respondió Josh Martin, sin dejar de pellizcarse la goma de su muñeca.

—Josh —dijo la detective Child—. Estas dos personas son agentes de Interpol que están ayudando en el caso. Te agradecería mucho que les contaras lo que ha ocurrido, sin omitir ningún detalle.

El joven miró a Lacombe con una expresión de temor.

—¿Por qué? Ya le he dicho todo lo que recuerdo a un policía antes, ahí fuera… Un tal agente Roberts, o Rogers… Él lo apuntó todo, yo no recuerdo nada más, lo juro…

—¿Delta es el nombre de la empresa para la que trabajas? —preguntó Lacombe.

—Sí... Delta, sí... Mierda... Estoy en un lío, ¿verdad? No fue culpa mía, se lo aseguro... Ya sé que no debí bajar de la furgoneta, pero aquel tipo me sacó de mis casillas... ¡Joder! ¿Cómo iba yo a suponer lo que ocurriría después? Se suponía que mi compañero era el que vigilaba...

—¿Por qué no me cuentas qué fue lo que sucedió exactamente? Desde el principio.

Josh dejó escapar un suspiro trémulo.

—Vale... A las tres en punto yo estaba en el Barbican con mi furgoneta. Teníamos que llevar algunas piezas de la exposición al aeropuerto de Luton y por el camino dejar una de ellas en la casa de un tipo, en Elstree... Era un tío con un nombre extranjero, sonaba como italiano...

—¿Rosignolli?

—Algo así. Esa pieza era suya, de modo que mi empresa había acordado llevársela a su casa.

—¿Tu empresa se dedica habitualmente al transporte de obras de arte?

—No habitualmente, pero a veces... Solemos hacerlo bien y somos baratos. Sobre todo nos contratan pequeñas galerías y particulares que quieren transportar cuadros y cosas así, cosas de valor, ya sabe...

—¿Por qué tenías que ir a Luton?

—Ni idea. A mí no me dan explicaciones, aunque supongo que algunas de las piezas que llevábamos vendrían del extranjero y habría que devolverlas en avión.

—De acuerdo, de modo que saliste del Barbican pasadas las tres, con tu furgoneta cargada en dirección a Elstree y luego al aeropuerto de Luton. ¿Ibas tú solo?

—No, ese tipo de transportes siempre se hacen en parejas. Uno conduce y el otro vigila. Conmigo vino un tío de la empresa de seguridad que trabaja para el Barbican, se llamaba Evan, pero no sé su apellido... Creo que ni siquiera me lo llegó a decir...

—¿Qué pasó después?

—Nada más salir del Barbican nos metimos por Golden Lane en dirección a Clerkenwell Road... Fue allí donde ocurrió todo, en Golden Lane... —La goma de su muñeca se partió. Sin saber muy bien qué hacer con las manos, Josh se las metió en los bolsillos del

43

pantalón—. Como una o dos manzanas después de la torre Peabody, estaba aquel tío, parado justo en medio de la calle y haciendo todas esas chorradas…

—¿Qué chorradas?

—Cosas con mazas de colores, como si fuera un jodido malabarista de circo o yo qué sé… A veces se ven tíos como ése haciendo el tonto por la calle para pedir dinero, pero nunca me había encontrado a uno en medio de la calzada, por donde pasan los coches. Si no hubiera frenado a tiempo me lo habría llevado por delante. ¿Cree que ese tío se inmutó? ¡Qué va! Siguió ahí parado, jugando con sus mazas, el muy estúpido… Le toqué varias veces el claxon pero él no se movió. Al final acabé perdiendo la paciencia y saqué la cabeza por la ventanilla para gritarle que se apartara de una puñetera vez, entonces va el tío, se me queda mirando y de pronto arroja una de las mazas contra la furgoneta… ¡Así! ¡Sin más! Sólo se gira y… ¡Paf! —Josh se golpeó la palma de la mano con un puño.

—¿Te dio?

—No, pero destrozó uno de los espejos retrovisores, el muy gilipollas. Aquello me cabreó bastante, así que me bajé de la furgoneta y fui a… no sé… No sé lo que quería hacer, si gritarle, o partirle la cara o… qué se yo. Estaba furioso. Si hacemos algún desperfecto a las furgonetas de la compañía nos lo descuentan del sueldo, y el mío ya es bastante bajo.

—¿Qué pasó entonces?

—Como le digo, fui a por él. Cuando lo tuve de frente me golpeó con una maza en la cabeza, justo aquí… —Se señaló un pequeño chichón que había crecido sobre su ojo derecho—. Aquello sí que me sacó de mis casillas… Pensaba hacer que se tragara aquellas putas mazas pero el tío echó a correr. Yo estaba tan furioso que fui tras él sin pensarlo. Se metió por una calle lateral… Corría como un maldito gamo y lo perdí de vista. Entonces me di cuenta de que podía meterme en un buen lío por haber dejado la furgoneta y regresé todo lo rápido que pude. Al llegar vi a mi compañero, a Evan, tendido en el suelo, y la puerta de atrás de la furgoneta estaba abierta. Fue entonces cuando avisé a la policía.

—¿Comprobaste tú mismo si faltaba alguna de las piezas que transportabais?

—No, la verdad es que tenía un susto de cojones… Me preocupaba más que Evan estuviera muerto o qué sé yo… Lo habían dejado totalmente fuera de combate.

—Al parecer, lo atacaron con un arma de electrochoque —nos aclaró la detective Child—. Ahora mismo está en un ambulatorio, todavía no hemos hablado con él.

—¿Quién comprobó el contenido de la furgoneta? —le preguntó Lacombe.

—Uno de nuestros agentes, al llegar al lugar del incidente. No tardó más de diez minutos después de que se recibió la llamada. Todas las piezas estaban intactas salvo el manuscrito de Rosignolli, que no estaba entre ellas.

—Ese tal Evan… —dijo Lacombe, volviendo a dirigirse a Josh—. ¿Es un hombre fuerte? ¿Te pareció que hubo algún tipo de lucha?

—¿Fuerte? ¡Qué va! Es un tío gordo, al menos debe de pesar cien kilos; y tampoco parece el tipo más inteligente del mundo, si usted me entiende… No tengo ni idea de quién lo tumbó, pero estoy seguro de que no le costó ningún trabajo.

—¿Crees que pudo haber sido el hombre de las mazas?

—Yo diría que no. Apenas tardé un par de minutos en regresar a la furgoneta desde que lo perdí de vista. Alguien debió de ayudarle, un cómplice o algo así… Eso es lo que yo creo.

—Es probable… ¿Sabes si alguien pudo ver lo ocurrido? Quizá un peatón, o una persona que estuviera en la zona en aquel momento.

—No había nadie, estoy casi seguro. Esa calle siempre está vacía.

—Aún no hemos encontrado testigos, pero los estamos buscando —añadió la detective Child.

—Una cosa más, Josh —dijo Lacombe—. El hombre de las mazas, ¿puedes describirlo?

El joven negó con la cabeza.

—Llevaba la cara tapada —dijo—. Con una especie de pasamontañas o algo así, como un verdugo… Yo creo que aquel tipo estaba completamente loco.

La detective Child le dijo a Josh que podía irse a su casa. Después Lacombe, ella y yo nos reunimos en el despacho de Nesbit. El inspector no se encontraba allí.

Apenas participé en aquella conversación. En silencio, barruntaba mis propias sospechas sobre aquel robo, intentando disimular que una idea me aguijoneaba el cerebro. Una idea bastante incómoda.

—¿Y bien? —preguntó Child—. ¿Qué te parece, Julie?

—Es un robo muy curioso. El plan parece sacado de un folletín.

—No obstante, es muy sencillo. Hay dos hombres, uno distrae al conductor y, entretanto, el otro reduce al vigilante con un arma de electrochoque, le quita las llaves del furgón y luego se lleva el manuscrito… Lo que me pregunto es por qué los ladrones sólo se llevaron esa pieza ignorando otras que habían sido tasadas en mayor valor.

—Puede que actuasen por encargo de alguien que deseaba ese objeto en concreto; por experiencia sé que eso suele ocurrir a menudo… Sarah, ¿puedes hacerme llegar toda la información que poseas sobre ese manuscrito? Especialmente fotografías. Interpol lo necesitará si queréis que os seamos de ayuda.

—Claro, cuenta con ello.

En aquel momento llamaron al móvil de la detective. Mantuvo una conversación breve y luego colgó. En su cara se dibujó una enorme sonrisa de satisfacción.

—¿Buenas noticias? —preguntó Lacombe.

—Las mejores. Han encontrado un testigo: una mujer que estaba limpiando las ventanas de su casa justo en el momento del robo. Es probable que pueda describir a la persona que redujo al agente de seguridad, a ese tal Evan… —La detective descolgó de una percha una astrosa chaqueta de cuero y se la puso—. Voy ahora mismo a hablar con ella, ¿querrías acompañarme?

—Me gustaría mucho, pero no sé si debo… Mañana tengo una reunión importante y todavía he de repasar unos informes.

Vi la excusa perfecta para poder marcharme de la comisaría, algo que estaba deseando hacer desde que escuché la declaración de Josh Martin, el conductor.

—Yo me encargaré de eso —dije—. Tú puedes acompañar a Child si quieres.

Lacombe dudó un poco, pero su interés por el caso de Child fue más fuerte.

—Como quieras —dijo al fin—. Nos veremos más tarde, en el hotel.

—Perfecto… —Emprendí mi poco discreta retirada—. Ya me contarás. Espero que encontréis alguna pista importante… Adiós, detective Child, gracias por todo. Suerte en su caso.

Le di un fugaz apretón de manos a la agente de policía.

—De nada… Oye, espera, chico, estamos a punto de salir, ¿no quieres que te dejemos en alguna parte?

—No, no, muchas gracias. Yo… No hace falta, en serio… ¡Hasta pronto!

Salí a trompicones de la comisaría y, ya en la calle, me apresuré a tomar un taxi. Le di al chófer una dirección en Chiswick, en el extremo este de la ciudad.

Aquél era el lugar donde esperaba encontrar al ladrón del manuscrito de Rosignolli.

2

Nido

Algernon Road es el anodino centro del suburbio londinense de Chiswick. Se trata de una calle recta y breve, tan pulcra como poco interesante. A ambos lados de la vía se encuentran sendos bloques de casas bajas de aspecto victoriano, con sus miradores blancos, impolutos, y sus chimeneas de ladrillo, las cuales no parecen haber escupido humo desde que Winston Churchill se sentó por primera vez en la Cámara de los Comunes.

La quietud del lugar es absoluta. Un visitante de paso podría llegar a confundirlo con un barrio fantasma de no ser por la cantidad de coches, la mayoría de aspecto caro, aparcados frente a las puertas de las viviendas. Única pista de que allí residen seres humanos o, al menos, seres capaces de conducir y con cuentas corrientes bastante saneadas.

Un silencio inquietante domina Algernon Road y sus alrededores. No se escuchan voces, ni sonidos de motor; tampoco se percibe siquiera el canto de los pájaros, aunque yo sabía que en aquella escueta calle existían nidos. Por lo menos uno.

En la jerga del Cuerpo Nacional de Buscadores, la palabra «nido» es sinónimo de piso franco. Durante el tiempo que pasé como buscador, aprendí que el Cuerpo posee varios de esos nidos repartidos por diferentes lugares del mundo. En Lisboa, por ejemplo, existía uno en el Barrio Alto en el cual yo había estado algunas veces. Era un piso cochambroso que pertenecía al Cuerpo desde antes de que ningún agente en activo pudiera recordar.

Londres también tenía su nido. Yo nunca había estado en él pero conocía su ubicación: todos los agentes del Cuerpo están obligados a aprender de memoria las señas de los nidos europeos. También sabía que el nido de Londres, junto con el de París, había sido adquirido poco antes de que yo entrase en el Cuerpo, así que, a diferencia del de Lisboa, eran lugares más confortables y mejor dotados. O eso se decía. Ahora iba a tener la oportunidad de comprobarlo por mí mismo.

Había acudido al nido de Algernon Road siguiendo una corazonada, aunque sin tener muy claros los pasos que daría a continuación. Un comportamiento muy propio de mí, he de añadir: las personas que me conocen bien saben que a menudo me dejo llevar por mis impulsos, especialmente en momentos en que me siento bajo presión. Yo lo achaco a una adolescencia algo turbulenta de la que prefiero no hablar demasiado si puedo evitarlo. No me siento orgulloso de la clase de persona que era en aquella época de mi vida.

El nido se encontraba en una de aquellas casitas victorianas reformadas, las cuales se adosaban pared con pared ocupando todo el trazado de la calle. La que yo buscaba era apenas distinguible de sus vecinas: fachada blanca, dos pisos y una encantadora puerta azul celeste. Una inofensiva cortina para el escondite de un grupo secreto de ladrones de antigüedades sufragados por el gobierno español.

No tenía forma de entrar en la casa salvo que utilizara el método más sencillo: llamar al timbre.

Había un portero automático junto a la puerta azul celeste. Pulsé el botón correspondiente a una de las viviendas del primer piso. Se escuchó un sonido metálico y luego la puerta se abrió. Accedí a un zaguán en el que había una escalera. Los modernos dueños de aquellas viviendas las habían dividido en pequeños pisos independientes que se podían alquilar por una suma bastante elevada. El Cuerpo Nacional de Buscadores ocupaba uno de aquellos pisos mediante un arrendatario inexistente, tal y como se hacía con los demás nidos.

Me dirigí hacia la puerta que estaba a la derecha del zaguán, tras la escalera, y llamé con los nudillos. De inmediato se abrió y me encontré frente a un tipo al que no conocía de nada. Era un joven de pelo rapado, con la nariz larga y las mejillas hundidas. Su expresión recordaba a la de un roedor. Tenía una tachuela de metal clavada en el labio inferior y vestía con una camiseta de Motorhead color negro, sin mangas, además de unos vaqueros que parecían haber sido masacrados a tijeretazos.

La aparición de aquel personaje vino acompañada de un fuerte olor a marihuana, tan intenso que por un segundo casi me sentí colocado. El joven me miró un segundo, con la cabeza ladeada y la boca entreabierta, en una expresión algo lerda. De pronto, sus ojos enrojecidos se abrieron de par en par.

—¡Me cago en la leche! —exclamó—. ¿Tú quién coño eres?

—Eso mismo me pregunto yo.

—¡Su puta madre…!

Intentó cerrar la puerta de golpe pero lo impedí colocando el pie en la jamba. Irrumpí en el interior del piso con un empujón que hizo que el tipo trastabillase hacia atrás y cayera sentado sobre un costroso sofá lleno de cercos de quemaduras. Intentó incorporarse para pelear, pero, al parecer, estaba tan puesto que le resultó todo un logro el hecho de volver a tenerse en pie.

Cerré la puerta y golpeé al tipo en el pecho, no muy fuerte, apenas hice más que empujarlo hacia atrás, pero volvió a derrumbarse sobre el sofá igual que un muñeco articulado. Con gestos torpes, se metió la mano en el bolsillo trasero del pantalón y sacó una navaja de resorte. La apuntó hacia mí con aire amenazador.

Me había enfrentado a cosas mucho peores que a un fumador de maría sorprendido en pleno cuelgue… y, además, últimamente había estado haciendo bastante ejercicio. Tan sólo tuve que darle un manotazo en la muñeca para que dejase caer la navaja al suelo. La recogí y se la mostré por el lado punzante.

El tipo levantó las manos.

—Joder, joder, joder… —gimoteó—. Esto es una mierda, una mierda; cuando te vea aquí, me va a arrancar la cabeza, joder…

—¿De quién estás hablando? ¿Quién te va a arrancar la cabeza? —Me olvidaba de la pregunta más importante—. ¿Y quién se supone que eres tú?

Lanzó un ridículo grito agudo a modo de respuesta.

—¡Ah! ¡Mierda, estoy herido! —Al perder la navaja, se había hecho un pequeño corte en la palma de la mano—. ¡Me has apuñalado, tío! ¡Eres un cabrón psicópata!

—Eso sólo es un arañazo, yo ni siquiera te he tocado.

—¡Mira, hay sangre por todas partes! —insistió—. ¡Voy a

desangrarme, tío, voy a desangrarme como un puto cerdo, joder! ¡Tengo que ir a un hospital!

—Deja de lloriquear, maldita sea. No vas a ir a ninguna parte por un rasguño. —Le señalé una cocina americana que había a un lado de la habitación—. Lávate esa herida. Y será mejor que te calles si no quieres que te dé verdaderos motivos para estar asustado.

Soy bueno amenazando, mucho mejor que cumpliendo mis amenazas. El hombre me miró con expresión de miedo y se deslizó hacia la cocina.

En vez de colocar su herida bajo el grifo del fregadero, abrió de golpe un cajón y sacó una especie de pistola con contactos de metal en el cañón. Antes de que pudiera reaccionar, el tipo emitió un alarido y se lanzó sobre mí enarbolando su arma.

Cuando el cañón tocó mi estómago, sentí una fuerte descarga eléctrica que convulsionó todo mi cuerpo. Fue una terrible experiencia, como si de pronto se hubieran materializado un millar de esquirlas de cristal bajo mi piel. La mandíbula se me crispó y sentí como el pelo se me erizaba. La espalda se me arqueó en un doloroso espasmo.

La navaja se me cayó al suelo y después yo mismo fui a hacerle compañía. Mientras estaba tendido sobre aquella roñosa moqueta, sin poder moverme, vi al tipo de la camiseta de Motorhead enarbolando su arma hacia mí con cara de alucinado. Ahora ya sabía lo que había experimentado el pobre Evan, el guardia de seguridad del Barbican Centre.

—¿Te gusta esto, eh, cabronazo? ¿Te gusta? —gritó; luego volvió a sacudirme una generosa cantidad de voltios con su pistola de electrochoque—. ¡Voy a freírte igual que a una puta loncha de beicon!

En ese momento, alguien entró en la habitación.

El de la camiseta de Motorhead se quedó quieto, sentado a horcajadas sobre mi pecho y con la pistola eléctrica en alto. A través de mis ojos semicerrados y lacrimosos apenas podía ver nada que no fueran borrones y chispas de luz.

—Pero ¿qué…? —escuché—. Maldita sea, Caleb, ¿qué se supone que estás haciendo?

—¡Este hijo de puta se ha colado a la fuerza! —respondió el tipo de la camiseta—. ¡Estoy seguro de que es un poli!

—¡Aparta de ahí, estúpido yonqui! ¿Es que te has vuelto loco?

—Alguien me quitó de encima al de la camiseta y luego me ayudó a incorporarme—. Tirso… ¡Tirso! ¿Estás bien? Mírame, ¿puedes moverte?

Empecé a recuperar la visión. Las chispas desaparecieron y los contornos borrosos comenzaron a definirse, mostrando ante mí los rasgos familiares de Burbuja.

Estaba sentado en el harapiento sofá del nido, sosteniendo una lata de Carling entre las manos, como si fuera una taza de chocolate caliente. El pulso todavía me temblaba un poco, y aún sentía un desagradable cosquilleo por todo el cuerpo.

Burbuja estaba de pie, frente a mí, mirándome con los brazos cruzados y una expresión no del todo amistosa. Habían pasado muchos meses desde la última vez que vi al buscador, pero tenía el mismo aspecto de siempre, con su envidiable físico de deportista de élite. Tan sólo había un detalle que me resultaba nuevo: sus gafas.

Burbuja era daltónico, pero ese defecto nunca había precisado de ninguna ayuda en forma de lentes. Le sentaban bien aquellas gafas, no obstante; le otorgaban un toque sofisticado. Parecía el modelo de un folleto publicitario de una de esas universidades caras y prestigiosas, que parecen estar vedadas para alumnos poco atractivos.

Tras él, sentado en un taburete y encogido como un bicho, el tipo de la camiseta de Motorhead parecía la versión opuesta de mi antiguo compañero buscador: feo, escuálido y con aspecto de pordiosero.

Le di un pequeño sorbo a mi lata de cerveza. Estaba tibia. Burbuja seguía mirándome, sin pronunciar una palabra y con el gesto torcido. Empecé a sentirme incómodo.

—Bueno… —dije, después de aclararme la garganta—. Y… ¿qué tal todo?

Burbuja resopló.

—Novato inconsciente…

—No me llames novato, sabes que lo odio.

—Debería llamarte cosas mucho peores… No sé nada de ti desde hace una eternidad y se te ocurre asomar la nariz en el momento

53

más inoportuno de todos. Tenía que haber dejado que Caleb te convirtiera en un churrasco. —El buscador se dirigió al tipo de la camiseta, quien supuse sería ese tal Caleb—. Y, a todo esto, ¿por qué le has dejado entrar? Te dije que no abrieras la puerta a nadie.

—Yo creí que eras tú quien llamaba…

—¿Por qué diablos iba yo a llamar a la puerta si tengo mis propias llaves, estúpido?

—Lo siento, tío… Lo olvidé… Pero ese cabrón…

—Cierra la boca y sal de mi vista. Me están entrando ganas de romperte esos asquerosos dientes de ratón.

Burbuja levantó el puño en un gesto de amenaza. Caleb se encogió aún más sobre sí mismo y se arrastró hacia la puerta.

—Vale, tío, vale… Tranquilo. Ya me marcho, joder… Pero antes…

—¿Qué?

—Aún no me has pagado, tío… Dijiste que ibas a traerlo…

Burbuja levantó el labio en una expresión de repugnancia. Sacó una bolsa de plástico de su bolsillo y se la arrojó al de la camiseta. En la bolsa había un polvo blanco. Caleb la agarró al vuelo.

—Ahora lárgate a tu agujero a colocarte, o a ver el último capítulo de *Downton Abbey* o a lo que coño hagas normalmente hasta que se pone el sol. Y será mejor para ti que no abras la boca. Si lo haces, lo sabré y te encontraré, ¿me has entendido?

La mirada de Caleb expresó puro terror.

—Sí, sí… No diré nada. Soy una tumba. Te lo juro.

Se escabulló por la puerta de salida y desapareció de nuestra vista.

—¿Ahora te dedicas a pasar drogas? —le pregunté a Burbuja, una vez que estuvimos solos.

—En esa bolsa sólo había vitamina B en polvo y maicena. Estoy seguro de que se ha metido cosas peores por la nariz. —El buscador se encajó un cigarrillo entre los labios y se lo encendió, después me ofreció uno—. ¿Qué diablos haces aquí, novato?

—Tirso —le corregí, después de dar una calada a mi tabaco—. O Faro, si lo prefieres… ¿Tanto te cuesta olvidar lo de «novato» de una vez?

—No voy a llamarte Faro. Ése ya no es tu nombre.

Noté resentimiento en su voz. Burbuja siempre me reprochó el no haber luchado más por mi puesto en el Cuerpo de Buscadores, creyó que había sido débil al no enfrentarme a Alzaga con más ímpetu. Me parecía un reproche injusto, sobre todo viniendo de él, que jamás fue capaz de oponerse a una orden dada por una autoridad superior. Burbuja tenía genes de soldado leal.

Faro había sido mi nombre en clave de buscador, de igual manera que Burbuja era el de mi compañero. La actividad de los agentes del Cuerpo es tan secreta que cuando forman parte de él deben renunciar incluso a su nombre. Burbuja fue quien me otorgó aquel alias, fue una de sus prerrogativas durante el breve tiempo que sustituyó a Narváez al mando del Cuerpo, antes de que Alzaga fuese encomendado para ese puesto y lo echara todo a perder. Creo que a Burbuja le dolió tanto como a mí el hecho de que Alzaga me arrebatase el nombre que él me otorgó. Tal vez lo veía como una humillación a la que el nuevo director del Cuerpo le había sometido, y puede que no le faltara razón: Abel Alzaga era un hombre muy retorcido.

—Tampoco soy ningún novato —le dije.

—No, eso parece —admitió él—. ¿A qué has venido, Tirso?

Me quedé unos segundos pensando la respuesta. Lo cierto era que no la tenía clara.

Me sentía extraño, como si de pronto me hubiera topado con un viejo amigo al que llevara mucho tiempo esquivando.

No había sabido nada de Burbuja, ni de cualquier otro buscador, desde que entré en Interpol. Tampoco puedo decir que ellos hubieran intentado mantener vivo el contacto. Una cosa así no se contempla una vez que has salido del Cuerpo. Cuando dejas de ser un buscador, la ruptura con ese modo de vida es absoluta, no importa el grado de aprecio o incluso de amistad que hubieras alcanzado con los otros agentes; aquél no era un trabajo habitual y, por lo tanto, las cosas funcionaban de manera diferente. No había cenas de antiguos compañeros, ni correos electrónicos para felicitar el cumpleaños ni fiestas de Navidad con los amigos de la empresa. Si te ibas, te ibas para siempre, como si jamás hubieras tenido una vida en el Sótano. Aquello formaba parte del contrato. Burbuja lo sabía tan bien como yo.

No obstante…, ¿por qué en aquel momento me sentía culpable?

—Ha habido un robo en el Barbican Centre hace unas horas

—dije justo antes de que el silencio comenzara a ser incómodo—. Se llevaron un manuscrito antiguo. Al parecer, pudo ser cosa de un tipo con la cara cubierta, que hacía juegos malabares… ¿Te resulta familiar?

Burbuja exhaló un suspiro envuelto en humo de tabaco.

—Joder… Podías haber estado en cualquier otro rincón del mundo justo un día como hoy, pero no, tenías que estar en el maldito Londres… No entiendo por qué la gente dice que soy un tío con suerte…

—Puede que seas un tío con suerte, pero también muy poco imaginativo. ¿De verdad te pareció buena idea repetir el mismo método que utilizaste para robar la Patena de Canterbury?

—Aquella vez funcionó. Nadie se dio cuenta.

—Yo sí.

—Sí, y la historia se repite, ¿no es eso? —Burbuja dejó escapar una media sonrisa amarga y aplastó su cigarrillo contra un cenicero—. Nuestras vidas las escribe un tipo sin recursos.

—No le eches la culpa al Destino, eres tú quien está falto de ideas.

—Maldita sea, Tirso, ¿qué posibilidades había de que te enterases de lo del Barbican? No elaboro mis planes pensando en que puedas estar acechando para establecer conexiones con un robo que tuvo lugar hace años en un museo de poca monta. Se supone que deberías estar en Francia, con tus nuevos amigos de Interpol.

—No tengo amigos en Interpol —dije sin poder evitar sentirme molesto, como si me hubiera echado en cara algún tipo de infidelidad—. La policía internacional ni siquiera se está encargando del caso… al menos, por el momento. Lo he sabido por pura casualidad.

—Entonces, ¿a qué diablos has venido? Es la tercera vez que te lo pregunto y aún sigo esperando una respuesta.

—No lo sé, Burbuja, la verdad es que… no lo sé… —Suspiré—. Supongo que necesitaba comprobar si mis sospechas eran ciertas.

—De acuerdo: lo son, ¿y ahora qué? ¿Te hace sentir más inteligente?

—Si te soy sincero, lo que me siento es decepcionado. —Burbuja me miró arqueando las cejas—. Sí, decepcionado. El robo ha sido la cosa más chapucera que he visto en mi vida, impropio del Cuerpo… ¿Y quién era ese yonqui de la camiseta de Motorhead? ¿Es que ahora reclutáis buscadores en los guetos?

—No seas estúpido, Faro —replicó Burbuja, usando sin darse cuenta mi nombre de antaño—. Caleb no es de los nuestros, sólo un contacto al que recurrir en Londres cuando necesitamos algún apoyo.

—¿Fue tu cómplice en el robo?

—Sí. No es más que una rata, pero fácil de comprar, y sabe mantener la boca cerrada cuando hace falta. Necesitaba a alguien que dejara fuera de combate al guardia de seguridad y sacara el manuscrito de la furgoneta mientras yo distraía al chófer, por eso recurrí a él.

—Menudo apoyo. Tuviste suerte de que no se friera la entrepierna accidentalmente al guardarse la pistola de electrochoque en el pantalón.

—No tenía mucho donde elegir, novato. El Cuerpo apenas tiene contactos en Inglaterra.

—¿Por qué no te ayudó alguien del Sótano? Enigma… o Danny… Actuasteis juntos en Canterbury, ¿por qué no ha venido ella contigo?

Burbuja se me quedó mirando. Parecía sorprendido.

—No tienes ni idea, ¿verdad, novato?

—¿A qué te refieres?

—Enigma no está. Dimitió después de que te expulsaran, y hace semanas que no sé nada de Danny. —El buscador se encendió otro cigarrillo y le dio una larga calada—. No queda nadie en el Sótano, Faro. Soy el único buscador que sigue en activo en todo el Cuerpo.

Me quedé en silencio. Burbuja siguió fumando el cigarrillo, echado atrás sobre la butaca en la que estaba sentado y expulsando humo hacia el techo. Por un momento, su estampa me pareció la de alguien derrotado. Se me vino a la cabeza la imagen de un soldado fumando en una trinchera, justo después de una retirada llena de bajas.

—Espera un momento —dije al fin—. ¿Qué quieres decir con que hace semanas que no sabes nada de Danny? ¿Me estás diciendo que tu hermana ha desaparecido?

—Desaparecido, o largado… ¿Qué sé yo? Sólo sé que hace dos meses le pidió una baja a Alzaga y él se la concedió. Estuve un tiempo sin apenas saber de ella hasta que, de pronto, me dijo que se marchaba a California. De esto hace un mes y medio, desde entonces no se ha puesto en contacto conmigo. Tampoco ha vuelto por su casa.

—Pero… Deberías estar buscándola…

Burbuja me miró con aire sombrío.

—¿Te crees que no lo hice? Ya atravesé la fase de no poder ni siquiera dormir por las noches preguntándome dónde puede estar… La llamé todos los días a su teléfono, a todas horas, hasta que me harté de escuchar su buzón de voz. Me puse en contacto con todas las personas que la conocen… —El buscador sonrió de medio lado, con tristeza—. Fueron pocas. En todo este tiempo que hemos estado en el Cuerpo, Danny y yo no hemos tenido muchas oportunidades de hacer amigos… Incluso se me ocurrió ponerme en contacto con Gaetano Rosa, en Lisboa, pero de ahí no saqué nada.

—¿Por qué no intentaste hablar conmigo?

—¿Qué habría ganado con eso? Estaba seguro de que serías la última persona con la que ella habría querido hablar.

No tuve más remedio que darle la razón.

Puede que el tiempo mitigue las heridas, pero es una medicina que actúa con efectos retardados. En mi caso, lo ocurrido entre Danny y yo había dejado de sangrarme en el ánimo, pero todavía me sentía algo magullado.

Danny, la hermana de Burbuja, me resultó atractiva desde la primera vez que la vi, en Canterbury. Yo fui sincero y nunca se lo oculté, pero, al principio, ella me dejó claro que yo no le interesaba en ese sentido… o, mejor dicho, que no quería sentirse interesada. Le parecía un error establecer lazos sentimentales con un compañero buscador, pues bastante tenía con preocuparse por el hecho de que su único hermano fuera un agente del Cuerpo.

Su negativa no hizo más que acentuar mis sentimientos. Danny me fascinaba, y eso yo no podía cambiarlo de la noche a la mañana. Quizá ella finalmente vio en mí un atractivo irresistible, o puede que simplemente se rindiese ante la evidencia de que yo nunca dejaría de intentar que cambiara su opinión con respecto a lo de mantener relaciones con compañeros de trabajo. El caso es que, durante el asunto de Malí, pareció que al fin habíamos empezado a vivir algo juntos. Algo estupendo.

Luego llegó mi expulsión del Cuerpo, un factor que ninguno de los dos habíamos previsto.

Un buscador no es una buena pareja para alguien que no lo sea. Normalmente no tienen tiempo para ir al cine los domingos, ni para cenas de parejas o de amigos (salvo, quizá, con algún proxeneta portugués o drogadicto aficionado a los Motorhead); tampoco pueden hacer planes de futuro, solicitar una hipoteca ni pasar un sábado dando vueltas por un almacén de muebles, intentando decidir qué armario casará mejor con las alfombras del dormitorio. No tienen vacaciones, ni pueden amenizar a los suegros con anécdotas del trabajo durante las comidas familiares. No; definitivamente, un buscador jamás podrá mantener una relación con alguien que no lo sea. Yo lo sabía… y pensaba que Danny también.

A pesar de lo dicho, ella, por alguna razón, pensó que podríamos intentarlo aunque yo hubiera sido expulsado del Cuerpo. Puede que pensara que, ya que le había costado tanto decidirse a empezar algo conmigo, tenía derecho a decidir hasta dónde quería llevar esa relación y durante cuánto tiempo. No esperaba que mis planes fueran marcharme a Francia a trabajar para Interpol.

Lo que Danny no pudo entender (o al menos eso es lo que yo creía) era el espantoso golpe que había supuesto para mí la expulsión del Cuerpo de Buscadores, y que la única manera que tuve de superarlo era arrancando de cuajo cualquier hilo que me atara al recuerdo de esa vida. Eso la incluía a ella.

Pensé que Danny lo comprendería. Que se haría cargo de lo doloroso que me resultaría el seguir junto a alguien que aún podía dedicarse a la labor para la que yo creía estar destinado, mientras yo me lamentaba de una expulsión que me parecía injusta. Estaba seguro de que ella, más que nadie, estaría de acuerdo en que la mejor decisión que podía tomar era dejarlo todo atrás.

Supongo que, en el fondo, ella nunca se imaginó lo mucho que significaba para mí el Cuerpo de Buscadores.

También ella era importante para mí, y mucho, pero reconozco que, cuando tuve que tomar una decisión, no me hizo falta pensarlo demasiado.

Creo que el que yo me marchara hirió su orgullo más que cualquier otro sentimiento. Danny siempre fue orgullosa, y rabiosamente independiente, reacia a depender sentimentalmente de nadie. Se sentía ligada a Burbuja porque la genética así lo había dispuesto, pero, en mi caso, ella tomó esa decisión, quizá por primera vez en mucho tiempo, y se sintió ofendida en lo más hondo cuando pensó que yo la dejaba atrás como si fuera algo de poca importancia. Creyó que no me costó ningún esfuerzo, pero en eso se equivocaba.

No hubo escenas, ni gritos, ni insultos. Danny no era de esa clase de personas. Tenía sus sentimientos guardados bajo llave, en un lugar muy profundo, y jamás los mostraba si podía evitarlo.

Su respuesta ante mí fue la frialdad. Hielo puro, del que quema al tocarlo. Ni siquiera se despidió cuando me marché a Francia. De hecho, desde que le comuniqué mi decisión, me trataba como si fuera un extraño. Yo habría preferido lo de los gritos e insultos, así me habría sentido menos despreciado.

Ignoraba si Burbuja era consciente de todo esto. Puede que su hermana se lo contase o puede que no, nunca habíamos hablado de ello; pero lo que sí sabía mi antiguo compañero era que la relación entre Danny y yo no estaba en su mejor momento cuando me marché a Francia.

Me angustiaba mucho que Danny hubiera desaparecido. Quizá parezca absurdo, pero, por algún motivo, me sentía culpable.

—Si tu hermana lleva tanto tiempo sin dar señales de vida, deberías pensar en pedir algún tipo de ayuda… Hablar con la policía…

A ningún buscador le gusta mezclarse con agentes de la ley. Puede acarrear muchas complicaciones por diversos motivos, pero pensaba que aquél era un caso extremo.

—No puedo —respondió el buscador—. Hablé con Alzaga de esto, y con Urquijo. También ellos estaban preocupados y me dijeron que dejase el asunto en sus manos. Ellos tienen contactos para poder encontrar a un buscador desaparecido de forma discreta; además, Urquijo me sugirió que era mejor no mezclar a la policía, que podría ser problemático para el Cuerpo.

—¿Cuánto hace que ellos la están buscando?

—Un par de semanas; aún no tienen nada.

—¿Dos semanas? —repetí, sorprendido—. Dices que hace mes y medio que no sabes nada de ella, ¿por qué tardaste tanto en pedir ayuda.

—Es por algo que Danny me dijo antes de irse a California. Me avisó de que quizá estaría un tiempo sin dar noticias, pero que no debía preocuparme.

—Ésa es otra cuestión, ¿qué diablos fue a hacer a California?

Burbuja se encogió de hombros, con aire abatido.

—No tengo ni idea, no me lo dijo... —Se quitó las gafas y se puso a limpiar los cristales con el puño de su camisa—. La verdad es que hacía tiempo que yo la notaba extraña... Distante... Al principio pensé que era por lo de tu expulsión, a todos nos puso de mal humor aquello...

—Pero luego cambiaste de parecer, ¿por qué?

—Me enteré de que aún seguía investigando por su cuenta el asesinato de Zaguero. Imaginé que si estaba distante era porque ese tema la tenía absorta.

Zaguero era un antiguo buscador que había dejado el Cuerpo para convertirse en inspector de la Policía Nacional. Durante el asunto de Malí alguien lo mató a tiros en el portal de su casa. Danny pensaba que aquello podía estar relacionado de alguna manera con el Cuerpo de Buscadores y se había propuesto encontrar a su asesino. La buscadora había sentido auténtico aprecio por aquel viejo policía y se creía en parte responsable de su muerte.

—¿Crees que su viaje a California pudo estar relacionado con esa investigación?

—Puede... Cuando le pregunté por qué iba allí me dijo que esperaba encontrar respuestas a una serie de cuestiones, que no debía preocuparme: me contaría los detalles al regresar... Eso fue todo. —Se volvió a poner las gafas y dejó escapar un suspiro—. No pude sacarle nada más. Ya la conoces, es una mujer reservada... Incluso conmigo.

—¿Ni siquiera te dijo a qué lugar de California se dirigía? ¿No mencionó alguna ciudad en particular?

Burbuja negó con la cabeza. Se levantó de la butaca y se fue a la cocina. Una vez allí, abrió una alacena y sacó de ella un vaso y una botella de whisky barato. Se sirvió un dedal y se lo bebió de un trago.

A través de la ventana, pude ver cómo el cielo se tornaba oscuro. La bombilla de una farola de la acera comenzó a parpadear y luego se encendió. Una luz mortecina se coló en el nido por entre los huecos de la persiana.

—Pensé en ir a buscarla, ¿sabes? —dijo Burbuja, posando la vista en su vaso de whisky—. Ir yo mismo a California para ver si averiguaba algo sobre su paradero, pero no sabía ni por dónde empezar… Además, no podía dejar el Sótano vacío. Como ya te he dicho, soy el único agente que queda.

Empezaba a sentirme deprimido. Burbuja no hacía más que darme malas noticias.

—¿Qué ha sido de Enigma?

—Lo dejó. Así, sin más. Un día se presentó en el despacho de Alzaga y le plantó su dimisión encima de la mesa.

—¿Por qué hizo algo semejante?

—¿Y yo qué sé? No creo que exista nadie en el mundo capaz de entender cómo funciona esa cabeza… Pero después del tiempo que hemos pasado juntos, esperaba que al menos me avisaría de que iba a largarse. —El buscador torció el gesto.

Entendía que Burbuja se sintiese dolido, pero aquélla era una forma de actuar muy propia de Enigma. Siempre fue la buscadora más impredecible. Su cerebro era como un enrevesado laberinto en el que los pensamientos correteaban sin control chocándose con las paredes.

—¿Sabes qué hizo después de dejar el Sótano?

—No. Alzaga se ofreció a buscarle otra cosa, en otro destino, pero ella lo rechazó. La última vez que hablamos me dijo que quizá pasara una temporada con su familia, quería recuperar el contacto.

Los buscadores trabajan tan inmersos en el secreto que éste acaba por cubrir todos los aspectos de sus vidas. No obstante, durante la misión en Malí, Enigma me reveló algunos detalles de su pasado como niña rica, hija de un padre acaudalado con el que no mantenía relación desde antes de ingresar en el Cuerpo. Según lo que Burbuja acababa de contarme, daba la impresión que mi antigua compañera había sentido de pronto la llamada de las raíces familiares. Me resultaba extraño, pero no sorprendente: tratándose de Enigma, cualquier cosa era posible.

Burbuja tomó otro trago de whisky, esta vez directamente de la botella.

—Creo que sé por qué lo hizo, novato —dijo tras limpiarse los labios con el dorso de la mano—. Ella abandonó el barco antes de que se hundiera… Puede que Enigma esté loca, pero no es estúpida… Sabía que el maldito Cuerpo de Buscadores se está yendo a pique y no lo soportaba, por eso se largó… A veces me siento tentado a imitarla, pero cuando creo que ya he tomado la decisión, me acuerdo de Narváez y me echo atrás. El viejo no habría entendido que huyera como una rata… Él jamás lo habría hecho…

El panorama que Burbuja me estaba mostrando era desolador. Apenas podía creer que las cosas se hubieran torcido tanto en sólo unos meses.

—Estoy seguro de que la situación no es tan mala.

—¿Qué sabrás tú? Te fuiste hace casi un año… Y luego Enigma, y ahora Danny… Y nadie tiene el menor interés en cubrir las bajas. Es como si alguien quisiera que el Cuerpo muriese de viejo.

—¿Alzaga?

—Puede ser. A ese bastardo parece traerle sin cuidado que el Cuerpo se hunda para siempre. No sé a quién se le ocurrió ponerle al mando. Sea quien sea, espero que el fantasma del viejo Narváez esté convirtiendo su vida en un infierno.

—Pero tarde o temprano Alzaga tendrá que enrolar a nuevos buscadores. Tú solo no puedes encargarte de todo el trabajo por tiempo indefinido.

—¿Es que no me escuchas, novato? No hay trabajo. No hay misiones, ¡nada! Lo único que hago es pasarme las horas metido en mi despacho mirando el reloj, y Alzaga no tiene intención de que eso cambie.

—A pesar de todo, te ha enviado a Londres a hacer un trabajo.

Burbuja negó con la cabeza, con aire de hastío.

—Estoy aquí por mi cuenta. El Sótano no me da ninguna cobertura.

—Ya veo… —dije. Después de lo que había escuchado, me esperaba algo así—. Me resultaba extraño que no hubieras cambiado el manuscrito de Rosignolli por una falsificación hecha por los gemelos, pero supongo que ellos tampoco saben que pretendías robarlo, ¿no es así?

—Por fin empiezas a entenderlo, novato.

El Cuerpo de Buscadores actuaba siempre mediante el mismo subterfugio: cada vez que recuperaba alguna pieza expoliada, la cambiaba por una copia que Alfa y Omega, los gemelos joyeros cuya familia colaboraba en el Cuerpo desde hacía generaciones, habían fabricado previamente en su taller. De esa forma los robos pasaban desapercibidos. Burbuja estaba corriendo un enorme riesgo.

—No has debido hacerlo —le dije—. Si Alzaga lo descubre puede expulsarte, igual que hizo conmigo cuando se enteró de lo de Malí.

—Eso ya ni siquiera me importa. Si me echara a la calle, sería una forma de acabar de una vez con esta muerte lenta... Pero no lo hará... No... Creo que ese cabrón retorcido quiere tenerme encadenado al Sótano hasta el final, hasta que todo se venga abajo.

—Estás confundiendo la simple incompetencia con algo más siniestro. No sé qué interés puede tener Alzaga en torpedear su propio puesto de trabajo.

Él se encogió de hombros. Al parecer, no le importaba mi opinión al respecto.

Y mi opinión, en este caso, era que Burbuja se había metido en un callejón sin salida. El robo había sido torpe y mal planeado, tarde o temprano la detective Child, con la ayuda de Interpol, acabaría por encajar las piezas. No podía imaginar una situación más penosa que la de verme obligado a emitir una orden de busca y captura a nombre de mi antiguo compañero. Y eso ocurriría, no me cabía duda, sobre todo si Lacombe se involucraba en el caso. Conocía demasiado bien a la agente de Interpol como para saber que no renunciaba fácilmente a un objetivo, yo mismo lo había sufrido en mi propia piel. Si Burbuja no contaba con la cobertura del Cuerpo, el buscador tenía tantas posibilidades de salir airoso de aquello como de escapar de un edificio en llamas con el cuerpo rociado de gasolina.

Me preguntaba qué podía hacer por ayudarlo. Por desgracia, no tenía muchas opciones, salvo cerrar los ojos y mirar hacia otro lado mientras confiaba en su proverbial buena suerte para salir de los atolladeros.

—No le diré a nadie que he hablado contigo —le aseguré.

El buscador asintió, en silencio, sin mirarme.

—Gracias.

—Pero debes salir de Londres de inmediato. Y yo que tú me olvidaría de ese manuscrito.

—Cuando necesite los consejos de un novato, te los pediré.

—Ten un poco de respeto, ¿quieres? A este novato le basta hacer una llamada para que se presente aquí toda la policía de la City y parte de Interpol.

—Sí, está bien, entendido: tú la tienes más grande.

—Hablo en serio, Burbuja. Te has metido en un buen charco y lo sabes. ¿Para qué arriesgarte a ser detenido sólo por un trasto sin importancia?

—No llevas tanto tiempo fuera del Cuerpo como para haber olvidado nuestro cometido ni nuestro lema: «Regresa». Este manuscrito debe ser devuelto a sus legítimos dueños.

—Su dueño es un catedrático pelmazo e insignificante, el cual ahora mismo está al borde del infarto cerebral por culpa de tu robo. No intentes venderme esto como si fuera una cruzada del Cuerpo de Buscadores.

Burbuja me miró con el ceño fruncido, como si yo acabara de decir algo incomprensible para él.

—Espera un momento, Faro… ¿Tienes alguna idea de qué es lo que he robado? —Iba a responder, pero él lo hizo por mí—. No, es evidente que no.

—¿Y qué? Me da igual si son los diarios de Hitler o la confesión del verdadero Jack el Destripador. No creo que eso importe.

—Te equivocas. Sí debería importarte. De alguna manera podría decirse que el dueño de ese manuscrito… eres tú.

—¿Qué es eso, algún tipo de chiste? Porque no acabo de entenderlo.

—Levántate.

Obedecí. Burbuja me apartó a un lado y luego levantó los cojines del sofá. Debajo había un somier plegable. Cuando el buscador lo desarmó, vi que ocultaba en su interior un objeto alargado, de unos cincuenta centímetros, envuelto en una manta.

Burbuja lo colocó encima de la mesa de la cocina y quitó la manta para que pudiera verlo. En cuanto mis ojos se posaron sobre aquella pieza, multitud de detalles quedaron claros en mi cabeza.

Entre ellos, el descubrimiento de que Dennis Rosignolli mentía sin ningún pudor al asegurar que el manuscrito pertenecía a su familia desde hacía generaciones.

Burbuja tenía razón cuando dijo que, de haber alguien con derecho a reclamar la posesión del manuscrito, esa persona era yo. Después de todo, fui yo quien lo encontró, en el fondo de un agujero atestado de polvo y telas de araña. Pero eso ocurrió hacía ya algún tiempo, y después de ese hallazgo me habían pasado tantas cosas increíbles que casi lo llegué a olvidar por completo.

Ocurrió durante mi incursión en las Cuevas de Hércules, cuando estaba siguiendo la pista de la Mesa de Salomón. Allí, en el corazón de aquel laberinto subterráneo, no sólo encontré una supuesta reliquia bíblica sino también otra serie de objetos igual de enigmáticos.

En una recóndita cueva hallé por casualidad un rollo de papiro metido dentro de un estuche de plata dorada. Aquel documento estaba junto a unas vasijas que contenían cabezas momificadas y sumergidas en miel.

Jamás supe qué era aquel manuscrito ni quién lo había puesto allí; de hecho, ni siquiera lo habría encontrado de no haber tenido que refugiarme en aquella gruta cuando el techo de las Cuevas de Hércules empezó a derrumbarse sobre mi cabeza. Fue la única vez que tuve el manuscrito entre mis manos y apenas pude echarle más que un breve vistazo (en aquel momento tenía preocupaciones más importantes en la cabeza). No obstante, estoy completamente seguro de que en los últimos cientos de años nadie, ni mucho menos un petulante catedrático llamado Rosignolli, había sostenido aquel documento entre sus manos antes de que yo lo encontrara.

Lo poco que pude averiguar sobre el manuscrito al inspeccionarlo era que estaba redactado en un extraño alfabeto que me era desconocido. El Cuerpo de Buscadores decidió entregar la pieza a los gemelos Alfa y Omega para que la estudiaran en profundidad. Los joyeros pensaban que el manuscrito era de época visigoda, es decir, que tenía al menos unos mil trescientos años de antigüedad, pero tampoco fueron capaces de descifrar su contenido. Lo último que supe de aquel legajo antes de guardarlo en un apartado rincón de mi memoria era que los gemelos seguían estudiándolo en su taller de la calle de Postas, en pleno centro de Madrid.

Por qué ahora lo estaba contemplando en la cocina de un piso de Londres, y por qué un profesor universitario de Grenoble aseguraba ser su dueño legítimo, eran cuestiones a las que en un primer momento no fui capaz de dar respuesta, aunque me habría gustado mucho poder hacerlo.

—Te resulta familiar, ¿verdad, novato? —me dijo Burbuja.

—¿Es… el mismo que yo encontré? ¿Estás seguro?

—Por completo. —El buscador se encendió un cigarrillo—. El mes pasado, mientras Alzaga me tenía perdiendo el tiempo en mi despacho, me enteré que en el Barbicane Centre se exhibía una muestra de códices y documentos de diversas épocas. Este trasto estaba entre ellos; de hecho, lo publicitaban como la pieza estrella de la muestra. Lo reconocí en cuanto vi la fotografía. Lo siguiente que hice fue adquirir un catálogo de la muestra y comparar la ficha del manuscrito con la que hicimos nosotros después de que lo encontraras. Las características eran idénticas. No había duda de que era el nuestro.

—Pero… ¿cómo? Se supone que debería estar en el taller de Alfa y Omega.

—Ese par de gnomos metieron la pata hasta el fondo. Como no sabían descifrar la escritura del manuscrito, decidieron mandárselo a un conocido suyo experto en paleografía. Un respetable catedrático miembro del CNRS francés…

—¡Rosignolli!

—El mismo. Cuando me lo dijeron, estuve a punto de estrangularlos con sus malditas corbatas.

Burbuja me contó que tuvo que presionarlos hasta casi llegar a la amenaza física para que los gemelos confesaran toda la historia. Según le dijeron al buscador, en principio mandaron a Rosignolli imágenes escaneadas del texto. Tiempo después, el catedrático les respondió que le sería imposible hacer una traducción fiable si no podía trabajar sobre el soporte original. Los gemelos pecaron de asombrosa candidez al remitir el manuscrito a Rosignolli. En ningún momento se les pasó por la imaginación sospechar que un respetable investigador, famoso en el mundo académico, pudiera estar intentando engañarlos.

Cuando la pieza llegó a sus manos, Rosignolli dilató mediante absurdas excusas el momento de devolverla hasta que fue evidente que no pensaba hacerlo nunca. O, al menos, lo fue para cualquiera excepto para los ilusos Alfa y Omega, quienes seguían convencidos de la buena fe del catedrático.

—Más bien, se convencieron ellos mismos —añadió Burbuja—. Se negaban a admitir que ese puñetero francés les había engañado como a dos pardillos. Cuando les saqué la historia, aún querían pensar que era fruto de algún tipo de malentendido.

—¿Alfa y Omega le dijeron a Rosignolli cómo consiguieron el documento?

—Ellos dicen que no... y es probable que no mientan, pero los muy idiotas seguro que le dieron a entender de algún modo que la pieza no tenía un dueño legal y el francés se aprovechó de ello. Debe de ser una rata muy astuta, como todos los sinvergüenzas.

Lo era, sin duda. Lo supiera o no Rosignolli, había ejecutado un expolio de manual. Los gemelos no podían reclamar legalmente el manuscrito sin revelar de dónde lo habían sacado y, al hacerlo, existía el riesgo de que las actividades del Cuerpo quedaran al descubierto, algo absolutamente inconcebible.

—¿Hablaste con Alzaga de todo esto?

—No. No quería dejar a los gemelos en evidencia. Han sido un par de estúpidos, pero no quiero darle una excusa a Alzaga para deshacerse de ellos, ya he perdido demasiados compañeros en los últimos meses. Tomé la decisión de recuperar el manuscrito sin consultarle.

—Eso no va a gustarle nada...

—Si me importara, no estaría aquí ahora mismo. Además, no tiene por qué enterarse. Le llevaré el manuscrito a los gemelos y ellos me guardarán la espalda, por la cuenta que les trae.

Comprendía los motivos de Burbuja, y es muy probable que yo hubiera actuado igual de haber estado en su lugar, pero, aun así, sus opciones de llevar su plan a buen puerto me seguían pareciendo escasas.

Traté de olvidar por un momento mi pesimismo y me concentré en inspeccionar el manuscrito. El estuche era, como yo recordaba, un cilindro de plata dorada con relieves vegetales hechos en batido, de unos cuatro dedos de diámetro. Burbuja me dio permiso para abrirlo.

De su interior extraje un apretado rollo de papiro que olía intensamente a vegetal. No me atreví a desenrollarlo del todo por miedo a causarle algún daño. Por otro lado, parecía demasiado largo como para caber sobre la estrecha mesa de la cocina. A pesar de ello, desplegué unos centímetros de su parte superior para echar un vistazo al encabezamiento. La escritura se conservaba en buen estado y era legible. La palabra que distinguí estaba escrita en grandes letras godas y en latín. *TESTATIO MENTIS*, decía, lo que de forma literal se traduce como «testimonio de la voluntad» y, de forma más común, como «testamento».

El resto era una compacta sucesión de líneas escritas en un alfabeto que yo no podía descifrar. Al observarlo con detalle, algunos caracteres me parecieron griegos. Burbuja hablaba y leía el griego clásico, de modo que le pregunté si el texto estaba escrito en ese idioma. Lo negó con rotundidad. Aunque algunos caracteres fueran similares, me dijo, se trataba sin lugar a dudas de un alfabeto y un lenguaje diferentes.

Empecé a sentir la irrefrenable necesidad de saber qué secretos ocultaba ese documento.

—¿Crees que Rosignolli llegó a traducirlo? —pregunté.

—Ni idea.

—Sería interesante saber qué dice aquí, ¿no crees? Quizá explique por qué estaba oculto en las Cuevas de Hércules, junto a la Mesa de Salomón, y de quiénes eran aquellas cabezas sumergidas en miel… —dije, aunque más bien fue una reflexión en voz alta—. Sí, me gustaría mucho saberlo… —Observé que Burbuja se me había quedado mirando con una de sus sonrisas a medias, tan parecidas a las de Danny y, al igual que las suyas, tan difíciles de interpretar—. ¿A qué viene esa cara?

—Nada… Es que esa actitud tuya me resulta familiar —respondió, con cierto deje burlón—. ¿Echas de menos la acción, novato? ¿Acaso Interpol no satisface tu cuota anual de búsquedas de tesoros?

—No digas estupideces.

Dejé de lado el manuscrito como si fuera algo peligroso. Burbuja volvió a meterlo dentro de su estuche. Yo permanecí un rato en silencio. Tenía la irritante sensación de que mi compañero acababa de agitarme un cebo en las narices… y de que había surtido efecto.

—¿Sigues pensando que debo deshacerme de él? —me preguntó.

—No… Pero tienes que admitir que este manuscrito es como una bomba de relojería entre tus manos.

—¿Por qué te preocupas tanto? De momento todo ha salido de acuerdo con mi plan. Nadie, excepto tú, sería capaz de relacionarme con el robo… y tú no vas a delatarme, ¿verdad?

—Claro que no —suspiré—, pero, al margen del dilema ético que eso me supone, no deberías estar tan convencido de que la policía no acabará por encontrarte.

—No tienen nada.

—En eso te equivocas. Hay un testigo, lo sé. Una mujer vio a tu amigo Caleb cuando dejó fuera de combate al guardia de seguridad.

—Tonterías… Y, aun así, le será imposible describirlo. Le dije a Caleb que llevara un pasamontañas, igual que yo.

—¿Lo comprobaste tú mismo?

—No, pero… seguro que lo hizo…

—Ya. El tipo con pinta de vivir en una perpetua resaca de narcóticos. Sí, sin duda haces bien confiando en que siguiera todas tus instrucciones al pie de la letra.

Burbuja empezó a mostrarse incómodo. Se quitó las gafas y se puso a limpiar los cristales para no tener que mirarme a los ojos.

—Bien… Pero… Aun en el caso improbable de que alguien le hubiera visto la cara… Él no me delatará.

—Claro. No me cabe duda de que haría cualquier cosa por ti, sobre todo después de que descubra que lo que le has pagado por su silencio era una bolsa de maicena con vitaminas.

—Calla la boca, novato —farfulló el buscador.

—Burbuja, admítelo: tienes un problema.

—De acuerdo, de acuerdo… Reconozco que mi situación es más precaria de lo que desearía, pero no me preocupa, puedo salir de ésta. Tengo mucha experiencia.

—Seguro, pero pienso que llegarás más lejos con mi ayuda que empeñándote en actuar como un lobo solitario.

—No. Tú ahora estás con los legales. No voy a dejar que te ensucies con este asunto.

—Tienes razón, no debería, pero se trata de un tema personal. No me jugué la vida encontrando ese manuscrito para que un tipejo como Rosignolli se lo apropie sin esfuerzo. Eso no ocurrirá si yo puedo evitarlo.

—Está bien. Supongamos por un momento que dejo que te metas en esto… Antes que nada, deberías tener un buen plan.

—Tengo una idea. No sé si es muy buena, pero podría alejarte de las sospechas de la policía… Siempre y cuando logre convencerte de que no es tan descabellada como en principio te parecerá.

Burbuja me miró, receloso.

—Inténtalo.

Le expliqué qué era lo que tenía en mente. Tal y como yo esperaba, le pareció una idea espantosa.

3
Gafas

L acombe y yo nos alojábamos en un hotel cerca de la Estación Victoria. Pertenecía a una cadena de segunda categoría y, al igual que la mayoría de los hoteles londinenses, era caro y de baja calidad.

Pasadas las nueve de la noche, llamé a la puerta de la habitación de la agente de Interpol. Escuché las notas de la *Sinfonía Renana* de Schumann sonando al otro lado de la pared. Por lo visto, Lacombe estaba tomándose un momento de alocado relax.

—Ah, eres tú, Alfaro. ¿Qué quieres? —dijo Lacombe al abrir la puerta—. ¿Tienes alguna duda sobre los informes?

Naturalmente, no había tocado los dichosos informes en toda la tarde. Ese asunto había dejado de ser una prioridad, si es que alguna vez llegó a serlo.

—No, quería hablarte de ese manuscrito del Barbicane.

—No has podido quitártelo de la cabeza, ¿verdad? Bien, eso me gusta, demuestra que tienes la inquietud de un buen policía. Es un caso muy interesante. Cuando regresemos a Lyon haré lo posible para que nos permitan colaborar en él de manera oficial. Precisamente tengo muchas teorías que estaba deseando compartir con alguien…

Sin darme la oportunidad de hablar, se dirigió al fondo de la habitación para apagar la música al tiempo que expresaba una interminable serie de pensamientos y opiniones sobre el caso en voz alta.

Esperé pacientemente a que terminara su soliloquio mientras me entretenía curioseando a mi alrededor con la mirada. Encima de una de las mesitas de noche vi un ejemplar de una novela de Rosamunde Pilcher, muy sobada, con el resguardo de una tarjeta de embarque brotando de entre sus páginas. Me pareció una lectura sorprendente, tanto que llegué a dudar si ese libro no sería el olvido de un inquilino anterior.

En aquel momento Lacombe hablaba sin parar sobre el interrogatorio de la testigo del robo. Tal y como me temía, aquella mujer había dado una certera descripción de Caleb, con su camiseta de los Motorhead incluida.

—Ya tenemos un sospechoso. Será el hilo del que tiraremos para desenredar la madeja, ya lo verás —dijo la agente. Era muy aficionada a las metáforas con hilos, tapices y madejas cuando hablaba de un caso—. Pronto encontraremos ese manuscrito.

—Sí, sobre eso quería hablarte… Me temo que el caso acaba de dar un giro inesperado.

—¿Qué quieres decir?

—Es mejor que te lo explique en otro sitio. Hay un pub aquí cerca. Reunámonos allí y te lo contaré. Te espero abajo, en la recepción.

Pensé que había sonado poco convincente, pero Lacombe aceptó mi sugerencia. Unos minutos más tarde, nos dirigíamos hacia una pintoresca cervecería llamada The Rose of Lancasters que estaba a un par de calles de distancia del hotel. En el interior había muy pocos clientes. Uno de ellos estaba sentado a solas frente a una pinta de sidra en un reservado.

Cuando Lacombe y yo entramos, el solitario bebedor me lanzó una mirada por encima de las gafas que llevaba puestas. En sus ojos había un mensaje tan claro que pude imaginarlo palabra por palabra dentro de mi cabeza.

«Espero que esto funcione, novato, o si no te destruiré.»

Me dirigí hacia Burbuja, junto con la agente de Interpol. Al sentarnos en su misma mesa, ella no lo reconoció de inmediato. Puede que fuera porque Lacombe no esperaba volver a verlo desde que tuvieron que colaborar, a regañadientes, durante el asunto de Malí. O quizá fuera por las gafas.

En cuanto la cara de Burbuja reapareció en la memoria de la agente, ésta lanzó una exclamación de sorpresa.

—¡Usted!

—Julianne… —dijo el buscador, inclinando levemente la cabeza.

—¿Qué significa esto? ¿Qué hace usted aquí?

Iba a tener que llevar con mucha mano izquierda aquella reunión. No era buena idea sacar a relucir temas relacionados con Malí delante de Lacombe, ya que sobre ello había muchas cosas que la agente aún ignoraba y que, de hecho, sería mejor que no supiera nunca.

—Parece usted molesta —dijo Burbuja—. ¿Es por algo que he dicho?

Lacombe trató de recomponerse de su desconcierto inicial.

—No… Es decir… Ya sé que Alfaro y usted se conocen… de… antes. —Dijo la palabra «antes» tras hacer una pausa muy larga, como intentando desesperadamente hallar en su cabeza un término más adecuado, sin conseguirlo—. Lo siento si le he parecido molesta. No lo estoy… No del todo…

—Tampoco tiene motivos para ello. De no ser por mí, ahora estaría en el estómago de un cocodrilo del tamaño de un autobús.

Lacombe cerró los ojos y respiró hondo.

—¿Sabe qué? Preferiría no tener que hablar sobre ese tema…

—Estupendo. Ya somos dos. —Burbuja bebió un trago de su sidra—. Mirar hacia el futuro, ése es mi lema. Que el pasado se quede atrás, borrón y cuenta nueva. Estoy seguro de que usted piensa lo mismo; después de todo, la recuerdo como una chica juiciosa. Cargante, pero juiciosa.

—¿Cargante?

—Oh, bueno, sólo es mi opinión.

—Le agradecería que guardara sus absurdas opiniones para quien sea tan imprudente como para pedírselas, señor… señor… —Lacombe chasqueó la lengua con rabia—. Maldita sea, ni siquiera recuerdo si alguna vez llegó usted a decirme un nombre que no fuera falso.

—Burgos. Llámeme señor Burgos —dijo el buscador, mencionando el nombre que solía usar cuando actuaba de incógnito—. Me duele que lo haya olvidado. Yo sí que me acordaba del suyo, agente… ¿Lacoste?

—Lacombe, lo sabe perfectamente.

—Ah, eso es… Lacoste es la marca de ropa. La del cocodrilo, ya sabe…

Carraspeé para llamar la atención a Burbuja. El buscador aún recordaba a Lacombe con antipatía, pero aquél no me parecía el mejor momento para divertirse a su costa.

—El señor Burgos conoce algunos detalles sobre el robo del manuscrito que podrían resultarnos de interés —dije.

Lacombe miró a Burbuja con inmenso recelo.

—¿Qué clase de detalles?

—Tenemos firmes sospechas de que pueda tratarse de una pieza expoliada —respondió el buscador—. Expoliada por la persona que dice ser su dueño legítimo: Dennis Rosignolli.

—¿Tenemos? ¿De quién está hablando, señor Burgos?

—De las autoridades españolas para las que trabajo. Hace tiempo que andamos tras la pista de ese manuscrito.

La mejor mentira es una verdad a medias, o al menos eso es lo que siempre he pensado.

—¿A qué autoridades españolas se refiere?

—Las mismas que nos dieron soporte en Malí, agente; aquéllas para las que Tirso trabajaba antes de pasarse a Interpol —respondió Burbuja—. Vamos, Julianne, no me obligue a hablar más de la cuenta. Sobre todo en un lugar público. Estoy seguro de que es usted lo suficientemente lista como para hacerse una idea de lo que hablo.

—Sí… Supongo que sí —dijo Lacombe, intentando no parecer confusa. Por lo que yo sabía de ella, prefería mentir antes que reconocer ignorancia—. Aun así, todo esto me parece muy extraño… Sensación, por cierto, que suelo asociar a momentos en los que usted y yo nos hemos cruzado.

—Lo que no me negará es que fueron momentos interesantes —dijo el buscador. Lacombe respondió emitiendo un ambiguo resoplido. Burbuja continuó—: Llevo siguiendo los movimientos de Rosignolli desde hace meses, recopilando pruebas para demostrar que el manuscrito no le pertenece; por desgracia, este inoportuno robo ha dado al traste con toda mi operación. He pensado que, ya que somos viejos amigos, quizá podría echarme una mano.

—No somos amigos. Usted no me gusta.

—Cambiaría de opinión si me conociera.

Como de costumbre, Lacombe no captó la broma.

—¿Cómo se enteró de que estoy ayudando a la policía con el robo? —preguntó la agente—. Hasta el momento, la intervención de Interpol no es oficial.

—Ya le he dicho que llevo tiempo detrás de Rosignolli. En cuanto supe del robo en el Barbicane hablé con algunos de los implicados por mi cuenta. Un tal Josh Martin me dijo que ya había sido interrogado por la policía de la City y dos agentes de Interpol. Eso me hizo pensar que Interpol estaba en el caso de manera oficial, así que me puse en contacto con Tirso esperando que pudiera pasarme alguna información. No sabía que estaba en Londres.

—Como es lógico, no quise hacer nada sin consultarlo antes contigo —le dije a Lacombe, siguiendo la historia que Burbuja y yo habíamos ensayado previamente—. No me pareció adecuado.

—¿Por qué no habló con la policía de la City, señor Burgos?

—Ésa era mi intención, pero ya que descubrí la posibilidad de que un viejo compañero me echase una mano de forma discreta, preferí agotar antes esa vía. Escuche, Julianne, ambos estamos metidos en este caso por accidente, ¿no cree que sería bueno que nos ayudásemos el uno al otro?

Lacombe se quedó en silencio un instante, dubitativa.

—No estoy segura de esto, señor Burgos... No me fío de sus intenciones.

—Hasta el momento, no le he pedido nada que pueda comprometerla. Todo lo contrario, le estoy ofreciendo de manera desinteresada una información muy valiosa sobre Rosignolli. Mi único interés es que este caso quede resuelto.

—¿Por qué no le ofreció esa información a la policía?

—Podría decirse que prefiero ayudar a un conocido antes que a extraños... Además, la institución para la que trabajo es muy discreta. Es preferible que dé a conocer mis pistas a través de un canal, digamos..., extraoficial.

—¿Y qué espera conseguir usted con esto?

—Impedir que Rosignolli se quede con el manuscrito.

—Bien, de momento eso no debería preocuparle. Ahora mismo nadie sabe quién lo tiene.

—Tengo una teoría al respecto, Julianne —dijo el buscador—. Imagine que el manuscrito estuviera asegurado por una enorme suma de dinero, tan grande como para que un inofensivo catedrático se planteara la posibilidad de montar una estafa mediante un robo inexistente... ¿Sabe dónde quiero ir a parar?

—Sí, pero no me convence. Rosignolli estaba frenético por la pérdida.

—Por supuesto. Si él mismo hubiera urdido el plan, ¿de qué otra forma se suponía que debería actuar?

—¿Ésa es la teoría de su... institución?

—Más o menos.

Lacombe negó con la cabeza, como si se sacudiera pensamientos incongruentes del cerebro.

—No, no... No lo veo claro. No tiene ni pies ni cabeza —dijo—. Todo esto es muy extraño. Lo siento, señor Burgos, pero no voy a ayudarle. No quiero meterme en otra historia descabellada por su culpa. Ya tuve suficiente con la última vez. Ahora voy a regresar al hotel y a hacer como que usted y yo no nos hemos visto nunca. —Se levantó de su asiento y luego me señaló con gesto acusador—. Y tú... Tú... No deberías seguir manteniendo contacto con estas personas. No creo que sea conveniente.

—Espera un momento... Sólo un segundo... —dije, impidiéndola que se marchara—. ¿Estás convencida de que no hay nada sospechoso en Rosignolli? Recuerda que esta tarde incluso a la detective Child le pareció que ocultaba algo, ella misma nos lo dijo.

Lacombe nos miró alternativamente a Burbuja y a mí. Podía percibir la duda en sus ojos.

—Pero... Es que no entiendo qué se supone que deberíamos hacer...

—Hablemos con Rosignolli —dije—. Sólo eso. Nada más. Tú eres buena interrogando a la gente. Si, a pesar de ello, no encuentras nada que demuestre que pueda estar mintiendo, entonces nos olvidamos del asunto.

El olfato investigador de mi compañera se excitaba al encontrar hilos sueltos en un caso. Burbuja le había dado uno demasiado grueso como para ignorarlo.

Lacombe era una mujer fuerte, pero no más que sus instintos.

—Lo pensaré —dijo al fin—. Eso es todo.

No quiso quedarse más tiempo, así que se marchó dejándonos solos a Burbuja y a mí.

El buscador me miró con gesto taciturno.

—Novato, no tengo ni la más remota idea de para qué ha servido este teatro.

—Distracción. Cuando quieres que alguien deje de mirar algo, lo mejor es montar un buen follón justo a su espalda y hacer que vuelva la cabeza.

—Explícamelo sin metáforas, ¿quieres? Ya me he bebido dos pintas de sidra.

—Si Lacombe y la policía se empiezan a tomar en serio la idea de que Rosignolli se robó a sí mismo, quizá se entretengan con esa línea de investigación el tiempo suficiente como para que tú puedas escabullirte con el manuscrito.

—Pero ahora Lacombe sabe que estoy en Londres.

—Sí, pero porque nosotros se lo hemos dicho, y eso es bueno. Ella confía en mí, y no tiene tanta imaginación como para sospechar que estoy encubriéndote. Si lo piensas desde su punto de vista, habría que ser muy retorcido para intuir la verdad, y ella no lo es.

—¿Estás seguro?

—Sí. Después de trabajar juntos este tiempo, creo que la conozco bien.

—No te envidio, novato. Todo este tiempo junto a esa mujer…

Me quedé pensativo un instante. A mi cabeza acudió la imagen de una novela de Rosamunde Pilcher, con las tapas combadas y una tarjeta de embarque entre sus páginas.

—¿Sabes qué? Tampoco es tan desagradable. No del todo.

—Sí, ya —dijo el buscador, sin tomarme en serio, justo antes de vaciar el último trago de su pinta de sidra—. Al menos tiene un buen cuerpo.

Al día siguiente acompañé a Lacombe a la reunión con los conservadores de la Tate Gallery y los agentes de la Policía Metropolitana. Me alegraba de poder quitarme de encima aquel asunto de una vez. Fue un mero trámite, tedioso pero breve. En principio, ya no teníamos ningún motivo para no regresar a Lyon en el primer vuelo.

No tuve oportunidad de preguntar a Lacombe si había decidido alguna cosa con respecto a Rosignolli, tampoco ella lo mencionó, de modo que decidí no insistir. A Lacombe no le gustaba que la presionara un subordinado.

Una vez hubimos abandonado la Tate Gallery, donde se realizó el encuentro, Lacombe y yo fuimos a comprar unos cafés y algo de comer en un Pret a Manger. Dimos cuenta de aquel tardío desayuno sentados en un banco cercano al Puente del Mileno, de cara al Támesis. El río estaba sucio al igual que el cielo. Puro Londres.

—He estado pensando en tu amigo, el señor Burgos… —dijo Lacombe de forma inesperada—. ¿Cómo os conocisteis?

—Sabes que no puedo hablar de lo que hacía en mi anterior trabajo.

—Sí… Labores para los servicios de inteligencia españoles, ¿no es eso?

—Exacto.

—Alfaro, eres inteligente. —Su cumplido me pareció inesperado—. También tienes recursos, y eres audaz. Por eso te quise en mi equipo.

—Bien… Eh… Gracias.

—Siempre busco a los mejores. No me importa de dónde vengan mientras me sean útiles, pero no soy tan estúpida como para ignorar que hay detalles en tu pasado que un currículum más bien vago no justifican ni por asomo. Si hasta el momento no te he cuestionado es porque me has demostrado ser de confianza.

Sentí un leve aguijonazo de remordimiento.

—Me alegra oírte decir eso.

—Lo que quiero saber es si puedo fiarme también de ese amigo tuyo.

Intenté ser todo lo sincero que me permitían las circunstancias.

—Creo que no miente al asegurar que Rosignolli oculta algo.

Lacombe asintió con aire reflexivo.

—De acuerdo —dijo. Se levantó del banco y tiró los restos de su desayuno a una papelera—. Hablaremos con él. Sé que no dormiré tranquila hasta que no me saque esta maldita duda de la cabeza.

Paramos un taxi para ir hasta la Estación Victoria. Desde allí tomamos uno de los numerosos trenes que unen el centro de Londres con el aeropuerto de Luton, efectuando parada en Elstree, el lugar donde Dennis Rosignolli tenía su residencia. En total, presentarnos en su casa no nos llevó más de una hora, aunque tuve que gastar una pequeña fortuna en transporte. Lacombe no me dejó cargarle el gasto a Interpol.

El catedrático francés vivía en un pequeño chalet pareado, en una zona residencial tranquila y rodeada de vegetación. La casa de

Rosignolli compartía bloque con otras dos, todas ellas de idéntico aspecto funcional y anodino. El lugar parecía desierto.

Al llegar a la entrada, Lacombe se encaró conmigo.

—Vas a encargarte tú de esto.

—¿Yo? Pero si tú eres la que hace los interrogatorios... Lo mío es sentarme y aprender, ya sabes...

—No. La idea ha sido tuya, así que tú preguntas. Yo ya he hecho bastante aceptando venir hasta aquí.

Lacombe llamó al timbre sin darme tiempo a protestar. Casi de inmediato, Rosignolli nos abrió la puerta. Nos reconoció nada más vernos, pero eso no pareció gustarle en absoluto. Tras un saludo más bien seco, quiso saber si habíamos ido a comunicarle alguna novedad sobre su manuscrito.

—Seguimos investigando —dije—. Nos gustaría mucho poder aclarar con usted algunos detalles, si tiene tiempo.

—Tengo tiempo, pero no sé si deseo emplearlo con ustedes. Ya he dicho a la policía todo cuanto considero de interés, y aún sigo esperando que alguien me devuelva lo que me pertenece.

Lacombe decidió acudir en mi ayuda antes de que el francés nos cerrara la puerta en las narices.

—Doctor Rosignolli, si quiere que lo ayudemos, tendrá que colaborar con nosotros.

—La policía de Londres no ha hecho nada por mí... Dijeron que mandarían a un agente a vigilar mi casa y aún lo estoy esperando, malditos incompetentes.

—Pero nosotros no somos la policía inglesa, somos agentes de Interpol.

Rosignolli pareció dudar.

—Usted... es francesa, ¿verdad?

—Exacto. También colaboro con la OCBC, además de con la policía internacional.

—Está bien. Les concedo unos minutos. Quizá una compatriota pueda entender la importancia de este asunto mejor que esos *bobys*, que sólo sirven para indicar direcciones y poner multas.

Al fin Rosignolli nos invitó a pasar. En realidad, nosotros no teníamos ningún derecho a interrogarlo en su casa, no sólo porque aún no estuviésemos oficialmente en el caso, sino porque, además, ningún miembro de Interpol, en ninguna circunstancia, puede atribuirse funciones policiales en un país soberano. Para que aquella entrevista fuera legal, tendríamos que haber estado acompañados por un agente inglés. Por suerte, Rosignolli, como la mayoría de las personas, ignoraba ese detalle.

El catedrático nos hizo pasar a su estudio en el primer piso. Era un cuarto pequeño, provisto de una ventana con vistas a la carretera que transcurría frente a la fachada de la casa.

Aquel despacho era el de un hombre amante del orden. La superficie del escritorio estaba despejada, salvo por unas cuartillas apiladas de forma simétrica junto al ordenador. Detrás del mueble había una librería que ocupaba una pared entera. Todos los volúmenes estaban dispuestos alfabéticamente y no parecía faltar ninguno. La habitación olía a ambientador.

Rosignolli nos ofreció asiento, de mala gana. Él ocupó la silla giratoria que estaba tras el escritorio.

—¿Y bien? —nos preguntó.

Lacombe me miró, dejándome a mí la iniciativa.

—Doctor... —comencé—. Sobre ese manuscrito... Dice usted que lleva en su familia desde hace generaciones...

—Exacto.

—¿De dónde sacó su familia ese manuscrito?

—Es difícil precisarlo... Era uno de los detalles que pretendía esclarecer en mi investigación.

—¿Y pudo hacerlo?

—No. Aún no.

La facilidad con la que aquel hombre mentía sin pudor alguno me empezaba a resultar admirable.

—Entonces, ¿hasta qué punto había avanzado?

—¿Para qué diablos le interesa eso a Interpol?

—Doctor Rosignolli, a diferencia de la policía inglesa, nosotros sí que apreciamos el inmenso valor de lo que le han arrebatado. Quizá no tanto económico como académico, pero eso es lo que hace de su manuscrito algo extraordinario... Único, podría decirse... Tendrá que perdonar mi curiosidad, pero tenía interés en conocer de primera mano las conclusiones de un experto de tanto bagaje como usted.

En mi época de estudiante, aprendí que los catedráticos universitarios más desagradables en el trato suelen ser los que antes se debilitan ante un halago, por mal disimulado que éste sea. Comprobé que Rosignolli era justo de esa clase, tal y como pensaba.

—Bien, es bueno saber que no todos los agentes de la ley son indiferentes al valor intangible de un tesoro documental —dijo el francés. Luego emitió un bufido de disgusto—. La policía de Londres lleva este caso con la misma tosquedad que si yo fuera un turista al que han robado la cartera. Es inadmisible. Ni siquiera han mostrado el más mínimo interés por…

—¿Por su investigación?

—¡Exacto! Pero usted… Usted sí parece comprender la magnitud de mi pérdida. O, al menos, lo intenta.

—Hábleme de ese manuscrito, ¿por qué es tan importante?

—¡Por su rareza, agente! Espere, se lo mostraré… —Rosignolli encendió su ordenador y, tras buscar algo entre sus archivos, volvió la pantalla hacia nosotros para que pudiéramos ver una fotografía escaneada de un fragmento del manuscrito. Reconocí de inmediato aquella sucesión de letras indescifrables—. Fíjese en esto. He escaneado cada una de las líneas del escrito. Observe esta llamativa caligrafía, ¿sabe lo que es?

—Me temo que no.

El catedrático esbozó una sonrisa de suficiencia.

—Por supuesto que no, ¡muy pocas personas lo sabrían! Esto, agente, es ni más ni menos que una perfecta muestra de escritura úlfica.

En mi cerebro restalló una luz, como si hubiera prendido una bengala.

Escritura úlfica. Por supuesto. Qué estúpidos habíamos sido. No entendía cómo a Alfa y a Omega se les pudo haber pasado por alto un detalle semejante.

—¿Escritura úlfica? ¿Qué es eso? —preguntó Lacombe.

—Alfabeto visigodo —respondí de forma automática—. Nadie ha escrito en úlfico desde hace más de mil quinientos años, desde que los reyes visigodos de Toledo abandonaron la herejía arriana.

Rosignolli me miró con aprobación.

—Muy cierto, agente. Está claro que no es usted un policía como los demás…

—Creía que ya no quedaban manuscritos úlficos en ninguna parte del mundo.

—Eso no es del todo cierto. Se conservan unos pocos folios de la llamada «Biblia de Plata» en la Universidad de Upsala y en la Biblioteca Vaticana, pero nadie conocía la existencia de un documento completo escrito en úlfico… hasta ahora.

Yo había oído hablar antes de ese alfabeto, pero nunca había visto una muestra escrita, por eso no supe reconocerlo. De hecho, salvo un puñado de expertos en paleografía medieval, hay muy pocas personas en el mundo que sean capaces de identificar un texto úlfico a simple vista.

Se cree que dicho alfabeto fue desarrollado por un obispo llamado Ulfilas, en el siglo IV de nuestra era, cuando los reyes bárbaros que gobernaban Europa empezaban a convertirse al cristianismo. Estos nuevos conversos, aunque muy entusiastas con su fe, se frustraban enormemente al intentar leer la Biblia ya que por entonces sólo estaba escrita en griego, y ellos no eran muy duchos en lenguas clásicas. Así pues, el obispo Ulfilas tuvo la ocurrencia de inventar un alfabeto con el que traducir los textos sagrados del griego al idioma de ostrogodos y visigodos.

Ulfilas era arriano, como la mayoría de los primeros cristianos bárbaros. Cuando esta herejía fue erradicada, los escritos úlficos se destruyeron y su sistema de escritura dejó de utilizarse. Hacia el siglo VI, los godos ya habían desarrollado su propio alfabeto, similar al latino, y ya nadie empleaba la escritura úlfica; por lo tanto, el manuscrito que yo encontré en las Cuevas de Hércules y del que Rosignolli aseguraba ser su dueño, debía datar de una fecha anterior.

Necesitaba saber qué decía el texto de aquel manuscrito y por qué alguien lo enterró en una cueva, junto con un montón de cabezas momificadas.

—Doctor Rosignolli, ¿llegó usted a traducir el texto? —pregunté.

—Sí, claro. Casi por completo. En realidad, la escritura úlfica no es compleja. Su dificultad reside sobre todo en el hecho de que muy poca gente es capaz de identificarla; por lo demás, es una simple amalgama de caracteres griegos, latinos y rúnicos. Basta tener conocimientos de lengua gótica antigua para descifrarla. Y yo, por supuesto, los tengo.

—¿Y qué es lo que dice?

—Lo siento, agente, pero eso no debo revelarlo. El estudio aún no está completo. Incluso cuando presté el manuscrito al Barbicane fue con la condición de que no ofrecieran en la descripción del catálogo más que su datación y su probable origen godo.

Traté de disimular mi frustración.

—Lo sé. Lo he consultado —dije—. Ni siquiera revelan que está escrito en úlfico, pero sí observé que lo describen como un testamento. ¿Se trata de eso?

—Quizá… Como ya le he dicho, prefiero no…

Rosignolli enmudeció de pronto. Su mirada se fijó en la ventana que estaba detrás de mí, y la expresión de su rostro mostró durante un segundo un pánico genuino.

Me giré de inmediato para averiguar el motivo de su temor. Lo único que pude atisbar, justo antes de que desapareciera de mi campo de visión, fue la parte trasera de una furgoneta blanca.

—¿Se encuentra bien, doctor Rosignolli? —preguntó Lacombe.

—¿Eh…? Yo… Sí… Disculpen un momento. Vuelvo enseguida…

Abandonó el despacho dejándonos sumidos en la confusión. Pude oír que se dirigía a la puerta de entrada y cómo ésta se abría. Instantes después, Rosignolli regresó con nosotros. Daba la impresión de encontrarse muy nervioso.

—Agente, ¿dónde está la vigilancia que la policía de Londres me prometió? —espetó a Lacombe—. ¿Por qué no se han presentado aún?

—Lo siento, doctor… No sabría qué responder a eso… —dijo la agente, confusa.

—¡Pues gestiónelo! ¡Y rápido! Aquel inspector me aseguró en persona que pondría mi casa bajo protección policial, ¡usted estaba presente y pudo escucharlo! No seguiré colaborando con la policía mientras ustedes no cumplan con su acuerdo. Esta conversación se ha terminado.

—Pero, doctor Rosignolli…

No atendió a razones. Conservando apenas una mínima cortesía para no echarnos a empujones, el catedrático nos condujo hasta la salida y cerró la puerta a nuestras espaldas. Lacombe estaba muy molesta.

—¡Es increíble! —exclamó—. ¿Qué diablos ha ocurrido ahí dentro?

—Ha visto algo —respondí—. Por la ventana. Sea lo que sea, le ha puesto muy nervioso. Creo que ese hombre está sinceramente asustado, lo que me gustaría saber es de qué… o de quién.

—No ha podido ver a nadie, la calle está vacía. Lo único que ha pasado por aquí ha sido una furgoneta.

—Sí, una furgoneta blanca. —Miré a mi alrededor. No había ni rastro del vehículo—. ¿Dónde está ahora?

—Habrá seguido su camino… ¿Qué importa eso? Yo pude verla al pasar, era una furgoneta normal y corriente, de un servicio técnico.

—¿Por qué estás tan segura de que era de un servicio técnico?

—Lo llevaba escrito en la carrocería.

—¿De qué empresa era?

—Voynich, ésa de los ordenadores. Pude reconocer el logotipo. —Lacombe se me quedó mirando—. ¿A qué viene esa cara de preocupación? No hay nada extraño en esa furgoneta… Ahora mismo debe de haber cientos de ellas circulando por todo el país, y por todo el mundo.

Aquello era justo lo que me angustiaba. Estaban por todo el mundo.

Voynich. De nuevo ellos. Siempre ellos. Nos persiguieron entre las sombras cuando buscábamos la Mesa de Salomón. Fueron una amenaza continua durante la misión del Cuerpo de Buscadores en Malí. Aquella ubicua multinacional poseía el don de causar violentos trastornos siempre que se cruzaba en mi camino. La empresa Voynich parecía tener un siniestro interés, casi una obsesión, por dinamitar la labor del Cuerpo Nacional de Buscadores.

Lo sabían todo sobre nosotros. Conocían nuestros nombres, nuestros planes. Su red abarcaba todo el globo, como si en cada uno de los millones de ordenadores y programas de Voynich hubiera ojos que nos vigilaban día y noche. Los ojos de Lilith.

Lilith, así se llamaba la reina hechicera que, según la leyenda, regaló a Salomón el Altar del Nombre. Lilith también era la identidad de quien orquestaba los planes ocultos de Voynich, aquellos de los cuales yo lo ignoraba todo salvo el hecho de que el Cuerpo de Buscadores parecía ser lo único que los entorpecía.

Creí que al dejar el Cuerpo me libraría de Lilith para siempre. Estaba en un error.

No me sorprendía que Rosignolli se convirtiera en un tembloroso manojo de nervios al contemplar una de las furgonetas de Voynich. Yo mismo no era capaz de verlas sin sentir un enorme malestar, pero sabía mis motivos. Me preguntaba cuáles serían los de Rosignolli.

La visita a Elstree no había resuelto ninguna de mis dudas. Al contrario: me suscitó muchas más. Me consolé pensando que, al menos, había logrado que Lacombe empezase a considerar la posibilidad de que Rosignolli ocultaba algo a la policía.

Mientras regresábamos en tren a Londres, Lacombe llamó por teléfono a la detective Child para sugerirle que mantuviera vigilado al catedrático. También le preguntó si habían localizado al sospechoso que describió la testigo del robo.

La mala noticia era que la policía de la City había encontrado a Caleb sin dificultad. La buena era que el fan de Motorhead no había proporcionado a la detective Child ninguna información de interés. Por lo visto, Caleb era mucho más hábil escurriéndose en los interrogatorios de lo que yo había imaginado, pues logró incluso convencer a Child de que él ni siquiera era el hombre que la policía estaba buscando. Lo dejaron ir sin ponerle trabas. A Lacombe no le gustó escuchar eso.

—La policía de la City está atascada —me dijo, después de desconectar su móvil con un gesto de frustración. En aquel momento, el tren se acercaba a la Estación Victoria—. Su sospechoso no aparece por ningún lado, tampoco encuentran pistas nuevas, Rosignolli actúa de forma rara y nosotros tenemos que regresar a Lyon. No me gusta cómo se desarrollan los acontecimientos.

—A mí tampoco… ¿Qué ha dicho Child cuando le has hablado de Rosignolli?

—Está de acuerdo en que ese tipo no está contando todo a la policía, pero no sabe cómo demostrarlo. —Lacombe suspiró—. Pobre Sarah… Me temo que este caso es demasiado para ella. La aprecio, pero nunca fue de esa clase de policías que se crecen ante los retos. Debo ayudarla.

—¿Cómo? Interpol aún no está en el caso, y nosotros tenemos que regresar a Lyon esta tarde.

—Quizá pueda arreglármelas para retrasar nuestra vuelta. Hablaré con la oficina central cuando lleguemos al hotel.

—¿Qué les vas a decir?

—Déjalo de mi cuenta. Conozco muchos trucos. —En realidad, su único truco era saber cuándo mostrarse tozuda. La mayoría de las veces, los superiores de Lacombe solían plegarse a sus deseos sólo por quitársela de encima—. No puedo obligarte a que te quedes, pero me serías de gran ayuda para mantener vigilado a tu amigo Burgos.

Acepté su oferta. Gracias a ella, me ahorré tener que inventarme una excusa para que mi compañera no me expidiese de regreso a Lyon. También yo sentía que aún me quedaba trabajo pendiente en Londres.

Al llegar a Victoria, dejé que Lacombe martirizara a solas a los jefazos de la oficina central mientras yo me ponía en contacto con Burbuja. Quería contarle lo ocurrido en casa de Rosignolli así como tranquilizarle con respecto a Caleb. El buscador respondió a mi llamada antes de que terminara de sonar el primer tono.

—Novato, ¿eres tú? —dijo sin entretenerse en saludos—. Estaba a punto de llamarte. Escucha: ha ocurrido algo malo. Muy malo.

—¿De qué se trata?

—Alguien ha entrado en el nido y se ha llevado el manuscrito.

—¿Quieres decir que lo han robado?

—Interpol te ha convertido en todo un sabueso, ¿eh? ¡Sí, maldita sea, claro que lo han robado! ¡Eso es justo lo que estoy diciendo!

Podía justificar su enfado, aunque lo pagase conmigo. Para un buscador no hay nada más humillante que ser víctima de un robo.

—Está bien, tranquilízate, ¿quieres?

—Ha sido Caleb. Ese puto yonqui se ha ido de la lengua, el muy bastardo. Te juro que voy a ahogarlo en su propia sangre.

—Burbuja, hazme un favor: respira hondo, cuenta hasta diez y escúchame. Lacombe ha hablado con la policía de la City. Interrogaron a Caleb pero él no dijo nada. Dudo mucho que él haya tenido algo que ver con esto.

—Tú sigue dudando. Yo voy a encontrarlo y a arrancarle la piel a tiras.

—¡Espera! Tengo que hablar contigo, Burbuja, es importante.

—Para mí es más importante cazar a esa rata, pero si tantas ganas tienes de verme, estaré en el Roundhouse de Camden dentro de media hora. Te esperaré durante cinco minutos, ni uno más.

Colgó el teléfono sin darme oportunidad de decir nada más. Yo miré el reloj. Si me daba prisa, podía llegar a Camden en unos veinte minutos.

Esperaba alcanzar a Burbuja antes de que hiciera algún disparate.

Hace décadas, Camden Town era un tugurio de mala reputación. Los escrupulosos burgueses de Londres evitaban aquel barrio infestado de *dagos** como si entre sus calles rezumase el jugo de la nueva Babilonia. Por si eso no fuera suficiente, los jóvenes del movimiento hippy comenzaron a ocupar los solares vacíos de los edificios que aún estaban sin restaurar desde los bombardeos de la Segunda Guerra Mundial y, de este modo, Camden se convirtió en el centro del movimiento contracultural de Londres.

Muchachos andróginos vendían sus ponchos y collares de artesanía en mercadillos improvisados, inmigrantes turcos o griegos cocinaban *gyro pita* en puestos ambulantes y en el aire flotaban aromas lisérgicos; mientras, los padres de familia de la capital chasqueaban la lengua esperando que sus hijos no se acercaran por aquel antro de perdición.

Como es lógico, se convirtió de inmediato en un lugar de moda.

Según los puristas nostálgicos, cuando el nombre de Camden Town apareció entre los destinos de las guías turísticas de la ciudad, su espíritu murió ahogado en una marea de extranjeros con cámaras digitales y gorras con la bandera de la *Union Jack*. Ignoro si estaban en lo cierto, pues la primera vez que visité Camden ya era un parque temático de lo alternativo. Los puestos de hippies aceptaban tarjetas de crédito, había un policía en cada esquina y las tiendas de recuerdos compartían pared con los *charity markets*, en los que los supervivientes del Camden contracultural todavía vendían ropa de segunda mano.

A pesar de todo, el lugar no dejaba de tener su encanto, por mucho que su aparente aspecto radical fuera, en el fondo, tan inocuo

* En inglés, término despectivo referido a los extranjeros de origen mediterráneo.

como una cerveza sin alcohol. Camden era, y sigue siendo, un inmenso mercadillo al aire libre donde cualquier cliente de turoperador podía pasear por entre sus tiendas de ropa gótica y pipas de marihuana, sintiéndose seguro y confortable (y quizá un poco moderno).

Era un lugar chillón y estimulante, puede que demasiado, como un actor que sobreactúa en el papel. Los londinenses que presumían de cosmopolitas abominaban en público de Camden mientras, en secreto, acudían en masa las mañanas de los domingos a contemplar las coloridas fachadas de sus edificios (adornadas con gigantescas zapatillas Converse y grafitis artísticos), a comprar vinilos o a pasear sin rumbo por entre sus callejuelas comiendo una grasienta rosquilla frita. Camden era un gran placer culpable.

En los límites del barrio se encontraba el Roundhouse, un depósito de motores de la era victoriana reconvertido en sala de teatro y conciertos. Me dirigí hacia aquel lugar, ignorando la tentación de hacer gasto en los numerosos puestos de donuts que encontré por el camino. Burbuja me esperaba con cara de pocos amigos.

—Estaba a punto de marcharme —me dijo—. ¿No has podido darte más prisa?

—Lo siento. Esto está lleno de gente, en algunos lugares apenas he podido avanzar.

—Siempre está lleno de gente. Es Camden, novato, ¿qué te esperabas? —Hacía un viento frío, así que Burbuja se subió el cuello del abrigo—. Vámonos.

—¿Adónde?

—Voy a tener unas palabras con ese cerdo de Caleb.

—Ya te he dicho por teléfono que él no…

—Sé lo que has dicho, y me da igual. Caleb era el único, aparte de ti, que sabía que el manuscrito estaba escondido en el nido, así que, a menos que quieras confesar que tú lo robaste, ese maldito yonqui tendrá que responder a muchas preguntas.

No me quedó más remedio que seguir a Burbuja por entre las callejuelas y plazas repletas de tiendas y puestos de comida. En algunos tramos tuvimos que abrirnos paso casi a empujones para poder avanzar.

Burbuja se desvió por un pequeño callejón lateral, estrecho y poco atractivo, alejado de las vías más transitadas. Caminábamos sorteando charcos de suciedad y cubos repletos de bolsas de basura. Al final del callejón, junto a un sofá mugriento abandonado a la intemperie, había un local de tatuajes. Burbuja se detuvo a unos metros de la puerta.

—¿Y ahora qué? —pregunté.

—Ahora esperaremos a que aparezca la rata. Cuando eso ocurra, tú quédate a un lado y vigila que nadie nos interrumpa.

Nos fumamos un cigarrillo en silencio. Burbuja no era un hombre hablador, y menos cuando estaba furioso, de modo que desistí de iniciar cualquier conversación.

Pasados unos minutos vi a Caleb salir de la tienda de tatuajes. Llevaba un gorro de lana lleno de agujeros y un abrigo largo que parecía ser un par de tallas más grande de lo adecuado. En cuanto apareció en el callejón, restregándose la nariz con el dorso de la mano, Burbuja se lanzó sobre él, lo agarró por las solapas del abrigo y arrastró a un rincón, detrás de unos cubos de basura.

—¡Ey, tío…! —exclamó Caleb, aterrado—. ¿Qué haces? ¿Se te ha ido la puta cabeza o qué te pasa? ¡Déjame en paz!

Burbuja acercó su cara a la del ratero, a una distancia tan corta que podría haberle arrancado la nariz de un mordisco si hubiera querido hacerlo. De hecho, yo temí que esa idea se le hubiera pasado por la cabeza.

—¡Cállate! Debería reventarte la cabeza con mis propias manos, maldita escoria.

Caleb se encogió como un ratoncillo entre las zarpas de un tigre. Su cara se arrugó en una expresión de angustia.

—¡Lo siento, joder, lo siento! —gimoteó—. ¡Te juro que intenté esconderme, pero la policía me encontró! Estoy fichado, tío, ya te lo avisé… Y alguien me vio, cuando tumbé a ese guardia de mierda, el de la furgoneta, pero yo no lo sabía, te lo juro, te lo juro por Dios. Yo no tenía ni idea… ¡Por favor…!

—¿De qué diablos estás hablando? —preguntó Burbuja.

Caleb no pareció escucharle, seguía balbuciendo frases inconexas con tono plañidero.

—¡Vino una detective, una tía gorda, a mi casa, joder…! ¡Tenía mi maldita cara en un retrato robot o no sé qué mierda! ¡Ella sabía que yo me llevé ese trasto del Barbican! ¡Me dijo que si no hablaba me mandaría otra vez a la cárcel! ¡Tuve que hacerlo, tío, tuve que hacerlo, por favor, no me hagas daño, por favor...! ¡Lo siento! ¡Te juro por Dios que lo siento!

—Espera un momento —dije—, ¿qué es lo que has dicho?

—Mantente al margen, novato.

—¡No! ¡Esto es importante! —Aparté a Burbuja, el cual soltó a su presa. Caleb se derrumbó sobre un charco del suelo, hecho un ovillo. Sus ojos enrojecidos y húmedos saltaban nerviosos entre mi compañero y yo—. ¿Cómo se llamaba esa detective, Caleb? ¿Era Child? ¿Su nombre era Sarah Child?

—Sí... Sí... Eso era...

—¿Le dijiste a la detective dónde estaba el manuscrito?

—¡Tuve que hacerlo! ¡Me interrogó...! ¡Me amenazó...! Dios... ¡Yo no quiero volver a la cárcel, tío, te lo avisé, te dije que no te ayudaría en una mierda si corría el peligro de que me encerraran otra vez!

—Deja de chillar, o te saco la lengua por la garganta —amenazó el buscador. Caleb enmudeció.

—¿Estás seguro de que le revelaste a Child el escondite del manuscrito? —volví a preguntar—. ¿No nos estás mintiendo?

—¿Por qué coño iba a decir que se lo conté todo a la policía si no es verdad, joder? —gritó Caleb desde el suelo—. ¿Qué iba a ganar con eso, que este cabrón pirado me mate de una paliza?

—Burbuja, aquí está pasando algo muy raro. La detective Child le aseguró a Lacombe que su sospechoso no sabía dónde estaba la pieza robada, y que lo había dejado libre porque no era la persona a quien buscaba. Además, si la policía ha interrogado a Caleb, ¿por qué ahora no está detenido?

Burbuja empleó unos instantes en asimilar mis palabras. Después, se dirigió otra vez al ratero que temblaba en un rincón.

—¿Dónde te interrogaron? ¡Responde!

—Ya te lo he dicho: en mi casa... Ella vino a mi casa...

—¿Había algún otro policía presente?

—No. Estaba ella sola. Te juro que no le hablé de ti, sólo le dije dónde estaba esa cosa del estuche plateado. Después se largó y no hizo más preguntas.

—¿No te das cuenta? —pregunté al buscador—. Caleb y yo no somos los únicos que sabíamos dónde encontrar el nido. También la detective Child lo sabía, y justo después de averiguarlo, alguien roba el manuscrito.

—Pero… Entonces… Eso significa que…

Durante unos segundos dejamos de prestar atención a Caleb y el ratero supo aprovecharlo. De pronto se puso en pie y le dio un puñetazo a Burbuja en la cara. El ratero era un saco de piel y huesos, su golpe no causó más daño que el de una caricia en el atlético buscador; no obstante, le dio con la suficiente puntería como para tirarle las gafas al suelo. Después, se lanzó de cabeza contra mi estómago, perdí el equilibrio y caí sentado encima de un charco. Caleb echó a correr.

Pude agarrar el bajo de su abrigo, pero el ratero se deshizo de él. Me quedé con la prenda en la mano mientras el tipo escapaba a toda velocidad por el callejón. Burbuja, sin las gafas, corrió detrás de sus pasos. Caleb, sin detenerse, cogió la tapa de un cubo de basura y se la lanzó al buscador, justo entre los pies; fue un tiro con suerte.

Burbuja tropezó de mala manera y cayó al suelo. Tardó sólo un segundo en incorporarse, pero para entonces el ratero había logrado salir del callejón y desaparecer entre la marabunta de visitantes de Camden. El buscador se quedó quieto al final del callejón, levantando el cuello para tratar de atisbar a Caleb entre la multitud. Al no encontrarlo, descargó su rabia dándole una patada a una bolsa de basura.

—¡Cabrón con suerte! —exclamó, y luego se dio la vuelta—. ¿Dónde diablos han ido a parar esas malditas?

Se refería a sus gafas. Las recuperé del suelo y se las acerqué. El buscador me las arrancó de las manos y se las puso de nuevo, con aire abatido.

—Parece que no se han roto… —dije tímidamente. Él masculló un «gracias» de mala gana—. No sabía que las necesitaras… tanto.

—Miopía… ¿Te lo puedes creer? Primero el jodido daltonismo y ahora miopía. El estúpido oculista dijo que sólo en uno de cada no sé cuántos casos se manifiesta en personas mayores de treinta… ¡Y, además, soy intolerante al hidrogel de silicona de las lentillas! Menudo desastre… ¡Todo es un desastre! —El buscador se dejó caer sentado en el bordillo de una acera, con los antebrazos apoyados en las rodillas y la cabeza gacha—. He perdido a Caleb y el manuscrito, he perdido la vista, a Danny, también a Enigma y a ti.

Me he quedado solo en el Sótano... ¿Qué coño está pasando, nova-to? Se suponía que yo era el buscador con suerte.

No supe qué responderle. Yo también me sentía bastante acon-gojado: el Burbuja que yo recordaba, aquel que no usaba gafas, nunca habría tropezado con la tapa de un cubo de basura lanzada a ciegas por un yonqui.

El buscador tenía razón. Habíamos perdido demasiadas cosas.

Me senté junto a él y traté de animarlo de la mejor manera que supe: ofreciéndole un cigarrillo. Luego yo me encendí otro. Era grato fumar junto a Burbuja, casi como hacerlo a solas.

Lo había echado de menos.

4

Metropolitano

El caso del manuscrito úlfico empezaba a parecerse al cuento de la buena pipa. Primero, Dennis Rosignolli se lo roba a los gemelos. Por alguna extraña razón, decide cederlo al Barbican Centre. De allí, Burbuja lo roba, se lo lleva al nido y de nuevo es robado, esta vez por la detective Sarah Child, la cual no parecía tener ningún motivo para hacerlo.

Por otro lado, también estaba el inexplicable temor de Rosignolli a las furgonetas del servicio técnico de Voynich. Supongo que todos los crímenes que ocurren en Londres acaban tomando el cariz de un retorcido relato de Agatha Christie; de lo contrario, no me explicaba semejante baile de sospechosos.

Ni Burbuja ni yo éramos Hércules Poirot, de modo que optamos por buscar una tercera opinión, alguien experto en investigaciones policíacas que nos aportara un punto de vista profesional sobre aquel asunto.

El buscador y yo nos reunimos por segunda vez con Lacombe en The Rose of Lancasters, unas horas después de que perdiéramos a Caleb en Camden Town. Allí, Burbuja le relató cómo había localizado por su cuenta al sospechoso que buscaba la policía de la City, y cómo éste había confesado el robo justo antes de escapar del buscador. Lacombe hubo de afrontar la evidencia de que su amiga la detective había mentido.

—No lo comprendo —dijo la agente—. ¿Por qué haría algo semejante? ¿Está seguro de que ese tal Caleb era el hombre que describió la testigo del robo, señor Burgos?

—Lo era, no hay duda. Él mismo confesó. Desgraciadamente, no pude retenerlo.

—Pero ¿cómo logró usted encontrarlo?

—Seguí mi propia línea de investigación —dijo Burbuja, eludiendo responder a la pregunta—. En cualquier caso, eso ahora no tiene relevancia. Lo importante es, Julianne, que su amiga le mintió a usted y a la policía, y, además, dejó libre conscientemente a un delincuente confeso. ¿Tiene alguna idea de por qué lo hizo?

Lacombe suspiró.

—No… Ahora mismo apenas puedo creer lo que oigo… ¡Sarah Child…! Siempre me pareció una policía íntegra. Tiene que haber alguna explicación. Debería hablar con ella…

—Mala idea, Julianne —dijo Burbuja—. Muy mala idea. Esa mujer ya le ha mentido una vez. Sea lo que sea que esté ocultando, es evidente que no lo va a compartir con usted. No creo que deba fiarse de ella.

—Entonces hablaré con su superior, el inspector Nesbit.

—Tampoco parece la mejor opción —intervine yo—. Si Nesbit acusa a Child de haber falseado la declaración del sospechoso, ella lo negará, y no habrá nada que demuestre lo contrario.

—Usted puede dar su versión de los hechos —repuso la agente, dirigiéndose a Burbuja.

—No, no puedo. Si hablo con la policía, tendría que justificar mi participación en este asunto, y hay demasiados detalles sobre mi trabajo que no me está permitido desvelar. Nadie debe saber si quiera que estoy en Londres, Julianne; sólo Tirso y usted.

—Menudo privilegio —dijo Lacombe, irónica—. La próxima vez que desee hacerme partícipe de sus intrigantes misiones secretas, hágame un favor: piénselo dos veces antes.

—Vamos, Julianne, diga la verdad: está disfrutando con todo esto. De lo contrario, ahora mismo no estaría aquí sentada, hablando conmigo. —Burbuja esbozó una media sonrisa burlona—. Una de dos: o le interesa este caso, o le interesó yo. Puede que las dos cosas…

—¡Qué disparate! ¡Le garantizo que no tengo el más mínimo interés en su persona! —saltó Lacombe, que, como de costumbre, se había tomado una simple broma al pie de la letra—. ¡Lo único que deseo es encontrar un hilo… y… y…!

—¿Desenredar la madeja? —dije yo, ayudándola a completar una de sus metáforas favoritas.

—¡Exacto! Si ésa es la única manera de hacer que desaparezca usted de mi vida, señor Burgos, estoy más que ansiosa por ayudarlo.

Aquella pequeña disputa me hizo pensar. Hasta el momento no me había detenido a reflexionar sobre lo poco verosímil que resultaba el hecho de que Lacombe aceptara colaborar con Burbuja sin apenas reservas. O la agente de Interpol era demasiado cándida (cosa muy improbable), o había decidido confiar en él a ciegas por algún motivo.

Era curioso. Muy curioso... Casi tanto como que Burbuja, por su parte, tampoco rechazara de plano la ayuda de Lacombe, quien, al fin y al cabo, jugaba en el bando contrario al del buscador. Puede que eso indicara lo desesperado que estaba, o bien...

No sé. No se me ocurría ninguna otra explicación.

—Vamos a centrarnos un poco, ¿de acuerdo? —dije yo, queriendo volver al tema principal—. A mi modo de ver, tenemos dos prioridades. Por un lado, desenmascarar a Sarah Child; por el otro, averiguar qué es lo que esconde Dennis Rosignolli. Y si entre unas cosas y otras podemos localizar el dichoso manuscrito, tampoco estaría mal.

—He estado pensando en el asunto de Rosignolli —dijo Lacombe—. Creo, Alfaro, que enfocaste de manera equivocada tus preguntas cuando hablamos con él. Perdiste tiempo hablando sobre cuestiones técnicas del manuscrito cuando en realidad eso no tiene importancia ahora.

Lógicamente, para ella no la tenía.

—Intentaba ganarme su confianza... —dije, evasivo.

—Y no sirvió de nada. Finalmente nos echó a la calle de mala manera. No, con ese hombre habrá que utilizar métodos más directos. —Lacombe puso encima de la mesa una carpeta llena de papeles. Solía ir a todas partes con un montón de documentos—. He pasado toda la tarde al teléfono hablando con la sede central, en Lyon, y con gente importante de la OCBC. Aún no he conseguido permiso para colaborar oficialmente con la policía inglesa, pero Interpol nos permite permanecer aquí un par de días por si al final el inspector Nesbit solicita formalmente nuestra ayuda. Con la OCBC he obtenido mejores resultados.

Sacó un fax de su carpeta y me lo enseñó; era un documento

lleno de sellos, membretes y un montón de firmas, escrito en francés.

—¿Qué es esto? —pregunté.

—A grandes rasgos, un apoyo oficial. Dado que Rosignolli es ciudadano francés, la OCBC considera que el robo del manuscrito también es tema de su competencia. Aún está pendiente arreglar una serie de trámites pero, entretanto, y como concesión especial, se me otorga autoridad para recabar toda la información que yo considere importante para, en su momento, entregársela al agente de la OCBC que venga a hacerse cargo de la investigación aquí, en Londres.

—Exactamente, ¿eso qué significa? —preguntó Burbuja.

—Significa que ahora tengo autoridad legal para interrogar a cualquier persona relacionada con el caso. Rosignolli ya no podrá negarse a responder a mis preguntas sin verse comprometido con las autoridades francesas.

—Bien. Es un gran avance —dije.

—Ya lo creo. Veamos si esta vez se atreve a echarme de su casa. Mañana mismo pienso hacerle una visita y, si osa ponerse impertinente, haré que la OCBC lo acuse de obstrucción… ¡y todo gracias a este documento! —Lacombe blandió orgullosa el fax. La agente disfrutaba como una niña cada vez que jugaba con la burocracia en su beneficio. He de reconocer que era una maestra en eso.

Burbuja no pareció impresionado.

—Eso está muy bien —dijo—. Pero ¿qué hay de esa detective, Sarah Child? ¿También tiene ahí dentro algún papel que la obligue a confesar sus mentiras?

—Todo a su tiempo, señor Burgos. Si quiere que le ayude, tendrá que acostumbrarse a seguir mi ritmo.

—Prefiero el mío. Es más rápido.

—Permítame un consejo: no presuma de ello cuando colabore con una mujer.

Lacombe se levantó y se encaminó hacia los servicios.

Burbuja se quedó con el ceño fruncido.

—¿Qué era eso? —me preguntó—. ¿Algún tipo de chiste?

—No estoy seguro. Jamás la he oído hacer ninguno.

El buscador cogió el bolso de Lacombe, que ella se había dejado en su asiento, y se puso a rebuscar en su interior.

—¿Qué estás haciendo?

—Usar mi propio método. Si tengo que esperar a que Lady Interpol cace a la detective Child con uno de sus documentos, ya puedo despedirme para siempre del manuscrito.

—¡Deja ese bolso! Ella puede volver en cualquier momento.

—¿De dónde? ¿Del baño? Es una mujer, estará ahí durante horas.

—¿Sabes? Ese comentario resulta un poco…

—Calla de una vez y vigila la puerta de los servicios. Avísame si aparece. —Burbuja encontró en el bolso el móvil de Lacombe—. ¡Bien! Justo lo que necesitaba… Veamos… Contactos… Contactos… ¡Ajá! Aquí está: Sarah Child. Teléfono, correo electrónico y dirección. Memoriza esto, novato: WC2E 7AU…

Era un código postal. Los londinenses suelen dar sus señas de esa forma, en vez de indicar el nombre de la calle y su número. Utilicé mi móvil para entrar en la aplicación de mapa por satélite e introduje el código.

—Es una dirección de Bow Street, en Westminster —dije.

—¡Perfecto! Ya sabemos dónde encontrar a la detective ladrona.

—Muy bien, ahora vuelve a poner el bolso donde estaba, deprisa.

—Un momento, antes quiero curiosear un poco…

—¿Qué? ¡No! ¿Te has vuelto loco?

—Vaya, resulta que después de todo sí que sonríe de vez en cuando… Fíjate, lo que yo te decía: tiene unas bonitas piernas. Qué desperdicio… —Burbuja había encontrado una foto en el móvil en la que aparecía Lacombe en traje de baño, posando en una playa junto con dos hombres y una niña pequeña—. Oye, ¿crees que alguno de estos tipos tendrá la desgracia de ser su pareja?

—No lo sé, ¡deja eso de una vez! —Le arranqué el teléfono de las manos y lo metí de nuevo en su sitio. Justo a tiempo. La agente salió del servicio y volvió a sentarse con nosotros.

No permaneció en el pub mucho más tiempo. Eran más de las diez y para ella eso podía considerarse plena madrugada, de modo que nos dejó para regresar al hotel. Quedamos en volver a vernos al día siguiente, en la hora del desayuno.

—Bueno… —dije—. Quizá mañana se nos ocurra algún plan.

—Seguro que sí, los legales tenéis la cabeza llena de buenas ideas, pero yo no estaré allí para escucharlas. Ya tengo todo lo que necesito.

—¿A qué te refieres?

—Tu amiga francesa sí que me ha sido útil después de todo. Conozco la dirección de esa detective y pienso ir a hacerle una visita. Recuperaré el manuscrito a la manera del Cuerpo de Buscadores.

—Espera un momento…

—No trates de impedírmelo, novato, ya sabes cómo funciona esto.

—No quiero impedírtelo, quiero ir contigo.

Burbuja se me quedó mirando, con una expresión que me pareció el prólogo de una tajante negativa.

—Muy bien —dijo al fin, encogiéndose de hombros—. Paga tú las pintas. No llevo un penique encima.

Me dio la espalda y se dirigió hacia la salida del local, sin esperarme.

La vivienda de Sarah Child estaba en un bloque de pisos moderno, aunque rodeado por solemnes edificios decimonónicos, no muy lejos de la Royal Opera House. Eso me hizo pensar en que la detective debía de administrar muy bien sus finanzas, o bien la policía de la City pagaba unos sueldos astronómicos: aquella zona era una de las más caras de Londres.

Cuando Burbuja y yo nos aproximamos al edificio, vimos que alguien salía por la puerta principal. De inmediato reconocí a aquella mujer rechoncha y de corta estatura, era nuestro objetivo en persona: la detective Sarah Child.

Estaba sola. Bajo el brazo portaba un bulto alargado. Pude verlo bien ya que pasó cerca de nuestro lado aunque, por suerte, sin reparar en mi presencia.

—¿Adónde crees que irá? —pregunté.

—Ni idea, pero lleva el manuscrito.

—¿Estás seguro?

—Desde luego. Un objeto alargado, cilíndrico… La muy estúpida ni siquiera se ha molestado en cambiar el envoltorio con el que yo lo guardé. —Burbuja se encaminó tras los pasos de la detective—. Vamos. No la perdamos de vista.

La seguimos a través de Bow Street durante unas cuantas manzanas hasta que se metió por una calle más pequeña y menos transitada. De pronto se detuvo frente a una construcción baja con fachada de ladrillos, encajonada entre dos modernos edificios que la doblaban en altura. Su única entrada estaba cerrada por una verja y, sobre ella, había un cartel grande donde se leía: PICCADILLY RLY - STRAND STATION. Deduje que se trataba del acceso a una estación de metro, aunque no parecía que nadie lo hubiera usado en mucho tiempo.

Burbuja y yo nos ocultamos detrás de un coche aparcado para vigilar los movimientos de Child. La detective miró a izquierda y derecha. Cuando se convenció de que no había nadie en las proximidades, se metió por una minúscula callejuela, más bien un pasadizo, que estaba junto al edificio bajo de ladrillo. Mi compañero y yo aguardamos unos momentos antes de abandonar nuestro refugio e ir tras ella.

La callejuela no tenía salida, estaba cerrada por un muro. Aquel lugar parecía ser el que utilizaban todas las viviendas aledañas para almacenar sus cubos de basura, pues era lo único que había allí. Ni rastro de la detective Child.

—Maldita sea —dijo Burbuja—. ¿Dónde diablos está?

—No lo sé… —respondí, desconcertado. Llegue a pensar si no se habría escondido en uno de los cubos de basura.

—Es imposible… No la hemos visto abandonar el callejón, tiene que haber otra salida.

Rastreamos todo el perímetro, pero no encontramos más que basura, y lo que parecía ser un armario de cableado, muy grande, adosado a una pared. Era como si Child se hubiese deshecho en el aire.

Entonces, algo llamó mi atención. En la puerta del armario de cableado había una pegatina en la que se veía un logotipo con forma de estrella achatada, de puntas rojas y azules. También había algo escrito.

VOYNICH INC.: *Secrets from Future.*
Servicio técnico de Voynich Inc. 235 Regent Street / W1B2EL
Por favor, si detecta cualquier avería en la instalación, llame al teléfono adjunto.
NO TOCAR. ¡PELIGRO!

Examiné el armario. Era muy grande, casi del tamaño y la altura de una persona. Quizá…

—Burbuja —llamé—. ¿Se te ocurre alguna forma de abrir esto?

—No pensarás que esa mujer se ha metido ahí dentro. ¿Ves la señal del muñequito electrocutado? Eso significa que éste no es un buen escondite.

—Algo me dice que no es más que una amenaza… Mira: la puerta está cubierta de mugre, pero aquí hay huellas de dedos, y juraría que son recientes. —En la puerta había una manija, tiré de ella, pero sin resultado.

Burbuja me apartó a un lado. Echó un vistazo a la cerradura y luego sacó de su bolsillo una especie de llave pequeña, con forma de tubo.

—¿Qué es eso?

—Esto, novato, es la joya de la corona de mi colección de ganzúas. Todas ellas fabricadas por un servidor en sus ratos libres —respondió, al tiempo que metía su llave en la cerradura y procedía a realizar complicados giros de muñeca—. Te habría enseñado cómo hacerlo, pero te largaste con los legales justo cuando empezabas a ser interesante. —Algo produjo un chasquido y la puerta se abrió. Burbuja sonrió de medio lado, satisfecho—. Bingo.

Tal y como sospeché, lo que había dentro de aquel armario no era una maraña de cables. Ante nosotros apareció una escalera de metal que descendía a través de un oscuro y angosto pasadizo.

Comenzamos a bajar por los peldaños, iluminándonos los pies con las pantallas de nuestros teléfonos y tanteando la pared. Más allá de la oscuridad se percibían sonidos de goteo y, vagamente, en la lejanía, lo que me pareció que podrían ser pasos.

Al cabo de un rato ya no fue necesario utilizar los teléfonos como linternas. La escalera terminaba en un pasillo de cemento iluminado por una serie de bombillas protegidas por hierros y clavadas al muro. Emitían una luz mortecina, pero suficiente.

No teníamos más posibilidad que la de continuar a través de aquel corredor. En silencio, avanzamos un puñado de metros hasta que nos topamos con una puerta de metal. En ella se veían los restos de unas letras pintadas sobre su superficie. A pesar del deterioro, me fue posible leer las palabras FREEMASON STATION. La puerta estaba entreabierta.

La atravesamos, con mucho sigilo. De pronto nos encontramos en un enorme túnel tubular. Del techo pendían, lacios, varios cables gruesos, como tentáculos de plástico. La mitad inferior de la pared estaba cubierta por un alicatado de color blanco… o más bien lo que quedaba de él: la mayoría de los azulejos estaban rotos o ausentes. En algunos lugares pude ver restos de carteles, colgando como pellejos de papel sucio. El único legible anunciaba una actuación de *music hall*, con la asistencia de Eddie Fisher y la Buddy Morrow Band, Gracie Fields y el retorno de algo llamado Los Merry Macs. La fecha era de noviembre de 1947.

—¿Dónde crees que estamos? —pregunté a Burbuja.

—Yo diría que es una estación de metro abandonada. Fíjate —me señaló los raíles que transcurrían justo por el centro del túnel, entre dos plataformas—, ésas son las vías, y allí hay una señal: «Freemason»… Nunca había oído hablar de esa parada. Esto debe de llevar décadas cerrado.

Hice un gesto a Burbuja para que guardara silencio. Me había parecido oír ecos de voces que llegaban desde el fondo del túnel, a mi derecha. Mi compañero y yo nos dirigimos en aquella dirección, con mucho sigilo, mientras nos observaban rostros deformes de anuncios con más de medio siglo de antigüedad.

Al llegar al final del andén de la estación, saltamos a las vías y seguimos caminando entre ellas, a tientas por la oscuridad. Avanzamos unas decenas de metros, siguiendo un tramo curvo del túnel.

Nos detuvimos al vislumbrar el inicio de otra estación que también tenía aspecto de estar abandonada. Burbuja y yo nos arrimamos a la pared del túnel para ocultarnos en las sombras. A muy poca distancia de donde estábamos, sobre uno de los andenes de la estación, había dos personas.

Una de ellas era la detective Sarah Child. Aún sostenía el manuscrito úlfico y hablaba con otro hombre al cual yo no conocía.

—¿Por qué está tardando tanto? —preguntaba la detective. Parecía encontrarse muy tensa.

—Tenga paciencia. Sólo llevamos aquí unos minutos.

Los dos se quedaron en silencio.

—Ahí está —me susurró Burbuja—. Y con la pieza. Voy a por ella.

Yo le sujeté por el hombro.

—No. Aún no. Veamos a quién está esperando.

El hombre comenzó a balancearse sobre sus pies, con las manos en los bolsillos. Silbaba el mismo soniquete una y otra vez. Sonaba como el estribillo del «Himno de la Alegría» de Beethoven.

—¿Puede dejar de hacer eso? Me está poniendo nerviosa —saltó la detective.

El tipo iba a responder algo cuando, de pronto, se oyó el eco de una puerta metálica al cerrarse, luego unos pasos. De un acceso al andén brotaron otros tres hombres más, dos de ellos tenían aspecto de porteros de discoteca. El tercero caminaba a trompicones apoyado en un par de muletas que llevaba sujetas a los antebrazos mediante agarraderas de plástico.

La luz de las bombillas del andén me permitió distinguir su rostro. Aunque estaba a una cierta distancia y perfilado en sombras, pude reconocerlo en cuanto escuché su voz.

Era el doctor David Yoonah.

El célebre matemático de ascendencia coreana, uno de los accionistas y socios fundadores de la compañía Voynich, debería de estar alimentando a los insectos carroñeros dentro de una fosa de los acantilados de Bandiagara, en Malí. O, al menos, así habría de ser si éste fuera un mundo perfecto y yo no tuviera tanta mala suerte.

Aquel oriental de inquietantes ojos azules había intentado matarme en Malí muchas más veces de las que uno esperaría de un matemático. Intenté devolverle el favor en Ogol, la ciudad de los espantosos «numma», pero Yoonah tuvo demasiada fortuna y logró escapar con vida de la trampa que le tendí. Al menos, aquellas muletas parecían indicar que el asiático no salió del todo ileso. No me avergüenza decir que me alegraba por ello.

La presencia de Yoonah en aquella estación de metro fantasma no sólo confirmaba que Sarah Child había forjado alianzas poco recomendables; también era un indicio de que Voynich, una vez más, se cruzaba en mi camino para ponerme las cosas difíciles.

—Detective Sarah Child, ¿verdad? —dijo Yoonah, a modo de saludo—. Me disculpará que no le estreche la mano, pero le aseguro que es un placer conocerla. Lamento haberla hecho esperar.

—¿Usted es…?

—La persona que realiza las transferencias con sus elevados emolumentos, dejémoslo en eso, querida. Nada de nombres. Ahora, por favor, quisiera comprobar si el incentivo que le hemos ofrecido es directamente proporcional al valor de sus servicios. Si es tan amable…

Uno de los acompañantes de Yoonah se acercó al doctor y recogió el manuscrito de manos de Child. El tipo al que habíamos escuchado silbar a Beethoven lo cogió después, lo desenvolvió y se dedicó a inspeccionarlo durante unos minutos.

—Es el auténtico —aseveró al finalizar.

—Una buena noticia —dijo Yoonah—. Reconozco que me inclinaba por un margen de posibilidades más bien escaso; sobre todo después de que el doctor Rosignolli resultara tan… decepcionante. —Hizo una pausa y adoptó un tono filosófico—. La codicia en exceso, paradójicamente, devalúa a las personas, ¿no está de acuerdo, detective?

—Sí, supongo… —respondió la mujer—. ¿Puedo preguntar qué debo hacer ahora?

—Nada. Es usted libre de seguir aplicando la Ley en esta bella ciudad. Lilith le agradece sus servicios. Por mi parte, calculo que la probabilidad de volver a vernos es prácticamente inexistente, así que me despido de usted.

Ni Yoonah ni sus hombres se movieron. La detective Child dudó un instante y luego dio media vuelta para dirigirse a la salida del subterráneo. No pudo ver cómo uno de los acompañantes del doctor la apuntaba con una pistola que llevaba oculta bajo la chaqueta. Se produjo un disparo. La infeliz Sarah Child cayó al suelo convertida en un peso muerto, con una bala alojada en la nuca.

El hombre que silbaba a Beethoven dio un respingo cuando se disparó la pistola y se abrazó al manuscrito. Más confuso que asustado, miró a Yoonah con los ojos muy abiertos.

—Esto… ¿Por qué…? —balbució.

—Lo sé, lo sé… —dijo el doctor con aire abatido—. Una muerte siempre es un fracaso. Pero me temo que nos hemos visto obligados a alterar nuestra política de empresa para evitar desagradables imprevistos.

—Pero ella no iba a delatarnos, ya tenía su dinero.

—El dinero es un factor variable, amigo mío. A veces ocurre

que cuanto más le pagas a una persona, más insuficiente le parece, y eso la obliga a tomar decisiones nefastas. Fíjese, por ejemplo, en el lamentable caso de Rosignolli. —Yoonah negó con la cabeza—. No, el azar es peligroso, créame, sé de lo que hablo. Hemos decidido que no podemos permitirnos el lujo de dejar cabos sueltos, no ahora, que estamos en la recta final de nuestro proyecto.

El otro hombre miraba el cadáver de Child, como si fuera algo hipnótico.

—Sí... Yo... Comprendo...

—Pero no tema, amigo mío, su integridad está asegurada. Sabemos que usted nos será leal, pues conoce la trascendencia de lo que estamos haciendo. Ahora olvide este lamentable episodio y céntrese en su labor.

—Claro, por supuesto...

Yoonah señaló a sus acompañantes.

—Mis guardaespaldas lo escoltarán de inmediato al aeropuerto. Creo que tiene usted que coger un vuelo, ¿me equivoco?

—No, no, así es...

—Estupendo.

Uno de los guardaespaldas, que llevaba una gruesa cadena de oro al cuello, se dirigió a Yoonah.

—¿Por dónde salimos, doctor?

—No por aquí. El acceso de esta estación está demasiado expuesto, lo utilizaré yo solo. Ustedes salgan por Freemason Station. Cuando lleguen al aeropuerto, háganmelo saber por el canal habitual.

El otro guardaespaldas, que tenía un gran tatuaje con forma de as de picas en el cuello, señaló el cadáver de Child.

—¿Qué hacemos con ella?

—Vacíenle los bolsillos, pero no muevan el cuerpo. Tardarán días en encontrarla aquí abajo.

El de la cadena y el del tatuaje obedecieron las órdenes. Entretanto, el doctor Yoonah desapareció del andén por un acceso lateral.

Los dos guardaespaldas terminaron de saquear el cadáver de la detective y después se encaminaron hacia el túnel en el que Burbuja y yo estábamos ocultos. El hombre que silbaba a Beethoven caminaba junto a ellos, sin dejar de abrazar el manuscrito contra su pecho, como si temiera perderlo.

Teníamos que salir de allí antes de que esos tipos nos descubrieran. Hice amago de emprender la retirada, pero Burbuja me empujó por el pecho hasta dejarme con la pared pegada a la espalda del túnel.

—Quieto, novato —susurró—. Déjame hacer.

El grupo de guardaespaldas saltó a las vías. Comenzaron a caminar a través del túnel, alumbrando el suelo con una diminuta linterna de bolsillo que apenas mostraba lo justo para que ninguno de ellos tropezase.

Se acercaban hacia nosotros. Yo pegué la espalda contra la pared, como si quisiera filtrarme a través de ella. Aguanté la respiración cuando los tres hombres pasaron de largo frente a nosotros, al otro extremo de los raíles.

Nos dejaron atrás. En el momento en que los tuvimos de espaldas, Burbuja salió del escondite y saltó sobre ellos con la precisión de una pantera en medio de la jungla.

La sorpresa fue absoluta. Pude comprobar que, mientras llevara sus gafas, mi antiguo compañero seguía siendo un admirable luchador, flexible y dañino como un látigo.

Tumbó al guardaespaldas del tatuaje con una patada en la parte baja de la espalda, casi al mismo tiempo que dejaba fuera de combate al de la cadera, usando su mano como una cuchilla que clavó en el centro de su enorme cuello de gorila.

El que llevaba el manuscrito chilló, creyendo sin duda que un fantasma los atacaba entre las sombras. Dio unos pasos hacia atrás y tropezó con uno de los travesaños de la vía. Antes de que cayera al suelo sentado, Burbuja le arrebató la pieza de entre las manos.

El buscador echó a correr, en el momento en que los dos guardaespaldas se recuperaban del primer asalto. Lo vi esprintar en mi dirección, con el manuscrito bien sujeto.

—¡Hora de salir pitando, novato! —me gritó. Fue innecesario: hacía rato que yo estaba en plena huida.

Uno de los guardaespaldas gritó algo. Escuché un disparo que sesgó el aire y rebotó contra una pared. Aquellos tipos habían recordado que estaban armados y nosotros no; por suerte, la penumbra del túnel nos convertía en un blanco imposible.

Seguí corriendo con todas mis fuerzas, escuchando los pasos de los dos guardaespaldas, cada vez más cerca. Pasamos de largo el andén de la estación donde estaban los restos de la detective Child y seguimos avanzando por el túnel del metro.

Llegamos a una bifurcación y escogimos a ciegas el camino a seguir. Los guardaespaldas eran endiabladamente rápidos y nos ganaban terreno a cada paso. El camino volvió a dividirse en dos, y, una vez más, optamos por seguir corriendo al azar, sin tiempo para pensar adónde nos dirigía aquella huida.

Volví a escuchar otro disparo, pero esta vez su origen no estaba a nuestra espalda sino justo de frente. Descubrí que, en algún momento de la carrera, los dos guardaespaldas se habían separado y que el del tatuaje, quizá por pura suerte, había logrado encontrar un atajo para interceptarnos el paso. Estábamos rodeados.

Recuerdo lo que ocurrió después como algo que transcurrió en menos de la mitad de un segundo.

Había un cable suelto que pendía del techo. Yo no lo vi, pero Burbuja sí. El buscador me lanzó el manuscrito, ejecutó un salto de atleta y se colgó del cable. El tipo del tatuaje me apuntó con su pistola. Burbuja se balanceó con un movimiento circular, sujeto al cable igual que un mono a una liana. Descargó una patada en la mano del guardaespaldas y le hizo soltar la pistola, luego cayó sobre él y lo tumbó de un puñetazo. A continuación, como siguiendo una coreografía ensayada, agarró un pedazo de cemento suelto que había en el suelo y lo lanzó con todas sus fuerzas en mi dirección. El proyectil me pasó a escasos centímetros de la cabeza e impactó con algo, detrás de mí. Me di la vuelta y vi al guardaespaldas de la cadena de oro con las manos apretadas sobre la boca, de entre sus dedos manaba una generosa cantidad de sangre.

Fue impresionante, pero apenas tuve tiempo de admirarme. El del tatuaje se había puesto de nuevo en pie y había recuperado su pistola. Burbuja se percató de ello y se arrojó sobre mí. Los dos caímos al suelo, al tiempo que una bala pasaba por encima de nuestras cabezas.

El tipo de la cadera aprovechó el momento para, con su boca ensangrentada, caer sobre nosotros, formando una pequeña y violenta melé. Agarró el manuscrito y tiró de él, pero yo lo mantuve sujeto como si estuviera soldado a mi piel.

Entonces se desató el auténtico peligro.

A nuestro alrededor retumbó un bramido espantoso, y las vías temblaron. La oscuridad desapareció de pronto empujada por un estallido de luz cegadora. Un gigantesco gusano metálico irrumpió en el túnel a toda velocidad.

En aquel instante no entendí qué era aquel cataclismo. Sólo después pude comprender que, en nuestra huida, habíamos abandonado las vías muertas del metro para ir a parar a un tramo que aún seguía activo. Pero en aquel momento, repito, en lo único que mi cerebro, cada fibra de mi cuerpo, pudo concentrarse fue en echar a correr como no lo había hecho nunca para escapar del tren que amenazaba con aplastarme.

Habría muerto sin duda de no haber sido por Burbuja. El buscador se abalanzó sobre mí, me atrapó entre sus brazos y me hizo rodar a un lateral de las vías sin soltarme. Los vagones del metro pasaron a menos de un palmo de nosotros, entre golpes y fogonazos de pesadilla. Juraría que mi corazón dejó de latir durante aquellos terribles segundos.

El tren pasó de largo. El túnel quedó de nuevo en silencio y casi a oscuras.

Me incorporé, lentamente. Fue un trabajo difícil, pues todo el cuerpo me temblaba de forma penosa.

—¿Qué… qué ha sido eso? —balbucí—. ¿El fin del mundo?

—No, sólo el metro —respondió Burbuja. Tenía el rostro cubierto de mugre y pequeñas heridas; además, se le había roto un cristal de las gafas—. ¿Estás bien, Faro? ¿Puedes moverte?

Distaba mucho de estar bien: tenía todo el cuerpo magullado y sentía el tobillo derecho como si estuviera a punto de reventar. Esperaba no habérmelo dislocado.

—Creo que sí… —mentí—. ¿Sabes? Me acabas de salvar la vida…

—Sí, ya… Es probable… —respondió él, incómodo—. Supongo que estamos en paz por lo de aquella vez en Lisboa, en el piso de Acosta… Mira: otros no han tenido tanta suerte. —El buscador señaló con la cabeza a un cuerpo que había junto a los raíles… o, al menos, la mitad inferior de uno. Un espantoso rastro de sangre indicaba que, en el tren que había estado a punto de arrollarnos, viajaba ahora medio pasajero sin billete.

Aparté la vista, sintiendo cómo la cena se revolvía en mi estómago.

—¿Y el otro tipo? —pregunté.

—No lo sé. Quizá logró escapar, puede que con el manuscrito… En cualquier caso, eso sería preferible a que el metro lo haya pulverizado.

—Deberíamos comprobarlo.

—No —dijo él, vehemente—. Ya hemos agotado nuestra dosis de buena suerte por hoy. El siguiente tren puede pasar en cualquier momento.

Tenía razón. Además, pensé, lo más prudente sería que los dos estuviéramos en el punto más alejado de la ciudad cuando el tren que acabábamos de eludir llegase a la próxima estación, con unos restos humanos decorando la locomotora.

Seguimos el rastro de la vía hasta llegar a la estación más cercana. Yo cojeaba penosamente, apoyado en Burbuja. En pocos minutos alcanzamos un andén.

Era muy tarde y, por fortuna, casi no había pasajeros esperando su tren, tan sólo un tipo con pinta de mendigo que rebuscaba en una papelera.

—¡Eh! —dijo Burbuja, llamando su atención—. Eh, usted, sí, usted… ¿Es que no ve que aquí necesitamos ayuda? —El mendigo dio un respingo. Se giró, nos miró, parpadeó varias veces y se quedó quieto, con la boca abierta—. ¡Vamos, hombre! No tenemos toda la noche.

Corrió hacia nosotros y nos ayudó a trepar hasta el andén. Luego se nos quedó mirando, rascándose la nuca.

—Oigan… ¿Qué diablos hacían ustedes ahí…?

—Turismo —respondió el buscador—. Pero le diré algo, amigo: la parte bonita es la de arriba.

Nos encaminamos a la salida, dejando a aquel pobre hombre sumido en la más absoluta de las confusiones.

Agotados y bajos de ánimo, Burbuja y yo nos separamos para entregarnos a una noche de reflexión y descanso. Habría mucho que discutir sobre lo sucedido en el subsuelo londinense, pero eso tendría que esperar al día siguiente, cuando yo me hubiera recuperado de mis magulladuras y mi compañero se hubiera hecho con unas gafas nuevas.

Era muy tarde cuando regresé al hotel. Me planteé la posibilidad de llamar a Lacombe y ponerla al día sobre algunos detalles, pero me agoté sólo de pensarlo. Lo único que deseaba era arrastrarme hasta mi cama y apagar el cerebro durante unas cuantas horas.

Entré en mi habitación y me dispuse a darme una buena ducha antes de meterme entre las sábanas. Al mirarme al espejo, me encontré con un semblante parecido al de un damnificado por un bombardeo.

El tobillo aún me dolía bastante, pero no estaba hinchado, así que descarté con alivio la posibilidad de un esguince. Una generosa cantidad de agua resbalando sobre mi piel hizo milagros sobre mi organismo. Cuando salí de la ducha, me sentía un poco mejor. En ese momento, sonó mi teléfono móvil.

Pensé que podía tratarse de Burbuja, pero me equivocaba. La voz que me habló al otro lado de la línea era la de un desconocido. Se identificó como un médico que llamaba desde un hospital de Madrid.

Tenía malas noticias.

5
Retorno

Debes ir a Madrid —me dijo Lacombe—. No pienses que te estoy dando permiso, al contrario, te lo estoy ordenando.

Era temprano, por la mañana. La agente de Interpol, Burbuja y yo tomábamos el desayuno en una cafetería cerca del hotel. El mío estaba sin tocar. No podía comer, tenía el estómago cerrado.

—Ya te he dicho que no es necesario —repuse—. Aquí hay cosas muy importantes que requieren mi atención. Lo que vimos ayer, en el metro…

—Sí, es grave —me interrumpió la agente. Burbuja y yo le habíamos contado de forma somera lo ocurrido la noche anterior. Después, y dado que no me quedaba más remedio, mencioné la llamada que había recibido en mi habitación—. Muy grave y muy preocupante, pero ese tema no debería ser tu prioridad.

Por un segundo me sentí molesto por que Lacombe decidiera por mí cuáles debían ser mis prioridades, pero entendí que, después de todo, ella no conocía mis circunstancias. Burbuja, más al tanto de mi vida personal, mantenía un discreto silencio.

—Deja que actúe de la forma que yo considere más apropiada —dije—. Te aseguro que no se me ha perdido nada en Madrid, y mucho menos en un momento como éste.

—Como superior inmediato tuyo, tengo derecho a disponer de mi equipo según valore el estado de sus capacidades. Ahora mismo dudo que las tuyas estén a pleno rendimiento.

—¿A qué te refieres?

—La noticia que recibiste ayer por la noche hará que no estés concentrado.

—¡Qué bobada! Eso no es más que una suposición, totalmente incorrecta. —Miré a Burbuja, en busca de apoyo—. Dile que está equivocada.

—No lo sé, Tirso... ¿Lo está?

Menudo traidor, ahora se ponía de su parte. Me quedé callado, con expresión hosca. Me di cuenta de que, en un rincón de mi cabeza, el recuerdo de aquella llamada seguía arañando mi cerebro. Así había sido desde que la recibí. Tampoco me había dejado pegar ojo en toda la noche.

Dejé escapar un lánguido suspiro.

—¿Por qué ha tenido que pasar esto justo ahora? —pregunté, más bien para mí mismo.

—No te atormentes, Tirso —dijo el buscador—. Es lógico que estés preocupado.

—No estoy preocupado, estoy... Sólo estoy... Diablos, no tengo ni idea de cómo estoy.

—Entonces, vuelve a Madrid y averígualo. Será lo mejor.

—¿Y qué hay de lo que ocurrió ayer? Child, Yoonah, el manuscrito...

—Puede que te moleste oír esto, novato, pero no eres imprescindible. Lo que tenga que ocurrir ahora, sucederá estés o no en Londres.

—No sé cuáles son los planes del señor Burgos —dijo Lacombe—. Pero, por mi parte, puedo seguir esta investigación yo sola. No te necesito para hablar con Nesbit sobre la muerte de Child, ni tampoco para volver a interrogar a Rosignolli. Además, ya te he dicho que no tienes opción de elegir: volverás a Madrid porque yo lo ordeno.

El teléfono de Lacombe sonó. Era una llamada de la sede central de Lyon. La agente se levantó de la mesa y se alejó para hablar en privado.

Me quedé en silencio, cabizbajo, hurgando con el tenedor en los restos fríos de mi desayuno.

—¿Qué piensas hacer? —me preguntó Burbuja.

—Marcharme, no tengo otro remedio —respondí, malhumorado—. Si Lacombe se empeña en dejarme al margen, no cambiará de opinión.

Burbuja asintió, lentamente.

—Sabes que es lo correcto.

—Ya. Sí. Supongo. —Aparté el plato de huevos revueltos que tenía ante mí. Su visión empezaba a darme náuseas—. Debes ir con ella. Me refiero a cuando hable con Rosignolli.

—No. Esta asociación se acabó. A partir de ahora, vuelvo a actuar en solitario.

—Escúchame: Rosignolli escaneó el manuscrito al completo y guarda las fotos en su ordenador, él mismo me lo enseñó. Tienes que conseguir esas fotos.

—Lo que yo quiero es el manuscrito, no una copia.

—Esto ya no tiene que ver con el manuscrito, Burbuja, sino con su contenido. Voynich lo quiere por alguna razón, de igual modo que buscaba la Máscara de Muza para conseguir la Mesa de Salomón o el *Mardud* de Sevilla para encontrar el tesoro de Yuder Pachá. Hay algo importante en ese manuscrito, estoy seguro.

—¿Para quién estás trabajando ahora, Tirso, para Interpol o para el Cuerpo de Buscadores?

—Para ninguno de los dos. Sólo trato de encontrar...

—Sí —me interrumpió—. Lo que imaginaba: estás emprendiendo otra búsqueda. En realidad, es lo que siempre has hecho desde que te conozco. —No parecía molesto, más bien se limitaba a enunciar un hecho—. No la necesito a ella para colarme en casa de Rosignolli.

—Te equivocas. La policía estará vigilando. Estoy seguro de que puedes imaginar decenas de planes enrevesados para saquear ese ordenador sin ser visto, pero lo más inteligente sería aprovechar el método más sencillo. Lacombe te servirá de tapadera.

—Lo pensaré —dijo el buscador—. Y, cuando tenga esas fotos, ¿qué se supone que debo hacer con ellas?

—Nos veremos en Madrid y decidiremos qué hacer. —Dejé escapar una sonrisa amarga—. Tengo la excusa perfecta para quedarme allí por tiempo indefinido, a esperarte.

Burbuja se me quedó mirando. Me dio la impresión de que estaba preocupado por algo.

—No tienes que hacer esto, Tirso. Ahora trabajas con los legales, tienes nuevos objetivos, una nueva vida... No quieras seguir actuando como un buscador cuando ya no lo eres, puede ser peligroso.

Sentí que algo se revelaba en mi interior.

—¿Qué nueva vida? ¿Qué nuevos objetivos?... Nunca he sido un maldito agente de Interpol, sólo un desterrado, ¿comprendes? Ya me he cansado de vivir en el exilio. Quiero regresar. —Miré a Burbuja a los ojos—. Soy un buscador, igual que lo fue mi padre. Sólo yo decidiré cuándo dejar de serlo.

—Tirso...

—No —corté—. Mi nombre es Faro.

Me levanté de la mesa abruptamente y me marché. Necesitaba estar solo.

Aquella misma tarde tomé un vuelo de Londres a Madrid. Según Interpol, estaba oficialmente de baja.

Pasadas las seis, me encontré solo, en el aeropuerto de Barajas, con la misma maleta con ropa para un par de días con la que dejé Lyon, antes de que mi vida volviera a embarullarse de forma espantosa. Había aterrizado en mi país, en mi ciudad, y me sentía un extranjero.

Tomé un taxi. Cuando el chófer me preguntó adónde iba, no supe qué responder de inmediato. Hacía casi un año que no tenía nada en Madrid a lo que pudiera llamar «mi casa».

Acabé dándole la dirección del único lugar de la ciudad en el que tenía algo que hacer, aunque me apeteciera muy poco llevarlo a cabo.

Era un hospital de la calle Juan Bravo. No uno de esos megacomplejos financiados por la sanidad pública, sino una clínica privada de aspecto discreto. Atravesé sus puertas acarreando mi maleta. No me detuve en la recepción: ya sabía el número de habitación a la que me dirigía.

Estaba en la tercera planta, al final de un pasillo silencioso. Me detuve ante la puerta más tiempo del necesario, dudando si entrar, llamar primero o dar media vuelta y marcharme a cualquier otra parte del mundo.

Finalmente, decidí pasar sin anunciarme.

La habitación estaba atestada de ramos de flores, algunos de un tamaño indecoroso. La televisión estaba encendida. En aquel momento pasaban una vieja película en blanco y negro en la que Cary

Grant hacía payasadas, vestido con un salto de cama. A mi madre siempre le gustaron las comedias clásicas.

Ella estaba en la cama. Cuando entré, sus ojos se cruzaron con los míos. No tenía buen aspecto: estaba delgada y muy pálida, casi amarilla. Por primera vez, la doctora Alicia Jordán aparentaba los años que ya tenía, e incluso algunos más de propina. Mi expresión debió de delatar lo mucho que me había impresionado verla de esa forma, consumida y prisionera entre tubos y sondas, pues ella apartó la mirada como si estuviera avergonzada. Tomó el mando a distancia de la mesilla de noche y le quitó el sonido a la televisión.

—Vaya… —dijo con voz débil—. Has venido.

No supe distinguir si en su tono había reproche, agrado o (lo más probable) una mera indiferencia.

—Sí, en fin… Veo que no he sido el único. —Eché un vistazo a los ramos que convertían aquel espacio en un invernadero en plena floración. Me di cuenta de que, quizá, debí haber aparecido con algo similar.

—¿Cómo te has enterado?

—Ayer me llamó un médico, un tal doctor Fuentes…

—Ah, sí, claro… Ahora que lo pienso, es probable que tus datos figuren en mi póliza como persona de contacto en caso de… —hizo un gesto con la mano—, de esto, ya sabes. Siento que te hayan molestado, no era mi intención. —Se fijó en la maleta que traía—. Espero que no hayas tenido que venir de muy lejos.

—De Londres.

—Ah… ¿Qué hacías por allí? ¿Estabas de vacaciones?

—Trabajo.

Ella asintió, como si tuviera idea de en qué me ganaba la vida en aquel momento.

—Bien… Pues… ¿Quieres sentarte o…?

Me acomodé en una silla, de la que tuve que quitar una enorme cesta decorativa con flores secas. Los dos permanecimos un buen rato en silencio.

Mi madre y yo no manteníamos las mejores relaciones del mundo; de hecho, raras veces manteníamos cualquier tipo de relación. Ella era una mujer fieramente individualista, una arqueóloga de prestigio mundial, volcada en cuerpo y alma en su carrera.

Todas aquellas personas que glosan sobre el instinto maternal de las hembras del género humano, seguro que no piensan en mi madre. Para ella, tener un hijo fue como elaborar una tesis doctoral: primero, un largo tiempo de incomodidad; luego, unos momentos de sufrimiento ante unos doctores, y, por último, un aprobado con nota. Después de eso la tesis se guarda en un cajón y uno puede dedicarse a otras cosas. Así me sentí yo durante gran parte de mi vida: como un trabajo del que ella se sentía vagamente orgullosa, pero al que, una vez llevado a cabo, no merecía la pena dedicarle mucho más tiempo.

Al verla ahí, en aquel hospital, necesitada de ayuda por primera vez en su vida, fui capaz de identificar por fin uno de mis sentimientos: era desconcierto. Algo parecido a lo que se debe de sentir cuando se te avería el coche en mitad de la carretera y abres el capó, sabiendo de antemano que no vas a tener la menor idea de cómo funciona lo que hay ahí dentro, pero aun así lo haces, porque eso es lo que se supone que hace todo el mundo.

—Y bien… —dije—. ¿Qué ha ocurrido?

—Supongo que el médico te lo contaría por teléfono.

—Dijo que habías sufrido un infarto.

—Pues eso es todo, no hay mucho más que añadir.

—¿Dónde estabas cuando ocurrió?

—Aquí, en Madrid, asistiendo a una conferencia que impartía un antiguo alumno. El tema ni siquiera me interesaba, pero me sentí obligada a acudir; he seguido su carrera muy de cerca. —Típico de mi madre: mostrar más interés por la vida laboral de cualquiera de sus alumnos que por la mía. Por eso la adoraban… y yo siempre sentí una antipatía visceral hacia un montón de universitarios a los que ni siquiera llegué a ver jamás—. Fue bastante embarazoso, con toda ese gente a mi alrededor… Aunque supongo que tuve suerte de encontrarme acompañada.

—Y ahora, ¿estás… —hice una pausa, la justa para evitar decir las palabras «fuera de peligro»— mejor?

—Claro, perfectamente, pero esos matasanos se empeñan en que guarde reposo. Esto no ha sido más que un incómodo achaque. No tenías por qué molestarte en venir desde tan lejos.

Preferí no confesar que había sido poco menos que obligado. Era improbable que saberlo le causara algún disgusto, pero mejor no correr riesgos con alguien que acababa de sufrir un episodio cardíaco.

—Eso no tiene importancia, ya estoy aquí, y pienso quedarme en Madrid una temporada, así que, si necesitas cualquier cosa…

—Eres un buen chico —dijo ella, sin transmitir ninguna emoción en particular. Cielos, sí que debía de estar enferma. Casi nunca me halagaba… ¿Podría ser que se encontrara bajo los efectos de alguna anestesia?—. Pero no te necesito revoloteando a mi alrededor todo el tiempo. Lo mejor es que sigas a lo tuyo.

Aquello podía haberme ofendido, pero no lo hizo. Yo sabía bien que no pretendía apartarme de su lado, sólo era que en sus esquemas mentales no encajaba el hecho de que alguien que no tuviera una licenciatura en medicina perdiera el tiempo con una enferma, aunque ésta fuese su madre. Así era ella: ante todo, una mujer práctica.

No se me ocurría de qué forma prolongar la conversación. Yo ya había cumplido mi parte al asegurarme de que, en principio, ella no estaba con un pie en la tumba; sin embargo, me pareció que los hijos normales y corrientes no dejan a sus madres en un hospital después de una visita de cinco minutos.

O eso creo. No tengo mucha experiencia en lo que a dinámicas materno-filiales se refiere.

—¿Tienes alguna idea de por qué te ha ocurrido esto? —pregunté. Fue lo primero que se me ocurrió.

—¿Quién sabe? Jamás en mi vida he fumado un cigarrillo, apenas pruebo el alcohol, hago una dieta sana y mucho ejercicio… Esto ha sido un golpe bajo.

—Pero algo habrán dicho los médicos.

—Oh, sí, médicos, médicos… Todos se creen muy importantes con sus doctorados… ¿Sabes qué? Yo tengo tres, y no voy por ahí con una bata blanca creyéndome más inteligente que nadie.

—Eso es muy discutible —repuse—. Pero te concedo lo de la bata.

—Hipertensión, dicen, ¿qué sabrán ellos? ¿Yo hipertensa? ¿Yo estresada? Sigo manteniendo el mismo ritmo de trabajo de siempre, y nunca tuve ningún problema.

—Sí, pero ya no eres ninguna niña.

—Si has venido desde Londres sólo para decirme lo vieja que soy, te podrías haber ahorrado el viaje.

—No mates al mensajero, sólo estaba sugiriendo que quizá deberías tomarte las cosas con más calma. Estoy preocupado. —Me sorprendió a mí mismo descubrir que lo decía en serio.

—¿Preocupado? ¿Por qué?

—Porque soy tu hijo, y debo estarlo

—Oh… —dijo ella, como si aquella información le resultase inesperada. Seguramente acababa de recordar que su vida, o el fin de ella, también podía afectarme de alguna manera—. Bueno, puedes estar tranquilo. No soy ninguna inconsciente, ni tengo intención de volver a un hospital en mucho tiempo si puedo evitarlo. Ya había tomado la decisión de renunciar a algunos compromisos cuando me den el alta y vuelva a casa. Admito que, quizá, en los últimos tiempos he pretendido abarcar demasiado.

—Me alegra oír eso.

Aunque yo estaba tan poco familiarizado con su rutina como ella con la mía, sí que tenía la idea de que durante el último año no había parado quieta: de vez en cuando recibía correos electrónicos suyos desde lugares como Toronto, Canberra, Barcelona o Estocolmo; apenas un par de líneas, pero poco espaciadas en el tiempo. Si hubiera dedicado más tiempo a pensar en ella, probablemente me habría sorprendido menos de encontrarla de pronto en la cama de un hospital.

—Lamentaré mucho renunciar a ciertos trabajos, algunos eran muy interesantes. Precisamente estaba a punto de aceptar uno en Sudamérica que me intrigaba especialmente, pero los médicos, claro, dicen que nada de viajes transoceánicos en una temporada.

—¿Qué clase de trabajo era? —pregunté por mantener viva la conversación. Me había propuesto el objetivo de prolongar la visita durante al menos treinta minutos. De momento sólo llevaba diez.

—Quizá te parezca extraño, pero no sabría darte muchos detalles… Por eso era tan interesante.

—No te entiendo…

—Verás, hace cosa de unas tres semanas, un hombre se puso en contacto conmigo a través de un viejo amigo que es catedrático en la Universidad Nacional de Colombia. No recuerdo el nombre de aquel tipo, lo tengo apuntado en mi agenda, pero sé que era estadounidense…

—¿Qué era lo que quería?

—Al parecer, estaba buscando a alguien experto en arquitectura hispana altomedieval y pensó en mi nombre. Según me dijo, estaba reuniendo a un equipo de expertos internacionales en diferentes campos, todos medievalistas. Se trataba de llevar a cabo un proyecto de investigación en un lugar llamado Valcabado, ¿lo conoces?

—Sé que está en América.

—Entre Colombia y Brasil, o eso creo… Es una de esas pequeñas repúblicas insignificantes que están repartidas por todo el mundo. La mayoría de ellas no son más que paraísos fiscales.

—¿Y qué clase de proyecto de investigación pueden estar realizando allí que le interese a un grupo de medievalistas?

—Eso es lo más curioso: no quiso decírmelo, pero me aseguró que me resultaría de enorme interés, y que tendría mucho eco en todo el mundo.

—¿Estabas dispuesta a ir a Sudamérica a participar en algo que no sabías de qué se trataba?

—¿Por qué no? Ya sabes que me apasionan los retos que ponen a prueba mi curiosidad y, además, la suma que me ofrecieron era enorme. Acepté sin dudar. —Mi madre emitió un leve suspiro—. Ahora tendré que rechazarlo. Qué lástima… ¡Estaba tan intrigada!

—¿Quién organiza eso? ¿Alguna universidad?

—No, una empresa privada: Voynich, la de los productos informáticos, a través de una fundación cultural llamada «Proyecto Lilith».

Las manos me empezaron a sudar.

—¿Proyecto… Lilith?

—Qué nombre tan peculiar, ¿verdad? Tengo entendido que es una iniciativa reciente. Algunos compañeros de diferentes ámbitos culturales me han hablado de ella. Por lo visto, la empresa Voynich invierte desde hace unos meses en proyectos de Restauración y Conservación del Patrimonio. Muchas multinacionales lo hacen, casi siempre como excusa para evadir impuestos, pero la gente con la que hablo dice cosas estupendas de Voynich y su Proyecto Lilith. Están invirtiendo mucho capital y, aunque llevan poco tiempo, son muy activos y, a la vez, discretos. Firman convenios con centros universitarios, gobiernos locales, instituciones… Parece que se lo toman muy en serio. Voy a sentir mucho perder la oportunidad de colaborar con ellos.

Aquella información me angustió enormemente.

—No deberías lamentarte por dejar ese trabajo, a mí no me suena tan interesante… A propósito, ese hombre que te lo ofreció, el americano, ¿estás segura de que no recuerdas cómo se llamaba?

—Soy un desastre para los nombres, ya lo sabes. Lo tendré apuntado en mi agenda, en casa… ¿Por qué quieres saberlo?

—Simple curiosidad —respondí, sin tiempo a pensar una excusa.

—Puedo mirarlo cuando me den el alta. De todas formas, tendré que volver a ponerme en contacto con él para decirle que no podré aceptar su oferta.

—¿Los médicos te han dicho cuándo dejarán que te vayas?

—Aún no, pero no creo que me tengan aquí mucho tiempo. Sólo ha sido un susto.

—Estaré al corriente —dije después de mirar con disimulo mi reloj. Aún no habían pasado los treinta minutos—. Como ya te he dicho, pienso quedarme unos días.

—¿Tienes dónde alojarte?

—Buscaré un hotel cuando salga de aquí.

—¡Qué gasto más innecesario! —exclamó ella, siempre ahorradora. Temí que fuera a sugerirme que me quedara en su casa, estoy seguro de que ninguno de los dos nos habríamos sentido cómodos; pero, por suerte, ella tenía otra idea en mente—. Una amiga mía alquila por días un pequeño apartamento en la calle Carranza, para los turistas. Estoy segura de que ahora lo tiene libre. Llámala y dile que eres mi hijo, te hará un buen precio.

Me dio el nombre de su amiga y un número de teléfono que sacó de la agenda de su móvil.

—Gracias —dije—. Hablaré con ella. —Volví a mirar el reloj. Veinticinco minutos—. Bien… ¿Necesitas alguna cosa…? Puedo traerte unas revistas o… algo.

—No. Si te soy sincera, lo que necesito es descansar. Durante toda la mañana no han dejado de venir visitas y estoy agotada. —Emitió un profundo suspiro—. Tú llama a mi amiga. Tendrás que dejar en alguna parte esa maleta.

—De acuerdo —respondí, contento de poder marcharme al fin—. Volveré por aquí… Más adelante.

—Sí, claro.

—¿Seguro que estarás bien?

—Seguro. Vete tranquilo. —Ella cerró los ojos y se recostó sobre la almohada. Yo me retiré, en silencio—. Tirso...

—¿Sí?

—Te agradezco que hayas venido a verme.

Me sentí un poco avergonzado al escuchar aquello.

—No tiene importancia.

—Somos un par de solitarios que hacemos nuestras vidas sin estorbarnos —dijo. Su voz adquirió un tono errático, como si se le estuvieran escapando pensamientos entre los labios—. Una extraña familia, pero familia después de todo... A la edad de una, empiezas a darte cuenta de que eso tiene su importancia.

Salí de la habitación y la dejé descansar.

No fue hasta un tiempo después de salir del hospital cuando caí en la cuenta de que era la primera vez que veía a mi madre desde que supe que mi padre, en realidad, nunca fue piloto comercial, como ella seguía creyendo.

Mi padre fue un buscador. Su nombre en clave era Trueno y murió durante una misión en la República de Valcabado.

Supe la verdad en Malí, de labios de Burbuja. Mi compañero me dio toda la información que tenía sobre mi padre, que, aunque trascendental para mí, resultaba más bien escasa.

En aquel mismo lugar, una antigua buscadora llamada Hidra me reveló otro detalle muy importante. Ella sabía de la existencia de un veterano buscador, ya jubilado, cuyo nombre en clave era Yelmo y que había conocido a mi padre personalmente. Yelmo creía que su muerte en Valcabado fue consecuencia de una traición cometida por alguien del Sótano, o al menos eso fue lo que le contó a Hidra. Por desgracia, ella no recordaba el nombre del traidor y murió antes de poder decirme cómo o dónde encontrar a Yelmo.

Planeé investigar su paradero entre los viejos archivos del Cuerpo, pero Alzaga me expulsó del Sótano antes de poder hacerlo. Cuando me marché a Lyon, tuve que hacerme a la idea de que jamás encontraría a Yelmo y de que lo único que llegaría a saber nunca de la labor de mi padre como buscador sería una sinopsis de apenas tres frases.

En ningún momento llegué a considerar la idea de compartir todo esto con mi madre. Ella parecía vivir satisfecha creyendo que el hombre con el que una noche tuvo un momento de descuido (del que yo fui el encantador resultado) era un simple piloto comercial, muerto en accidente aéreo.

Ella apenas mencionaba a mi padre. Las pocas veces que hablaba de él lo hacía sin acritud, pero también sin cariño. Nunca dudé de que, fuera cual fuese el motivo que les llevó a engendrarme, el amor no figuraba entre ellos.

A medida que fui haciéndome adulto, empecé a comprender que aquel desapego no se debía al rencor, o a cualquier otra cosa similar, sino simplemente al hecho de que mi padre, para ella, siempre fue un completo desconocido.

Cuando salí aquella tarde del hospital, dejando a mi madre soportando un corazón que empezaba a dar inquietantes muestras de fatiga, dudé por primera vez de si yo tenía derecho a ocultarle lo que sabía de mi padre. Decidí que la cuestión no era si ella debía o no conocer la verdad, sino hasta qué punto ésta le importaba.

Bien pensado, mi madre parecía seguir recordando la memoria de aquel falso piloto con la más absoluta indiferencia. Si alguna vez lo había echado en falta, o si llegó a sentir por él algo más profundo que un impulso sexual con fecha de caducidad, ésos eran secretos que guardaba muy en el fondo de su averiado corazón. En vista de ello, opté por que los míos también siguieran bien escondidos.

En cuanto a mí, yo sí que necesitaba saber más cosas sobre aquel buscador llamado Trueno y sobre la que persona que lo traicionó. Había dejado aquel tema aparcado durante mi exilio en Lyon, pero ahora estaba de nuevo en Madrid, metido hasta las cejas en asuntos del Cuerpo de Buscadores. Era el momento de recuperar algunos aspectos de mi vida del lugar donde quedaron congelados, meses atrás. Mi padre era uno de ellos, quizá el más importante.

Con aquella decisión en la cabeza, dejé a mi madre en el hospital y me apresuré a arreglar el tema de mi alojamiento. Quería quitarme de encima lo intrascendente.

No me llevó mucho tiempo localizar a la dueña de mi nueva vivienda temporal, arreglar un precio (que, en efecto, resultó increíblemente bajo) y trasladar allí mi escaso equipaje. Después, sin perder ni un solo minuto, me trasladé en un taxi al centro de la ciudad.

Buscaba un pequeño local situado en la calle de Postas, a sólo unos pasos de la Plaza Mayor. Una vetusta joyería fundada en tiempos de la reina Isabel II, cuyo escaparate en nada recordaba a Tiffany's de Nueva York, o cualquier otro negocio similar, sino más bien a una polvorienta cacharrería de barrio. Sus propietarios eran dos pintorescos hermanos gemelos aficionados a las corbatas y los proverbios latinos.

Cuando estuve frente a la tienda de Alfa y Omega, por primera vez dejé de sentirme un extraño en mi propia ciudad.

Todo era idéntico a como lo recordaba. El olor a polvo y cera, el parquet crujiente del suelo, los anaqueles abarrotados de joyas, tan pasadas de moda que le habrían parecido anticuadas incluso a la esposa de un estraperlista. La mayoría de las clientas habituales de aquella tienda aún recordaban el día que Alfonso XIII salió pitando a la frontera.

Detrás de un mostrador de madera, un hombrecillo que vestía un traje de impecable corte, se dedicaba a colocar unas cadenas de oro sobre una bandeja de fieltro negro. Miré de inmediato el color de su corbata. Azul celeste. Así pues, se trataba de Omega, quien, a diferencia de su hermano, prefería adornarse el cuello con tonos claros.

El joyero miró hacia la puerta. Sus ojillos parpadearon detrás del cristal de sus gafas.

—¿Qué es esto? ¿Es el prudente Telémaco que regresa a Ítaca, para ver a su padre convertido en mendigo? —El joyero guardó en el mostrador la bandeja de collares y me dedicó una sonrisa afectuosa—. No, es el imprudente Tirso Alfaro, no hay duda. En tu honor, voy a parafrasear a Salomón y diré que *bonum amicum laetificat cor homini...* * ¿Cómo estás, querido muchacho?

—Hola, Omega.

—*Ave* a ti también. Nos alegramos de verte, aunque hemos de

* Los buenos amigos alegran el corazón de los hombres.

reconocer que tu visita nos resulta inesperada. Gozosa, pero inesperada. —Los gemelos tenían la costumbre de hablar en plural, como si el uno fuera siempre el portavoz del otro, aunque no estuvieran juntos—. Te hacíamos en Francia.

—Es largo de contar, pero me encantaría poder hacerlo, si tienes tiempo.

—Siempre para ti, querido amigo. Permíteme que antes ponga en suspenso la fuente de mis emolumentos. —Por lo visto, el barroquismo de los gemelos aumentaba con el tiempo. No entendí lo que acababa de decirme hasta que vi cómo salía del mostrador y colocaba sobre la puerta de la tienda el cartel de «cerrado»—. Ya está. Ahora dispones de toda nuestra atención… ¡Ah, pero aguarda un segundo! Aún falta lo importante: *hospitis adventus causae bibendi est.** Traeré un poco de café.

Eso era una buena noticia. Los gemelos preparaban el mejor café que jamás he probado.

Omega sacó un termo de un cajón del mostrador y sirvió dos vasos de papel. Ofreció un aparatoso brindis y luego bebimos. Experimenté una enorme decepción: el sabor era menos delicioso de lo que recordaba.

El pequeño joyero paladeó su café y movió la cabeza de un lado a otro, entristecido.

—Terrible, ¿verdad? —dijo—. Un insulto para el paladar. Lo confieso, nunca he tenido habilidad para las infusiones. Eso es cosa de mi hermano: aprendió los secretos de la elaboración del café durante un breve viaje a Colombia para comerciar con esmeraldas. El muy mezquino nunca ha querido compartirlo con nadie, ni siquiera conmigo.

—Tampoco es para tanto —dije, dándole un segundo sorbo de cortesía a aquella agua negruzca—. ¿Dónde está Alfa, por cierto? ¿En el taller?

—¿Crees que si anduviera por aquí cerca castigaría tu estómago ofreciéndote este icor repulsivo? No, Alfa no está en la tienda. Está de baja, podría decirse.

—¿Qué le ocurre?

Omega se encogió de hombros.

* La llegada de un amigo es el motivo para beber.

—Todo. Nada. Ha estado un tiempo algo escaso de salud… Podría abrumarte con un complicado diagnóstico, pero, en realidad, se resume en una sola frase: nos hacemos viejos, querido amigo… «Ayer se fue; mañana no ha llegado; / hoy se está yendo sin parar un punto…» Sí: nos hacemos viejos.

—Lamento mucho oír eso.

—Bah, no me hagas caso… Últimamente me siento algo melancólico, como el búho que aletea entre las ruinas. Pero no debes angustiarte por Alfa, su estado no es grave y pronto volverá al trabajo. Se alegrará de saber que has perdido tu tiempo en visitar esta cueva de viejos fósiles.

—Tenía ganas de veros. Te aseguro que en Francia no hay joyeros tan buenos.

El bigote del gemelo se agitó con orgullo.

—Franceses… ¿Sabes que René Lalique lo aprendió todo de nuestro abuelo? Y Cartier… ¡Pura propaganda! Sus engastes son como guijarros pegados con chicle al lado de los nuestros, pero claro, nosotros no perdimos el tiempo adornando a estrellas de cine pintarrajeadas. Nosotros preferimos poner nuestra inmensa habilidad al servicio de una causa noble, el Cuerpo de Buscadores, renunciando a una más que probable fama internacional. —Omega dejó caer la mirada al fondo de su vaso de papel—. Es triste que ahora, en el ocaso, nos premien nuestro sacrificio con la indiferencia y el olvido… *Inter vitia nullum est frequentius quam ingrati animi,** dijo Séneca.

—Las cosas no marchan del todo bien, ¿me equivoco?

—Me temo que no. Desde que nos dejaste, parece que nos arrastrara una espiral de decadencia. Enigma se marchó, la echamos mucho de menos… Luego Danny, quien, al parecer, está ilocalizable… El Sótano se ha vaciado de agentes igual que las hojas caen de un árbol. Hace meses que no trabajamos en ningún asunto del Cuerpo, y mucho nos tememos que eso no va a cambiar en un futuro. Allí abajo a nadie parece importarle.

—¿Hablas de Alzaga?

—¿De quién si no? Ni siquiera se molesta en devolvernos las

---

* De entre los defectos del hombre ninguno es más frecuente que el del corazón ingrato.

llamadas. —Se bebió el último sorbo de su café—. En fin... Sabíamos que tarde o temprano tendríamos que contemplar nuestra retirada, pero esperábamos recibir una despedida más honorable... ¿Acaso el actor no merece el aplauso del público con la caída del telón?

—Tarde o temprano las cosas cambiarán, estoy seguro. Esto no es más que un bache.

—No, se acabó, lo siento en mis huesos. El Cuerpo de Buscadores exhala su último aliento. *Acta est fabula, plaudite!** —Omega suspiró—. Es el fin de una era.

Atribuí su pesimismo a la ausencia de su hermano, que quizá le afectaba en exceso. De hecho, a mí mismo me resultaba extraño contemplarlo sin su idéntico reflejo a su lado, era como estar ante un espejo roto.

Como el ánimo sombrío del gemelo amenazaba con contagiarme, decidí tomar otro rumbo en la conversación.

—A propósito, Omega, ¿qué tal os va con vuestro nuevo aprendiz?

—Oh, te refieres a... eso. Imaginábamos que te interesaría conocer su desarrollo.

—¿Está aquí?

—Sí, abajo, en el taller. Hemos de reconocer que es muy aplicado, como un irritante Sigfrido en la fragua de Regin.

—¿Irritante?

El gemelo me dedicó una mirada de reproche.

—Digamos que Enigma y tú nos vendisteis como suave Céfiro lo que ha resultado ser un violento e incontrolable Bóreas. Su presencia en nuestra rutina ha sido devastadora... Aunque reconocemos que posee un don innato, de lo contrario, hace tiempo que nos habríamos desecho de él. —Omega se sirvió un poco más de café—. Por cierto que creemos que te guarda un ligero rencor.

—¿A mí? ¿Por qué?

—¿Quién sabe? Su mente nos es por completo extraña, pero yo diría que se siente algo... abandonado.

—No tiene motivos para ello. Además, cuando me marché acordamos que Enigma se encargaría de estar pendiente de él.

---

* ¡Aplaudid, la función ha terminado!

—Sí, pero Enigma nos dejó, como ya te he dicho. Eso no le sentó nada bien y, al final, quienes pagamos su mal humor somos mi pobre hermano y yo.

—Bajaré a verle.

—Ve, pero no te garantizo una cordial bienvenida.

A lo largo de mi vida he hecho cosas bastante imprudentes. Creo que la más estrambótica de ellas fue la de apadrinar la formación de un adolescente al que apenas conocía.

Durante el asunto de Malí, me topé con un joven llamado Nicolás, el cual, aunque nadie lo pretendió, acabó involucrado en nuestras actividades.

Nicolás era un pequeño pirata informático con el mismo carácter que el de una ardilla atiborrada de anfetaminas, e igual de intratable. A pesar de todo, el muchacho poseía el cerebro de un genio y, bien encauzado, era capaz de llevar a cabo cosas asombrosas.

Nicolás era inteligente, imprudente, imaginativo y mostraba un nulo respeto por la disciplina. También carecía de familiares cercanos que le inculcaran algo de civismo: sus padres estaban muertos y él vivía con una tía lejana que se ocupaba de su cuidado por imperativo legal. Alguien con semejante historial estaba llamado a hacer grandes cosas en el campo de la delincuencia. O, al menos, eso pensé yo cuando le conocí.

Enigma en cambio no era de la misma opinión. Desde el momento en que le echó la vista encima se dio cuenta de que aquel chico era un buscador en bruto, al que tan sólo hacía falta pulir un poco. De hecho, fue Enigma quien le dio su nombre en clave: Yokai.

No tardé en darme cuenta de que mi compañera estaba en lo cierto. Si se le concedía la oportunidad, Yokai podría convertirse en uno de los mejores agentes del Sótano. Además, el muchacho lo deseaba con toda su alma.

Había varios escollos en aquel plan. Ni Enigma ni yo teníamos autoridad para enrolar al chico en el Cuerpo (y menos después de que a mí me expulsaran) y, por otra parte, Yokai aún era menor de edad. Le gustase o no vivir con su tía (y no le gustaba en absoluto, ni a él ni a su tía), la ley le obligaba a ello.

Enigma tuvo una idea bastante buena. Empleó todo su encanto

personal, que era mucho, en convencer a los gemelos Alfa y Omega para que aceptasen tomar a Yokai como aprendiz en su joyería. Enigma sabía que los gemelos la veneraban como a una musa clásica y se aprovechó de ello de forma escandalosa. Lo hizo muy bien, tanto que al final los propios joyeros llegaron a entusiasmarse con la idea de transmitir sus conocimientos a un abnegado pupilo. En sus barrocas fantasías, se llegaron a ver como remedos del centauro Quirón, alumbrando los pasos de un Aquiles con acné y vaqueros rotos.

Gracias a aquel arreglo, Yokai aceptó volver con su tía (la cual, según tengo entendido, estaba feliz de perder de vista al muchacho durante horas y que, además, aprendiera una profesión de provecho) y comenzó a introducirse en los engranajes del Cuerpo de Buscadores. Por supuesto, Alzaga jamás estuvo al tanto de esto. A Yokai todavía le quedaba algo más de un año para cumplir los dieciocho y se suponía que, para entonces, Enigma ya habría pensado la manera de introducirlo en el Sótano con una nómina de caballero buscador.

Así quedó la situación cuando yo me marché a Francia. Pensaba que dejaba el asunto encauzado, con Yokai en las sabias manos de Alfa y Omega y bajo la vigilancia de Enigma, por la cual el chico tenía un enorme aprecio (ella era la única frente a la que cerraba la boca al masticar). Por desgracia, nadie había previsto que Enigma saliera del Cuerpo, dejando vacante la tutela del futuro buscador. Quizá era por eso por lo que Omega pensaba que el chico se sentía abandonado.

Ojalá no fuera así. La lista de abandonos en la vida de aquel muchacho ya era demasiado larga, no se merecía uno más.

No sabía lo que iba a encontrarme al bajar al taller de Alfa y Omega, pero me preparé para bregar con el resentimiento de un adolescente decepcionado. Iba a costarme lo mío: la paciencia no es una de mis virtudes.

Seguí a Omega hacia el taller que los gemelos tenían en el sótano de su local. Al acercarnos, empecé a oír una música a bastante volumen. Omega chistó con la lengua y sacudió la cabeza.

—¿Te das cuenta? —me dijo—. No me extraña que mi pobre hermano haya caído enfermo… ¡A todas horas hemos de soportar ese infernal bramido apocalíptico!

—A mí me parece que es Billy Joel.

Omega abrió la puerta del taller. De inmediato dejó escapar una expresión de espanto.

Yokai estaba tirado en el suelo. Tenía la ropa empapada en sangre, que chorreaba formando un espeso charco a su alrededor.

6

C-3PO

Omega se quedó paralizado en el umbral de la puerta. Yo corrí hacia el cuerpo del muchacho, repitiendo su nombre a voces. No respondió. Estaba inmóvil.

Al colocar mi mano sobre su cuello percibí el latido de una vena. Un alivio inmenso hizo que recuperara la respiración. Busqué por su pecho una herida para localizar el origen de la hemorragia, pero mis manos temblaban demasiado.

Alguien comenzó a reírse.

Miré a Omega. El gemelo se había sentado sobre un taburete con la cabeza entre las piernas, preso del mareo. Volví la mirada hacia la cara de Yokai.

Tenía los labios apretados, intentando contener la risa. Fue incapaz de hacerlo y acabó estallando en una sonora y larga carcajada. Me aparté de él como si hubiera recibido una descarga eléctrica.

—Pero… ¿Qué diablos…?

Yokai se levantó del suelo.

—¡Es increíble, tíos! ¡Teníais que haberos visto la cara! —dijo sin parar de reír. Omega sacó la cabeza de entre sus rodillas. Sus mejillas estaban tan blancas que parecía un cadáver, y sus ojos eran como dos pequeños globos a punto de reventar. Yokai le señaló con ambas manos—. ¡Sí! ¡Justo ésa!

—Condenado demonio… —musitó Omega, al que el resuello no le llegaba para levantar la voz—. Lo has vuelto a hacer…

—¿Qué? ¿Qué ha vuelto a hacer? ¿Qué está pasando?

Yokai nos ignoró. Se dirigió hacia un taburete donde había un moderno teléfono móvil apoyado contra una lata de Red-Bull. El muchacho lo cogió y habló a la pantalla como si se dirigiera a una cámara.

—Aquí Gran Yok, saludando a todos sus *followers*. Chicos, no dejéis de hacer esto en casa, es cojonudo. —Levantó el pulgar hacia la pantalla y luego se metió el teléfono en el bolsillo—. Ya está. Ahora directo a YouTube. La gente lo va a flipar con esto.

Lo agarré por el pecho de la camiseta, conteniendo las ganas de arrancarle de cuajo aquella sonrisa de su cara de dibujo animado.

—¿Vas a explicarme qué significa esto?

—Eh, calma, tío, ¿vale? Sólo era una broma… —respondió el chico, con cara de susto—. La sangre es de pega, ¿lo ves? —Se quitó un churretón de la ropa con el dedo y se lo llevó a la boca—. No pasa nada, estoy bien.

—Sí, por desgracia… Maldito crío idiota.

Él se zafó de mí, con gesto hosco.

—Vale, yo también me alegro de verte, capullo… Joder, menudos humos. ¿Qué ha sido del «¡Hola, Nico, cuánto tiempo! ¿Te acuerdas de mí? ¿Soy el tío que se largó hace casi un año y no me he molestado ni en mandarte un jodido whatsapp desde entonces para saber cómo te va la vida?».

—No me cambies de tema, chaval. Ahora mismo estoy muy cabreado.

—¿Sí? Pues qué bien… —El chico se desentendió de mí de malas maneras y se acercó a Omega, que aún temblaba encaramado en su taburete. Yokai se agachó junto a él y le puso una mano en el hombro, con gesto cariñoso—. Lo siento, Meg, no quería asustarte tanto, de veras… ¿Estás bien?

El joyero asintió con la cabeza.

—Ahora mismo me tomaría un poco de agua…

Yokai se dirigió raudo hacia un lavabo cercano, llenó un vaso para el joyero y se lo llevó. Contempló cómo se lo bebía igual que si estuviera viendo a un cachorrillo enfermo.

—¿Estás mejor?

—Sí… Sí…

—Vale. Sube arriba, si quieres. Yo limpiaré todo esto. Lo siento, lo siento mucho, te lo juro. —El muchacho le miró con una sonrisa avergonzada—. Ahora no te me vayas a poner malo tú también, ¿vale?

Su cara de no haber roto un plato en su vida desarmó al joyero. Omega dejó escapar un largo suspiro.

—Soy demasiado mayor para esto… *Dimitte illis non enim sciunt quid facit…* Pero, por favor, te ruego que no vuelvas a darme estos sustos… Ya van cinco esta semana.

El joyero se marchó renqueando del taller, agarrado a su vaso de agua.

—Me mola cuando se pone a hablar en latín… No le pillo una, pero me mola.

—Ha dicho «perdónalos, porque no saben lo que hacen» —dije con sequedad.

—Ah, vale…

De pronto pareció recordar que estaba enfadado conmigo, así que me lanzó una mirada hostil. Luego se fue a por un cubo y una fregona y se puso a limpiar la sangre falsa del suelo, actuando como si yo no estuviera allí.

Ninguno queríamos romper el hielo, pero decidí hacerlo yo; no me veía capaz de vencer a un adolescente en una pelea de orgullos.

—Con que *youtuber*, ¿eh? —dije—. Así que te dejo en manos de los dos mejores falsificadores de arte del mundo para que aprendas algo de ellos, y tú te dedicas a perder el tiempo y a jugar.

—No estaba jugando —respondió él, de mala gana—. Estaba probando una cosa.

—¿El qué? ¿Nuevas formas de provocarle un ictus a un anciano?

—No, cápsulas de tiro.

—¿Qué?

—Eso, cápsulas de tiro, como en el cine. Mira, fíjate. —Sacó de su bolsillo un pequeño interruptor unido a un cable. Al presionarlo, algo reventó debajo de su camiseta y sobre la tela empezó a hacerse visible un rodal de color rojo sangre—. ¿Lo ves? El cable del interruptor pasa por un agujero del bolsillo de mi pantalón y está conectado a una cápsula de sangre falsa que llevo pegada al pecho. Cuando le doy al botón, la cápsula se rompe… Es como si me hubieran pegado un tiro… Cápsulas… Tiro… Cápsulas de tiro, ¿lo pillas?

—Ya. Muy ingenioso. —Yokai se levantó la camiseta para mostrarme los pequeños contenedores de líquido rojo que tenía pegados a la piel con esparadrapo—. ¿Eso son condones?

—Sí… Bueno, aún tengo que mejorar un poco lo de las cápsulas. Probé con globos, pero se rompían. Los condones hacen mucho bulto debajo de la ropa, pero aguantan más.

—He ahí una buena manera de malgastar un preservativo…

—Eso dijo ella. —Yokai sonrió. Al ver que yo no estaba para bromas, volvió a ponerse serio y siguió fregando el suelo—. Hago otras cosas además de esto, ¿sabes? No son juegos, son… experimentos.

—¿Y te dedicas a colgarlos todos en la red?

—Tampoco veo que haya nada de malo en que aproveche para divertirme un poco. Además, es un buen sistema para comprobar si mis inventos funcionan. La gente los ve y opinan, algunos incluso me dan ideas para mejorarlos.

Miré alrededor y me di cuenta de que el taller de los gemelos había experimentado cambios importantes. El más llamativo era un complejo equipo informático repleto de cables y añadidos. Los gemelos nunca habían tenido un trasto semejante, es probable que ni siquiera hubieran sabido cómo encenderlo. Además, sobre el banco de trabajo que ellos siempre mantuvieron pulcramente vacío, estaban desperdigadas un montón de herramientas y aparatos electrónicos destripados, también había una maqueta a medio hacer de la abadía de Westminster. Recordé que a Yokai le gustaban las maquetas. Según él, de niño solía hacerlas con su padre.

Noté cómo mi enfado remitía poco a poco.

—¿Qué tal te va por aquí? —pregunté.

—Bien… Los gemelos están pirados, pero son legales.

—¿Aprendes cosas de ellos?

—Algunas.

—¿Como cuáles?

—No sé. Cosas.

El muchacho dejó la fregona y se puso a ordenar algunos cacharros del banco de trabajo.

—Ya que he venido desde tan lejos, podrías contarme con un poco más de detalle a qué es a lo que te dedicas.

—Oh, sí, has venido desde muy lejos. Gracias, tío, de verdad, es el momento más feliz de mi vida, creo que voy a llorar… No, mejor: voy a besarte los pies y a hacerte una foto para ponerla todas las noches debajo de mi almohada.

—¿A qué viene eso?

—¿Pero tú quién te has creído que eres? Pasaste de mí cuando te largaste a Francia, ni siquiera me respondiste a los e-mails, y ahora de pronto apareces por aquí a darme sermones como si fueras... yo qué sé..., como si fueras mi padre o algo así. No lo eres, así que déjame en paz.

—Oye, renacuajo desagradecido, ¿quién piensas que te consiguió esto?

—Enigma.

—Yo también tuve algo que ver, ¿sabes?

—Sí, pero al menos ella se ha interesado por mí todo este tiempo; tú te has limitado a ignorarme. —Comenzó a juguetear con un destornillador, evitando mi mirada. En su cara había una expresión torva—. Podías haberme dicho algo de vez en cuando, ¿no? Sólo un mensaje, un simple mensaje, una vez al mes... o menos. Ni siquiera eso. Está claro que no te importaba una mierda lo que yo estuviera haciendo.

—Eso no es cierto... No tiene nada que ver contigo. —El muchacho resopló, escéptico—. No eras tú al que dejé atrás, era... todo esto, necesitaba empezar de cero. Además, estaba seguro de que Enigma se ocuparía bien de ti.

—¿Sí? Pues últimas noticias, tío: ella también se largó.

—Eso no era lo que habíamos planeado... —Dejé escapar un suspiro de desánimo—. Lo siento. Tienes razón. Perdóname, no he debido esperar tanto tiempo para interesarme por cómo te van las cosas.

Yokai se pasó el dorso de la mano por la nariz.

—Da igual...

—Tampoco da la impresión de que hayas pasado por un infierno —dije en tono conciliador—. Te llevas bien con los gemelos y puedes dedicarte a tus proyectos. Eso de la cápsula de tiro parece muy... ingenioso. Y reconozco que, quizá, la cara de Omega sí que ha sido un poco graciosa cuando te ha visto tirado en el suelo. —Aunque el chico seguía sin querer mirarme, atisbé cómo entre sus labios titilaba un asomo de sonrisa—. Pero la próxima vez intenta no asustarlo tanto, ¿de acuerdo? No querrás tener que llevarlo a un hospital y descubrir que su carnet de la Seguridad Social está escrito en latín.

Yokai sonrió, al fin.

—Ya —dijo—. O en griego clásico…

—O con jeroglíficos.

—No, seguro que es un trozo de piedra, con bisontes y tíos con lanzas.

—Y en la casilla de «lugar de nacimiento» pone: «Pangea».

Los dos nos reímos. Después él siguió ordenando sus cacharros del banco de trabajo, en silencio. Ya no daba la impresión de estar enfadado, pero sí parecía algo triste.

—Enigma siempre pensó que volverías —me dijo—. Cuando yo me cabreaba contigo, ella me lo decía: «Tranquilo, tarde o temprano aparecerá, lo cierto es que no se ha ido, pero él aún no lo sabe, tiene que descubrirlo»… Eso suena un poco raro, ¿verdad?

—Sí, en fin… Ella también es un poco rara. ¿Sabes dónde está ahora?

—Me dejó una dirección, y tengo su correo electrónico, pero sólo a mí; me pidió que no se lo dijera a nadie más.

Me sentí un poco avergonzado al oír aquello. Demostraba que Enigma había sido mucho más hábil que yo a la hora de hacer que Yokai se sintiera apreciado. No era extraño que el chico sintiera un fuerte apego por ella.

Se suponía que yo era quien debía entender mejor a Yokai, dado que su historia era tan parecida a la mía; en cambio, había cometido con él los mismos fallos que yo, a su edad, achacaba a todos los que me rodeaban. Decidí que había llegado el momento de empezar a corregir algunos errores en ese aspecto.

—Tengo previsto quedarme por aquí un tiempo —le dije—. Quizá podamos aprovechar para que me cuentes con calma todo lo que has estado haciendo, para que hablemos sobre tu futuro, tus proyectos…

—¿Hablaremos también de cómo puedo entrar en el Cuerpo de Buscadores?

—Me temo que ese asunto, a día de hoy, está un poco complicado. —El rostro del muchacho reflejó una leve decepción—. Pero no te preocupes, ya se nos ocurrirá algo.

El muchacho asintió. Terminó de ordenar el banco de trabajo y se metió en el lavabo para, según dijo, ponerse otra camiseta; la suya estaba llena de grumos rojos y agujeros. Aproveché el momento para subir a la tienda a ver cómo se encontraba Omega. No estaba seguro de que el pobre joyero no hubiera sufrido un infarto después de todo.

Por suerte, aún estaba de una pieza. Pálido, pero vivo. Cuando subí del taller, me reconvino con la mirada.

—¿Sabes lo que dijo Séneca una vez? —me preguntó.

—Seguramente algo en latín.

—*Praeceptores suos adulescens veneratur et suspicit...* * Lo que no hacen es reírse de ellos y colgar sus fechorías en internet.

—En tiempos de Séneca no había *youtubers*. —Me senté sobre una silla desvencijada, mientras el joyero sacaba brillo al mostrador con un paño—. Si tanto os molesta, ¿por qué lo mantenéis como aprendiz?

Omega pasó de limpiar y dejó escapar un suspiro.

—No es un mal muchacho, en realidad. Caótico, pero de *bona fides*.** Además, es muy inteligente, mucho, de eso no cabe duda. Pero en el futuro tendrá que actuar con más juicio. Mi hermano y yo somos muy intolerantes con los errores ajenos.

—Ya veo, tanto como indulgentes con los propios.

—¿Qué quieres decir?

—Hablo de cierto manuscrito que yo encontré, y que dos gemelos atolondrados pusieron en manos de un francés con muy pocos escrúpulos.

La palidez de Omega se tornó de color rosa. El joyero agachó la cabeza y fingió concentrarse en una mancha sobre el mostrador.

—¿Quién te ha contado eso?

—Me encontré con Burbuja en Londres.

—Ah, he aquí la Verdad, que hacia mí se abalanza y me atropella... De modo que por eso has venido a vernos.

—Entre otras cosas.

—Bien, puedes ahorrarte tus reproches, Burbuja ya nos hizo demasiados. *Errare humanum est.****

—*Sed in errore perseverare dementia***** —repliqué, utilizando

---

* Los jóvenes respetan y veneran a sus maestros.

** Buena fe.

*** Equivocarse es humano.

**** Pero insistir en el error es locura.

sus mismas armas—. ¿Por qué no le dijisteis a nadie que Rosignolli había robado el manuscrito?

—¡Porque no lo sabíamos! Siempre creímos que tarde o temprano nos lo devolvería… Dennis Rosignolli es uno de los mejores y más célebres paleógrafos que existen, goza de respeto internacional, ¿cómo podíamos imaginar que quería robarnos?

—Está bien, cálmate. No quiero sermonearos, supongo que Burbuja ya se encargó de ello en su momento.

Omega hizo un gesto de desagrado.

—Sí. Y con vehemencia. Ese chico puede ser muy intimidante cuando quiere.

—Lo que deseo saber es si guardáis copias escaneadas del texto del manuscrito.

—Sólo un par de ellas, las que le enviamos a Rosignolli en su día… Ojalá hubiéramos tenido la precaución de escanearlo por completo —dijo el joyero, avergonzado—. Burbuja… ¿lo ha recuperado?

—Digamos que está en ello.

—Dios quiera que tenga éxito. Es una pieza de enorme valor que merece ser estudiada… Lo malo es que, aparte de Rosignolli, no se nos ocurre a quién más podríamos recurrir para que lo traduzca.

—Al menos en ese aspecto hemos hecho algún avance. Hablé con nuestro catedrático ladrón, me dijo que el texto estaba escrito en alfabeto úlfico.

—¡Úlfico! ¡Eso es una gran noticia!

—¿Por qué?

—Porque si sabemos en qué idioma está escrito, ya no necesitamos que nadie nos lo traduzca, podemos hacerlo nosotros mismos.

—¿Cómo? No fuisteis capaces de leerlo en su momento, por eso se lo enviasteis a Rosignolli.

—Ah, pero entonces carecíamos de una valiosa herramienta, la cual está ahora a nuestra disposición.

—¿Qué herramienta?

Omega señaló hacia la escalera que descendía al taller, con aire misterioso.

—Tu joven huérfano dickensiano —dijo—. Yokai nos lo traducirá. Él sabe cómo.

Yokai se sentó delante de la pantalla de su ordenador, en el taller. A su espalda, Omega y yo contemplábamos sus movimientos. En mi caso, apenas disimulando mi escepticismo; el joyero, por su parte, con la actitud de quien está a punto de ver sobre el escenario cómo el mago corta en dos a su ayudante.

En la pantalla apareció un fondo de escritorio con la imagen de la familia Simpson imitando la portada de *Abbey Road*, de los Beatles. Sobre ella había decenas de pequeños iconos ocupando todo el espacio disponible. Al parecer, Yokai había sido capaz de trasladar su propio desorden al escritorio de su ordenador.

Me fijé en los iconos. Aparte de los programas propios de un equipo bien surtido, había un montón de ellos que no reconocí, la mayoría con la forma de personajes de dibujos animados y nombres extraños como «SpiderSpeed», «FuckApple» o «Killing-Mickey-Mouse»; imposible imaginar siquiera qué clase de programas activaban.

Yokai llevó el cursor del ratón sobre un icono que tenía la forma de la cabeza de uno de los androides de *Star Wars*, en concreto, aquel dorado y pedante que siempre acompañaba al pequeño RD-D2.

—¿Qué se supone qué es eso? —pregunté.

—Es C-3PO —respondió Yokai.

—Ya sé quién es ese monigote, lo que pregunto es qué programa abre.

—Se llama así: «C-3PO», es el nombre que le he puesto. —Yokai giró su silla hacia mí—. Tío, ¿no has visto la película? «Soy C-3PO, relaciones cibernéticas humanas; puedo hablar con fluidez más de seis millones de formas de comunicación…» ¡Es un clásico!

—Tengo entendido que es un personaje de una película de ciencia-ficción —me dijo Omega. Yokai nos miró alternativamente a ambos, con cara de incredulidad.

—Es un traductor —dijo como si hablara con dos niños estúpidos—. El programa: traduce cosas, como C-3PO, por eso le he puesto ese nombre… En serio, ¿qué os pasa a vosotros dos?

Me sentí un poco dolido por el hecho de que Yokai considerara mi conocimiento de la cultura popular al mismo nivel que el de

Omega, un tipo que pensaba que Instagram era una marca de café instantáneo. Los adolescentes a veces pueden ser muy crueles.

—De acuerdo, es un programa de traducción —dije, molesto—. ¿Y qué tiene de especial? Hay cientos de ellos disponibles en la red de forma gratuita.

—No como éste, amigo —respondió el chico—. Observa.

Junto al ordenador había una pila de libros. Yokai cogió un tomo bastante grueso, lo abrió por una página al azar y luego lo colocó boca abajo sobre la superficie de una máquina de escáner, conectada al ordenador. Al activar el escáner, en la pantalla apareció una imagen del texto del libro. Eran un montón de apretadas líneas escritas en alfabeto griego.

—¿Qué es eso? —pregunté.

—Mi edición de la Biblia Trilingüe —respondió Omega—. Y, si no me equivoco, eso es un pasaje del Éxodo, en la versión griega de la Biblia de los Setenta.

—Parece mentira que reconozcas esto y no tengas ni puñetera idea de quién es C-3PO —masculló Yokai.

El muchacho abrió su programa de traducción y descargó la imagen del texto griego en un cuadro que apareció en la pantalla. Tras unos segundos de espera, se abrió otro cuadro en el que aparecía un texto escrito en castellano. Omega leyó la primera línea en voz alta:

—«Moisés era pastor del rebaño de su suegro Jetró, sacerdote de Madián. Una vez llevó las ovejas más allá del desierto y llegó hasta Horeb, la montaña de Dios…» Sí, es una traducción bastante correcta en general.

Yokai mostró una enorme sonrisa de orgullo y me miró.

—¿Qué? ¿Es o no es cojonudo mi C-3PO?

Reconozco que sí que estaba impresionado. Un poco.

—¿Puedes traducir textos en griego con esta cosa? ¿Y sólo con una imagen escaneada?

—Griego clásico y latín, también árabe, ruso, sánscrito y japonés; además de otras lenguas menos raras como inglés, francés, alemán, portugués… Así hasta más de treinta. Ahora estoy intentando cargarle el hebreo, pero ése es jodido, aún estoy liado con los algoritmos.

—Pero… Tú no hablas todos esos idiomas… —dije, aunque empezaba a creer que Yokai tenía múltiples facetas ocultas—. ¿Verdad…?

—No, claro que no. Yo sólo inglés, y chapurreado, pero no te hace falta para crear un traductor; el único lenguaje que necesitas conocer para eso es el de la programación, y ése sí que lo hablo de puta de madre. —Yokai le dio un trago a una lata de Red-Bull que tenía en la mano—. Ya te dije que no me he dedicado sólo a jugar y a perder el tiempo.

—Es un artefacto extraordinario —dijo Omega—. No tengo palabras para ponderar lo útil que nos ha sido.

—¿Cuánto tiempo has tardado en programarlo?

—Llevo con él desde que empecé a currar aquí. Los gemelos me dieron la idea. Un día los vi traduciendo no sé qué gaita, consultando durante horas y horas un montón de diccionarios y libros de gramática. Pensé: «Joder, tiene que haber una forma más rápida de hacer eso». Y la hay, claro.

—¿Cómo funciona?

—En realidad es muy sencillo, a base de algoritmos y estadísticas… Lo único que hace falta es tener una buena base de datos, e internet es la mejor que existe.

—¿Podrías programarlo para traducir cualquier idioma?

—Sí, siempre y cuando encuentre en la red ejemplos de ese idioma ya traducidos a otra lengua, la que sea, eso no importa.

—¿Aunque se trate de un idioma que no se hable desde hace siglos? —insistí.

—¿Por qué no? Ya has visto lo bien que funciona con el griego clásico. —Yokai le dio una palmadita a la torre del ordenador—. Esta monada podría incluso descifrarte el Código de Hammurabi si le metes el algoritmo adecuado. Pero, repito, tiene que ser un idioma que ya se haya traducido antes; ten en cuenta que C-3PO no piensa, aplica estadísticas y actúa de memoria, y para eso tienes que meterle algo en la sesera.

Empezaba a creer en la posibilidad de que el programa de Yokai fuese capaz de descifrar el alfabeto úlfico. Después de todo, dicho sistema de escritura, aunque poco habitual, no era en esencia muy complicado. Ya se había traducido antes en múltiples ocasiones.

Omega y yo le explicamos a Yokai lo que era el alfabeto úlfico y lo que necesitábamos de su programa. El chico nos escuchó en atento silencio, asintiendo con la cabeza de vez en cuando.

—Vale… —dijo al fin, arrastrando la letra «a», en tono reflexivo—. Creo que puede hacerse. Pero necesitaré algo de tiempo; C-3PO tardó semanas en aprender el griego, y creo que esto no va a ser más fácil.

—¿Y cuántas horas de esas semanas le dedicaste a tu programa? —pregunté.

—No sé, un par de ellas de vez en cuando, en mis ratos libres.

—Bien, ahora tendrás muchas horas de ratos libres, y todas ellas las pasarás haciendo lo que te hemos pedido.

—¡Eh, eso no es justo! ¿Y qué hay de mis derechos laborales?

—*Omnia vincit labor improbus** —recitó Omega.

—¿Qué es lo que ha dicho?

—Que si quieres ser un buscador —respondí—, más te vale no levantar el culo de esta silla hasta que tu C-3PO traduzca el visigodo como si fuera un androide toledano del siglo XI.

Creo que Yokai captó el mensaje con claridad.

Llegó la hora de que Omega cerrase la joyería. Dejamos que Yokai se fuera a su casa y yo me quedé con el viejo joyero, ayudándole a recoger la tienda y a dejarlo todo listo para el día siguiente. Me pareció inadecuado permitir que lo hiciera solo; no podía evitar verlo muy desamparado sin la compañía de su gemelo. El pobre Omega no hacía más que lanzar miradas a su alrededor, como si lo buscase, y en más de una ocasión dejaba sus frases sin terminar, hasta que recordaba que Alfa no estaba allí para completarlas.

Al fin, salimos a la calle. Ya era de noche

—*Nox atra cava circumvolat umbra…*** —dijo Omega, melancólico—. Ha sido un día muy largo; largo e intenso. Pero fructífero, no obstante. Por un momento me he sentido como antes de que Alzaga nos convirtiese en armas viudas.

—¿Armas viudas?

El joyero guardó silencio un momento, esperando la intervención de alguien que no estaba allí. Al no producirse, tuvo que ser él mismo quien acabara su pensamiento.

* El trabajo ímprobo todo lo vence.
** La noche nos rodea con su negro manto.

—«Armas viudas de su dueño / que visten de funesta valentía / este, si humilde, valeroso leño…» —recitó—. Tarde o temprano alguien tendrá que volver a empuñarnos. Quizá sea una señal el que hayas vuelto. Quizá…

Me quedé esperando a que terminara su frase, pero no lo hizo. El joyero parecía haberse sumido de pronto en sus pensamientos.

—Omega, ¿puedo preguntarte algo?

—Adelante, amigo, te escucho.

—¿Conociste a un buscador llamado Trueno?

El bigote del joyero se curvó en una tenue sonrisa.

—Ah, de modo que ya lo sabes…

—¿Qué es lo que sé?

—Que Trueno era tu padre. Alguien te lo ha tenido que decir, de lo contrario, no me preguntarías por un buscador que nos dejó hace tanto tiempo.

—Parece que todo el mundo estaba al tanto de eso menos yo —comenté, algo molesto—. ¿Nunca pensasteis en decírmelo?

—Narváez no nos lo permitió, era algo que deseaba hacer él mismo; por desgracia, la muerte le arrebató la oportunidad. Dime, querido amigo, ¿cómo te enteraste?

—Burbuja me lo contó.

—Oh, entiendo… Sí, tiene sentido… Narváez le confiaba muchas cosas, tenía una fe ciega en él, como el maestro en el pupilo. Me alegro de que por fin estés al tanto, no nos gusta guardar secretos de esa índole. —El joyero se atusó la bufanda que llevaba para resguardarse del frío—. En cuanto a tu pregunta, la respuesta es: sí, conocimos a Trueno. Lo conocimos y lo apreciamos. Era un buen hombre.

—¿Lo era…?

—Ya lo creo. El mejor buscador que vimos jamás… Aunque he de reconocer que tú también has hecho cosas bastante espectaculares. Qué pena que Trueno ya no esté con nosotros, se habría sentido muy orgulloso.

—Me alegra… —Tuve que interrumpirme. La voz me temblaba. Inspiré aire por la nariz y traté de empezar de nuevo—. Me alegra escuchar eso.

—Ojalá pudiéramos recordarlo mejor, pero… ¡ha pasado tanto

tiempo! ¡Tantos buscadores! Mi hermano y yo hemos conocido a muchos de vosotros, y demasiados encontraron un fin ingrato, al igual que tu padre.

—Él murió durante una misión, ¿no es cierto?

—Sí, pero ahora mismo no recuerdo dónde fue. Quizá en Asia o… No, puede que fuera en América, no estoy seguro.

—He oído que alguien lo traicionó —dije, intentando no mostrar ninguna emoción.

—¿De veras? Es la primera vez que oigo ese rumor, el cual me sorprende tanto como me horroriza… Me cuesta creer que Narváez estuviera al tanto y no hiciese nada al respecto.

—Pensaba que quizá Alfa y tú sabríais algo de eso.

—Querido Tirso, mi hermano y yo no somos buscadores. Somos como los diligentes herreros del Svartálfaheim, que fabricamos los artefactos de los dioses del Valhalla, pero sin mezclarnos nunca con ellos más de lo imprescindible. —El joyero me dedicó una tímida sonrisa de disculpa—. Ignoro qué información buscas sobre tu padre, amigo mío, pero me temo que no estás preguntando a la persona adecuada.

Tuve que darle la razón a Omega. De mis días de buscador recordaba que los gemelos nunca visitaban el Sótano. La interacción de los joyeros con los agentes del Cuerpo era puntual y siempre limitada al desarrollo de alguna misión en concreto, era difícil que ellos pudieran conocer los detalles de un rumor.

—¿Te dice algo el nombre de Yelmo? Era otro buscador, compañero de mi padre.

—Puede ser… Había muchos trabajando en el Cuerpo por aquel entonces. Ese nombre… Yelmo… Sí, me resulta familiar, pero no estoy seguro de acordarme bien de él. Supongo que no fue de los buscadores más descollantes.

Le hice algunas preguntas más, pero Omega no me dio ninguna información valiosa. Lo poco que sabía de aquella época lo había olvidado o lo recordaba a trozos. Finalmente me despedí de él y regresé a mi piso de alquiler dando un paseo.

Tenía muchas cosas en las que pensar: sobre Yelmo y la muerte de mi padre, sobre el manuscrito úlfico y los avances que Burbuja y Lacombe estarían haciendo en Londres al respecto, sobre el paradero de Danny, sobre qué hacer con Yokai y su incierto futuro como buscador..., por no hablar del mío propio en Interpol, el cual encontraba cada vez menos motivador.

Y, por supuesto, también guardaba un espacio entre mis inquietudes para mi madre. Me preocupaba su estado de salud y, especialmente, el hecho de que, de pronto, Voynich se interesase por ella. Eso no podía significar nada bueno.

Decidí que mi próximo objetivo debía ser investigar sobre los planes de Voynich, su «Proyecto Lilith» y por qué David Yoonah había llegado tan lejos para hacerse con el manuscrito úlfico.

Sabía que no iba a ser fácil, pero creía conocer la manera de empezar mi investigación. Sería lo primero que haría al día siguiente, después de una buena noche de descanso que me era muy necesaria.

7

Wotan

Silvia era una antigua novia de mis días de facultad. La historia de nuestra relación fue como la de un corredor que pone todo su ímpetu al comienzo de la carrera y, en consecuencia, abandona a la mitad agotado y sin resuello. En resumen, nada especial. No obstante, siempre guardé de Silvia un buen recuerdo.

Poco antes de que yo entrara en el Cuerpo de Buscadores, Silvia y yo volvimos a encontrarnos. Sexo de una noche, sin más complicación; para los dos quedó claro que era un mero ejercicio de nostalgia y desnudez.

Apenas habría vuelto a pensar en ello de no ser porque después supe que Silvia se mudaba a Estados Unidos para trabajar en la sede de Voynich, en algo llamado «Proyecto Lilith».

Cuando la multinacional se convirtió en una inagotable fuente de preocupaciones, pagando a asesinos para que me degollaran en mi casa y cosas por el estilo, traté de ponerme en contacto con Silvia una vez más, pero fue imposible. En su nuevo destino, no respondía a mis correos ni a mis llamadas, ni tampoco encontré a nadie que supiera decirme cómo localizarla. Silvia se había esfumado.

Ahora que había descubierto nuevos y siniestros detalles sobre Voynich, pensé que debía hacer un nuevo intento por encontrar a mi antigua novia.

Habían pasado dos años desde la última vez que traté de hablar con ella; quizá, durante ese tiempo, Silvia había regresado a Madrid, puede que incluso ya ni siquiera trabajase para Voynich… O quizá era ella el cerebro de los rocambolescos planes de la multinacional y sus numerosos amagos de matarme (cosa muy improbable, pero nunca se debe subestimar el rencor de una ex pareja)… No lo sé; en cualquier caso, aún conservaba su número de teléfono y no perdía nada por intentar llamarla una vez más.

Eso fue justo lo que hice, albergando muy pocas esperanzas de éxito, dicho sea de paso. Por ese motivo, cuando Silvia respondió mi llamada casi al primer toque, en principio me sentí más sorprendido que contento.

Se alegró mucho de hablar conmigo, y parecía sincera, así que descarté la posibilidad de que en los últimos dos años hubiera estado pergeñando planes para acabar con mi vida o destruir el Cuerpo de Buscadores. Me dijo que estaba en Madrid (nuevo golpe de suerte) y que, por supuesto, tenía muchas ganas de verme… ¿Cuándo? Quizá ese mismo día, tal vez pudiéramos comer juntos… Sí, claro, sin problema, yo elegiría el sitio. Sería una agradable reunión de viejos amigos hablando sobre cómo les habían ido las cosas. Aunque, sobre eso, yo no pensaba dar muchos detalles.

A los dos nos gustaba la comida japonesa, de modo que escogí un pequeño restaurante asiático de la plaza de la Luna que ambos solíamos frecuentar cuando salíamos juntos. A las dos en punto, yo ya estaba esperando en nuestra mesa. Silvia tardó apenas unos minutos en aparecer.

No estaba sola, la acompañaba una pareja. Se trataba de alguien calvo y de corta estatura, vestido con un pijama de Bob Esponja y metido en un carrito de bebé. Sobre su pequeña cara rosada, tenía un simpático conjunto de pecas, parecidas a las que adornaban la nariz de Silvia. Eso me hizo suponer que mi antigua novia había pasado a formar parte del Club de Mujeres Agasajadas por el Día de la Madre.

En efecto, era su hijo. Un año y medio recién cumplido. Reconozco que, en un momento de pánico, me puse a hacer cálculos mentales, hasta que Silvia me contó que el padre del chiquillo era un apuesto ingeniero informático de New Jersey llamado Andrew. Me alegré por él. Tenía una esposa muy atractiva y un crío muy simpático.

—No te importa que me lo haya traído, ¿verdad? —me dijo Silvia, refiriéndose al mini fan de Bob Esponja—. Se suponía que iba a quedarse con mi madre, pero le ha dado una de sus migrañas de pronto y yo no quería cancelar la comida, tenía muchas ganas de verte.

—Tranquila, así seremos más a pagar la cuenta.

—Créeme, podría hasta invitarnos. Su padre está forrado —bromeó ella.

—Oh, sí, Andrew, el ingeniero informático… ¿Lo conociste en Estados Unidos?

—Sí, poco después de mudarme. Tenía un novio aquí, en Madrid, pero aquello se fue al traste. Hazme caso: eso de que las relaciones a distancia no funcionan es una gran verdad, y mucho más en un trabajo como el que yo tenía.

—¿Tenías? —pregunté—. ¿Te refieres a ese puesto en Voynich? ¿Ya no sigues en él?

—No, y me alegro. Lo dejé hace un mes, aprovechando que a Andrew le salió una buena oferta aquí, en Madrid, para los de Microsoft. El pobre se siente culpable porque cree que me ha hecho una faena, pero, de verdad, no te imaginas las ganas que tenía de despedirme de ese sitio.

—¿Por qué? ¿Había algo… malo en aquella empresa? —pregunté cándidamente.

—Si yo te contara… Pero dejemos eso ahora. Quiero saber todo lo que has estado haciendo este tiempo, hasta el más mínimo detalle.

Tuve que adaptarme a su ritmo de conversación, pues no quería que fuera demasiado obvio que sólo quería verla para hablar de su trabajo en Voynich.

Así pues, empleé la siguiente media hora en desgranar un relato sobre mis últimas vivencias, el cual me había inventado por completo durante el trayecto entre mi piso y el restaurante. La historia era tan aburrida que logré dormir al bebé.

Después, llegó el momento de rememorar viejos tiempos y viejas amistades. Sentí envidia del bebé. Silvia y yo estábamos finalizando el segundo plato y seguía sin ser capaz de meter a Voynich en la conversación.

Lo logré en los postres, cuando ya todos los temas posibles estaban más que agotados. Por fin, mi antigua novia se mostró dispuesta a hablar de su anterior trabajo, del cual no guardaba buen recuerdo.

—Era un sitio siniestro —me dijo—. En la sede de Madrid era más normal… Pero en cuanto llegué a California fue como si estuviese en un sitio completamente distinto.

Como todos los trabajadores de cierto nivel, Silvia se vio obligada a residir en el enorme complejo que Voynich tenía en Sunnyvale, California. Una verdadera ciudad en miniatura con viviendas, centros comerciales, zonas verdes… En definitiva, todo lo necesario para llevar una cómoda existencia. Aquello no sonaba tan mal.

El problema era que la multinacional mantenía un control absoluto sobre los accesos a sus instalaciones. No sólo estaban prohibidas a cualquier persona ajena a Voynich, sino que, además, los propios trabajadores se veían en dificultades para salir de ellas. Era necesario un permiso especial, emitido por brumosas instancias departamentales, el cual requería un proceso de papeleo tan laborioso que la mayoría de los empleados ni siquiera se molestaban en llevarlo a cabo. Silvia admitió que el complejo de Voynich estaba tan bien surtido que no era habitual que alguien quisiera salir de él, pero también dijo que en ocasiones tenía la desagradable sensación de ser poco menos que una prisionera en una jaula dorada.

No obstante, mi antigua novia apenas pensaba en ello. El trabajo ocupaba toda su rutina. Pasaba horas metida en una oficina, rodeada, eso sí, de toda clase de comodidades y personas de todo el mundo, todas ellas agradables y muy interesantes. Sus labores eran muy variadas, pero siempre relacionadas con el campo del mecenazgo cultural.

Voynich era una empresa joven que había hecho una fortuna con el desarrollo de software. Sus programas habían desbancado a la competencia en poco tiempo y sin apenas esfuerzo. En todo momento, a todas horas, había millones de personas repartidas por todo el globo utilizando un programa Voynich. Era una red infinita.

Según Silvia, la empresa quería dedicar parte de sus beneficios a proyectos culturales y filantrópicos. Uno de ellos era conocido con el nombre de «Proyecto Lilith».

—¿Por qué Lilith? —pregunté.

—No lo sé. Nadie nos lo explicó nunca.

—¿Y en qué consistía ese proyecto?

Según la respuesta de Silvia, era un ambicioso programa de mecenazgo artístico que abarcaba múltiples actividades: patrocinio de creadores, difusión cultural, restauración del patrimonio histórico… Sus intereses estaban por todo el mundo. El Proyecto Lilith donaba fondos para la Ópera de Sidney, sufragaba la apertura de galerías de arte en Río de Janeiro, ayudaba a restaurar ruinosos castillos en Irlanda, financiaba excavaciones arqueológicas en Nuevo México… Los proyectos eran tantos y tan variados que no parecían seguir un plan específico, sólo una voraz bulimia cultural.

Al oír aquello, recordé aquel viejo cuento de la princesa que nota un guisante a través de una pila de colchones. Todos aquellos proyectos faraónicos de los que Silvia me hablaba me parecían meros colchones. Tenía el pálpito de que entre ellos había un guisante, una diminuta esfera negra y venenosa que era la fuente de todos mis problemas.

Al principio, Silvia estaba contenta. El trabajo estaba bien pagado, las condiciones y el ambiente eran buenos y su labor era interesante. Entonces empezaron a ocurrir cosas.

Silvia comenzó a detectar irregularidades en algunos de esos proyectos, concretamente los que se dedicaban a labores de arqueología y restauración. En sus remesas presupuestarias se incluían importantes partidas para una empresa filial de Voynich llamada Wotan; en teoría, una compañía de seguridad privada.

Un compañero de Silvia descubrió que Wotan estaba incluida dentro de las listas de CMP (PMC, en inglés) elaboradas por el gobierno de Estados Unidos. Las CMP son Compañías Militares Privadas, auténticos ejércitos controlados por consejos de administración, muy activos en países como Rusia, Gran Bretaña o Israel. En el caso de Estados Unidos, donde hay toda una plétora de ellas, las CMP operan con el consenso explícito del Pentágono aunque algunas, muy pocas, suelen ir por libre aprovechando oscuros vacíos legales. Al parecer, Wotan; era una de estas últimas.

Era extraño que Voynich empleara una CMP para actividades arqueológicas, de modo que aquel compañero de Silvia empezó a indagar por su cuenta. Hizo preguntas, consultó archivos, se entrevistó con algunas personas… Poco después, aquel tipo desapareció sin dejar rastro. La empresa dijo que había sido despedido, pero se llegó a rumorear que su familia no sabía nada de eso. En cualquier caso, ni Silvia ni ningún otro de sus compañeros volvieron a verlo jamás.

Un tiempo después de que aquel compañero se esfumara, por las manos de Silvia pasó un proyecto que Voynich estaba llevando a cabo en España. Se trataba de la restauración de una pequeña iglesia de la época del reino de Asturias. Al parecer, Voynich se había ofrecido voluntariamente al gobierno del Principado para rehabilitar el templo sin coste alguno para las arcas públicas, todos los gastos correrían a cargo del Proyecto Lilith. El gobierno autonómico aceptó la oferta sin dudar.

Lo primero que llamó la atención de Silvia en aquel proyecto fue la enorme cantidad de dinero reservada para contratar los servicios de Wotan; daba la impresión de que Voynich, en vez de restaurar una iglesia, pretendía invadir la Península desde Asturias con un ejército privado.

—Todo era muy extraño —me dijo mi antigua novia—. ¡Aquel despliegue de hombres armados! Es un pequeño pueblo a orillas del mar, no la franja de Gaza.

—¿Cómo se llama?

—San Cristóbal de Bayura —respondió—. Está a unos kilómetros de Llanes, casi en Cantabria. La iglesia en cuestión es una reliquia del siglo VIII que se estaba cayendo a pedazos.

—Puede que tu empresa mande a los hombres de Wotan para evitar que algún lugareño saquee algo de valor durante las obras de restauración. Eso, por desgracia, pasa muy a menudo, lo sabes muy bien.

—Allí no hay nada que saquear, Tirso. Esa iglesia es un cascarón hecho migas. Créeme, he visto las fotos. No necesitan un ejército para mantener alejados a un par de pueblerinos.

—Tienes razón. Es extraño.

—Espera a oír el resto de la historia. Hace cosa de un mes y medio, cuando estaba a punto de volver a Madrid, alguno de los jefazos reenvió por error un e-mail privado a todos los que estábamos metidos en el proyecto de esa iglesia. La típica pifia de becario, pero que, curiosamente, nunca cometen los becarios sino los que se supone que tienen más experiencia. El caso es que de inmediato aparecieron un montón de tipos del servicio técnico y nos borraron todos, absolutamente todos los mensajes de nuestros correos electrónicos. Los dejaron completamente vacíos, ¿me entiendes?

—Ya, un poco drástico.

—Eso no es todo. Más tarde, un tipo con pinta de directivo, que en ningún momento me dijo su nombre, se reunió conmigo en privado y me sometió a un verdadero interrogatorio.

—¿Interrogatorio?

—Te aseguro que no encuentro otro modo de calificarlo. Me preguntó si había leído el correo enviado por error o si había hecho alguna copia. Yo le dije que no, claro. Luego me recordaron, de manera muy poco amable, que mi contrato de confidencialidad me obligaba a no difundir ninguna información referente a los mensajes internos de la empresa. No fui la única que tuvo que pasar por eso, a todos los que les llegó el dichoso e-mail les aplicaron el mismo tercer grado.

—¿Y les dijiste la verdad? ¿No lo llegaste a leer?

—Sólo le eché un vistazo, hasta que me di cuenta de que no era para mí. Era muy largo, y muy raro, no entiendo qué les puso tan nerviosos.

—¿Recuerdas algo de lo que decía?

—Sólo detalles sueltos. Hablaba de encontrar algo llamado «Mapa Alfonsino», que se supone que está en la iglesia de San Cristóbal de Bayura. Según aquel correo, ese mapa, o lo que sea, tiene relación con el testamento de un tipo con nombre italiano y que, al parecer, vive en Londres.

Un testamento. Un tipo con nombre italiano que vive en Londres. ¿Podría ser…?

—¿Rosignolli? —pregunté—. Ese nombre que sonaba a italiano, ¿era Rosignolli?

—¡Sí, justo eso! —exclamó Silvia, sorprendida—. Es increíble, ¿cómo lo has adivinado?

Me di cuenta de que me había metido en un buen jardín, del cual sólo se me ocurrió una forma de salir, algo rastrera. Aprovechando que Silvia no miraba, golpeé con el pie la rueda del carrito del bebé. El niño se despertó y comenzó a llorar, enfadado. La madre perdió todo su interés en mis dotes clarividentes y se puso a calmar al chiquillo.

Lo sentí por el pequeño aunque, bien mirado, acababa de prestar un modesto servicio al Cuerpo Nacional de Buscadores. Para muchos eso sería motivo de orgullo.

Me despedí de Silvia y de su pecoso hijo. Después me acerqué al hospital para visitar a mi madre. La encontré arisca y con pocas ganas de hablar, salvo para repetir varias veces lo cansada que estaba del hospital y las ganas que tenía de irse a su casa. Por suerte, el médico dijo que evolucionaba de forma positiva y que al día siguiente, si no había cambios, le darían el alta.

La dejé regodeándose en su mal humor y me fui a la joyería de los gemelos, en la calle de Postas. Quería saber si Yokai había hecho algún avance en su traductor y, de paso, investigar algunos detalles sobre lo que Silvia me había contado durante la comida.

Yokai estaba en el taller, trabajando en el ordenador. Llevaba puestos unos enormes auriculares con los que escuchaba lo que él denominaba como «música de curro», una caótica selección de temas que abarcaban desde AC/DC hasta Buddy Holly y que, según el chico, le ayudaba a concentrarse. Yokai estaba tan enfrascado en su labor que casi tuve que zarandearle para que se diera cuenta de que yo estaba allí.

Le pregunté qué tal llevaba C-3PO su aprendizaje del alfabeto úlfico. El muchacho se recreó en una compleja respuesta llena de términos que no pude entender, aunque, en esencia, me pareció que la cosa avanzaba sin grandes complicaciones.

—Tengo una tarea para ti —le dije.

Yokai puso los ojos en blanco.

—¿Otra más? Joder, dame un poco de cancha… Existen leyes contra la explotación infantil, ¿lo sabías?

—¿Por qué sólo eres un adulto cuando te conviene?

—Vale, vale, dime qué es lo que quieres… Pero luego no me vengas con quejas si tardo en programar a C-3PO.

—Averigua todo lo que puedas sobre Wotan.

—¿Wotan? —dijo Omega, que estaba escuchando nuestra conversación mientras fingía pulir unas piedras en su banco de trabajo—. Es uno de los nombres de Odín, soberano de los *aesir*, los dioses del panteón protogermánico. Señor de la magia, de la poesía y de la batalla. «Si debo conducir a los míos en la lucha, yo, Wotan, canto un conjuro tras los escudos y así avanzamos victoriosos…»*

—Ya sé quién es Odín —repuse—. Pero no me refiero al dios vikingo, sino a una PMC que tiene su sede en Estados Unidos y es una filial de la empresa Voynich.

* *Edda poética*, «El Discurso del Altísimo» o de Hávamál.

—¿Qué es una PMC? —preguntó el joyero.

—*Private Military Company* —respondió Yokai—. Mercenarios del siglo XXI, tío, como Academi o DynCorp. Son gentuza, pirados con armas.

Al parecer el muchacho estaba más familiarizado que yo con aquel sector.

—¿Habías oído hablar de Wotan con anterioridad? —le pregunté.

—No, pero imagino que será la misma mierda. DynCorp estuvo trabajando con la ONU en Bosnia, pero se dedicaba a traficar con armas y con mujeres, y soldados de empresas como Titan Corp o CACI eran los cabrones que se hacían fotos torturando a los presos de la cárcel de Abu Ghraib. Esos tíos no son más que neofascistas.

—Necesito saber qué clase de labores realiza Wotan y para quién, ¿puedes encargarte de ello?

—Claro, no hay problema. Empezaré por lo fácil... Supongo que esa gente tendrá un sitio web... —Yokai tecleó unas palabras en el buscador de la red—. Aquí está.

En la pantalla del ordenador apareció la página corporativa de Wotan. Era un lugar moderno y de atractivo diseño, donde destacaba el nombre de la empresa en letras grandes, junto a una especie de lema: Shields of the Future (Escudos del Futuro). Se parecía al de Voynich. En un lugar destacado se veía una especie de símbolo, que parecía ser el anagrama oficial de la compañía.

Omega se asomó por encima de mi hombro para ver mejor la pantalla del ordenador.

—Reconozco este emblema —dijo señalando el anagrama—. Es el *valknut*. El nombre rúnico del dios Odín.

—Muy apropiado —masculló Yokai—. ¿Sabes quién más utilizaba runas para adornar sus uniformes? Las SS de Hitler.

En la web aparecían algunas fotografías de los empleados de Wotan pertrechados para su trabajo, todos ellos con armas de última generación. Su atuendo era un peto de color negro, de corte militar, completado por un casco del mismo color que les cubría todo el rostro, parecido al de un motorista. Yo ya había visto ese uniforme antes.

—Yokai, intenta averiguar si Wotan ha efectuado alguna misión en Malí —dije.

El muchacho investigó unos minutos por la página hasta que encontró lo que buscaba.

—Parece que sí —indicó—. Aquí lo pone. En 2014, el gobierno del presidente Ibrahim Keita contrató los servicios de Wotan para proteger edificios y yacimientos del patrimonio histórico de Malí.

Dejé escapar una risa seca.

—Esa gente no protegía nada, al contrario. Enigma, Burbuja y yo nos cruzamos con ellos varias veces, sólo que allí se les conocía como «Hombres de Arena». Estuvieron a punto de matarnos en la Ciudad de los Muertos de Kolodugu y en los desfiladeros de Bandiagara.

—¿Estás seguro?

—Por completo. Llevaban esa runa en los uniformes, el *valknut*. Al igual que nosotros, iban tras la Cadena del Profeta, lo que no sé es por qué.

—Puede que la estuvieran buscando para el gobierno de Malí, que fue el que los contrató —aventuró Yokai.

—Te aseguro una cosa: quizá era el gobierno maliense el que les pagaba, pero ellos trabajaban para Voynich, no me cabe duda.

—Eso que dices es muy preocupante, querido Tirso —intervino Omega.

—Te daré un motivo para preocuparte de verdad —repuse—. Hace unas horas he sabido que Wotan está operando aquí, en España. Voynich los está utilizando para vigilar un proyecto de rehabilitación en una iglesia de Asturias.

Les conté a Omega y a Yokai una versión resumida de lo que había descubierto durante mi comida con Silvia. Al igual que a mí, a ambos les pareció que algo turbio se ocultaba en aquel repentino interés de Voynich por un viejo templo asturiano.

—¿Crees que existe una relación entre esa iglesia y el manuscrito úlfico? —preguntó Omega. Yo respondí que sí. El joyero adoptó una actitud reflexiva—. San Cristóbal de Bayura… No me suena ese nombre… Puedo buscar información sobre su historia, quizá nos arroje algo de luz en este asunto.

Era una propuesta juiciosa, pero yo ya había empezado a cansarme de perder el tiempo indagando. Necesitaba algo de acción.

—Buena idea. Mientras tanto, yo iré a Asturias para comprobar por mí mismo qué está haciendo Voynich en esa iglesia.

—¿Puedo ir contigo? —preguntó Yokai, anheloso.

—No.

—¿Por qué? ¡Puedo ayudar!

—Estoy de acuerdo con el muchacho. *E pluribus unum.** Como es lógico, puedes ir donde quieras sin justificación alguna, pero si tu idea es merodear por San Cristóbal de Bayura, no me parece prudente que lo hagas tú solo.

—Es cierto, pero no quiero que Yokai me acompañe. Será más útil aquí, rastreando información sobre Wotan y avanzando con su traductor.

—Entonces espera a que regrese Burbuja —dijo Omega.

—No. Si todo sale según lo planeado, es probable que Burbuja vuelva con el manuscrito, o bien con la copia escaneada que hizo Rosignolli. En ese caso lo mejor será que empecéis a traducirlo de inmediato. *Tempus fugit.*

—Eh, ésa me la sé —dijo Yokai—. «El tiempo vuela.»

—Chico listo. —Puse una mano sobre el hombro del muchacho—. Quédate aquí y cuida del fuerte, ¿de acuerdo? Si vuelve Burbuja, necesito que le reciba alguien que pueda resumirle lo que hemos descubierto, sin citas latinas ni recitativos.

Yokai pareció satisfecho de que le diera una responsabilidad importante.

—Vale —aseveró—. Tranquilo, yo me encargo de todo.

—Eso dijo ella —respondí, guiñándole un ojo. El muchacho sonrió.

Ya había tomado mi decisión y en aquel momento lo único que deseaba era ponerme en marcha lo antes posible, de modo que me despedí y salí del taller. Si podía solucionar un par de detalles con rapidez (tales como preparar un ligero equipaje y alquilar un coche), quizá pudiera estar en Asturias para la hora de cenar.

Tras haber pasado unos días en Londres, no me vendría nada mal algo de buena gastronomía norteña.

* De muchos, uno.

Freeway (II)

*B*urbuja jugueteó un poco con el dial de la radio del coche. Era un vehículo de alquiler, con emisoras previamente sintonizadas, de modo que se preparó para escuchar cualquier cosa. Desechó numerosas cadenas en las que encontró música de Rihanna, One Direction, Sam Smith y algo que sonaba como si un chaval con los pantalones demasiado apretados estuviera intentando alcanzar una nota grave.

Burbuja chistó la lengua, con desagrado. En su opinión, la música llevaba muerta desde el 6 de agosto de 1996, cuando Los Ramones dieron su último concierto en el The Palace de Los Ángeles antes de separarse.

Se cansó de seguir buscando y dejó la radio en una emisora que radiaba algo de Aretha Franklin. Freeway of Love. A Burbuja el pop-dance le parecía un vergonzoso error en la evolución del género humano, pero fue lo único que escuchó que no le dio ganas de arrancarse las orejas, así que lo dejó sonar. Echó un vistazo a un cartel indicador que pasó a su derecha. Señalaba la próxima desviación hacia Elstree. El buscador se acercaba a su destino.

Eran las diez de la noche y la carretera estaba vacía. Daba la impresión de que él era el único ser de la Tierra que tenía interés en dirigirse a aquel lugar.

Siguió conduciendo durante un buen trecho acompañado por la melodía de la radio.

> Ain't we ridin' on the freeway of love
> In my pink Cadillac...

—Lo siento, *Aretha* —masculló el buscador—. Esta noche no.

Apagó la radio y decidió seguir el camino en silencio.

Burbuja llevó el coche hasta el comienzo de una tranquila y oscura zona residencial. Al llegar, comprobó la ubicación en su GPS y verificó que había encontrado el lugar que estaba buscando. En esa calle estaba la residencia de Dennis Rosignolli.

El buscador detuvo el coche y se apeó. No había un alma a su alrededor y todo estaba en silencio. Las dos únicas farolas de la calle iluminaban con desgana, una tercera ni siquiera funcionaba.

Localizó la casa de Rosignolli. La fachada estaba a oscuras; tampoco se apreciaba ninguna luz tras las ventanas que daban a la calle. O bien el catedrático dormía, o bien estaba ausente. Burbuja prefería lo segundo, así su labor sería más sencilla.

A pesar de que Tirso le había pedido que considerara la posibilidad de seguir investigando a Rosignolli con la ayuda de Lacombe, Burbuja decidió no hacerlo. Con la agente de Interpol revoloteando a su alrededor, jamás podría hacerse con el contenido del ordenador de Rosignolli, ella no se lo iba a permitir.

Por ese motivo, cuando aquella mañana Lacombe, siguiendo el consejo de Tirso, se puso en contacto con Burbuja y le ofreció ir juntos a interrogar al catedrático, el buscador improvisó cualquier excusa sobre la marcha y se deshizo de ella. Le pareció lo mejor. Si Rosignolli tenía algo que ocultar, no iba a revelarlo en un interrogatorio. Burbuja tendría que robarle sus secretos en mitad de la noche, y eso era justo lo que se disponía a hacer. Seguro que Tirso lo entendería.

La casa tenía un pequeño jardín trasero delimitado por una verja apenas cubierta por mustios brezos. Por lo que Burbuja pudo ver a través de él, el jardín estaba poco cuidado, con el césped sin cortar, lleno de calvas terrosas, y las malas hierbas creciendo a su capricho por todas partes. El único árbol que había era un añoso chopo con las ramas desnudas.

Burbuja no era un experto en botánica, de modo que no fue capaz de distinguir si aquello era un chopo, un roble, un arce o cualquier otro tipo de árbol absurdo. Tampoco le importaba. Lo único que sabía de aquel árbol era que su tronco crecía cerca de la verja, y que sus ramas eran bajas y de aspecto robusto, lo suficiente como para soportar el peso de un hombre.

De modo que, para Burbuja, aquel árbol era de la especie de los que te permiten colarte en un jardín ajeno sin ser invitado. Su especie favorita.

El buscador se colocó bajo una de las ramas del chopo que sobresalía al otro lado de la valla y calibró la altura a la que estaba del suelo. No era demasiada. Si tomaba el impulso adecuado, sería capaz de alcanzarla de un salto sin dificultad.

Una vez que hubo encontrado la forma de entrar, el buscador se dirigió de nuevo hacia su coche. Aún le quedaba algo por hacer para que el acceso a la casa fuera totalmente seguro.

Dio la vuelta al jardín con sigilo y se asomó a la calle. Había un coche parado en la acera, uno que no estaba antes. También había una persona deambulando.

El buscador maldijo su suerte. Era Julianne Lacombe.

No se preguntó qué haría a aquellas horas en aquel lugar. Burbuja ya lo sabía: estorbar. Se armó de paciencia y se quedó oculto detrás de un contenedor de basura, a la espera de que la agente se cansara de merodear por allí igual que un gato curioso.

Lacombe se acercó a la puerta y llamó al timbre. Nadie abrió. Volvió a llamar una segunda y una tercera vez, pero siempre con idéntico resultado. Al parecer, Dennis Rosignolli no estaba en casa.

Burbuja vio que la agente inspeccionaba una ventana de guillotina que estaba en el piso bajo. La ventana no estaba cerrada del todo. Lacombe introdujo la mano por una rendija inferior y la abrió, después se asomó al interior de la casa. Daba la impresión de que estaba intentando colarse por la ventana. Burbuja se horrorizó.

—¡Eh! —exclamó, saliendo de su escondite—. ¡No se le ocurra hacer eso!

Lacombe dio un respingo y se encaró con el buscador. Con un movimiento rápido, metió la mano bajo su chaqueta.

—¡Quieto! Tengo un arma.

Burbuja levantó las manos y dio un paso al frente para situarse bajo la luz de una de las farolas.

—Yo también —dijo—. Aunque si me dice que la suya es más grande, podría llegar a creérmelo.

—¿Señor Burgos? ¿Qué hace usted aquí?

—Lo mismo le pregunto yo. ¿No se suponía que era esta mañana cuando vendría a interrogar a Rosignolli?

—Y lo hice, pero no había nadie. Tampoco las otras tres veces que regresé antes del mediodía. Llevo toda la tarde llamando a su casa y nadie responde al teléfono. Empecé a temer que se hubiera escabullido sin dar parte a la policía, así que decidí volver para comprobar si su coche estaba aquí.

—¿Pretendía buscar el coche dentro de su cuarto de estar y por eso intentaba colarse por esa ventana?

—¡Yo no hacía tal cosa! —replicó la agente, turbada.

—La he visto desde ahí atrás.

—Escondido como una rata, supongo. Me gustaría que me explicara qué hace acechando casas ajenas en mitad de la noche.

—Al menos yo, a diferencia de usted, sé cómo se debe hacer. —Burbuja señaló a Lacombe una pegatina de una alarma de seguridad que estaba en la puerta de la casa, junto a un ostentoso cajetín de plástico provisto de un piloto—. Si se hubiera colado por esa ventana, habría activado la alarma. No creo que a Interpol le dé buena imagen que descubran a sus agentes en pleno allanamiento de morada. Debería darme las gracias por haberla parado a tiempo.

Lacombe no supo qué responder.

—Yo… No sé qué pensará usted, pero puedo asegurarle que no… Que yo no…

—Tranquila, no se avergüence. No tengo nada en contra de las mujeres traviesas.

Burbuja le dio la espalda y se alejó de ella.

—¿Adónde va? —preguntó Lacombe.

—A seguir con mis asuntos.

—Llamaré a la policía.

—Puede hacerlo… O también puede entrar conmigo en esa casa sin hacer saltar ninguna alarma. Usted elige.

Lacombe apretó los labios, molesta. Se metió la mano en el bolsillo y agarró su teléfono, pero no llegó a sacarlo. En vez de eso, se quedó de pie, en medio de la calle, contemplando cómo Burbuja sacaba del maletero de su coche un artefacto provisto de antenas, del tamaño de un maletín.

El buscador colocó aquel objeto junto a la puerta de la casa y accionó un interruptor que tenía en un lateral. Lacombe se acercó a él con tiento, observando sus movimientos con enorme curiosidad.

—¿Qué es eso? —preguntó.

—¿Aún sigue usted ahí…? Esto es un inhibidor, sirve para interrumpir la señal de una alarma doméstica corriente, siempre y cuando no esté conectada mediante un sistema de cableado. Ésta no lo está, de lo contrario se vería la instalación en la fachada de la casa. —El buscador torció el gesto—. La gente se empeña en instalar alarmas de radio porque son más baratas… Idiotas. Son tan inofensivas como colgar latas atadas con cuerdas en el quicio de la puerta.

—¿De dónde ha sacado ese chisme?

—Puede comprarse por internet. No es más difícil conseguir uno de éstos que una bicicleta de segunda mano, por ejemplo.

—No debería dejarle continuar. Es completamente ilegal.

—Lo es, en efecto. —Burbuja sonrió de medio lado—. Por eso es tan divertido.

El buscador se alejó de la entrada y se dirigió hacia la parte trasera del jardín. Lacombe fue tras él, dando pequeños pasos. Parecía una niña esperando que el muchacho mayor la invitase a participar en sus fascinantes juegos.

—¿Por qué está yendo hacia el jardín?

—Porque voy a colarme por ahí.

—¿Y la ventana?

—Mi lema es: «Nunca entres por la ventana si puedes usar una puerta», resulta más digno.

El buscador se dirigió hacia el chopo cuyas ramas sobresalían sobre la cerca del jardín. Lacombe vio cómo daba unos pasos hacia atrás, emprendía una corta carrerilla y, por último, daba un admirable y limpio salto que le permitió agarrarse de la rama más baja. El buscador se movía con la misma flexibilidad que la de una ardilla.

—Muy bien —dijo, encaramado al árbol en cuclillas—. Ahora usted.

—¿Yo? No, no, no voy a hacer eso. No está bien.

—¿Pero colarse por una ventana es un ejemplo de virtud? —Burbuja le tendió la mano—. Vamos, yo la ayudaré. Seguro que incluso usted ha trepado de niña a algún árbol.

—Pero…

—Julianne, suba aquí o lárguese; pero decídase pronto, odio perder el tiempo.

Lacombe se sintió herida en su orgullo. No quería parecer más torpe o pusilánime que Burbuja. Se alejó unos pasos del árbol y dio *un salto desgarbado hacia la rama. Logró agarrarse a ella con las dos manos, pero después fue incapaz de hacer nada que no fuera quedarse colgando igual que una fruta. Burbuja la miraba, con media sonrisa burlona.*

—¿Quiere que la ayude?

—No... necesito... su... ayuda... —*rezongó la agente, agitando las piernas en el aire.*

Logró darse un torpe impulso con los brazos y apoyar el vientre sobre la rama. A pesar de sus protestas, Burbuja la sujetó por las caderas y la ayudó a incorporarse.

—¡Le dije que podría! —*exclamó la agente, con una sonrisa triunfal. Tenía la mejilla arañada y la ropa llena de manchas de resina.*

—No lo dudé ni por un segundo —*replicó el buscador, con una de sus indescifrables sonrisas partidas.*

Las manos de Burbuja permanecieron sobre la cintura de Lacombe unos segundos más de lo necesario, aunque ninguno de los dos pareció darse cuenta. El buscador dio otro salto para bajar del árbol y aterrizó en el jardín. Lacombe le imitó, aunque ella no cayó de pie sino que rodó por el suelo de forma aparatosa. Esta vez, ella no protestó cuando Burbuja la ayudó a levantarse.

El jardín era una pequeña parcela, no más grande que un simple patio. Estaba comunicado con el resto de la casa mediante una puerta trasera de aspecto desvencijado. Burbuja la abrió fácilmente con una de sus ganzúas. Antes de atravesarla, se hizo a un lado y dejó pasar a Lacombe, con un irónico gesto de caballerosidad. A la agente no le sentó bien.

—Puede guardarse sus burlas —*dijo.*

—No me burlo, es que prefiero verla de espaldas. —*El buscador notó que las mejillas se le encendían. Se apresuró a justificarse*—. Lo digo porque... Siempre está enfadada y de mal humor... No es que me guste más verla por detrás... O algo parecido. —*Burbuja empezó a pensar que lo estaba empeorando*—. Lo siento, ha sido una frase desafortunada en muchos sentidos.

Por suerte para él, Lacombe no le estaba prestando atención. Nada más entrar en la casa, la agente se había cubierto la boca con la mano para contener una náusea. Burbuja pensó que, aunque inapropiado, su comentario no podía haber causado una reacción tan visceral. De inmediato reparó en que el motivo del malestar de la agente era otro: en el interior de la casa flotaba un olor nauseabundo.

El buscador se cubrió la nariz con un pañuelo y sacó de su bolsillo una linterna del tamaño de un llavero. Al encenderla reparó en que estaban en la cocina de la casa.

—Creo que al señor Rosignolli se le ha estropeado la nevera —comentó.

—No. El olor viene de ahí.

Lacombe señaló una puerta entreabierta.

Burbuja se asomó. La puerta daba a una escalera que descendía. Alguien se había dejado la luz encendida.

Lacombe y el buscador bajaron por los escalones con mucho cuidado. Llegaron a un pequeño sótano iluminado por una solitaria bombilla que colgaba de un cable pelado. En aquel lugar fue donde encontraron a Rosignolli.

La imagen era terrible y grotesca. Rosignolli estaba tendido boca abajo encima de una mesa. Alguien le había practicado un corte profundo a lo largo de la columna vertebral, partiéndole las costillas. Éstas estaban separadas, como pequeñas compuertas hechas de hueso, dejando a la vista sus órganos internos. Entre ellos destacaban de forma visible sus pulmones, dos viscosas bolsas cubiertas de una sustancia roja y grumosa. Daba la impresión de que al infeliz Rosignolli habían intentado eviscerarlo por la espalda. Sus restos estaban infestados de moscas, que zumbaban golosas entre grasa, músculo, carne y sangre.

El calor era sofocante y el hedor, insoportable. Burbuja se sintió mareado. Subió las escaleras hacia la cocina. Una vez allí se encendió un cigarrillo. Las manos le temblaban. Dio una primera calada ansiosa, con la intención de que el humo del tabaco mitigase aquel olor a sangre, que incluso parecía haberse pegado a su paladar. Lacombe no tardó mucho en aparecer, con el rostro descompuesto.

—Es Rosignolli, no hay duda. —La agente abrió el grifo del fregadero y bebió agua con la mano, también se humedeció la frente y las mejillas—. Está muerto.

—¿Está segura? —preguntó el buscador, sarcástico—. Ha aguantado más que yo ahí abajo, Julianne. Reconozco que tiene un estómago de acero.

—No es la primera vez que veo un cadáver.

—Ni yo, pero esto...

—Lo sé. —Lacombe cerró los ojos e intentó tragar saliva—. Es una carnicería.

—No, es blodorn.

—¿Blodorn?

—El Águila de Sangre. Así es como los antiguos reyes vikingos ejecutaban a sus enemigos. Les abrían las costillas por la espalda para sacar sus pulmones, como si fueran las alas de un pájaro. Había leído sobre ello, pero nunca lo había visto. —Burbuja aspiró de su cigarrillo—. Es... atroz.

—¿Quién ha podido hacer algo así?

—Sospecho que las personas que mataron a su amiga, la detective Child —respondió Burbuja—. Usted dijo que Rosignolli parecía asustado. Bien, está claro que tenía motivos para estarlo.

—Debo avisar a la policía.

—Adelante, haga lo que crea necesario. —Burbuja tiró su cigarrillo al suelo sin ceremonia y lo aplastó con la suela del zapato. Luego se dispuso a salir de la cocina.

—¿Qué hace? ¿Dónde va?

—A por lo que he venido a buscar. Tendré que darme prisa antes de que esto se llene de agentes.

Lacombe fue tras él. Lo siguió hasta el despacho de Rosignolli. Allí, Burbuja encendió el ordenador del francés, un pequeño equipo portátil. Llevada por la curiosidad, la agente lo dejó hacer.

—Maldita sea... Lo que suponía —masculló Burbuja, mirando la pantalla del ordenador—. Lo han vaciado.

—¿Quién?

—Probablemente los mismos que han estado practicando taxidermia con el infeliz Rosignolli.

El buscador desenchufó el equipo y lo metió en su funda, que estaba junto al escritorio. Después se la colgó del hombro y regresó a la cocina. Lacombe lo sujetó por un brazo.

—¿Qué está haciendo con eso?

—Llevármelo, como puede ver. Aunque le hayan borrado la memoria, conozco a alguien que quizá sea capaz de recuperarla.

—¡Espere un momento! Eso es una prueba, no puede llevársela.

—¿Por qué no? Yo he llegado primero.

Lacombe frunció el ceño, ofendida. Pensó que debía impedir a Burbuja salir de la casa, llamar de inmediato a la policía y sugerir que aquel hombre extraño fuera puesto bajo arresto hasta que desvelase sus muchos secretos. Así es como una buena agente de Interpol actuaría.

No se explicaba por qué ella aún no lo había hecho.

—Si sale de esta casa, haré que lo detengan.

—Inténtelo, pero los dos sabemos que en el pasado no ha tenido mucho éxito con eso. —Burbuja se volvió hacia Lacombe y suspiró—. Mire, Julianne, puede que usted y yo no seamos los mejores amigos del mundo, pero no le deseo ningún mal. Siga mi consejo: regrese a Francia, ocúpese de sus asuntos de Interpol y olvídese de todo esto. Recuerde lo que le ocurrió en África por involucrarse demasiado. Estoy seguro de que no quiere que vuelvan a arrojarla a una fosa de cocodrilos, o algo peor.

Burbuja hizo amago de marcharse, pero ella se lo volvió a impedir.

—Por favor... —rogó—. Usted sabe lo que está pasando. Dígamelo.

El buscador la miró a los ojos. Por un segundo se sintió mal por dejarla atrás, sumida en un mar de preguntas a las que nunca podría responder. Era una mujer irritante, sí, pero también valiente y decidida. Además de atractiva (diablos, ¿por qué no reconocerlo?). Era una lástima que estuviera jugando en el equipo contrario. Un buscador y un agente de Interpol son tan compatibles como un Montesco y un Capuleto: en el improbable caso de que decidan unirse, la historia está condenada a terminar mal.

Aunque, por otro lado...

Burbuja suspiró. No encontraba nada en el otro lado, a pesar de lo mucho que le gustaría.

—Lo siento, Julianne, pero no puedo fiarme de usted.

—¿Cómo dice? —saltó ella, escandalizada—. ¿Que usted no puede fiarse de mí? Es lo más disparatado que he oído jamás; en todo caso, soy yo la que tiene sobrados motivos para recelar de sus intenciones.

—Haría muy bien. Ninguna de ellas es demasiado legal, pero le aseguro que yo no voy por ahí asesinando a detectives ni destripando catedráticos. En este asunto usted y yo no somos enemigos pero tampoco aliados. Si le dijera quién soy o lo que busco, usted me haría detener. Es su obligación. Aunque eso no serviría más que para entorpecernos a los dos: ni yo cumpliría mi misión ni usted estaría más cerca de encontrar a los hombres que mataron a Sarah Child o a Rosignolli. Por ese motivo, lo más juicioso es que cada uno siga por su lado sin estorbarnos.

Burbuja se zafó de ella y salió del despacho. Lacombe se quedó sola, pensando. Nada de lo que Burbuja había dicho tenía sentido para ella, pero sí que tenía una idea clara en la cabeza: no quería perder de vista a ese hombre. Se sentía demasiado fascinada.

Fue tras él y lo alcanzó en el jardín.

—¡Espere!

—No, no puedo esperar. Debo irme antes de que llegue la policía.

—Yo no les he avisado. Todavía.

—¿Y a qué diablos está esperando? Alguien tiene que levantar ese cadáver, no va a hacerlo él solo.

—He decidido que… —Lacombe dudó. Se sentía nerviosa. También un poco estúpida—. He decidido que usted no ha estado aquí nunca.

—¿Qué?

—Sí. Yo vine sola y encontré a Rosignolli, muerto. Su ordenador tampoco estaba en el despacho, no sé quién se lo puede haber llevado. En cuanto a usted, yo no le conozco de nada, jamás en mi vida le he visto. Si usted está en Londres, ése no es asunto de Interpol, sino de la policía inglesa, así que tendrán que descubrirlo ellos mismos por sus propios medios.

—Bien… —dijo Burbuja, sorprendido—. Yo… Se lo agradezco.

—No me agradezca nada. Quiero algo a cambio.

El buscador asintió con gesto reflexivo.

—Me parece justo.

—Usted y yo ahora estamos juntos en esto.

—No es una buena idea.

—¿Por qué? ¿Es que rechaza mi ayuda?

—Sería tonto si lo hiciera, pero no puedo comprometerme a compartir con usted cosas como para quién trabajo o a qué me dedico.

—No le estoy pidiendo que lo haga. Esto no es una primera cita, no necesito que me cuente su vida. Lo único que quiero saber es qué está pasando aquí y ahora. En cuanto a sus secretos, puede guardarse

los que crea oportunos. —Lacombe dejó escapar una media sonrisa—. Me gustan los hombres con un poco de misterio.

—Sólo el misterio nos hace vivir. Sólo el misterio —musitó Burbuja.

—¿Cómo dice?

—Nada. Pensaba en voz alta.

—¿Y bien? ¿Qué decide, señor Burgos? ¿Tenemos un trato?

Burbuja no respondió de inmediato. Reflexionaba las ventajas
e inconvenientes de aquella oferta. Contar con la ayuda de alguien
que tenía contactos con las fuerzas de seguridad resultaba muy tentador, dadas las circunstancias.

No sería la primera vez que un buscador se aliase con alguien
ajeno al Cuerpo. Burbuja consideró que podría revelar algunos detalles a la agente y mantener en secreto otros más comprometedores.
Quizá, en el pasado, esta decisión no contaría con el apoyo del resto
de los agentes buscadores, pero Burbuja recordó que, en aquel momento, él era el último de ellos que seguía en activo. Pensó que se
había ganado el derecho a establecer sus propias normas. Después de
todo, ¿qué era el Cuerpo de Buscadores sino una cueva de ladrones?
Éstos actúan sin leyes y sin reglas, sólo acatan las que ellos mismos
crean por efecto de la necesidad.

Lacombe le miraba con impaciencia, esperando su respuesta.

Burbuja tomó una decisión.

—Creo que podemos olvidarnos de ese tal señor Burgos —dijo el
buscador—. De ahora en adelante, puede llamarme Bruno.

SEGUNDA PARTE

El mapa del rey Alfonso

1

Cuélebres

No salí de Madrid con tanta rapidez como pretendía. Caí en la cuenta de que a mi madre le daban el alta del hospital al día siguiente. Puede que ninguno de los dos seamos candidatos al hijo y la madre ejemplares, pero, aun así, no me pareció apropiado dejar que volviera a su casa ella sola. Además, quería asegurarme de que un nuevo susto cardíaco no me obligaría a interrumpir mi viaje a Asturias antes de lo esperado.

Así pues, tuve que esperar veinticuatro horas para seguir adelante con mis planes. Salí de Madrid en torno a la una de la tarde, después de dejar a mi madre instalada en su domicilio, aún de mal humor pero en apariencia bastante sana.

Con un coche recién alquilado, emprendí camino a Asturias. Me sentía optimista pues, en general, me agrada viajar a ambientes norteños de cielos plomizos, sol ausente y tiempo frío. Demasiado calor me derrite las ideas, y pasar más tiempo al sol de lo aconsejable hace que mi piel adquiera un color similar al del marisco recién cocido.

Viajar a Asturias desde Madrid en coche, siguiendo la autovía de la Plata, tiene algo de magia. El túnel del Negrón es el paso fronterizo que separa las tierras leonesas de las asturianas. El viajero se introduce en él perseguido por un justiciero sol castellano y un paisaje plano y pardo y, después de recorrer sus cuatro kilómetros de longitud, aparece al otro lado teniendo la sensación de haber viajado a otro planeta. El sol desaparece, la tierra escupe bruma y niebla, montañas repletas de bosques han brotado de la nada como por ensalmo. A menudo hay lluvia e incluso nieve. El túnel del Negrón es como un paso franco entre el verano y el invierno.

Siempre que hago ese trayecto pienso en que me estoy adentrando en tierras antiguas, repletas de historias extraordinarias. Quizá la más increíble de ellas sea la de aquel viejo reino, de extensión pequeña pero enormes ambiciones.

Cuando, en el siglo VIII, los musulmanes cortaron de raíz el reino de Toledo con sus espadas de media luna, los escasos nobles que opusieron resistencia al invasor huyeron al norte, a las tierras envueltas en brumas y bosques. Los musulmanes llevaron a un pequeño grupo de hombres armados hacia aquel lugar con la idea de rematar su conquista, pero ante la primera escaramuza seria decidieron dar media vuelta y dejar que aquellos rebeldes quedaran virtualmente prisioneros entre el mar y las montañas, adorando a su dios cristiano. Después de todo, no parecían tantos como para constituir una amenaza.

Algunos siglos más tarde, aquella escaramuza se glorificó con el nombre de «Batalla de Covadonga», y se convirtió en el primer gesto heroico (pero no el último) del recién nacido reino de Asturias.

Era un reino pequeño, aislado; un pececillo rodeado por tiburones. Al sur, los hijos de Alá; al este, el imperio de Carlomagno. Tanto los unos como el otro verían con gran placer que aquel reducto desapareciera del mapa y dejase de ser un estorbo. Los reyes de Asturias tenían muy pocos amigos fuera de sus fronteras.

Los francos y los musulmanes subestimaron el aguante de un pueblo capaz de combinar cachopos y fabes en un mismo menú. Su reino sobrevivió, y logró cosas extraordinarias. Los monarcas de Asturias establecieron alianzas con el Imperio bizantino y con el papado, ampliaron sus fronteras hacia el sur e incluso encontraron la tumba de uno de los discípulos de Cristo... o, al menos, fueron lo suficientemente astutos como para hacer creer a todo el mundo que los restos de un apóstol habían encallado por milagro en las costas del norte, dentro de una balsa de piedra.

Los reyes de Asturias comprendieron de inmediato que, para sobrevivir en un mundo hostil, debían lograr que su voz resonara con tonos imperiales. En realidad, su reino era como un sonajero: pequeño pero ruidoso.

Su corte adquirió un ceremonial solemne, en el que sus soberanos se comparaban con César o con Octavio Augusto. Los príncipes asturianos atesoraron reliquias, levantaron iglesias bajo audaces cúpulas, construyeron palacios de recreo, adornaron templos a la manera bizantina (si bien decorados con pinturas, ya que no podían permitirse el gasto de utilizar mosaicos) y levantaron una capital regia en Oviedo.

Supongo que siempre me han seducido los relatos en los que el tipo enclenque le da una lección al abusón torpe y grande. Quizá es por eso por lo que la increíble aventura del reino de Asturias me fascinaba tanto. Es la historia de un diminuto reino que logró perdurar mediante el tesón, la astucia y grandes dosis de buena suerte; teniéndolo todo en su contra.

Del señorío de los astures quedan todavía imponentes vestigios en el norte. Templos, palacios y cámaras con tesoros de más de mil años de antigüedad, marcados con el símbolo heráldico de los reyes de Asturias, la Cruz de la Victoria, y su divisa en latín.

In Hoc Signo Tuetur Pius. In Hoc Signo Vincitur Inimicus.

«Con este símbolo se protege al piadoso. Con este símbolo se vence al enemigo.» Los reyes de Asturias, siempre orgullosos, copiaron el mismo lema que utilizó el emperador Constantino tras la batalla de Ponte Milvio. Así era como se veían a sí mismos: como grandes soberanos de un reino pequeño.

Según tenía entendido, la iglesia de San Cristóbal de Bayura había sido construida por uno de aquellos vanidosos monarcas: el rey Alfonso II, también llamado «El Casto», que gobernó Asturias durante la primera mitad del siglo IX. Fue un gobernante muy aficionado a levantar edificios por todas partes.

Estaba impaciente por contemplar la iglesia de San Cristóbal de Bayura. Siempre me gustó mucho la arquitectura del reino de Asturias, creo que porque a mi madre, en cambio, le parecía tosca y poco atractiva, y yo nunca desperdiciaba una ocasión de llevarle la contraria.

Me llevé una gran decepción cuando llegué al pueblo de San Cristóbal. La iglesia estaba recubierta por una lona y una coraza de andamios. Ni una sola piedra quedaba a la vista.

El templo se encontraba en el linde del pueblo, junto a un pequeño cementerio. Una cerca de metal impedía el acceso a los curiosos, y un cartel bien grande informaba de que la iglesia estaba siendo restaurada por cortesía de Voynich Inc. Hasta que finalizaran las obras, sólo el personal acreditado tenía permitido el paso.

Lo más llamativo eran las tres furgonetas negras con el símbolo de Wotan pintado sobre las carrocerías. Estaban aparcadas junto al cementerio y, a su alrededor, deambulaban varios hombres con el uniforme de la compañía, armados y cubiertos con gorras de visera que casi les tapaban los ojos, dándoles un aspecto amenazador. Conté al menos cinco montando guardia alrededor del templo.

Cuando me acerqué, siguiendo un pequeño camino de grava, uno de los hombres de Wotan salió a mi encuentro de inmediato y me cortó el paso. Yo le di las buenas tardes y sonreí, con aspecto de viajero despistado; el hombre no reflejó ninguna expresión en su rocoso rostro, medio tapado por la visera de la gorra.

—Lo siento —me espetó, aunque no parecía sentir nada en absoluto—. No se puede pasar, tiene usted que dar la vuelta.

—Sólo quería echar un vistazo a la iglesia. Dicen que es muy bonita.

—Está cerrada. Obras de rehabilitación.

—Ya veo… ¿Hay alguien con quien pueda hablar para obtener un permiso de acceso? Un arquitecto, o un arqueólogo que esté al cargo.

—No.

—Pero supongo que habrá una persona que…

—Ya le he dicho que está prohibido el paso. Regrese al pueblo.

El guarda apoyó la mano sobre la pistola que llevaba colgada del cinturón. No creía que tuviera intención de encañonarme, pero su gesto me demostró que intentar acceder al templo por la vía más directa quedaba descartado.

Habría que sopesar otras posibilidades. Algo al estilo del Cuerpo Nacional de Buscadores.

El pueblo de San Cristóbal de Bayura era un precioso enclave costero, rodeado por montañas, bosques y acantilados agrestes que caían en un mar color de plomo.

Estaba conformado por un puñado de casas rústicas, de modo que el apelativo de «pueblo» le quedaba bastante grande, siendo el de «aldea» mucho más cercano a la realidad.

Las diferentes construcciones estaban desperdigadas por un terreno boscoso, formando pequeños núcleos, unidos entre sí mediante carreteras poco más sofisticadas que un camino de pastores. La iglesia de San Cristóbal se encontraba en un prado rodeado por árboles. Un par de kilómetros más lejos, de camino hacia la costa, había una pequeña plaza donde se encontraba el ayuntamiento, un restaurante y algunas tiendas. Desde allí podía verse el mar asomando en el horizonte e incluso escuchar a lo lejos cómo las olas golpeaban con furia contra la pared de los acantilados.

Me acerqué hacia ellos para disfrutar de una buena vista. Había un mirador en el punto más alto, con un banco hecho de madera y puesto de cara al mar. El paisaje, en efecto, era soberbio, pero lo único que me suscitó fue frustración por no tener a mano una buena cámara de fotos.

En el mirador también encontré un pequeño edificio, bastante feo, construido en ladrillo y con forma de cubo. Sobre el tejado se veía una cruz de hierro forjado y, junto a su única puerta de acceso, la cual estaba cerrada, había un cartel hecho de azulejos que identificaba aquel lugar como la ermita del Salvador, construida en 1932 gracias a la donación de un tal Casto Prendes Llaneza. Supuse que sería algún antiguo cacique local, con un más que dudoso gusto arquitectónico, dicho sea de paso.

Empezaba a oscurecer y yo aún no tenía dónde pasar la noche, de modo que regresé a la plaza del pueblo y pregunté en el restaurante por alguna pensión u hostal cercano. Me indicaron las señas de un alojamiento rural que estaba a pocos minutos en coche.

Llegué a un coqueto lugar llamado Los Sabugos. Se trataba de un antiguo hórreo convertido en casa de huéspedes, atendido por un solícito matrimonio de mediana edad que se mostraron encantados de recibir a un cliente en plena temporada baja. Alquilé un pequeño cuarto abuhardillado con vistas al mar.

Mis caseros me ofrecieron la posibilidad de incluir la cena en el alquiler por un módico extra. Iba a rechazarlo, pero el suculento olor que brotaba de la cocina me hizo cambiar de parecer.

Aquella noche fui uno de los dos únicos comensales del comedor de Los Sabugos. El otro era un anciano de rostro arrugado y abundante cabello blanco, apenas cubierto por una gorra de marino. El anciano picoteaba en silencio de un plato de uvas y queso, contemplando el comedor con aire señorial, como si le perteneciera.

Y así era, en efecto. Descubrí que aquel hombre era el padre de uno de mis caseros, y, a la sazón, dueño de la propiedad que explotaban como casa de huéspedes. Su nombre era Balbín.

Como yo era su única compañía en el comedor, el señor Balbín se aburrió enseguida de sus uvas con queso y procedió a darme conversación, aplicando la confiada hospitalidad propia de las gentes de aldea. Me preguntó de dónde venía, cuánto tiempo iba a quedarme, qué lugares pensaba visitar… Mis respuestas eran breves, pero aquello no le desanimó. Pronto comprobé que el señor Balbín prefería hablar antes que escuchar.

Durante la charla dejó caer que vivía en San Cristóbal de Bayura desde que era niño, y que sólo salió del pueblo una vez, en el 36, para ir a Gijón a defender el cuartel de Simancas del asedio del ejército republicano. Allí el señor Balbín perdió tres dedos de la mano derecha y la mitad de un pulmón. Era lógico que después de aquello no tuviera muchas ganas de volver a salir del pueblo.

Pensé que un hombre centenario que había pasado toda su vida en San Cristóbal podía ser una buena fuente de información, así que discretamente dirigí la charla hacia el tema de la iglesia.

—Es un cascarón viejo —comentó el señor Balbín. Como muchos asturianos de pura cepa, el anciano tendía a pronunciar las «oes» como si fueran «úes»—. Cuatro piedras sin nada dentro, se lo digo yo. Cuando yo era niño, nos colábamos allí en la noche de San Juan, a escuchar las «cuélebres».

—¿Las cuélebres?

El señor Balbín se rió, haciendo temblar su dentadura postiza.

—Cosas de críos… Las cuélebres son serpientes con tizones en los ojos y alas de murciélago que guardan tesoros… o «ayalgues», como decimos aquí en Asturias. Mi madre me decía que si me acercaba a la iglesia, las cuélebres me comerían. La pobre mujer lo que quería era asustarme para que no me metiera allí con los otros guajes a cazar pájaros, tenía miedo de que aquella ruina se nos viniera encima… Aunque luego había otros que sí creían que había cuélebres, que vigilaban el tesoro que dejó ahí el rey Alfonso.

—¿Qué rey Alfonso?

—Yo no sé. Uno muy viejo, el que construyó la iglesia hace muchos siglos.

—Ah, de modo que guardó ahí un tesoro…

—Eso decían. Aunque, en realidad, no era un tesoro, sino un mapa para encontrarlo. La leyenda dice que lo metió dentro de una piedra, en la iglesia, y que luego puso a las cuélebres a vigilarlo. Un amigo mío y yo íbamos allí en las noches de San Juan para buscarlo, hasta que se enteró mi madre. —El señor Balbín volvió a reír—. ¡Menudos palos me sacudió! Desde entonces, se me quitaron las ganas de ir a buscar tesoros.

—¿Y por qué iban precisamente en las noches de San Juan?

El señor Balbín me miró como si yo fuera un pobre urbanita ignorante.

—¡Hombre! ¿Por qué va a ser? Porque en la noche de San Juan a las cuélebres les da fatiga y pierden sus poderes. —El anciano tomó un trozo de queso y se puso a masticarlo en silencio, con aire evocador. Imaginé que recordaba sus alegres días de guaje, cazando pájaros y buscando tesoros—. Lo que son las cosas… Una vez mi amigo se llevó un susto de muerte en esa iglesia.

—¿Qué pasó?

—Que las oyó, a las cuélebres, o eso juraba él… Metióse una noche allí, él solo, porque decía que era más valiente que nadie. —El señor Balbín dejó escapar una risa cascada—. ¡Salió corriendo todo blanco, como un espectro! Y no hacía más que gritar: «¡las he oído! ¡Las he oído! ¡Rugen como el demonio!». ¡La de tilas que tuvieron que darle al guaje para calmarlo…!

—¿Pero era verdad? ¿Las oyó?

—¡Quite, hombre! ¿Qué va a oír? Lo que oyó fueron las olas rompiendo contra los Arcines.

—¿Los Arcines?

—Sí, así es como se llaman los acantilados. Están llenos de cuevas, y cuando el agua entra por ahí, hace un ruido que parece como de una bestia. Por eso se asustó tanto mi amigo.

Fruncí el ceño. Había un detalle que no me encajaba en la historia del viejo.

—Disculpe, pero la iglesia está en el interior, a unos kilómetros de la costa, ¿cómo pudo su amigo oír el mar a esa distancia?

—Ah, claro, es que usted no sabe… La iglesia antes no estaba ahí, estaba justo al borde de los Arcines. El que la puso en el prado fue don Casto.

Recordé que en la ermita que vi en el mirador se hacía referencia a alguien llamado Casto Prendes Llaneza. Le pregunté al señor Balbín si era de esa persona de quien hablaba.

—Sí, sí; don Casto el Indiano —me respondió—. Medio pueblo era suyo, y vivía en una casona muy grande que se construyó cuando se vino con su familia desde Cuba. Se marchó del pueblo antes de que llegaran los rojos y luego nadie le volvió a ver. Dicen que se fue al Ferrol del Caudillo, y que allí quedó, con su mujer y sus hijas. La casona ya no está, cayóse… Una pena. Era muy bonita, toda pintada de azul, y las hijas de don Casto salían a darnos caramelos cuando jugábamos por ahí cerca…

Temí que el buen anciano comenzara a divagar, así que lo interrumpí para encauzar la conversación.

—Dice usted que don Casto movió de sitio la iglesia.

—Eso es. Fue antes de la guerra… La iglesia estaba muy mal, era cosa de los cimientos o no sé qué. Vino un paisanín de Oviedo, un arquitecto, y dijo que si no se hacía algo, el edificio se caería entero, y que sería una lástima porque era muy antiguo. Don Casto puso el dinero de su bolsillo para que la llevaran al prado. Lo único que dejaron en su sitio fue el altar.

—¿Por qué sólo el altar?

—Yo no sé, pero don Casto dijo que no se podía mover, que tenía que quedarse donde estaba. —El viejo se pellizcó el labio inferior, con gesto pensativo—. Pasaba mucho tiempo en la iglesia, don Casto. La estudiaba y hacía dibujos, muchos dibujos. Creo que estaba escribiendo un libro, pero no lo llegó a terminar. En el pueblo se decía que don Casto estaba buscando el mapa del rey Alfonso.

—¿Y lo encontró?

—No, pero le anduvo cerca. Al menos eso es lo que solía decir mi tío Ramón. El Indiano y él eran amigos desde chicos, de cuando iban a pescar, antes de que don Casto marchase a Cuba. Mi tío siempre contaba esa historia… —El señor Balbín no me preguntó si deseaba escucharla; me la narró por propia iniciativa—. Cuando el Indiano regresó, aún iban a pescar juntos de vez en cuando, aunque mi tío estaba con los de la CNT, los anarquistas, pero eso a ninguno de los dos le importaba. Seguían siendo amigos, como cuando eran chicos. Cuando los rojos se pusieron a pegar tiros en el 34, a mi tío lo metieron en la cárcel, pero don Casto, que se llevaba bien con el gobernador civil, logró que lo soltaran.

—¿Su tío participó en la revolución de Asturias de 1934?

—Sí… Siempre fue una mala cabeza, pero era un buen hombre. Muy listo y muy leído, a mí me contaba muchas cosas. Una vez fue a ver al Indiano: «Don Casto…», le dijo porque, aunque eran amigos, se trataban con mucho respeto… «Don Casto, vengo a avisarle de que el día 5 de octubre se va a montar una huelga revolucionaria. Usted y su familia nunca hicieron mal en este pueblo, así que, como amigo, le pido que se ponga a salvo porque no sé lo que va a pasar, hay quien habla incluso de matar curas y quemar iglesias». El Indiano se asustó al escuchar aquello, pero no por el peligro que él pudiera correr, sino por lo de quemar iglesias. Le preguntó a mi tío por más detalles, pero él no era de los que mandaban, no estaba al tanto de las cosas. Sin embargo, sí que le dijo a don Casto que había oído que unos del sindicato querían ir a Oviedo y poner dinamita en la catedral para volar la Cámara Santa.

»Me contó mi tío que al Indiano se le quedó el cuerpo sin sangre. Al parecer, había una cosa allí, en la catedral, muy importante, algo que no debía perderse. Don Casto cogió a mi tío y le dijo: "Don Ramón, usted es un hombre culto, un hombre de bien, al que yo respeto a pesar de sus ideas. No debe dejar que esos hombres causen ningún daño en la catedral. Allí hay tesoros de un valor que ni usted ni yo podemos imaginar. Ahora bien, si, a pesar de todo, esos bárbaros se empeñan en dinamitar el templo, debe usted hacer algo muy importante. Hay un objeto que se guarda en la Cámara Santa y que debe ponerse a salvo a toda costa". Más o menos, eso le pidió. Mi tío Ramón le prometió que lo haría. No pudo evitar que los rojos volaran la catedral, pero sí sacó a escondidas del tesoro el objeto que le señaló don Casto para que no se perdiera. Según mi tío, don Casto pensaba que era algo que servía para encontrar el mapa del rey Alfonso, en la iglesia de San Cristóbal.

—¿Qué fue lo que se llevó su tío de la catedral?

El viejo levantó un dedo torcido y señaló un objeto que adornaba la repisa de la chimenea del comedor.

—Esa piedra.

Me levanté y fui a inspeccionarla. Se trataba de una simple losa rectangular, del tamaño de un libro grande. En la parte superior tenía un relieve con la forma de la Cruz de la Victoria, el sello del reino de Asturias. Debajo, también en relieve, se leían unas palabras en latín.

UT SOLLEMNIS REX FACERE

Intenté traducir la frase pero no tenía sentido tal y como estaba construida. La interpretación más cercana sería algo parecido a «es costumbre para hacer un rey». Daba la impresión de que aquello había sido escrito por alguien cuyo dominio del latín era muy escaso.

—Señor Balbín, ¿alguna vez le dijo su tío para qué servía esto?

—Él no lo sabía. Se quedó esa piedra porque cuando se la quiso devolver a don Casto él ya marchó del pueblo. Luego, cuando murió, se la dio a mi padre, y por eso ahora la tengo yo. —El viejo se comió la última uva de su plato, paladeándola con gran esfuerzo, como si fuera un duro bocado. Después de tragar, dijo—: En el altar que estaba en la iglesia de San Cristóbal hay un dibujo igual que el de la piedra, pero sin esas palabras en latín.

—Señor Balbín, ¿dónde está ese altar ahora?

—Donde siempre estuvo: sobre los Arcines. Cuando se llevaron la iglesia, construyeron una ermita en su lugar para que el altar quedase protegido.

—¿Es la que está en el mirador, junto a los bancos? —El viejo asintió—. Quise entrar, pero la puerta estaba cerrada con llave. ¿Sabe quién la guarda?

—Claro: don Manuel, el cura. Pero él no vive en el pueblo; vive en Llanes, porque lleva muchas parroquias de la comarca. Aquí sólo viene los domingos a decir la misa.

Disimulé un gesto de fastidio. Aún quedaban cinco días para el domingo, no podía esperar tanto.

—¿Sabe usted cómo podría ponerme en contacto con don Manuel? Realmente me gustaría mucho ver ese altar.

—Yo no tengo su teléfono, pero pregunte mañana en el bar, creo que el dueño sí que se lo sabe. —El anciano me dedicó una mirada pícara—. Pero si va a entrar a ver el altar, tenga cuidado.

—¿Cuidado de qué?

—Ya sabe, de las cuélebres. No querrá usted que lo devoren, ¿verdad?

El viejo rió. Sonó como el graznido de un pájaro de mal agüero.

Soñé con serpientes que revoloteaban alrededor de mi cabeza agitando sus membranosas alas de murciélago. Un ruido me despertó en mitad de la noche. Al mirar por la ventana descubrí que se había desatado una fuerte tormenta, con muchos rayos y truenos, que fue lo que me sacó de mis pesadillas.

La tormenta vino acompañada por una lluvia torrencial. Me quedé dormido bajo el arrullo del agua tamborileando sobre el tejado.

Al despertar, ya por la mañana, la tormenta se había marchado, pero el cielo seguía gris, asfixiado en nubes bajas, y sobre los prados verdes la niebla dejaba caer una lluvia menuda; lo que en Asturias llaman «orvallo».

Mis caseros me ofrecieron un contundente desayuno. Les pregunté por el tiempo. Según su experta opinión, el mal tiempo estaría presente todo el día. Al caer la noche, me dijeron, era probable que llegasen lluvias torrenciales.

Tras terminar el desayuno, fui al bar que el señor Balbín me había indicado para preguntar por el teléfono del cura, don Manuel. El dueño del local, en efecto, lo tenía, pero cuando traté de ponerme en contacto con el párroco no respondió a mis llamadas. Tendría que seguir intentándolo a lo largo del día.

Desde el bar me encaminé hacia la iglesia de San Cristóbal. Aún no tenía idea de cómo lograría colarme dentro, de modo que pensé que si vigilaba la zona quizá se me ocurriera algo.

Encontré un discreto puesto de observación en una loma arbolada. Desde allí, y con ayuda de unos pequeños binoculares que tuve la precaución de traer de Madrid, tenía una panorámica elevada muy completa de la iglesia y sus alrededores.

El templo estaba rodeado por una cerca cuadrada. Había dos entradas en la cerca y cada una de ellas estaba vigilada por un hombre de Wotan, otros dos estaban tras la valla, deambulando por el interior del recinto, y un quinto montaba guardia en el acceso a los andamios que cubrían la iglesia. También vi dos furgones negros con la marca del *valknut*, por lo que supuse que habría más guardias en el interior del templo.

Además de los vehículos de Wotan, pude ver dos grandes furgonetas con el logotipo de Voynich y tres turismos pequeños. Gracias a los binoculares, comprobé que existía una gran actividad dentro del perímetro cercado: hombres y mujeres con chubasqueros y cascos de obra que entraban y salían del templo, portando cajas con ayuda de carretillas y metiéndolas en las furgonetas de Voynich. Me preguntaba qué llevarían ahí dentro.

Empezó a llover con fuerza. Los alrededores del templo se convirtieron en un barrizal. Un grupo de trabajadores se reunió bajo los andamios y mantuvieron algún tipo de discusión, después varias personas salieron del recinto y se subieron en los coches y las furgonetas, que se alejaron del prado. Sólo quedaron los dos guardias de Wotan que vigilaban las puertas y el que paseaba alrededor del templo.

La lluvia me estaba empapando, así que también yo me marché. Cuando regresé al centro del pueblo entré en el bar para beber algo caliente y dejar que la ropa se me secara. Por lo visto, varios de los trabajadores de la obra del templo habían tenido la misma idea que yo, pues se habían reunido en una mesa del fondo a tomar un pequeño almuerzo. Discretamente, me coloqué lo más cerca que pude de ellos para escuchar su conversación.

—Con esta lluvia no se puede trabajar —dijo uno—. Hay demasiado barro.

—Según parece, mañana hará mejor tiempo —respondió otro.

—Sí, eso creo. Por el momento el personal de seguridad se llevará las cajas que hemos sacado al aeropuerto de Avilés. En la iglesia se quedarán tres o cuatro hombres para vigilar esta noche.

—¿Y nosotros?

—Volvemos a Oviedo. Por hoy hemos terminado el trabajo; seguiremos mañana, sin la lluvia.

La conversación tomó otros derroteros que nada tenían que ver con las obras de la iglesia o con cualquier otro tema que me resultara de interés.

Empecé a gestar un plan para entrar en la iglesia. Quizá era algo tosco y descabellado, con bastantes probabilidades de fracaso, pero dado que no tenía nadie a mano con quien cotejar ventajas e inconvenientes, decidí aplicarlo.

La lluvia, que al parecer caería a lo largo de todo el día, me serviría de ayuda. También necesitaba un coche (ya lo tenía) y ropa nueva. Para conseguir lo último, tuve que ir hasta Llanes donde pude comprar un par de pantalones negros y un jersey del mismo color, similares a la ropa que llevaban los hombres de Wotan.

Cuando era buscador, Burbuja siempre me echaba en cara mi debilidad por los disfraces. No le faltaba razón.

En Llanes tuve la desagradable sensación de estar siendo vigilado. Al principio no fue más que un pálpito, el aguijoneo en la nuca de una mirada furtiva. Al mirar a mi alrededor sólo vi anónimos viandantes de apariencia inofensiva.

Cuando regresé a San Cristóbal de Bayura me fijé en si algún coche iba tras el mío. Varios conducían por la misma carretera que yo, pero casi todos me adelantaron o me dejaron a medio camino. Al llegar a la aldea, sólo había dos detrás de mí.

Me detuve en la plaza, junto al bar. Uno de los coches pasó de largo y el otro, un pequeño todoterreno, aparcó cerca del mío. De él se bajaron dos hombres jóvenes con barba y abrigos encerados; me pareció que tenían pinta de cazadores. Se metieron en el bar, charlando entre ellos, y los perdí de vista.

Me convencí a mí mismo de que sólo estaba nervioso y que mi imaginación estaba jugando conmigo a las paranoias. Nadie me seguía ni nadie estaba interesado en mis movimientos. Regresé a mi alojamiento en Los Sabugos, repitiéndome esa idea en varias ocasiones para tranquilizarme.

Pasé el resto de la jornada en la casa rural, sin apenas salir de la habitación. Por la noche, fui a tomar algo de cena. El señor Balbín ya no estaba en el comedor, pero, para mi sorpresa, sí que encontré a los dos supuestos cazadores compartiendo una mesa. Aquello no me gustó.

Pregunté a mis caseros por los nuevos comensales. En apariencia, no había nada extraño en ellos, eran sólo un par de amigos cántabros, aficionados a la naturaleza, que habían alquilado una habitación durante el resto de la semana para explorar los bellos parajes de la zona. Según me dijeron, acostumbraban a hacerlo todos los años por esas fechas.

Terminé la cena, regresé a mi habitación y esperé a que dieran las doce. A esa hora me subí en mi coche y me dirigí hacia la iglesia de San Cristóbal, ya concentrado por completo en mi labor.

Caía una manta de agua importante. Eso era bueno para mis

intenciones. Al volver a ocultarme sobre la loma para observar la iglesia, comprobé que sólo había tres hombres de Wotan a la vista. Uno a cada extremo de la cerca, vigilando las puertas, y el tercero a cubierto bajo los andamios. Permanecí allí el tiempo suficiente para calarme y comprobar que, aparte de esos tres hombres, sólo parecía haber uno más, que entraba y salía del templo a un ritmo regular, turnándose el puesto con sus compañeros. Cuatro vigilantes en total. Tres si, como yo esperaba, todo salía según lo previsto y lograba dejar a uno de ellos fuera de combate.

Regresé al coche y lo llevé al linde de uno de los bosques que rodeaban el prado de la iglesia. Tras maniobrar un poco, logré encajar una de las ruedas en un bache.

Llegaba la parte más dolorosa del plan. Con una navaja, me hice un corte en la frente y dejé que la sangre manara en abundancia sobre mi rostro, luego me la limpié con las manos de cualquier manera. Supongo que mi aspecto debía de parecer, cuando menos, bastante desamparado. Cumplido el trámite del maquillaje, me dirigí a pie hacia la iglesia, bajo la lluvia.

Unos pocos metros antes de llegar ante la cerca de metal, el guardia de Wotan me apuntó a la cara con una linterna.

—Por favor… —dije—. Por favor, ¿podría ayudarme…? He tenido un accidente…

—Esto es una zona restringida. Aléjese.

—¡Eso es lo que me gustaría, pero no puedo! —gimoteé. Me pareció que mi interpretación de aterrado conductor perdido en medio de la noche estaba quedando muy convincente—. Mi coche está atascado en el barro y no lo puedo mover, y mi teléfono no tiene cobertura… Creo que si usted me ayuda a empujar, podría sacar el coche del barro.

—¿Dónde está su vehículo?

—Allí, ¿lo ve? Junto a esos árboles.

El guardia pareció dudar. Por fin, cogió un *walkie talkie* que llevaba colgado del cinturón y lo utilizó para comunicarse con alguien.

—Tango Norte. Aquí Tango Norte, ¿me recibes? cambio —dijo. Tenía la voz grave. Tomé nota mental de eso.

—Tango Sur. Te recibo. Cambio. —La respuesta llegó apenas audible en medio de un crepitar de ruidos de estática.

—Tengo que dejar la puerta un instante para comprobar algo.

—Recibido. ¿Necesitas relevo?

—No, sólo me alejaré unos metros sin perderla de vista. Será un minuto. Te avisaré cuando esté de nuevo en el puesto. Corto y cierro.

El hombre se guardó la radio y me pidió que le llevara hasta el coche. Me siguió hasta el lugar de mi falso accidente, allí contempló el panorama con gesto analítico.

—¿Lo ve? —le dije, señalando la rueda delantera—. Resbaló y se encajó en este bache. Creo que podría sacarla con un gato, pero necesito que alguien me ayude.

—¿Tiene usted un gato?

—Atrás, en el maletero.

—Muy bien. Sáquelo.

Fui a la parte trasera del coche y abrí la puerta del maletero. Hurgué en el interior, como si estuviera buscando algo.

—Parece que está atascado... —rezongué—. ¿Puede echarme una mano?

El guardia hizo un gesto de fastidio y se colocó a mi lado, asomando la cabeza en el interior del maletero.

—Oiga, esto está vacío. Aquí no hay ningún...

Empujé la portezuela hacia abajo y golpeé la cabeza del tipo, que se desplomó sobre el barro sin poder acabar su frase. En el cierre quedó una pequeña mancha de sangre. Me incliné sobre el cuerpo y comprobé que estaba vivo. Parte del entrenamiento de un buscador consiste en saber dónde y cómo golpear a un hombre para dejarlo inconsciente sin correr el riesgo de matarlo. No es fácil, pero yo tuve el mejor profesor. Burbuja se habría sentido orgulloso de mí en aquel momento.

Oculté el cuerpo entre los árboles, até sus manos y sus tobillos y lo amordacé. También le quité la radio del cinturón y la gorra. Después entré en el coche y me quité las prendas mojadas para cambiarlas por las que había comprado en Llanes. Al ponerme la gorra del guardia y mirarme en el espejo retrovisor, concluí que la lluvia y la oscuridad de la noche serían el complemento perfecto para darme un aspecto parecido a un hombre de Wotan. En cualquier caso, pensaba mantenerme lo más alejado posible de miradas ajenas.

Regresé al lugar de acceso al recinto del templo y, una vez allí, activé el *walkie talkie*.

—Aquí Tango Norte —dije, poniendo la voz grave. Esperaba que sonase lo más parecida posible a la del tipo que había dejado oculto entre los árboles—. Regreso a mi puesto. Todo en orden. Cambio y cierro.

—Tango Sur. Recibido Tango Norte. Cambio y cierro.

Por el momento, todo iba según lo previsto.

Me quedé allí unos minutos hasta que estuve seguro de que no había otro guardia a la vista; después, con mucho sigilo, entré en el perímetro de la iglesia.

La mole cubierta por una lona y andamios destacaba como una negra silueta bajo la lluvia. Uno de los hombres de Wotan estaba junto al templo. El tipo me vio y me levantó la mano a modo de saludo, yo le respondí con idéntico gesto. Siguió caminando y desapareció tras una esquina. En ese momento, corrí hasta colocarme bajo los andamios, en un lugar resguardado y oscuro.

La lona tenía una abertura en aquel lugar. Me metí dentro sin dudarlo, pues tenía poco tiempo antes de que el guardia que me había saludado volviera a aparecer.

Me encontraba entre la lona y el muro de piedra de la iglesia, frente a un portón de madera que estaba abierto, mostrando parte del interior del templo. Entré con mucho cuidado, pues se suponía que allí dentro había otro vigilante.

No lo vi por ninguna parte.

Me atreví a avanzar unos pasos al interior. En algunos lugares había listones clavados al suelo con bombillas colgando de un extremo, lo cual dotaba al espacio de una ligera iluminación. Eso fue lo que me permitió darme cuenta de algo sorprendente.

A la iglesia le faltaba toda la parte superior de la estructura, así como la cabecera casi al completo. El muro se levantaba hasta una altura de cinco o seis metros, en gruesos sillares y, de pronto, desaparecía sustituido por un armazón de hierro, que era lo que sostenía la lona.

Los bloques de piedra que conformaban la cubierta y el ábside estaban apilados en montones, repartidos por todo el templo. También había muchas cajas con el logotipo de Voynich impreso sobre ellas. Me acerqué a uno de los montones y vi que cada piedra estaba numerada con un código. Cerca había una de aquellas cajas, abierta, y en su interior encontré parte de las piedras, dispuestas en orden y embaladas con gajos de poliestireno.

En un lateral de la caja había una etiqueta. En ella se leía: «Muro Norte. Sec. 2F/Hil.45-65». Un poco más abajo había otra referencia: «Aerop. Avilés-Madrid-Caracas-La Victoria. ABRIR SÓLO EN DESTINO». Comprobé que en el resto de las cajas había referencias parecidas.

Yo ya había estado antes en alguna que otra obra de rehabilitación arquitectónica, y aquel lugar no se parecía a nada que yo reconociese. No daba la impresión de que estuvieran restaurando la iglesia, más bien…

Tuve una súbita revelación.

Las cajas, las piedras etiquetadas, la cubierta y la cabecera ausentes, la presencia de Wotan para mantener alejados a los extraños… Voynich no estaba reparando el templo, lo estaba desmantelando piedra a piedra.

Lo comprendí de golpe. Las cajas eran las mismas de las que hablaban los trabajadores que escuché en el bar, las que salían de Asturias en avión, cargadas con los sillares de la iglesia. Era un expolio a gran escala, como en los tiempos de Ben LeZion o William Hearst. Estaban robando la iglesia entera en el más absoluto secreto.

Primero un manuscrito visigodo, ahora un templo asturiano… Y ambos estaban conectados. Voynich buscaba algo, pero ¿qué era? Tendría que investigar un poco más para averiguarlo, antes de regresar a Madrid y poner en alerta al Cuerpo Nacional de Buscadores… O lo que quedaba de él.

Seguí recorriendo el templo, en busca de pistas. Cerca del espacio del crucero encontré una pequeña mesa sobre la que había un ordenador portátil (de Voynich, por supuesto). Traté de encenderlo, pero solicitaba una clave de acceso. En uno de los laterales descubrí un pequeño *pen drive* con el logotipo de la estrella de puntas rojas y azules.

Llevarme el ordenador sería muy poco discreto, en cambio el *pen drive* era más ligero, y quizá nadie reparase en su ausencia. Lo desconecté y me lo guardé. Más adelante inspeccionaría su contenido. Si también estaba protegido por una contraseña, Yokai podría descifrarla.

Justo en el momento en que me metía el *pen drive* en un bolsillo, uno de los guardias de Wotan entró en la iglesia. Me apuntó a la cara con una linterna antes de que pudiera moverme.

—¡Alto! —gritó—. ¡Quédese donde está!

Desenfundó una pistola y disparó.

2

Altar

El disparo sonó al mismo tiempo que derribé la mesa de un golpe y la utilicé de parapeto. La bala impactó en el borde, haciendo saltar un pedazo de formica. Me quedó claro que los hombres de Wotan no pensaban perder el tiempo interrogándome, ni tampoco pretendían hacer prisioneros.

El guardia disparó de nuevo, esta vez casi a ciegas. Sobre la mesa apareció un agujero a escasos milímetros de mi hombro derecho.

Un estallido de adrenalina inundó mi cerebro. Agarré la mesa, que, por suerte, era muy ligera, y embestí contra el guardia utilizándola como escudo. La sorpresa paralizó al tipo por un instante, o quizá fue el hecho de que su entrenamiento no incluía la defensa frente a ataques con mobiliario; sea como fuere, logré golpearlo y tirarlo al suelo. Los dos caímos, él atrapado bajo la mesa de formica, y yo justo encima, presionando con todo mi peso.

El guardia me agarró la cara con las manos, que era lo único que podía mover. Sus pulgares se movieron buscando las cuencas de mis ojos. Solté la mesa y le golpeé con el puño justo en el hueso de la nuez. Se vio preso de un súbito ahogo y me soltó la cabeza, en ese momento aproveché para salir corriendo hacia la salida. El guardia, ya recuperado, se desembarazó de la mesa y saltó encima de mí. Una vez más, ambos rodamos por el suelo.

Le pegué otro puñetazo, esta vez en la mandíbula, muy flojo, apenas logré otra cosa que irritarlo. Él me devolvió el golpe. Sus nudillos, gruesos como bolas de acero, se aplastaron contra mi boca. Sentí una oleada de sabor a sangre en el paladar.

Traté de ignorar el dolor. Quería alcanzar la pistola del tipo, la cual dejó caer cuando me abalancé sobre él con la mesa. También él buscaba el mismo trofeo, así que durante unos angustiosos segundos peleamos por alcanzar el arma, a sólo un paso de nosotros. Mi esfuerzo, al igual que el suyo, se concentraba tanto en coger la pistola como en evitar que el otro se hiciera con ella. Mis dedos la rozaban, pero sin llegar a alcanzarla.

El guardia logró al fin asirla por el cañón. La sujetó con ambas manos y me apuntó a la frente. Por un segundo dejó de mantenerme sujeto, y yo aproveché para clavarle el codo en el centro del estómago. Llegó a disparar el arma, pero, doblado de dolor, ni siquiera pudo apuntar. La bala se perdió varios metros por encima de mi cabeza.

En una lucha a muerte, la caballerosidad está fuera de lugar y la dignidad no se contempla. Aplasté mi rodilla contra la entrepierna del guardia, con tanta fuerza como si quisiera reventar sus testículos. Al mismo tiempo, clavé mis dientes en la mano con la que sostenía la pistola. Creo que llegué a notar el sabor de su sangre. El tipo aulló como un animal en el matadero y soltó el arma.

Aparté al guardia encogido por el dolor y me dispuse a recuperar el arma. En ese momento los otros dos hombres de Wotan entraron en la iglesia y comenzaron a disparar. Apenas tuve tiempo de esconderme detrás de un montón de piedras, justo en el instante en que noté un dolor mordiente en mi hombro. Aquel tiro había estado cerca, pero sólo me había rozado.

Acorralado como una rata, y sin más proyectiles que los sillares del templo, los cuales apenas podía levantar del suelo, mis posibilidades de salir del lugar por mi propio pie eran cada vez más pequeñas.

Decidí que no iba a darle a Wotan la satisfacción de decir que Tirso Alfaro, antiguo caballero buscador, fue abatido en un escondrijo.

Cogí uno de los sillares menos pesados y lo lancé contra uno de los guardias. Le acerté en una rodilla. Se oyó un chasquido desagradable y el tipo se desmoronó, gritando toda clase de insultos. Su compañero disparó, justo cuando volví a ponerme a cubierto. La bala rebotó en la pared e impactó contra un pequeño generador eléctrico. Las luces se apagaron, dejando la iglesia a oscuras.

Era el momento de aprovechar aquel inesperado golpe de suerte.

Abandoné mi parapeto tan rápido como pude, en dirección a la salida. Uno de los guardias, el que me atacó en primer lugar, saltó sobre mi espalda. Ya conocía el truco para librarme de él y lo puse en práctica de nuevo, golpeándole con el talón en la zona sensible entre las piernas, que supuse, ya debía de estar bastante maltrecha. Completé mi defensa descargándole un codazo en los dientes.

El tipo gritó y me soltó. Yo seguí corriendo. A cada paso escupía sangre por la boca y notaba un dolor en el hombro tan intenso como si lo tuviera envuelto en llamas. Logré alcanzar la salida y me encontré de nuevo bajo la lluvia. Por desgracia, resbalé en el barro y caí de bruces en un charco.

Dos guardias salieron del templo y se lanzaron sobre mí. El tercero, al que había golpeado en la rodilla, apareció cojeando y con su pistola en la mano. Los primeros me agarraron de los brazos y me golpearon en el estómago. Los ojos se me llenaron de lágrimas y me doblé en dolorosas náuseas. Tuve la sensación de que algún órgano interno estaba a punto de brotarme por la nariz.

La lucha era desigual. Ellos eran tres y yo sólo uno, herido y cegado por el barro y la lluvia. Un vigilante me clavó los dedos en el hombro y sentí un aguijonazo espantoso. Ni siquiera pude gritar de dolor, pues aún estaba sin aliento por culpa de los puñetazos en el estómago.

Me golpearon en la cara y caí de espaldas al suelo. Un barro cenagoso se me metió por la boca y la nariz. El guardia que me acababa de tirar, aplastó la suela de su bota contra mi pecho. Yo ya estaba demasiado dolorido y cansado como para oponer una resistencia seria.

El cañón de una pistola se materializó frente a mí. La idea de estar a punto de morir no me ofendió tanto como la de hacerlo ensangrentado, cubierto de lodo y sometido bajo el pie de un tipo al que acababa de golpear dos veces en las pelotas.

De pronto se escuchó el sonido del motor de un coche que se acercaba a toda velocidad. Una parte de la cerca de metal que rodeaba la iglesia saltó en pedazos cuando el morro de un todoterreno la atravesó. El vehículo frenó en seco y de él descendieron dos hombres armados con escopetas de caza.

Sin mediar explicación, uno de ellos aplastó la culata de la escopeta contra la cara del guardia que me tenía atrapado en el suelo.

Luego le apuntó a la cara. Su compañero me agarró por el cuello y me arrastró hasta el vehículo. Me dejó allí, desmadejado, y luego encañonó a los hombres de Wotan, que permanecían quietos, paralizados por el asombro.

A pesar de lo delirante de la situación y de los muchos dolores que me acosaban, fui capaz de reconocer a esos dos hombres. Eran los pacíficos amantes del senderismo con los que coincidí durante la cena en Los Sabugos.

—¡Esta pieza es nuestra! —dijo uno de ellos, el que me había dejado junto al todoterreno—. ¿Tenéis algún problema?

Los hombres de Wotan sacaron sus armas. Ambos grupos quedaron quietos, apuntándose unos a otros, como cuatreros del Salvaje Oeste segundos antes de un duelo a muerte.

—¿Quién se supone que sois vosotros? —preguntó uno de los vigilantes.

—Excursionistas.

—Sólo sois dos, y nosotros tres…

—Pues dispara. Adelante. Descubramos quién quedará de una pieza cuando terminen los tiros. ¿Estás seguro de que serás tú? —Los hombres de Wotan no se movieron. El de la escopeta se dirigió a mí, hablando por encima de su hombro—. Tú, sube al coche.

Obedecí. Mis dos captores ocuparon los asientos delanteros, arrancaron el vehículo y se alejaron de allí, derrapando en el lodo. Cuando nos alejábamos, vi cómo los vigilantes corrían hacia el interior de la iglesia.

El todoterreno se aventuró por el interior de un bosquecillo. Los dos personajes que me acompañaban permanecían en silencio, atentos al camino.

—Gracias… —dije—. ¿Puedo saber quiénes…?

—Ponte esto en el hombro —me espetó el copiloto, lanzándome una toalla de lavabo—. Me estás poniendo la tapicería perdida de sangre.

Sus maneras distaban mucho de ser amables. Cogí la toalla e hice lo que me ordenó. En mi hombro, cerca del cuello, había un aparatoso arañazo fruto de una bala perdida. No parecía nada serio. En el resto del inventario de mis dolencias figuraban un pómulo hinchado, un labio partido y algún diente bailando. Podía haber sido mucho peor.

El copiloto sacó un teléfono móvil y marcó un número. Se puso a hablar con alguien al otro lado de la línea.

—Lo tenemos… Sí… Lo perdimos durante un momento cuando salió de la casa rural, pero encontramos su coche junto a un árbol. Había dejado a un vigilante KO… —El tipo se rió—. Ya, sí, parece duro de pelar. Se metió en una refriega con los que había en la iglesia y tuvimos que sacarlo de allí antes de que la cosa fuera a mayores… No, está bien; con algún rasguño, pero bien… De acuerdo, vamos para allá.

Colgó el teléfono y volvió a quedarse en silencio.

—¿Adónde me llevan?

Nadie me respondió.

El camino me resultó familiar. Descubrí que nos estábamos dirigiendo hacia Los Sabugos. Al llegar a la finca, detuvieron el todoterreno y me hicieron bajar, luego me acompañaron al interior de la casa.

En el comedor había una persona esperando. Cuando me vio entrar, se dirigió a mí.

—El señor Tirso Alfaro, supongo… Antiguo caballero buscador y agente de Interpol. Por cierto, el negro te sienta muy bien.

—¿Enigma?

Ella sonrió. Sus ojos verdes de elfo chispeaban.

—Hola, cariño.

Había estado bajo su vigilancia desde que puse el pie en San Cristóbal de Bayura. Más bien, bajo la de sus dos acólitos, los supuestos aficionados al senderismo. Uno de ellos se llamaba Juan, el otro Pedro. Enigma los describió con el ambiguo apelativo de «viejos amigos». Los dos le pasaron información puntual de todos mis movimientos, que ella recibía sin apenas moverse de la habitación que había alquilado en Los Sabugos. Me sentí muy avergonzado por no haberme dado cuenta de todo ese montaje, pero Enigma le quitó importancia.

—Cariño, mientras tú te entretenías guiando visitas en un museo de Canterbury, yo ya llevaba siglos gestionando labores de vigilancia para Narváez, en el Sótano. Soy una profesional, habría hecho falta un milagro para que me descubrieras.

Ahora que su secreto había dejado de serlo, ya no necesitaba la ayuda de Juan y Pedro. Los «viejos amigos» nos dejaron solos, después de que Enigma les diera las gracias por sus servicios. Ambos se despidieron de mí con una actitud más cordial.

—¿No son un encanto? —dijo Enigma cuando se marcharon—. Conozco a muchas personas que hacen toda clase de trabajos por dinero, sin preguntar, pero ellos son los mejores...

Me quedé mirándola un instante. No había cambiado nada durante el tiempo transcurrido desde la última vez que la vi, salvo el peinado de su cabello pelirrojo, que llevaba algo más corto.

—¿Por qué me has estado siguiendo?

—No te seguía, cielo, te vigilaba, que no es lo mismo. Contraté a Juan y a Pedro para que me ayudaran a guardarte las espaldas. Yokai me avisó de que vendrías, Omega y él pensaban que era una temeridad dejar que actuaras tú solo. Y tenían razón.

—¿Yokai...?

—Oh, sí, él sabe cómo encontrarme. Sólo se lo dije a él, adoro a ese chico... Y me encantan los vídeos que me manda por e-mail. Hace poco me envió uno de animales haciendo cosas de personas, ya sabes: gatos tocando el piano, perros conduciendo... —Enigma entornó los ojos, con aire pensativo—. Me pregunto cómo lo harán. Los perros son muy listos, claro, pero un gato... ¿Cómo puede un gato tocar el piano? Son unos bichos muy antipáticos, no me gustan nada los gatos...

Sí, no había duda: era la misma Enigma de siempre, con su tendencia a enredarse en el hilo de sus pensamientos, tuvieran o no sentido para sus oyentes. Tuve que cortar en seco su digresión gatuna.

—No lo entiendo; si Yokai quería que me ayudaras, ¿por qué simplemente no te pusiste en contacto conmigo cuando llegué? Habría sido más sencillo.

—¿Quieres que te sea sincera? Aún no estaba segura de si quería verte.

—¿Qué? —exclamé, sorprendido—. ¿Por qué?

—Porque estoy molesta contigo. Por muchos motivos: te pasaste al bando de los legales, dejaste abandonado a Yokai en manos de los gemelos...

—Eso fue idea tuya.

—Sí, pero habría sido un detalle por tu parte interesarte un poco sobre cómo le iba al chico. Él te admira, Faro. Siente que lo has abandonado, eso no está bien.

—¿En qué momento se supone que me convertí en el padre adoptivo de un hacker adolescente?

—Me sorprende que seas tan egoísta. Quizá pienses que tus actos no le importan a nadie, que a nadie le afectan. Eso puedo entenderlo, dado que siempre has estado solo, pero las cosas cambian. —Enigma bajó la mirada—. Ahora hay personas que se sienten dolidas cuando, simplemente, las dejas atrás, como si no fueran importantes.

—Yokai no está dolido —me defendí, sintiéndome algo confuso por aquellas palabras—. Tiene un canal de YouTube…

Enigma emitió un suspiro de paciencia.

—Déjalo. Es evidente que no lo entiendes.

—Bueno… Ya sabes lo que solíamos decir: es difícil entenderte a la primera —comenté, esperando sonar conciliador.

—Cierto… —Entre sus labios parpadeó una sonrisa algo triste—. Te he echado de menos, Faro.

—Yo a ti también

—Es lógico, yo soy inolvidable. ¿Por qué no has dado noticias en todo este tiempo? Me habría gustado saber cómo te iban las cosas con los legales.

—No podía hacerlo… Me resultaba muy duro pensar en lo que dejaba atrás. Necesitaba cortar de raíz para seguir con mi vida.

—Debiste explicármelo en su momento. Lo habría entendido.

—Sí, debí hacerlo. Lo siento —reconocí. Enigma no dijo nada. Quizá se estaba tomando su pequeña venganza al hacerme sufrir un poco antes de aceptar mis disculpas. Decidí preguntar otra cosa antes de que el silencio se volviera incómodo—. ¿Es cierto que dejaste el Cuerpo?

—Hace unos meses.

—¿Por qué lo hiciste?

Ella se encogió de hombros.

—Dejó de ser divertido. Además, ya no quería formar parte de una organización dirigida por alguien como Alzaga y que se permite el lujo de echar a la calle a sus mejores miembros. Sentí que las cosas empezaban a venirse abajo y no quise quedarme hasta el final.

—Nada de hundirse con el barco, ¿verdad?

—No vi ningún motivo para hacerlo. Yo no soy ninguna mártir de la lealtad, eso es más bien cosa de Burbuja, el buen soldado. El Cuerpo de Buscadores que yo conocí era el que mandaba el viejo cuando estaba vivo, y ese Alzaga lo estaba destrozando. No soportaba ver cómo lo hacía, así que me marché.

—¿Y no echas de menos el Sótano?

—Todos los días… Además, creo que Burbuja no me lo ha perdonado del todo. Con ese asunto de la desaparición de Danny… Piensa que fui una cobarde.

—Veo que no soy el único que ha ido pisando ánimos en su huida hacia delante… —insinué.

—No, eso me temo —dijo ella, circunspecta—. Supongo que, bien pensado, no tengo derecho a estar molesta contigo, así que aceptaré tus disculpas por el momento, pero a cambio tendrás que explicarme con todo detalle qué es lo que estás haciendo aquí, y en qué estrambótica búsqueda te has metido ahora.

—¿Por qué crees que estoy buscando algo?

—Porque tú siempre lo haces, cariño. Eres como los tiburones, que no dejan de nadar ni siquiera cuando duermen. —Enigma se calló un momento—. Me gustan los tiburones. Mucho más que los gatos.

«Y así el círculo se cierra», pensé, divertido.

Contarle a Enigma todo lo que me había ocurrido desde que encontré a Burbuja en Londres me llevó algo de tiempo. Al terminar, pusimos en común algunas de nuestras impresiones sobre los sucesos recientes.

Ella, al igual que yo, tenía el pálpito de que Voynich seguía un plan trazado del cual el robo del manuscrito úlfico y el saqueo de la iglesia de San Cristóbal eran dos aspectos conectados, todo ello bajo la cobertura del Proyecto Lilith, cuyo auténtico cometido era mucho menos inofensivo que el del simple mecenazgo cultural. Las sospechas de Enigma iban incluso más lejos.

—¿Y si todo formara parte de un gran propósito? —se preguntó en voz alta—. No sólo lo que está pasando aquí, o lo de Londres… Hablo de todas las ocasiones en las que Voynich se ha cruzado en nuestro camino: el asunto de la Mesa de Salomón, lo sucedido en Malí… Quizá aquello también estaba contemplado en el Proyecto Lilith, como partes de un único objetivo.

Era reticente a acompañarla por ese camino. Era del tipo de los que te llevan a creer que el hombre nunca ha pisado la Luna o que un gobierno mundial controla nuestras mentes a través de los teléfonos móviles.

—¿De qué objetivo estaríamos hablando? —pregunté.

—No lo sé… Algo importante, y muy secreto. Tanto como para estar dispuestos a matar a todo aquel que se acerca a descubrirlo, igual que pasó con Zaguero.

—Nada indica que su muerte estuviera relacionada con el Proyecto Lilith.

—Danny creía otra cosa. Sé que antes de desaparecer estaba investigando posibles conexiones entre el asesinato de Zaguero y Voynich.

—Ahora que lo mencionas, hace algún tiempo que he estado dándole vueltas a una idea en mi cabeza —dije—. Cuando hablé con Silvia recordé que la sede de Voynich está en California. Lo último que Burbuja supo de su hermana es que viajó allí por algún motivo.

—¿A California?

—Eso es… Me preguntaba si Danny llevó su investigación hacia el mismo antro de la bestia, por decirlo de alguna manera.

Enigma adoptó una actitud pensativa.

—No se me había ocurrido… Pero… Sí… Tiene sentido… La desaparición de Danny me ha tenido desconcertada bastante tiempo. Empiezo a pensar que si ella está ilocalizable no es por voluntad propia.

—¿Crees que… —me costó atreverme a terminar la frase— puede haberle ocurrido algo malo?

—Espero que no. Supongo que, de ser así, ya nos habríamos enterado. Las malas noticias corren rápido.

En eso Enigma tenía razón, aunque me habría gustado contar con indicios más firmes para creer que Danny no estaba metida en problemas.

Dado que lo único que podíamos hacer con respecto a aquel asunto era preocuparnos, lo dejamos aparcado por el momento.

Hablamos sobre mis hallazgos en la iglesia y le enseñé a Enigma el *pen drive* que encontré allí. Ambos estuvimos de acuerdo en investigar su contenido de inmediato, de modo que nos fuimos a mi habitación para conectarlo en el ordenador portátil que había traído desde Madrid.

Al entrar en el cuarto, el espejo que estaba junto a la cama me mostró un completo panorama de mis heridas, así como una enorme mancha oscura sobre mi hombro. El raspón producido por la bala aún sangraba.

Mientras Enigma encendía el ordenador, pasé al baño y me quité el jersey. Allí había un pequeño botiquín de primeros auxilios. Limpié la herida con cuidado y comprobé que no era profunda. Intenté cubrirla con apósitos, pero al mover el hombro recibí un latigazo de dolor y dejé caer algunos frascos al suelo. Enigma se acercó al escuchar el ruido.

—¿Interrumpo algo? —preguntó al encontrarme descamisado frente al espejo del lavabo.

—Échame una mano. Estoy intentando tapar esto antes de acabar como Sissy Spacek en la escena del baile de graduación de *Carrie*. —Contemplé la herida con gesto crítico—. No sé... Quizá debería ir a un dispensario.

—Déjame echar un vistazo. —Enigma se colocó a mi espalda e inclinó la cabeza sobre mi hombro. Podía sentir el cosquilleo de su melena en la parte trasera de mi cuello—. No es grave. Bastará con desinfectarla un poco y poner algo para que detenga la hemorragia. Pásame ese bote de alcohol y las gasas.

—Derramó un poco de alcohol sobre un algodón y lo acercó a la herida. Yo dejé escapar un siseo de dolor.

—¡Eh, cuidado! Eso escuece.

—Mi héroe... —murmuró ella, irónica. Terminó de limpiar la herida y luego la cubrió con gasas. Contempló el resultado de su obra en la imagen reflejada en el espejo—. Listo... Vaya, observo que alguien ha estado sacando partido de su abono del gimnasio.

Noté que las mejillas se me encendían. No era la primera vez que Enigma me veía escaso de ropa (la última fue durante una original partida de cartas, a bordo de un buque con destino a África), pero nunca antes estando a solas, ni ella me miraba de esa forma, como valorando lo que veían sus ojos. Me sentí extrañamente desnudo.

Volví a ponerme el jersey de forma apresurada y salí del baño para alejarme de Enigma, pues el cosquilleo de su respiración sobre mi piel amenazaba con desconcentrarme.

—Espera —dijo ella—. Aún tienes una contusión en la mejilla, y deberías limpiarte ese corte en el labio.

Imaginé sus dedos rozando mi cara y mis labios, y mi rubor se intensificó. Me pareció una reacción inapropiada, y muy enojosa.

—Estoy bien —repuse, quizá con demasiada sequedad—. Echemos un vistazo al contenido del *pen drive*.

Coloqué el ordenador encima de mis rodillas y abrí el contenido de la memoria. Dentro del *pen drive* sólo había un archivo de vídeo. La fecha de creación era de tres días atrás, cuando yo aún estaba en Londres.

Al abrir el archivo, el reproductor de vídeo mostró a David Yoonah hablándole a una cámara. Por los detalles que pude reconocer a su alrededor, me pareció que se encontraba dentro de la iglesia de San Cristóbal. Todo parecía indicar que aquello era el fragmento de algún tipo de memorándum filmado. Duraba apenas unos dos minutos, durante los cuales el doctor no dejaba de dirigirse a la cámara. Enigma y yo escuchamos sus palabras con atención:

Hoy hemos terminado de desmantelar la cabecera. En principio no parece que el mapa que estamos buscando esté en ninguna de esas piedras, aunque los expertos tendrán la última palabra cuando las analicen con más detalle, en La Victoria.

Yoonah hizo una pausa larga. Daba la impresión de que dudaba sobre lo que iba a decir a continuación:

No estoy seguro de que los expertos estén interpretando bien el pasaje del *Códice de Roda*. Hoy he recibido una transcripción completa del texto, quería comprobar por mí mismo hasta qué punto es sólida la base de sus conjeturas.

Reconozco que, en principio, todo parece bastante claro. El *Códice de Roda* es una crónica elaborada en torno al siglo X, la cual, al parecer, es a su vez una copia de un códice anterior, hoy desaparecido, que fue escrito en el monasterio de San Millán de la Cogolla. El año pasado, uno de nuestros expertos encontró un fragmento de ese códice primitivo en una serie de legajos que provenían del monasterio de Santa María la Real de Nájera. En este fragmento se encuentra la mención al mapa de Alfonso II. El autor dice que el monarca asturiano encargó ocultar el mapa de la Ciudad de los Hombres Santos en el interior de una iglesia construida al efecto. Se dice que el escondite está dentro de una piedra, en un espacio denominado como «el lugar terrible», y, por último, se añade una especie de salmo latino que, según parece, es necesario para encontrar el mapa.

El salmo, traducido, dice así: «Para que nuestras voces puedan cantar tus grandes maravillas, desata nuestros labios mancillados, oh san Juan».

¿Cómo puede este salmo ser necesario para encontrar el mapa? ¿En qué se basan los expertos para concluir que «el lugar terrible» es la cabecera del templo? Y, lo más importante, ¿cómo puede nadie esconder un mapa dentro de una piedra? No tiene sentido… Ningún sentido…

Nuestros expertos tienen aquí un bonito acertijo que resolver, y más les vale hacerlo pronto porque no quisiera tener que deshacer esta iglesia hasta sus cimientos.

Por otro lado, tenía previsto permanecer en San Cristóbal hasta finales de mes y luego acompañar a la última remesa de cajas a La Victoria, pero han surgido complicaciones en Londres que requieren de alguien capaz de tomar resoluciones drásticas. Así pues, esta misma tarde tomaré un avión. Espero estar de vuelta en un par de días, como mucho. Si la fuente de nuestros problemas ingleses es esa sanguijuela codiciosa de Rosignolli, me temo que tendré que cortar esa mala hierba desde la raíz.

Empiezo a estar cansado de todo esto. Como ya he dicho a menudo, lo mío son los números.

La grabación se terminaba en aquella frase. El propio Yoonah apagó la cámara y la pantalla del ordenador se quedó en negro.

—Así que Voynich está buscando el mapa… —dijo Enigma—. El proyecto de rehabilitación es sólo una tapadera. —Mi compañera me quitó un cigarrillo apagado de los labios—. No fumes aquí, cariño, harás que las cortinas apesten a tabaco… ¿Qué es esa Ciudad de los Hombres Santos de la que hablaba Yoonah?

—No lo sé. Devuélveme mi cigarrillo.

—Como quieras, son tus pulmones, no los míos.

Me lo encendí y le di unas cuantas caladas rápidas. Mi mente estaba trabajando a una gran velocidad, y necesitaba el estímulo de la nicotina.

Empecé a pasear por la habitación, expulsando humo por la nariz, como si saliera de los engranajes de mi cerebro. Al mismo tiempo, repetía en voz alta frases de la grabación de Yoonah.

—«El lugar terrible…», la cabecera de la iglesia… Sí, claro…, eso es… La cabecera… Pero él no lo sabe, seguro que no lo sabe, de lo contrario… —De pronto chasqueé los dedos, con aire triunfal—. ¡Por supuesto que no lo sabe! ¡Por eso no ha encontrado nada!

—¿De qué estás hablando?

—¡Éste es un lugar terrible!

—Lo sé, el dormitorio es diminuto, por eso no creo que debas fumar aquí.

—No, no, no. Es una cita de la Biblia, del libro del Génesis. Jacob se echa a dormir sobre una piedra y sueña con una escalera que asciende al Reino de Dios; al despertar, Jacob contempla la piedra y dice…

—«Éste es un lugar terrible: la casa de Dios y la Puerta del Cielo» —completó Enigma—. Así que te referías a eso. Sí, conozco esa historia. Por último, Jacob derramó una botella de aceite sagrado sobre la piedra y la convirtió en un altar.

—¡Exacto! Un altar. El mapa que Yoonah está buscando no está en una piedra de la cabecera del templo, sino que está en un altar hecho de piedra.

—¿En la iglesia?

—No, en la iglesia no. En los años treinta un cacique local cambió la iglesia de sitio, movió cada uno de sus elementos salvo uno: el altar. Ése lo dejó dentro de una ermita que está sobre el acantilado, pero es evidente que eso Yoonah no lo sabe, de lo contrario no lo habría pasado por alto.

—Eso significa que…

—Voynich está buscando el mapa en el lugar equivocado. Está en la ermita, no en la iglesia.

Enigma sonrió.

—Me encantas cuando haces alguna deducción sorprendente.

Ahora mismo te besaría si no fuera porque acabas de fumarte un cigarrillo y no quiero que la boca me sepa a cenicero. Lo dejaremos en una palmadita en la espalda.

—Tengo que entrar en esa ermita.

—Bien, pues hazlo, ¿qué te lo impide?

—Está cerrada, y la llave sólo la tiene un párroco con el que no he podido hablar. Sólo viene al pueblo los domingos.

Ella suspiró.

—Es evidente que Interpol te ha echado a perder. Vamos a reventar esa puerta, no a esperar a que nos la abran.

—No se me da bien forzar cerraduras. Si Burbuja estuviera aquí…

—Olvídate de Burbuja, no lo necesitamos. También yo tengo recursos inauditos, cielo. —Enigma se levantó de la cama y se dirigió a la puerta, no sin antes darme un beso en la mejilla a modo de despedida—. En cuanto a ese salmo, el que Yoonah menciona en el vídeo y que, por lo visto, es tan importante… Me resulta familiar.

—¿Por qué?

—No lo sé. Ahora mismo estoy demasiado agotada como para recordarlo, ha sido una jornada muy intensa. Lo sabré mañana.

—¿Te veré en el desayuno?

—No, mejor en la ermita. Quiero madrugar para ir a Llanes a comprar algunas cosas que es probable que necesitemos. Te avisaré por teléfono cuando acabe.

Se despidió haciendo un gracioso movimiento con la mano y salió de la habitación.

El chillar de las gaviotas me despertó a primera hora de la mañana. Un cielo despejado me dio los buenos días, junto con un reconfortante aroma a café recién hecho que llegaba desde el comedor, en el piso de abajo. Parecía un buen día para buscar tesoros.

Al mirarme en el espejo del baño comprobé que la herida de mi hombro estaba cerrando bien y que no sangraba. Los golpes en mi pómulo y mi labio superior no me dolían, pero habían adquirido colores inverosímiles. Nada serio, salvo que quisiera posar para un retrato.

Mientras me daba una larga ducha, repasé las pistas de las que disponía hasta el momento sobre el mapa del rey Alfonso. Sabía (o creía saber) que el supuesto mapa se ocultaba en el altar de la ermita del Salvador, y que eran necesarias dos claves para llegar hasta él. En primer lugar, el salmo dedicado a san Juan que Yoonah encontró en el *Códice de Roda* y, por otra parte, la losa de piedra que el tío del señor Balbín rescató del saqueo de la Cámara Santa de la catedral de Oviedo. En mi móvil tenía una fotografía de la inscripción que figuraba en ella, aunque la recordaba de memoria: *Ut sollemnis rex facere.*

No podía imaginar de qué manera aquella divisa y el salmo del *Códice de Roda* podían ser útiles para llegar hasta el mapa, pero esperaba averiguarlo cuando llegase el momento.

Salí de mi habitación para bajar a desayunar. Por el camino me encontré con la dueña de la casa de Los Sabugos, que me deseó los buenos días y, como era de esperar, se preocupó por mi cara magullada. Le conté algo sobre un mal tropiezo caminando por el acantilado.

—Tenga cuidado, porque ese camino es muy traicionero —me dijo—. Hace unos días, un pescador se despeñó por los Arcines y cayó al agua. Al pobrín aún no lo encontraron.

Le aseguré que andaría con precaución, luego ella me dijo que una persona había preguntado por mí y que me esperaba en el comedor. Supuse que sería Enigma y me apresuré a reunirme con ella.

Al llegar a la puerta del comedor me detuve en seco. La persona que me esperaba era el doctor David Yoonah en persona.

Estaba sentado a una mesa, a solas, frente a un vaso de zumo de naranja y con sus muletas apoyadas en el respaldo de la silla. Mis ojos se cruzaron con sus pupilas azules, que me hicieron sentir como un animal sorprendido por los faros de un coche.

No había nadie más en el comedor. Ni matones de Wotan ni sicarios de cualquier otro tipo. Sólo Yoonah y su zumo de naranja.

—Ah, por fin, señor Alfaro —me dijo tras dar un sorbo a su vaso con la digna actitud de un mandarín—. Le estaba esperando con impaciencia. Siéntese, tenga la bondad. —Aquella suave bienvenida me cogió por sorpresa. Teniendo en cuenta que ambos estuvimos a punto de matarnos el uno al otro en Malí, siempre esperé que nuestro reencuentro transcurriera de una forma menos cordial.

Con mucho tiento, como si me acercara a una bomba activada, me senté a su lado. Quizá debí salir de allí a toda prisa, pero la curiosidad fue más fuerte que mi instinto de conservación. Me pasa a menudo.

—Creo que tiene usted algo que me pertenece —dijo Yoonah—. Cierto dispositivo USB. Me gustaría que me lo devolviera. —En silencio, saqué de mi bolsillo el *pen drive* que escamoteé en la iglesia y lo dejé encima de la mesa. El asiático lo cogió sin apenas mirarlo—. Gracias. Entiendo que pueda parecerle una bagatela, pero no imagina lo que me contraría perder uno de éstos. Siempre ando dejándomelos por todas partes... ¿Puedo preguntarle si ha visto su contenido?

Aún no estaba seguro de si el doctor pretendía dispararme en la cabeza o terminarse su zumo, en su actitud no encontré ninguna pista. Decidí que mentirle no le haría cambiar su decisión.

—Si se refiere al memorándum en vídeo, sí, lo he visto.

—Tengo interés en conocer su opinión... ¿Cree que nuestros expertos están buscando en el lugar indicado?

—Lo que creo es que no deberían desmantelar un monumento histórico que no les pertenece.

—El gobierno local nos autoriza a llevar a cabo la labor de restauración de la forma que creamos oportuna. Todo está en regla y todo es legal.

—No creo que el gobierno local sepa lo que están haciendo allí en realidad.

El doctor se terminó su zumo y se limpió delicadamente el labio superior con una servilleta.

—No, en efecto, no lo saben —reconoció—. Puede usted ponerles sobre aviso si lo desea, pero no creo que le escuchen... A menos que pueda ofrecerles más dinero que nosotros, cosa que dudo. No quiero ofender su poder adquisitivo, pero estoy seguro de que no alcanza el nuestro ni por asomo.

Así pues, Yoonah había decidido dejar de lado cualquier tipo de fingimiento. Me pareció bien, aunque no entendiera sus motivos. Siempre me han aburrido los juegos dialécticos.

—¿Tampoco me escucharán si les explico cómo sus hombres intentaron matarme?

—Esos hombres no trabajan para mí, sino conmigo. Cumplen

sus propios cometidos, y entre ellos está incluido el de reducir a cualquier intruso peligroso no autorizado.

—¿Intruso peligroso?

—¿No agredió usted a uno de ellos y lo dejó amordazado en mitad del bosque? ¿No ha reconocido que robó uno de mis efectos personales del área de trabajo? ¿No fue usted sacado de allí por hombres armados y de dudosa procedencia? —Yoonah clavó en mí sus ojos de porcelana—. Creo que en su mente se ha forjado una bonita historia de héroes y villanos en la cual nosotros encarnamos a las Fuerzas Oscuras. Quizá usted se la crea, pero no pretenda que los demás hagan lo mismo. Usted no es un héroe, señor Alfaro; usted es un ladrón y un asesino.

—Ése es un punto de vista muy original…

—Pero certero, si lo piensa bien. Fue un ladrón cuando trabajaba para el Cuerpo de Buscadores, y se convirtió en un asesino en el momento en que me dejó morir allá en África. El hecho de que ahora estemos manteniendo esta conversación no se debe en absoluto a su nobleza, más bien al contrario.

—Usted también intentó matarme.

—Exacto. Y fallé. Usted también falló. No le guardo rencor por ello… No demasiado. De haber estado en su lugar, yo habría actuado igual. Era una competición y ganó el hombre con más suerte.

—¿Suerte?

—Tendrá que permitirme que no quiera halagar su vanidad aludiendo a otros factores —dijo el doctor, con una sonrisa torcida—. La diferencia entre ambos, señor Alfaro, es que para mí lo ocurrido en África no fue ninguna cruzada personal, sólo trabajo. Cuando me rescataron de aquel agujero, a pesar de estar medio muerto, no albergaba ansias de venganza hacia usted y eso no ha cambiado. No tengo motivos para ello. Después de todo, usted no es más que un insignificante agente de Interpol de segunda categoría. Tiene derecho a vivir su existencia como le plazca… Lo que no acabo de entender es por qué se empeña en convertirse en una molestia.

—¿A qué se refiere?

—Nadie quiere eliminarlo, señor Alfaro, se lo digo de corazón. Y mucho menos yo. No soy un hombre violento, lo mío son los números. Lo único que deseábamos era apartarlo de nuestro camino, por nuestro bien y por el suyo propio. —Yoonah sacudió lentamente la cabeza, con aire apesadumbrado—. Anoche no debió entrar en aquella iglesia. ¿Por qué lo hizo?

—Descubrir un flagrante expolio me parece una razón poderosa.

—Miente, no fue por eso. Podría creer en sus motivos si aún siguiera siendo un buscador, pero ya no lo es. —Yoonah suspiró—. Es evidente que no va a decirme la verdad.

—Ya que de pronto se ha convertido usted en un amante de la sinceridad, doctor, quizá quiera aprovechar para contarme qué ha estado haciendo en Londres.

—De nuevo pretende meter la nariz en asuntos que no le atañen. Lo suyo es un vicio, señor Alfaro.

—Claro que me atañen. Sus hombres, o sus compañeros, o como diablos quiera llamarlos, se llevaron un manuscrito que me pertenece. Yo lo encontré, y quiero que me lo devuelvan.

—¿Qué le hace pensar que está en mi poder?

—Alguien tiene que habérselo quedado, y no he sido yo; supuse que sería la misma persona que sobornó y asesinó a una detective de la policía de Londres para conseguirlo. —Yoonah no se dignó a responder a eso. Como permanecía en un silencio ofendido, decidí seguir insistiendo—. ¿Qué hizo con él, doctor Yoonah? ¿Se lo devolvió a Rosignolli para que siguiera descifrándolo para usted? Porque algo me dice que eso fue justo lo que ocurrió: usted sobornó a Rosignolli, al igual que hizo con la detective Child, para que nos robara el manuscrito úlfico en primer lugar.

—Tiene usted una portentosa imaginación. Debería escribir novelas.

—Espere, aún no he llegado a la mejor parte del argumento. Imagino que las diez mil libras que el Barbican Centre ofreció a Rosignolli por exponer el manuscrito fueron un reclamo demasiado jugoso para él, así que aceptó prestarlo. Estoy seguro de que eso a usted no debió de gustarle mucho…, sobre todo después de que el manuscrito fuera recuperado por el Cuerpo de Buscadores. Por suerte, es usted un hombre de recursos, doctor Yoonah, así que compró a la detective encargada del caso para que encontrara el manuscrito para usted y luego la eliminó. Una pena que volviera a perderlo… Hay que tener mucho cuidado cuando se viaja en metro, ¿verdad? Uno puede dejarse cualquier cosa olvidada en un vagón…

—¿Qué espera, señor Alfaro, que le felicite por sus extraordinarias dotes de deducción?

—Lo que quiero es que me diga dónde está el manuscrito. ¿Se lo devolvió a Rosignolli? —volví a preguntar.

—No sé nada de esa persona… Lo último que he oído es que sus recientes estudios del antiguo folclore escandinavo le tienen demasiado absorto para ocuparse de cualquier otra tarea. —El doctor plegó los labios, mostrando los dientes en una especie de sonrisa. Más bien parecía la mueca de un tiburón antes de devorar una presa.

—Déjese de insinuaciones, Yoonah —dije, irritado—. Creía que estábamos manteniendo una charla sincera.

—Esa impresión es enteramente suya. Yo no he venido a conversar, sino a advertirle.

—¿Advertirme de qué?

El asiático respondió con otra pregunta.

—¿Sabe por qué me gustan las matemáticas, señor Alfaro?

—Ni idea, quizá por masoquismo.

—Es porque hay armonía en la arquitectura de los números. Es certera, es implacable… y es delicada. Si introduce usted un factor extraño en esa arquitectura, la armonía se atasca, o incluso se derrumba, pero el matemático sabe cómo eliminar ese factor si es necesario. Destruirlo limpiamente, sin dejar rastro.

—Si ésa es su advertencia, tendrá que explicarla mejor. Yo soy de letras.

Yoonah entornó los ojos.

—Está usted a punto de convertirse en el factor extraño de una ecuación. Deténgase y dé marcha atrás, o de lo contrario será eliminado… sin dejar rastro.

Tanta historia para una simple amenaza. Cómo odio a los matemáticos.

Me preguntaba para qué tanta metáfora. Si yo era un riesgo para sus planes, podía haberse limitado a despacharme sin ceremonias, como hizo con la infeliz detective Child.

—De acuerdo, doctor Yoonah. Usted gana. Estoy temblando de pies a cabeza. Volveré a Francia, a mi trabajo de agente de Interpol de segunda categoría y viviré feliz y tranquilo el resto de mi larga existencia. ¿Eso es lo que quería escuchar?

Yoonah sonrió.

—No juegue con fuego, señor Alfaro, o arderá hasta consumirse. Me temo que aún no tiene ni la más remota idea de quiénes somos. —El asiático acercó su rostro al mío—. Podemos seguir cada uno de sus pasos y escuchar cada palabra que diga… Tendría que esconderse en una cueva y vivir como un hombre de la Edad de Piedra para mantenerse oculto de nosotros. Estamos en todas partes. Ni siquiera sus amigos del Cuerpo Nacional de Buscadores podrán protegerlo de nosotros. También estamos ahí, en su mismo corazón.

De pronto experimenté una sensación de malestar. Había una certeza siniestra en aquellas palabras.

—¿Qué quiere decir?

—Que si tiene la tentación de recuperar viejos hábitos, de emprender búsquedas con antiguos camaradas, lo sabremos. Tenemos ojos y oídos en su Sótano, igual que los tuvimos antes… Ya sabe de lo que hablo, ¿verdad, señor Alfaro?

—Tesla… —dije, recordando al buscador que nos traicionó, aquel que cayó en las Cuevas de Hércules cuando íbamos tras la Mesa de Salomón.

—Comprarlo fue tan sencillo… Pero cometimos el error de confiar en un simple peón. Esta vez hemos corrompido a la reina, y estamos limpiando el tablero.

De inmediato comprendí el alcance de sus palabras. Muchos detalles cobraron sentido para mí: mi expulsión, la inactividad del Cuerpo de Buscadores, las sospechas de Burbuja… Voynich había vuelto a infiltrar un traidor en el Sótano, y esta vez era alguien con verdadero poder para hacer daño.

Alzaga era su hombre. Él era quien estaba limpiando el tablero.

Sentí una cólera súbita. Yoonah, tratando de asustarme, había cometido un tremendo error; ahora ya no sólo me motivaba el hallar respuestas, también buscaba venganza.

—Lamento haberle dejado caer en aquel agujero de Malí —dije entre dientes—. Debí sacarlo de allí y retorcerle el cuello yo mismo, para asegurarme de que estaba muerto.

Yoonah asintió muy serio con la cabeza.

—No se enfrente a nosotros, señor Alfaro. —Con mucha calma, el asiático se apoyó en sus muletas y se puso en pie. Me miró como si yo fuera algo muy pequeño e insignificante—. Podemos hacer algo mucho peor que matarlo, podemos arrebatarle todo y dejar que siga con vida. Ahora ya lo sabe.

No dije nada. No podía. Toda mi voluntad estaba concentrada en mantenerme quieto y sereno, en no arrojarme sobre Yoonah y cerrar a golpes, para siempre, aquellos diabólicos ojos de muñeca.

Oí cómo se marchaba, golpeando el suelo con sus muletas.

Enigma me mandó un mensaje para que me reuniera con ella en la ermita del Salvador. Fue poco después de que Yoonah y yo mantuviéramos nuestra charla.

En cuanto estuvimos juntos, le relaté mi encuentro con el matemático. Aunque yo estaba nervioso y las palabras salían de mi boca atropelladas de pura indignación, ella escuchó mi relato sin mostrar demasiada sorpresa. Mientras yo encendía y apagaba cigarrillos, dando vueltas como un loco, Enigma permanecía sentada en uno de los bancos del mirador del acantilado, con las manos metidas en su chaqueta Burberry y el rostro cubierto hasta la nariz por una bufanda de cuadros. Hacía frío aquella mañana, el cielo era un manto de nubes bajas de plomo y las olas del mar rompían con furia a nuestros pies.

—De modo que Alzaga está comprado… —dijo cuando llegué a lo que consideré la revelación más impactante de todas. Me causó una pequeña decepción el que ella no pareciera impresionada—. Sí, tiene sentido.

—¡El director del Cuerpo Nacional de Buscadores! —añadí con una exclamación teatral. Tenía la impresión de que Enigma no calibraba el alcance de mis palabras—. ¡Trabaja para el doctor Yoonah!

De nuevo, Enigma reaccionó con irritante indiferencia.

—¿Qué es lo que te sorprende tanto, cariño? No es que haya disimulado muy bien su intención de inutilizar el Cuerpo. Hasta el momento pensaba que era un simple incompetente, ahora por fin le encuentro algo de lógica a sus actos.

—¡Tenemos que hacer algo!

—¿Algo como qué?

—No lo sé… Pararle los pies, impedir que desmantele el Cuerpo por completo.

—Pero, cariño, eso ya lo ha hecho.

—¡Lo denunciaremos ante las autoridades! Las personas que lo pusieron al mando deben saber la verdad.

—¿Tú sabes quiénes son esas personas?

No pude darle una respuesta. Por desgracia, la labor del Cuerpo de Buscadores está tan enquistada de secretos que ni siquiera sus propios miembros teníamos claros ciertos detalles de su funcionamiento.

—Se lo diré a Urquijo. El abogado…

Enigma pareció impacientarse.

—Deja de cansarte con ese tema, Faro; no hay nada que puedas hacer. ¿Crees que Yoonah habría confesado que Alzaga es un traidor si fuera fácil de demostrar? Si lo acusas de algo, será tu palabra contra la suya, y Urquijo se pondrá del lado de quien paga su sueldo, como ha hecho siempre.

—Aun así, debo intentarlo.

—No veo por qué. En realidad, bastará con poner a Burbuja sobre aviso para que tenga cuidado con sus movimientos, aunque estoy segura de que hace mucho tiempo que dejó de confiar en Alzaga, por lo que esta información tampoco le sorprenderá. Por otro lado, Yoonah ha sido bastante torpe… Es como si enterrara una mina y después te indicara la localización exacta para evitarla. Pensaba que un coreano experto en matemáticas sería más inteligente.

Tenía que reconocer que eran palabras muy sensatas. No obstante, yo aún me sentía furioso.

—Alzaga debe pagar por su traición… Y me expulsó del Cuerpo sin motivo, es un asunto personal.

—¿Quieres vengarte? Adelante, me encantará echarte una mano en eso; pero se me ocurre una forma mejor de hacerlo. —Se levantó del banco dando un brinco—. Robaremos a Yoonah ante sus propias narices ese mapa que está buscando. Así es como hacen las cosas un par de buscadores.

—Más bien dos ex buscadores…

—Como tú quieras, cielo, pero yo no necesito una nómina estatal que me diga lo que soy. Lo sé desde hace mucho tiempo. —Enigma se acercó a la puerta de la ermita y comprobó que estaba cerrada—. Bien, de modo que se trata de abrir esto, ¿no es así?

—Dijiste que sabrías cómo hacerlo.

—Por supuesto, conozco el método perfecto. Deja que coja algo de mi coche.

Mientras Enigma se alejaba, yo inspeccioné la puerta. Era una simple hoja de madera, bastante ajada, provista de un cerrojo normal y corriente. Supuse que Enigma tendría una impresionante colección de ganzúas, como la que solía llevar Burbuja en sus misiones. Seguramente ella sería capaz de inutilizar la cerradura con la delicadeza y la precisión de un experto cirujano.

Al cabo de un rato, mi compañera regresó portando una radiante sonrisa y una palanca de hierro de casi un metro de largo.

—Aquí llega la caballería —dijo—. Hazte a un lado, cariño.

—¿En serio? ¿Una palanqueta?

—Sí, ya sabes, como esa canción… «El mejor amigo de una mujer son sus palancas».

—Estoy seguro de que no dice eso.

—Quizá. Puedes comprobarlo mientras yo reviento esta puerta. —Enigma encajó la palanca en la jamba. Parecía un arponero atravesando una ballena—. De paso, asegúrate de que no se acerca nadie.

Era una precaución innecesaria. El acantilado estaba bastante lejos de cualquier espacio habitado, y la mañana era lo suficientemente desapacible como para que los posibles paseantes se quedaran en sus casas, disfrutando de la calefacción central.

Contemplé cómo Enigma empujaba la palanca con todas sus fuerzas, haciendo resaltar las venas de su cuello. La vieja madera crujió, pero la puerta no se movía. Me acerqué a ayudarla.

Al empujar los dos, el cerrojo saltó como el corcho de una botella y me golpeó en la cabeza. Enigma se rió.

—No es gracioso —dije, malhumorado—. Esa cosa podría haberme sacado un ojo.

—Bueno, déjame ver… —Se acercó a mí y me inspeccionó la frente—. No veo sangre ni cráneos abiertos, no parece que vaya a morir de ésta, señor Alfaro. —Me dio un beso en el lugar donde el cerrojo me había golpeado—. Ya está. ¿Te sientes mejor?

—Muy graciosa.

—Ésa soy yo: siempre risueña en los momentos de crisis. Por eso todos me adoran.

Los dos atravesamos la puerta. Era una suerte que yo ignorara que aquel cerrojazo en la frente sería lo menos doloroso a lo que tendría que enfrentarme aquella mañana.

El interior de la ermita era un espacio cuadrado y ausente del más elemental encanto. Una simple estancia de paredes pintadas de blanco, adornadas con algunos relieves hechos de escayola, bastante feos, que representaban motivos religiosos. Parecían elaborados por los alumnos de un taller de manualidades.

Frente a la puerta se encontraba el altar, un elemento incongruente en medio de aquella vulgaridad decorativa. Era un enorme bloque de piedra, tan ancho que apenas podía abarcarlo con los brazos abiertos. Sus cuatro caras estaban decoradas con relieves muy gastados y simples. Distinguí algunas cruces griegas y toscos motivos vegetales.

Al rodear el altar descubrí que en la parte trasera había un relieve más complejo. Representaba una cruz patada, muy grande, con las letras alfa y omega colgando de los extremos del travesaño horizontal. La cruz estaba acompañada por una inscripción grabada en caracteres latinos, bien visibles. *IN HOC SIGNO TUETUR PIUS. IN HOC SIGNO VINCITUR INIMICUS.* «Con este signo se protege al piadoso. Con este signo se somete al enemigo.»

La Cruz de la Victoria y la divisa del reino de Asturias.

La pieza estaba bien encajada en el suelo, y las cuatro enormes losas de piedras que la formaban daban la impresión de ser bastante sólidas. No se veían oportunos resortes ni aberturas ocultas.

Sin embargo, según mis suposiciones, el mapa del rey Alfonso tenía que encontrarse ahí dentro de algún modo.

—Bonito altar. Me recuerda al iconostasio de piedra de la iglesia de Santa Cristina de Lena —dijo Enigma—. ¿Y bien? ¿Cuál es el plan?

—Calla… ¿Oyes eso?

—No. ¿El qué?

—Escucha… Juraría que viene del altar.

Nos quedamos en silencio. Yo me arrodillé y pegué la oreja a una de las losas del altar. Percibí con toda claridad un sonido gutural y profundo, como si algo estuviera rugiendo bajo tierra. De pronto aquel sonido creció en intensidad y luego descendió de volumen poco a poco hasta desaparecer.

Era como el lamento lejano de una bestia, llevado por el viento.

—Escalofriante —murmuró Enigma—. ¿Qué diablos ha sido eso?

No pude evitar una leve sonrisa.

—Las cuélebres…

—¿Qué?

En vez de responder, le quité a Enigma la palanca de las manos y golpeé con ella sobre la superficie del altar. Produjo un sonido hueco.

—Rápido —dije—. Busca en las junturas de las losas un espacio donde pueda encajar este trasto.

Enigma frunció el ceño, pero obedeció sin hacer preguntas. A su vez, yo pasé las yemas de los dedos por los bordes del altar hasta que localicé una abertura estrecha. Clavé el extremo de la palanca en aquel hueco diminuto.

—Ayúdame con esto, ¿quieres? —pedí a mi compañera—. Y ten cuidado con los pies.

Los dos tiramos de la palanca hacia nosotros. Tuvimos que hacer un esfuerzo titánico, pero logramos arrancar una de las losas de piedra del altar, que se derrumbó sobre el suelo de la ermita en medio de una nube de polvo.

A la vista quedó una oquedad de la que brotaba un intenso olor a agua de mar. El altar ocultaba un agujero que descendía hacia el corazón del acantilado, cuyo tamaño era suficiente para que una persona pudiera meterse por él.

De nuevo se escuchó aquel misterioso bramido, cuyo origen estaba en lo profundo del pozo que acabábamos de descubrir. Llegó y se fue, de la misma forma que antes. Esta vez pude deducir qué era aquello que lo producía.

—Hay una cueva aquí abajo —dije, experimentando una familiar sensación de triunfo, la cual asociaba con momentos semejantes—. Una galería natural dentro del acantilado. El viento y las olas al romper es lo que provoca ese sonido.

«O bien monstruosas serpientes aladas…», pensé, con un deje humorístico, al recordar las leyendas del viejo señor Balbín. Si bien esperaba que lo de las serpientes con alas fuera sólo una fábula. En Malí ya tuve que vérmelas con algunas bastante grandes y no tenía ningunas ganas de repetir la experiencia.

3

Solfeo

El Range Rover de Enigma estaba muy bien surtido. Tenía una linterna y una cadena, la cual servía para remolcar el vehículo en caso de que fuera necesario. Gracias a ella pudimos descolgarnos por el interior del pozo, aunque no era muy profundo.

Al tocar el suelo, mis pies chapotearon en un charco de agua de mar, y un intenso olor a salitre embotó mi olfato. Con ayuda de la linterna, pude echarle un vistazo a la cueva en la que me encontraba, aunque lo cierto era que había una tenue luz natural cuya fuente no era fácil de precisar. Podríamos haber avanzado perfectamente sin ayuda de la linterna, pero decidimos que era mejor no arriesgarse.

Las paredes de la cueva brillaban por la humedad, y el sonido del mar se oía con toda claridad, como si aún estuviéramos sobre el acantilado. El suelo estaba lleno de algas húmedas y resbaladizas, por lo que tuvimos que caminar con cuidado.

El camino a través de la cueva descendía a cada paso. Transcurridos unos metros, la pared que estaba a mi izquierda desapareció en una gran oquedad irregular desde la cual se apreciaban unas impresionantes vistas del mar rompiendo contra las rocas. Un fabuloso mirador natural. Incluso sentí cómo algunas gotas de agua salpicaban en mi cara al pasar por delante.

No era la única abertura que encontramos por el camino. Había muchas más, algunas no más grandes que un agujero, otras tan altas como una persona; las había muy anchas y también estrechas como grietas. Supuse que estábamos recorriendo la parte interna de la pared del acantilado, en sentido descendente.

Al pasar junto a una de aquellas aberturas, el mar golpeó con una ola inmensa que nos empapó por completo. Tuve que agarrarme a un saliente en las rocas para que el agua no me arrastrara.

—¡Maldita sea! —exclamó Enigma, que tiritaba como un perro mojado—. ¿Por qué diablos tendría que ponerme justo hoy mis únicas botas de ante?

—Ven, dame la mano —le dije—. Este camino es peligroso.

Así, cogidos el uno al otro, dejamos atrás la abertura en la pared y seguimos avanzando. No volvimos a encontrar ningún otro agujero al exterior, y la luz se volvía cada vez más escasa.

De pronto, el foco de la linterna iluminó algo pequeño y con muchas patas que pasó corriendo a mis pies. Di un pequeño respingo. Otra de aquellas cosas animadas se movió en el suelo, y después otra… Había una multitud de ellas.

Iluminé con la linterna para ver qué era aquello y descubrí una criatura del tamaño de un puño, provista de un caparazón de color marrón sucio y un par de pinzas. Un simple cangrejo.

Avancé unos pocos pasos y el número de cangrejos aumentó de forma asombrosa. Los había de muchos tamaños, desde algunos que eran pequeños como escarabajos hasta otros tan grandes como la cabeza de un bebé. Vi algunos grupos, horadando entre las algas muertas con sus patas afiladas, caminando unos sobre otros, con gestos torpes y pesados, trepando por las paredes… Algo cayó sobre mi hombro. Era un cangrejo de buen tamaño, de color blancuzco, como enfermo. Lo aparté de un manotazo y apunté al techo.

Había multitud de cangrejos. Puede que cientos.

Caían de los agujeros de la cueva como una lluvia de pinzas, algunos colgaban de tupidas lianas de algas. Brotaban de la pared, casi a borbotones, tapizaban el suelo montándose unos sobre los caparazones de otros, los más grandes amenazando con sus pinzas a los más pequeños, que correteaban como arañas acorazadas. Me pareció una visión muy desagradable y la piel del cuello se me erizó.

—¿Qué ocurre? ¿Por qué te paras? —preguntó Enigma, a mi espalda.

Asomó la cabeza por encima de mi hombro y al ver lo que mostraba la linterna lanzó un grito y se pegó contra la pared, abrazándose a sí misma.

—Tranquila. Sólo son cangrejos.

—No voy a pasar por ahí —dijo a media voz. Su cara estaba pálida.

—¿Qué…? Pero si son unos bichos inofensivos. Aunque reconozco que hay demasiados…

—No me gustan los cangrejos. Odio los cangrejos. Ni siquiera puedo verlos en una pescadería sin sentir escalofríos ¡Son como enormes tarántulas con pinzas!

—Oh, vamos; ¿tienes miedo de unos moluscos? Los apartaremos y…

—No pienso tocar esas cosas. Si quieres seguir adelante, tendrás que hacerlo tú solo.

—Por favor, Enigma, no puedes quedarte atrás. Quizá te necesite. —Ella negó con la cabeza, aterrada—. Tengo una idea, ¿qué tal si te llevo a la espalda? Así no tendrás que andar entre ellos.

Enigma dirigió una mirada a los cangrejos y su cuerpo tembló en un espasmo de repulsión.

—No creo que pueda. Están por todas partes…

Puse mi mano en su hombro y sonreí para infundirle ánimos.

—Sólo cierra los ojos y agárrate a mí. Será fácil, como un paseo a caballo. Te prometo que los mantendré bien lejos. —Ella seguía dudando. Yo insistí—. Por favor…

Enigma apretó los labios.

—Vas a deberme el favor más grande del mundo, Tirso Alfaro; ¡y pienso cobrármelo!

—Claro. Te invitaré a una suculenta mariscada.

—Estúpido.

Me incliné un poco y Enigma saltó sobre mi espalda. Pesaba un poco más de lo que había esperado pero, por razones obvias, preferí no manifestarlo en voz alta. Ella se aferró a mí, haciendo pinza con las piernas alrededor de mis riñones y sujetándome el cuello con los dos brazos, muy fuerte.

—Afloja un poco, ¿quieres? —dije casi sin voz—. No vamos a llegar muy lejos si me estrangulas. —Mi compañera aminoró la presión y yo pude dar unos cuantos pasos—. ¡Es increíble que te asusten tanto unos simples cangrejos!

—Cállate, Faro. Si fueran culebras veríamos quién tendría que llevar a hombros a quién.

Caminé poco a poco hacia la aglomeración de crustáceos. A medida que me aproximaba, Enigma emitía pequeños gañidos, como un cachorro aterrado. Yo avanzaba con la linterna entre los dientes y sujetando a mi compañera por los muslos. Aparté a los primeros cangrejos con el pie, pero aquellos bichejos eran pequeños bastardos intrépidos, no se asustaban fácilmente. Tuve que despejar el camino a patadas. Aunque el tamaño de sus pinzas distaba mucho de ser peligroso, me alegré de llevar puestas un par de resistentes botas de montaña.

Me abrí paso a través de aquel mar de caparazones, tambaleándome de un lado a otro. Enigma volvió a apretarme el cuello, al tiempo que emitía exclamaciones de miedo y asco. El suelo estaba resbaladizo a causa de un manto de algas mojadas, y los cangrejos parecían tener un irritante afán por enredarse entre mis pies.

Pisé uno de ellos, del tamaño de una lata. Emitió un desagradable crujido bajo la suela de mi bota y reventó en una masa viscosa. Traté de mantener el equilibrio, pero mi otro pie resbaló con un montón de algas muertas.

Enigma y yo caímos al suelo, sobre un lecho de cangrejos.

Ella gritó, pero yo apenas la escuché. De pronto aquellos repulsivos animales empezaron a hormiguear sobre mí igual que un enjambre hambriento. Sentí varios pellizcos de un millar de pequeñas pinzas en la cara y entre los dedos, algunos bastante dolorosos. Me asaltó una histérica sensación de repugnancia. Los crustáceos parecían brotar por todas partes: entre mis dedos, enredándose en mi pelo, sobre mi boca y sobre mis ojos… Uno de ellos se colgó con las pinzas de mi labio inferior. Me lo arranqué de un tirón y me puse en pie, gritando exabruptos. Durante unos segundos, comencé a pisotearlos embargado por un furor ciego al tiempo que me sacudía el cuerpo a manotazos.

Por fin reparé en los gritos de Enigma. Estaba en el suelo, cubriéndose la cara con las manos. La agarré por los brazos y la levanté. Ella se abrazó a mí con todas sus fuerzas y hundió la cara en mi hombro. Me apresuré a sacarla de allí antes de que colapsara por culpa de un ataque de nervios. Corrí, pateando cangrejos de un lado a otro, estrellándolos contra las paredes de la cueva.

Mis pies tropezaron con algo y de nuevo Enigma y yo rodamos por el suelo. Esta vez aterrizamos sobre un charco de agua estancada, sin crustáceos punzantes. Enigma chilló de nuevo: acababa de descubrir qué era aquello con lo que habíamos tropezado.

Era un cuerpo. Un cadáver hinchado, con la piel del color del vientre de un pescado muerto. Sus ropas estaban hechas jirones, entremezcladas con un manto de algas viscosas. En su rostro (o en lo que quedaba de él) parecía haber anidado una camada de cangrejos diminutos, que había devorado sus ojos, sus labios y gran parte de su nariz y sus mejillas.

Enigma echó a correr y se detuvo en un rincón de la cueva, hecha un ovillo. Yo me acerqué a ella. Hipaba y gemía de puro terror.

—Tranquila, tranquila, todo está bien… —dije, sujetándole la cara con las manos, con mucho cuidado—. Mírame, todo está bien. Ya pasó. No hay más cangrejos, ¿lo ves? Ya pasó.

Repitiéndole las mismas frases una y otra vez, logré que se calmara. Con una mano temblorosa, señaló el cadáver, a mi espalda.

—Ahí… Ahí hay un muerto…

—Lo sé.

—¿Quién es?

—Ni idea, pero en Los Sabugos me hablaron de un pescador que desapareció al caer por el acantilado. Creo que acabamos de encontrarlo.

Enigma me miró, preocupada.

—Tienes… una herida en el labio.

—Sí —dije, sonriendo un poco—. Tenías razón: los cangrejos son unos bichos asquerosos.

—¿Te duele?

—No.

—¿Estás seguro?

—Por completo.

—Me alegro. —Entonces, levantó su mano y me cruzó la cara de una bofetada.

—¡Ay! ¿Y esto por qué?

Enigma se puso en pie y me apuntó con su dedo índice.

—Esto por dejarme caer. Me prometiste que ni una de esas cosas me tocaría.

—De acuerdo, me lo merezco… Pero, si lo piensas bien, ocurrió lo peor que podía pasar y tampoco ha sido tan horrible. Tómalo como una terapia de choque.

—¡Me he caído encima de un muerto!

—Estoy seguro de que eso a él ya no le importa.

—Más te vale que esté aquí ese dichoso mapa, o de lo contrario te usaré para alimentar a los cangrejos cuando regresemos.

Me dio la espalda con aire ofendido y siguió avanzando por la cueva.

—¿Lo ves? —le dije yo mientras se alejaba—. ¿A que ya no te dan tanto miedo?

Ella no se molestó en responderme.

Apenas dejamos atrás la colonia de crustáceos y su desagradable fuente de alimento cuando las paredes de la cueva cambiaron de aspecto. Ya no caminábamos por una gruta de roca viva sino que los muros habían adquirido un aspecto más pulido, como trabajado por la mano del hombre. Pensé que era señal de que estábamos en el buen camino.

De pronto encontramos una pequeña escalera tallada en la piedra. Eran sólo unos pocos peldaños que descendían de nivel, pero que indicaban con toda claridad que no éramos los primeros en explorar aquel lugar.

Al descender el último peldaño nos encontramos en el comienzo de un amplio corredor, recto y bien trazado, con paredes hechas de sillar y el suelo de tierra apelmazada. Lo recorrimos en silencio, alumbrando con la linterna a nuestro alrededor. Pude ver que en la cubierta y en los muros había extrañas aberturas redondas. Eran un poco menos anchas que una boca de alcantarilla y estaban cerradas con verjas carcomidas por el salitre. A través de ellas ululaban ráfagas de viento que traían aromas a metal.

—¿Qué lugar es éste? —preguntó Enigma, a quien ya se le había pasado el susto. Y, por suerte, también el enfado.

—No lo sé, pero mantén los ojos bien abiertos. La última vez que estuve en una cueva con agujeros en las paredes, alguien acabó herido.

Podía sentir una amenaza latente, tan fría y pegajosa como el sudor en mi piel.

Después de recorrer unos cinco o seis metros de pasadizo, llegamos al final. Allí, la luz de la linterna nos mostró algo extraordinario.

Era un enorme artefacto que ocupaba la extensión de un muro entero, y su altura era mayor que la mía. Estaba formado por diferentes partes hechas de diversos materiales. En la parte baja tenía un bloque de piedra, parecido a un cofre cerrado, provisto de inscripciones latinas grabadas en su superficie. Sobre el cofre vi lo que me parecieron dos repisas hechas con pequeñas estacas de madera algo separadas entre sí. Las repisas estaban colocadas una encima de la otra, siendo la superior más estrecha que la inferior.

Tanto las repisas como el cofre estaban encajados en una estructura fabricada con trozos de coral. Fragmentos calcáreos colocados los unos sobre los otros, conformando un impresionante diseño que hacía pensar en una enorme hoguera de llamas fosilizadas.

En la parte superior de aquel artefacto había un montón de tubos de metal cubiertos de gibas producto de la herrumbre. Había trece en total, puestos uno junto al otro, y crecían en altura de forma escalonada, siendo el primero el más corto y el último el más largo. Al verlos, pensé en algún tipo de armónica gigantesca.

Fue entonces cuando me di cuenta de qué era aquella cosa.

—Madre mía… —dije—. Es un órgano. Un órgano de tubos, como los de las iglesias.

—Lo sé, ya me había dado cuenta —añadió Enigma. Señaló lo que en principio me parecieron dos estanterías—. Esto es el teclado, y ese listón de madera de ahí abajo debe de ser el pedal que lo hace sonar.

—¿Quién habrá construido aquí este trasto?

—Ni idea, pero estoy segura de que es muy antiguo. Por el tipo de diseño y el número de tubos, yo diría que se trata de un *hydraulis*… Un *hydraulis* de Ctesibio.

—¿Un qué?

—Es el tatarabuelo de los órganos neumáticos. Ctesibio fue un inventor de la Antigua Grecia que escribió los primeros tratados científicos sobre los usos del aire comprimido. El *hydraulis* fue una de sus creaciones, aunque nadie sabe exactamente cómo funcionaba, sólo se conoce su existencia por algunas imágenes que se han encontrado en mosaicos muy antiguos. En Budapest vi una reconstrucción de uno que se hizo a partir de unos restos que datan del siglo III. —Enigma rozó con la mano uno de los fragmentos de coral del instrumento. Lo miraba con enorme reverencia—. Esta pieza es un verdadero tesoro.

—Pero no un mapa, que es lo que estamos buscando.

—Ten un poco de respeto, Faro. Los musicólogos del mundo llorarían de emoción si pudieran ver esto… Puede que tenga más de mil años de antigüedad, y está aquí, construido en las entrañas de un acantilado. Me pregunto si funcionará…

—¿Sabrías tocarlo?

—Quizá… Mi padre es todo un melómano y me obligó a tomar clases de piano y de solfeo. Puedo defenderme bastante bien ante un teclado. —Enigma me miró con sorna—. Pero esto no se parece en nada al Bösendorfer que me regalaron por mi décimo tercer cumpleaños, ¿sabes?

—Tiene teclas y un pedal, no puede ser tan diferente… Tú sólo intenta hacer que suene.

—¿Que suene el qué exactamente, cariño? No tengo ni idea de a qué notas corresponden estas teclas y, por si no te has dado cuenta, tampoco veo por aquí ninguna partitura. Si quieres puedo intentar tocar algo parecido a los Ejercicios de Hanon o *Heart and Soul*, pero sospecho que los que pusieron aquí este órgano pensaban en otro tipo de música.

Necesitábamos algún indicio. Me incliné sobre el cofre de piedra para leer sus inscripciones en relieve. Quizá se tratase de una pista.

La inscripción era muy escueta, tan sólo una frase escrita en latín, junto al ya familiar sello de la Cruz de la Victoria. La leí en voz alta.

—*Ut queant laxis*.

Me disponía a traducirlo, pero Enigma me interrumpió.

—¡Ah! ¡Lo tengo! —exclamó con entusiasmo—. *Ut queant laxis resonare fibris mira gestorum famuli tuorum solve polluti labii reatum Sancte Ioannes*. ¡Sabía que me sonaba de algo, lo sabía! Ayer mismo te lo dije, ¿recuerdas?

—¿De qué diablos estás hablando?

—El vídeo de Yoonah. El *Códice de Roda*. *Ut queant laxis* y la notación musical. —Al ver que mi cara expresaba un desconcierto total, ella empezó a mover las manos con impaciencia—. ¡«Para que nuestras voces puedan cantar tus grandes maravillas»! ¡Oh, vamos!

¡Sabes perfectamente de lo que estoy hablando! Do, re, mi, cariño; do, re, mi...

De pronto empezó a tararear algo que sonó como una lúgubre música sacra. Por un momento pensé que el trauma de su encuentro con los cangrejos la había hecho perder el juicio.

—Enigma, respira hondo... Ahora intenta explicármelo todo haciendo que tus frases y tus pensamientos vayan al mismo ritmo, ¿de acuerdo?

Ella chistó la lengua, con fastidio.

—Yoonah, en el vídeo del *pen drive*, dijo que había encontrado un salmo en el *Códice de Roda* que, supuestamente, servía para acceder al mapa del rey Alfonso. Él recitó la versión traducida: «Para que nuestras voces puedan cantar tus grandes maravillas, desata nuestros labios mancillados, oh san Juan». Yo sabía que ya había oído eso antes. Es un salmo muy famoso, el *Ut queant laxis*. Todo el que haya estudiado alguna vez solfeo en profundidad lo conoce.

—¿Por qué? ¿Qué tiene de importante?

—Ahora verás... —Enigma rebuscó entre los bolsillos de su chaqueta hasta encontrar un bolígrafo de plástico, con la tapa mordisqueada, y un pedazo de papel arrugado. Me pareció que era una multa de tráfico. Escribió algo en el papel y luego me lo enseñó. Eran unos versos en latín a los que había subrayado algunas letras.

> *Ut (Do) queant laxis*
> *Resonare fibris*
> *Mira gestorum*
> *Famuli tuorum*
> *Solve polluti*
> *Labii reatum*
> *Sancti Ioannes.*

—¿Te das cuenta? —me preguntó—. Do, re, mi, fa... Es una escala musical. De hecho, es el origen de la escala musical latina, la cual se creó a partir de este himno compuesto por el monje Pablo el Diácono en el siglo VIII. Siglos después, otro músico, Giovanni Donni, cambió la sílaba «Ut» por «Do». Y así el círculo se cierra.

—Es una magnífica pista —admití—. Ahora ya sabemos qué notación hay que aplicar en el *hydraulis*.

—Exacto, pero aún nos queda lo más importante: la partitura. Sabemos en qué lenguaje musical debemos hablar, pero no lo que debemos decir.

Otro escollo. Aquél sí que era un endiablado puzle. Nos quedamos un buen rato en silencio, pensando.

—Espera —dije de pronto—. Creo que ya lo tengo. Es la lápida.

—¿Qué lápida?

—Ya te hablé de ella… La que aquel anciano de Los Sabugos me enseñó; su tío la rescató de la Cámara Santa de la catedral de Oviedo. Había una inscripción en ella: *ut sollemnis rex facere*. Intenté traducirla, pero no tenía sentido. Ahora ya lo entiendo: no era una frase, sólo palabras al azar. Lo importante no es su significado sino la sílaba por la que comienza cada palabra. Ut… es decir, do, sol, re, fa… ¡Ésa es la partitura! ¡Las notas que debemos tocar en el *hydraulis*!

Desplegué una amplia sonrisa. Me sentía muy satisfecho y orgulloso de nosotros, pero también mentalmente exhausto. A lo largo de mi vida me las he visto con todo tipo de acertijos enrevesados que custodiaban grandes tesoros. Todavía sigo pensando que el del *hydraulis* de Ctesibio es el segundo más retorcido y complejo de los que he tenido que desentrañar.

A pesar de todo, un rompecabezas infantil comparado con el primero de la lista. Pero de ése no debo hablar todavía. Aún no es el momento.

Ahora que ya sabíamos cómo hacer sonar el órgano, en principio sólo quedaba lo más sencillo: presionar las teclas en el orden correcto. Enigma, no obstante, no lo tenía tan claro como yo. De pie, frente a aquel intimidante artefacto musical, ella miraba las teclas como si fueran detonadores explosivos.

—Adelante, tú puedes —dije, infundiéndole ánimos—. Sólo son cuatro notas: do, sol, re, fa…

—¿Y si me equivoco?

—Lo más seguro es que no ocurra nada —respondí, aunque en secreto pensaba en aquellos agujeros cubiertos con rejas. Un agujero en una cueva nunca oculta nada bueno.

Enigma dejó un dedo suspendido sobre el teclado.

—Do… Do… —musitó—. ¿Cuál de éstas es el do…?

—Supongo que la primera.

—Ya, sí, eso me serviría de ayuda si esto fuera el piano de Elton

John —repuso, irritada—. Ay, Dios… Está bien. Probaré con… ésta… de… aquí.

Cerró los ojos, apartó la cara a un lado y, con mucha lentitud, dejó caer el dedo índice sobre una de las teclas de madera.

Yo contuve la respiración.

Al presionar la tecla, ésta descendió y produjo un chasquido. Me preparé para cualquier cataclismo inminente. Entonces, de uno de los tubos más largos salió expulsada una nube de polvo y miasmas. Se oyó un sonido metálico y profundo, que rebotó por las paredes del corredor y tuvo la facultad de encogerme el corazón dentro del pecho.

La tapa del cofre de piedra tembló y se abrió unos milímetros.

Lancé una exclamación de triunfo.

—¿Qué ha pasado? ¿Qué ha pasado? —preguntó Enigma, que seguía con los ojos cerrados.

No brotaron estacas del suelo, ni se abrió un pozo sin fondo bajo nuestros pies, ni el techo comenzó a descender sobre nosotros.

—No lo sé, pero creo que ha sido algo bueno, ¡bien hecho! —Coloqué las manos sobre los hombros de Enigma y empecé a masajearlos, como si ella fuera un boxeador en la esquina del ring—. Vamos, ahora a por la siguiente: sol… ¡Ánimo! Lo estás haciendo muy bien.

Enigma dejó escapar una temblorosa sonrisa de puro nervio.

—Sí, estupendo… De acuerdo… Si ésa era el do, entonces el sol debería ser… ésta…

Se mordió el labio inferior y presionó otra de las teclas. De nuevo uno de los tubos escupió un montón de aire polvoriento y otra nota metálica hizo eco a nuestro alrededor. Fue como un sonido celestial. La tapa del cofre de piedra se levantó un poco más.

—¡Sí! —exclamó Enigma, exultante—. ¡Chúpese ésa, señorita Eslava!

—¿Señorita Eslava?

—Mi profesora de piano. Una vieja insoportable.

Imbuida de una mayor seguridad en sus cualidades, Enigma presionó una tercera tecla sin apenas dudar. El sonido de la nota de re salió expulsado por un tercer tubo y la tapa de cofre volvió a ascender. Ya casi podía alcanzar su interior con la mano. Enigma y yo dejamos escapar sendas exclamaciones de entusiasmo.

—¡Sólo una más! —dije—. ¡Una más y ya es nuestro! Recuerda: fa, ahora toca fa.

—Lo sé, lo sé… Veamos… Estoy casi segura de que es…

Presionó una cuarta tecla.

Y fue entonces cuando se nos acabó la suerte.

Algo produjo un ruido espantoso que resonó tras los muros, parecido al de una gigantesca cañería atascada. Enigma y yo nos volvimos de espaldas casi al mismo tiempo.

Varias de las rejas que cerraban algunos de los agujeros del corredor se abrieron de golpe. Oí un sonido de rotación, con ecos metálicos. Era como si un montón de bolas de acero estuvieran rodando por un canalón. Aquel ruido provenía del fondo de los agujeros.

De pronto, aquellas cosas brotaron de las paredes.

Eran esferas. Seis en total, tan grandes como balones de playa. Salieron disparadas de los agujeros del muro y cayeron al suelo produciendo un gran estruendo. Estaban fabricadas de un metal verdoso y cubierto de bulbosidades, producto de la herrumbre. Cada una salió disparada de un agujero y cayeron al suelo produciendo un enorme estruendo. Enigma y yo nos arrimamos al órgano, parapetándonos el uno al otro.

En apenas un segundo, contemplé con horror y fascinación cómo de las esferas brotaban multitud de patas metálicas articuladas, acompañadas del mismo sonido que produciría un tenedor rascando contra una pizarra. Cada una de las esferas estaba provista de muchos de aquellos apósitos, colocados por todas partes a su alrededor, tan largos como mi brazo y terminados en una punta afilada.

Las patas de metal hicieron que aquellos artefactos se levantaran del suelo. Reparé en que la superficie de las esferas estaba cuajada de pequeños agujeros. Escuché un sonido de golpeteo, como de una serie de pistones, que provenía del interior de aquellas cosas. Vi cómo los agujeros comenzaban a proyectar bocanadas de aire comprimido, en una sucesión cada vez más rápida. De pronto, una de las esferas salió disparada hacia nosotros, impulsada por sus patas de metal.

Enigma me empujó al suelo, gracias a lo cual aquel artefacto no me aplastó la cabeza. Sin embargo, una de sus patas afiladas me produjo un corte en la mejilla que empezó a sangrar con profusión.

La bola de metal impactó contra un lateral del órgano y arrancó grandes trozos de coral. Desde el suelo, contemplé con horror cómo aquella cosa giraba sobre sí misma, sin dejar de petardear y disparar aire por sus agujeros, igual que un motor viejo. Volvió a salir proyectada lo mismo que una bala de cañón y pasó rozando a Enigma hasta chocar contra una pared.

El caos se desató a nuestro alrededor. Las otras cinco esferas también empezaron a moverse por el corredor. Una de ellas caminaba como una araña de bronce, sesgando el aire con sus patas afiladas, otras tres comenzaron a rebotar por todas partes igual que proyectiles. La última de ellas no se movía, parecía que su ancestral mecanismo estaba averiado.

Me sentí como un ratón en medio de un tiroteo. Aquellos diabólicos artefactos volaban por todas partes, golpeando, cortando, chocando unos con otros, entre horrendos chasquidos y repiqueteos. La misteriosa fuerza que les daba vida funcionaba con espantosa eficacia aunque, por suerte, no era capaz de calibrar sus objetivos y las esferas rebotaban a ciegas en el corredor.

Un único pensamiento colmó mi cerebro: tenía que salir de allí.

Me levanté, justo antes de que otra de aquellas esferas cayese en el lugar donde yo estaba. Creí que era una buena oportunidad para detenerla y traté de agarrarla con las manos. Al tocarla solté un grito de dolor; la superficie de metal estaba ardiendo.

La esfera se puso en pie y me golpeó con una de sus patas. Me eché hacia atrás antes de que me atravesara el cuello y luego el artefacto volvió a salir disparado. Eché a correr y, sin darme cuenta, me interpuse en la trayectoria de una de aquellas cosas. Sentí un golpe muy fuerte en el brazo, a la altura del codo, y luego un dolor atroz. Caí al suelo de bruces, justo en el momento en que una de las esferas sobrevolaba por encima de mí.

Me arrastré como pude para ponerme a salvo y encontré los restos del único de aquellos artefactos que no funcionaba. Se había partido en dos mitades al caer de su agujero.

Una esfera vino disparada hacia mí. Sin tiempo para pensar, agarré un fragmento de la coraza de su compañera averiada y lo utilicé como escudo. La esfera impactó con fuerza y cayó al suelo. Utilicé el fragmento metálico con el que me había protegido para golpear aquel trasto con enloquecida saña y logré reducirlo a inofensivos fragmentos.

Aún quedaban cuatro.

El codo me martirizaba de dolor, pero traté de ignorarlo. Pude ver a Enigma, en una esquina del corredor, clavando en una de las esferas la palanca con la que forzamos la puerta de la ermita. El artefacto produjo un desagradable sonido silbante, parecido al de una tetera, y quedó inmóvil en el suelo. Enigma le extrajo la palanca y le dio una patada de furia. No percibió que otra de las bolas metálicas se dirigía justo hacia ella.

Siguiendo un impulso reflejo, lancé el fragmento de la esfera averiada como si fuera un disco volador. Impactó de lleno en la esfera que se dirigía hacia Enigma, arrancándole un sonido de campana rota, y la desvió de su camino. Al reparar en ello, Enigma corrió hacia ella y la reventó con la palanca.

La última de las esferas voladoras sesgó el aire en dirección a la cabeza de mi compañera.

—¡Cuidado! —grité.

En ese momento, Enigma se giró, entornó los ojos en una mirada de odio, y, como el más experto de los bateadores, golpeó la esfera con la palanca. Salió disparada en dirección contraria impactando contra la otra que aún quedaba en funcionamiento.

Las patas de los dos artefactos se enredaron unas con otras y ambos cayeron al suelo. Enigma aprovechó para reducirlas a pedazos con ayuda de la palanqueta. Siguió golpeando los fragmentos con rabia aun después de que dejaran de ser una amenaza.

Me acerqué a ella y le quité con cuidado la palanca de las manos.

—Calma, Lou Gehrig, calma… Se acabó. Todas esas cosas están… muertas. —Enigma me miró. Jadeaba y tenía la cara cubierta de arañazos y sudor—. ¿Estás bien?

Ella asintió con la cabeza muchas veces. Aún temblaba… Supongo que igual que yo.

—¿Y tú? —me preguntó.

—Me… me duele bastante el brazo, justo aquí. Uno de esos trastos me ha dado un buen golpe.

Dejé caer la palanca al suelo y Enigma me abrazó. Así permanecimos un buen rato, tranquilizándonos el uno al otro con el contacto de nuestros cuerpos. Todavía asustados, pero llenos de alivio sabiendo que el otro no había sufrido grandes daños en aquel lance inverosímil.

Al separarnos, ella contempló mi rostro con una expresión preocupada.

—Tienes un corte muy grande en la mejilla. —Me limpió la sangre de la cara con sus propias manos—. ¿Y ese brazo? ¿Puedes moverlo?

Lo intenté, pero el dolor fue demasiado intenso. Enigma me pidió que me arremangara la camisa y luego examinó mi codo. Estaba muy hinchado y enrojecido.

—Parece un esguince. ¿Escuchaste un chasquido cuando recibiste el golpe?

—No estoy seguro, pero creo que no.

—Eso es bueno, quiere decir que no hay ningún ligamento roto. Cierra los ojos.

—¿Por qué? ¿Qué vas a...?

Enigma tiró de mi antebrazo. Solté un alarido, al tiempo que sentí cómo los huesos se me encajaban. Súbitamente, el dolor desapareció.

—Ya está —dijo mi compañera—. Prueba a moverlo ahora.

Pude doblar el codo sin problema.

—Gracias, pero la próxima vez, por favor, avísame cuando vayas a hacer eso —dije con los ojos lagrimeando—. ¿Cómo es que a ti no te han alcanzado?

—Yo era una máquina jugando al balón prisionero, cariño.

Una respuesta muy propia de Enigma. La mujer que contrataba sicarios, pilotaba aviones, curaba esguinces, tocaba el piano, bateaba con la precisión de un *Babe* Ruth femenino y tenía una irracional fobia a los cangrejos. Me preguntaba si alguna vez dejaría de sorprenderme.

Ella se puso a inspeccionar los restos de una de las esferas. No me di cuenta de que yo la estaba mirando ensimismado hasta que me dirigió la palabra.

—Faro, ven aquí, échale un vistazo a esto. —Me acerqué a su lado y contemplé lo que señalaba. Eran las tripas de uno de esos artefactos voladores—. Por el amor de Dios..., ¿qué se supone que es esta cosa?

Las entrañas de la esfera estaban conformadas por una red de tubos, filamentos y varillas metálicas; algunas de las varillas estaban provistas de pequeños pistones de madera. También se apreciaban restos de engranajes y ruedas de todo tipo de tamaños. Lo que teníamos ante nuestros ojos era una compleja muestra de ingeniería.

Por algún motivo que no pude precisar, me resultó muy inquietante, casi aterrador; como observar las vísceras de una criatura de otro planeta.

En medio de aquel entramado de resortes, vi los trozos de un receptáculo hecho de un material duro y translúcido. Me pareció que podía tratarse de alabastro, o una piedra similar. En su interior había restos de líquido.

Lo toqué con la yema del dedo índice y lo olí. Después, con mucho tiento, lo probé con la punta de la lengua.

—No hagas eso —dijo Enigma—. Podría ser algo tóxico.

—Lo dudo, salvo que se te vaya la mano al ponerlo en las ensaladas —respondí—. Es vinagre.

—Máquinas que funcionan con vinagre… ¿Dónde nos hemos metido, Faro?

—Ni idea, pero si esto lo hicieron en tiempos del reino de Asturias, a muchos historiadores les va a dar un síncope.

—No me gusta este trasto… Parece cosa de extraterrestres.

Cogí uno de los fragmentos de la coraza de la esfera para observarlo con más atención, ahora que ya no era un arma mortal. En la parte donde el óxido no había causado grandes daños, distinguí unos relieves con la forma de la Cruz de la Victoria y unas palabras grabadas.

—En todo caso, se trata de alienígenas cristianos —comenté—. Fíjate en esta inscripción: *Mea est ultio*. «Mía es la venganza.» Es una frase del Deuteronomio. —Contemplé los restos de aquellas máquinas con absoluto desconcierto—. No entiendo nada, Enigma… ¿Qué es todo esto? ¿Quién fabricó estas esferas?

—Sin duda alguien muy sádico, y que tenía mucho interés en proteger este lugar.

—¡El mapa! —exclamé—. Por un momento me había olvidado de él. Aún debe de estar dentro del cofre de piedra que hay bajo el *hydraulis…*, supongo.

—No voy a volver a tocar esa cosa. Me aterra pensar lo que

pueda aparecer después de las bolas homicidas si vuelvo a equivocarme de nota.

Carecía de sentido intentar hacer algo con el órgano, las esferas lo habían destrozado. Lo único que seguía intacto era el cofre de piedra, con la tapa levantada un par de centímetros.

Le dije a Enigma que quizá podríamos abrirlo del todo con ayuda de la palanca, ahora que ya había un hueco en el que encajar su extremo. Entre los dos, encajamos la herramienta en el cofre e hicimos fuerza para levantar la tapa.

Mi corazón palpitaba a gran velocidad cuando eché un vistazo en el interior del cofre, pero me llevé una profunda decepción.

Ahí dentro no había ningún mapa, ni tampoco nada que pudiera ser tomado como tal.

Sin embargo, había algo. Era un objeto de metal, bastante grande y pesado. Al inspeccionarlo descubrí que estaba hecho con dos piezas distintas, una de ellas era una rueda, la medida de su diámetro era la justa como para poder abarcarla con la palma de mi mano.

En el centro de la rueda había una barra a modo de eje, de unos treinta centímetros de largo. No era lisa sino que toda su superficie estaba recubierta de muescas y salientes de perfil cuadrado.

En la pieza con forma de rueda había dos inscripciones en huecorrelieve, una en la cara anterior y otra en la posterior, donde estaba el eje. En la primera de ellas se leía, en latín, la mitad de la divisa del reino de Asturias. *In Hoc Signo Vincitur Inimicus*. Supuse que la otra inscripción sería la primera parte del lema, pero, al leerla, descubrí una frase diferente.

Urbs Hominum Sanctorum.

La Ciudad de los Hombres Santos.

Experimenté una intensa sensación de *déjà vu*. De pronto me vi transportado a las Cuevas de Hércules, durante mi primera época como buscador, en el momento en que acababa de salir con vida del colapso de la caverna donde se ocultaba la Mesa del Rey Salomón. Recordé la gruta en la que encontré los recipientes llenos con cabezas embalsamadas en miel, y me vi a mí mismo sosteniendo el estuche que contenía el manuscrito úlfico, aunque entonces no sabía lo que era.

En aquel estuche había una inscripción idéntica a la que estaba contemplando en ese momento en aquella rueda de metal.

Urbs Hominum Sanctorum... La Ciudad de los Hombres Santos.

Al parecer, no había encontrado el mapa del rey Alfonso, pero estaba seguro de haber descubierto un hallazgo igual de importante. Puede que incluso de mayor trascendencia.

Más adelante descubriría que estaba en un error. Sí que había encontrado aquel mapa, aunque entonces yo aún no lo sabía. En lo que no falló mi intuición fue al pensar que aquella simple rueda de metal era mucho más valiosa que cualquier otro objeto que yo hubiera contemplado antes.

Desandamos el camino para salir de las cuevas y regresar a la ermita. No fue sencillo, especialmente cuando Enigma tuvo que pasar de nuevo junto a los cangrejos. Me vi obligado a acarrearla a la espalda por segunda vez, aunque, por suerte, en esta ocasión mantuve el equilibrio.

Cuando volvimos a la cima del acantilado caía una leve llovizna, más bien una bruma húmeda. No había nadie en los alrededores, por lo que ahorramos a cualquier pobre excursionista la visión de dos tipos polvorientos y ensangrentados emergiendo de las entrañas de la ermita. Supongo que habría resultado chocante.

Guardé en el maletero del Range Rover de Enigma la palanca, que tan útil nos había sido, la pieza que encontré bajo el *hydraulis* y algunos trozos de las esferas volantes. Quería llevárselos a Alfa y a Omega para que les echasen un vistazo, puede que ellos supieran qué clase de ingenio era ése.

—Perfecto, lo tenemos todo —dijo Enigma, cerrando el maletero—. ¿Cómo va tu brazo?

—Bien. Encajado y a pleno rendimiento.

—Me alegro. No obstante, si tienes tiempo acércate a un ambulatorio a que le echen un ojo cuando llegues a Madrid... Y saluda de mi parte a los gemelos. Diles que añoro sus poesías.

—Espera, ¿tú no vienes conmigo?

Ella negó con la cabeza.

—Te llevaré a Los Sabugos para que recojas tu coche, pero el viaje a Madrid tendrás que hacerlo solo.

Me dolió escuchar aquello. Creía que había logrado recuperarla.

—¿Acaso esto no te ha parecido divertido?

Enigma sonrió.

—Mucho. Y vivificante. Tanto que he decidido quedarme por aquí una temporada, para vigilar de cerca lo que Yoonah está haciendo en esa iglesia. Te mantendré al corriente de cualquier cosa que descubra. Y, si necesitas mi ayuda, no dudes en llamarme. Acudiré al rescate de inmediato.

—Es una promesa.

—Por supuesto.

Ya dentro del coche, Enigma me preguntó qué planes tenía para cuando llegase a Madrid.

—Llevarle estos trastos a los gemelos, a ver qué pueden descubrir —respondí—. También espero que Burbuja haya regresado de Londres con el manuscrito úlfico y que podamos traducirlo con ese programa de Yokai... Y, si logro dilatar mi permiso laboral durante más tiempo, me gustaría encontrar a Yelmo.

—Ah, sí, el buscador que trabajó con tu padre... Es curioso, pensaba que a estas alturas ya habrías encontrado la forma de localizarlo.

—Reconozco que ese asunto estaba algo aparcado —dije, incómodo—. Además, no sé ni por dónde empezar. Cuando volvimos de Malí tenía la intención de buscarlo en los archivos del Sótano, pero ahora están fuera de mi alcance. Pensé en pedirle a Burbuja que investigara por mí, pero no quiero que se meta en líos por un tema personal.

Enigma me miró, sorprendida.

—Pero ¡qué simple eres, Faro! Todo este tiempo has tenido la forma de acceder a esos archivos delante de tus narices. —La miré sin comprender—. ¡Yokai, cielo! Él puede hacerlo por ti.

Admito que ni siquiera se me había pasado por la cabeza. Yokai podía colarse en los archivos del Sótano sin ningún esfuerzo; ya lo había hecho antes, cuando burló nuestros códigos de seguridad informática y encontró mi historial como buscador.

—No lo sé... —dije—. ¿Crees que lo haría si yo se lo pidiera?

—¿Estás de broma? Masticaría cristales rotos si con eso te diera una satisfacción. Ese chico te...

—Sí, lo sé, lo sé; ese chico me admira. Eso es lo que me preocupa, no quiero aprovecharme de él para un asunto particular.

—Míralo de este modo: un huérfano ayudando a otro a desenterrar sus raíces. Me parece incluso bonito.

—Tienes una mente muy retorcida, ¿lo sabías?

—Gracias, cariño. —Enigma me sonrió con afecto—. Hazme caso, pídeselo. Debes encontrar a Yelmo.

—Me lo pensaré.

Regresamos a Los Sabugos. Allí cargamos en mi coche los hallazgos de las cuevas y nos enfrentamos al momento de decirnos adiós. Ojalá fuera por poco tiempo.

No sé por qué, mi ánimo estaba sombrío.

—Cuídate, ¿de acuerdo? —le dije—. No te acerques demasiado a Yoonah ni a esa iglesia, ya has visto cómo tratan a los visitantes no deseados.

—Soy mucho más lista que ellos, cariño.

Sonrió. Fue una sonrisa preciosa. Toda ella era una visión preciosa, aun con la ropa cubierta de lodo y la cara llena de heridas y costras de sangre. Quise poder congelar su imagen para poder llevarla siempre en el bolsillo, como un amuleto de buena suerte. Algo a lo que poder acariciar cuando me sintiera perdido y triste. Podría contemplarlo a solas, embobado, como si fuera un cristal de muchas caras que cambia de color al moverlo entre mis manos. Siempre distinto, siempre fascinante.

Lo más curioso de todo era que yo ni siquiera sabía su verdadero nombre. Era Enigma. Sólo eso. Enigma.

Quise aprovechar ese momento para preguntárselo. Mis labios se movieron pero de ellos no salieron palabras; en vez de eso, me acerqué a ella y la besé.

Puede que eso me sorprendiera más a mí que a ella. Ni siquiera fue una decisión consciente… Lo hice sin planearlo, sin pensar en los motivos. En realidad, fue un acto casi reflejo, y en ese instante descubrí que era algo que llevaba mucho tiempo deseando hacer.

Aunque nunca he olvidado ese momento, no soy capaz de recordar si fue largo o breve, si intenso o suave. Pudo haberse prolongado durante siglos o durar tan sólo un parpadeo. En mi memoria se confunden mis sensaciones con la realidad, y no soy capaz de distinguir la una de las otras.

Recuerdo, eso sí, que al separarnos ella tenía los ojos cerrados.

—Vaya… —dijo sin abrirlos—. Menuda despedida.

No sé si se sentía incómoda, ofendida o halagada. Por mi parte, me pareció que mis mejillas estaban envueltas en llamas.

—Bien… Yo… Supongo que… debo irme ya… —dije sin atreverme a mirarla. De pronto me sentía como si despertara con resaca tras una noche repleta de excesos embarazosos.

—Faro…

—¿Sí?

—Si tienes un pañuelo a mano, deberías… Esto… Deberías limpiarte esa herida del labio. Aún la tienes abierta y sangra un poco… En realidad, sangra bastante…

—Oh, mierda —dije, cubriéndome la boca con la mano—. Maldita sea, lo siento.

—No, no, no; no pasa nada… Creo que antes… Antes no sangraba… Se debe de haber abierto ahora, mientras… —Sonrió, como avergonzada, y se señaló el pecho con la palma de la mano—. Culpa mía, lo siento.

Deseaba meterme debajo de un agujero muy profundo y, a ser posible, con una bolsa en la cabeza. Como no tenía ninguno de esos dos elementos a mano, entré en el coche y busqué en la guantera un paquete de pañuelos de papel, sin ningún éxito.

—Toma —dijo Enigma, sacando uno de su bolsillo.

—Gracias.

Intenté decir algo inteligente o, al menos, con sentido, pero todas las frases que pasaban por mi cabeza me sonaban estúpidas e inoportunas.

Balbucí una despedida, que esperaba que pareciera despreocupada, y arranqué el coche. Por el espejo retrovisor veía a Enigma bajo la lluvia, contemplando cómo me alejaba poco a poco.

—Estúpido… —mascullé entre dientes.

Iba a tener mucho en qué pensar durante el camino de regreso.

4

Autómatas

Mis impulsos son una fuerza extraña. He aprendido a llevar mi existencia sabiendo que, en mi interior, duerme un tipo con muy poca cabeza que despierta en los momentos más inesperados. Yo lo achaco a un vestigio de una adolescencia complicada. Me costó mucho esfuerzo someter al chaval estúpido y agresivo que fui, siempre cabreado con el universo y opositor a futuro delincuente, y transformarlo en alguien más o menos civilizado.

En realidad, nunca logré acabar con él del todo. Aún seguía ahí, prisionero en alguna parte, acumulando adrenalina hasta liberarse de sus ataduras durante el tiempo suficiente como para hacer algo temerario. Por ejemplo, saltar sobre un cocodrilo gigante albino, arrojar a un matemático coreano a un pozo sin fondo o besar a compañeras de trabajo de forma inopinada.

Durante el viaje a Madrid, le di muchas vueltas a esto último (como si no tuviera cosas más importantes en las que pensar, ¿verdad?). Me sentía como si, además de una estupidez, acabara de cometer una espantosa infidelidad hacia Danny.

Había experimentado una fuerte atracción por la buscadora desaparecida, aunque las circunstancias me obligaran a cortar nuestra relación. De hecho, estaba seguro de seguir sintiendo lo mismo pues, de lo contrario, no habría sido incapaz de recomponer mi vida sentimental durante el tiempo que pasé en Francia. Oportunidades no me faltaron. Sin embargo, siempre que lo intentaba, surgía como un disparo el recuerdo de Danny y mataba cualquier afán por superar nuestra historia.

Pero, de pronto, Enigma se cruzaba en mi camino y Danny se

convertía en una nebulosa arrinconada en mi cerebro. Mis hormonas daban un golpe de Estado y me lanzaban contra los labios de Enigma como si fueran las puertas del Palacio de Invierno de San Petersburgo.

Y, mientras tanto, Danny seguía desaparecida. Puede que incluso en grave peligro.

Me sentía muy culpable, además de poco original... ¿Es que acaso en el mundo no existían más mujeres que las del Cuerpo de Buscadores? Quizá era víctima de algún tipo de trastorno emocional que me obligaba a sentirme atraído sólo por compañeras de trabajo, un caso arquetípico de manual de psicología... En cualquier caso, la culpa sería de mi madre, por ninguna razón en concreto, sólo porque siempre tendía a responsabilizarla de cualquier fallo en mi educación.

Podía haber seguido atormentándome con estas ideas durante tiempo indefinido, pero, por suerte para mí, en Madrid me esperaban asuntos con más enjundia en los que emplear mis neuronas.

Burbuja había regresado de Londres, y con muchas novedades. La muerte de Dennis Rosignolli no me sorprendió, más bien al contrario, pues reforzaba mi teoría de que el catedrático había robado el manuscrito bajo los auspicios de Voynich y, cuando su ambición económica se transformó en un problema, decidieron quitárselo de en medio. Nuestros adversarios estaban dispuestos a no dejar cabos sueltos en el asunto de Londres y el desventurado Rosignolli fue el último que sajaron.

Me sentí más disgustado por el hecho de que el manuscrito úlfico no estuviera a nuestro alcance. Sin embargo, Burbuja tomó la precaución de traer consigo el ordenador de Rosignolli y dárselo a Yokai, esperando que el pequeño genio informático supiera cómo recuperar los archivos de su disco duro, entre los que se encontraba el escáner completo del manuscrito.

Me encontré con Burbuja y Yokai en la joyería de Alfa y Omega, cuando fui a entregarles a los gemelos los objetos que recuperé en San Cristóbal de Bayura. Me alegró descubrir que Alfa se había recuperado de sus dolencias y volvía a formar dúo con su gemelo. Aunque lo vi algo consumido, pude comprobar que su entusiasmo por las citas latinas y los versos a destiempo aún seguía intacto. Dejó escapar un auténtico chorreo de ambas cosas cuando le mostré los restos de la esfera voladora y le expliqué en qué circunstancias los había logrado.

—Qué admirable obra de arte —dijo el joyero mientras inspeccionaba las piezas del artefacto—. Compleja y hermosa al mismo tiempo, ¿no te parece, hermano?

Junto a él, Omega hurgaba entre las ruedas y mecanismos de la esfera. Llevaba puestas unas extrañas gafas en cuyos cristales había encajadas sendas lupas de relojero. Parecía un extraño y laborioso insecto.

—Estoy de acuerdo —dijo—. Pero no debemos olvidar que *ars sine scientia nihil est.*

—«El arte es no es nada sin la ciencia» —traduje—. Muy cierto.

—En una traducción algo libre podría significar que la habilidad sin el conocimiento no es nada —puntualizó Alfa—. Esta pieza es la obra de habilísimos artesanos quienes, a su vez, poseían un conocimiento fuera de lo normal. Como dijo el gran Vitruvio: «Ni el talento sin el estudio ni el estudio sin el talento pueden formar un buen arquitecto».

—Pero dime, hermano, ¿es este prodigioso artilugio obra de un *architecton* o quizá de un *mechanicos*?

De pronto se enzarzaron en una discusión filológica que amenazaba no tener final, así que la corté de raíz.

—¿De verdad eso es importante? —solté.

Alfa me miró con gesto desabrido.

—Mucho, querido amigo. Esto es una maquinaria, una obra de ingeniería.

—Un autómata —completó Omega—. Del griego *automatos*, que significa ni más ni menos que un objeto animado con movimientos propios. Lo que has traído ante nosotros, querido Tirso, es un robot con cientos de años de antigüedad.

—¿Un robot? —pregunté, sorprendido—. ¿Eso... no os parece un poco descabellado?

—Dínoslo tú, ya que has tenido el privilegio de verlo en movimiento.

—Yo no diría privilegio. Ese trasto estuvo a punto de arrancarme un brazo.

—Mi querido Tirso, sabemos muy poco de hasta dónde llegaban los conocimientos de mecánica de nuestros más remotos antepasados —dijo Omega, ignorando mi queja—. Gran parte del saber de la Antigüedad se ha perdido, pero sí que han llegado hasta nosotros referencias asombrosas. Hombres como Ctesibio, Herón de Alejandría o Arquímedes investigaron en profundidad los principios de la ingeniería neumática... El propio Herón escribió en el siglo I después de Cristo todo un tratado sobre criaturas animadas mediante mecanismos. Sabemos que los ingenieros del Antiguo Egipto eran capaces de construir estatuas móviles de sus dioses que incluso podían despedir fuego por los ojos. En el templo de Memón, en Etiopía, existía un autómata cuyo movimiento se alimentaba de los rayos del sol.

—Y no sólo eso —intervino Alfa, tomando el relevo a su hermano—. En la China del siglo III antes de Cristo, el ingeniero Yan Shi fabricó un siervo para el rey de Zhou capaz de actuar como un ser humano en todos los sentidos, excepto en el habla. Siglos más tarde, en plena Edad Media, los emperadores de la dinastía Ming contaban con todo un ejército de lacayos robóticos.

Los gemelos se alternaron para darme ejemplos cada vez más impresionantes. Me hablaron sobre el testimonio de un embajador italiano que en el siglo X visitó la corte de Constantinopla y vio con sus propios ojos estatuas de leones que cazaban y rugían, y árboles hechos de metal con sus ramas cuajadas de aves canoras; ninguna de ellas era un ser vivo. El trono del emperador, según sus palabras, estaba provisto de un mecanismo capaz de elevarlo por los aires, sobre un estanque de mercurio.

También me hablaron de los autómatas músicos de los palacios de los califas de Bagdad, de los robots jardineros de la corte de Roberto II, duque de Artois; y de las cabezas parlantes de san Alberto Magno, el cual también contaba con un mayordomo autómata que le sirvió fielmente durante más de treinta años, hasta que su discípulo Tomás de Aquino lo destruyó al pensar que se trataba de un artefacto animado por conjuros demoníacos.

Sus relatos empezaban a teñirse de fantasía *steam punk*, demasiado inverosímil para mis cortas entendederas.

—Claro que sí —dije, a punto de perder la paciencia con aquellas historias—. Santos que fabrican androides, por supuesto, ¿por qué no? ¿Y quién les enseñó a hacerlo? ¿Los hombres de Marte?

—Pobre y escéptico amigo —dijo Alfa. Luego recitó—: «Dios

es altura, longitud, anchura y profundidad. El universo es cálculo y geometría».

—Preciosa cita —dije, sarcástico—. ¿De quién es? ¿De Carl Sagan?

—No. San Bernardo de Claraval. La escribió en el siglo XI.

No supe qué responder a eso. Aprovechando mi silencio, Omega tomó la palabra:

—Querido Tirso, eres un hombre de altas cualidades intelectuales, pero adoleces de la presunción característica de las gentes de nuestro siglo. Para vosotros, el pasado es un mundo de tinieblas, y cuando algún vestigio nos muestra destellos de su esplendor, tendéis a atribuirlo a la casualidad, el error o, incluso en ocasiones, hasta a intervenciones extraterrestres. No estáis dispuestos a admitir que la tecnología antigua pudo haber sido extraordinaria, fruto del estudio y de la más minuciosa inquietud científica.

—De acuerdo, está bien, en el pasado todos eran expertos en robótica… ¿Y adónde nos lleva esto?

—Mucho más lejos de lo que tú te imaginas —respondió Omega—. En el año 1901, un arqueólogo griego encontró cerca de la isla de Anticitera los restos de una compleja maquinaria de engranajes. Tras muchas pruebas, se descubrió que databan del siglo III antes de Cristo. Hoy en día se piensa sin apenas margen de duda que pertenecieron a una computadora analógica capaz de predecir posiciones astrológicas, eclipses y ciclos planetarios. Si no nos crees, puedes ir tú mismo a ver esa máquina en el Museo Arqueológico de Atenas, que es donde se exhibe, y asombrarte con su preciso diseño.

—No subestimes a nuestros ancestros por el hecho de creer en dioses y en mitos —señaló Alfa—. Platón dijo: «Dios es número». Ellos pensaban que la ingeniería y la matemática eran el lenguaje de la divinidad, y que la única manera de alcanzarla era dominar ese lenguaje. Lo que hizo de ellos grandes científicos fue su fe, no su escepticismo, y, en el pasado más remoto, la fe movía montañas.

Aquel debate tomaba derroteros metafísicos que no me sentía con ganas de seguir. Lo que yo quería era saber quién puso aquellas esferas en el acantilado de San Cristóbal, no discutir con los joyeros sobre filosofía científica. Traté de llevar la conversación a un plano menos elevado.

—Muy bien —dije—. Ya que sabéis tanto sobre ingeniería antigua, tratad de averiguar cómo se movía este cacharro que os he traído. Con eso me doy por satisfecho.

Dejé a los gemelos y bajé al taller a reunirme con Burbuja y Yokai. Quería saber cómo iba la recuperación de los archivos del ordenador de Rosignolli y, de paso, mantener una conversación con personas que no citaran a filósofos muertos a la menor oportunidad.

En el taller, Yokai cacharreaba con el disco duro de Rosignolli bajo la atenta vigilancia de Burbuja, que fumaba un cigarrillo sentado en un taburete.

—¿Qué tal con Zipi y Zape? —me preguntó el buscador al verme aparecer—. ¿Te han dicho algo sobre ese trasto que encontraste?

—Al parecer, Dios es número —respondí—. Eso quizá explique por qué no voy a misa los domingos: siempre me suspendían en matemáticas.

Burbuja me miró con el ceño fruncido.

—¿De qué diablos estás hablando?

—No me hagas caso. —Suspiré—. Ha sido una charla extraña. En resumen, Alfa y Omega creen que Enigma y yo fuimos atacados por una especie de primitivos robots.

Yokai levantó la mirada del ordenador.

—¿En serio? Eso sí que suena cojonudo…

—Tú a lo tuyo, chaval —le reconvino Burbuja—. Quiero ver cómo desmenuzas ese disco duro antes de la hora de cenar.

—No me jodas, ¿vale? Esta mierda tardará lo que tenga que tardar, y si te parece mucho tiempo, entonces deja de tocarte los huevos y hazlo tú mismo si eres capaz.

—Vaya con el crío… Alguien va a tener que lavarte esa puta boca con jabón, después de darte unos buenos azotes para enseñarte a tratar con respeto a tus mayores.

—Que te den por el culo, tío.

Era evidente que allí abajo nadie iba a citarme a Platón.

Había notado que Burbuja, que por lo habitual tampoco cuidaba mucho su vocabulario, solía contagiarse del poco edificante lenguaje de Yokai cuando estaban juntos. También discutían mucho, aunque sin que la sangre llegara al río. En realidad, recordaban a dos hermanos pinchándose el uno al otro a la menor oportunidad, como la versión barriobajera de Alfa y Omega. Sospecho que a Burbuja le divertía provocar a Yokai para que soltara la mayor cantidad posible de tacos, cuanto más procaces mejor, y que, de algún modo, el muchacho lo sabía y le seguía el juego.

Burbuja me dijo que quería hablarme de algo, así que nos retiramos a un extremo del taller, lejos de los oídos de Yokai. No por secretismo sino porque el chico era capaz de distraerse con el zumbido de una mosca, por eso se colocaba sus cascos con la música a todo volumen cuando hacía alguna tarea importante. En aquella ocasión no los llevaba puestos.

—Julianne se ha puesto en contacto conmigo —me dijo Burbuja—. Cree haber encontrado algo de interés.

Mi compañero hablaba de Lacombe. Cuando me enteré de que había decidido meter a la agente en nuestros asuntos, me pareció una mala idea. Más que mala, terrible. Un error de cálculo tan imprudente que estaba seguro de que sólo podía acabar mal. Eso fue lo que le dije a Burbuja cuando me lo contó, aunque puede que con palabras más gruesas e intercalando algún que otro insulto.

Por supuesto, a Burbuja mis objeciones no le importaron demasiado, incluso llegó a responsabilizarme de ser quien primero involucró a Lacombe, al forzar el encuentro entre Burbuja y ella, en Londres. En eso no le faltaba razón.

En cualquier caso, el daño ya era irreparable. No fui capaz de sonsacarle hasta qué punto había informado a la agente sobre la naturaleza de su trabajo como buscador (dijo que no tenía que preocuparme por eso, que él lo controlaba), ni en qué medida eso me afectaría a mí o a mi futuro en Interpol; lo único que me dejó claro es que ahora ella, al igual que nosotros, trabajaba para descubrir las verdaderas intenciones de Voynich, Yoonah y el Proyecto Lilith.

Aunque por el momento no pensaba manifestarlo delante de Burbuja, tenía que reconocer que Julianne Lacombe podía ser un valioso apoyo. La agente era una investigadora brillante, muy tenaz, y contaba con toda la infraestructura de Interpol a su disposición. Además, Burbuja había logrado que Lacombe prorrogase mi baja laboral por tiempo indefinido. Eso tampoco estaba nada mal.

Le pregunté al buscador qué era aquello que Lacombe había encontrado.

—Rosignolli estaba en la nómina de Voynich —me respondió—. La empresa lo metió dentro del Proyecto Lilith, junto con otra serie de académicos.

—Eso confirma mi teoría. La iniciativa de robarle el manuscrito a los gemelos no fue suya, sino de Voynich. Querían que él se lo tradujera.

—¿Y ellos lo mataron?

—Es probable. Rosignolli cometió un error al prestarle el manuscrito al Barbican a cambio de aquellas diez mil libras, pensó que podría embolsarse el dinero sin que Voynich se enterase, pero luego tú lo robaste y todo el asunto amenazó con salir a la luz. Pienso que mataron a Rosignolli porque creían que su comportamiento era un riesgo… Y quizá también querían darle una lección.

Burbuja torció el gesto.

—Una lección muy sangrienta… Deberías haber visto cómo dejaron al pobre tipo, le sacaron las tripas igual que a un cerdo en el matadero.

—¿Lacombe ha podido averiguar cuál era la labor de Rosignolli en el Proyecto Lilith?

—Me ha mandado unos documentos por correo electrónico, luego te los mostraré. Por lo que he podido leer en ellos, iban a mandar a Rosignolli el mes que viene a una ciudad llamada La Victoria. Es la capital de la República de Valcabado, en Sudamérica.

—¿La Victoria…? Un momento, allí es donde Yoonah enviaba las cajas con los sillares de la iglesia de San Cristóbal de Bayura. Me pregunto si habrá alguna conexión.

—Lo que es seguro es que algo se está cociendo en ese lugar. Según Lacombe, Valcabado es uno de los ejes del Proyecto Lilith, el que más dinero se está llevando y el que cuenta con mayor cantidad de personal. En la lista en la que figuraba Rosignolli hay muchos más nombres, todos ellos de arqueólogos e historiadores. —Burbuja hizo una breve pausa—. El nombre de tu madre también está.

—Ya lo sabía, ella misma me dijo que la gente de Voynich la había estado tentando para hacer algún tipo de trabajo en ese lugar. Piensa rechazarlo a causa del infarto.

—Mejor para ella. Lo que sea que Voynich esté haciendo allí no puede ser nada bueno.

—Pero es importante, no hay duda… Puede que se trate de la misma base del Proyecto Lilith, si le están otorgando tanta prioridad —dije, llevando un poco lejos mis conjeturas—. Me gustaría saber qué diablos está haciendo Voynich en ese país.

—¿Por qué no se lo preguntas a tu madre?

—No conoce los detalles, la oferta que le hicieron fue muy vaga en ese aspecto. No obstante, supongo que debería volver a hablarle sobre el tema.

—¡Eh, preciosas! —exclamó Yokai, de pronto—. ¿Vais a estar toda la tarde ahí machacándoosla el uno al otro, o vais a venir a ver esto? Ya he recuperado toda la mierda de ese disco duro. No es por presumir, pero me he follado a este hijoputa.

—Ese crío habla como un marine en combate —dijo Burbuja.

Sonreía de medio lado. En el fondo, el buscador era como un niño grande.

Había un auténtico tesoro en aquel disco duro. Todo el manuscrito úlfico escaneado al detalle, milímetro a milímetro, con imágenes tan nítidas como si lo tuviéramos entre nuestras manos; y con la posibilidad de ampliarlas, reducirlas y, en definitiva, jugar con ellas con todas las herramientas del software del ordenador de Yokai. Rosignolli había hecho un trabajo muy concienzudo.

Entre los archivos que Yokai logró recuperar había muchos más elementos, y puede que alguno fuera de interés. Burbuja se prestó voluntario para analizarlos uno a uno y yo le agradecí la iniciativa, pues me permitía centrarme en lo único que a mí me interesaba: el manuscrito.

Por primera vez desde que lo saqué de las entrañas de la tierra tenía la ocasión de inspeccionarlo con detenimiento. Su aspecto no era nada vistoso ni artístico, tan sólo un monótono escrito desarrollado a lo largo de decenas de renglones idénticos, de apretada caligrafía. Todos ellos escritos con la misma tinta, sin miniaturas, sin artísticas letras unciales ni toques de púrpura o pan de oro, como en otros muchos manuscritos antiguos. Era una crónica desnuda y simple.

Tan sólo había un rasgo de color. Reparé en que, mientras que casi todo el texto estaba escrito con tinta negra, algunas letras aparecían destacadas con pigmento de color rojo, muy vivo. Ni siquiera eran palabras, sólo letras sueltas, y no parecía existir ningún motivo para destacarlas, salvo la arbitrariedad del escriba. Podían estar al comienzo de un párrafo, al final de un renglón, al inicio de una palabra o justo en mitad de otra. Resultaba muy llamativo.

—Quizá sea un código secreto —dijo Yokai—. Como una movida de ésas de espías. Si juntamos todas las letras que están en rojo, puede que salga un mensaje.

Aunque la idea me pareció demasiado evidente, no perdíamos nada por intentar llevarla a cabo. No tardamos en descubrir que no había ningún mensaje oculto, ya que todas las letras destacadas eran siempre las mismas: el alfa (α) y la omega (ω), tanto en su versión minúscula como capital (A y Ω). Yokai escribió todos los caracteres rojos en un papel y el resultado fue muy poco esclarecedor.

ααΩαAωαωAαAAωααΩAαωα…

Dejó de hacerlo cuando se cansó de escribir las mismas letras sin ningún resultado.

—¡Qué hermoso patrón! —dijo uno de los joyeros. Lógico. Supongo que para ellos era como observar una foto de familia—. Pero carente de sentido, por desgracia.

Llegué a la conclusión de que, al aplicar aquella bicromía, el autor del texto perseguía un fin meramente simbólico. El alfa y la omega son un recurso iconográfico típico para expresar la idea de Dios.

—Es absurdo que nos devanemos los sesos por esto —dijo Burbuja—. Seguramente no tiene ninguna importancia. Lo que hace falta es que podamos traducir el texto lo antes posible.

—¿Cómo va C-3PO, Yokai? —pregunté al chico.

—Bien, bien, de puta madre… Bueno, igual no tan bien… Puede que me haya retrasado un poco con eso, pero *no problemo*. Esta noche me pondré a currar como un cabrón y mañana estará listo. Tengo por ahí una nevera de playa petada de latas de Red Bull… si es que estos dos no se las han bebido todas.

Yokai señaló a los gemelos, que bajaron la vista avergonzados.

—Es una bebida sorprendentemente refrescante… —se excusó uno de ellos.

—No quiero que te pases la noche en vela aquí solo; bebiendo esa porquería, vas a conseguir que se te pudran las entrañas —dije—. Vete a casa y descansa.

Alfa miró su reloj.

—Es un consejo que todos deberíamos seguir. Se ha hecho bastante tarde.

Salimos de la tienda de los joyeros y nos separamos. Alfa y Omega se fueron a su casa (o a su seta en el bosque, o donde fuera que pasaban sus ratos libres), al igual que Burbuja, a quien le esperaba una larga noche escudriñando entre los archivos del ordenador de Rosignolli. Yokai y yo nos quedamos solos.

—¿Quieres que te lleve? —le ofrecí—. Aún no he devuelto el coche que alquilé para ir a Asturias, lo tengo aparcado aquí cerca.

—No, gracias, tío. —El muchacho se pasó el dorso de la mano por la nariz. Solía hacer ese gesto cuando se sentía incómodo por algo. Como, por ejemplo, en las pocas ocasiones en las que hablaba de sus padres, muertos en un accidente de tráfico. En ese caso llegaba a frotarse la nariz tantas veces que se le quedaba enrojecida—. No pensaba ir a casa por el momento… Iba a dar una vuelta por ahí… Tomar algo de papeo… Ya sabes.

—¿Tú solo?

Yokai se encogió de hombros, mirando al suelo.

—¿Cómo van las cosas con tu tía? —le pregunté.

—Bah… Como el culo, como siempre… Un poco peor… Antes se limitaba a ignorarme, ahora no para de darme el coñazo todo el día porque siempre estoy aquí; dice que estoy jodiéndome la vida y que mis viejos… —Otra vez aquel movimiento reflejo del dorso de la mano contra su nariz—. Que mis padres se morirían del disgusto si ya no lo estuvieran.

Torcí el gesto.

—Menuda estupidez… —dije.

—Ya lo sé, pero es una mierda que me lo esté diciendo a todas horas. Sobre todo porque yo sé que no es verdad. —El chico apretó los labios, con rabia—. También sé que ya están muertos, joder, no necesito que esa vieja amargada me lo recuerde cada dos por tres. No lo soporto.

Me quedé mirándolo un instante. Me di cuenta de que llevaba puesta la misma camiseta con la cara de Al Pacino en *Scarface* que la última vez que nos vimos, y también los mismos pantalones rotos a tijeretazos. Ambas prendas con pinta de estar más usadas de lo normal. Una sospecha empezó a rondarme por la cabeza.

—¿Cuánto tiempo hace que no duermes en tu casa, Nico?

El joven se pasó la mano por debajo de la nariz.

—Un par de días… —Le miré, en silencio—. Sí, bueno… Puede que tres… o alguno más… ¿Qué más da? A ella ni siquiera le importa.

Suspiré. Vaya una situación. Deseaba que Enigma estuviera allí, ella habría sabido cómo enfrentarla.

—Por favor, no me digas que has estado pasando las noches en un cajero automático o encima de un banco…

—¿Qué…? No, qué va. Duermo aquí, en la tienda. Tengo una llave. Cuando los gemelos se marchan, yo vuelvo y sobo en el taller. Me voy temprano, antes de que regresen—. El chico me miró de reojo—. No vas… No vas a decirles nada, ¿verdad?

—No, pero tienes que dejar de hacer eso. No eres un sin techo. Hoy te llevaré a tu casa y dormirás allí, en tu cama, como Dios manda… y, de paso, te pondrás algo de ropa limpia. —Yokai abrió la boca para protestar, pero no le di la oportunidad—. En cuanto a tu tía, tendrás que soportarla. Lo siento, pero así son las cosas. Dentro de poco serás mayor de edad y podrás mandarla al infierno. Cada día que pase será un día menos de condena. Piensa en ello la próxima vez que te agote la paciencia.

—Para ti es fácil decirlo…

—Lo es porque sé de lo que hablo. No eres el primero que pasa por una adolescencia difícil. Tú sólo piensa que… —Me callé. No sabía qué consejo darle exactamente. Intenté recordar qué fue lo que me ayudó a mí a salir de aquel agujero, pero cualquier frase de motivación que se me venía a la cabeza me sonaba hueca, como a lema barato de manual de autoayuda—. No lo sé… Piensa en cosas positivas.

Yokai sonrió.

—Tío, menudo consejo de mierda…

—¿Qué esperabas? No puedo arreglar tu vida con un par de frasecitas pegadizas. Nadie puede. Eso es cosa tuya.

Yokai asintió con aire triste. Tuve la impresión de haberlo decepcionado un poco.

—Bueno, hay algo que sí puedo hacer —le dije—. ¿Tienes hambre? Conozco una hamburguesería estupenda aquí al lado. Yo invito.

—Vale... —respondió el muchacho—. Eso suena bien. Me apetece una hamburguesa.

Al hacer la invitación no era consciente de lo caro que resulta alimentar a un ser humano en pleno crecimiento. Yokai era un estómago sin fondo, algo sorprendente a la vista de su delgadez. A pesar de todo, me produjo una cierta satisfacción verlo comer con aquel deleite. Ya que no estaba en mi mano solucionar sus tensiones domésticas, al menos podía regalarle una cena en compañía de alguien que no lo miraba como si fuese un fracaso educacional.

A medida que sus arterias se llenaban de grasa, salsa ranchera y bebidas con gas, el ánimo del muchacho comenzó a mejorar, lo suficiente como para que me contara algo sobre lo que había estado aprendiendo de Alfa y Omega durante su tiempo en el taller. Por lo visto, los gemelos le inculcaban poco a poco sus secretos en el sutil arte de la falsificación, así como nociones de orfebrería. Por lo que pude escuchar, Yokai era un buen alumno.

De algún modo, la conversación entró en el terreno personal. El muchacho me habló de sus padres, a los que recordaba bien, pues no hacía tanto tiempo que habían muerto. Escuché el retrato tópico de una familia corriente, feliz con moderación e idéntica a otras muchas. En un momento dado llegué incluso a sentir un leve aguijonazo de envidia. Cierto que aquel panorama se vio truncado de forma trágica e injusta, pero Yokai pudo disfrutar durante un tiempo de algo que yo nunca tuve. Sonaba como si me hubiera perdido algo muy bueno.

Eso me hizo recordar a mi padre y mi intención de localizar a Yelmo. Decidí seguir el consejo de Enigma.

—Me gustaría pedirte un favor —dije mientras él engullía una tarta de chocolate gruesa como un ladrillo—. Es un tema personal, no tienes por qué hacerlo.

—*No problemo* —respondió con la boca llena—. ¿De qué se trata?

—Quiero localizar a un antiguo buscador. Lo único que sé de él es que su nombre en clave era Yelmo, y que después de dejar el Cuerpo se pasó al CNI, pero ahora está jubilado.

—¿Figurará en los archivos de vuestro cuartel general? —A veces Yokai me hablaba como si yo aún siguiera siendo un buscador.

—Eso imagino.

—Pues entonces será pan comido. Vuestro sistema de seguridad es una mierda... Si quieres, de paso puedo meter un virus que freirá toda la red. Eso le jodería bastante a ese tal Alzaga.

Tentador, pero rechacé la oferta. Después de todo, Burbuja aún trabajaba en el Sótano. No quería convertirlo en un daño colateral.

—¿Para qué quieres encontrar a ese tío? —me preguntó Yokai.

—Como ya te he dicho, es un asunto personal. —No tenía intención de ofrecer más detalles, pero cambié de parecer. Al fin y al cabo, el muchacho había compartido conmigo todos sus recuerdos familiares—. Ese buscador... Yelmo, fue compañero de mi padre.

—No me jodas. ¿Tu viejo era un buscador? —Asentí, un poco sorprendido. Creía que el chico ya lo sabía, si bien es cierto que yo no se lo dije nunca—. ¡La hostia! Eso sí que suena genial...

—Sí. En fin... Tiene sus inconvenientes.

—¿Cómo era? Me refiero a tu viejo.

—La verdad es que no lo sé. No llegué a conocerlo demasiado, ni siquiera supe que era un buscador hasta hace poco. Mi madre aún cree que era piloto civil.

—Ah, vale, entiendo... Estaban divorciados.

—Algo así. Más bien, nunca llegaron a convivir. Yo no le veía a menudo. A veces venía a buscarme y pasábamos unas horas juntos, pero no hablábamos mucho... Siempre me llevaba a ver museos. —Me sorprendió descubrir lo fácil que me estaba resultando hablar de ello. No era algo habitual—. Era un buen narrador, eso sí lo recuerdo. Murió cuando yo era niño.

—Ya. Menuda putada.

—Sí, exacto —dije, dejando escapar un sonrisa pálida—. Fue una auténtica putada.

El muchacho se quedó pensativo.

—Yo recuerdo muy bien a mi viejo... Era un buen tío, aunque nos peleábamos mucho... Siempre discutíamos, por todo... Mierda, echo de menos pelearme con él, ¿sabes? Ya sé que parece una chorrada pero... —Yokai se frotó la nariz con el dorso de la mano—.

Eso es lo que más echo de menos de todo... ¿Verdad que suena estúpido?

—No, no me suena estúpido en absoluto.

—Lo que quiero decir es que yo al menos me acuerdo de ellos. Hay gente que piensa que eso es lo peor. No tienen ni puta idea. Mis padres eran..., eran geniales, los dos, nadie tiene que decírmelo, yo lo sé. —Yokai se quedó en silencio, con el ceño fruncido. Daba la impresión de querer expresar algo y no ser capaz de encontrar las palabras adecuadas—. A veces, cuando digo que tuve suerte, la gente me mira como si estuviera loco. No lo entienden. Quiero decir... Si tenían que morir de aquella forma... Si era eso lo que tenía que ocurrirles, no habría querido que sucediera antes, cuando yo no pudiera recordarlo... A lo que me refiero es... —El chico se rindió. Dejó caer su cucharilla junto al plato de la tarta con un gesto de frustración—. Es igual. Probablemente tú también creas que estoy mal de la olla.

—Lo que creo es que, en efecto, fuiste afortunado. Mucho más que yo.

Yokai me dirigió una mirada de agradecimiento. Parecía sentir un gran alivio por que hubiera captado el sentido de sus palabras.

—Voy a encontrarte a ese tío, a ese Yelmo —me dijo con vehemencia—. Lo encontraré aunque tenga que colarme en todos los putos archivos del mundo. Tienes derecho a que alguien te diga qué clase de hombre era tu viejo.

Le di las gracias, aunque no creo que él se diera cuenta de lo mucho que me había conmovido su promesa. Al parecer, ninguno de los dos éramos hábiles expresando sentimientos profundos.

Otra cosa más que teníamos en común. Había descubierto muchas durante aquella cena.

El camarero apareció con la cuenta. Mientras yo la abonaba, Yokai se palmeó el estómago con aire satisfecho. Era increíble la cantidad de dinero que me había costado saciar a ese escuálido montón de huesos y fibras. Envidiable metabolismo juvenil.

—Gracias, colega —me dijo—. He comido como un cerdo, y estaba todo de puta madre... ¿Y si nos tomamos unas birras en algún lado?

—Buen intento, «colega». —Me levanté de la silla y le di una palmada en el hombro—. Vamos, te llevo a casa. Es hora de irse a la cama.

—Eso dijo ella…

Justo lo que esperaba que me respondiera.

Ganarme la confianza de Yokai tuvo un efecto inesperado, y no muy cómodo. La locuacidad del muchacho aumentó de manera asombrosa. Desde que salimos del restaurante y durante todo el trayecto hasta la casa de su tía, en las afueras, no dejó de parlotear sobre todo tipo de cosas.

Chorreaba palabras igual que un grifo abierto. Habló de su pasión por los ordenadores, de sus maquetas, de su música preferida, de películas buenas, películas malas, de las pruebas que demostraban que *The Walking Dead* era una secuela de *Breaking Bad* y de por qué Hollywood había cometido un error imperdonable al permitir que J. J. Abrams dirigiera las nuevas películas de *Star Trek* y de *Star Wars*. El que yo apenas interviniera más que con monosílabos no le desanimaba, sólo quería que alguien le escuchara hablar de sus gustos e inquietudes mostrando (o, al menos, fingiendo mostrar) algo de interés, como si no se hubiera visto en esa situación en mucho tiempo.

Detuve el coche en la puerta de su casa justo en el momento en que me explicaba con todo detalle por qué, a su juicio, *The Office* era la mejor comedia jamás emitida en la historia de la televisión (versión americana, por supuesto). A esas alturas del viaje yo ya me sentía como si hubiera asistido a un curso intensivo de cultura popular audiovisual.

—Fin del camino, amigo —dije. Observé que la casa estaba a oscuras—. No parece que haya nadie.

—Con un poco de suerte, mi tía se habrá largado a alguna movida de su parroquia. Siempre están haciendo excursiones y retiros espirituales, cosas de ésas… Ojalá algún día la encierren en un convento para que deje de ser un coñazo.

—Si tú quieres yo podría hablar con tu tía… Decirle que no estás perdiendo el tiempo, que estás aprendiendo un trabajo… Quizá así dejara de atosigarte tanto.

—Es una idea cojonuda. Le encantará saber que dos ancianos

solteros me están enseñando a falsificar obras de arte, seguro que le inspira confianza.

—Eh, que yo soy un tipo de fiar, trabajo para Interpol —protesté—. Además, no me refería a contarle todos los detalles, sólo convencerla de que estás en buenas manos.

—Te agradezco la intención, pero no es necesario... Además, como ya te he dicho, en realidad a ella se la suda lo que yo haga, siempre pensará que soy un cabrón indeseable.

El muchacho bajó del coche y se dirigió hacia la puerta de su casa.

—Yokai —lo llamé. Él volvió la cabeza—. Sabes que eso no es cierto, que ella se equivoca, ¿verdad?

—Sí, claro... Supongo...

—Se equivoca —repetí—. Eres un gran chico. Y harás grandes cosas.

Él esbozó una sonrisa incrédula.

—Por supuesto. Salvar el mundo o algo mejor, ¿por qué no? —Me dio la espalda y siguió caminando, con la cabeza gacha y las manos en los bolsillos, como un preso que regresa a la celda después de un permiso carcelario.

Hasta donde yo sé, Yokai nunca salvó el mundo. Aquél era un logro insignificante en comparación con lo que le aguardaba en el futuro.

Su destino era convertirse en toda una leyenda.

5

Cíbola

Burbuja me llamó al móvil al día siguiente, por la tarde. Me dijo que la mayor parte de los archivos del disco duro de Rosignolli no eran más que basura, pero que había encontrado la copia de un correo electrónico que quizá me interesara leer. Antes de colgar el teléfono ya me lo había enviado a mi ordenador.

El correo estaba firmado por el doctor Yoonah, la fecha era de un par de meses atrás.

Apreciado doctor Rosignolli:

Las primeras traducciones del Testamento Úlfico que nos ha hecho llegar son muy prometedoras. Queremos felicitarle de todo corazón por su labor, la cual nos demuestra que no nos equivocamos al confiar en sus conocimientos.

Es por ese motivo que hemos decidido hacerle partícipe de nuestro más ambicioso proyecto, para el cual deseamos contar con las personalidades más destacadas en el campo de la investigación altomedieval. Usted sin duda es una de ellas.

Creo que en la última conversación que mantuvimos cara a cara tuve la oportunidad de mencionarle de forma somera nuestros objetivos en la República de Valcabado. En aquel entonces no estaba en disposición de ofrecerle más detalles al respecto, pero ahora la situación es diferente.

Su traducción del Testamento Úlfico nos demuestra que nuestros cálculos no erraban. Al añadir el resultado de su estudio a otra serie de investigaciones realizadas por nosotros en el marco del Proyecto Lilith, hemos podido verificar que aquello que durante siglos se creyó que no era más que una leyenda, existe y es real, y nosotros podemos encontrarlo. Queremos hacerlo con su ayuda, doctor.

La ciudad de Cíbola no es un mito. El emplazamiento donde Teobaldo y sus hermanos anacoretas pusieron a salvo los tesoros del reino visigodo de Toledo, puede hallarse ahora al alcance de nuestras manos. Como usted sabe, muchos hombres a lo largo de los siglos buscaron la ciudad perdida sin éxito, hasta el punto de que hoy en día figura como uno más de los quiméricos mitos de nuestro pasado: la Atlántida, el Dorado…, Cíbola. Meras leyendas.

Sin embargo, piense en todas aquellas personas que quedaron boquiabiertas cuando Schliemann desenterró Troya (otro mito), o en el impacto que supuso el descubrimiento de Ur de Caldea, la ciudad natal de Abraham (otra leyenda). Lugares como Machu Picchu, Creta, Ajanta… Emplazamientos que se creían producto de la fantasía del hombre hasta que un Hiram Bingham, un Arthur Evans y un William Erskine los redescubrieron y los mostraron al mundo. Nuestros nombres, doctor, podrían estar en el futuro junto a los de esos admirables exploradores. Por encima del de todos ellos, incluso, ya que nuestro hallazgo sería cien veces más trascendente en la Historia de la Humanidad.

Podemos encontrar Cíbola. Y lo haremos. Tiene la oportunidad de unirse a nosotros y formar parte de un hito histórico, no debe desaprovecharla.

Tengo planeado viajar a Londres la próxima semana. Mantendremos un encuentro para que pueda explicarle con detalle cuáles serían sus funciones en Valcabado en caso de que acepte mi oferta.

Reciba un cordial saludo,

D. Y.

P. D.: En cuanto a la consulta de su anterior correo, debo insistir en darle una respuesta negativa. El Testamento Úlfico es un objeto demasiado valioso como para prestarlo a ninguna institución, aunque se trate del Barbican Centre de Londres. Confío en que habrá tenido usted el suficiente juicio para rechazar el présta-

mo sin necesidad de esperar mi respuesta. En cuanto al dinero, me
es indiferente cuánto le hayan ofrecido. Considero que los hono-
rarios que Voynich le paga por sus servicios ya son más que gene-
rosos. Nos decepcionaría usted, doctor, casi hasta el nivel del insulto, si descubriéramos que intenta lograr nuevas fuentes de
ingresos a costa de una pieza que, por otro lado, usted sabe que
no le pertenece.

Me resultaba familiar el nombre de Cíbola. Creí haber escuchado o leído algo sobre la leyenda de la ciudad perdida, una de tantas
que existen, como Lemuria, Bobastro o el Oasis de Zerzura. Todas
ellas, como es lógico, ocultan grandes tesoros entre sus ruinas.

No recordaba qué tenía Cíbola de especial, así que investigué
un poco. Descubrí que, en torno al año 713, se originó en España
una leyenda que contaba que un grupo de monjes, ante la inminencia de la conquista árabe, pusieron a salvo los tesoros más importantes del reino visigodo de Toledo y se los llevaron lejos de la Península. En algunas fuentes se mencionaba que estos monjes eran de
origen extremeño, de Mérida en concreto, otras decían que eran
andalusíes y algunas más situaban su procedencia en la región del
Valle del Silencio, en el Bierzo leonés. El nombre de Teobaldo no lo
encontré citado por ninguna parte.

Nadie sabe a ciencia cierta dónde fueron a parar aquellos monjes ni qué fue lo que se llevaron, pero, por algún motivo, empezó a
correr el rumor de que cruzaron el Atlántico y llegaron a América.
Aunque la idea pueda parecer fantasiosa, quizá no lo sea tanto: los
monjes celtas y los vikingos alcanzaron la costa americana muchos
siglos antes de que lo hiciera Colón, más o menos en las mismas fechas en las que estos intrépidos visigodos emprendieron su supuesto
viaje transoceánico. Teorías de que los hombres de la Polinesia, de
China y de África pudieron ser primitivos colonizadores americanos siempre han tenido su eco, aunque hoy en día muchas de ellas
sean consideradas «pseudoarqueológicas». Por otro lado, numerosos mitos precolombinos hablan de contactos con gentes llegadas
del otro lado del mar.

Así pues, ¿podían haber llegado un grupo de monjes extreme-
ños a América siete siglos antes que sus paisanos Hernán Cortés y
Pizarro? No era algo que se pudiera rechazar de plano, más tenien-

do en cuenta la tenacidad de las gentes de la Dehesa… Pero, no obstante, reconozco que sonaba poco probable.

Las leyendas que encontré sobre la ciudad de Cíbola eran confusas y, en ocasiones, contradictorias. Muchos investigadores y buscatesoros hablaban no de una, sino de hasta siete ciudades que aquellos monjes fundaron en su periplo americano. Algunos colonizadores españoles de la Edad Moderna dieron pábulo a esas historias y pretendieron localizarlas. Quizá el más célebre de ellos fue el monje fray Marcos de Niza, que en el siglo XVI participó en varias expediciones en busca de Cíbola, todas ellas infructuosas.

Había algo en lo que las distintas versiones de la leyenda estaban de acuerdo, y era en situar el posible emplazamiento de la ciudad perdida en Norteamérica, concretamente en la región del sudoeste.

Eso me resultó llamativo porque, en su correo, el doctor Yoonah daba a entender que Voynich estaba buscando Cíbola en la República de Valcabado. Tras consultarlo en un mapa, comprobé que dicho país estaba en el Cono Sur, en la frontera selvática que separaba Colombia de Brasil; así que, o bien Yoonah y sus aliados estaban buscando otra Cíbola diferente a la de las leyendas, o bien sus pesquisas se alimentaban de unas fuentes que nada tenían que ver con las que forjaron el mito ya conocido.

Al parecer, una de esas fuentes era el contenido del manuscrito úlfico. Era evidente que si mis compañeros y yo queríamos entender los planes de Voynich necesitábamos traducir el manuscrito. Por desgracia, C-3PO, el traductor inventado por Yokai, todavía no estaba listo.

Pasaban los días y el programa seguía sin estar listo. Lacombe se puso en contacto conmigo en ese intervalo para saber cuándo pensaba incorporarme al trabajo. Le dije que aún necesitaba tres o cuatro días libres. Ése fue el plazo que me impuse a mí mismo para seguir esperando que C-3PO diera algún resultado, pasado ese tiempo, regresaría a Francia y dejaría en suspenso todo aquel asunto.

Un día antes de llegar a la fecha límite, recibí una llamada telefónica en mitad de la noche. Yokai había terminado de programar a C-3PO con éxito.

El contenido del manuscrito úlfico ya no era un secreto para nosotros.

El autor y signatario del prolijo texto era un monje toledano llamado Gesalio. Su historia era tan asombrosa como fascinante. Así era como empezaba:

Gesalio era el último de los miembros de la antaño próspera comunidad monástica de Santa María de Melque. Una noche, mientras dormía entre las ruinas de su monasterio, recibió la visita de un extraño viajero. No era otro que uno de los siete monjes que, junto con Teobaldo, pusieron a salvo los tesoros del reino visigodo antes de la conquista musulmana.

Aquel monje relató su historia a Gesalio y luego murió (si bien el escriba del texto úlfico utilizaba la curiosa expresión *evanescanere*, «se desvaneció»). Era el relato de cómo Teobaldo y sus compañeros trasladaron el más valioso tesoro de los visigodos a una ciudad construida por ellos mismos «con la ayuda de Dios», en una tierra situada al otro lado del océano, más allá del *finis terrae*, el fin del mundo conocido.

Aquel tesoro, según Gesalio, no eran coronas de oro ni cofres de piedras preciosas. Era el legado más importante de los reyes godos, un artefacto dotado de un poder sin igual en todo el universo.

Shem Shemaforash.

El Altar del Nombre. La Mesa del Rey Salomón.

Teobaldo y sus monjes no sólo construyeron la ciudad, sino también un santuario dedicado al arcángel San Miguel. En el interior de ese templo se hallaba la manera de encontrar la ciudad. El escriba recibió de manos del compañero de Teobaldo un objeto al que denominaba de dos maneras distintas. Una de ellas era «Espada del Archiestratega» y la otra con el extraño término *Sakal Kamu*, que Gesalio no interpretaba de ninguna manera, por lo que supusimos que debía de tratarse de un nombre propio.

Según Gesalio, la Espada del Archiestratega era necesaria para encontrar la ciudad, aunque no explicaba de qué forma.

Cuando el compañero de Teobaldo murió (o «se desvaneció») Gesalio tomó la decisión de acudir a la corte del rey Alfonso II, en Asturias, y poner bajo la custodia del monarca cristiano la Espada del Archiestratega.

En su crónica, Gesalio narra que el rey Alfonso escuchó su relato con enorme atención. Al parecer, el monje se presentó ante el soberano en el momento más propicio para que éste creyera en su historia. Poco antes se había hallado en Compostela lo que se pensaba era la tumba del apóstol Santiago, y el rey Alfonso consideró que la aparición del compañero de Teobaldo, revelando que la Mesa de Salomón estaba a salvo, era otra señal milagrosa que demostraba que el reino de Asturias contaba con la bendición de Dios y, en consecuencia, destinado a ocupar un puesto primordial entre las monarquías cristianas.

Para el rey Alfonso, era responsabilidad de su linaje custodiar la Espada del Archiestratega así como el secreto del monje Gesalio. Ordenó levantar un templo en sus dominios y, bajo sus cimientos, ocultó la Espada.

En este punto de su crónica, las palabras de Gesalio eran muy extrañas. Decía que fue él mismo quien mostró al rey Alfonso cómo fabricar «ángeles de batalla» capaces de mantener a los paganos y los impíos lejos de la Espada del Archiestratega.

Gesalio escribió: «*Volarán surcando el cielo como estrellas de plomo, armados con espadas brillantes como el fuego. Teobaldo y sus monjes anacoretas aprendieron el arte de crear ángeles de batalla, y otros muchos secretos gracias a los poderes otorgados por el Altar del Nombre; y fue el compañero de Teobaldo quien, antes de desvanecerse en la Gloria, me enseñó cómo fabricar las máquinas de Dios, bajo la promesa de que sólo habrían de usarse para proteger la Espada del Archiestratega y nunca para las guerras de los hombres, pues ésa es la voluntad de Dios. El Rey Alfonso me ha jurado que la cumplirá, y que los secretos de la creación de los ángeles de batalla morirán conmigo*».

Aquélla era sólo una más de otras revelaciones igual de sorprendentes. Pero, como los buenos prestidigitadores, Gesalio se guardaba para el final su prodigio más impactante.

En los párrafos finales del manuscrito, Gesalio desvelaba el motivo por el que Teobaldo decidió poner a salvo la Mesa de Salomón.

Teobaldo era el último de los *Baal Shem*.

Él y sus hermanos anacoretas conocían el supremo secreto del Altar del Nombre. Sabían cómo hacer para que revelara la Palabra de Creación, el verdadero nombre de Dios. Y, lo más importante de todo, aquel superviviente de esos siete monjes reveló a Gesalio la forma de ocultar el secreto para que no se perdiera cuando el último de los compañeros de Teobaldo dejara de existir.

«He aquí cómo ha de invocarse el Shem Shemaforash —escribió Gesalio—, el Nombre de los Nombres. Lo he escrito de la manera en que se me indicó. No me ha sido concedido el conocimiento para entenderlo, y doy gracias a Dios por ello, pues otorga un poder que ningún ser vivo debería ser capaz de dominar.

»La manera de pronunciar el Nombre de los Nombres aguardará aquí hasta que el Señor disponga que ha llegado la hora de que un nuevo Baal Shem lo conozca y lo custodie, como era en tiempos antiguos. Yo rezo con toda mi fe para que ese hombre sea, en efecto, un siervo de Dios y que su alma no esté corrompida por el Mal pues, de ser así, tiemblo al pensar en el espantoso alcance que tendría semejante poder en sus manos.

»Yo, Gesalio, siervo de Dios Todopoderoso, en el momento de presentarme ante el Juicio del Supremo Hacedor, cumplo la orden de mi Rey y Señor Alfonso y pongo por escrito aquello de lo que fui testigo. En mi lecho de muerte, juro ante mi Dios y mi Rey, por la salvación de mi alma inmortal, que todo cuanto aquí se narra es veraz. Que mi relato sea mi testamento y sirva para que todos los hombres, hermanos en Cristo, comprendan y se admiren de la Gloria de Aquel que creó la tierra, los mares, las estrellas del cielo y todas las criaturas que cantan sus alabanzas.»

Deus est numerus.*

Así concluía el manuscrito. No había rastro de aquel «Nombre de los Nombres», ni nada que indicara cómo pronunciarlo o en qué consistía, como si, en el último momento, el monje hubiera olvidado plasmarlo en su escrito… O bien hubiera tomado la decisión de llevarse el secreto a la tumba, y así conjurar sus temores de que alguien pudiera utilizarlo con fines dañinos.

Había otra posibilidad, mucho más preocupante, y era que Rosignolli no hubiera escaneado el manuscrito por completo y que, por lo tanto, la revelación más importante de Gesalio, el *Shem Shemaforash*, no estaba en nuestras manos sino que permanecía escrita en alguna parte del manuscrito original.

* Dios es número.

Eso suponía un problema, ya que, según mis sospechas, ese objeto estaba en poder de Voynich. Seguro que a Gesalio eso no le habría parecido nada tranquilizador.

En el taller de Alfa y Omega, compartiendo un termo de café, los gemelos, Yokai, Burbuja y yo debatíamos sobre el significado del contenido del manuscrito. Entre los cinco intentábamos poner algo de orden en el desarrollo de los acontecimientos y hallazgos que estaban teniendo lugar a nuestro alrededor.

Había algo que todos teníamos claro: la Cíbola que Voynich estaba buscando en Sudamérica era la misma Ciudad de los Hombres Santos a la que se hacía referencia en el manuscrito de Gesalio. Por ese motivo Yoonah estaba desmantelando la iglesia de San Cristóbal de Bayura: quería encontrar la Espada del Archiestratega que el rey Alfonso II depositó allí, protegida por los «ángeles de batalla». El manuscrito dejaba bien claro que sin la Espada era imposible encontrar la ciudad que Teobaldo y sus monjes construyeron.

Al menos eso resultaba un consuelo. Teníamos la seguridad de que Voynich jamás encontraría ese objeto ya que, supuestamente, Enigma y yo habíamos conseguido recuperarlo de su escondite sin que Yoonah y sus acólitos lo supieran. Todavía.

Burbuja me preguntó si estaba completamente seguro de que aquella especie de rueda que Enigma y yo encontramos en Asturias era la susodicha Espada.

—Es que no parece una espada… —dijo el buscador, contemplando el objeto con una mirada escéptica. Los gemelos lo habían colocado encima del banco de trabajo de su taller—. Más bien yo diría que es una especie de volante… o una llave.

—¿Una llave? —dije.

—Sí… Con todos esos dientes y hendiduras a lo largo del eje.

No debía tomarme a la ligera esa impresión, pues Burbuja era un experto conocedor de toda clase de herramientas para abrir cerrojos, y si eso le parecía una llave, había muchas posibilidades de que lo fuera.

—Aunque Gesalio hable de una espada, no tiene por qué ser una descripción literal —comenté—. Quizá el nombre no sea más que una licencia poética… Además, fíjate en la inscripción que hay en ella: «Con este signo se somete al enemigo»; es lo que alguien podría escribir en un arma.

—No lo niego, pero... —El buscador se encogió de hombros—. En fin, si tú lo dices. Eres al que se le dan bien estas cosas.

—No debemos olvidar la otra inscripción que figura en la pieza —intervino Omega—. *Urbs Hominum Sanctorum*, la Ciudad de los Hombres Santos. Creo que ese detalle establece sin lugar a dudas la relación con el texto de Gesalio. Al igual que Faro, yo opino que ésta es la Espada del Archiestratega.

Resultaba curioso que Omega volviera a llamarme Faro en vez de Tirso, como había hecho desde que volví de Francia.

—¿Alguien puede decirme qué coño es un archisto..., archistri..., en fin, esa palabra? —preguntó Yokai.

—Archiestratega, amiguito, no es tan complicado —puntualizó Burbuja—. Es un apelativo de san Miguel Arcángel, viene del griego y significa «General Supremo».

—Ah, sí, claro; porque es el que manda los ejércitos de Dios, ¿verdad? Ya lo sabía —dijo el chico, muy digno—. ¿Y *Baal Shem*?

—El Guardián del Nombre —respondí—. Forma parte de la leyenda de la Mesa de Salomón. Según la tradición hebrea, sólo dos personas sabían cómo leer en ella el verdadero nombre de Dios, una era el propio Salomón y la otra un sacerdote del linaje de Leví a quien el monarca confió el secreto antes de morir. Ese sacerdote era conocido como *Baal Shem*. Profesaba un riguroso voto de silencio el cual sólo rompía una vez al año, en la fiesta de Pascua; entonces se introducía a solas en el tabernáculo del Templo y susurraba el nombre de Dios junto al Arca de la Alianza. También debía escoger a un sucesor para que le relevase en aquella labor y así, generación tras generación, siempre había una persona que conocía las palabras del *Shem Shemaforash*, por si llegaba el día en que el pueblo de Israel recuperaba la Mesa de Salomón y así supieran cómo utilizarla. Se supone que el último *Baal Shem* desapareció cuando los emperadores romanos decretaron la diáspora de los judíos de Jerusalén, hace dos mil años.

—Alucinante... —dijo Yokai—. O sea, que el tipo que escribió el manuscrito recibió de ese *Baal Shem*, o como se llame, el secreto del verdadero nombre de Dios y lo dejó por escrito. Pero ¿dónde?

—Me temo que en ninguna de las partes del texto que tenemos

nosotros —respondí—. Debe de estar en soporte original, el que perdimos en Londres.

—Otra vez la Mesa de Salomón... —dijo Burbuja—. Creí que ya nos habíamos quitado de encima ese maldito mueble.

—Proyecto Lilith... —dije, pensativo—. Lilith, el nombre de la reina bruja que mostró a Salomón los secretos de la Mesa... —Asentí con la cabeza, reafirmando mis propias elucubraciones. Empezaba a ver las cosas claras—. Siempre fue la Mesa, siempre. Eso es lo que quiere Voynich, lo que siempre ha buscado, la Mesa de Salomón.

«Y así el círculo se cierra...»

—Pero nosotros la encontramos. Está en el Arqueológico —repuso Burbuja.

—No. —Miré a mis compañeros, uno a uno—. Hace tiempo que lo sospecho, desde que regresé de Malí. Lo que encontramos no fue la verdadera Mesa de Salomón. Me temo que no era más que un señuelo, quizá colocado en las Cuevas de Hércules por Teobaldo y sus hombres cuando se llevaron el tesoro original... O puede que siempre fuera falsa, no estoy seguro.

Se hizo un silencio pesado.

Era el momento de revelar un pequeño secreto. La verdad sobre lo que encontré en Bandiagara, en el Oasis Imperecedero de Ogol. Hasta el momento, mis compañeros creían que tan sólo hallé una vieja cadena de hierro, el supuesto tesoro de Yuder Pachá.

Nunca les hablé de mi encuentro con un misterioso personaje que se denominó a sí mismo como «el vigilante». No lo hice porque yo mismo no estaba seguro de si había ocurrido en realidad. Fue muy extraño... Aquel hombre apareció de la nada, ejerciendo sobre mí un extraño efecto hipnótico, y me contó que la Mesa de Salomón (la cual llamó «el Altar del Nombre») estuvo durante mucho tiempo oculta en Bandiagara hasta que alguien la robó, quizá la propia Lilith. Me dio una descripción de la Mesa que no coincidía con la del objeto que nosotros rescatamos de las Cuevas de Hércules.

—¿Quieres decir —preguntó Burbuja— que hablaste con un tipo allí, en aquel agujero? ¿Un tipo sin nombre que apareció de repente, te contó unas cuantas leyendas y luego se esfumó sin dejar rastro? Es decir... ¿un tipo al que sólo viste... tú?

El buscador me miraba como si acabara de narrarle un encuentro extraterrestre.

—No me crees.

—No es eso… Es que… Yo… —A Burbuja le faltaron las palabras—. Maldita sea, no entiendo por qué nadie inventaría una historia tan absurda.

—¿Fatiga de combate? —dijo Yokai—. No lo sé, a veces pasa, lo leí en un libro… En la Primera Guerra Mundial, unos soldados ingleses dijeron haber visto a san Jorge en un caballo blanco durante la batalla de Verdún. Fue una especie de… alucinación colectiva.

Decidí no seguir discutiendo sobre aquel asunto del vigilante. Al menos no mientras yo mismo no le encontrara algo de sentido.

—De acuerdo, fue una alucinación —dije, queriendo despachar el tema—. Fatiga de combate, comida en mal estado o falta de riego cerebral… Da igual. Pero hay una cosa que es cierta: la pieza que sacamos de las Cuevas de Hércules no se parece en absoluto a la Mesa con extraordinarios poderes de la que hablan las leyendas. Es pequeña y de escaso valor, más bien parece el resto de un ajuar, y ni siquiera coincide con el aspecto que se supone que debería tener la auténtica Mesa de Salomón. Todos nosotros lo comentamos en su momento, si os acordáis.

—En eso no te falta razón —intervino Alfa—. Parece tan… pequeña. No se ve como una reliquia que justifique tamaña parafernalia a su alrededor.

—*Parturient montes, nascetur ridiculus mus** —añadió Omega.

—La pregunta es, ¿qué deberíamos hacer ahora que ya conocemos los planes de Voynich? —dije.

Nadie contestó. Burbuja aprovechó aquel silencio para encenderse un cigarrillo, con mucha calma. Aspiró por el filtro, soltó una densa bocanada de humo y, sólo entonces, decidió tomar la palabra.

—Deja que te explique mi punto de vista, novato, mi visión como el único caballero buscador en activo, por decirlo de algún modo… Hace siglos, un puñado de monjes españoles quisieron poner a salvo unas reliquias que pertenecían a los reyes visigodos. Las metieron en un barco, se hicieron a la mar y atracaron en el quinto infierno, donde les dio por construir una ciudad en la que guardaron aquel tesoro. Ahora una multinacional de americanos quiere encontrar esa ciudad y quedarse con todo lo que haya dentro, con

* Parirán los montes y nacerá un ridículo ratón.

todos esos tesoros españoles. No sé cómo lo veréis vosotros, pero a mí eso me parece un expolio, un puñetero expolio de manual, igual que lo que hacían Ben LeZion, William Hearst, Arthur Byne y toda esa panda de cabrones que se llevaron nuestros monasterios, nuestros castillos y nuestras obras de arte. Si Narváez aún estuviera vivo, sé muy bien lo que el viejo diría: hay que pararles los pies.

—«Regresa» —dije, citando el lema del Cuerpo Nacional de Buscadores.

—Así es, novato. —Burbuja aplastó el cigarrillo contra un cenicero—. Vamos a encontrar esa ciudad, y vamos a traer de vuelta a casa lo que nos pertenece.

—¡Sí! claro que sí —exclamó Yokai, exultante.

—Lo siento, chaval. Tú te quedas con estos dos. —Burbuja señaló a Alfa y a Omega—. Todavía eres un pimpollo en prácticas.

—¡Eh, eso no es justo! —protestó el muchacho—. Con Tirso sí que vas a contar, y él ya ni siquiera es un buscador.

—No se llama Tirso, su nombre es Faro —respondió Burbuja. Miraba al chico, pero se dirigía a mí—. Fui yo quien le puso ese nombre, y dejará de tener derecho a utilizarlo sólo cuando yo lo decida, ¿entendido?

—Gracias —le dije—. Aunque eso puede causarme algún problema con la gente de Interpol…

—Quizá vaya siendo hora de que te largues de ese trabajo. No te pega, novato. No tienes cara de agente de Interpol. Además… Joder, ¿cuánto tiempo llevas de baja? Me sorprende que aún no te hayan puesto de patitas en la calle, tienes suerte de que tu jefa esté comiendo en la palma de mi mano.

—Claro. No lo dudo.

—En serio. Creo que está loca por mí, pobre mujer, pero intenta ocultarlo bajo esa fachada de hostilidad francesa.

El buscador estaba de buen humor, el suficiente como para bromear. La proximidad de una misión siempre tenía la cualidad de encender a Burbuja igual que un estudiante ante el inicio de las vacaciones de verano.

Por mi parte, preferí no dar rienda suelta a mi optimismo. Una cosa era tener la intención de encontrar Cíbola y otra muy distinta contar con los medios para ello. La realidad era que allí no había ningún buscador salvo uno, el cual tenía que actuar sin el consentimiento de su superior inmediato, que estaba a sueldo de nuestros adversarios. Aparte de eso, sólo contábamos con dos ancianos joyeros, un adolescente demasiado entusiasta y conmigo mismo, un desmotivado agente de Interpol que más temprano que tarde tendría que regresar a su puesto de trabajo si no quería acabar en el paro.

A pesar de todo, decidí dejar que Burbuja se hiciera ilusiones. Entretanto, yo tenía preocupaciones más inmediatas: Yokai había cumplido su promesa y había localizado a Yelmo en los archivos informáticos del Sótano. Ahora conocía su verdadero nombre.

Con esa información en mi poder y gracias a las habilidades de Yokai para rastrear las redes del censo, fue sencillo averiguar el paradero actual del buscador. Yelmo, convertido en un pacífico jubilado, vivía en una pequeña finca manchega en las proximidades de Quintanar del Rey, a tan sólo un par de horas en coche de Madrid.

Decidí partir de inmediato para hacer una visita al antiguo compañero de mi padre.

6

Tostadas

La finca era una modesta parcela que rodeaba una casa de ladrillo, muy simple, con aspecto de haber sido diseñada por su propio dueño. Se encontraba en medio de un páramo liso y plano como una sábana extendida. En un lejano horizonte se veía un grupo de modernos molinos de viento que agitaban sus aspas perezosamente.

Al acercarme a la puerta de la parcela, un grupo de chuchos apareció al otro lado de la valla. Los perros ladraban, movían el rabo y brincaban como muelles. Más que pretender asustarme, parecían estar saludando a voces a un posible compañero de juegos.

Escuché una voz que venía de la parte trasera de la casa.

—¡Callaos, sacos de pulgas! ¿A qué viene ese escándalo?

Un hombre se acercó a la puerta. Se trataba de un tipo barbudo y corpulento, de enormes brazos y con una barriga amplia y redonda, apenas sujeta por una camisa de cuadros cuyos botones parecían estar a punto de salir disparados. Tanto la camisa como los pantalones que llevaba puestos estaban sucios de tierra.

El hombre se dio cuenta de que había alguien a la entrada de su parcela.

—Hola, buenas tardes —me saludó—. ¿Puedo ayudarle?

—Estoy buscando a Joaquín Herrera.

—Pues aquí lo tiene.

—¿Es usted? Me refiero a Joaquín Herrera… —hice una pequeña pausa—, alias Yelmo.

El tipo se quedó inmóvil. Durante un rato largo me miró en silencio, con los ojos entornados.

—¿Nos conocemos de algo, chico?

—Me llamo Tirso. Mi padre era Enrique Alfaro… —El tipo no cambió el gesto—. Trueno.

Su barriga se movió en un profundo suspiro.

—Válgame Dios… —musitó. Se acercó para abrirme la puerta, apartando los perros a manotazos—. Fuera, chuchos, fuera… Trasto, Reina, ¡sit! —Descorrió la cancela de la verja de entrada con gestos nerviosos—. Pasa, muchacho, no te quedes ahí… Tranquilo, estos perros son mansos como corderos.

Entré en la finca. Los animales me rodearon, me olisquearon un poco y, al parecer, decidieron que yo no era tan interesante, así que se alejaron de allí, después de llenarme de babas las perneras del pantalón.

Yelmo aún me miraba con recelo.

—No te pareces mucho a tu padre… ¿Cómo has dicho que te llamabas?

—Tirso.

—Oh, sí… Eres tú, no hay duda. Él odiaba ese nombre. Intentó convencer a tu madre para que te pusiera otro, pero no hubo manera.

—Me gustaría hablar con usted, si tiene un momento.

—¿Para el hijo de Trueno? ¡Claro que sí! —Una amplia sonrisa surgió de entre la cerrada barba de Yelmo—. Apenas puedo creerlo… Eras una cosa así de canija la última vez que te vi. Dios, cómo pasa el tiempo.

—¿La última vez que me vio?

—No en persona, claro, sólo en foto. Tu padre llevaba una foto tuya en la cartera, de cuando naciste. Yo no sé la de veces que me la pudo enseñar… En cuanto se tomaba un par de cervezas, sacaba la dichosa foto, el muy cabrón… —Yelmo soltó una risotada—. Válgame Dios, lo recuerdo como si hubiera sido ayer.

Me invitó a acompañarle a la parte trasera de la casa, donde había una pequeña piscina muy rústica, no mucho más grande que una bañera. Me pareció que la había construido él mismo en sus ratos libres.

Nos sentamos bajo un porche, sobre unas sillas de tijera frente a una mesa de plástico, como las de los bares de playa. Yelmo sacó un par de botellines de cerveza y un enorme cuenco de pistachos. Era un hombre sencillo, de maneras un tanto bruscas pero muy cordial, tendente a estallar en carcajadas a la menor oportunidad. Por lo que pude observar, vivía solo en aquella casita, junto con sus perros.

Me contó que estaba divorciado, sin hijos. Tras jubilarse en el CNI, se compró aquella parcela, cerca del pueblo del que era oriundo, y había pasado los últimos años construyendo la casa, mejorándola con pequeñas chapuzas aquí y allá y cultivando su huerto de champiñones. Incluso me mostró con orgullo una caja repleta con la última remesa. Las setas eran grandes como naranjas. Metió un puñado en una bolsa de plástico e insistió en regalármelas. También me dio un par de botellas de una cerveza que hacía él mismo, en su sótano, y un saco de pistachos. Empecé a sentirme abrumado por la cantidad de regalos, pero a aquel buen hombre todo le parecía poco para agasajar al hijo de Trueno.

Cuando se enteró de que yo también era un buscador (omití la parte en la que me expulsaban del Cuerpo) manifestó un entusiasmo tal que por un momento pensé que iba a añadir su parcela a la lista de presentes, junto con los champiñones, la cerveza y los pistachos.

Yelmo no estuvo mucho tiempo en el Sótano (apenas unos cinco años, según me dijo), pero recordaba aquella época como la más emocionante de toda su vida. Estaba encantado de poder compartir recuerdos y anécdotas de su antiguo trabajo con un colega. Imagino que para un buscador jubilado debe de ser difícil, casi imposible, encontrar a alguien con quien rememorar viejas batallas.

Me habló de Narváez, al que veneraba casi como a un segundo padre (le produjo mucha tristeza saber que el viejo había muerto, aunque me ahorré los detalles), y del antiguo Sótano que, al parecer, era un agujero incómodo y destartalado, pero que no obstante él recordaba con nostalgia. También se sorprendió mucho al saber que Alfa y Omega aún seguían en activo.

—¡Pero si deben de ser un par de trilobites! —exclamó, soltando una de sus carcajadas—. ¡Válgame Dios, ya eran viejos cuando yo estaba allí! Siempre con sus citas en latín, menudos personajes… Recuerdo una vez que…

Enlazaba una anécdota con otra, como si llevara demasiado tiempo deseando poder compartirlas con alguien de viva voz. Empecé a darme cuenta de que la vida de un buscador jubilado debía de ser muy solitaria, y eso me entristeció. Me preguntaba si mi destino sería languidecer a solas, atesorando heroicos recuerdos que sólo podría compartir con mis perros y mis champiñones, igual que el pobre Yelmo.

Entre sus historias, me contó por qué Narváez le había puesto el nombre de Yelmo. Era una anécdota muy simpática.

—Estábamos en Nápoles… Tres: tu padre, otro tipo estupendo que se llamaba Zaguero y yo. Teníamos que recuperar unas tallas medievales que procedían del expolio del monasterio de Santa María la Real de Aguilar de Campoo. Las tenía un tipo que era de la Camorra, ¡menudo pájaro! Las tenía ahí, en su puñetero cuarto de baño, ¿puedes creerlo? Una de ellas era un san Lucas del siglo XIV, precioso, y el tío lo tenía en una repisa, junto al retrete, para verlo siempre que fuera a cagar. —Yelmo soltó una carcajada—. El caso es que tu padre y yo nos colamos en la mansión de aquel tío, que era la cosa más hortera que he visto en mi vida… Zaguero nos esperaba fuera, con el coche, para salir pitando en cuanto tuviéramos las estatuas. Así que Trueno y yo nos metimos ahí dentro y fuimos buscando por todos los puñeteros cuartos de baño… ¡Válgame Dios, había como cientos de cagaderos en ese lugar! No había forma de dar con el correcto… Entonces alguien vino por el pasillo y tu padre y yo nos metimos a todo correr en una especie de armario, o de vestidor, o yo qué sé… Al cabo de un rato intentamos salir, pero la puerta estaba atrancada. La muy cabrona no se abría por más que tirábamos. Entonces yo dije: «hay que abrir esto como sea, Zaguero nos está esperando y si no salimos de aquí pronto lo van a pillar y se va a caer con todo el equipo», y va tu padre, que estaba cabreado como una mona, y suelta: «¿Quieres salir? ¡Vale, pues tira la puta puerta con la cabeza…!». ¿Y qué te crees que hice yo? ¡Justo eso! Me lancé igual que un miura contra la maldita puerta. —Yelmo estalló en una carcajada interminable. El resto de la historia lo contó entre risas—. ¡Así! ¡Sin más! ¡Bumba! Aquella puerta saltó de sus bisagras y salimos de allí a escape… Cuando estábamos en el coche, con Zaguero, tu padre le dijo: «¿Te puedes creer lo que ha hecho este perturbado? ¡Ha reventado una puerta a cabezazos…! Pero ¿qué diablos tienes en vez de cerebro, una puta bola de acero?». ¡Válgame Dios, no podíamos parar de reír…! Luego Narváez se enteró, me llamó al Santuario y me dijo, muy tieso, como hablaba él siempre: «Tengo entendido que Dios te ha puesto un buen casco encima de los hombros... Es probable que Yelmo sea un buen nombre para ti». Y con Yelmo me quedé... —El buscador se golpeó en la frente con los nudillos—. Aparte de todo, siempre he sido más terco que una mula... ¡Ja, ja, ja, ja!

La intervención de mi padre en aquel relato provocó que Yelmo comenzara a centrar en él sus recuerdos. Sin que me fuera necesario pedírselo (aunque tenía muchas ganas de hacerlo), Yelmo comenzó a rememorar la clase de buscador que era Trueno, y la relación que los unía a ambos.

Me es imposible exagerar la emoción que yo sentía mientras escuchaba aquellas historias. Era la primera vez en toda mi vida que tenía la oportunidad de escuchar sobre el hombre que fue mi padre en realidad. Era, en palabras de Yelmo, alguien carismático. Un camarada fiable y siempre dispuesto a ver las cosas con sentido del humor.

—El mejor buscador de todos cuantos he conocido, válgame Dios... —dijo con añoranza—. Era listo, pero también tenía una flor en el culo, el muy sinvergüenza. La mejor cualidad que puede tener un buscador es contar con la suerte de su lado.

—Sí, eso es muy cierto.

—Narváez lo adoraba —añadió Yelmo, después de vaciar otro botellín con un último trago—. Yo creo que para él era como un hijo... «Su niño mimado», lo llamábamos a veces para fastidiarlo... Qué buenos tiempos fueron ésos, sí, ya lo creo... Muy buenos... —El buscador sonrió para sí. Quedó un instante en silencio, sumido en sus recuerdos, y luego añadió—: El viejo se llevó un disgusto cuando tu padre le dijo que iba a dejar el Cuerpo.

—¿Iba a dejarlo? ¿Por qué?

—Por ti, chico. ¿No lo sabías?

El impacto me hizo quedarme sin palabras. Miré a Yelmo.

—No... —dije al fin—. No tenía ni idea...

El buscador asintió con la cabeza.

—Pues así era. Ya hacía tiempo que muchos nos lo temíamos... El no poder verte más que a ratos... Eso le estaba quemando por dentro. Intentaba disimularlo, pero no hablaba más que de ti a todas horas, y llegó un punto en el que ni siquiera era capaz de concentrarse en tu trabajo... Si te soy sincero, siempre pensé que actuaba por remordimientos, por mala conciencia o qué sé yo. Pero, en realidad, él no habría hecho nada empujado sólo por su nobleza de espíritu. Tenía un punto egoísta... Creo que... No sé... —Yelmo se encogió de hombros—. Creo que le gustabas, chico.

Me quedé con la vista fija en el botellín de cerveza tibia que tenía en las manos, haciéndolo girar lentamente entre mis dedos. Yelmo dejó de hablar, esperando que yo dijera algo.

—No lo sabía...

—Eso imaginé. Por eso creí que alguien debía decírtelo. No me parecería justo para la memoria de Trueno dejar que su hijo viviera pensando que a él no le importabas, porque no era así, muchacho. De eso puedes estar seguro.

La información llegaba con demasiados años de retraso.

Sentí un zarpazo de rabia. No hacia el bienintencionado Yelmo, ni tampoco hacia mi padre... En realidad, no sabía a quién dedicar aquel sentimiento. Quizá a un Destino estúpido y atolondrado, incapaz de hacer las cosas bien.

—Ojalá todo hubiera ocurrido de otro modo... —dije.

Yelmo pensó que le hablaba a él.

—Tienes razón. La vida a veces es una gran hija de puta, válgame Dios... Justo cuando ya estaba todo decidido, Trueno tuvo que ir a hacer aquella estúpida misión en Sudamérica... —El buscador exhaló un profundo suspiro—. Siempre tuvo buena suerte, el condenado. Quién iba a pensar que esa zorra le daría la espalda en el peor momento.

—La traición no tiene nada que ver con la mala suerte.

Yelmo no dijo nada de inmediato. Fingió entretenerse acariciando el cuello de uno de los perros que dormitaban junto a nosotros. Ahora que la conversación dejaba de ser un inofensivo ejercicio de nostalgia, parecía que ya no le gustaba.

—De modo que eso te han dicho... —musitó.

—¿Es cierto?

—No era más que un rumor, algo que sólo unos pocos comentábamos en voz baja, cuando se nos iba la mano con la cerveza. —El buscador hizo una larga pausa—. Pero, válgame Dios... Sí, yo creo que es cierto. Siempre lo he creído.

—¿Quién fue? —pregunté a Yelmo, acosándolo con la mirada—. ¿Quién fue el compañero que traicionó a mi padre?

—Narváez no quería ni oír hablar de eso —respondió el buscador, con aire ensimismado—. El viejo era un titán, pero tenía un talón de Aquiles. Creía que todos sus agentes eran inmaculados, no concebía la idea de la traición… Él fue quien echó tierra sobre aquel asunto. Pero Zaguero… Ah, no, Zaguero era un sabueso, igual que estos buenos chicos. —Palmeó el lomo de uno de sus perros—. A ellos no se les puede engañar, saben que en todos los sótanos se esconde alguna rata. Zaguero estaba convencido de que en el nuestro había una especialmente cobarde y dañina; por desgracia, no tenía pruebas para demostrarlo. Recuerdo bien su nombre. —Yelmo lo escupió, como si la palabra fuera una flema pútrida—. Ballesta.

Ballesta.

El nombre me cortó la respiración. De pronto, recordé la última vez que estuve en el Sótano. Urquijo, el abogado del Cuerpo, me sentenciaba al exilio en nombre de nuestro director, Abel Alzaga. Yo, furioso, le recriminaba el que obedeciera a ciegas las órdenes de alguien que jamás fue un buscador, que ni siquiera tuviera el nombre de uno.

Y, a lo lejos, en mi memoria, la respuesta de Urquijo.

(«Oh, pero sí que lo tenía…»)

Se llamaba Ballesta.

Alzaga, el topo de Voynich, alias Ballesta, traidor y asesino de mi padre.

Mi mano se crispó alrededor del botellín de cerveza hasta que los nudillos se me quedaron blancos. Dejé aquel objeto encima de la mesa, pues temía ser capaz de reventarlo en un montón de cristales rotos.

—¿Qué ocurrió? —pregunté entre dientes—. Allí, en Sudamérica.

—Era una misión que requería infiltrarse entre los miembros de un cártel, Ballesta y tu padre la hicieron juntos. Al parecer, su tapadera fue descubierta. Ballesta pudo escapar con vida, pero Trueno no tuvo esa suerte. Zaguero tenía indicios de que fue Ballesta quien delató a tu padre.

—¿Qué clase de indicios?

—No lo sé. Nunca los compartió conmigo —respondió el buscador—. Poco después de aquello, Ballesta dejó el Cuerpo, unos meses antes que yo. De Zaguero no he vuelto a saber nada, pero cuando trabajaba en el CNI me topé un par de veces con Ballesta... Ese cerdo se había metido en política y escalaba puestos con rapidez. No me extraña... Siempre fue un embaucador, pero te diré una cosa, chico; allí abajo, en el Sótano, te pasas el día codo a codo con tus compañeros, y puede que logres mantener a buen recaudo tus secretos, pero lo que no puedes esconder es la clase de persona que eres, y yo te digo que aquel hombre estaba lleno de mierda. —Yelmo asintió con la cabeza para dar fuerza a su afirmación—. No sé qué habrá sido de él, le perdí la pista hace años, pero espero que a nadie se le haya ocurrido la mala idea de darle un puesto de responsabilidad.

Pobre Yelmo. Preferí no darle un disgusto innecesario al revelarle dónde esparcía Ballesta su veneno en aquel momento.

—¿Por qué crees que ese hombre vendió a mi padre a sus asesinos?

—Ese tipo era un cobarde, habría delatado a su madre para salvar el pellejo. Puede que los del cártel sospecharan algo y Ballesta decidiera entregar a tu padre para salvaguardar su tapadera... En cualquier caso, estoy convencido de que ese cabronazo no lo sintió en absoluto.

—¿Qué quieres decir con eso?

—No se llevaban bien. En realidad, ninguno queríamos trabajar con Ballesta. Como ya te he dicho, lo teníamos calado. Yo siempre he pensado que a tu padre le tenía una inquina especial, porque mientras que a Trueno todos nos lo rifábamos para tenerlo de compañero en cualquier misión, de Ballesta no se fiaba ni Dios, y eso le hervía la sangre. Se creía más listo que nadie.

—Hay algo que no entiendo: si todos los agentes recelabais de Ballesta, ¿por qué mi padre aceptó realizar con él su última misión? Infiltrarse en un cártel no es algo que desees hacer en compañía de alguien en quien no confíes ciegamente.

—Aquel trabajo, en principio, lo iba a hacer Ballesta a solas. Era la clase de misión para la que era bueno, pues tenía labia y sabía cómo engañar a la gente. Fue tu padre quien se presentó voluntario para acompañarlo. Él quería ir allí, a la República de Valcabado.

—¿Por qué?

—Válgame Dios, muchacho, si te lo digo, pensarás que estoy loco... O, peor aún, pensarás que lo estaba tu padre. —A pesar de sus recelos, el buscador se explicó—: Trueno tenía mucha imaginación... Quizá demasiada... Había un asunto que le tenía fascinado, sobre una reliquia que perteneció al rey Salomón, el de la Biblia... Madre mía, si cometías el error de preguntarle sobre ese tema, aunque sólo fuera por educación, te daba la tabarra durante horas, lo conocía mejor que nadie. Por algún motivo que no recuerdo, estaba convencido de que en Valcabado había algo importante referente a esa reliquia.

Me quedé en silencio, reflexionando sobre aquellas palabras. Yelmo interpretó mi mutismo de manera equivocada.

—No te hagas mala sangre pensando que tu padre se metió en aquella trampa de Valcabado por culpa de una tontería de leyenda, chico —me dijo el buscador—. No es eso lo que pretendía dar a entender. Tu padre fue allí porque era su trabajo, eso es todo. Conocía el riesgo y, a pesar de ello, cumplió con su deber, tal y como hizo siempre durante todo el tiempo que pasé a su lado. Deberías sentirte muy orgulloso de él.

Salí de mis pensamientos y mostré a Yelmo una leve sonrisa de gratitud.

—Ya lo estoy.

—Eso es bueno... Muy bueno... —La mirada de Yelmo se perdió, a lo lejos. Me dio la impresión de que contemplaba el pasado en la puesta de sol—. ¿Sabes, chico? Yo no fui un gran buscador... Lo hice lo mejor que supe, pero aquello, en realidad, no era lo mío... El viejo Trueno... Nunca dejó de llamarme «novato», nunca, y, a pesar de ello, se dejaba la piel en enseñarme cómo hacer un buen trabajo. Lo hacía por todos nosotros, era como nuestro hermano mayor... Creo que nada en este mundo habría hecho más feliz a ese hombre que saber que su hijo se convirtió en un buscador, igual que él. Válgame Dios... Nada en este mundo...

Hay un pasaje en la Biblia que habla sobre los pecados de los padres. No recuerdo en qué parte, pero, a grandes rasgos, creo que dice que los hijos habrán de purgar las faltas de sus padres hasta un número disparatado de generaciones. Todo muy expeditivo. Justicia veterotestamentaria de alto nivel.

Supongo que, tarde o temprano, todos los padres cometen algún tipo de pecado que hipoteca la vida de sus hijos en mayor o menor medida. Puede ser un pecado mortal, puede ser venial, el castigo puede ser atroz o una simple tara; pero la maldición, esa maldición de Libro Sagrado, nunca deja de cumplirse. Al final, a eso se reduce todo.

Nuestras vidas son el pago por los pecados de nuestros padres.

¿Qué tan distinta podría haber sido la mía si mi padre no hubiera querido perseguir reliquias en un remoto país sudamericano? No lo sé. Nunca lo sabría, más que en sueños; de lo que no me cabía duda era que yo había pagado el peaje por su imprudencia.

En realidad, no podía echarle la culpa de eso. Todos los hombres tienen derecho a emprender sus búsquedas (porque es lo único que da sentido a la vida) y él, simplemente, fue en pos de la suya. El verdadero culpable de amputar la existencia de mi padre y deslavazar la mía propia era un hombre llamado Abel Alzaga. Ballesta.

Jamás pensé que una sola persona pudiera arrebatarle tanto a otra. Aquel traidor me había expulsado del Cuerpo, había causado la muerte de mi padre y, en consecuencia, había abortado la posibilidad de que yo pudiera disfrutar de una vida mejor.

Soy consciente de que es peligroso conjeturar con aquello que nunca ha ocurrido. Nada en el universo podía asegurarme que si mi padre hubiera cumplido sus propósitos y se hubiera hecho cargo de mí, mi vida habría sido más llevadera. Por desgracia, yo no contaba con ese simpático ángel de las películas en blanco y negro que muestran al héroe cómo sería su existencia si sus decisiones hubieran sido otras o, incluso, si ni siquiera hubiera nacido.

En estos casos, el héroe descubre que la moraleja es que siempre es mejor lo malo conocido. Se siente feliz, regresa con los suyos, una campana suena en el árbol de Navidad y un ángel obtiene sus alas. Final feliz.

Millones de ángeles de alas amputadas podrían haber descendido de las alturas en aquel momento, y, por turnos, demostrarme que mi vida no habría sido mejor si mi padre me hubiera tomado a su cuidado. No les creería. No iban a ganar sus alas a mi costa porque yo sabía la verdad: toda mi existencia tuve la dolorosa necesidad de un padre. Y no de uno cualquiera. Yo quería al mío, al buscador carismático y alegre, al compañero leal, al hombre listo, un poco egoísta y buen narrador. Ése al que yo, por fin, había descubierto que le importaba. Ése al que jamás conocí (ni él a mí) porque un cobarde sin alma vendió su vida para salvar el cuello.

¿Alguna vez habéis sentido tanto odio que apenas podéis respirar? ¿Un odio certero y frío como un puñal de hielo, un odio de sonrisa entre las sombras y de venganza calculada? Espero que no. No es un sentimiento agradable, aunque yo no podía evitar sentirlo por Ballesta.

Después de mi encuentro con Yelmo pasé un día entero encerrado en una soledad absoluta, saboreando aquel odio que no me dejaba pensar en nada. Haciendo titánicos esfuerzos para no dejarme llevar por un impulso de consecuencias terribles, pues me sentía capaz de cualquier cosa.

Cualquier cosa.

Al fin, decidí que lo único que podía hacer para quitarme aquella obsesión era sajarla, igual que un tumor. Calculé un plan de venganza que nadie en su sano juicio habría apoyado, y aquello era un problema, porque no podía hacerlo solo. Necesitaba aliados, así que empecé a convocarlos.

Llamé a Burbuja por teléfono.

—Faro, ¿dónde te has metido? —me dijo al escuchar mi voz—. He estado intentando hablar contigo desde hace un par de días. Llegué a pensar que habías vuelto a Francia sin decirnos nada.

—No, aún sigo en Madrid.

—Me alegro. ¿Fuiste a ver a Yelmo? ¿Pudiste hablar con él?

—Es largo de contar. ¿Podemos vernos? Ahora mismo, si estás disponible.

—Sí, claro… —respondió él, desconcertado—. Es un poco tarde, pero… ¿Dónde quieres que nos encontremos?

Le di las señas de un restaurante cualquiera y, unos minutos después, ambos compartíamos una escueta cena. Allí le detallé mi entrevista con Yelmo y luego le expliqué mis intenciones y la ayuda que necesitaba de él. Cuando terminé, Burbuja contemplaba los restos de su copa de vino con una expresión muy seria.

—Faro, eso que pretendes hacer… Es una locura. No puedes estar pensando seriamente en llevarla a cabo.

—Mírame, Burbuja. ¿Tengo aspecto de no hablar en serio?

El buscador negó con la cabeza, con un movimiento pesado.

—Maldita sea… ¡Son tantas cosas las que pueden salir mal! No te has parado a pensarlo con calma.

—Lo he reflexionado sin parar desde que hablé con Yelmo. Es lo único que hago, en todo el día, a todas horas… Si sigo dándole vueltas acabaré volviéndome loco. Necesito actuar.

Burbuja permaneció callado un buen rato.

—Dame tiempo para pensarlo —me dijo después—. No puedo darte una respuesta ahora, así, sin más; tengo que valorar demasiadas cosas.

Su petición me pareció justa, así que le concedí un breve plazo para decidirse.

Al día siguiente, pasé la mañana en la joyería de la calle de Postas, en compañía de Yokai y de los gemelos. Burbuja no estaba allí; de hecho, no le vi hasta última hora de la tarde, cuando sonó el timbre de la puerta de mi piso de alquiler y, al abrirla, me lo encontré al otro lado del umbral. Sin mediar palabra, el buscador sacó de su bolsillo una identificación de plástico color azul con una banda magnética en un extremo. Era la llave del Sótano, el cuartel general de los buscadores en el Museo Arqueológico.

—Creo que esto es un error, y se nos va a ir de las manos —dijo con gesto taciturno—. Pero si vas a meterte en la boca del infierno, novato, no te dejaré solo.

—Gracias.

El buscador se quedó mirando cómo me guardaba el pase azul en el bolsillo.

—¿Cuándo piensas… hacerlo? —preguntó.

—El jueves, dentro de dos días. Necesito cerrar algunos temas. Espero que para entonces Alzaga esté allí, en el Sótano.

Él asintió.

—Se quedará hasta tarde, siempre lo hace —añadió—. Creo que el mejor momento será cuando cierre el museo.

—¿Tú estarás allí?

—Sí, pero sólo intervendré si sospecho que la cosa se tuerce.

Me pareció innecesario preguntarle si tenía claro su cometido. Burbuja era un gran buscador, quizá uno de los mejores. No sentía ningún temor por confiar mi vida en sus manos.

—Bien. Entonces… hasta el jueves —dije.

—Y que la rueda empiece a girar... —masculló el buscador—. Buena suerte, novato.

—Nunca vas a dejar de llamarme novato, ¿verdad?

Él esbozó una de sus medias sonrisas. Ésta fue muy débil, como si le hubiera costado un gran trabajo.

—No mientras me quede algo por enseñarte.

Su sonrisa se desvaneció. El buscador se metió las manos en los bolsillos y se alejó, cabizbajo.

Empleé la mañana del siguiente día en atar algunos cabos sueltos. Lo primero que hice fue dejar un mensaje para Julianne Lacombe, el cual supongo que debió de causar un gran desconcierto a la agente. Intentó localizarme al teléfono a lo largo de todo el día, pero no respondí a ninguna de sus llamadas.

El otro asunto que tenía que resolver me llevó a casa de mi madre. La encontré de un inusitado buen humor y haciendo gala de una energía impropia de alguien que acaba de sufrir un episodio cardiovascular. En principio lo achaqué al buen tiempo.

—Ah, vaya, eres tú —me dijo al verme—. No tenía ni idea de que aún seguías en Madrid, pensaba que habías vuelto a Londres para seguir con tu..., con ese trabajo tuyo. —«Sea el que sea», pudo haber añadido perfectamente.

—En Francia. Ahora trabajo en Francia, ya te lo conté —respondí, aun sabiendo que antes de terminar la frase, ella ya habría olvidado el dato—. Además, ¿cómo iba a marcharme sin decirte nada?

—Bueno, no soy tu secretaria, no tienes por qué mantenerme al corriente de todos tus movimientos —dijo con aire despreocupado—. Pero, en fin, me alegro de verte. ¿Quieres pasar? Estaba a punto de prepararme un té, sacaré otra taza.

Casi treinta años ejerciendo la maternidad (más o menos) y aún era incapaz de recordar que su único hijo era alérgico al té. A veces me sorprendía a mí mismo al recordar que aquella mujer tenía tres doctorados.

—Tomaré mejor un café, gracias.

—Como quieras.

Me acomodé en su pequeña salita de estar abarrotada de libros, muchos de los cuales llevaban su nombre en el lomo. Mientras tanto, ella servía las infusiones en la barra de su cocina americana. Aquella casa parecía la de un estudiante recién licenciado más que la de una mujer de ya cierta edad. En cualquier caso, a mi madre nunca le preocupó en exceso el mundo de la decoración, quizá porque nunca pasaba demasiado tiempo en una misma vivienda.

La doctora Jordán regresó al cuarto de estar llevando un par de tazas humeantes. Las colocó sobre una mesita de cristal y luego tomó asiento en una butaca que parecía recién comprada. Yo me encendí un cigarrillo.

—Espera un momento —dijo, sorprendida—. ¿Has empezado a fumar?

—Sí, hace unos diecisiete años.

—Oh… Da igual, nada de tabaco en esta casa. Es un vicio horrible. ¿Acaso el hecho de que tu madre haya sufrido un problema cardíaco no te sirve de aviso para dejarlo? Estas cosas suelen ser hereditarias.

No me apetecía discutir sobre el tema, así que guardé el cigarrillo en el paquete.

—Yo te veo bien de aspecto —dije—. Mucho mejor que en el hospital.

—Gracias. Sí, lo cierto es que me siento estupendamente, ¡como nueva! Creo que, en realidad, mi único problema es que necesitaba una pequeña puesta a punto, igual que un coche viejo… Bueno, no tan viejo.

—¿Y qué hay de lo de empezar a tomarse las cosas con calma?

—Claro, claro, eso no se me olvida, pero… ¡Es que me siento tan bien! Llena de energía y vitalidad. Incluso estaba empezando a plantearme la posibilidad de aceptar aquella oferta de Sudamérica, ésa de la que te hablé.

—Sí, lo de Valcabado.

—Exacto. Creo que es una oportunidad demasiado buena como para dejarla escapar, y si dejo mis otros trabajos y me centro sólo en éste, no tiene por qué ser malo para mi salud.

—Así que, de momento, no la has rechazado.

—Eso es lo que estoy diciendo.

—Bien. —Sorbí un poco de café—. Me parece perfecto.

—Gracias, hijo. Me alegra contar con tu apoyo.

La pobre doctora Jordán había malinterpretado por completo

mis palabras. Era sólo una de las muchas cosas que iba a tener que aclararle durante nuestra charla, el problema era que no tenía ni idea de cómo empezar a hacerlo.

Ahora que sabía más cosas sobre mi padre, no podía dejar de mirar a la doctora Jordán sin hacerme muchas preguntas. ¿Qué significaron el uno para el otro? ¿Qué era lo que acudía a la mente de mi madre cuando pensaba en él? ¿Era cariño, indiferencia, o tal vez rencor, incluso odio…? Fueran cuales fuesen esos sentimientos, ¿le resultaban más intensos cuando mi presencia se los recordaba? Quizá eso explicara en parte su comportamiento hacia mí durante todos aquellos años… o quizá no. Todo eran conjeturas, suposiciones; cualquier sentimiento que la doctora Alicia Jordán albergase hacia mi padre, siempre lo tuvo bien escondido. Yo creía conocerlos, pero también pensaba muchas cosas sobre mi padre que luego no resultaron ser ciertas. Puede que con ella también estuviera equivocado.

Necesitaba saber la verdad. Era importante, vital incluso, para que aquel encuentro fuera útil, tal y como yo lo había planeado.

Me propuse abordar el tema de forma directa. A mi madre no le gustaba la palabrería inútil, y el sentimentalismo en exceso solía ponerla a la defensiva.

—¿Alguna vez piensas en mi padre?

Ella mostró un leve sobresalto. Sin duda no se esperaba semejante pregunta a quemarropa.

—¿Qué…? —Sonrió de forma tensa—. Cielo santo, ¿a qué viene eso ahora?

—A nada, es una simple pregunta. —La miré con verdadera curiosidad—. ¿Te resulta molesta?

—No… Más bien… extemporánea, por decirlo de algún modo. No sé muy bien qué quieres que responda a eso.

—Sólo la verdad.

Ella sonrió con socarronería.

—Pues bien, hijo, como imaginarás, me resulta difícil no pensar en él. Me dejó un visible recuerdo que ahora mismo está tomando café en mi cuarto de estar. —Dejó su taza de té sobre la mesa y me miró—. Os parecéis mucho.

Aquello me resultó inesperado. Me consta que la mayoría de mis rasgos físicos son de mi madre. Como no podía ser de otra forma, los de la doctora Alicia Jordán son genes dominantes. Muy dominantes.

—¿En serio? —pregunté, escéptico.

—No me refiero al aspecto. En eso has salido a mí... No, son más bien los gestos, las miradas... Hay una cosa, esa forma que tienes de pellizcarte el labio... ¡Justo así, como ahora! —Ella sonrió, señalándome—. En esos momentos juraría que lo tengo delante de mí. Qué curiosa es la genética, ¿verdad? Cómo pueden dos personas parecerse tanto... y, al mismo tiempo, tener un aspecto tan distinto. Y también está lo de las tostadas...

—¿Las tostadas?

—Sí, él se las comía siempre igual: primero le daba un bocado a una esquina y luego a la opuesta... Y también lo hacía con las galletas, esas cuadradas... Era muy curioso. Tú haces lo mismo.

Lo curioso era que ella no recordara mi alergia al té ni dónde trabajaba, pero sabía perfectamente cómo me comía una tostada, algo en lo que ni yo mismo había reparado nunca. Pensé que eso debía de tener algún significado, pero no supe adivinarlo.

—Hay más detalles —continuó ella—. Tu voz, por ejemplo... Cuando eras pequeño tenías una voz muy aguda, ligeramente irritante, si te soy sincera. Pero, de pronto, un día te cambió y desde entonces es idéntica a la suya. A veces, cuando respondes al teléfono, reconozco que incluso me da cierta impresión, es como si le estuviera oyendo a él... Y, aunque te suene descabellado, usas una colonia que huele igual a la que él se ponía. Demasiado fuerte para mi gusto, por cierto; deberías cambiarla por otra más suave. También está el pelo... No es el color, es el tacto... La forma, no sé si me explico... Por no hablar de esa manera que tienes de torcer la boca un poco cuando sonríes, igual que él, como si fueseis hermanos gemelos... —Mi madre suspiró—. Ah, sí, la genética es algo fascinante... En otra vida, probablemente yo hubiera dedicado a eso mis estudios. Aunque nunca es tarde para aprender, o, al menos, eso es lo que siempre he dicho.

Increíble. Estaba atónito. Mi madre, que desconocía sobre mí los detalles más básicos de mi existencia, en cambio demostraba una memoria portentosa para los más insignificantes.

De pronto me di cuenta. Eran solamente aquellos que le recordaban a mi padre.

Entonces empecé a pensar… ¿Qué cosas de él había sido incapaz de olvidar la doctora Alicia Jordán, después de tantos años, después de una convivencia tan efímera (casi inexistente)? Recordaba el tacto de su pelo. Recordaba su sonrisa, el sonido de su voz. Recordaba el olor de su colonia y hasta la manera en la que se comía las tostadas… ¡Las tostadas!

Al fin lo comprendí.

—¿Te habría gustado que él…, que él se quedara? —pregunté.

Ella se tomó un tiempo antes de responder. Quizá en un día que ella hubiera estado de peor humor o, simplemente, tan ocupada como de costumbre, habría eludido la pregunta. Era una oportunidad entre un millón, y la aproveché.

—Sí —respondió. Miraba hacia el fondo de su taza, mientras jugueteaba con la bolsita de té—. Sí, eso me habría gustado… mucho. —Levantó los ojos hacia mí y esbozó una sonrisa débil—. Pero no pudo ser. No en esta vida.

«¿Y en qué vida?», pensé con acritud. «¿En una en la que ninguno de los dos hubiera sido un egoísta?» Estuve a punto de decirlo en voz alta, pero me contuve. Aquello no era un juicio, ni mi madre la acusada ante un tribunal, no quería acosarla.

En vez de eso, le hice una pregunta.

—¿Por qué él? —Ella me miró sin comprender—. ¿Qué tenía él de especial?

—Oh, eso… En fin, ¿qué puedo decir? Éramos muy jóvenes, y muy inconscientes. Además, reconozco que era un hombre muy atractivo.

—¿Sólo eso?

Ella se quedó un momento pensativa.

—No —admitió—. No, la verdad es que no… Hubo otros antes, y también alguno después, no muchos, eso es cierto, pero no fue el único, ni siquiera el más guapo… Y, sin embargo, él tenía algo diferente. Daba la impresión de… No sé cómo expresarlo… De ser algo más de lo que parecía. —Hizo una pausa, buscando las palabras correctas en su cabeza—. Creo que el término es «fascinante». Sí, eso: era un hombre fascinante. Y, además, tenía mucha labia, mucho encanto… ¿Alguna vez te he contado cómo nos conocimos?

—No.

—Yo estaba en Bolonia, estudiando un máster. Había salido con unas compañeras a tomar algo. ¡Hacía un calor terrible! Era el mes de julio, el 17, pleno verano. Había un bar, cerca de la catedral, muy pequeño, donde tocaban jazz en directo. Él estaba allí; de hecho, los dos éramos los únicos españoles en todo el local. Empezamos a hablar. Entonces yo me fijé en un tatuaje que tenía en el brazo, aquí, justo debajo del hombro. Eran una especie de letras antiguas. Le pregunté qué significaban y él me dijo: «No lo sé. Nadie lo sabe, es un misterio, por eso lo llevo». Y después citó una frase de Lorca: «Sólo el misterio nos hace vivir. Sólo el misterio». —Mi madre sonrió—. Ese tatuaje era un fragmento del Bronce de Luzaga, una placa celtíbera escrita en un lenguaje que nadie ha podido descifrar todavía. Hace tiempo fue robado y se desconoce su paradero actual. Recuerdo que una vez él me dijo: «Puede que algún día yo lo encuentre», y me sonrió… No sé… —Dejó escapar otra sonrisa, por un segundo pareció una colegiala pensando en su actor favorito—. Lo dijo de una forma que parecía que realmente iba a encontrarlo.

«Quizá lo hizo», pensé para mí. Trueno era un excelente buscador.

Creo que mi madre le quiso de verdad. Puede que ella no lo supiera, quizá se separaron antes de que se diera cuenta, pero estoy convencido de que pudo haberse enamorado de aquel falso piloto, con su enigma tatuado en el brazo.

Ninguna mujer recuerda la sonrisa de un hombre, el olor de su colonia, el tacto de su pelo, sus gestos, su voz, el día del año en que le conoció e incluso la forma en que comía las tostadas si no ha sentido algo profundo por él.

Además, decidió tenerme. Quizá yo era la prueba más incuestionable del amor que la doctora Alicia Jordán sintió por mi padre. Yo era un recuerdo de alguien especial. Ni más ni menos que eso. Ahora lo entendía.

Decidí que ella merecía conocer la verdad. Debía saber, al igual que yo, por qué las cosas ocurrieron de la forma en que ocurrieron.

Así pues, se lo conté.

Hablamos durante horas. Creo que nunca antes habíamos compartido tanto tiempo juntos. Se dijeron muchas cosas en aquella charla, algunas muy necesarias, y, a su vez, se omitieron otras tantas que era mejor no airear. Tuvo algo de catarsis. A veces fue dura, otras bronca, pero, en general, transcurrió de forma bastante civilizada. Como ya he mencionado en alguna ocasión, a ninguno nos gustaba el exceso de melodrama.

Creo que sirvió para conocernos mejor el uno al otro. Por mi parte, descubrí algo inesperado: mi madre sentía un gran respeto por mí, y manifestó un sincero afán por ayudarme. De hecho, rozaba el entusiasmo.

El porqué de ese entusiasmo no lo sé. Creo que hay muchos aspectos de mi madre que jamás llegaré a comprender. A su manera, es una mujer llena de interrogantes.

Quizá eso fue lo que a mi padre le gustó de ella.

Freeway (III)

*A*bel Alzaga, alias Ballesta, dedicó a la
Dama una mirada indiferente cuando
pasó frente a ella.

En sus días de agente de campo, cuando era un caballero buscador bajo el mando de Narváez, todos sus compañeros tenían la costumbre de mirarla a los ojos antes de comenzar una misión. Pensaban que daba buena suerte. La Dama de Elche (no; la Dama, sólo
la Dama) era el talismán oficioso del Cuerpo Nacional de Buscadores.

Ballesta no sabía en qué momento se inició aquella tradición.
Ignoraba quién fue el primer buscador que decidió que echar un
vistazo a una mole de piedra podía tener alguna influencia en los
caprichos del azar. Él pensaba que, en todo caso, debió de ser uno
muy poco inteligente, aunque no menos que los necios que decidieron imitar su ejemplo.

Abel Alzaga se consideraba un hombre de buena estrella, y
nunca necesitó conjuros ni rituales, él mismo forjaba su propia suerte. Había llegado lejos porque sabía que un buen contacto es mucho
más útil que un viejo ídolo inanimado. Por eso él, a diferencia de
Trueno, seguía vivo.

Sabía hacer contactos.

Un rictus de desagrado se dibujó en el rostro de Ballesta. Nunca
pudo evitar acordarse de Trueno siempre que pasaba por delante de
la Dama. Su malogrado compañero era uno de aquellos necios que
cumplían religiosamente (palabra muy adecuada) la costumbre de
buscar la suerte en los ojos de la Dama. En ocasiones, incluso llegaba
a rozarse la yema de los dedos con los labios y luego los colocaba con

delicadeza sobre la mejilla de piedra de la estatua. Menudo iluso. Su Dama no movió un dedo para evitar que le volaran la cabeza en Valcabado.

Otros buscadores de aquella época (todos, en realidad) copiaban aquella estúpida costumbre de Trueno, aunque Ballesta siempre estuvo convencido de que no imprimían el reverencial convencimiento del que Trueno hacía gala. Eran como los cachorros que imitan los gestos del líder de la manada. Resultaba incluso patético.

Ballesta jamás pudo explicarse el ascendente que ejercía Trueno sobre el resto de los buscadores. Puede que tuviera un cierto encanto, pero eso no ocultaba su verdadera naturaleza: un hombre inmaduro, egoísta y con mucha más suerte que talento. Un adulto con cerebro de adolescente, embotado en fantasías y quimeras. Tuvo un fin muy lógico.

Dejó de pensar en él en cuanto la Dama estuvo bien lejos de su camino y comenzó a disfrutar de su recorrido en solitario por los pasillos vacíos del Arqueológico. Era el mejor momento del día, cuando los visitantes abandonaban el museo y sólo quedaban los vigilantes y las múltiples antigüedades llenando el silencio de ecos del pasado.

A Ballesta le gustaba deambular a solas por el museo. Se sentía como un general que contempla el campo de batalla después de una justa victoria. De algún modo, todo aquello era suyo, como en su día también lo fue del viejo Narváez.

Nunca sintió una especial animadversión por el viejo, incluso le respetaba, pero adolecía de una espantosa falta de ambición, conformándose con dirigir una cuadrilla de ladrones inadaptados con ínfulas de héroes de folletín. El legado de Narváez estaba condenado al anonimato a pesar de que (y eso Ballesta no podía negarlo) el viejo había hecho cosas bastante meritorias. Alzaga no podía concebir entregar la vida a una causa sin obtener por ello reconocimiento. Gloria.

Fue por este motivo por el que acabó hartándose del Cuerpo de Buscadores y decidió labrarse un futuro en la política. Era lo único que satisfacía su sed de ambición.

Al principio se sintió satisfecho con su decisión. Su habilidad para el trato personal le granjeó buenos contactos, los cuales a su vez fue capaz de utilizar para establecer otros aún más valiosos. En poco tiempo tejió una valiosa red de favores, y la utilizó para trepar tan alto como fue capaz.

A lo largo de aquel ascenso, Ballesta conoció a Lilith.

Lilith no era su nombre real, por supuesto, tan sólo una especie de seudónimo teatral (Ballesta se preguntaba a menudo por qué algunas personas necesitan la máscara del alias para sentirse realizadas. Lilith, los buscadores... ¿Sería algún tipo de frustración infantil?). Ella reconoció su verdadero potencial, supo leer en su corazón y ofrecerle una recompensa por la que merecía jugárselo todo.

El poder. El poder casi ilimitado.

Qué admirable mujer. Alzaga sólo la había visto una vez en su vida, pues para la presidenta de Voynich el anonimato era casi una obsesión, pero mantenía su recuerdo grabado a fuego.

«Podemos hacer grandes cosas juntos», le dijo, «dejar una huella imborrable en la Historia y que nuestros nombres perduren durante siglos». Imposible rechazar una oferta semejante. Alzaga se limitó a preguntar qué era lo que Voynich esperaba de él, y Lilith se lo explicó.

La mujer pensaba que la existencia del Cuerpo Nacional de Buscadores era un peligro potencial para el éxito de sus planes y necesitaba yugularlo. No era suficiente con tener a alguien infiltrado en su interior, pues cualquier topo puede ser descubierto y neutralizado. Se trataba de algo mucho más ambicioso: corroer el Cuerpo de Buscadores hasta deshacerlo por completo. Enquistar un tumor.

Ballesta aceptó el cometido con devoción.

Desde aquel momento, el antiguo buscador no volvió a ver a Lilith. Todos los contactos se hacían a través de testaferros, fundamentalmente de David Yoonah. A Alzaga no le gustaba del todo aquel oriental de inquietantes miradas azules, pero le reconocía una enorme eficacia ejecutiva.

Yoonah sacó a Joos Gelderohde de la cárcel y le encomendó, entre otras tareas, eliminar a Narváez para dejar libre el paso de Alzaga a la jefatura del Cuerpo de Buscadores. Una vez que el viejo estuvo bajo tierra, todo transcurrió según lo planeado. En poco tiempo, Ballesta redujo el Cuerpo a una piltrafa. Unos meses más, y los buscadores se convertirían en leyendas muertas.

Tan sólo quedaba uno en activo. Burbuja. Alzaga quería mantenerlo en el Sótano hasta el final, deseaba que el buscador contem-

plara la inexorable decadencia del Cuerpo sin que pudiera hacer nada por evitarla. A Alzaga, muy en el fondo, Burbuja le recordaba vagamente a Trueno, y sentía un inconfesable regocijo al pensar en que asistir al fin del Cuerpo debía de ser una lenta tortura para el buscador. Era como alardear de la victoria ante un fantasma. Habría sido mucho más gratificante poder someter al mismo suplicio al hijo de Trueno, pero, al respecto, Voynich fue tajante: querían a Faro expulsado del Cuerpo. Alzaga no tuvo más remedio que cumplir la orden.

Ahora, tan sólo quedaba el último tiro de gracia, y si las cosas en Valcabado iban tan bien como parecía, Ballesta pronto sería inmortal, tal y como Lilith le había prometido.

Pensaba en eso mientras recorría los pasillos vacíos del museo, sonriendo para sí.

Ballesta abandonó las salas de exposición y se dirigió hacia la zona del personal de seguridad. Allí estaba la única máquina de café que funcionaba a esas horas en todo el edificio.

Se encontró con un vigilante junto a la máquina. Un muchacho con aspecto apático que bebía una lata de refresco. Cuando vio aparecer a Alzaga, se dispuso a llamarle la atención, pero reparó en el pase azul que llevaba prendido de la solapa de la chaqueta y, de inmediato, su atención se centró en el punto más alejado posible del lugar. La identificación de los miembros del Cuerpo solía tener ese efecto en todos los trabajadores del museo.

Ignorándolo de forma ostensible, Alzaga pasó junto al vigilante e introdujo unas monedas en la máquina de café. A su espalda, el muchacho seguía bebiendo su refresco. Una lata de color rojo chillón, de una marca barata de supermercado.

Freeway Cola.

Alzaga sintió una desagradable desazón.

Freeway Cola… Hacía años que no recordaba ese detalle. Era la misma marca de refrescos que solía beber El Gambo. En Valcabado era difícil encontrar otra en las tiendas… Freeway Cola, Freeway Lima, Freeway Naranja… Incluso un asqueroso mejunje llamado Freeway Tropic, con el mismo aspecto y sabor de una medicina. El Gambo jamás bebía alcohol, era una de sus manías, pero siempre tenía entre las manos una lata de aquel brebaje repugnante. Una vez estuvo a punto de acuchillar a uno de sus hombres por beberse la última *Freeway Cola* de su neverita portátil... No lo hizo, pero gritó amenazas igual que un lunático. También tragaba *Freeway Cola* mientras Ballesta le revelaba que Trueno era un agente infiltrado. Al saberlo, el narco aplastó la lata con la mano.

A Ballesta no le gustó recordar al Gambo, ni la estúpida marca de refresco a la que estaba enganchado. Se preguntó dónde diablos habría comprado aquel vigilante idiota ese refresco, y por qué tenía que estar bebiéndolo justo ahora, en aquel preciso momento, a sus espaldas.

Atacado por un súbito enfado, Alzaga se dirigió al muchacho.

—¿Es que no tienes nada mejor que hacer que estar ahí parado perdiendo el tiempo?

El rostro del vigilante se puso encarnado. Balbució una disculpa ininteligible y se esfumó de allí tan rápido como pudo, llevándose consigo su asquerosa lata.

Alzaga maldijo entre dientes. De pronto se sentía irritado, aunque sin saber muy bien el motivo.

Cogió el vaso de plástico lleno de café que salió de la máquina. Al llevárselo a la boca, le pareció que despedía un olor pegajoso y dulzón, igual que el de la *Freeway Cola*. Tiró el vaso lleno a una papelera y se marchó de regreso a su despacho, en el Sótano. Su anterior buen humor se había esfumado por completo.

Utilizó el pase azul para acceder al Sótano a través de la puerta situada en la reproducción de las cuevas de Altamira. El recibidor estaba desierto. La mesa desde la que Enigma controlaba los vaivenes del Cuerpo de Buscadores estaba vacía desde que ella se marchó, y ya nunca tendría un ocupante. Alzaga pasó de largo frente a ella. Los tacones de sus zapatos levantaron ecos al golpear las baldosas del suelo, sobre el enorme emblema del Cuerpo.

Una columna partida. Una mano abierta, en llamas, con un ojo vigilando en su palma. Junto a ambos símbolos, escrito en griego, el lema del Cuerpo Nacional de Buscadores: «Regresa». Nada ni nadie iba a regresar ya jamás, pensó Ballesta. Esa idea mejoró un poco su estado de ánimo.

Se metió en su despacho, la misma habitación que en tiempos de Narváez recibía el teatral apelativo de «el Santuario». Cuando era agente de campo, Ballesta sólo estuvo ahí dentro un par de veces. El viejo lo tenía repleto de recuerdos escoceses, pero Ballesta se había

deshecho de todos ellos y ahora aquel lugar era un reducto impersonal, sin adornos ni objetos inútiles.

Se sentó tras su mesa y trató de concentrarse en alguna labor,
pero no fue capaz. Todavía creía oler la nauseabunda Freeway Cola,
como si rezumase por las paredes. Empezó a sentirse un poco mareado.

Se reclinó sobre el respaldo de su silla y cerró los ojos. De pronto
pudo ver al Gambo. Sus ojos muy abiertos, la cara deformada por
una expresión de ira, la lata de refresco abollada en su mano, y un
hilo de jarabe negruzco goteando entre sus dedos...

(«¡Ese mono está muerto! ¿Me oís? ¡Voy a arrancarle la piel a ese
hijo de puta! ¡Nadie se la pega al Gambo! ¡Nadie!»)

La sentencia de muerte de Trueno.

Ballesta abrió los ojos y creyó que su corazón se detenía. Trueno
estaba allí, frente a él. Su espíritu se había materializado entre las
sombras del Santuario, y le miraba a los ojos, con un odio absoluto.

El fantasma habló:

—Hola..., Ballesta.

Alzaga estuvo a punto de gritar de terror, pero, justo a tiempo,
las sombras cambiaron y los espectros de su mente se desvanecieron.
No era Trueno quien estaba frente a él sino su hijo, Faro.

La primera vez que Alzaga vio a Faro le costó creer que fuera el
hijo de su antiguo compañero, pues físicamente apenas guardaban
parecido; sin embargo, en aquel momento, habría sido capaz de establecer el parentesco aunque no lo supiera de antemano. Había
algo en la manera en que miraba... Ese desprecio mal disimulado,
esa arrogancia... Dios del Cielo, eran los ojos de Trueno.

Alzaga trató de mantenerse imperturbable. Calibró hasta qué
punto la actitud de Faro era amenazante. Pensó en la pistola cargada que ocultaba en uno de los cajones de su despacho, la cual estaba
dispuesto a utilizar si era necesario.

Esperaba no tener que llegar a ese punto. Lo importante era
mantener la calma.

—¿Qué estás haciendo aquí, Faro? —preguntó Alzaga. Moduló
su tono de voz hasta hacerlo sonar casi cordial—. ¿Cómo has entrado?

El joven arrojó un pase azul, sin nombre, encima de la mesa del
despacho. Alzaga lo miró sin cambiar el gesto. Entretanto, su mano
derecha se acercó disimuladamente hacia el cajón de la pistola.

—He utilizado esto —dijo Faro—. Algo que no tenías derecho a arrebatarme.

—Ése es tu punto de vista, muchacho. Aunque puedo entender que no compartieras conmigo aquella decisión. —Sus dedos rozaron el asidero del cajón. Empezó a tirar de él con mucha lentitud—. ¿Has venido para discutirlo conmigo? Adelante, estoy dispuesto a escucharte...

—No tengo nada que decirte, Ballesta. No lo necesito.

Faro sacó la mano de su bolsillo. Llevaba una pistola muy pequeña, una Beretta compacta, del tamaño de una petaca. Mortal sólo si el atacante se encontraba muy cerca, y Faro lo estaba.

El cuello de Alzaga empezó a sudar. A pesar de ello, logró estirar una sonrisa.

—No entiendo a qué viene eso. Eres un hombre inteligente, no un niño. Si crees que hay algo que debas recriminarme, estoy seguro de que puedes hacerlo sin necesidad de apuntarme a la cara con una pistola. Como ya te he dicho, estoy dispuesto a escucharte. —Faro no dijo nada. Lo interpretó como un asomo de duda—. Consideremos el motivo de tu cese como caballero buscador... A eso es a lo que debo esta..., digamos..., aparatosa muestra de rencor, ¿no es así? ¿Y si te dijera que estaría dispuesto a dar marcha atrás en ese asunto?

Faro dejó escapar una breve risa. Alzaga no supo cómo interpretarla. El joven sacudió la cabeza lentamente y bajó el arma. Luego sacó un cigarrillo y se lo encendió, con un mechero muy grande, un modelo zippo con el emblema del Cuerpo grabado en una de sus caras. A Alzaga le pareció un complemento ridículo.

—Así que estarías dispuesto a dar marcha atrás, ¿eh? —dijo. Su tono sonaba casi burlón.

—Por supuesto. Reconozco que el correctivo a tu pequeña indisciplina pudo ser desproporcionado. No valoré en su justa medida los atenuantes... Mi inexperiencia como director del Cuerpo pudo ser la causante de un excesivo rigor en la aplicación de la normativa... —Faro le contemplaba fijamente, dando caladas a su cigarrillo. En sus ojos lucía una mirada extraña, como si viera algo que le resultaba divertido. Alzaga empezó a ponerse nervioso—. En todo caso, ¿por qué motivo querrías volver? Ahora eres un agente de Interpol, con un gran futuro por delante. Tienes la oportunidad de aplicar tus cualidades en una labor de gran trascendencia, y no aquí, donde te desaprovecharías de forma calamitosa... ¿No crees que tengo razón, muchacho? Claro que sí... Sé que lo crees...

El joven escupió una bocanada de humo. Tiró al suelo el cigarrillo sin terminárselo y lo aplastó con la suela del zapato.

—¿Sabes qué? Voy a aceptar tu oferta, la de dar marcha atrás.

—Si eso es lo que quieres...

—Sí, es lo que quiero. Quiero que vuelvas atrás en el tiempo, al momento justo en que delataste a mi padre, y mantengas cerrada tu asquerosa boca. Eso me gustaría mucho.

Alzaga se quedó sin aliento. De modo que lo sabía. Sintió una tenaza de miedo presionando su estómago, la cual sólo pudo aliviar en parte cuando su mano palpó la culata de la pistola que ocultaba en el cajón. Se aferró a ella con fuerza.

—Escucha, Faro... Me temo que estás dando pábulo a un rumor, un rumor dañino y malintencionado. Deja que te explique lo que sucedió en realidad, sólo yo conozco la auténtica versión, era el único que estaba allí para verla.

—Y el único que volvió para contarla. Fue el buscador equivocado quien regresó, un error que estoy dispuesto a corregir. —El joven levantó el cañón de su arma hasta apuntar a Alzaga, entre los ojos. Después, con voz átona, como si enunciara una verdad insustancial, añadió—: Voy a matarte, Ballesta.

Y él supo que estaba dispuesto a hacerlo.

Abel Alzaga nunca fue un hombre valiente, pero sí muy peligroso cuando era su propia seguridad la que estaba en riesgo. En el momento en que descubrió que Faro no le iba a permitir salir de aquel despacho con vida, su mente se embotó con un pánico irracional.

Empujado por un instinto de protección casi animal, Alzaga sacó su pistola del cajón y apuntó a Faro. Por un segundo vio en sus ojos una expresión de sorpresa, que se esfumó ante el sonido del primer disparo. Sobre el estómago del joven reventó un florón sangriento. Alzaga disparó otra vez. Un boquete rojo y brillante se abrió en el pecho de Faro. El arma volvió a detonar y una tercera herida salpicó el despacho de sangre espesa y pegajosa. Sangre sobre la mesa, en las paredes, goterones de sangre sobre las solapas del traje de Alzaga, el rostro de Faro inundado en sangre. Una tormenta roja y espesa.

En un horrible instante, el cuerpo de Faro se mantuvo en pie, mirando con ojos vacíos hacia el infinito, luego se desplomó boca abajo, en medio de un charco oscuro.

Horrorizado, Alzaga dejó caer la pistola como si le quemase en la mano. Dio un paso atrás hasta pegar la espalda a la pared y contempló el cuerpo inmóvil de Faro.

La puerta del despacho se abrió y apareció Burbuja. Alzaga apenas se dio cuenta; de hecho, ni siquiera era consciente de que el buscador siguiera en el Sótano.

—Me amenazó... —dijo Alzaga, con voz aguda—. Tenía una pistola... Se abalanzó sobre mí: iba a matarme...

—No, no, no... —dijo el buscador—. Maldita sea... ¡Tirso! ¿Qué es lo que has hecho?

Se inclinó sobre el cuerpo, sin dejar de llamar a Faro por su nombre, y le dio la vuelta. Al ver aquel rostro familiar manchado de sangre, el color desapareció de sus mejillas. Con las manos asaltadas por un temblor doloroso, le buscó el pulso en el cuello y en el pecho.

—Hay que... —Alzaga tragó saliva—. Hay que llamar a una ambulancia...

Burbuja le miró. En sus ojos había una sombra oscura y densa.

—Será inútil —dijo—. Está muerto.

Alzaga se desplomó en su silla, como si sobre sus hombros hubiera caído el peso del mundo.

TERCERA PARTE

El laberinto de los valcatecas

TERCERA PARTE

El laberinto de los vigilantes

La Victoria. República de Valcabado. Barrio de Flores.
(Saúl)

El barrio de Flores era uno de los lugares más infectos de La Victoria, una ciudad que, por otra parte, contaba con escasos atractivos urbanísticos.

Un grupúsculo de exploradores españoles dieron con aquel paraje por puro efecto de la casualidad, la misma que, de hecho, había puesto en su camino la mayor parte de los descubrimientos reseñables que efectuaron durante su periplo. Eran los últimos años del siglo XVI, una época en la que el hallazgo de cualquier tierra se consideraba un episodio épico, por muy poco agradable a la vista que ésta resultara.

El altiplano donde aquellos intrépidos hombres colocaron su asentamiento era un simple llano desnudo, una calva en medio de un mar de selvas y pantanos. El paraje que lo rodeaba era tan hostil a la presencia humana, que los españoles, por comparación, creyeron haber encontrado el mismo Paraíso. Bautizaron aquel lugar con un nombre demasiado pretencioso para tan anodino pedazo de tierra: Valle de San Miguel y de Santiago de la Victoria. Ésa era la nomenclatura completa de la ciudad. Por motivos evidentes, se fue recortando con el paso del tiempo.

A diferencia de otros lugares del continente americano, como Antigua en Guatemala o la bellísima Cartagena de las Indias en Colombia, La Victoria no supo o no quiso conservar su aspecto colonial con el paso de los siglos. Los edificios viejos fueron derribados o abandonados, siguiendo un mal aplicado gusto por lo moderno. Las calles empedradas se asfaltaban, las plazas se reurbanizaban, siempre con escaso sentido estético, y el primitivo casco histórico de la ciudad desapareció sepultado bajo un montón de arquitecturas eclécticas e inconexas. Sólo en ocasiones, al pasear por recónditos parajes de la urbe, podía el visitante verse sorprendido por algún vestigio renacentista, lo suficientemente bien conservado como para provocar un gran pesar a causa de la belleza de lo que se había perdido con el paso del tiempo.

Uno de estos restos, casi arqueológicos, eran las callejuelas estrechas del barrio de Flores. La Victoria se dividía en doce distritos, de los cuales tres coincidían con el trazado más primitivo de la ciudad: Flores, Santiago y Mayorazgo. Una vieja leyenda contaba que en el barrio de Flores estaba la tierra sagrada donde los indios valcatecas enterraban a sus muertos. Marcaban sus tumbas plantando orquídeas de un color rojo intenso, tan grandes como penachos de plumas, a las que denominaban *Kimal Sal*, «almas de nuestros padres». Durante todo el año, gran parte del valle florecía con los colores de un amanecer... o así era hasta que llegaron los conquistadores españoles.

La antigua necrópolis desapareció bajo una retícula de calles y plazas, la cual se mantuvo casi intacta hasta la década de 1860. En aquel entonces, en el marco de la caída de la República de Nueva Granada y los diversos enfrentamientos bélicos que este hecho provocó, el barrio colonial de Flores fue bombardeado sin misericordia. Los habitantes de La Victoria tuvieron la desdichada idea de ocultar un polvorín bajo la iglesia agustina que marcaba el centro del distrito. Tanto el templo como cuanto había a su alrededor volaron en medio de una tempestad de cascotes. Hay quien jura que entre la argamasa se veían los restos óseos de las primitivas tumbas valcatecas.

Llegaron los tiempos de paz y los responsables de arreglar el destrozo prefirieron centrarse en otros distritos más importantes (fundamentalmente en el de Mayorazgo, donde se concentraban casi todos los edificios del gobierno). El barrio de Flores languideció en el olvido, parcheado y remendado por sus propios habitantes. El distrito se transformó en un lugar depauperado, donde las familias más pobres se hacinaban en cochambrosos edificios que antaño fueron palacetes de estilo castellano. Durante el día, los mendigos haraganeaban entre sus calles, rebuscando tesoros entre los desperdicios; al caer la noche, llegaba el turno de las prostitutas, los borrachos y los tipos capaces de rajarte el cuello por el resultado de una partida de cartas. Los agentes de policía que patrullaban por esas calles no eran más fiables que los criminales de poca monta, y a menudo preferían mirar hacia otro lado o llenarse los bolsillos con las comisiones de los tugurios de apuestas y los burdeles antes que meterse en algún follón. El barrio de Flores era como una yesca seca a la que sólo hacía falta una chispa diminuta para provocar un incendio. Solía decirse que la única forma de evitar ser víctima de un robo o un asesinato en el distrito era entrar en él desnudo y muerto.

Podría decirse que el padre Saúl era un inconsciente, ya que no cumplía ninguno de ambos requisitos cuando decidió meterse en el cogollo de Flores al caer el sol. Era evidente que no estaba muerto, pues lucía su habitual aspecto saludable y recio, meritorio en alguien de su edad. Muy pocos (más bien nadie) en La Victoria sabían cuántos años contaba el religioso. Tenía una buena mata de pelo peinada hacia atrás, a menudo cubierta por un sombrero panamá raído por los bordes y con el ala deformada en una sucesión de ondulaciones. Cuando no lo llevaba sobre la cabeza, el padre Saúl lo guardaba metido en un bolsillo, arrugado de cualquier manera. En aquel momento, mientras deambulaba por las calles de Flores, el religioso portaba su sombrero bien calado, coronando la cima de sus casi dos metros de estatura.

Las abundantes hebras de cabello que asomaban bajo el panamá eran densas y grisáceas, como un cielo de tormenta. También su barba era gris, y grises sus ojos, rodeados de piel dura y curtida, como la de un marinero que ha enfrentado de cara a incontables galernas. Al cruzarse con Saúl, cualquier aficionado a la literatura clásica habría pensado de inmediato en el padre Mapple, aquel personaje de Herman Melville que con su voz de trueno sermoneaba sobre Jonás y la ballena, en lo alto de un púlpito con forma de mascarón de proa.

A pesar de ello, nadie recordaba haber visto a Saúl clamando sobre el temor de Dios en el presbiterio de una iglesia, ni tan siquiera llevando un atuendo que pareciera vagamente religioso. El padre Saúl vestía siempre con sus camisas llenas de bolsillos, sus pantalones desgastados y su sombrero panamá hecho un guiñapo. Más que un cura, parecía un explorador recién escupido por la jungla.

Saúl era consciente del riesgo que corría al deambular a solas por las calles de Flores. En aquel lugar los camellos de los cárteles, los chulos y los drogadictos administraban su violencia a ciegas, sin distinguir a laicos de religiosos o a santos de pecadores. Por ese motivo, Saúl caminaba con la cabeza gacha, paso seguro y buscando las luces de las pocas farolas que no estaban reventadas a pedradas.

Sorteó a dos borrachos enzarzados a puñetazo limpio frente a un local de peleas de gallos, rodeados por un corro de parroquianos de lamentable aspecto que los animaba a gritos, sujetando billetes grasientos en las manos. En Flores, cualquier contienda era excusa para una apuesta.

Al dejarlos atrás, Saúl pasó junto a un cuerpo esquelético que yacía encima de un montón de desperdicios. Ni por sus ropas ni por su aspecto podía deducirse si era un hombre o una mujer, pero sí era visible el hilo de vómito que goteaba por la comisura de su boca, así como las horrendas costras que punteaban las venas de sus antebrazos. Un par de chiquillos descalzos y apenas vestidos registraban los bolsillos de aquel despojo. Uno de ellos le arrancó la aguja hipodérmica que aún colgaba de su brazo y la utilizó para amenazar en broma a su compañero, como si fuera una espada de juguete. Se olvidaron del cuerpo yacente y desaparecieron por un callejón, entretenidos con aquel pequeño tesoro.

Una estampa típica del barrio de Flores.

Como quien aguanta la respiración al atravesar un vertedero, Saúl siguió su camino sin querer reparar en el panorama de su alrededor.

El lugar que buscaba se encontraba en el centro del distrito. Allí había una pequeña plaza frente a las ruinas de la iglesia de los agustinos, aquella que en siglo XIX fue utilizada como polvorín. En la plaza Saúl se encontró con los habituales puestos de comida y cachivaches con los que muchos vecinos de Flores intentaban ganarse la vida. Allí vendían cualquier cosa a la que pudieran ponerle precio, aunque abundaban los que freían maíz y patatas en enormes ollas de aceite hirviendo, a una plata la mazorca o a dos el cucurucho de patatas, tan grasientas y apelmazadas como bolas de sebo envueltas en papel de periódico.

Saúl ignoró los puestos de la plaza y se metió por una callejuela estrecha y llena de basura, detrás de las ruinas de la iglesia. Allí se topó con una mujer arrodillada frente a la entrepierna de un policía, que tenía los pantalones desabrochados. Ninguno de los dos pareció cohibido por su presencia. Saúl apartó la mirada de forma púdica y siguió su camino.

Al final del callejón había un edificio de tres plantas. Las bolsas de desperdicios se amontonaban frente a su único acceso, y los muros estaban cubiertos por gigantescas manchas de humedad. Saúl entró, haciendo esfuerzos por ignorar el espantoso hedor a orines y vegetales podridos.

En el interior el ambiente no era menos desolador. Saúl subió unas escaleras hasta la última planta. Allí había un hombre vestido tan sólo con unos pantalones de deporte que fumaba un enorme cigarrillo liado a mano. Por su aspecto parecía un anciano, aunque era probable que no tuviera más de treinta o cuarenta años: en Flores la gente envejecía con rapidez. Saúl emitió un escueto saludo y el hombre lo ignoró.

En el piso había una puerta. El sacerdote la golpeó varias veces pero nadie respondió a su llamada.

El hombre del cigarrillo se dignó a decir unas palabras.

—No te gastes, *m'hijo*…

—¿Disculpe?

—Digo que puedes *golpiar* la puerta hasta que te sangre el puño, pero no resultará. Ahí adentro no hay nadie.

Saúl miró de nuevo el número de la puerta. Esperaba no haberse equivocado con la dirección.

—¿Vive aquí un hombre llamado Cristino López? —preguntó.

—Vive, pero no está en casa.

—¿Sabe usted dónde puedo encontrarlo?

—Saberlo lo sé, pero igual él no quiere que lo vaya diciendo. —El tipo dio una profunda calada a su cigarrillo, consumiendo una buena parte—. ¿Quién lo busca?

—Soy el padre Saúl —respondió el sacerdote—. Perdone, pero tengo un poco de prisa… ¿Sabe usted dónde está Cristino López o no?

—Claro —respondió el hombre—. Lo tienes aquí sentado, *m'hijo*.

—¿Es usted?

—Eso parece… —dijo el fumador, encogiéndose de hombros. Saúl reconoció en él a un típico valceño: nunca responden con un simple «sí» o «no» a una pregunta si pueden evitarlo—. Dime en qué puedo ayudarte, curita.

—Usted tenía una hermana… Su nombre era María de los Ángeles.

—¿Eso es un pecado ahora? —preguntó el tipo, con sorna.

—Quiero saber si estoy en lo cierto o no.

—Lo estás… Angelita. Pero ya no vive, así que si quieres hablar con ella, lo vas a tener crudo, *m'hijo*.

—No es a ella a la que quiero localizar, sino a su marido.

—Ah, sí… —El hombre dio otra larga calada a su cigarrillo. Esta vez casi lo consumió del todo—. El guanchón.

«Guanchón» era como la mayoría de los valceños se referían a sus compatriotas de ascendencia nativa. Solían utilizarlo como un insulto.

—Exacto —dijo Saúl—. ¿Lo conoce usted?

—Ésa sería la verdad… Rico, se llamaba el guanchón, si es que ése es un nombre cristiano.

—¿Sabe dónde podría encontrarlo?

—Ni quiero. Le perdí de vista cuando murió mi hermana, de esto hace ya algunos años. Al día siguiente de que la enterráramos, empacó sus cosas y se esfumó, y yo me alegro. No me gustaba aquel guanchón, era un mentiroso. Fue una suerte que mi hermana y él no pudieran tener hijos, así nos evitamos tener que alimentar a una camada de mestizos cuando el tipo se largó con viento fresco.

—¿Por qué dice que era un mentiroso?

—Siempre estaba dando la badila con aquella historia del inglés.

Saúl trató de disimular su interés. Sospechaba que si aquel hombre lo detectaba, intentaría sacarle dinero a cambio de contarle la historia. En Flores las lenguas sólo se desataban con billetes y monedas.

—Ya… Harding, ¿no es así? —dijo el padre, queriendo sonar casual—. Christopher Harding, el que desapareció en Los Morenos hace unos años.

Los valceños de más edad aún recordaban aquel suceso. Hacia la década de los setenta la prensa de Valcabado le dedicó algunas líneas, sin ahorrarse sensacionalismos. Sir Christopher Harding se presentaba a sí mismo como antropólogo, aunque en realidad no era más que un diletante con ansias de protagonismo. Tenía algo de dinero, al parecer, y lo gastaba a manos llenas en viajes de exploración y en editarse a sí mismo sus libros de temática pseudohistórica.

Todos ellos seguían las pintorescas teorías de Erich von Däniken (de quien Harding se consideraba discípulo) sobre el creacionismo alienígena. El inglés estaba convencido de que las antiguas civilizaciones americanas estaban relacionadas con inteligencias extraterrestres, creencia que resultaría inofensiva de no ser por la insistencia de Harding por convencer de ella a todo aquel que quisiera escucharlo.

El supuesto antropólogo pensaba que en el corazón de la jungla de Los Morenos se encontraba la prueba definitiva que demostraría sus teorías: una ciudad perdida, obra de habitantes de otros mundos. Él sabía cómo encontrarla… o, al menos, eso aseguraba.

Por alguna extraña razón, Harding logró suscitar el interés del gobierno de Valcabado por su búsqueda. Se le concedió un magro patrocinio económico y se le dio tribuna en la prensa estatal para que pudiera desarrollar sus disparates sin ningún tipo de cortapisa. El día que Harding se introdujo en Los Morenos, con su cuadrilla de porteadores y ayudantes, un numeroso grupo de autoridades valceñas lo despidieron como si se tratase del mismísimo Lindbergh antes de despegar en el *Espíritu de San Luis*. Los ciudadanos de La Victoria, para los que cualquier excusa era buena con tal de perder el tiempo, lo vitoreaban igual que a un héroe.

De Harding nunca más se supo. A nadie le extrañó que el inglés desapareciera en la jungla, pues Los Morenos es un lugar hostil, despiadado, donde todo aquello que no es venenoso es que está dispuesto a comerte (a veces ambas cosas). El asunto cayó en el olvido y a Harding nadie volvió a mencionarlo, salvo para apostar si estaría en el estómago de un cocodrilo o habría muerto de hambre dando vueltas por la jungla, tan perdido como una hormiga en el desierto. El infierno verde de Valcabado se cobraba así una nueva víctima.

—Ese inglés, justo —ratificó el tipo del cigarrillo—. Rico, el guanchón, decía que su padre habló con él antes de que se metiera de cabeza en Los Morenos.

—Sí, algo había oído —dijo Saúl—. Harding buscaba un guía indio que conociera bien la selva para que lo acompañase.

—¿Te das cuenta, *m'hijo*? ¡Valiente embuste! Nadie conoce esa selva, nadie… Es una trampa mortal. Sólo los antiguos indígenas sabían cómo moverse por ese podrido lugar, y el último de ellos murió incluso antes de que llegaran los españoles, hace siglos, eso lo sabe hasta un niño de teta. El padre de Rico nomás quiso timarle unas platas al inglés, haciéndole creer que él conocía los caminos viejos; pero él no se dejó engañar por ese cuentero, y al final no se lo llevó. —El tipo escupió una flema marrón—. Tanto mejor para él… Se libró de una buena.

—¿Lo dice por Harding o por el padre de Rico?

—Por los dos.

—De modo que usted piensa que a Harding trataron de timarlo… ¿Eso era lo que contaba el marido de su hermana?

—Cuentos. Sólo cuentos, nomás —dijo el hombre, con desprecio—. El guanchón era un mentiroso… Él decía que fue su padre el que no quiso acompañar al inglés, aunque le ofreció una fortuna.

—¿Y eso por qué?

Saúl vio cómo el viejo se encogía de hombros.

—¿Qué más da? Ya te digo que no son más que mentiras, *m'hijo*… El guanchón decía que su padre pensaba que Harding estaba loco… Un pobre loco y ridículo… Quería ir a la jungla a encontrar marcianos, o qué sé yo… Y el Rico decía que su padre lo mandó a freír espárragos, que lo que hay en el laberinto no es para ningún inglés idiota que busca naves espaciales.

—¿Qué laberinto?

—Así lo llamaba Rico: el laberinto. Decía que su padre sabía cómo entrar y salir de él, y que se lo dijo antes de morir.

La revelación no era nueva para Saúl, coincidía con lo que había averiguado en sus propias pesquisas, por eso necesitaba encontrar a aquel indio. Quería hablarle del laberinto.

Por desgracia, Saúl creyó encontrarse en un callejón sin salida. La única pista que tenía sobre el paradero de aquel indio era la de su cuñado, pero éste no tenía la más remota idea de dónde encontrarlo, ni tampoco mostraba ningún entusiasmo por ser de alguna ayuda. Se limitaba a repetir una y otra vez que no era más que un mentiroso y un timador, como todos los indios, y que fue un alivio cuando lo perdió de vista tras morir su hermana. Sólo después de que Saúl insistiera muchas veces, el tipo del cigarrillo dijo algo de interés.

—Es probable que se marchara a la reserva —dijo de mala gana—. Alguna vez mencionó que le gustaría pasar el resto de su vida con los suyos… Y no me extraña, ese guanchón era un maldito pagano sin civilizar, de los que ya casi no quedan.

Saúl pensó que era un indicio muy débil, pero al menos le abría una línea de investigación.

Tras la firma del Tratado de Libertad en el siglo XIX, por el que Valcabado obtuvo su independencia de Colombia, el primer gobierno valceño sancionó la creación de reservas para los nativos, donde pudieran vivir conforme a sus propias leyes. De las siete reservas originales, sólo quedaban dos, la de Santa Aurora, en el norte, y la de Coimara, cerca de la frontera con Brasil. Así pues, cabía la posibilidad de que Rico estuviera en uno de esos dos lugares.

Saúl se despidió del cuñado de Rico. Éste le insinuó que sus esfuerzos por recordar al marido de su hermana bien merecían un justo pago, así que Saúl tuvo que darle un par de platas que el viejo se guardó con avidez.

Mientras abandonaba el barrio de Flores, Saúl pensaba que había pagado un precio excesivo por tan poca información. Aun en el caso de que Rico estuviera en una de las reservas, lo cual no era seguro en absoluto, sería difícil saber en cuál de ellas encontrarlo, por no hablar de la complicación extra que supondría llegar hasta ellas.

Hacía un par de años que la reserva de Coimara estaba temporalmente cerrada. La saturación del espacio así como ciertas complicaciones con los cárteles de la droga en aquella zona, habían provocado que el gobierno local prohibiese la entrada a todo visitante no empadronado en la reserva. En cuanto a la de Santa Aurora, el ambiente que reinaba allí hacía que, en comparación, el barrio de Flores pareciera un destino familiar de vacaciones. Los cárteles se habían apoderado de ella por completo y entre sus límites reinaba la anarquía. Saúl no pondría un pie en Santa Aurora salvo que fuera su última opción.

Ya era tarde cuando Saúl abandonó las calles de Flores. Paró un taxi y le pidió que le llevara a la residencia de San Lázaro, en el barrio de Mayorazgo. Era mejor de esta forma que ir a pie pues, aunque el barrio central de la ciudad estaba prácticamente copado por soldados que hacían las labores de policía, nadie en La Victoria podía asegurar que un viejo sacerdote no se llevara un susto al caminar solo y de noche por las calles de la ciudad. Aquéllos eran días convulsos.

Si bien, Saúl era incapaz de recordar un solo momento en que Valcabado no pareciera una botella de champán demasiado agitada, a punto de perder el corcho.

Saúl vivía en un pueblecito en el linde de Los Morenos llamado Corazón de María. Aunque el cura era de naturaleza nómada y gustaba de pasar temporadas en diferentes lugares del país, en los últimos tiempos se había sentido atraído por la bucólica tranquilidad de aquella pequeña aldea olvidada por todos.

Los vecinos de Corazón de María apenas llegaban a medio centenar. Vivían en casas hechas de adobe, cultivando patatas y maíz en diminutas huertas en la parte trasera de sus viviendas. En la aldea no había más que un teléfono y, como en tiempos antiguos, las mujeres lavaban la ropa en un pequeño riachuelo cercano llamado el Guijarral, uno de los múltiples afluentes que, como redes varicosas, brotaban de los dos grandes ríos de aguas turbias que atravesaban Los Morenos de lado a lado, dándole su nombre a la jungla.

Corazón de María estaba a casi un día de viaje de La Victoria. La única forma de llegar era en un destartalado ómnibus que cubría la ruta una vez por semana. Por este motivo, cuando Saúl tuvo que desplazarse a la capital para llevar a cabo sus pesquisas en el barrio de Flores, decidió solicitar una habitación en la residencia de San Lázaro.

La residencia pertenecía a la diócesis. Todos los sacerdotes de Valcabado tenían derecho a disfrutar del asilo que su obispo administraba en La Victoria; al parecer, era una vieja costumbre que databa de los tiempos coloniales. Para Saúl era un recurso práctico, cómodo y barato.

El taxi dejó a Saúl en la plaza de la Catedral tras cobrarle diez platas por la carrera (una pequeña fortuna para cualquier valceño). El templo era una mole oscura y achaparrada, tan llena de parches y remiendos arquitectónicos que ni los más expertos en Historia del Arte serían capaces de adscribirla a un estilo concreto. La catedral, además, lucía un aspecto dolorosamente asimétrico desde que la nave sur ardió en llamas cien años atrás. La única restauración que se llevó a cabo fue cerrar de mala manera las dos únicas naves que quedaban en pie, dejando los restos del incendio al aire, como los huesos de un gigantesco dinosaurio calcinado. Por este motivo a la catedral se la conocía con el nombre oficioso de La Bizca.

Junto a La Bizca estaba el Palacio Episcopal, de estilo neorrenacentista, y el único edificio de toda la ciudad, junto con la sede del gobierno, que tenía algo de solera. Entre sus muros se hallaba la vivienda del obispo, el Archivo Histórico de la Diócesis (donde Saúl pasaba muchas horas siempre que tenía la oportunidad) y la residencia de San Lázaro.

Saúl atravesó las puertas de la residencia, dándole las buenas noches a la monja que atendía la pequeña recepción.

—Ah, padre Saúl —dijo ella al verle—. Tiene usted un mensaje de parte de don Fernando, el secretario del obispo. Me encargó que le pidiera que se pase por su despacho en cuanto pueda.

Saúl miró su reloj, justo al mismo tiempo que las campanas de La Bizca daban las once.

—Gracias, pero creo que mejor iré mañana. Ahora es un poco tarde.

—No importa, él le está esperando. Me dijo que era urgente.

El sacerdote puso cara de extrañeza, pero no dijo nada. Se encaminó hacia el segundo piso, donde estaba el despacho del secretario del obispo.

La diócesis de La Victoria llevaba casi dos décadas en manos del mismo prelado, don Manuel De Llanos. De Llanos era un salesiano que ya hacía tiempo que había rebasado la edad en que los obispos suelen ser dispensados por el Vaticano de seguir realizando su labor pastoral. La protocolaria renuncia del prelado aún dormía en el fondo del cajón de algún escritorio de Roma, y era probable que allí permaneciese mucho más tiempo.

Saúl había tratado poco con el obispo De Llanos pero su opinión sobre él no era negativa, aunque tampoco entusiasta. De Llanos era un hombre que hablaba siempre como si hubiera un enfermo en la habitación, y tan bienintencionado que casi rozaba la candidez. Era un hombre sin maldad, pero una elección bastante torpe para regir la convulsa diócesis de La Victoria. Superado por la complejidad de su cargo, De Llanos languidecía su pontificado rezando jaculatorias y escribiendo cursilísimas pastorales de lectura infumable, sin apenas salir de su despacho más que para dar la misa. No podía decirse que estuviera capacitado para resolver problemas, pero, al menos, tampoco los causaba.

En realidad, el gobierno diario de la diócesis lo ejercía en la sombra su secretario personal, Fernando Iturbide. Iturbide era un sacerdote del Opus Dei, una orden que contaba con escasas simpatías entre la mayoría del clero de Valcabado, de carácter más bien jesuítico.

El secretario del obispo era, al contrario que su patrón, un hombre mucho más resolutivo y perspicaz. De ideas más bien conservadoras, procuraba no obstante gobernar el timón de la diócesis con mucha diplomacia. En Valcabado, el llamado «clero de base» se encontraba fuertemente politizado y tendía hacia ideas izquierdistas (algunos sacerdotes incluso habían sufrido penas de cárcel a manos del gobierno), pero Iturbide se movía con el firme propósito de no meterse en charcos pantanosos ni crear fricciones innecesarias. Saúl no simpatizaba con él, pero sí valoraba su actitud práctica y constructiva.

El sacerdote encontró a don Fernando en su espartano despacho. Vestía, como de costumbre, el *clergymen* impoluto, tan negro como una ceguera. Su cabeza, ausente de pelo por completo, se elevaba sobre la oscura línea de su cuerpo mirando el mundo tras los cristales de sus gafas, las cuales le agrandaban los ojos de forma antinatural.

Cuando Saúl entró, el secretario le recibió en pie con extrema cortesía. Le estrechó la mano y le invitó a tomar asiento.

—Es un raro placer verlo por la diócesis de cuando en cuando, padre. ¿Cómo van las cosas en ese pueblecito suyo… Corazón de María?

Saúl pensó que podría ahorrarse la respuesta, pues seguro que el secretario estaba bien al tanto de todos sus movimientos. Iturbide tenía mirada larga y oído fino, habría sido un buen funcionario intermedio en algún lugar como la Stasi o el KGB… de no ser porque odiaba a los comunistas aún más que al pecado.

—Vergonzosamente tranquilas, diría yo —respondió Saúl—. Ese bendito poblacho es un remanso de paz.

—¡Cómo le envidio! Aquí, en la capital, me temo que no tenemos esa suerte… Las huelgas nos paralizan, las bandas de los cárteles cada vez controlan más barrios y el gobierno sólo sabe responder sembrando las calles de soldados que más bien son niños con pistolas. Malos tiempos, sin duda… Muy malos… Si fuera un hombre pesimista, diría que ha llegado el momento de prepararnos para lo peor.

—¿Y no es así?

—Confío en que no… ¿Ha oído hablar de esa multinacional estadounidense, Voynich?

—Creo que tienen que ver con temas de informática.

—Así es. Al parecer, sus expertos han descubierto un enorme yacimiento de wolframio en el norte del país. Están dispuestos a invertir mucho dinero aquí, en Valcabado, para explotar ese recurso. Eso crearía muchos puestos de trabajo, ¿no le parece?

—Con todos los respetos, padre, el problema de este país no es sólo el desempleo. Valcabado sólo empezará a salir del agujero cuando desaparezca el gobierno del presidente Luzón, y, de paso, también los cárteles de la droga que lo financian.

Iturbide dejó escapar un suspiro quedo.

—Sí… Habla usted igual que muchos de sus compañeros sacerdotes. Pero temo que no analiza el problema correctamente. El mal de esta nación son los señores de la droga; sin embargo, dado que el gobierno nunca tuvo la fortaleza necesaria para enfrentarse a ellos, acabó por doblegarse y corromperse. Si los cárteles desaparecen, los corruptos del gobierno se irán con ellos, y las cosas comenzarán a mejorar.

—Bueno… Es un punto de vista —farfulló Saúl, a quien no le apetecía enzarzarse en un debate político con el secretario—. Pero sigo sin ver en qué ayudaría que un grupo de americanos vengan a agujerearnos el suelo, padre. No dudo que harán mucho dinero, pero me apostaría el cuello a que ni una sola moneda acaba en los bolsillos de quienes lo necesitan. La mitad de las ganancias será para los yanquis, y la otra mitad se irá en sobornos a los narcos para que les dejen trabajar en paz.

—Sé de buena fuente que la empresa Voynich no está dispuesta a comprar la protección de los cárteles.

Saúl sonrió, sarcástico.

—Pues tendrá usted mucho que rezar, padre, porque eso necesitará de un buen milagro. Uno de los gordos.

—Quizá no sea necesario. Esos norteamericanos cuentan con algo llamado *Private Military Company*, ¿le suena el término?

—Sí —respondió Saúl—. Tienen mercenarios.

—Creo que esa definición no les gusta demasiado, prefieren «agencia de seguridad». Ésta en concreto se llama Wotan y, al parecer, posee medios suficientes como para mantener a raya a los cárteles. Las gentes de Voynich están dispuestas a poner su agencia de seguridad al servicio del gobierno, para que colabore en su lucha contra los señores de la droga… Forma parte del acuerdo por la explotación del wolframio.

—Justo lo que necesita Luzón —resopló Saúl—. Más tipos armados para perpetuarse en el poder… Lo siento, padre, pero esta historia no me parece tan bonita como a usted.

—Usted es un hombre inteligente, Saúl, estoy seguro de que puede ver más allá de las apariencias. Tarde o temprano, el gobierno de Luzón será tan dependiente de los hombres de Wotan y del dinero de Voynich que, virtualmente, les pertenecerá.

—¿Y por qué eso es mejor que estar corrompido por los cárteles?

—Estoy convencido de que a este país le irá mucho mejor si su gobierno está en manos de una multinacional estadounidense en vez de en las de los traficantes de droga.

—Por Dios, padre… —dijo Saúl, sin apenas dar crédito—. ¡Eso es neocolonialismo en estado puro! ¿Cómo puede parecerle aceptable?

—Porque soy realista y entiendo que esta nación no puede aspirar a nada mejor.

Saúl no supo qué decir. La postura del secretario le parecía deprimente. Si aquélla era la opinión de la Iglesia de Valcabado, Saúl no veía el momento de regresar a su pequeña aldea y olvidarse del mundo durante una temporada.

—Una empresa comprando un país… —observó el sacerdote, alicaído—. Es como volver a los tiempos de la Compañía de las Indias Orientales.

El secretario extendió las palmas de las manos con un gesto de impotencia.

—Querido amigo, no crea que soy un cínico. Sólo es que, entre dos males, prefiero escoger el menor. Quiero pensar que, hoy en día, los tiempos son mejores que ésos a los que usted alude. Esa gente de Voynich no parecen negreros ni explotadores, más bien al contrario: tienen ideas modernas, regeneradoras… Incluso ya han comenzado a invertir en la salvaguarda del patrimonio histórico de la nación.

—¿A qué se refiere con eso? —preguntó Saúl.

—Financian un proyecto cultural… Lilith, se llama. Es muy sugestivo, e interesante. Está relacionado con el motivo por el que quería reunirme con usted. Necesito su colaboración.

—Lo siento, pero no comprendo...

—Es natural, lleva tanto tiempo perdido en su pueblecito que no está al corriente de las últimas novedades. El Proyecto Lilith ha estado trabajando en un hallazgo importantísimo de carácter arqueológico, en las afueras de La Victoria. Hay mucha gente involucrada en ese proyecto, se trata de un equipo internacional, compuesto por expertos de enorme prestigio.

Saúl se sintió intrigado.

—¿Y en qué consiste ese importante hallazgo?

—No estoy seguro, lo llevan con mucha discreción, pero sospecho que se trata de alguna ruina valcateca. El equipo de expertos anda buscando a alguien que pueda comprender la escritura de los nativos precolombinos. Preguntaron en la Universidad de La Victoria, pero allí les remitieron a la diócesis. Esta tarde me he reunido con uno de los miembros del Proyecto Lilith, un tal doctor Cronin, y le mencioné a usted, Saúl.

—¿Por qué hizo tal cosa?

—Tengo entendido que lleva estudiando muchos años la cultura indígena de Valcabado.

Iturbide no se equivocaba. De hecho, era probable que Saúl fuese uno de los pocos expertos en ese campo que existían en todo el mundo. Ningún arqueólogo o historiador quería perder el tiempo estudiando la cultura valcateca: o bien la consideraban por completo intrascendente o bien desconocían su existencia. Los restos arqueológicos dejados por los valcatecas eran escasos y, por lo general, poco espectaculares, aunque Saúl estaba convencido de que aún quedaba mucho por descubrir.

—He... He investigado un poco al respecto, sí... —admitió el sacerdote, remolón.

—Temo que está pecando de exceso de modestia, padre.

—No creo que sea un gran experto, pero sí es probable que sea el único que hay a mano.

—Bien, porque me gustaría mucho que aceptara la oferta de ese doctor Cronin y se uniera al equipo del Proyecto Lilith.

Así que era eso. Saúl ya se lo temía. Su primer impulso fue negarse, pues no le gustaba actuar de recadero para el secretario del obispo, ni mucho menos colaborar con gentes cuyas intenciones le parecían tan poco fiables.

Sin embargo, debía admitir que estaba muy intrigado… ¿Qué habrían encontrado aquellos americanos? Los restos de auténtica escritura valcateca eran muy escasos, y quizá mereciera la pena echarle un vistazo a lo que esos expertos habían desenterrado. Podía tratarse de algo importante.

La curiosidad de Saúl fue más fuerte que sus escrúpulos; no obstante, aún tenía que vencer unos cuantos recelos.

—¿Por qué tiene la diócesis tanto interés en que yo participe en ese asunto?

—Oh, no es interés… Imaginé que sería muy enriquecedor para usted, eso es todo.

—La verdad os hará libres, padre…

El secretario sonrió, con aire culpable.

—Tiene razón… Tiene mucha razón… Lo cierto es que me gustaría saber qué es lo que esa gente anda excavando, cómo trabajan, cuáles son sus planes… He intentado sonsacarle algunos detalles a ese tal doctor Cronin, pero no ha hecho más que mostrarse evasivo.

—De modo que quiere que sea su espía.

—Yo no lo diría de esa forma. Sólo quiero que me mantenga al corriente de lo que considere de interés… Usted mismo me recriminaba hace un momento que confiara tanto en las bondades que Voynich traería para el país. Bien, la diócesis tiene derecho a saber qué clase de gente es la que… «va a comprarnos», por utilizar sus palabras; y, en caso de que sus intenciones sean poco edificantes, actuar en consecuencia.

A Saúl le pareció una postura comprensible. Pensó que podía seguirle el juego a Iturbide mientras no implicara algo más turbio.

—Está bien —dijo el sacerdote—. Iré a echar un vistazo a esa excavación.

Iturbide le dio las gracias de manera efusiva. Por último, se puso en pie para dar por terminada la reunión y acompañó a Saúl hasta la puerta del despacho. Allí le deseó buenas noches y le emplazó a un nuevo encuentro en el futuro, para contarle las novedades sobre su labor.

Al despedirse de él, Saúl pensaba en que pasaría mucho tiempo antes de que se sintiera con ganas de volver a aquel despacho.

Al día siguiente, después del almuerzo, Saúl aguardaba en la puerta de la residencia de San Lázaro el vehículo que le llevaría a la excavación de Voynich.

Era una típica tarde valceña, encapotada y bochornosa. Con toda seguridad, por la noche caerían grandes lluvias, tal y como acostumbraba en aquella época del año. Saúl esperaba que los americanos tuvieran su excavación bien protegida, de lo contrario, al día siguiente amanecería convertida en un barrizal.

Saúl empezó a sudar. Se quitó el sombrero panamá y se enjugó la frente con un pañuelo. Ya que iba a figurar como experto universal en cultura valcateca, quería lucir un aspecto digno ante los demás miembros de la excavación. Incluso se había recortado un poco la barba, para que tuviera un aspecto menos hirsuto, y se había puesto su único par de pantalones que no parecía recién sacado de un derrumbe.

Un jeep de color verde aparcó en la plaza, junto al Palacio Episcopal. De él se apeó un individuo bajito y algo panzudo. La piel de su rostro era de color rojo encendido, como la de alguien muy pálido que ha pasado mucho tiempo al sol. En general, el tipo tenía un aspecto bastante vulgar.

Se acercó a Saúl y le saludó.

—Hola… ¿Es usted el padre Saúl? —El hombre sonrió. Pestañeaba mucho, como si fuera un tic nervioso—. Soy el doctor Cronin, Josh Cronin.

Hablaba en castellano, con un acento marcadamente anglosajón, y era evidente que le costaba un gran esfuerzo expresarse en aquel idioma.

—Encantado de conocerle, doctor Cronin. Le estaba esperando —respondió Saúl, en inglés.

Al arqueólogo se le iluminó el rostro al escucharlo.

—¿Habla usted mi idioma? ¡Cuánto me alegro! Me temo que aún no me manejo bien con el español por más que lo intento. Dicen que los británicos somos un desastre para las lenguas extranjeras… y supongo que es la verdad.

—Pensaba que era usted norteamericano.

—No, inglés. Soy catedrático de Arqueología Medieval en

Oxford… ¿Verdad que es increíble que haya acabado en este lugar? —El doctor Cronin dejó escapar una risita nerviosa.

Saúl estuvo de acuerdo. Aquel hombrecillo parecía tan desubicado como un esquimal en el desierto. Saúl ni siquiera podía explicarse qué pintaba un medievalista en aquel rincón del mundo.

Acompañó al doctor Cronin al jeep. El arqueólogo no dejó de hablar ni un solo instante, aunque la mayoría de las cosas que dijo no eran más que frases vacías. Daba la impresión de que Cronin era un tipo que temía los silencios incómodos.

Él mismo condujo el coche a través de las calles de la ciudad. Le preguntó a Saúl si estaba al corriente de los trabajos que se llevaban a cabo en la excavación.

—Muy poco —respondió el sacerdote—. El secretario del obispo no fue muy explícito al respecto, sólo dijo que necesitaban ustedes un intérprete de valcateca.

—Y así es. Ha sido todo un poco inesperado. Tenemos estudiosos de todos los rincones del mundo, pero ni uno que sepa algo de la cultura indígena local, padre.

—Olvídese de lo «padre», me basta con «Saúl» a secas —dijo el sacerdote—. Oiga, no quiero ofenderle, pero ¿no le parece un poco absurdo no traer a ningún experto en valcatecas a una excavación que tiene lugar justo en su territorio?

Cronin dejó escapar una de sus risitas.

—Ah, sí, sabía que diría usted eso, lo sabía… Verá, padre… Perdón, Saúl; es que nosotros no vinimos a desenterrar ningún tesoro valcateca… No, señor… Es por otra cosa por lo que estamos aquí.

—Entonces, ¿para qué me necesitan?

—Como ya le he dicho, ha sido muy inesperado. No pensábamos encontrar nada que tuviera que ver con los nativos de la zona, pero al final ha resultado que nos equivocamos. En fin… No del todo… Usted ya me entiende… —Otra risita.

—No, lo cierto es que no le entiendo nada, doctor Cronin —dijo Saúl, algo molesto—. ¿Qué diablos es lo que han encontrado?

—Ya lo verá… Estoy seguro de que se va a sorprender… Se va a sorprender mucho…

A Saúl empezó a fastidiarle tanto misterio; sin embargo, el doctor Cronin parecía disfrutar haciéndose el interesante. Repitió varias veces que el hallazgo sería un hito en la historia de la arqueología, y que Saúl debía sentirse afortunado de formar parte de aquel proyecto. Él mismo, dijo el doctor, lo consideraba un privilegio, una cumbre en su carrera, aunque sólo participase como mero colaborador.

—Pensaba que usted dirigía la excavación —intervino Saúl—. Al menos eso entendí por la conversación con el secretario del obispo.

—Oh, no, yo sólo soy un asistente. Es verdad que la mayor parte del tiempo estoy al cargo, pero la cabeza de todo esto es el doctor David Yoonah.

—¿Otro arqueólogo?

—Matemático, en realidad. Es un hombre muy importante, ¿no había oído hablar de él?

—El mundo exterior queda muy lejos de Valcabado, amigo.

—Es verdad, ya lo creo que sí… Muy lejos… —Cronin se rió igual que un conejo, como si hubiera escuchado un chiste muy bueno—. El doctor Yoonah es uno de los socios accionistas de Voynich. Aunque sea un hombre de ciencias, es un gran aficionado a la arqueología, supervisa personalmente todo lo referido al Proyecto Lilith.

—¿Y no les parece un riesgo poner al cargo de la excavación a un aficionado?

—Oh, no, no, no; es un hombre muy capaz, se lo aseguro. Usted mismo podrá comprobarlo cuando regrese a La Victoria.

—¿No está aquí ahora?

—No, el doctor Yoonah tiene muchas obligaciones que atender en las oficinas centrales de Voynich, en California. Cuando él no está, yo superviso los trabajos de la excavación. Puede que por eso el padre Iturbide creyera que yo estoy al mando.

—Sí, puede ser… —dijo Saúl—. Oiga y, exactamente, ¿por dónde cae esa excavación suya?

—En las afueras, a un par de kilómetros. ¿Conoce un lugar llamado Funzal?

Saúl lo conocía. Funzal era uno de los suburbios de la ciudad, se encontraba al sur, en la ladera de una montaña que separaba la planicie de La Victoria del comienzo de la selva de Los Morenos. En los libros de geografía, atlas y guías turísticas a esta montaña se le llamaba Cima del Mariscal García Tamudo, aunque ningún valceño la llamaba así. Solían utilizar el oficioso nombre de El Peñascón.

En Funzal apenas había viviendas, salvo una urbanización de lujo donde la clase alta de La Victoria se apiñaba en chalets rodeados por una coraza de medidas de seguridad. El resto del suburbio era una boscosa mancha verde.

—Perdone, doctor —dijo Saúl—. Creo que ha equivocado el camino: por aquí no se va a Funzal. Llegaríamos más rápido si tomara la Gran Vía del 18 de Junio y luego…

—Sí, lo sé; es que estamos dando un pequeño rodeo. Tengo que pasar por el hotel Embajadores para recoger a un miembro del equipo. No le importa, ¿verdad?

—No, en absoluto —se apresuró a responder Saúl—. ¿Se trata de otro arqueólogo?

—Arqueóloga, más bien. La doctora Alicia Jordán.

Saúl arqueó las cejas.

—Vaya… —dijo—. Toda una eminencia.

El doctor Cronin sonrió, satisfecho, como si el halago fuese dirigido a él.

—¿La conoce?

—¿Quién no? He leído muchos de sus libros, y estoy familiarizado con sus estudios. Será muy interesante poder trabajar con ella.

—Ya lo creo. Hemos tenido mucha suerte, la doctora Jordán se apuntó casi a última hora. Hace cosa de un mes tuvo un infarto, pero, al parecer, se ha recuperado con mucha rapidez.

—Lamento oír eso…

—Sí… Además, tengo entendido que también sufrió la pérdida de un pariente cercano… No conozco muy bien los detalles, ni tampoco he querido indagar. Siempre he pensado que en esos temas uno debe mostrarse discreto, ¿no le parece?

—Supongo que sí —respondió Saúl, evasivo—. Eso del infarto es inquietante… ¿Ella se encuentra bien de salud?

—Usted mismo lo comprobará enseguida. La doctora Jordán parece haber superado muy bien sus achaques, y en absoluto aparenta la edad que tiene. Lo único que nos pidió fue que le permitiéramos estar acompañada por un asistente, una especie de secretario, enfermero, pupilo o algo similar; naturalmente, le dijimos que no existía ningún problema por nuestra parte. Estábamos tan contentos de contar con ella que habríamos permitido que viajara con todo un séquito si nos lo hubiera pedido. —Cronin se rió.

El jeep recorrió una de las arterias comerciales de la capital, en los alrededores de la sede del gobierno. Justo en el centro se hallaba un gran edificio de corte modernista sobre cuya fachada pendían unas cuantas banderas mustias. Un herrumbroso cartelón de letras *art nouveau* lo identificaba como HOTEL EMBAJADORES.

Allí, esperando en la calle, junto a la puerta del hotel, Saúl vio a una pareja. El doctor Cronin detuvo el vehículo y fue a su encuentro. Saúl también se bajó del coche para recibirlos. Tenía mucha curiosidad por ver cara a cara a la doctora Jordán.

Cronin hizo las presentaciones de rigor. La doctora Jordán vestía unas sencillas prendas de campo de color pardo, también llevaba puestas unas enormes gafas de sol y una gorra. Estrechó la mano de Saúl ofreciéndole una sonrisa cordial, muy atractiva, y luego le presentó a su asistente, un muchacho retraído que atendía al nombre de Javier.

Saúl se montó de nuevo en el jeep, junto con los dos arqueólogos y el asistente, y los cuatro emprendieron el camino hacia Funzal. Durante el trayecto, la doctora se mostró como una mujer jovial y dicharachera, haciendo muchas preguntas a Saúl. Daba la impresión de que el sacerdote le parecía un hombre muy interesante.

—¿De verdad es usted un cura? —le preguntó—. Perdone, pero no lo parece. Más bien tiene pinta de viejo lobo de mar, como esos capitanes de barco que han recorrido el mundo de puerto en puerto.

—No tan viejo, doctora, no tan viejo…

Ella rió.

—Es verdad, disculpe… Le voy a hacer una pregunta indiscreta: ¿cuántos años tiene?

—Si le dijera que sólo unos pocos más que usted, ¿le sorprendería?

—Me sorprendería que sepa cuántos años tengo yo.

Saúl se encogió de hombros.

—La próxima vez que publique un libro, dígale a su editor que no ponga su fecha de nacimiento en la contraportada. Es muy poco caballeroso.

—Tiene razón, pero ¿verdad que parezco mucho más joven?

—Eso se lo reconozco, doctora.

—Puede llamarme Alicia, padre.

—Y usted a mí Saúl.

—Gracias, eso haré. Y dígame, Saúl, ¿qué hace un venerable sacerdote en medio de un montón de arqueólogos chiflados? No, espere…, deje que adivine: alguien le ha ido con el cuento de lo de mi infarto y quieren tener a mano a un profesional en caso de que necesite una extremaunción de urgencia, ¿no es eso?

Saúl se rió.

—No tiene usted pinta de necesitar un último sacramento, Alicia… A decir verdad, alguien pensó que mis nociones en cultura valcateca podían resultarles útiles.

—Ah, de modo que es usted el experto en indios… y también cura. Qué pintoresco.

—¿Por qué le resulta extraño? Piense que los primeros historiadores occidentales sobre las culturas precolombinas fueron todos religiosos. Fray Bernardino de Sahagún, por ejemplo, o fray Tomás de Torquemada…

—Se confunde usted. Tomás de Torquemada fue el inquisidor, supongo que se refiere a fray Juan de Torquemada, el autor de los estudios sobre la religión mexica precristiana.

El doctor Cronin soltó una de sus risitas.

—Tenga cuidado, Saúl; la doctora Jordán nunca deja pasar la oportunidad de detectar una errata… A todos nos corrige continuamente.

Ella sonrió, avergonzada.

—Lo siento, me temo que es un vicio —se disculpó—. Sólo estaba bromeando con usted, Saúl; estoy segura de que es un profundo conocedor de la cultura valcateca, y en la excavación lo recibiremos con los brazos abiertos. Llevamos mucho tiempo buscando a alguien como usted. Cronin ya estaba a punto de tirar la toalla.

—Sí, me temo que somos pocos los que mostramos algo de interés por la cultura precolombina nacional… —dijo Saúl.

—¿Y eso por qué?

—Durante mucho tiempo se pensó que la valcateca era una cultura menor, intrascendente. De hecho, no fue hasta la década de 1930 cuando se consideró que formaban un núcleo diferenciado de otras etnias del Alto Amazonas; hasta entonces, se les tomaba como una variante de la cultura chibchana, poco desarrollados y más bien primitivos. Sin embargo, el lingüista portugués Manuel Freire descubrió que en la región de lo que hoy en día es la selva de Los Morenos floreció una civilización singular, rica en tradición y muy avanzada en comparación con sus vecinos. Hoy en día se sabe que los valcatecas tenían grandes conocimientos astronómicos, poseían un complejo sistema de escritura y, según se piensa, llegaron a edificar construcciones muy sofisticadas. Por desgracia, apenas nada de todo eso ha salido aún a la luz y... —Saúl se interrumpió—. Oh, disculpe, le estoy dando una pequeña conferencia. Pero la culpa es suya, no debió animarme.

—En absoluto —se apresuró a decir la doctora—. Lo que me cuenta me parece de lo más interesante... Y, dígame, si los valcatecas eran tan avanzados, ¿cómo es que nadie se fijó en ellos hasta 1930?

—En realidad no fue así. Los primeros españoles que llegaron a Valcabado manifestaron su asombro ante los impresionantes vestigios indígenas que hallaron a su paso. Don Álvaro de Toro, primer adelantado de La Victoria, escribió una extensa relación al rey Felipe II hablándole sobre fabulosas ruinas y estelas escritas. La primera gramática valcateca fue escrita en 1601, por el padre dominico fray Luis Rodríguez Quesada, y hubo muchos más que se interesaron por aquella cultura extinta en esa época.

—¿Extinta?

—Sí..., o casi. Se piensa que la civilización valcateca colapsó mucho antes de la llegada de los españoles, quizá debido a una serie de bruscos cambios climáticos.

—Ya veo... En cualquier caso, sigo sin comprender por qué su cultura permaneció olvidada hasta el siglo xx.

—La palabra exacta sería «erradicada» —matizó Saúl—. Verá, a lo largo del siglo xix, cuando Valcabado aún era una provincia de Colombia, la alta sociedad criolla, fuertemente racista, emprendió una auténtica limpieza cultural que afectó al pasado precolombino de la región. Cuando el país obtuvo su independencia, la cosa no mejoró. En poco más de cien años, la sangre valcateca se diluyó por efecto del mestizaje, y los pocos indios puros que quedaban fueron confinados en reservas. El primer gobierno independiente del mariscal García Tamudo emitió una serie de leyes de pureza racial que habrían hecho las delicias de los jerarcas nazis, todas ellas tenían por objeto eliminar cualquier poso indígena de la población. Los estudios históricos y lingüísticos escritos por los misioneros españoles desaparecieron de las bibliotecas, los restos arqueológicos fueron destruidos durante las sucesivas guerras decimonónicas: guerra de independencia, guerras civiles, escaramuzas con los gobiernos de Colombia y del Brasil… Lo poco que quedó en pie se desmanteló para construir casas o ciudades modernas… En resumen, un verdadero desastre… —Saúl suspiró—. Por desgracia, Valcabado siempre fue un país que manifestó un escaso interés por su herencia histórica. Desde su independencia, el país ha sufrido innumerables gobiernos, muchos tan breves que no alcanzaron ni el año de existencia, y todos ellos tenían en común su adanismo y su mal entendido afán de progreso. Creían que la modernidad implicaba arrasar lo antiguo y reconstruir lo nuevo. Siempre ha sido así en este rincón del mundo.

—Eso es muy triste —intervino Cronin—. Pero estoy seguro de que nuestro descubrimiento ayudará mucho a reivindicar la cultura valcateca.

—Si es lo que parece ser… —añadió la doctora.

—Pero ¿qué es exactamente? Confieso que estoy cada vez más intrigado —dijo Saúl.

—La verdad, no sabría explicárselo —respondió la mujer—. Tendrá que verlo usted mismo y formarse su opinión… Y eso ocurrirá dentro de poco: ya estamos llegando.

Cronin giró el volante y metió el jeep por un pequeño camino repleto de baches que transcurría por el interior de una arboleda. Después de recorrer unos metros, el doctor frenó al toparse con una verja rematada con alambre de espino. Había varios hombres vigilando aquella entrada, todos ellos vestidos con uniformes negros. Sobre la puerta de acceso, Saúl vio un cartel escrito en inglés y español.

YACIMIENTO ARQUEOLÓGICO DE FUNZAL
PROHIBIDO EL PASO
(PERÍMETRO DE SEGURIDAD DE WOTAN.
A PARTIR DE ESTE PUNTO SE DISPARARÁ
A LOS INFRACTORES)
—

VOYNICH INC. *SECRETS FROM FUTURE* /
PROYECTO LILITH /
GOBIERNO DE LA REPÚBLICA DE VALCABADO
MINISTERIO DE CULTURA NACIONAL

Uno de los guardias se acercó a Cronin. El doctor le entregó unos documentos y el guardia se retiró a una garita.

—¿«A partir de este punto se disparará a los infractores»? —dijo Saúl, torciendo el gesto.

—Oh, no haga caso, es sólo un mensaje disuasorio —repuso Cronin—. Para asustar a los rateros y expoliadores, ya sabe. Toda precaución es poca.

El sacerdote se preguntó si los relucientes fusiles de asalto que los guardias portaban con evidente ostentación también tendrían un fin disuasorio.

El guardia de la garita regresó con los papeles que Cronin le había dado y se los devolvió, luego hizo un gesto a un compañero y la puerta de la verja se abrió gracias a un dispositivo electrónico. El doctor arrancó el jeep y siguió su camino.

Saúl miró por encima de su hombro y vio cómo los hombres armados quedaban atrás. No le gustaban, ni sus armas, ni sus amenazas disuasorias, ni sus negros uniformes, ni aquel extraño emblema triangular parecido a una runa que llevaban cosido en las pecheras.

Su mirada se cruzó con la de la doctora Jordán. Ella le sonrió, aunque, en esta ocasión, a Saúl le pareció que era una sonrisa tensa.

El yacimiento mostraba mucha actividad. Había trabajadores por todas partes, yendo de un lado a otro con aire ocupado, aunque sin que se pudiera apreciar cuál era exactamente su labor. Saúl reparó en que la mayoría no tenían aspecto de arqueólogos, más bien parecían simples peones.

El doctor Cronin le presentó a otro par de expertos. Uno de ellos tenía nombre escandinavo y el otro sonaba a italiano, Saúl no fue capaz de memorizarlos. Los dos venían de importantes universidades y eran expertos en arqueología medieval.

Saúl se vio rodeado de un pequeño grupo de académicos cuyas

credenciales podrían ocupar un buen taco de folios. Por un momento se sintió un poco fuera de lugar. Se preguntaba si Javier, el asistente de la doctora Jordán, también experimentaría una sensación parecida. Era difícil adivinarlo, ya que el joven apenas abría la boca salvo para compartir algún monosílabo con la doctora, y seguía al grupo siempre unos pasos por detrás, igual que un silencioso comparsa.

El doctor Cronin y el resto del grupo se metieron en un barracón de obra en cuyo interior había una mesa rodeada de sillas de plástico. Todos tomaron asiento y Saúl los imitó. El arqueólogo inglés se quedó en pie, en la cabecera de la mesa, como si fuera a dar un discurso.

Tomó la palabra para ofrecer un florido recibimiento al sacerdote. Después, con permiso del resto de los asistentes, empleó unos minutos en poner al día a Saúl sobre el descubrimiento.

—Trabajamos en el yacimiento desde hace unos seis meses —indicó—. En octubre del año pasado delimitamos el área de trabajo y comenzamos a excavar. A día de hoy, la estructura está desenterrada casi por completo, y las labores de desescombro están a punto de finalizar. Podemos decir que el objeto de nuestro estudio se encuentra listo para proceder a un análisis minucioso, algo que no entrañará grandes dificultades ya que la estructura se halla en un óptimo estado de conservación.

El arqueólogo escandinavo tomó la palabra.

—Mi conclusión es que fue enterrada hace unos mil trescientos años, entre los siglos VII y VIII de nuestra era. Al principio pensábamos que fue soterrada a causa de algún tipo de desprendimiento en la ladera del Peñascón, pero hoy en día me atrevo a asegurar que los hombres que levantaron la estructura la enterraron después, de forma consciente. El porqué hicieron algo semejante, es algo que aún debemos determinar.

—Mi teoría es que es una cápsula temporal —intervino el italiano—. Una enorme y fastuosa cápsula temporal. Eso podría explicar lo de los engranajes.

—¿Qué engranajes? —preguntó Saúl.

—Los de la estructura, por supuesto —respondió el doctor Cronin.

El sacerdote notó cómo se agotaba su paciencia.

—Por favor, señores…, es decir, doctores… y doctora… Les agradezco mucho que quieran ponerme en antecedentes, pero ¿sería posible que alguien me dijera de una vez de qué descubrimiento estamos hablando? No sé cómo les puedo ser de ayuda si no puedo verlo…, sea lo que sea.

La doctora Jordán se puso en pie, con aire resuelto.

—Tiene razón… ¡Parece que queramos matar del suspense al pobre hombre! Si me lo permite, doctor Cronin, yo haré los honores.

—Oh, sí, sí, por supuesto. Usted es la persona adecuada, sin duda —dijo el inglés—. Muéstrele el yacimiento al padre Saúl; entretanto, los doctores Skarsgard, Moretti y yo discutiremos algunos aspectos. Les esperamos aquí.

—Estupendo. Sígame, Saúl. Le gustará lo que voy a enseñarle.

El sacerdote fue tras la doctora. Al mismo tiempo, el silencioso Javier dejó su silla y los siguió, siempre unos pasos por detrás.

La mujer condujo a Saúl hasta un extremo del yacimiento, en un amplio claro donde había un gran foso rectangular excavado en el suelo, como si estuvieran iniciando las obras para hacer una piscina olímpica.

La doctora se acercó al borde del foso e invitó a Saúl a echar un vistazo en su interior.

Tenía alrededor de unos quince metros de profundidad. En sus paredes, los arqueólogos habían colocado escaleras metálicas para poder descender hasta el fondo. Allí se encontraba aquel importante descubrimiento del que Saúl tanto había oído hablar.

Se trataba, en efecto, de algo asombroso.

Era un edificio construido con grandes sillares de piedra. Tenía planta de cruz griega y, en el centro, se veía una bóveda de metal provista de oquedades de forma rectangular. La estructura estaba casi intacta, como si se hubiera mantenido en una burbuja, protegida del paso del tiempo. Saúl recordó la teoría del arqueólogo escandinavo, que databa aquel edificio en torno al siglo VIII. Pensó que o bien aquel tipo era un charlatán, o bien estaba contemplando un anacronismo de proporciones indescriptibles.

Saúl miró a la doctora Jordán, como si buscara su ayuda.

—Esto es… —dijo. No supo cómo continuar la frase.

La mujer sonrió de medio lado.

—Sí, lo sé. Al principio yo tampoco daba crédito… ¿Quiere verlo más de cerca?

—Por supuesto.

—Sígame. Puede que la escalera tiemble un poco, pero no se asuste, está bien sujeta.

Bajaron por la pared del foso hasta llegar al nivel donde estaba la estructura. Saúl no dejaba de contemplar con inmenso pasmo lo que veían sus ojos. Las piedras del edificio estaban talladas con simétrica precisión, era sin duda la obra de hábiles canteros. No había ningún vano en las paredes de la estructura, salvo en el extremo de una de las naves, donde se encontraba la puerta de acceso.

Sobre la puerta, Saúl vio un tímpano semicircular hecho de piedra. En él había una imagen tallada en relieve que representaba a un guerrero alado sosteniendo una espada. A sus pies había una serpiente con las fauces abiertas en una horrenda y dentuda mueca, el guerrero blandía su espada sobre ella con aire triunfal. La imagen era tosca, sin apenas detalles, de perfil cúbico y rotundo, asimilable a las imágenes precolombinas de las civilizaciones incas o mexicas. A su alrededor, Saúl vio diversos glifos que identificó como muestras de escritura ceremonial valcateca. Le resultó muy fácil interpretarlos, ya que eran símbolos básicos.

—El vencedor del dragón… —tradujo en voz alta. De nuevo miró a la doctora Jordán, con aire de desamparo—. No es posible.

—Yo creo que sí —dijo ella—. Es san Miguel Arcángel.

El sacerdote negó con la cabeza.

—Pero… No es posible —repitió con aire tozudo—. Tiene que ser un error.

—Le aseguro que no hay error. La datación la hizo el doctor Skarsgard en persona, y ese tipo es la mayor autoridad del mundo en esa clase de pruebas. Si dice que esta cosa está aquí enterrada desde hace trece siglos, es que así es.

—Entonces ése no es san Miguel.

—Yo diría que la imagen es muy clara. Y en cuanto a esos glifos que acaba de traducir… Bien, es la primera vez que tenemos a alguien capaz de leerlos, y a mí me parece que eso de «el vencedor del dragón» es bastante explícito. No obstante, si aún tiene dudas, échele un vistazo a esto…

La doctora señaló una marca de cantero que había en un sillar, junto a la puerta. Saúl la inspeccionó. Por un segundo creyó sentir un leve mareo.

—Maldita sea... —farfulló—. Es un crismón.

—Eso es. Y ahí hay otro..., y ahí otro, y otro ahí... Están por todas partes. El anagrama del nombre de Cristo. También hay varias cruces patadas con el alfa y la omega colgando de sus brazos, ¿quiere verlas?

—¿Me está usted tomando el pelo?

—Jamás le haría eso a un miembro del clero... y menos en su propia casa.

—¿En mi propia casa?

—Creí que ya lo tenía usted claro, Saúl. Esto es una iglesia. Sé que parece absurdo, que no debería estar aquí, que es históricamente imposible que nadie construyera una iglesia cristiana en la región del Amazonas hace mil trescientos años; pero... —La doctora se encogió de hombros—. En fin, puede que haya que reescribir un par de libros después de esto.

A pesar de que aún se sentía impactado, Saúl trató de bromear.

—Seguro que en el Vaticano no les va a hacer ninguna gracia.

—No se apure, de momento no tenemos constancia de que hayan enviado a ningún monje albino para asesinarnos.

—Es probable que tengan mejores cosas que hacer.

—Usted sabrá, aquí es el único que ha hecho los votos —dijo la doctora—. ¿Quiere verla por dentro?

—Puede apostar por ello.

Saúl siguió a la doctora al interior del templo. Estaba iluminado por medio de potentes focos eléctricos que los arqueólogos habían colocado en lugares estratégicos. La doctora explicó que funcionaban mediante un generador portátil.

El panorama allí era aún más sorprendente que en el exterior. Lo primero que llamó la atención de Saúl fue la inmensa bóveda de metal. En la parte inferior estaba repleta de engranajes y ruedas dentadas, las cuales a su vez conectaban con gruesas barras que desaparecían en el interior de los muros de piedra.

Dichos muros estaban repletos de agujeros, algunos cuadrados y otros redondos. Sobre los agujeros, escritas en relieve en los sillares, había numerosas inscripciones que Saúl identificó de inmediato como muestras de lenguaje valcateca.

Las pocas dudas que el sacerdote pudiera albergar al respecto de la funcionalidad sacra del edificio, se vieron disipadas cuando sus ojos repararon en el altar de piedra que estaba en mitad del transepto, justo bajo la bóveda. El altar tenía forma de prisma rectangular. Tres de sus caras eran losas de piedra desnuda, sin adornos de ningún tipo. En la parte frontal, sin embargo, había abundante epigrafía valcateca conformada a base de glifos ceremoniales y escritura silábica simple. A ambos lados de aquella lápida había dos figuras talladas en piedra, de rasgos muy esquemáticos. Sus cabezas eran simples cubos, con los rasgos faciales apenas insinuados. Una de ellas tenía una cruz en la mano y la otra sostenía una cartela, las dos vestían lo que parecía ser algún tipo de túnica.

En el interior del templo olía a tierra y roca. Era el aroma de una cripta, de un lugar oscuro, enterrado, inmune al paso del tiempo. Saúl se sintió pequeño, aplastado bajo el súbito peso de múltiples siglos. Percibió un misticismo potente en aquel lugar, como si guardara un misterio que llevaba cientos de años alimentándose de los secretos más profundos de la tierra hasta que, de pronto, resucita.

Las estatuas del altar lo miraban. Las piedras lo miraban. Los ojos de metal de la bóveda estaban fijos en él, al igual que los glifos e inscripciones de una civilización perdida en el tiempo. Su mirada era soberbia, orgullosa. Saúl casi podía escuchar sus voces de tierra.

«Somos una pregunta a la que jamás hallarás respuesta...»

Saúl sintió que el templo entero le lanzaba un desafío.

Sus piernas temblaron. Se vio imbuido de una intensa euforia, algo que no recordaba haber sentido desde hacía muchos años.

A su espalda, escuchó una voz que dio forma a sus pensamientos.

—En verdad éste es un lugar terrible...

Saúl se volvió. Era Javier, el asistente, el que acababa de hablar. El sacerdote casi había olvidado que aún los acompañaba.

—... Ésta es la casa de Dios y la Puerta del Cielo —dijo la doctora Jordán, completando la cita bíblica. Luego se dirigió a Saúl—: Una frase muy oportuna, ¿no cree?

—Sí, referida a este lugar... Hay tanto por descubrir aquí... Tantos misterios...

—Sólo el misterio nos hace vivir. Sólo el misterio.

Saúl miró a la doctora.

—Perdón, ¿cómo ha dicho?

—Oh, nada… Sólo citaba a García Lorca, una bobada… —La mujer sonrió, quitando hierro a sus palabras—. Como usted dice, tenemos mucho trabajo por delante. Ahora que ya sabe lo que tenemos entre manos, será mejor que volvamos con los otros doctores, así podremos marearlo con teorías descabelladas y, de paso, decirle qué queremos de usted.

—Sí, claro… Aunque, si me lo permite, antes de que regresemos con los demás, me gustaría hacerle una pregunta.

—Las que quiera.

Saúl la miró a los ojos.

—¿Puedo saber quién diablos es usted?

La doctora mostró una expresión de desconcierto.

—Perdón, pero… No comprendo…

—Está bien claro, Alicia, o como quiera que se llame. Yo conozco a la doctora Jordán, personalmente. Usted no se le parece ni por asomo… ¡Hasta su asistente, o su lo que sea, tiene más parecido con Alicia Jordán que usted! Escuche, no sé qué pretende; de hecho, si le soy sincero, me trae sin cuidado lo que le cuente a esos doctores de ahí arriba, ése no es mi problema, por eso no la delaté en cuanto la vi en la puerta del hotel. Pero, si vamos a trabajar juntos, creo que tengo derecho a saber qué clase de juego se trae entre manos, me sienta muy mal que me tomen por estúpido.

La doctora se agitó, nerviosa.

—Oh, vamos, Saúl, esto es ridículo…

—Usted elige: o me responde ahora o me responde luego, delante del doctor Cronin y los demás, cuando le vuelva a hacer la misma pregunta. Yo de usted escogería la primera opción.

La mujer abrió la boca para decir algo, pero en esta ocasión fue el silencioso Javier quien decidió adelantarse tomando la palabra.

—Déjalo, Enigma… Ya no tiene sentido.

Saúl miró alternativamente a sus dos acompañantes, esperando una explicación.

1

Fénix

Era cuestión de tiempo que alguien nos descubriese. Se trataba de un riesgo calculado con el que sabía que tarde o temprano tendríamos que lidiar, pero, al mismo tiempo, confieso que me fastidió bastante ser desenmascarado por un cura.

No es que tenga nada específico en contra del clero, pero desde que en una etapa de mi primera juventud pasé una temporada en un colegio religioso donde la relación entre mis maestros y yo era, cuando menos, poco amistosa, he desarrollado un cierto recelo a cualquier individuo con sotana.

El que había reventado nuestra tapadera no llevaba sotana. En realidad, ni siquiera parecía un cura. Él dijo que lo era y yo lo creí. Lo que nunca imaginé es que también fuera un detective aficionado.

Por otra parte, ¿cuántas posibilidades existían de que un sacerdote de un minúsculo país sudamericano conociera a mi madre en persona? Ella siempre ha tenido fobia a la exposición pública, ni siquiera permite que sus editores coloquen la típica foto del escritor con aspecto de hijo de musa en las contraportadas de sus libros. No tiene Facebook, ni Instagram, ni Twitter ni cualquier otro chivato en red que muestre su rostro a millones de internautas desconocidos. No concede entrevistas si puede evitarlo, no sale en los periódicos, incluso su imagen del carnet de identidad es difusa… Teniendo en cuenta todo esto, ¿resulta descabellado que pretendiéramos que Enigma se hiciera pasar por la doctora Alicia Jordán ante los hombres de Voynich? Yo creo que no. Y los hechos me lo confirmaron: ni uno se dio cuenta (si bien es cierto que el doctor Cronin no destacaba precisamente por su agudeza mental). Logramos mantener viva la farsa durante dos largas semanas.

Hasta que llegó aquel dichoso cura de buena memoria y lo echó todo a perder.

Mientras Saúl nos contemplaba con los brazos cruzados y cara de confesor severo, los engranajes de mi cerebro giraban a toda velocidad intentando sopesar las consecuencias de nuestra situación.

El cura nos había descubierto. Bien. Eso estaba claro. Por suerte, no parecía querer salir corriendo de la iglesia a gritar por todas partes que la mujer que se hacía llamar Alicia Jordán era una impostora. Tan sólo quería un par de respuestas, así que decidí que podíamos arriesgarnos a dárselas.

—¿Y bien? —insistió Saúl.

Enigma me miró con gesto interrogante.

Necesitaba un chute de nicotina para pensar con claridad. Me colgué un cigarrillo de los labios y lo encendí, muy despacio, para concederme unos pocos segundos de margen antes de pergeñar una buena historia.

Saúl me miró, frunciendo el ceño.

—La mano de gloria… —dijo, sin apenas mover los labios.

—¿Cómo? —pregunté.

—Aún sigo esperando una explicación, chico.

—Bien… —Le di una larga calada al cigarrillo—. Ella no es la doctora Alicia Jordán.

—Dime algo que yo no sepa.

—Somos agentes de Interpol, los dos. —Saqué mi acreditación y se la enseñé al sacerdote, el tiempo suficiente para que pudiera ver mi foto y el emblema de la policía internacional. Tomé la precaución de cubrir mi nombre con el dedo pulgar. Un segundo después, volví a guardarla en la cartera—. Existen firmes sospechas de que el Proyecto Lilith oculta una red de tráfico de antigüedades expoliadas, no sabemos si la empresa Voynich es consciente de ello o sólo se trata de algunos de los miembros del proyecto, que actúan por libre. Por eso estamos aquí bajo una tapadera, para investigarlo.

Una vez Burbuja me enseñó que las buenas mentiras deben ser parcas en detalles y sustentarse sobre, al menos, un dato veraz. Apliqué la teoría a nuestra situación actual, pero quizá confié demasiado en la credulidad de Saúl pretendiendo que se tragase una historia semejante. No obstante, deseé con todas mis fuerzas que así lo hiciera, pues mi único plan de emergencia era dejarlo inconsciente y salir corriendo.

El sacerdote me miraba en silencio. Imposible dilucidar lo que se le pasaba por la cabeza. Su cara era tan expresiva como un mascarón de proa.

—Interpol, ¿eh? —dijo al fin—. ¿Eso es lo mejor que puedes ofrecerme?

—Es la verdad.

—¿Cuál es tu nombre?

—Javier. Javier Al… Alvarado —dije. No soy bueno inventando nombres.

—¿Y si os pregunto por el de ella? —Antes de que pudiéramos responder, Saúl añadió—: No, olvídalo. La seguiré llamando Alicia Jordán, así no correré el riesgo de descubrirla ante los otros doctores. A mi edad la cabeza a veces te juega malas pasadas.

—Usted… ¿no va a delatarnos? —dijo Enigma.

—¿Qué ganaría yo con eso? No tengo nada que ver con los de ahí arriba, los que contratan ejércitos privados y hacen tratos turbios con el gobierno. A mí también me mandaron aquí como espía para otra gente.

—¿En serio? —preguntó mi compañera—. ¿Para quién?

—Cosas de curas, muchacha. La camarilla del obispo quiere saber qué clase de personas son éstas de Voynich. —Saúl esbozó una sonrisa seca—. Digamos que soy el sacerdote albino.

Los tres guardamos un silencio incómodo.

—Bien… ¿Y ahora qué? —pregunté.

—Nada. Saldremos de aquí y volveremos con los otros. Dejaremos esto como secreto de confesión.

—Gracias. Es usted muy… considerado.

—No te confundas, hijo. No soy vuestro amigo ni vuestro aliado, a lo único que me comprometo es a seguir llamando Alicia Jordán a esta mujer. Entretanto, vosotros haced vuestro trabajo, que yo seguiré con el mío.

—Un juego de espías… —dije sin poder evitarlo. Aunque nos resultara beneficiosa, la actitud del sacerdote no dejaba de parecerme un tanto cínica.

—Vuestro juego. Quizá no me haya explicado bien: lo único que me interesa es saber qué oculta esta iglesia.

—A nosotros también —dijo Enigma.

—Claro. Permítame que lo dude…, «doctora». —Nos miró con expresión severa—. Habéis tenido mucha suerte de que sea yo quien os descubra y no otro. No soporto a los delatores.

Saúl nos dio la espalda y se encaminó hacia la salida, sin esperarnos.

—Has reaccionado con rapidez, Faro —me dijo Enigma, al quedarnos a solas—. Te lo agradezco. Confieso que yo estaba bloqueada. Por esta vez parece que nos hemos librado.

Yo no me sentía tan seguro.

—Se ha creído nuestra historia sin apenas dudar…

—Eso es bueno, ¿no te parece?

—Sí, supongo que sí —dije, dudoso—. Pero me resulta extraño.

Salí de la iglesia junto con Enigma y traté de dejar de lado preocupaciones que no estaba en mi mano resolver por el momento. Sólo nos quedaba confiar en la discreción del sacerdote y seguir ejecutando nuestro plan.

Era un buen plan. A mí al menos me lo parecía. Cierto es que me costó bastante trabajo convencer a mis compañeros de sus ventajas, pero, después de todo, no hay mejor cebo para un caballero buscador que un plan descabellado y retorcido. El mío tenía ambos ingredientes.

Lo puse en marcha la noche que me colé en el Sótano gracias al pase azul que Burbuja me consiguió. Recuerdo que estaba tan nervioso como un actor primerizo ante su estreno, y que pasé aquella tarde en casa, venciendo los dolores de un estómago revuelto y ensayando caras amenazantes ante el espejo.

Al llegar la oscuridad, fui al encuentro de Alzaga. En el bolsillo llevaba una pistola sin una sola bala en la recámara. Y, bajo la ropa, tenía todo el cuerpo cubierto con condones llenos de un mejunje rojizo y denso. Eran las «cápsulas de tiro» inventadas por Yokai. Esperaba que lograsen engañar al traidor Ballesta tan bien como lo hicieron con el pobre Omega y conmigo…, y también que Alzaga no fuese un seguidor asiduo del canal de YouTube de Yokai.

Si hay algo que he aprendido a lo largo de mi vida es que los cobardes son peligrosos cuando se sienten acorralados. No me cabía la menor duda de que Alzaga era uno de los peores, alguien capaz de mandar a la muerte a un compañero cuando sintió que su pellejo estaba en peligro. Estaba seguro de que podría llevarlo a un estado de miedo y tensión tan intenso como para obligarlo a hacer algo desesperado.

No me equivoqué.

Ni siquiera me hizo falta amenazarlo en exceso. Sólo el encontrarse indefenso frente al cañón de mi pistola lo sumió en el terror más absoluto. Tampoco tuve que fingir mi determinación por coserlo a tiros. Era real. Muy real. Incluso hoy en día me sigo preguntando, con morbosa curiosidad, si de haber tenido balas en la recámara habría sido capaz de apretar el gatillo y contemplar gozoso cómo el asesino de mi padre anegaba de sangre el despacho de Narváez.

Lo habría hecho. Sin duda. Guardo esa convicción como el más oscuro de mis secretos.

Por suerte para Alzaga, mi plan no contemplaba su muerte sino la mía. Una muerte falsa, de sangre trucada y balas sin pólvora, pero con la justa dosis de veracidad para que él la creyera muy real.

La intervención de Burbuja fue imprescindible. No sólo me dio el pase azul que necesitaba para colarme en el Sótano, también se encargó de que el arma que Ballesta guardaba en su escritorio estuviera cargada de inofensivos proyectiles de fogueo. La farsa sólo tuvo un pequeño fallo, y fue que Alzaga me disparó tres veces, pero yo detoné cuatro de las cápsulas de tiro de Yokai. Por fortuna, el traidor estaba tan impactado por lo que creía haber hecho que no reparó en que yo tenía una herida de más.

De nuevo Burbuja jugó un papel importantísimo. En cuanto escuchó los tiros se presentó en el despacho de Alzaga y le hizo creer que yo estaba muerto. Fingió muy bien. Sin sobreactuar ni cargar demasiado las tintas. Creo que, aunque él lo niegue, tiene madera de actor.

Fue una suerte que Alzaga se aterrase al límite del colapso. Cuando creyó haberme matado, se derrumbó en su silla sin ser capaz más que de mirar al vacío, con el rostro tan blanco como una máscara de cera. Este detalle me lo contó Burbuja después, pues yo, tumbado en el suelo con los ojos cerrados y cubierto de pringue rojo, no pude ver nada de lo que sucedió justo después de mi (por qué no admitirlo) artística muerte, tan cinematográfica. Creo que me quedó bastante convincente.

El buscador persuadió a Alzaga de que debía marcharse del Sótano de inmediato. Él se encargaría de cubrir aquel desgraciado «accidente». La voluntad de Ballesta estaba tan mermada que obedeció todas las órdenes de Burbuja sin oponer resistencia. Tal y como yo preví, tras su arranque violento su única preocupación fue la de ponerse a salvo. Escapar sin mirar atrás.

Quizá penséis que corrí un riesgo innecesario, pero yo no lo creo así. Cuando tuvo que echarme del Cuerpo de Buscadores, Alzaga ni siquiera fue capaz de hacerlo él mismo y mandó a un testaferro. Cuando mató a mi padre, actuó por la espalda, artero y cobarde. Alzaga no era un hombre que gustara de ensuciarse las manos bajo ninguna circunstancia. Yo sabía que él se limitaría a salir corriendo y dejar que otros se encargaran del trabajo desagradable. Tampoco me equivoqué en esta ocasión.

Según me contó Burbuja, Ballesta no volvió a aparecer por el Sótano hasta muchos días después. Cuando lo hizo, tan sólo le preguntó al buscador si «aquel asunto estaba arreglado». Mi compañero admitió que llegó a sentir repugnancia por su actitud displicente, como si, en vez de a un asesinato, se refiriese a una bombilla fundida o una cañería atascada.

Burbuja le dijo que no debía preocuparse por nada y, acto seguido, presentó su dimisión como último agente del Cuerpo Nacional de Buscadores. Alzaga la aceptó sin comentarios, a excepción de una poco sutil referencia sobre la obligación de todo buscador de mantener en absoluto secreto cualquier asunto referido a su labor, so pena de graves consecuencias futuras. Burbuja me dijo que era la amenaza más chapucera que había recibido en toda su vida. Sin embargo, no por ello había que tomarla menos en serio, teniendo en cuenta los peligrosos aliados con los que contaba Ballesta.

Así pues, las ambiciones de nuestros enemigos parecían haberse cumplido. El Cuerpo Nacional de Buscadores había sido desmantelado y uno de sus miembros más molestos ya no volvería a interponerse en sus objetivos. Puede que Alzaga y el doctor Yoonah brindaran con champán tras mi supuesta muerte y la dimisión de

Burbuja, pues ambos se habían quitado de encima un quebradero de cabeza.

En realidad, no era su plan el que estaba saliendo según lo previsto, sino el nuestro.

El Cuerpo de Buscadores no se desmanteló. Volvía a estar más unido que nunca, aunque ahora sin cobertura oficial. Una cobertura que, dicho sea de paso, nunca fue imprescindible para su labor. Lo único que sus miembros necesitaban era una búsqueda, y nosotros teníamos una.

La Ciudad de los Hombres Santos era nuestro objetivo. Sabíamos que seríamos capaces de encontrarla antes que Voynich. Teníamos el mejor equipo a nuestra disposición. Burbuja, el buscador más valiente de cuantos he conocido, capaz de enfrentarse a cualquier cosa salvo la inactividad. Yokai, un pequeño genio desatado cuyo mayor deseo era demostrar todo de lo que era capaz. Y Enigma, nuestro sagaz e infalible amuleto de buena suerte. Yoonah, Alzaga y sus acólitos no tenían ni la más remota idea de la clase de tormenta que se les venía encima.

Un buscador motivado es una fuerza peligrosa, pero cuatro sin nada que perder y con escaso sentido común son una pesadilla para sus enemigos.

Ésta fue la clase de retórica que utilicé para movilizar a mis compañeros. Quizá exageré un poco, pero yo creía en cada palabra. Y ellos también. Es algo que todavía me hace sentir muy orgulloso.

La siguiente fase de nuestro plan consistía en viajar a Valcabado e infiltrarnos en el mismo corazón de Voynich. Justicia poética en estado puro. Ellos llevaban haciendo lo mismo en el Sótano desde hacía tiempo y nosotros nos limitamos a devolverles la visita. Tal y como dijo Enigma, «Así el círculo se cierra».

Como es lógico, cualquiera de nosotros carecía de acceso a la excavación del Proyecto Lilith en La Victoria (especialmente yo, que se suponía que estaba muerto). Nosotros no podíamos colarnos allí… pero sí la doctora Alicia Jordán, la cual, de hecho, había sido amablemente invitada a hacerlo. Mi madre se convirtió en el caballo de Troya de nuestra operación.

El entusiasmo con el que colaboró con nosotros casi redimió su anterior falta de instinto materno. Quizá el hecho de descubrir que el padre de su hijo fue un caballero buscador despertó en ella ocultas ansias por románticas aventuras. No lo sé, y puede que nunca llegue a saberlo. En muchos aspectos, mi madre aún sigue siendo una desconocida para mí.

Lo importante es que aceptó quedarse en Madrid y dejar que Enigma ocupara su puesto en la excavación de Voynich. Lo hizo aun desconociendo gran parte de nuestras intenciones, y sin saber del todo qué era lo que su hijo se proponía. Sólo confió en mí y me prestó toda la ayuda de la que fue capaz para que el engaño resultara creíble. Aquello me resultó tan sorprendente como (he de admitirlo) conmovedor.

Voynich picó el anzuelo y recibieron a la falsa doctora Jordán sin ningún recelo. También aceptaron la presencia de su discreto asistente, Javier. Habíamos logrado meternos de cabeza en nuestro particular antro de la bestia.

Siguiendo un inusitado arranque de prudencia, decidimos que Burbuja y Yokai también viajasen a Valcabado por si necesitáramos algún tipo de apoyo. Después de todo, ninguno sabíamos con precisión a qué íbamos a enfrentarnos allí. La presencia de ambos quizá no resultara útil, pero al menos a Enigma y a mí nos daba la sensación de no actuar en solitario.

Burbuja era un magnífico guardaespaldas, y, en el caso de Yokai, es seguro que no habríamos contado con él de no haber estado tan escasos de aliados, pero las ansias del muchacho por ser de ayuda eran enormes. Decidimos que el chico ya había demostrado con creces que sus habilidades eran muy útiles, así que le concedimos la oportunidad de disfrutar de su bautismo de fuego como caballero buscador. Su primera misión iba a ser todo un desafío, pero yo tenía la convicción (quizá irracional) de que Yokai estaría a la altura.

En la excavación de Voynich fuimos bendecidos con la suerte del buscador. Nadie allí sospechó de la falsa arqueóloga ni de su asistente, el cual se suponía que había sido acribillado a tiros en Madrid. El único rostro familiar con el que me topé fue el del doctor Cronin. Lo reconocí de inmediato como uno de los hombres que acompañaba a Yoonah en el metro de Londres, cuando Burbuja y yo seguíamos la pista del manuscrito úlfico. Por suerte, en aquella ocasión Cronin no llegó a verme, así que para él el ayudante de la doctora Jordán era un completo desconocido.

Nuestro mayor peligro era que Yoonah se presentara en la excavación, algo que sabíamos que tarde o temprano ocurriría, pero creíamos estar preparados para ello gracias a la ayuda de un sorprendente, e imprevisto, colaborador.

Desde que Burbuja y Lacombe firmaron su extraña alianza en Londres, la agente de Interpol había tomado como un asunto personal vigilar cualquier movimiento de David Yoonah con la idea de probar su implicación en el asesinato del profesor Rosignolli y de la detective Sarah Child. No me extrañó demasiado. Sabía que mi jefa era muy dada a ese tipo de obsesiones personales, yo lo había sufrido en mi propia piel.

Lo que sí me resultó sorprendente fue el hecho de que Burbuja y ella mantuvieran un contacto tan estrecho. No conozco muy bien los detalles de lo que ambos vivieron en Londres, sólo sé lo que Burbuja me contó, pero, al parecer, aquella experiencia sirvió para unirlos de una forma que yo jamás habría esperado.

Me gustara o no que Julianne Lacombe estuviera tan involucrada en nuestros asuntos, lo cierto es que demostró ser una útil colaboradora. Gracias al seguimiento al que sometía al doctor Yoonah, con todos los medios de Interpol a su alcance, podíamos estar al tanto de los vaivenes del matemático. Si aterrizaba en La Victoria, Lacombe lo sabría y nos daría el aviso.

Yoonah sólo viajó a Valcabado en una ocasión desde que Enigma y yo llegamos, y ni siquiera se dignó a aparecer por la excavación. Fue un viaje fugaz durante el cual se reunió con Cronin en algún lugar de La Victoria. Abandonó el país aquella misma noche. Justo en ese momento, la doctora Alicia Jordán se recuperó de un oportuno ataque de alergia que la había obligado a guardar cama, sin salir de su hotel. Todo salió tan bien que nos hizo pensar que nuestro plan era perfecto. Sólido como una roca.

Por desgracia, en todo plan, por perfecto que sea, siempre aparece un imponderable. El nuestro fue Saúl.

Volvimos al barracón prefabricado en el que nos esperaban el resto de los arqueólogos, junto con el doctor Cronin. Los otros dos miembros destacados de la excavación eran el doctor Skarsgard, un danés petulante y tan afable como el asistente al entierro de un ser querido, y el doctor Moretti, el cual parecía vivir en un perpetuo estado de paranoia, creyendo que todo el mundo conspiraba para plagiar sus estudios y teorías. Ambos eran los mejores en sus respectivas disciplinas (cosa que no dejaban de mencionar a cada ocasión), pero muy poco agradables como compañeros de trabajo.

Cronin quiso saber la opinión de Saúl sobre la iglesia.

—De modo que todos piensan que es una iglesia —fue la respuesta del sacerdote.

—Es la tesis por la que nos inclinamos, sí —dijo Cronin, acompañando sus palabras con una de sus irritantes risitas de conejo.

—Supongo que ya han tenido en cuenta lo… problemático de semejante idea. Voy a recordar una obviedad, pero ya saben que no existe constancia de presencia cristiana en el Alto Amazonas antes de la llegada de los españoles.

Cronin volvió a reír. Repetía tanto ese sonido como de bisagra mal engrasada que me sacaba de quicio.

—No albergamos ninguna duda, Saúl —dijo—. La estructura es del siglo VII u VIII. Fue construida y enterrada después, y es muy probable que esté dedicada a san Miguel.

—¿Y quién la construyó? —preguntó el sacerdote.

—Imagino que los nativos de la zona, los valcatecas.

Saúl negó pesadamente con la cabeza.

—Eso es absurdo… Tiene que haber otra explicación.

Enigma, que volvía a interpretar su papel como doctora Jordán, tomó la palabra.

—Quizá la haya. —Los arqueólogos intercambiaron miradas nerviosas entre ellos, como si ninguno se atreviera a hablar—. Debe saberlo si va a colaborar con nosotros.

—¿De qué están hablando? —preguntó Saúl.

Cronin contestó, aunque lo hizo con evidente reticencia:

—Una de las hipótesis que manejamos es que la estructura pudo ser obra de misioneros visigodos.

—Perdonen, pero esa idea me parece aún más ridícula. ¿De dónde diablos la han sacado?

—De un manuscrito hallado en Toledo escrito en alfabeto úlfico —respondió Enigma—. En él se explica cómo un grupo de monjes liderados por un tal Teobaldo se hizo a la mar en dirección oeste. Al parecer, una vez que llegaron a tierra, estos monjes fundaron un asentamiento.

—¿Y eso es lo que se supone que han desenterrado? —preguntó Saúl, sin ocultar su escepticismo.

—No. El manuscrito habla de un santuario dedicado a san Miguel en el cual, de alguna forma, es posible encontrar la manera de llegar hasta la ciudad fundada por Teobaldo. Eso es lo que creemos haber descubierto.

—Parecen estar muy seguros de ello.

—Saúl, ¿sabe lo que significa el término «*Sakal Kamu*»? —preguntó Enigma.

—Es valcateca. *Sakal* es «machete», «arma blanca». *Kamu* podría traducirse como «sol». Más o menos significaría «arma del sol» o «espada del sol».

—¿Está seguro de que es lengua valcateca?

—Por completo.

—Eso pensábamos también nosotros… Entonces, ¿cómo explica que ese término aparezca en un manuscrito Toledano del siglo VIII? —Saúl la miró sin comprender—. Me refiero al texto úlfico del que le he hablado. Allí se hace referencia a algo llamado «Espada del Archiestratega», a la cual también se denomina *«Sakal Kamu»*… Mi pregunta es: ¿dónde cree que pudo aprender valcateca el monje que redactó ese manuscrito?

Si la revelación impactó al sacerdote de algún modo, lo disimuló muy bien.

—Bien… —dijo al cabo de un rato—. Empiezan ustedes a convencerme, doctores. Ahora, díganme en qué puedo ser de ayuda.

—Es evidente —intervino Cronin—. La estructura está repleta de textos valcatecas. Necesitamos que los traduzca, ¿cree que podrá?

Saúl se tomó un tiempo antes de responder a la pregunta. Al hacerlo, profundizó en algunos detalles técnicos que me resultaron de gran interés.

Según Saúl, los valcatecas manejaban dos sistemas de escritura: la glífica ceremonial y la silábica simple. La primera estaba conformada por símbolos jeroglíficos que hacían referencia a conceptos y se utilizaba, sobre todo, para textos de carácter sagrado. Según el sacerdote, traducirlos sería sencillo ya que la escritura glífica ceremonial fue descifrada en 1601 por el dominico fray Luis García Quesada.

En cuanto a la silábica simple, entrañaba mayor dificultad. Dicho código empleaba un alfabeto, al igual que el latín o el griego u otras lenguas similares. Existían algunas gramáticas valcatecas, todas muy antiguas y ninguna completa, por lo que Saúl esperaba encontrar bastantes lagunas en su traducción. No obstante, dijo estar seguro de poder descodificar al menos el sentido general de los textos.

—¿Puede ponerse a ello de inmediato?

—La verdad, doctor Cronin, es que lo estoy deseando.

—Magnífico. Pondremos a su disposición todo lo que necesite, usted sólo pídanoslo.

—Ahora que lo dice, me gustaría contar con la ayuda de alguno de ustedes. Nunca he participado en una excavación arqueológica y no quiero cometer ningún error. —El sacerdote miró a Enigma, con cierto aire de socarronería—. Quizá la doctora Jordán sería tan amable de servirme de mentora.

—Ésa es una idea excelente —dijo Cronin, con entusiasmo—. Será muy cómodo para ustedes, ya que podrán comunicarse en su propio idioma. Los demás no somos muy duchos en español. ¿Tiene algún inconveniente, doctora?

—No… Es decir, por mi parte… no.

—Entonces queda hecho. —Cronin miró su reloj—. Amigos míos, tenemos mucho trabajo por delante y las horas de sol se nos agotan. Sugiero que nos pongamos a nuestros respectivos quehaceres de inmediato. ¡El tiempo es oro! —Rubricó sus palabras con una risita, como si acabara de decir algo muy ingenioso.

Cronin y Skarsgard se marcharon del barracón para llevar a cabo unas pruebas de laboratorio. Moretti, por su parte, regresó a la iglesia. Saúl, Enigma y yo nos quedamos a solas.

—¿Por qué lo ha hecho? —preguntó Enigma al sacerdote.

—¿El qué, doctora?

—Ya lo sabe. Usted no necesita a ninguna mentora en la excavación.

—No, pero usted no es una de ellos.

—¿Se refiere a los doctores?

—Sí, el tipo alto y rubio de nombre impronunciable, el italiano de ojos huidizos y el doctor Risa de Hiena. Cuanto más lejos los tenga, mejor. Imaginé que usted sería de la misma opinión… por la cuenta que le trae.

—Creí que había dicho que no pensaba ayudarnos —comenté.

—Y no lo hago, es sólo que me gusta tener a alguien con quien compartir impresiones cuando trabajo. De todos los que hay por aquí, ustedes son los que menos rechazo me causan.

La confianza que el sacerdote depositaba en nosotros me resultaba llamativa, pues habría jurado que no se creyó una sola palabra de la historia que le conté en la iglesia.

Por otra parte, si a él no parecía importarle que no fuésemos quienes decíamos ser, yo no tenía ningún inconveniente con eso, siempre y cuando pudiéramos contar con su silencio. En ese sentido, sería buena cosa el poder controlar de cerca al sacerdote.

—Y bien —nos dijo—. Entre nosotros, ¿qué opinan de esa idea de la iglesia que oculta el camino para encontrar una ciudad perdida? No quiero escuchar la respuesta de la doctora Alicia Jordán y su acólito, sino la suya.

—¿La versión oficial de Interpol? —me atreví a decir.

—No. Ésa tampoco la quiero… ni creo que puedan dármela.

—Ya que insiste en saberlo —respondió Enigma—, creemos que puede ser cierto. Que en ese templo hay una pista para un hallazgo aún más importante.

Saúl asintió.

—Yo también lo creo, pero mucho me temo que nadie lo va a encontrar.

—¿Por qué dice eso?

—Hijo, llevo muchos años pateando esta tierra de un lado a otro. Yo escucho a la gente, me cuentan sus historias… La leyenda de una ciudad perdida en el corazón de la jungla de Los Morenos ya era vieja cuando los españoles fundaron La Victoria. El doctor Cronin y los suyos no son los primeros en querer encontrarla, ni serán los últimos en fracasar.

—Yo diría que tienen una pista bastante sólida —repuse.

—Sí, y muy espectacular, lo reconozco, pero ¿piensas que todos aquellos que se metieron de cabeza en Los Morenos buscando tesoros lo hicieron a ciegas? No; ellos también contaban con pistas que creían sólidas. Al final, el resultado siempre fue el mismo: la jungla se los comió.

—¿Se los comió?

—Eso he dicho, doctora. Los devoró como una bestia hambrienta. La gente no tiene ni idea de la clase de lugar que es ése: un

infierno verde, un desierto vegetal… Te metes ahí, y ya no vuelves.
Es un paraje más que hostil, es… malvado.

—Naturalmente —dije, sin poder evitar que mi voz sonara un
tanto burlona—. Cuando se trata de detectar el Mal, nadie mejor
que un sacerdote.

—Yo sólo sé lo que cuentan los guanchones, los indios del país.
Hablan de un lugar donde lo que se oye no son los cantos de los
pájaros, sino ruidos extraños que ningún animal podría emitir, donde la vegetación es tan tupida que la luz del sol ni siquiera alcanza la
tierra. En esa oscuridad verde sólo crecen cosas dañinas y grotescas.
No hay caminos ni senderos, no se ve el cielo ni las estrellas, es un
laberinto venenoso donde podrías estar dando vueltas hasta perder
la razón o caer al suelo muerto de hambre y sed. Ni siquiera encon-
trarían tus huesos, devorados por insectos que jamás pensarías que
pudieran existir en la naturaleza. Todo un ecosistema asesino en el
que el ser humano es sólo… comida.

Un panorama fascinante. Reconozco que Saúl tenía talento
como narrador, supongo que era el fruto de una larga carrera ser-
moneando a feligreses sobre los espantos del Fuego Eterno. De haber estado en lo alto de un púlpito, es probable que sus palabras me
hubieran impresionado más.

—¿Sabe una cosa? —dijo Enigma—. Al oírle hablar así, me entra curiosidad por ver ese lugar de cerca. Sólo espero que no haya
cangrejos.

Disimulé una sonrisa. Por la expresión de Saúl, me di cuenta de
que no esperaba una respuesta semejante.

—No le gustan los cangrejos… —aclaré.

Saúl sin duda pensó que estábamos burlándonos de él; sin embargo, no pareció molesto. Nos miró, como si fuéramos dos pobres
ignorantes, y sonrió de medio lado.

—No, no hay cangrejos —dijo—. Pero sí hay hormigas de fuego, capaces de devorar la carne de un hombre mientras duerme.
Antes de que quieras despertar, ya eres un montón de huesos. También hay ácaros rojos, diminutos, casi invisibles…, se alimentan de
sangre y tejidos humanos. Están los gusanos de barro, cuyo solo
contacto causa ceguera; la mosca tórsalo, que puede picarte por encima de la ropa e inocularte sus huevos bajo la piel. Allí eclosionan
hasta convertir tu cuerpo en un nido de larvas… Puedes sentirlas,

agitándose entre tus músculos, pero no puedes verlas. Hay ciempiés que segregan cianuro, ratas del tamaño de perros que transmiten una bacteria llamada espundia, que pudre la carne alrededor de la boca, la nariz y las extremidades. Mosquitos que transmiten la elefantiasis, y también la chinche besadora… Un bonito nombre, ¿verdad? Te pica siempre aquí —Saúl se señaló la boca—, en los labios. Es indolora. No descubres que te ha infectado hasta años después, cuando tu corazón y tu cerebro comienzan a hincharse hasta que mueres… Al menos resulta una muerte menos espantosa que la causada por la picadura de la serpiente lora… Oh, sí, un hermoso animal: verde como una esmeralda y delgado como una brizna de hierba, no te das cuenta de que te ha mordido hasta que empiezan a sangrarte los ojos. Pero sin duda mi favorito de todos es el candirú, el pez vampiro.

—¿Pez… vampiro…? —pregunté.

—Es peor que las pirañas… De ésas también hay, por cierto… Imagina que decides darte un baño en el río, sólo entrar y salir del agua, pues no quieres ser devorado por una anaconda… Entonces el candirú, que es fino y flexible como un hilo de seda, nada hacia ti y se introduce en el interior de tu pene. Allí despliega sus espinas y ya nada puede sacarlo. A partir de ese momento empieza a alimentarse de tu sangre. Quizá tengas suerte y puedas ser castrado antes de que te mate.

Aquellos relatos sobre parásitos devoradores de carne y serpientes mortales sí que lograron impresionarme. Incluso por un momento llegué a sentir un cierto malestar en la entrepierna, al imaginarme diminutos peces caníbales anidando en lugares sensibles.

—Una fauna muy interesante… —dijo Enigma, que tenía algo de mala cara.

—Y eso es sólo una parte de lo que habita en Los Morenos. Algunas de las criaturas de ese lugar ni siquiera se sabe que existen… Todo lo que hay allí es venenoso y mortal, de modo que no me toméis a broma cuando digo que hace falta algo más que una brújula y un mapa para moverse por esa jungla.

Me sentí un poco avergonzado por haber creído que en el temor de Saúl por Los Morenos sólo había superstición y leyenda. Sin duda el sacerdote sabía bien de lo que hablaba.

—Entonces es imposible —dijo Enigma, que, según su costumbre, manifestaba en voz alta el final de una cadena de pensamientos privados. Saúl y yo la miramos, confusos.

—¿Qué es imposible? ¿Encontrar esa ciudad perdida? —pregunté.

—No, no, me refiero a los valcatecas. Saúl, en el coche usted me habló de ese portugués… Manuel Freire. Él consideraba que la civilización valcateca floreció en el interior de la selva de Los Morenos. Eso es imposible: ninguna cultura puede desarrollarse en un ambiente tan hostil, o, al menos, ninguna con un alto grado de sofisticación.

—Me temo que sus teorías están un poco anticuadas, doctora. —Saúl entonó la palabra «doctora» con palpable ironía—. El determinismo medioambiental cada vez está más cuestionado. Muchos expertos piensan que incluso en los entornos más hostiles surgieron culturas avanzadas. En 2005, el antropólogo Michael Heckenberger publicó un estudio en el que demostraba que los pueblos del profundo Amazonas lograron dominar la jungla, construyendo ciudades, carreteras, puentes, complejas arquitecturas y, lo más importante, alimentarse de sus cultivos… ¡en plena selva! Estoy convencido de que los valcatecas no sólo igualaron esos logros, sino que incluso los superaron. —Se notaba que Saúl hablaba de un tema que lo apasionaba, pues su entusiasmo iba creciendo en intensidad—. Las carreteras, por ejemplo… Ellos desarrollaron toda una red en Los Morenos, ¡en su mismo corazón! Senderos que les permitían moverse por todas partes, eludiendo los peligros. En el folclore local aún se habla de esos senderos, «Caminos de Indios», los llaman… También «laberinto de los valcatecas». No muy lejos de aquí, en el pueblo donde yo vivo, he visto con mis propios ojos lo que podría ser una marca que señala el inicio de uno de esos senderos. Una estela muy grande, de este tamaño… —Colocó la palma de la mano a la altura de su cadera—. En ella se encuentran los restos de una inscripción glífica. Dice: *Inthaki Jecho'ok*. «Senda del Corredor»… Debieron de existir muchas estelas como ésta, marcas que señalaban el arranque de los Caminos de Indios, repartidas a lo largo de todo el linde de Los Morenos.

—¿Por qué lo de «Senda del Corredor»? —preguntó Enigma—. ¿Se refiere a mensajeros que se movían a la carrera, como en el Imperio inca?

—No, es un signo zodiacal. Así es como los valcatecas se referían a la constelación de Virgo.

—Si fueran capaces de trazar carreteras en la jungla, es verosímil que pudieran levantar una ciudad en su interior —señalé—. O bien ellos mismos, o bien unos supuestos misioneros visigodos con su ayuda.

—Yo no he dicho que no exista esa posibilidad, sino que tal ciudad, en caso de existir, es inalcanzable. La única manera fiable de moverse en Los Morenos es seguir el trazado de los Caminos de Indios, pero ese secreto se perdió con los valcatecas.

—¿Hace cuánto tiempo?

—Siglos. No se sabe con exactitud. No quedaba ninguno cuando llegaron los españoles. Los pocos estudios que se han hecho al respecto indican que los valcatecas, simplemente, desaparecieron de pronto.

—¿Por qué motivo? —quiso saber Enigma.

—Ojalá lo supiéramos. La tesis más común es la de un brusco cambio en el clima, pero, en realidad, es sólo una hipótesis a ciegas —respondió Saúl—. Los valcatecas son una civilización llena de misterios, y esa supuesta iglesia cristiana adornada con su escritura es un hallazgo más desconcertante que esclarecedor.

—Puede que no lo sea tanto una vez que se traduzcan las inscripciones —sugerí.

El sacerdote me dio la razón. Según dijo, ya iba siendo hora de que se pusiera a hacer su trabajo en vez de dejar pasar el tiempo en charlas. Así pues, los tres salimos del barracón y nos encaminamos hacia el templo.

Apenas volvimos a coincidir con Saúl durante el resto del día. En el momento en que el sacerdote emprendió su labor, se sumió en un estado de afanosa concentración. Después de nuestra charla, lo dejamos en el interior de la iglesia, tomando numerosas notas y fotografías. Enigma y yo tuvimos que atender otras cuestiones en la excavación.

Lo cierto era que Enigma, más que trabajar en algo en concreto, se limitaba a ir de un lado a otro, intentando parecer ocupada. Era el mejor modo de mantener el engaño sobre su falsa identidad, así no corría el riesgo de cometer algún error que nos delatara ante el resto de los miembros de la excavación. Yo lo tenía mucho más fácil pues, en mi papel de modesto asistente que seguía a la doctora igual que un perrillo faldero, resultaba casi invisible para las personas de mi alrededor.

Durante nuestras idas y venidas por el yacimiento, en ocasiones nos encontramos con Saúl, inmerso en su tarea sin que nadie lo molestara, ya fuera dentro del templo o bien en el barracón, llenando un cuaderno de garabatos y farfullándose cosas a sí mismo. Ni siquiera acompañó a los trabajadores del yacimiento durante la hora de comer.

Al terminar la jornada, Cronin se ofreció a llevarnos de regreso a La Victoria. Por el camino le preguntó al sacerdote si había avanzado algo con las traducciones.

De forma lacónica, casi cortante, respondió a Cronin que aún era pronto para decirlo. También añadió que en los próximos dos días no regresaría a la excavación, que deseaba trabajar en el archivo de la diócesis, consultando algunos volúmenes.

Como el sacerdote no parecía tener muchas ganas de hablar, Cronin se centró en Enigma y le preguntó por su jornada. Ella le dio una detallada y minuciosa respuesta, en su mayoría inventada.

Cronin nos dejó a Enigma y a mí frente a la puerta del hotel Embajadores y se despidió de nosotros. Aún tenía que llevar a Saúl a su residencia. Nos citó en aquel lugar a primera hora del día siguiente.

Al quedarnos solos, sentí una familiar sensación de alivio. Habíamos mantenido nuestro engaño un día más (o casi) y por unas horas volvíamos a ser nosotros mismos, sin necesidad de fingir ante nadie.

La que más agradecía aquel momento era Enigma, ya que le permitía poder quitarse el sutil maquillaje que daba a su piel un aspecto más ajado y remarcaba sus arrugas. A mí no me parecía muy incómodo ni aparatoso, pero ella siempre se quejaba de que le causaba molestias.

Enigma bostezó y se estiró como un gato.

—Estoy rendida —dijo—. ¿No podrías ir sin mí a dar el parte del día a los demás? Necesito quitarme este potingue de la cara.

—Hoy no. Tenemos que contarles lo de ese cura, y querrán saber tu versión de la historia.

—Por favor... Tú lo contarás muy bien... Y no me gusta ir a ese sitio: está desordenado y huele raro...

—¿Qué te esperabas? Es el cubículo de un par de adolescentes.

—Burbuja no es ningún adolescente.

—Como si lo fuera. Creo que Yokai ejerce una mala influencia sobre él, como una especie de regresión o algo parecido... —Miré a Enigma con un leve gesto de reproche—. Tenemos que ir los dos.

—Oh, está bien... No sé si me gustas cuando estás al mando, eres demasiado estricto.

—¿Quién ha dicho que yo esté al mando?

—Tú mismo, con tu actitud: «Debemos hacer esto, debemos hacer lo otro...». Eres el que lleva la iniciativa, me sorprende que no te hayas dado cuenta antes, cielo.

No estaba seguro de si era o no un reproche.

—Lo siento. No era mi intención —me disculpé—. Puedes quedarte si quieres. Iré yo solo a ver a Burbuja y a Yokai.

—Oh, vamos... ¿Un soldado se te rebela un poquito y te dejas amilanar? Así no es como se dirige un equipo, cariño. Debes ser firme. Y estricto.

—Pero si acabas de decir que...

—Digo muchas cosas a lo largo del día, no tienes por qué escucharlas todas. De hecho, algunas de ellas ni siquiera estoy segura de haberlas dicho en voz alta hasta que veo a un montón de gente a mi alrededor que me mira raro. En ocasiones es muy embarazoso.

Se puso a caminar por la calle sin esperarme y hablando sola, algo que hacía a menudo. Lejos de inquietarme, me pareció entrañable. Puede que ya estuviera demasiado acostumbrado a sus rarezas... o quizá mis sentimientos eran de otro tipo, no estoy seguro.

Desde aquella vez en Bayura que, sin previo aviso, me lancé a besarla, había mantenido apartado cualquier pensamiento que tuviera que ver con aquella reacción. Tenía demasiadas preocupaciones como para añadir a ellas una disección sentimental. No estaba preparado para ello.

Sin embargo, era una realidad el hecho de que ya no veía a Enigma con los mismos ojos... o puede que sí y, simplemente, antes no había reparado en ello. Como ya he dicho, mis ideas al respecto eran confusas, enrevesadas e incómodas; y yo aún no me sentía capaz de ponerme a desenredar aquella madeja de sentimientos encontrados.

Tampoco podía quitarme a Danny de la cabeza y eso, lejos de aclarar mis ideas, me hacía sentir aún más confuso y culpable. Enigma, por su parte, no ayudaba con su actitud. Si aquel beso sin previo aviso la había ofendido, agradado o dejado indiferente era algo que no dejaba traslucir en su comportamiento conmigo... o, yo al menos, no era capaz de percibirlo. Dicen que los hombres somos bastante torpes para esas cosas (en realidad, siempre he creído que es una torpeza universal). Bien, en ese caso, supongo que yo debo ser un ejemplo paradigmático. Siempre he tenido la misma perspicacia emocional que un paramecio, y quizá por ese motivo en mi vida amorosa siempre me he sentido como una tortuga estúpida en una maratón: aunque avanza tan rápido como puede, es incapaz de explicarse por qué es la última en llegar a la meta.

Era una suerte que mis preocupaciones inmediatas fueran más serias y acuciantes, así tenía una buena excusa para mantener aparcado aquel incómodo asunto.

En aquel momento en lo único en que pensaba era en ir al encuentro de Burbuja y Yokai y en cómo explicarles que un cura llamado Saúl había descubierto nuestra tapadera. Ojalá la noticia no hiciera cundir el pánico.

En vista de que el Cuerpo de Buscadores no tenía ningún nido en La Victoria, tuvimos que improvisar uno para nuestros compañeros. No nos fue muy difícil encontrar un lugar adecuado en el barrio de Mayorazgo, cerca del hotel Embajadores, en donde Burbuja y Yokai pudieran acomodarse.

Mayorazgo era el barrio más importante de la ciudad, donde se asentaba el poder político y económico. Su aspecto era impersonal, con algún que otro edificio más o menos antiguo que embellecía sus amplias avenidas, de carácter más bien moderno. No era bonito ni pintoresco, pero al menos estaba limpio y sus calles eran seguras, algo que, al parecer, no era habitual en La Victoria. En aquel barrio era imposible no toparse con una pareja de militares armados en cada esquina.

Era una isla de tranquilidad y orden en el corazón de la ciudad. En Mayorazgo sólo había edificios gubernamentales y rascacielos acristalados, donde las pocas empresas del país tenían sus sedes.

También podían encontrarse un par de inmensos centros comerciales, en los que la clase pudiente de La Victoria pasaba sus horas de ocio. Como era un estamento poco numeroso, las calles de Mayorazgo siempre lucían un aspecto vacío, como de hora de la siesta en un día de verano. Al llegar la noche, el lugar quedaba casi desierto salvo por los soldados que patrullaban en parejas. Yo aún no había tenido la oportunidad de visitar el resto de los barrios de la ciudad, pero, por las cosas que había oído, era más prudente que no lo hiciera.

El alojamiento de Burbuja y Yokai estaba en un pequeño edificio de aspecto ajado. Era un antiguo cine construido en la década de 1930, rehabilitado para servir como hotel de bajo coste para viajeros poco exigentes. Según nos informó el conserje, ni en la temporada más alta se llegaba a cubrir siquiera la mitad de su capacidad. En Valcabado no había mucho turismo, y menos en La Victoria, que tenía pocos atractivos que ofrecer.

Las habitaciones eran funcionales, pero grandes. Más bien pequeños apartamentos turísticos. Alquilamos una para que Burbuja y Yokai la ocuparan. A ambos les bastó un par de días para convertirla en un basurero.

En La Victoria, Yokai había descubierto una nueva bebida energética aún más empalagosa que el Red Bull. Era algo llamado Freeway Xtreme y sabía a jarabe para la tos, pero el chico la bebía a litros. En todos los rincones de su nuevo alojamiento había montones de latas vacías de aquel brebaje, junto con un montón de restos de envases de la peor comida basura que podía encontrarse en la ciudad.

Burbuja, por su parte, había decidido que cualquier recipiente era un cenicero. Dejaba restos de colillas y cenizas por todos lados, así como paquetes de tabaco vacíos. En el ambiente siempre flotaba un denso olor a humo que a ninguno de los dos parecía molestar. En realidad, a mí tampoco.

Sin embargo, Enigma sufría lo indecible siempre que debía visitar aquel nido improvisado. Detestaba el pestazo a tabaco, las latas vacías, los envases de comida y las colillas amontonadas. Las camas, que nadie se había molestado en hacer desde que sus ocupantes las usaron por primera vez, le provocaban pesadillas; y la ropa usada y tirada por todas partes le causaba temblores en las manos, como si luchara contra sus impulsos de guardarla en los armarios o meterla en un cubo de basura y rociarla de gasolina. Reunirnos en el alojamiento de Burbuja y Yokai era como hacerlo en la habitación de una residencia universitaria.

Por si eso fuera poco, a menudo Enigma y yo los encontrábamos discutiendo. Burbuja siempre intentaba convencernos de que la culpa era de Yokai, que no le mostraba el respeto debido a un buscador veterano. En realidad peleaban como dos hermanos que comparten habitación, o dos compañeros de piso que llevan demasiado tiempo viviendo juntos. Se percibía que ambos habían establecido un inopinado vínculo de camaradería, basado en las riñas, las pullas y el afán por fastidiarse el uno al otro por diversión.

Aunque sé que puede sonar extraño, la verdad era que, a veces, muy en el fondo, me sentía un poco celoso. Lo cierto era que parecían pasárselo muy bien juntos.

Aquella tarde, cuando Enigma y yo fuimos a contarles sobre Saúl, volvimos a encontrarlos en medio de una disputa. Eso no nos sorprendió. En cambio, la extrema limpieza que vimos a nuestro alrededor casi nos deja sin habla. Parecía como si hubieran demolido el antiguo apartamento y comprado uno nuevo, recién salido de fábrica. Incluso en el ambiente flotaba un suave aroma a limón.

—Espera un momento… —dijo Enigma al entrar—. ¿No nos hemos equivocado de sitio?

Desde la cocina, nos llegó la voz de Burbuja:

—¡Y yo voy a meterte esa cara de dibujo animado en el retrete y a tirar de la cadena hasta que te vayas por el maldito desagüe!

—No, es el sitio correcto —dije yo. Luego levanté un poco la voz—. ¡Hola! ¿Hay alguien…?

Yokai salió de la cocina, con gesto mohíno.

—Ah, sois vosotros dos… —nos dijo el chico—. Justo a tiempo. En serio, tenéis que sacarme de aquí, este tío está como una puta cabra. Debe de haberse pasado con su dosis de anabolizantes y se le ha ido la pinza del todo, os lo juro.

—Maldito crío —dijo Burbuja, saliendo detrás de él. Aprovechó que pasaba a su lado para darle un papirotazo en el cogote—. Yo no tomo anabolizantes.

—Sí, claro, y esos bíceps son del gimnasio y la dieta sana, ¿no te jode? Fumas como un carretero y comes como un cerdo, a mí no me la das, tío, te tengo calado. —Yokai se arrojó sobre un sillón y se colocó un ordenador portátil encima de los muslos—. Puto vigoréxico... —masculló, poniéndose a trastear con el teclado.

Burbuja inspiró profundamente, armándose de paciencia.

—Os lo aseguro, si no acabamos pronto este trabajo, voy a matarlo... No es broma: lo asfixiaré con la almohada mientras duerme o cambiaré esa mierda que bebe a todas horas por detergente, de verdad que lo haré.

—Qué vergüenza, tío, amenazar así a un pobre chaval... —Yokai nos miró—. ¿Os dais cuenta? Está zumbado.

Burbuja se encajó un cigarrillo en los labios.

—Estoy harto de hacer de niñera para el muñeco diabólico —masculló—. Llevo toda la tarde poniendo un poco de orden por aquí y lo único que le he pedido es que haga su maldita cama...

—¿Para qué? ¡Voy a volver a deshacerla esta noche! —protestó el chico—. No tiene sentido.

Burbuja soltó una bocanada de humo y luego amenazó a Yokai con los dedos con los que sostenía el cigarrillo.

—Chaval, necesitas unos azotes más que un polvo un soldado de permiso.

—¿Sí? Pues que te den, capullo.

—Ahí lo tienes: dos caballeros buscadores manteniendo viva la dignidad del Cuerpo —dije—. ¿Y a qué viene ese afán por la limpieza? Ayer no te importaba que esto pareciera un estercolero.

—Porque va a traerse a una piba —dijo Yokai—. Ya ves, yo aquí dejándome los cuernos en la misión y el tío se pone a ligar. Le he visto esta tarde en la cafetería de ahí enfrente, con una tía que estaba buenísima.

—¿Serás...? ¿Me has seguido? ¡Te dije que te quedaras aquí!

—¿Qué pasa? Tenía hambre y no había nada de papeo. Como de costumbre, te comiste mi última bolsa de patatas.

—Un momento, esperad un momento —interrumpí—. Burbuja, ¿te has vuelto loco? ¡No puedes usar este sitio como si fuera... una especie de picadero!

—En vez de creer a este renacuajo de cerebro atrofiado podrías escucharme antes a mí. La mujer con la que estaba no era ningún ligue, era Julianne.

—¿Lacombe está aquí? ¿Desde cuándo? ¿Por qué no nos has avisado? ¿Y por qué yo no sabía nada?

—Calma, novato. Te vas a atragantar con tantas preguntas. —El buscador hizo una pausa para darle una calada a su cigarrillo, con irritante lentitud—. Julianne aterrizó ayer en La Victoria, yo tampoco lo sabía hasta que se puso en contacto conmigo esta mañana. Como comprenderás, no iba a presentarse en la excavación para avisarte de su llegada, puede que llamase un poco la atención a esos tipos que creen que eres otra persona.

—¿Y a qué ha venido? —preguntó Enigma.

—No me lo ha dicho, pero debe de ser por algo importante. Me reuní con ella esta tarde para darle esta dirección y así poder hablar en un sitio más discreto. Estará aquí en un par de horas.

Supuse que Lacombe querría avisarnos de que Yoonah iba a presentarse en la excavación, aunque no encontraba ningún motivo por el que la agente precisara decírnoslo en persona.

Mientras esperábamos a que Lacombe acudiera a la cita, hablamos a nuestros compañeros sobre Saúl. El único que parecía prestarnos un poco de atención era Burbuja, mientras que Yokai tenía la vista fija en la pantalla de su ordenador, como si aquel asunto no fuera con él.

—¿Estáis seguros de que ese cura no va a delataros? —nos preguntó Burbuja.

—Hasta el momento no lo ha hecho, a pesar de que no le faltaron ocasiones —respondí, cauteloso.

—Confía en nosotros —intervino Enigma, con seguridad—. Lo sé. Lo he leído en sus gestos.

Una de las excentricidades de Enigma era su confianza ciega en algo llamado «cinésica». Se creía una experta en la interpretación del lenguaje corporal.

—No quiero ofenderte, pero me gustaría contar con pruebas más firmes que ésas —comenté.

—Pues lo cierto es que me ofendes, cielo. Sabes que jamás me equivoco en ese sentido.

Se apartó de nosotros, como si le aburrieran nuestras preocupaciones, y se metió en el cuarto de baño. Burbuja y yo seguimos intercambiando pareceres sobre el riesgo de que Saúl nos hubiera descubierto. Un tiempo después, Enigma salió del baño con la cara lavada y un aspecto mucho más juvenil. En vez de unirse a Burbuja y a mí, se sentó en el sofá, junto a Yokai, y se puso a curiosear en la pantalla del ordenador del chico.

—¿Qué estás haciendo? —le preguntó—. ¿Algo interesante?

—Supongo que perder el tiempo con algún juego estúpido —dijo Burbuja—. ¿Cómo se llama ése con el que pasas todo el día? ¿El de esa especie de ciber-soldado que dispara a robots gigantes?

—*Halo* —respondió el chico sin mirarle—. Y ya no lo tengo. Lo he desinstalado. Te ponías insoportable cada vez que te atascabas en una fase.

Burbuja se ruborizó.

—No tengo ni idea de qué está hablando… —farfulló.

—Esto no es un juego, es la copia escaneada del manuscrito úlfico —señaló Enigma.

Me acerqué a echar un vistazo. En efecto, Yokai estaba analizando la imagen con algún tipo de procesador. Le pregunté qué estaba haciendo.

—Un barrido digital —respondió—. Estos días he estado trabajando en una aplicación nueva… siempre que Burbuja no me escamoteaba el ordenador para jugar al *Halo*… La terminé esta mañana. Se supone que puede detectar y reconstruir marcas de agua, textos que hayan sido borrados o corregidos en el manuscrito original… Cosas así.

—No puede haber marcas de agua. Si mal no recuerdo, el soporte original era en pergamino; pero lo de las correcciones…, eso sí es interesante —dije—. ¿Has encontrado algo?

Yokai negó con la cabeza.

—Empecé hace un rato —señaló a Burbuja con la barbilla—. Luego éste empezó a darme el coñazo con su limpieza de primavera y tuve que dejarlo. Aún me queda todo el manuscrito por rastrear.

—De acuerdo, chaval, lo siento. No sabía que, para variar, estabas haciendo algo útil. Pero no entiendo muy bien qué es lo que esperas encontrar con eso.

El muchacho se encogió de hombros.

—No sé… Algo, cualquier cosa… El tío que lo escribió decía que en el manuscrito estaba la fórmula esa, la de nombre de Dios, pero nosotros no la encontramos por ningún lado. Puede que la ocultara de alguna manera.

—Ya. ¿Escribiéndola con zumo de limón o algo parecido? —dijo Burbuja, con una pizca de sarcasmo—. No te esfuerces. Ahí no hay nada.

—Me temo que tiene razón —añadí—. Ya te lo dije: es muy probable que esa parte del manuscrito no fuera escaneada por Rosignolli. Si no podemos acceder al original, sería como dar palos de ciego… Y eso suponiendo que Gesalio escribiera realmente el *Shem Shemaforash* en el pergamino.

—Sí lo hizo —aseveró el muchacho, con absoluta convicción—. Y está aquí, en alguna parte, estoy seguro.

Burbuja le dio una palmada afectuosa en el hombro.

—Como tú digas, renacuajo. Creo que estás perdiendo el tiempo, pero me gusta ver que intentas ayudar en algo.

—No seas tan condescendiente —dijo Enigma—. A mí me parece que su aplicación es muy útil. Me gustaría saber en qué has estado ocupándote tú últimamente.

—Pues, ya que lo mencionas, he investigado un poco sobre el lugar de la excavación. Esta mañana estuve varias horas en la biblioteca de la Universidad de La Victoria. Leí algo sobre Funzal. Al parecer, los españoles creían que los indios valcatecas tenían allí una especie de observatorio desde el que seguían el movimiento de las constelaciones.

—¿Los españoles no mencionaban ninguna iglesia construida en la zona? —pregunté.

—No. Si estaba allí, ellos no la vieron, pero eso tiene sentido ya que, según vosotros, fue enterrada en el siglo VIII. Lo que sí he averiguado es que cuando fundaron la ciudad, construyeron en Funzal un pequeño oratorio dedicado a san Miguel.

—Lo sabemos. Los de Voynich encontraron los restos cuando excavaron para llegar hasta la iglesia, pero, según Cronin, estaba dedicado a san Francisco, no a san Miguel.

Burbuja hizo un gesto de negación.

—Cambió de nombre poco después de ser construido, cuando los colonos atribuyeron a san Francisco el fin de una epidemia de tifus. Según leí esta mañana, este dato a menudo suele pasarse por alto.

—¿Quiere eso decir que los españoles ya sabían que en Funzal había enterrada una iglesia dedicada a san Miguel, aunque ellos no la encontraran? —preguntó Enigma.

—No, es más complicado. Según una relación escrita por el primer obispo de La Victoria, el observatorio que los valcatecas tenían en Funzal estaba bajo la protección de uno de sus dioses, uno llamado... —Burbuja sacó una pequeña libreta de su bolsillo y consultó algo en sus páginas—. *Pukeni Sakal Kamu*, el «Guerrero de la Espada de Sol». Pukeni era una especie de general de los ejércitos de Tupana, el dios creador. Según los mitos valcatecas, en el principio de los tiempos, Pukeni lideró la guerra contra los espíritus del mal y sometió a Watuyé, el demonio con forma de serpiente, con la ayuda de su espada flamígera.

—Igual que san Miguel... —observé.

—Exacto. Lo mismo pensaron los misioneros españoles, por eso le dedicaron el oratorio... Había un tipo... Un tal fray Hernando de Aza, monje dominico, que escribió un tratado sobre los mitos valcatecas. En él defiende la teoría de que los indios veneraban a los santos cristianos, pero con nombres diferentes.

—Interesante... Muy interesante... Me gustaría saber qué piensa de esto Saúl, nuestro cura experto en indígenas.

—Yo no le daría mayor importancia. Está claro que ese tal fray Hernando de Aza lo único que intentaba era asimilar las creencias valcatecas con las cristianas para facilitar la evangelización de los indios. Es lo mismo que hicieron los misioneros españoles en otros lugares del continente, como en el Imperio azteca.

—Con la diferencia de que cuando los españoles llegaron a México allí aún había aztecas a los que convertir, pero no quedaba ni un solo valcateca en esta región cuando aparecieron los misioneros; así que, ¿a quién pretendía evangelizar fray Hernando de Aza? No tiene sentido.

—¿Y qué es lo que sugieres?

—Creo que aquel dominico estaba convencido de lo que decía al aventurar que los dioses valcatecas y los santos cristianos eran figuras idénticas. —Hice una pequeña pausa para encenderme un cigarrillo y poner en orden las ideas que aquella charla me estaba suscitando—. Tengo una teoría. Imaginemos que Teobaldo y sus monjes llegaron a estas tierras en el siglo VIII, tal y como afirma el manuscrito úlfico. Pudieron haber establecido contacto con los indígenas, un contacto profundo, quizá incluso llegaron a evangelizarlos de alguna manera rudimentaria. Los valcatecas asimilarían las creencias cristianas y las fusionarían con las suyas propias.

—Sí, tiene su lógica… —dijo Enigma—. Y también es probable que ayudaran a Teobaldo a levantar la iglesia de san Miguel, bajo la dirección de los monjes. Eso explicaría por qué sus trazas parecen visigodas.

—Lo que a su vez nos lleva a la última parte de mi hipótesis —añadí—. La Ciudad de los Hombres Santos, el lugar donde Teobaldo guardó el Altar del Nombre, era una ciudad valcateca.

Yokai, que hasta el momento había estado entretenido con su ordenador, intervino en la conversación al oír aquello.

—Es decir, que, según tú, los indios esos se convirtieron en los guardianes de la Mesa de Salomón y todos sus poderes de la hostia. —Movió la cabeza de un lado a otro, con incredulidad—. Demasiado, tío…

—Esa idea le encantaría a Saúl —dijo Enigma—. ¿Por qué los valcatecas alcanzaron un nivel de desarrollo tan avanzado? Porque conocían el secreto del *Shem Shemaforash* y poseían el poder divino de la creación.

—En cualquier caso, no debieron de manejarlo muy bien. Su civilización colapsó —dijo Burbuja, que, al igual que Enigma, tampoco hablaba demasiado en serio.

—La leyenda de la Mesa de Salomón dice que todo aquel que la utilice provocará la ruina y la destrucción a manos de un incontrolable y desatado poder —comenté—. Nadie sabe lo que acabó con los valcatecas, pero, fuera lo que fuese, espero que no tuviera nada que ver con la Mesa.

—¿Y eso por qué? —preguntó Burbuja.

—Porque se supone que nosotros la estamos buscando, y pretendemos encontrarla. No sé vosotros, pero no me gustaría haber hecho todo este trabajo para terminar causando el fin de la civilización.

—Por eso no te preocupes, tío —dijo Yokai—. Este mundo ya hace tiempo que se está yendo a la mierda.

Tras pronunciar esta sentencia, volvió a centrar su atención en el ordenador, encerrándose en su burbuja informática.

2

Universidad

Lacombe se presentó en el nido a la hora exacta que convino con Burbuja. Yo no había vuelto a verla desde Londres y sin embargo me saludó sin mostrar ninguna emoción especial, haciendo gala de una flema profesional muy propia de ella. Los saludos fueron cortos y sin ceremonias. La agente ya nos conocía a todos salvo a Yokai, que se había encerrado en un dormitorio a trabajar con su ordenador y no estaba presente. Lacombe, siempre eficaz, quiso ir al grano sin pérdida de tiempo.

Tal y como yo esperaba, nos dijo que Yoonah pronto llegaría a La Victoria. No viajaba solo sino que estaba acompañado de Alzaga. La noticia nos preocupó por partida doble. Quise saber cuándo estaba previsto que llegaran a Valcabado.

—El jueves —respondió la agente. Es decir, dentro de dos días—. Al menos eso es lo que deduzco por sus billetes de avión.

—En ese caso, preveo que mañana la doctora Jordán volverá a caer víctima de uno de sus ataques de alergia. ¿Hasta cuándo piensan quedarse?

—Sus billetes tienen fecha de regreso el domingo.

—Cuatro días —dijo Enigma—. Será un ataque de alergia bastante fuerte. Espero que no levante sospechas.

—Diremos que es algo más serio —respondí—. Algo relacionado con tus dolencias cardíacas, eso nos dará más margen.

Enigma decidió regresar de inmediato al hotel para telefonear a Cronin y decirle que al día siguiente sólo acudiría a la excavación por la tarde, ya que no se sentía bien. Se trataba de ir haciendo algo de teatro antes de la brusca recaída en su estado de salud que, por supuesto, tendría lugar el jueves. Burbuja y yo nos quedamos a solas con Lacombe.

—Me gustaría saber por qué Alzaga acompaña a Yoonah —dije—. Es algo que no me esperaba.

—Con eso no puedo ayudaros —respondió Lacombe—. Lo único que sé es que Voynich adquirió billetes de avión a nombre de los dos, para el mismo trayecto y los mismos días.

—Tú y yo tendremos que meternos en un agujero hasta que Alzaga se marche, novato. Si se topa con cualquiera de los dos, se acabó nuestro plan.

—Estoy tentado de presentarme en su habitación de hotel en mitad de la noche. Quizá cubierto con una sábana y cargado de cadenas. Puede que le dé un ataque al corazón.

—No estoy de broma, Faro.

—Lo sé, lo sé… —repuse—. Maldita sea. Vamos a perder mucho tiempo por culpa de esto. Espero que mientras estemos fuera de juego Voynich no descubra nada interesante sobre esa iglesia.

—¿Sabéis qué? Estáis empezando a mencionar algunos detalles de vuestros… proyectos que no estoy segura de querer saber —dijo Lacombe—. Será mejor que me vaya para que podáis hablar a solas.

—Antes de irte, me gustaría saber para qué has venido a Valcabado —le pregunté—. No es que no te agradezca el esfuerzo, pero habría bastado con mandarnos un mensaje. Es un viaje muy largo desde Lyon.

Lacombe nos explicó que no había venido desde Lyon, sino desde Londres. Según nos dijo, sus pesquisas sobre Yoonah no estaban produciendo ningún resultado, así que optó por darle otro enfoque a su investigación.

Cuando supo por nosotros que el doctor Cronin estuvo presente en el asesinato de la detective Child, Lacombe se centró en hallar algo turbio sobre el arqueólogo inglés. Pensaba que quizá eso le llevaría hasta Yoonah. Tras un arduo seguimiento de las actividades de Cronin, en Londres al fin encontró algo de interés.

Según Lacombe, Cronin estaba involucrado en diferentes casos de expolio de patrimonio artístico. En muchas de las excavaciones en las que había participado desaparecían piezas, se ocultaban hallazgos o se falseaban datos sobre antigüedades que, supuestamente, se habían encontrado en los yacimientos pero que luego nadie era capaz de localizar hasta que aparecían de forma sospechosa en los lotes de las casas de subastas privadas. En Egipto, antes de la caída de Hosni Mubarak, Cronin fue declarado persona *non grata* por el Ministerio de Antigüedades y se vetó su entrada en el país; y en Italia sus trabajos en un yacimiento de Lecce fueron tildados de expolio.

Declaró en algunos juicios y pagó unas cuantas multas, pero nunca se pudieron formular contra él acusaciones firmes. Entretanto, Cronin recibía grandes cantidades de dinero de fuentes desconocidas que iban a parar a cuentas corrientes extranjeras. A causa de todos estos desmanes, la junta directiva de Oxford estuvo a punto de rescindir el contrato del doctor, pero, justo en ese momento, Voynich acudió en su rescate a través del Proyecto Lilith. La empresa hizo una donación más que generosa a la universidad y luego ficharon a Cronin. Para Lacombe, se trataba de un cambalache evidente, y esperaba que a través de él pudiera también inculpar a Yoonah.

—Llevo unos diez días colaborando con la policía inglesa para recopilar pruebas sólidas que culpen a Cronin —nos dijo—. Las autoridades británicas están a punto de solicitar formalmente a Interpol que ponga al doctor bajo una Alerta Roja, y pedirán su extradición al gobierno de Valcabado. Aprovechando que tenía que daros el aviso de lo de Yoonah, decidí viajar a La Victoria para acelerar el proceso y asegurarme de que Cronin no intenta escabullirse antes de que la policía inglesa lance su «busca y captura».

Que Cronin fuera un criminal no me sorprendía en absoluto. Habría lamentado más la que se le venía encima de haberme resultado más simpático, pero el inglés siempre me pareció un tipejo grimoso. A pesar de todo, las noticias que traía Lacombe me parecieron muy preocupantes.

Si Cronin era extraditado a Gran Bretaña, la excavación de Funzal quedaría descabezada. En ese caso, imaginaba dos posibilidades: o bien el yacimiento se cerraría por tiempo indefinido, o bien otra persona se encargaría de dirigir el trabajo, y el que tenía más posibilidades de sustituir a Cronin era su inmediato superior, David Yoonah. Eso significaría que el matemático se quedaría en Valcabado de forma permanente y Enigma y yo tendríamos que huir a toda prisa para no ser descubiertos.

Cualquiera de las dos opciones suponía un serio riesgo para nuestros planes.

—¿De cuánto tiempo disponemos antes de que Cronin sea reclamado? —quise saber.

—Una semana.

Hice un gesto de contrariedad.

—Es poco tiempo… Muy poco. La visita de Yoonah nos paraliza durante cuatro días, eso sólo nos deja tres para seguir investigando en la excavación. ¿No puedes darnos más margen?

—Lo siento, Alfaro, pero ya no depende de mí, sino de la policía inglesa. Yo soy la responsable de que ellos se interesaran por esta investigación, no entenderían que tratara de ralentizarla cuando todo está a punto.

Una semana. Ése era del tiempo del que disponíamos para obtener alguna pista de la iglesia de Funzal. Transcurrido el plazo, nuestra presencia en el yacimiento sería insostenible.

Odio trabajar contrarreloj.

—Está bien —dije, resignado—. Gracias por el aviso.

Lacombe le restó importancia.

—También me gustaría hablar contigo en privado, si no tienes inconveniente —añadió después.

Burbuja manifestó que le vendría bien salir a la calle a fumar un cigarrillo y estirar las piernas, después hizo un discreto mutis y nos dejó a solas.

Me sentí un poco incómodo, y creo que ella también. Aunque en las últimas semanas habíamos mantenido algún contacto ocasional en la distancia, aún no habíamos tenido la oportunidad de hablar largo y tendido sobre todas las cosas ocurridas después del asunto de Londres. Quien le pasaba toda la información importante sobre nuestras actividades era Burbuja, no yo.

Al cabo de un tiempo breve, Lacombe se decidió a romper el hielo.

—Tienes buen aspecto… Para estar muerto, me refiero.

Esbozó una pálida sonrisa y entonces me di cuenta de que acababa de hacer un torpe chiste. Me pareció bueno que intentara relajar la tensión.

Hice un esfuerzo por devolverle la sonrisa.

—Sí… Eso me han dicho…

Como de costumbre, la agente llevaba consigo una carpeta con documentos. Sacó uno de ellos de su interior y me lo entregó.

—No he venido sólo por el asunto de Cronin. Quería darte esto… —dijo, evitando mi mirada—. Me pareció que debía hacerlo en persona.

—¿De qué se trata?

—A grandes rasgos dice que ya no trabajas en mi equipo… Ni en ningún otro… Es decir… Ya no eres un agente de Interpol.

—Entiendo. Una carta de despido.

—Algo así… —Lacombe se mordió el labio inferior. Parecía incómoda—. Lo siento. No tenía otra alternativa.

—Tranquila. Mentiría si dijese que me sorprende… Estas últimas semanas no he sido precisamente un agente modelo, ¿verdad?

Le dediqué una débil sonrisa, para que entendiera que no había ningún rencor. Ella se relajó un poco.

—Desde luego que no. Tus… actuales labores no parecen muy compatibles con la dedicación que espero de los miembros de mi equipo. —Nos miramos un instante, en silencio. Al final, ella emitió un suspiro quedo—. Es una lástima. Sigo pensando que habrías llegado muy lejos en Interpol. Tienes unas cualidades extraordinarias, Alfaro. Ojalá hubiera podido servirme de ellas, pero supongo que eso nunca fue posible… Siempre tuviste la cabeza… en otra parte.

Yo asentí.

—Lo intenté —dije—. Te aseguro que lo intenté. Y me gustó trabajar contigo. Aprendí muchas cosas, y creo que… —me detuve. Iba a decir «hacíamos un buen equipo», pero me di cuenta de que no era cierto: nunca fuimos tal cosa—. Creo que conectamos bien.

—Sí…Sí, yo también lo creo… —respondió Lacombe, con aire reflexivo, como si acabase de reparar en ello. Luego me hizo una pregunta por completo inesperada—: ¿Alguna vez te he hablado de mi abuelo?

—No —contesté. Era cierto. Ni de su abuelo ni de ningún otro tema similar. Julianne Lacombe era muy reservada en sus asuntos privados.

—Era un malgache, un nativo de Madagascar. Emigró a isla Reunión cuando era muy joven. Allí nació mi padre, que después se casó con mi madre, una europea blanca. Mi abuelo vivió con nosotros hasta que murió, cuando yo era pequeña. Yo lo adoraba, ¿sabes? Era un hombre muy divertido. Me contaba historias sobre los reyes malgaches de Madagascar, y sobre los vazimba... También relatos de piratas. Le encantaban los relatos de piratas. Su favorito era el de Olivier Levasseur. —Lacombe sonrió, melancólica—. El corsario típico, con su parche en el ojo y su inmenso tesoro. Fue ahorcado en isla Reunión, en 1730. Cuando estaba en el cadalso, con la soga al cuello, lanzó a la multitud un papel en el que había escrito un criptograma y dijo: «¡Que encuentre mi tesoro aquel que pueda entenderlo», y luego murió... Mi abuelo me contó esa historia cientos de veces... Cientos. Decía que el botín de Levasseur estaba valorado en millones de libras, y que buscadores de tesoros de todo el mundo habían tratado de descifrar su criptograma sin éxito.

»A menudo mi abuelo me sacaba de la cama muy temprano y me decía, con una enorme sonrisa: "Ven, Julie, vamos a buscar el tesoro de Levasseur". Él lo preparaba todo: cestas con bocadillos, y cantimploras... Salíamos de casa, los dos solos, y pasábamos todo el día explorando los alrededores de Saint Dennis. Es un lugar muy hermoso: lleno de playas, de bosques y de cuevas donde mi abuelo decía que los piratas se refugiaban de los navíos del rey de Francia... Era maravilloso. Por supuesto que nunca encontramos ningún tesoro, pero a mí no me importaba. Cuando se lo dije a mi abuelo, él respondió: "Claro que no importa, Julie, porque en esta vida buscar un tesoro siempre es más divertido que encontrarlo".

—Es un pensamiento muy bonito.

—Lo es, ¿verdad? Nunca lo he olvidado. Cuando mi abuelo murió me sentí muy triste. Lo que más me pesaba era que creía que nunca volvería a conocer a nadie como él. Alguien que... prefiriera buscar tesoros a encontrarlos.

No añadió nada más. Tampoco a mí se me ocurría qué otra cosa podía decir, cualquier palabra me sonaba inoportuna.

Al cabo de un instante, Lacombe me miró a los ojos y dijo:

—Lo que estáis haciendo aquí... Lo que hacías cuando nos conocimos... Bruno me ha contado algunas cosas. Sólo quiero que sepas que..., que creo que te entiendo. Así que, cuando necesites algo de mí, pídemelo sin dudarlo, Alfaro. Quiero ayudarte en tu búsqueda.

Mientras escuchaba aquella oferta, me imaginé que Lacombe

aún recordaba a aquella niña que se divertía buscando tesoros de piratas en las cuevas de isla Reunión, y que era muy probable que le echara de menos.

A menudo los misterios más insólitos son los que guardan algunas personas en su interior. Creo que Julianne Lacombe era una buena prueba de ello.

Los siguientes días los pasé alternando estados de desasosiego, impaciencia y frustración. No fueron nada divertidos.

Como Enigma y yo no podíamos aparecer por la excavación, disponíamos de mucho tiempo libre para darle vueltas a la cabeza. Mi compañera se lo tomaba mucho mejor que yo, creo que porque se alegraba de tener una excusa para no tener que maquillarse de doctora Jordán por las mañanas.

En cuanto a los demás, Yokai estaba volcado en su nueva aplicación informática, rastreando cada centímetro del manuscrito úlfico con la esperanza de encontrar algo importante. Su entrega era tal que empecé a temer que estuviera desarrollando una especie de obsesión. Como pasaba horas frente al ordenador, tenía pocas oportunidades de discutir con Burbuja. En cualquier caso, el buscador apenas paraba en el nido. Desde que Lacombe llegó a La Victoria, aprovechaba cualquier oportunidad para encontrarse con la agente de Interpol, casi siempre sin dar cuentas a nadie. Empezaba a preguntarme si esos dos se traían algo entre manos.

La inactividad me desesperaba, así que me busqué una ocupación. Mientras Yoonah y Alzaga siguieran en Valcabado, yo no podía dejarme ver por el yacimiento, pero eso no significaba que no pudiera llevar a cabo mi propia investigación.

Tomé la costumbre de ir a las bibliotecas de la ciudad, donde pasaba mucho tiempo leyendo libros sobre cualquier tema que estuviera relacionado con la historia del país y la de los indios valcatecas. No puedo decir que lograse muchos avances, más bien me sentía como alguien que camina por una habitación a oscuras, palpando las paredes en busca del interruptor de la luz. Por el momento, aún estaba en sombras.

En La Victoria solamente había dos bibliotecas importantes. Una estaba en la universidad, pero a ésa no podía acceder. En los últimos días habían tenido lugar una serie de tumultos protagonizados por algunos estudiantes y profesores que protestaban contra el gobierno. Como respuesta, el ejército había tomado las aulas y cerrado el acceso al campus universitario. A todas horas se producían altercados entre los soldados y manifestantes que intentaban entrar en el recinto. Tanto unos como otros solían ir armados, por lo que los alrededores de la universidad eran como un campo de batalla. En la radio, en la televisión y en los periódicos no paraban de informar de que el gobierno controlaba la situación, pero los mentideros locales aseguraban que los choques eran cada vez más violentos y que amenazaban con extenderse por otros lugares de la ciudad.

La otra biblioteca era la de los archivos diocesanos, cerca de la catedral. Allí era donde yo pasaba la mayor parte del tiempo.

En el barrio de Mayorazgo las cosas aún estaban tranquilas, aunque la presencia de militares en sus calles era cada vez más numerosa. Un día me llevé un buen susto cuando vi que junto a los soldados de costumbre patrullaba una pareja de hombres vestidos con el uniforme de Wotan. Vi la misma estampa un par de veces más durante el trayecto desde el archivo de la diócesis hasta el hotel y lo comenté con mis compañeros aquella noche, en el nido.

—¿No te has enterado? —dijo Burbuja—. El gobierno del presidente Luzón ha firmado un acuerdo con Wotan por mediación de Voynich. Sale en todos los periódicos.

—¿Qué clase de acuerdo?

—Según parece, Voynich ha obtenido permisos por parte del gobierno para explotar los yacimientos de tungsteno del país. A cambio, Wotan colabora con el ejército en las labores de seguridad. Me temo que a partir de ahora vamos a ver a muchos de esos tipos de negro por las calles.

Creo que era el único que no estaba al tanto de la actualidad del país, porque mis compañeros hablaban de ello como si estuvieran informados de primera mano.

—Lo siento por los pobres tíos de la universidad —dijo Yokai, que, como siempre, atendía a nuestra charla al mismo tiempo que a la pantalla de su ordenador—. Esos cabrones fascistas los van a machacar.

—Esos «pobres tíos de la universidad», como tú los llamas, están armados hasta los dientes —repuso Burbuja—. Son más que un puñado de profesores pidiendo aumento de salario y alumnos que quieren más becas. Las guerrillas populistas los están utilizando para derribar al gobierno. Julianne me lo ha contado. No son ningunos mártires.

—Sí, la historia de siempre —resopló Yokai—. Tío, ¿no te das cuenta? Eso no es más que jodida propaganda de los de arriba.

—Pero… ¿de qué estás hablando? ¿Quiénes son los de arriba?

—Gobiernos deshumanizados, capitalistas y corruptos; como el de este tugurio. En cuanto el pueblo les da por culo, los masacran. Parece mentira que los justifiques. Eres un fascista, tío.

—¿No es increíble? Tengo dos licenciaturas y un doctorado y debo soportar que me llame fascista la versión para Android del Che Guevara.

—Lo que tú digas, tío… *Sieg Heil!*

—Renacuajo bocazas.

—Capullo anabolizado.

Los dejé a solas con su debate político y regresé al hotel.

Me sentía inquieto por aquel acuerdo entre Wotan y el gobierno de Valcabado. Las últimas noticias indicaban que el presidente Luzón tenía el país al borde del abismo, y su única solución era la de firmar un pacto con el diablo. No por primera vez, me pregunté dónde diablos nos habíamos metido.

Al día siguiente regresé al archivo de la diócesis. Quería consultar el estudio de fray Hernando de Aza sobre la religión valcateca y sus semejanzas con la cristiana, y el encargado del archivo me había prometido que me ayudaría a buscarlo.

Al llegar a la plaza de la Catedral, me encontré con una bulliciosa y alegre estampa propia de una mañana soleada. Costaba creer que estuviera en el corazón de una ciudad donde gobierno y oposición dirimían a tiros sus diferencias. Había puestos de comida, multitud de palomas holgazaneando sobre la portada de la catedral, y un grupo de músicos callejeros que interpretaban melodías folclóricas con flautas y tambores. La única nota discordante eran los soldados que deambulaban con sus fusiles. Entre ellos había alguno con el informe negro de Wotan.

De pronto me detuve en seco, como si acabara de chocarme contra un muro invisible. En la puerta de acceso al archivo estaba Abel Alzaga.

Logré ocultarme detrás del puesto de un vendedor ambulante de comida antes de que me viese.

Mi primer impulso fue el de dar media vuelta y regresar al hotel, pero Alzaga estaba situado de tal forma que si se me hubiera ocurrido salir de detrás del puesto en ese instante, me habría descubierto con toda seguridad. No me quedó más remedio que quedarme quieto, esperando.

Alzaga estaba a unos pocos metros de mi escondite. Llevaba puestas unas gafas de sol y un sombrero, pero sus rasgos eran inconfundibles. Vestía un impecable traje de chaqueta color blanco crudo, sin corbata; con una mano portaba un maletín y con la otra sostenía un cigarrillo, que fumaba con caladas cortas y breves. Varias veces miró su reloj. Daba la impresión de encontrarse algo tenso.

Apuró su cigarrillo y lo tiró al suelo. Después entró en el edificio del archivo.

Entiendo que lo prudente por mi parte habría sido poner tierra por medio, pero como hasta el momento ya había dado sobradas muestras de falta de juicio, pensé que una más ya no tendría importancia. Salí de detrás del puesto de comida y me dirigí hacia el archivo. Quería saber qué era lo que Alzaga estaba haciendo ahí dentro.

No se dio cuenta de que lo estaba siguiendo. Vi cómo se encaminaba hacia la sala de lectura de la biblioteca, y allí se introducía por un pequeño pasillo lateral. Con mucho tiento, me asomé por el pasillo y le vi entrar por una puerta que había al final. Al acercarme sigilosamente vi un cartel que decía DESPACHO C.

Me agaché y pegué la oreja a la puerta. Creí percibir el murmullo de una conversación, aunque bien pudo ser una impresión falsa. Traté de agudizar el oído cuando, a mi espalda, escuché una voz.

—Disculpe, ¿puedo ayudarle?

Era un joven sacerdote que llevaba en la mano una carpeta de fichas de la biblioteca. Me incorporé de inmediato y balbucí la mala excusa de que estaba buscando el lavabo. El bibliotecario me dirigió una mirada suspicaz y me informó de que en aquella parte del archivo sólo había despachos, y que era de acceso restringido. Regresé a la sala de lectura deshaciéndome en disculpas.

Una vez allí, saqué un libro al azar de la primera estantería que encontré. Después, localicé una mesa desde la que tuviera una buena vista del pasillo de los despachos. Me senté allí y esperé a que

Alzaga apareciera de nuevo, con la esperanza de averiguar con quién se había encontrado en el archivo.

Pasó el tiempo. Diez minutos. Veinte. Cuarenta… Una hora después, Alzaga seguía sin dar señales de vida. Otros treinta minutos más tarde, empecé a aburrirme de vigilar un pasillo vacío. Me preguntaba si el antiguo director del Cuerpo habría abandonado el edificio por otro acceso, sin que yo me diera cuenta.

Me aseguré de que todos los trabajadores del archivo estaban ocupados y volví a dirigirme hacia el Despacho C. Al acercar la cabeza a la puerta para escuchar no detecté ningún ruido.

De pronto sonó un teléfono en el interior del despacho. El timbrazo se repitió muchas veces hasta detenerse. Nadie contestó la llamada.

Entonces brotó otro sonido del otro lado de la puerta. Me pareció como un jadeo, o un suspiro muy profundo. Con mucho cuidado, giré el picaporte y abrí una pequeña rendija. No vi a nadie, aunque me dio la impresión de que una sombra se agitaba en algún lugar fuera de mi campo de visión.

Lo pensé durante un segundo y después me colé en el despacho con rapidez.

Alzaga estaba allí. Lo vi sentado en una silla, amordazado y con las manos atadas a la espalda. Tenía la cabeza caída sobre el pecho y toda la parte izquierda de su chaqueta estaba empapada de sangre. No se movía. No respiraba.

Contemplé el cadáver del asesino de mi padre con total ausencia de sentimientos, como quien encuentra el cuerpo aplastado de un pájaro en mitad de una carretera. Veía, casi hipnotizado, cómo la mancha de sangre se hacía cada vez más grande, y cómo unas pequeñas gotas rojas y oscuras ensuciaban el parquet.

Y no era capaz de sentir nada. Ni alegría. Ni triunfo. Ni siquiera asco o una elemental conmiseración. Nada. Sólo frío.

Tampoco era capaz de apartar los ojos del cadáver. Como si deseara tatuar aquella imagen en mis pupilas.

Entonces Alzaga se movió. Sus piernas produjeron un leve espasmo y su cabeza se agitó hacia un lado. Me di cuenta de que aún emitía una débil respiración. No estaba muerto, después de todo.

Experimenté por fin una emoción. Sentía curiosidad por saber quién había ejecutado de aquella forma al traidor Ballesta.

Me acerqué a él y le quité la mordaza. Ni siquiera pareció darse cuenta, sumido como estaba en un estado semiinconsciente. Puede que aún siguiera con vida, pero era evidente que no sería así durante mucho más tiempo. Aquel hombre ya era casi un cadáver.

Al verse libre de la mordaza, sus labios y sus párpados temblaron. Me arrodillé frente a él y agarré su cara con la mano, para obligarlo a mirarme.

—¿Quién te ha hecho esto? —pregunté.

Sus ojos se abrieron con gran esfuerzo. En sus pupilas ya apenas quedaba una chispa de vida. Se agitaron al verme, como si me hubiera reconocido.

—Trueno…

—No soy Trueno. Respóndeme: ¿quién te disparó?

—Entre los muertos… —bisbiseó, ya casi sin aliento—. Tú… debías estar… entre los muertos… Trueno…

Aquéllas fueron sus últimas palabras. Expiró con un sonido roto y desagradable y su corazón dejó de latir.

No podía imaginar un final más penoso para el último director del Cuerpo Nacional de Buscadores. Su único legado era una existencia inútil y dañina. Ahora que estaba muerto, ni siquiera quería dignificar su memoria con mi odio. Sólo sentía tranquilidad, el alivio de haberme quitado un peso de encima, así como un leve agradecimiento a su asesino. Me había evitado vivir con la tentación de cargar con la muerte de Ballesta sobre mi conciencia. Él no merecía tanto.

Así pues, me aparté de aquellos despojos y eché un rápido vistazo a mi alrededor con la esperanza de encontrar algún indicio sobre lo que había ocurrido en aquel despacho.

Lo único que vi de interés fue una pistola provista de silenciador, encima del escritorio. El arma me resultaba familiar, pues era la misma con la que Ballesta me acribilló a tiros en el Sótano. Toda una ironía. Supongo.

Me disponía a examinar el arma con más atención cuando la puerta del despacho se abrió de pronto y en el umbral apareció un sacerdote que llevaba unos libros. Al ver el panorama, el hombre emitió un gutural sonido de espanto y dejó caer los libros al suelo.

—No, espere —me apresuré a decir—. Esto no es lo que parece…

Fue inútil. El sacerdote gritó («¡asesino!») con voz aguda y salió corriendo.

La cosa se ponía interesante.

Fui tras él. El siervo de Dios chillaba como una mujer, igual que si acabara de encontrarse con el mismo diablo, señalando a todo aquel que quisiera oírlo que yo era un peligroso homicida. Las pocas personas que había en la biblioteca se apartaban de él, asustadas, y se pegaban a las paredes y a las estanterías.

Dos soldados aparecieron en la sala de lectura. El cura les hablaba y me señalaba. Me apuntaron con sus fusiles de asalto. Yo frené en seco y levanté las manos.

—¡Tú! —me dijo uno de ellos—. ¡No te muevas!

¿Estaría dispuesto el soldado a abrir fuego en medio de un edificio eclesiástico, para mayor pánico de todos los presentes? Pensé que merecía la pena averiguarlo si no quería dar con mis huesos en una sórdida prisión valceña. Di media vuelta y eché a correr en dirección contraria. Tuve suerte y el soldado no disparó, pero sí que se puso a perseguirme.

Esprinté de forma enloquecida, apartando a empujones mesas, sillas y hasta lectores que tuvieron la mala suerte de toparse en mi camino. El soldado dio un brinco y me agarró por las piernas, haciéndome caer.

Mis manos se cerraron alrededor de un grueso volumen encuadernado en piel que encontré en el suelo. Lo utilicé para golpear al soldado en la cara con todas mis fuerzas. El canto del libro le produjo una herida sangrante, cerca del ojo. Gritó y yo aproveché para hundirle el pie en el estómago.

El soldado me soltó. Salí corriendo de nuevo y me topé contra un carro lleno de libros y fichas. Lo utilicé para lanzárselo a mis perseguidores y entorpecerles el paso. Uno de ellos se tropezó de forma aparatosa y el contenido del carrito salió despedido por todas partes, justo al mismo tiempo que yo esquivaba de un salto a un hombre que quiso hacerse el héroe intentando placarme. Iluso. Nada detiene a un buscador cuando huye como una rata.

Nada salvo las balas, quizá.

Los soldados se hartaron de aquella persecución y empezaron a disparar. Uno de los fusiles escupió una ráfaga de proyectiles que zumbaron por todas partes, impactando contra las paredes, las estanterías y los libros. Algunos de ellos reventaron como bolsas de confeti.

A pesar de todo, seguí corriendo, cubriéndome la cabeza con las manos. Tropecé con el primer peldaño de una escalera y caí rodando varios tramos hasta dar con mis huesos en el suelo. Me di un buen golpe y la nariz empezó a sangrarme.

Pero no tenía tiempo de lamentarme. Los soldados bajaban la escalera a toda prisa detrás de mí. Me levanté y me lancé en una huida a ciegas. Por fortuna, lo que había delante de mí era la salida del archivo.

Me encontré de nuevo en la plaza de la Catedral. Un rápido vistazo a izquierda y derecha me permitió comprobar que los soldados habían pedido ayuda. Desde ambos lados de la plaza, parejas de hombres armados corrían hacia mí con la clara intención de interceptarme.

Me dolía el pecho, me faltaba el aire, la sangre que chorreaba de mi nariz se me metía por la boca y sentía un pinchazo en el costado; pero no contemplaba la opción de dejar de correr, de modo que esprinté a lo largo de la plaza, hacia el otro extremo.

Tuve mala suerte. Al pasar junto a uno de los puestos de comida, pisé sin darme cuenta los restos de una mazorca de maíz y resbalé. No llegué a caer de espaldas al suelo, pero el tobillo se me torció y un latigazo de dolor me paralizó la pierna un instante. Caí con la rodilla en tierra, como si pidiera clemencia.

Apreté los dientes e intenté levantarme. Una nueva punzada en el tobillo, aún más dolorosa, me lo impidió. Los soldados estaban cada vez más cerca y mis posibilidades de dejarlos atrás ya eran casi inexistentes.

De pronto, un coche se paró justo delante de mí, bloqueándome cualquier tipo de salida. Era un viejo Cuatro latas con la carrocería hecha polvo y un motor que sonaba como un avión a punto de despegar. El conductor abrió la puerta del copiloto y se dirigió a mí.

—¡Sube! ¡Rápido!

Era Saúl.

Cuando un sacerdote aplica la octava bienaventuranza («¡Dichosos los perseguidos por causa de la justicia!») no es prudente ignorarlo, así que abordé el vehículo. Saúl arrancó y salió de la plaza, llevándose por delante un carromato en el que una pobre mujer vendía ponchos de tela. Un daño colateral.

Los soldados también tenían coches. Por el espejo retrovisor vi un jeep de color verde que iba tras nosotros. El destartalado cacharro de Saúl tenía pocas posibilidades de dejarlo atrás.

El sacerdote dio un volantazo y se metió por una calle estrecha. Los retrovisores levantaron chispas al rozar contra las fachadas de los edificios de ambos lados de la calzada. El jeep fue detrás, pero su morro se encajó en la bocacalle y se quedó atascado, sin poder avanzar ni retroceder. Saúl pisó el acelerador.

—Estúpidos —masculló.

El motor bramó como si estuviera a punto de estallar. Salimos de la calle por el otro extremo y nos encontramos en una amplia avenida llena de tráfico. Otro jeep militar salió a nuestro encuentro por la derecha.

El sacerdote maniobró el vehículo y se metió por un carril de sentido contrario. El resto de los coches se dirigían hacia nosotros y nos esquivaban en el último momento. Los conductores hacían sonar sus bocinas y nos gritaban insultos espantosos.

De pronto, ante mis ojos apareció la mole de un autobús turístico de dos pisos. Saúl soltó una retahíla de maldiciones que jamás pensé escuchar de labios de un sacerdote. Giró el volante hasta cruzar los brazos. El coche atravesó un arcén hasta llegar al carril de su derecha.

Miré por encima del hombro. El jeep que nos perseguía no había podido girar y el autobús, sin tiempo para frenar, lo embistió como una locomotora. El jeep dio un par de vueltas de campana y quedó boca abajo en medio de la avenida.

—¿Hay alguno más? —gritó Saúl.

Detrás del jeep accidentado había otro que sí pudo esquivar el autobús. Lo llevábamos pisándonos los talones.

—Sólo uno.

—¡Joder...!

Saúl aceleró. El coche avanzó por la calzada haciendo eses para sortear los vehículos más lentos que el nuestro. El sacerdote manejaba el volante con la pericia de un piloto de la NASCAR. Por desgracia, el jeep que nos perseguía también era manejado por un chófer experto. Parecía imposible quitárnoslo de encima.

Saúl apretó tanto los labios que parecía querer comerse su propia barba. Con un giro brusco, abandonó la avenida y se metió por una serie de calles secundarias. Tras recorrer unas cuantas manzanas, frenó en seco. El pecho me golpeó contra el salpicadero.

Saúl bajó del coche.

—¿Qué haces? ¡Ese jeep viene hacia aquí!

—¡Sígueme y calla!

Echó a correr. Yo fui tras él. Por encima de mi hombro vi cómo el jeep se detenía y de él bajaban tres soldados.

Oí disparos y el escándalo de un tumulto, pero el sonido venía de delante de nosotros. Seguí a Saúl hasta que los dos aparecimos en una especie de explanada. Allí estaba teniendo lugar una verdadera batalla campal. Estábamos rodeados de hombres que corrían en todas direcciones. Aunque muchos de ellos llevaban la cara tapada con capuchas y pañuelos, parecían ser muy jóvenes. Gritaban con el puño en alto y lanzaban consignas izquierdistas. Otros, más violentos, además de lemas arrojaban piedras y cócteles molotov hacia un numeroso grupo de soldados que llevaban equipo de antidisturbios.

El caos era total. Los embozados se enfrentaban con los militares utilizando pedruscos, bates de béisbol y tirachinas con proyectiles de acero. Uno de ellos reventó la visera de un soldado, que se tiñó de sangre. Cuando el soldado cayó al suelo, aparecieron dos hombres con la cara cubierta que lo cosieron a navajazos. En otro lugar, tres antidisturbios apaleaban con sus porras a una chica joven, con la cara cubierta de sangre, que intentaba protegerse con los brazos.

Alguien lanzó botes de humo. Se oyeron más disparos. Sentí un golpe en la espalda y luego un dolor espantoso. Estaba seguro de que era un impacto de bala. Me habría perdido en medio de aquella refriega de no ser porque Saúl me llevaba bien sujeto de la mano.

El sacerdote fue capaz de alejarme del epicentro más violento de la lucha, hasta que, por fin, los dos nos encontramos a salvo debajo del paso elevado de una autopista. Allí ya nadie se fijaba en nosotros.

—Creo..., creo que me han disparado —dije—. Aquí, en la espalda.

—¿Dónde? Déjame ver. —El sacerdote me levantó la camisa e inspeccionó la zona dolorida. Apenas le llevó un par de segundos—.

Ah, no es nada. Sólo era una pelota de goma. Se te pasará enseguida, pero te dejará de recuerdo un buen cardenal. Créeme, un cura sabe de estas cosas.

—Sí. Cardenal. Ya lo pillo —dije con una mueca de dolor—. Muy gracioso.

Aparecieron dos muchachos que, al igual que nosotros, querían buscar refugio. Uno de ellos, que llevaba atada al cuello una bandera soviética como si fuera una capa, tenía una enorme brecha sangrante en la frente. Apenas era más mayor que Yokai. El sacerdote se le acercó con gesto preocupado y empezó a limpiarle la herida con su pañuelo.

—Calma, chico… ¿Estás bien?

Asintió con gesto trémulo. Parecía estar muy mareado.

—¡Hijos de puta! —dijo su amigo—. ¡Carniceros de Luzón! ¡Pronto tendrán su merecido! ¡Los ahorcaremos como a perros!

—Llévate a tu amigo a un médico y luego vete a casa —le ordenó el sacerdote—. Seguro que allí tienes mejores cosas que hacer que colgar paisanos de una soga.

El muchacho se alejó, ayudando a su amigo a caminar. Saúl los miraba con una expresión dura.

—Allá van los frutos del odio. Niños deseando ser asesinos —dijo—. El presidente Luzón los sembró y los guerrilleros populistas los cultivaron. Qué fácil, qué espantosamente fácil resulta defender a muerte los ideales con la sangre de otras personas…

—¿Dónde estamos?

—En el campus de la universidad. Los soldados que te perseguían aún deben de estar intentando encontrarnos en ese maremágnum, pero, aun así, será mejor que pongamos tierra por medio.

Regresamos al coche. Antes de subir, Saúl contempló con expresión de disgusto uno de los retrovisores. El espejo estaba roto y la carcasa colgaba de un cable.

—Vaya por Dios… —suspiró el sacerdote—. Martín se pondrá furioso.

—¿Quién?

—El padre Benítez. Un compañero de la residencia de San Lázaro al que le pedí prestado el coche.

Nos montamos en el vehículo, con Saúl al volante, y nos alejamos de aquel lugar. Esta vez sin que nadie nos persiguiera. El sacerdote me preguntó si quería que me llevara al hotel Embajadores. Respondí que quizá sería prudente que me alojara en un lugar más discreto, donde fuera difícil localizarme en caso de que a las autoridades les diera por empapelar la ciudad con carteles con mi foto y el pie de «vivo o muerto». Saúl le restó importancia a mis preocupaciones.

—Olvídate de la policía. En Valcabado es un cuerpo inútil que trabaja a sueldo de los cárteles. No te buscarán a menos que algún narco tenga interés en ello. En cuanto al ejército, tienen cosas más urgentes en la cabeza en este momento: en el país está a punto de estallar una rebelión general.

—¿Estás seguro?

—Por completo. Este follón de la universidad es sólo el principio, los primeros petardos antes del castillo de fuegos artificiales. —Saúl me pidió un cigarrillo. Siguió hablando mientras se lo fumaba—. Te diré lo que va a ocurrir ahora: con ese ejército privado de Wotan a su disposición, el gobierno se sentirá fuerte y querrá hostigar los núcleos de las guerrillas populistas. Grave error. Será como meter un palo en un avispero. Es justo la clase de excusa que las guerrillas esperan para levantar en armas a medio país. Cuando eso ocurra, los cárteles aprovecharán el río revuelto para emprender luchas entre ellos por el control de territorios. Será la anarquía más absoluta.

—Eso no suena nada bien.

—Así es, hijo. Si yo fuera tú, me largaría en el primer avión. Aquí las cosas van a ponerse difíciles.

—No puedo abandonar La Victoria. No he terminado mi trabajo en la excavación.

—Sí. Pensaba que me dirías eso…

El sacerdote siguió conduciendo en silencio.

—¿Por qué me has ayudado? —quise saber. Saúl parecía estar absorto en sus pensamientos y tuve que repetir la pregunta de nuevo.

—No lo sé… —admitió—. Estaba cerca del archivo cuando vi que los soldados te perseguían y pensé: «Qué carajo…». —Se encogió de hombros—. Cuando en La Victoria los soldados persiguen a alguien, lo normal es que éste sea un pobre incauto que estaba en el sitio inadecuado en el momento inoportuno. Incluso a mí me han atosigado un par de veces.

—¿Y eso por qué?

—¿Qué más da? Aquí podrían pegarte un tiro sólo porque les parece que tienes cara de delincuente. —Saúl tiró la colilla por la ventanilla del coche—. ¿Y a ti por qué te perseguían? Es mera curiosidad.

Le conté a Saúl que había encontrado un cadáver en la biblioteca del archivo, y que los soldados pensaban que lo había matado yo.

—¿Y es cierto? ¿Lo mataste?

—Te aseguro que no. Ya estaba muerto cuando lo encontré.

—Si tú lo dices...

—No pareces muy impresionado por mi historia, ¿acaso no la he contado bien?

—Hijo, en esta ciudad asesinan a decenas de personas cada día, para los cárteles es como un deporte. He perdido la cuenta de la gente con la que he hablado y que dice haber visto un cadáver o cómo a un tipo lo convertían en uno.

—¿Y los cárteles acostumbran a dejar sus muertos en los archivos en la diócesis?

—En los archivos, en la puerta de la catedral, en las casas, en las calles... El año pasado al ministro de Seguridad Nacional lo degollaron en su oficina, y al secretario del obispo han intentado matarlo varias veces. —Ante ese panorama, me pareció lógico que mi relato no le afectase demasiado—. ¿Sabes quién era? Me refiero al tipo que has encontrado.

—La verdad es que sí.

El sacerdote me miró con sorna.

—Ya veo.

—Te lo repito: yo no lo maté.

—Oye, tus asuntos no son de mi incumbencia. Si vas por ahí con una identidad falsa o disparando gente en los despachos del archivo, eso es cosa tuya.

—¡No he disparado a nadie! ¿Cómo tengo que decírtelo para que me creas?

—Muy bien, hijo, muy bien. No eres un asesino, de acuerdo, como tú quieras. No hay por qué alterarse... ¿Y de qué conocías a ese pobre diablo?

—Se trataba de alguien involucrado en el Proyecto Lilith. Su nombre era Abel Alzaga.

—Vaya, lo que son las cosas… Resulta que yo también lo conozco.

—¿De veras?

—Oh, sí; pero no personalmente. Ayer, en la excavación, el doctor Cronin mencionó que ese tipo iba a pasarse esta mañana a echar un vistazo por el yacimiento. Ese chino de ojos azules, el tal Yoonah, lo trajo con él desde California.

—No es chino, es coreano —apunté—. ¿Yoonah ha estado en la excavación?

—Sí, desde el jueves anda por ahí. No hemos coincidido mucho, no me gustan los ojos de ese tipo, son como los de esas muñecas victorianas de las películas de terror.

—A todo esto, ¿tú no deberías estar en el yacimiento?

—Claro, igual que la doctora Jordán… Por cierto, espero que se mejore pronto de sus problemas de salud —dijo Saúl, con evidente sarcasmo—. Ya no necesito ir al yacimiento. He terminado de traducir todas las inscripciones valcatecas que había en la iglesia.

Aquella información me sorprendió.

—¿Todas? ¿Por completo?

—Casi. Fue más sencillo de lo que esperaba.

—Y esa traducción…, ¿ya se la has dado a Cronin?

El sacerdote se tomó unos segundos antes de responder.

—No.

—¿Por qué? ¿Acaso dudas que sea la correcta?

—Es la correcta —dijo él, un poco ofendido—. Si aún no se lo he dicho a Cronin es porque antes me gustaría reflexionar sobre un par de cosas.

—¿Qué par de cosas?

Saúl sonrió de medio lado.

—Hijo, si yo dejo que tengas tus secretos, sería de buena educación que tú me permitieras tener los míos. —El sacerdote detuvo el coche—. Ya hemos llegado: hotel Embajadores.

—Gracias, pero…

—Bah, no me las des. Dáselas a la Santa Madre Iglesia. A cambio, acuérdate de rezar un padrenuestro antes de acostarte… O invita a un pobre a comer, lo que te apetezca.

Yo permanecí dentro del coche.

—Quiero saber lo que dicen esas traducciones.

—Y yo cuándo será el Día del Juicio, pero me temo que los dos tendremos que fastidiarnos y esperar.

—¿Por qué? Si vas a dárselas a Cronin, él las compartirá con el resto de los miembros de la excavación y yo las acabaré leyendo. ¿Qué te importa que me adelante un poco?

—Hijo, sal de mi coche. Tengo que llevarlo a un taller antes de que lo vea el padre Benítez.

—No —insistí, tozudo.

Era vital que accediera a las traducciones de Saúl lo antes posible. No sabía cuánto tiempo más iba a demorar el sacerdote el momento de entregárselas a Cronin y existía el riesgo de que, antes de decidirse, el doctor fuera reclamado por la policía inglesa y el Proyecto Lilith, paralizado. En tal caso, yo nunca averiguaría lo que Saúl había descubierto. Si mi único recurso era quedarme dentro del coche hasta que el sacerdote atendiera a mi petición, estaba dispuesto a hacerlo.

A no ser que Saúl me echase a patadas…, aunque esperaba que su caridad cristiana le impidiese llegar a tal extremo.

—Oye… Podemos estar así toda la mañana —me dijo—. No voy a enseñarte esas traducciones, hijo, será mejor que lo asumas. Como tú mismo has dicho, tendrás que esperar a que se las pase a Cronin.

La actitud del sacerdote me dio una corazonada. Me arriesgué a manifestarla en voz alta.

—No vas a dárselas, ¿verdad? —El rostro de Saúl de pronto quedó inexpresivo. Aquella cara de póquer me convenció de que había dado en el clavo—. Las traducciones. No pensabas entregárselas a Cronin… o quizá sí, pero serían incompletas o, directamente, erróneas. Jamás tuviste la intención de colaborar con la gente de Voynich. Todo este tiempo les has estado engañando.

Saúl me dedicó una mirada hostil. Por un segundo pensé que iba a darme un puñetazo. En vez de hacerlo, se limitó a farfullar unas palabras entre dientes:

—Tienes que ser muy cínico para acusarme de algo semejante.

—Pero es cierto. —Saúl evitó mi mirada—. Es absurdo que nos enroquemos en esta situación. ¿Qué me importa a mí que Cronin tenga o no las traducciones? Absolutamente nada. Incluso puede que me parezca bien que no quieras dárselas, sean cuales sean tus motivos.

Saúl se mantuvo en silencio, mirando por la ventanilla del coche con gesto hosco.

—Mi conciencia está tranquila, no tengo nada que ocultar —dijo al fin—. No quiero facilitarle a nadie de Voynich esas traducciones porque en ellas se indica cómo encontrar una ciudad oculta en la selva de Los Morenos.

El corazón empezó a latirme a mayor rapidez.

—¿Estás seguro de eso? Es decir, ¿el camino está indicado con todo detalle?

—No, en realidad no son más que pistas. Muchas de ellas no tienen sentido para mí, pero temo que lo tengan para Cronin y los otros doctores. —Saúl me miró—. No quiero que encuentren esa ciudad. Ellos no.

—¿Por qué?

—Tengo mis propios motivos. A ti no te incumben.

—Déjame adivinar... ¿Esos textos valcatecas hablan de un artefacto conocido como «El Altar del Nombre»? ¿Quizá una mesa...? —Saúl apartó de nuevo la mirada—. Sí, estoy en lo cierto. Un objeto escondido en la ciudad, algo capaz de desatar un poder inmenso. *Shem Shemaforash...* El Nombre de los Nombres. Eso es lo que no quieres que Voynich encuentre.

—No lo harán con mi ayuda.

—Pero puede que lo hagan sin ella... A no ser que alguien les tome la delantera.

—¿Ah, sí? ¿Y quién sería esa persona?

—Yo, por ejemplo.

Saúl me miró, con una leve sonrisa de incredulidad.

—No te ofendas, hijo, pero eso es más que improbable. Sería como ver a una sardina tratando de comerse a un tiburón. No tienes colmillos para semejante bocado.

Creí que había llegado el momento de marcarme un buen farol.

—Tan sólo necesito leer esas traducciones para saber exactamente dónde encontrar la ciudad perdida. Y nunca se lo diría a Cronin. Llegaría hasta ella por mis propios medios.

Mi bravata pareció divertir al sacerdote.

—Ya veo... ¿Y para qué quieres llegar hasta ella? ¿Por el inmenso poder que guarda? ¿Quieres el secreto del *Shem Shemaforash*?

Reflexioné durante un instante. Tenía la sensación de que el sacerdote decidiría si prestarme su ayuda según fuera mi respuesta, y que sólo me daría una oportunidad. Imaginé un apasionado alegato sobre la necesidad de rescatar los tesoros del pasado, de mostrar al mundo el esplendor de antiguas civilizaciones. En mis pensamientos sonaba muy lírico, casi épico, como una oda llena de intenciones elevadas.

Pero algo me decía que aquél no era el público adecuado.

El tiempo pasaba. Saúl me miraba inquisitivo y yo seguía sin saber qué decir. Empecé a sentirme frustrado por ser incapaz de hallar las palabras exactas hasta que, finalmente, dejé escapar el primer pensamiento que me vino a la cabeza.

—No quiero encontrarla. Quiero buscarla. —Sonó tan banal que casi me ruboricé. Intenté matizarlo, pero creo que fue peor—. Es porque... Siempre es más divertido buscar algo que encontrarlo.

Saúl cerró los ojos y movió la cabeza de un lado a otro, lentamente, como alguien que acaba de asistir a una monumental metedura de pata.

—Voy a arrepentirme mucho de esto... —dijo—. Permitiré que le eches un ojo a esas traducciones, a ver si te parecen tan divertidas. Puede que así yo también pase un buen rato.

Arrancó el coche y nos alejamos del hotel.

3

Constelaciones

Saúl me llevó a un mugriento hostal que estaba fuera del barrio de Mayorazgo, en una zona de casas modestas con las fachadas pintadas de colores pastel.

El hostal estaba en una calle donde la gente hacía vida al aire libre. Frente a una barbería había un grupo de hombres sentados en sillas de plástico o sobre la acera. Charlaban bebiendo latas de cerveza, escuchaban transistores y otros jugaban al dominó sobre mesas de camping. En la acera de enfrente, junto a la puerta de una lavandería, se repetía una escena similar pero protagonizada por mujeres. Todas ellas gordas y exuberantes, vestidas con camisetas ajustadas y pantalones muy cortos, ya fueran jóvenes o mayores. Sólo las que parecían ancianas lucían atuendos un poco más recatados. La mayoría llevaban el pelo en cardados imposibles e iban muy maquilladas. Al igual que los hombres, charlaban, bebían y jugaban a las cartas o al dominó. Entre los grupos de ambos sexos, un numeroso grupo de chiquillos correteaban dando voces.

Saúl dijo que estábamos en el barrio de Santiago. Un lugar más bien pobre, pero lo suficientemente cercano a Mayorazgo como para que las mafias de la droga no lo hubieran corrompido por completo. Algunas de aquellas casas multicolores, me dijo, databan de la época colonial. Era fácil de creer, pues daba la impresión de que nadie las hubiera restaurado desde entonces. Una lástima, pues de haber estado mejor cuidadas y las calles más limpias, el lugar habría sido un bonito casco histórico.

El hostal estaba en una de aquellas casas. Saúl tenía alquilada una diminuta habitación, no más lujosa que una celda monástica, lo cual no dejaba de resultar apropiado.

—¿Te alojas aquí? —pregunté.

—Sí. Antes estaba en la residencia de San Lázaro, pero me marché. El secretario del obispo no paraba de darme la tabarra. Aquí al menos puedo trabajar sin que nadie me moleste, y los precios son baratos.

Por la ventana de la habitación se colaba la música enlatada de los transistores que los hombres escuchaban en la calle. Era un sonido muy poco agradable.

—Me sorprende que puedas concentrarte con ese ruido.

—¿Lo dices por la música? Oh, no me molesta… Me gusta trabajar con música. De hecho yo siempre estoy escuchando algo. —El sacerdote dejó su sombrero panamá colgado del cabecero de la cama—. Sobre todo clásicos. Me gustan los clásicos.

—Lo suponía… ¿Misas de Mozart u oratorios de Haendel?

—No. Eric Clapton, Rod Stewart, Moody Blues… Esos clásicos.

—¿Moody Blues? ¿Eso lo saben en el Vaticano?

—Hijo, tenemos un papa argentino. No quiero ni pensar la clase de música que deben de Escuchar por ahí en estos días… —Saúl sacó una nevera portátil de debajo de la cama. En su interior había botellines de cerveza metidos en hielo—. ¿Quieres una?

—Gracias. Supongo que de éstas no las habría en San Lázaro.

—No, allí son más de whisky, pero a mí me produce ardor de estómago —respondió. No estaba seguro de si hablaba en serio o bromeaba. Saúl tenía un sentido del humor muy peculiar—. Bien, voy a mostrarte esas traducciones, pero antes déjame que te explique un par de cosas.

El sacerdote me dijo que había dividido las inscripciones valcatecas de la iglesia en dos conjuntos. Uno de ellos estaba conformado por pequeños textos que se hallaban repartidos por los muros del templo. Su sistema de escritura era glífico ceremonial, por lo que Saúl suponía que se trataba de palabras a las que se les quiso otorgar una mayor sacralidad. Había varias decenas de esos textos, todos grabados junto a pequeños agujeros horadados en los sillares; muchos de ellos estaban repetidos.

Saúl me entregó un papel en el que estaban traducidas las diferentes escrituras glíficas, junto al número de veces que se repetían a lo largo de la estructura de la iglesia.

> *Gloria al Padre Eterno. (3)*
> *Que nuestro clamor llegue hasta Ti. (6)*
> *Yo soy la Luz del Mundo. (8)*
> *Yo protejo al piadoso. (1)*
> *Yo soy la Verdad y la Vida. (2)*
> *Yo soy Principio y Fin. (5)*
> *Mía es la venganza. (9)*
> *Yo soy el Camino. (1)*

Había dos inscripciones que estaban demasiado deterioradas como para descifrarlas por completo, pero en ellas Saúl identificaba las palabras «Padre» y «Mundo», de modo que deducía que eran frases idénticas a las del primer y el tercer grupo.

En total, eran treinta y siete sentencias. Su número y su significado no me indicaban nada en especial, al menos en una primera impresión.

El segundo conjunto de textos era el que se encontraba encima del altar, justo debajo de la bóveda. Una de las caras estaba cubierta con una inscripción donde se mezclaban los caracteres glíficos ceremoniales con la escritura silábica simple, si bien esta última era más abundante. Saúl me permitió leer la traducción que había realizado:

«*Esto dice Tupana, el Padre Eterno. Llevad el Altar del Nombre a la ciudad que yo mandé levantar. Allí permanecerá hasta el fin de los tiempos y los hombres no lo poseerán. Allí están los* (nanej makajmucharu) *que aplastan a los impíos. Por el camino de las estrellas, en el orden que la palabra fue escrita, desde el primero hasta el último. La Espada es la llave. La llave es el camino. Allí está la Mesa del Rey. Allí está el* (Shem Shemaforash).

»*Esto dice Tupana, el Padre Eterno. El cielo arderá en llamas al escuchar mi Nombre. Mil heridas se abrirán en la piel de la tierra al escuchar mi Nombre. Será maldita la lengua y el alma de aquel que pronuncie mi Nombre y su dolor no tendrá fin.*

»*Esto dice Tupana, el Padre Eterno. No pronunciarás jamás mi Nombre.*»

Le devolví la traducción a Saúl, después de leerla muchas veces.

—¿Y bien? —me preguntó—. ¿Encuentras algo en ella que te parezca divertido?

—Puede… Lo de las heridas en la tierra y el cielo en llamas no deja de tener su gracia —respondí—. ¿Qué significa *nanej makajmucharu*? Esas palabras no están traducidas.

—No, porque no estoy seguro de comprender su sentido exacto. *Nanej* es un término que significa «cosa», referido a un objeto inanimado: una piedra o un árbol, por ejemplo… En cuanto a *makajmucharu*, la traducción aproximada sería «lo que se mueve». Así pues, *nanej makajmucharu* es un objeto inanimado que, sin embargo, se mueve.

—Eso no tiene sentido.

—Lo sé, por eso no he podido traducirlo. —Saúl me dirigió una mirada suspicaz—. ¿No me preguntas por las palabras *Shem Shemaforash*?

—No, porque ya sé que no es lenguaje valcateca.

—¿Sabes lo que significan?

—Sí. —Levanté el rostro y sostuve la mirada del sacerdote—. ¿Y tú?

—Tengo una cierta idea…

—Entonces ya sabes de lo que habla esta inscripción. No se refiere sólo a una ciudad perdida.

—Sé de lo que habla —corroboró Saúl—. Por eso no tengo ninguna intención de darle ese papel a Cronin. Si tuviera que explicárselo, pensaría que me he vuelto loco.

—No lo creo. Él sabe muy bien lo que está buscando.

—Ya. Eso me temía. —Sacó otra cerveza de debajo de su cama y quitó la chapa golpeándola contra el canto de un escritorio—. Pero, como ya te he dicho, no lo encontrará con mi ayuda… Ni con la de nadie. Ese galimatías es incomprensible.

Leí el texto una vez más, repitiendo en voz alta el pasaje que más sonaba como unas indicaciones concretas.

—«Por el camino de las estrellas… En el orden que la palabra fue escrita, desde el primero hasta el último…» ¿Desde el primer hasta el último qué? ¿Y cuál es la palabra que fue escrita?

—Lo ignoro, pero el término «palabra» estaba grabado con escritura glífica ceremonial, mediante un ideograma con la forma de un círculo dentro de un cuadrado. —Saúl lo dibujó en un papel—. Así, ¿ves? Y alrededor del círculo hay unas líneas como éstas, parecidas a rayos de sol. El círculo representa a Tupana, el dios creador, y el cuadrado es una estela de piedra, que era el soporte habitual para la escritura sagrada. En esencia es como un jeroglífico que alude a la palabra de Tupana escrita en piedra, es decir, un texto religioso.

Supuse que eso tendría importancia, aunque aún no era capaz de deducir por qué.

—«El camino de las estrellas…» —volví a leer. Eso me trajo algo a la memoria—. Hace unos días nos hablaste de los Senderos de Indios… Recuerdo que dijiste que uno de ellos recibía el nombre de «Camino del Corredor». El Corredor, según tú, es como los valcatecas llamaban a la constelación de Virgo. ¿Conoces el nombre de algún otro de esos senderos?

—Sí… La Serpiente, por ejemplo, ésa es Escorpio. —Le animé con gestos para que dijera alguno más—. El Pescador, Aries; el Chamán, Géminis… Todas son signos del zodiaco.

—Exacto. Constelaciones, ¿no te das cuenta?

—Ah, ya veo… «El camino de las estrellas», es decir, las sendas de los indios. Ésa es la ruta que se debe tomar para llegar a la ciudad. Tiene sentido, pero, por desgracia, no nos resuelve ninguna duda. En total, existían doce de aquellas sendas que se cruzaban entre ellas a lo largo de la jungla, igual que un laberinto. Sabemos sus nombres, pero no dónde comenzaban ni su recorrido, y la inscripción de la iglesia tampoco nos lo aclara. Además, sería necesario saber cuál de esas sendas hay que seguir para llegar hasta la ciudad, y yo no veo ese dato en la traducción por ninguna parte.

Saúl estaba en lo cierto. Aquel indicio nos llevaba a un callejón sin salida, de modo que me centré en otro fragmento de la traducción.

—«La Espada es la llave. La llave es el camino…» —dije, pensando en voz alta—. La llave… La llave… Una llave abre algo, ¿no es así? Una cerradura…

—No lo tomes al pie de la letra, hijo; me temo que en esta parte hice una traducción un poco libre. La palabra que aparece en el texto es *japaj*, que significa más bien algún tipo de herramienta.

—¿No es una llave?

393

—Sí, puede ser… Una llave o cualquier objeto que sirva para accionar algo: una rueda que gira, un pomo que abre una puerta o una ventana, el cierre de un broche, un resorte… Cosas por el estilo.

Me pellizqué el labio inferior, pensativo.

—¿Y la palabra «Espada»?

—*Sakal Kamu*. Así es como aparece en el texto del altar. Creo que ese término ya lo habías visto antes, en aquel manuscrito toledano del que me habló tu compañera.

—Ah… Sí… Sí, creo que…

Le pedí a Saúl la otra traducción, la de las inscripciones de los sillares. Al leerla sentí un cosquilleo en el pecho, y la ya familiar sensación de empezar a distinguir formas claras entre un torbellino de ideas.

Me encanta esa sensación.

Mis labios se curvaron en una sonrisa.

—*In Hoc Signo Vincitur Inimicus…* —murmuré.

—¿Decías algo, hijo?

Levanté mi rostro hacia Saúl. Estoy seguro de que el sacerdote pudo percibir el brillo en mis ojos.

—Ya lo tengo. La llave, la espada… Ya sé lo que hay que hacer. —Como solía ser propio de mí en aquellas situaciones, manifestaba un convencimiento mucho más sólido del que sería prudente—. Ahora es cuando empieza lo divertido.

Llamé a Enigma a su móvil y le pedí que se reuniera conmigo en el hostal. No le di ninguna explicación, sólo le dije que era urgente y que se diera prisa. Sólo tardó unos veinte minutos en presentarse. Supongo que con la emoción del momento se me olvidó mencionarle que Saúl me acompañaba, porque se sorprendió mucho al encontrarse con el sacerdote.

—Un momento… ¡Creía que estabas solo! —dijo, quedándose paralizada en el umbral de la puerta de la habitación.

—¿Qué…? Ah, no, él está conmigo —dije, impaciente. Un detalle como ése me parecía carente por completo de importancia en aquel momento—. ¿Lo has traído? ¿Lo que te pedí por teléfono?

—Pero, Faro, él… Ni siquiera llevo puesto mi maquillaje.

—¿Qué más da? Ya sabe que no eres Alicia Jordán. Dime, ¿lo has traído? —repetí, cada vez más ansioso. Casi le arranqué la mochila que llevaba colgada a la espalda y empecé a rebuscar en su interior.

—Espera, ¡espera…! —protestó ella. Me apartó de un empujón y luego sacó de la mochila un objeto envuelto en bolsas de plástico—. Toma, aquí lo tienes. ¿Se puede saber qué diablos te pasa?

—Según él, se está divirtiendo —dijo Saúl—. Un placer verla, doctora. Por cierto, la prefiero sin ese maquillaje, luce mucho mejor aspecto. ¿Le importa si nos tuteamos? Dadas las circunstancias…

Dejé de prestarles atención. Con gestos ansiosos, desenvolví el objeto que Enigma había traído, arrojando las bolsas de plástico a mi espalda.

—¡Bien! —exclamé al verlo—. Aquí está. Sabía que merecía la pena traerlo con nosotros.

—¿Puedo preguntar qué es eso? —dijo Saúl.

—*Sakal Kamu*. La Espada del Archiestratega. —Se la mostré a Saúl con un gesto de triunfo—. Ésta es la llave que muestra el camino.

El sacerdote torció el gesto.

—Parece un eje partido por la mitad… ¿Seguro que eso es una espada?

—En sentido metafórico.

—Ya veo…

—Por favor, no te burles de nuestra espada —dijo Enigma, que estaba en una esquina del cuarto, con los brazos cruzados en un gesto poco amistoso—. Tuve que pasar por encima de un millón de cangrejos para encontrarla.

—Es una historia que me encantaría poder escuchar…

—Estoy segura de ello. Y a mí me gustaría saber qué haces tú aquí.

—Se acabaron las ceremonias entre nosotros por lo que veo, ¿no, doctora? —dijo Saúl, burlón—. Me parece bien. Todos amigos y camaradas. Adelante, coge una cerveza, él ya se ha bebido dos.

—No has respondido a mi pregunta.

—Impedí que tu amigo diera con sus huesos en una cárcel valceña. Sólo por eso ya deberíais estarme agradecidos, allí se lo habrían rifado como a un juguete sin estrenar.

Enigma lo ignoró.

—¿Qué está pasando, Faro? ¿Por qué de pronto has metido al cura en nuestros asuntos? Debiste consultarlo.

Apenas la escuché.

—Fíjate —dije, señalando la inscripción de la Espada—. *In Hoc Signo Vincitur Inimicus*, ¿lo ves? Ésa es la clave… ¡La clave de todo!

—¡Oh, por el amor de Dios! ¡Pareces un chiquillo en la mañana del día de Reyes! ¿Quieres dejar ese trasto y prestarme atención? —Enigma me quitó la Espada de las manos y la tiró encima de la cama—. El cura. ¿Qué hace aquí el dichoso cura?

La miré sin comprender.

—¿Qué hace…? Pues… ayudarnos a encontrar la Ciudad de los Hombres Santos, claro. ¿No te he dicho ya lo de las traducciones? ¿Ni lo de Alzaga?

Enigma bufó igual que un gato furioso. Temí que fuera a pegarme. Por fin caí en la cuenta de que mi compañera era un actor que llegaba con la obra ya empezada y sin haber leído el guión. A veces, cuando me entusiasmo demasiado con algo, tiendo a pasar por alto pequeños detalles de mi entorno.

Empleé los siguientes minutos en relatar a Enigma todo lo que me había ocurrido desde que salí del hotel, por la mañana, para ir al archivo de la diócesis. Lo único que no mencioné fue lo que creía haber descubierto gracias a las traducciones de Saúl. No quería desvelar esa información hasta que no llegara el momento adecuado, cuando causase más impacto.

Tengo debilidad por los golpes de efecto, lo reconozco.

Ahora que Enigma estaba al tanto de la situación, se mostró menos enfadada, aunque la presencia de Saúl seguía sin gustarle.

—¿Y tú qué se supone que ganas con todo esto? —le preguntó—. Me parece muy raro.

—Oh, yo no gano nada, doctora. —Al parecer, el sacerdote había decidido seguir refiriéndose a Enigma por su falso título—. La verdad es que tu amigo ha despertado mi curiosidad. Me gustaría saber en qué acaba este asunto, eso es todo.

—¿A ti… A ti te parece bien? —me preguntó Enigma.

Dije que sí. Alegué que Saúl merecía un voto de confianza tras librarme de los militares y enseñarme sus traducciones, todo ello sin hacer preguntas incómodas. Me parecía extraño, desde luego, y tenía la sospecha de que el sacerdote no nos prestaba su ayuda por motivos altruistas, pero no sería la primera vez que nos servíamos de alguien cuyas intenciones no estaban claras. Por sus acciones, Saúl había demostrado que, al menos, no era nuestro enemigo. Además, estaba seguro de que sus conocimientos nos serían de mucha utilidad en el futuro.

—De acuerdo, como tú digas —claudicó Enigma—. Convirtámonos en un grupo parroquial... ¿Y qué supone que hemos de hacer ahora?

—Nada. Esperar.

—¿Esperar a qué? —preguntó Saúl.

Yo miré mi reloj.

—Un par de horas, hasta que podamos regresar a la excavación sin peligro de toparnos con Cronin, Yoonah o cualquier otro. Entretanto, podríamos comer algo. ¿Soy el único que está hambriento?

Fue algo más de un par de horas lo que hice esperar a mis compañeros. En ese tiempo soporté estoicamente sus continuas preguntas, así como sus objeciones a presentarnos en el yacimiento cuando allí sólo quedaban los hombres de Wotan, como si fuésemos a hacer algo furtivo.

Les dije que, en cierto modo, así era. Tenía la intención de llevar a cabo un pequeño experimento en la iglesia, y quería hacerlo a espaldas de los doctores del Proyecto Lilith. En cuanto a los hombres de Wotan, no me causaban especial inquietud. A ellos no tenía por qué sorprenderles que tres miembros de la excavación se presentaran allí con cualquier tipo de excusa. En nuestros respectivos contratos se especificaba que tanto la doctora Alicia Jordán como el padre Saúl tenían plena libertad para entrar y salir del yacimiento siempre que quisieran.

Según los horarios de trabajo establecidos por Cronin, yo suponía que la excavación se vaciaría de arqueólogos a las ocho de la tarde en punto. Por precaución, quise dejar pasar una hora más antes de dirigirnos hacia allí.

Ya era de noche cuando Enigma, Saúl y yo nos subimos a su destartalado vehículo y emprendimos el camino a Funzal. Al dejar atrás las calles de La Victoria, nos encontramos bajo un precioso cielo nocturno, sin luna, sin nubes y cuajado de estrellas. Sobre nuestras cabezas lucía una auténtica lluvia de plata.

Un guardia de Wotan nos dio el alto cuando llegamos al linde del yacimiento. Le hicimos entrega de nuestras identificaciones y nos franqueó el paso sin manifestar ningún recelo.

Dentro del yacimiento el ambiente era como el de una obra interrumpida. Barracas vacías, herramientas de trabajo y vehículos abandonados, sin nadie a nuestro alrededor. Sólo los hombres de Wotan, que montaban guardia a un buen trecho del agujero donde estaba la iglesia. Cronin les tenía prohibido acercarse para que no hubiera riesgo de que alterasen el yacimiento. Yo contaba con eso.

Saúl, Enigma y yo descendimos por las escaleras del agujero hasta llegar al nivel del templo. En la oscuridad de la noche, bajo aquel manto de estrellas, parecía una estructura aún más misteriosa, como algo venido de otro mundo.

Antes de entrar, Enigma levantó la vista al cielo y dejó escapar una exclamación de asombro. Yo la imité. El panorama era en verdad fastuoso. Un terciopelo aguijoneado por millones de diamantes. Te hacía sentir bajo la mirada de todos los dioses del universo.

—Impresionante, ¿verdad? —dijo Saúl—. Aquí, en Funzal, era donde los valcatecas leían en las estrellas.

—Lo sé —respondí, acordándome de lo que Burbuja nos había contado días atrás—. Se supone que aquí tenían un observatorio.

—Eso es. Aunque habrá que revisar esa teoría. De ser así, los restos habrían salido a la luz al desenterrar la iglesia.

Dejamos de embelesarnos con el paisaje celeste y entramos en la iglesia. Estaba muy oscura, pero traíamos linternas.

Enigma caminó hacia el altar y se quedó allí parada, contemplando la bóveda sobre el crucero.

—Claro —dijo de pronto—. Es probable que estemos dentro…

El sacerdote la miró, extrañado. Para mí en cambio era una actitud familiar.

—Lo estás haciendo otra vez… —le dije mientras sacaba la Espada del Archiestratega de la mochila—. Pensamientos en voz alta.

—¿Qué…? Oh, ¿en serio? Perdón, no me di cuenta.

Sonreí en la oscuridad. Era imposible que me pareciera una mujer más adorable.

—Dinos, ¿dentro de qué es probable que estemos? —pregunté.

Ella señaló hacia la bóveda.

—Esos grandes agujeros rectangulares. Por ellos se pueden ver las estrellas. Quizá no hemos encontrado restos de ese antiguo observatorio porque ahora mismo estamos dentro de él…, y así el círculo se cierra.

Saúl asintió con aire reflexivo.

—Eso… tiene mucho sentido, doctora.

—Y fijaos en todas esas ruedas y resortes debajo de la bóveda. —Enigma señaló con su linterna el lugar indicado—. Como si pudiera moverse y girar sobre sí misma. Si colocásemos aquí un gigantesco telescopio podría contemplarse la galaxia entera.

—Es imposible que eso sean engranajes —aseveró Saúl—. Los valcatecas no conocían esa tecnología. Debe de ser una simple ornamentación.

—No, son engranajes. Se ve con toda claridad.

—Los valcatecas no tenían conocimientos de maquinaria. Nadie los tenía en la época en que se levantó esta iglesia.

—Tengo que contarte alguna vez lo que encontré en mi último viaje a Asturias…

—En otro momento quizá —intervine yo. Saqué del bolsillo una de las traducciones hechas por Saúl y le pedí que me ayudara.

—¿Qué necesitas, hijo?

—Esta frase: «Yo protejo al piadoso», ¿recuerdas en qué parte de la iglesia está grabada?

—Es fácil, es una de las pocas que se repite sólo una vez. Está por aquí… —El sacerdote se encaminó hacia una sección del muro en el lado norte y señaló un sillar con un agujero del tamaño de una moneda—. ¿Por qué quieres saberlo?

—Ésta es la cerradura —levanté la Espada del Archiestratega ante los ojos de Saúl— y aquí está la llave. Mira la inscripción: *In Hoc Signo Vincitur Inimicus.* ¿Sabes lo que significa?

—«Con este signo se somete al enemigo.»

—Eso es… ¿Te resulta familiar? —El sacerdote se encogió de hombros—. Es la segunda parte de una divisa real. El lema completo dice: «Con este signo se protege al piadoso. Con este signo se somete al enemigo». Este artefacto es la pieza de un puzle. La otra pieza está aquí, en este sillar. —Señalé la inscripción valcateca de la pared—. «Yo protejo al piadoso.» Esta frase no se repite en más rincones de la iglesia para que no haya lugar a confusión. La llave encaja aquí, y así la divisa queda completa. «Yo protejo al piadoso…»

—«… con este signo se somete al enemigo» —completó Enigma. Miró a Saúl, sonriendo—. Me encanta cuando hace eso.

Uno de los extremos de la Espada era una barra dentada que encajaba a la perfección dentro del agujero que había en el sillar. Empujé por el otro extremo, el que tenía forma de rueda, hasta que se oyó un chasquido metálico. La Espada se quedó clavada al muro.

Saúl hizo un gesto apreciativo con la cabeza, como si intentara transmitir menos asombro del que sentía.

—Hijo, eso ha estado muy bien…

—Gracias.

—¿Y ahora qué?

Mi orgullo descendió un par de grados. No sabía qué responder a esa pregunta.

Había supuesto que al encajar la Espada en el lugar adecuado, el secreto, la pista, el misterio o lo que fuese se revelaría de inmediato. Al menos a eso era a lo que yo estaba acostumbrado.

Esta vez, la Espada se limitó a quedarse quieta en el muro sin que nada cambiase a nuestro alrededor: ni puertas secretas, ni cofres ocultos que se abren de repente. Ningún efecto. Nada.

Me había quedado sin ideas.

Empecé a sentirme un poco azorado.

—No lo sé… Se suponía que debería pasar… algo…

Saúl apoyó su mano sobre mi hombro, en actitud condescendiente.

—Tranquilo, hijo, ha sido un buen intento. Pero te daré un consejo… Una pizca de sabiduría de perro viejo, si me lo permites. A veces nos esforzamos tanto por resolver los problemas complejos que pasamos por alto los detalles más evidentes.

—Sí, gracias, pero…

—No, no, no —interrumpió Saúl, levantando un dedo—. Espera, te haré una pregunta: cuando metes una llave en una cerradura, ¿qué sueles hacer a continuación?

—Eh… ¿Girarla?

—Bingo.

Saúl se escupió en las palmas de las manos, agarró la rueda del extremo de la Espada y la giró como si fuese un volante. No le resultó sencillo, y tuvo que imprimir un gran esfuerzo para moverla.

Apretó los dientes, los tendones del cuello se le marcaron, se oyó un segundo chasquido, esta vez mucho más fuerte, y la rueda empezó a moverse.

Saúl la soltó. La rueda siguió girando por sí sola, lentamente. Sobre nuestras cabezas brotó un sonido metálico que reverberó por toda la iglesia. Alzamos la vista hacia la bóveda del crucero y vimos cómo los engranajes de su base volteaban unos sobre otros, produciendo una reacción en cadena. De entre sus dientes caían puñados de tierra y polvo.

La bóveda empezó a girar sobre sí misma, igual que un gigantesco animal que despierta de un letargo centenario. Dio una vuelta de unos ciento ochenta grados y después se detuvo.

Saúl nos miró con expresión satisfecha y los brazos cruzados sobre el pecho.

—Girarla. Ya lo cojo —dijo Enigma, risueña—. Muy bueno. Sí, señor; muy bueno.

—Sí… Bien… Estoy seguro de que a cualquiera se nos habría ocurrido tarde o temprano —comenté.

—Sin duda, hijo; sin duda. —Saúl volvió a palmearme en el hombro. Me resultó un poco irritante.

Nos colocamos debajo de la bóveda para indagar la aparición de alguna posible pista sobre ella. En principio lo único que parecía haber cambiado era su orientación.

Así que la intervención de Saúl no había sido tan decisiva. Lo lamentaba, por supuesto.

Quizá no demasiado, pero lo lamentaba.

—Seguimos igual que al principio —dije.

—No del todo. Observad las cuatro aberturas de la bóveda. Se puede ver el cielo —indicó Enigma.

—Antes también podía verse.

—Sí, pero ahora están señalando constelaciones concretas.

—¿Las reconoces?

—Naturalmente, cariño. Conozco el mapa estelar como la palma de mi mano, hemisferio norte y hemisferio sur. Fui presidenta de mi club juvenil de astronomía durante tres años seguidos.

—¿Y qué ocurrió en el cuarto año? —preguntó Saúl.

—Corté con el tesorero. —Enigma señaló las cuatro aberturas de la bóveda una por una. A través de ellas podía verse un conjunto de estrellas. Era una bonita imagen, pero incomprensible para mí—. Fijaos: allí está Tauro, esa otra es Acuario, luego Escorpio y, por último, Leo.

—Las cuatro son signos del zodiaco —observé—. Los Senderos de Indios de los valcatecas también se corresponden con constelaciones, ¿no es cierto, Saúl? Recuerdo que mencionaste que uno de ellos se refería a Escorpio.

—Cierto, el Camino de la Serpiente. También existía un Camino del Ratón, que era el signo de Leo; un Camino de la Araña, que era Tauro, y un Camino del Viajero, que era Acuario.

—«Por el camino de las estrellas, en el orden que la palabra fue escrita, desde el primero hasta el último» —dije, citando un fragmento del texto valcateca del altar. Señalé la bóveda y miré a mis compañeros—. Ahí está la senda de las estrellas: el Ratón, la Serpiente, la Araña y el Viajero.

—El mapa del Rey Alfonso, claro… —dijo Enigma—. Era cierto que bajo la iglesia de San Cristóbal de Bayura había un mapa… o, al menos, la forma de llegar hasta uno. Esas constelaciones señalan los nombres de los senderos que hay que seguir para encontrar la Ciudad de los Hombres Santos.

—Sí, pero ¿en qué orden? ¿Por cuál de ellos hay que empezar y en qué momento se debe cambiar de una senda a otra? —repuso Saúl—. Tenéis razón, es un mapa, pero sigue estando incompleto.

—En el orden que la palabra fue escrita… —volví a decir, hablando más bien para mí—. Desde el primero hasta el último… En el orden que la palabra… fue escrita… La palabra…

Chasqueé la lengua, frustrado. No se me ocurría nada.

—Puedes decirlo una y mil veces más, hijo. Sigue sin tener sentido.

—Pero tiene que significar algo. Estoy seguro de que en esas palabras se indica por cuál de las sendas hay que comenzar.

—Aunque fuera el caso, seguiría faltando información. Ya te he dicho multitud de veces que hoy en día nadie sabe por dónde transcurrían los Senderos de Indios. Quizá estas indicaciones fueran útiles en tiempo de los valcatecas, pero ya no lo son. —Saúl respiró hondo y me miró a los ojos. Parecía apenado—. Lo siento, hijo. Has hecho un buen trabajo, pero ni aun con todas las pistas en nuestras manos sería posible encontrar esa ciudad.

Se hizo un silencio incómodo. Yo miré a Enigma, buscando su apoyo.

—Me temo que tiene razón…

—No, no la tiene —me rebelé—. Os equivocáis. Los dos.

Era consciente de que aquello no fue un argumento sino una pataleta. En mi fuero interno reconocía que las objeciones de Saúl eran muy sólidas. Ningún mapa sirve de nada si la ruta que señala ya no existe o es ilocalizable. Las pistas que Teobaldo y sus monjes ocultaron con tanto cuidado llegaban a nosotros con trece siglos de retraso y ya no eran de utilidad, ni para nosotros ni para nadie.

La iglesia ya no tenía más indicios que ofrecernos, así que regresamos al coche de Saúl y abandonamos el yacimiento.

Durante el trayecto me mostré poco hablador, incluso arisco. Todavía me escocía el sentimiento de fiasco así como la falta de apoyo de mi compañera. Asumo que era una actitud algo infantil, pero no siempre es fácil comportarse con deportividad y nobleza de espíritu. En mi caso, nunca he sido buen perdedor.

Saúl nos dejó en el hotel Embajadores. La despedida fue seca, sin ceremonias; estoy seguro de que los tres pensábamos que quizá no volviésemos a vernos. No había ningún motivo para ello, después de todo.

Ahora que los secretos del yacimiento habían sido desvelados, no tenía sentido que Enigma y yo prolongásemos nuestra estancia en la excavación. El único consuelo que me quedaba era que la Ciudad de los Hombres Santos se encontraba tan lejos de nuestro alcance como del de Voynich. Era un empate técnico. Los dos perdíamos.

Dentro del hotel, Enigma y yo fuimos juntos a nuestras habitaciones, que estaban una al lado de la otra. Por el camino intentaba darme conversación, pero yo no estaba de humor. De mi boca sólo salían monosílabos. Al final, los dos nos quedamos en silencio.

—Creo que mañana deberíamos llamar a Cronin y decirle que tus problemas de corazón han aumentado —dije con frío tono de voz—. Que no te ves con fuerzas de seguir trabajando en el yacimiento. Haremos las maletas y saldremos de este agujero. Todos.

—Si eso es lo que quieres…

—Es lo que quiero. Saúl está en lo cierto: no podemos encontrar la ciudad. Es mejor que lo asumamos cuanto antes y demos carpetazo a este despropósito ahora que aún podemos. —Enigma no dijo nada. Ni siquiera me miraba. Yo emití un suspiro de cansancio—. No sé en qué estaría pensando. Fingir mi muerte, hacerte pasar por mi madre, arrastrar a Burbuja y a Yokai a un país casi en guerra, dejar mi puesto en Interpol... Todo inútil. Un maldito error.

—Bien... —dijo ella, incómoda—. Todos cometemos alguno de vez en cuando.

—Pues éste ha sido apoteósico, ya puedes disfrutar del espectáculo.

Enigma pareció quedarse pensativa. Tras unos segundos de silencio, dijo:

—Autocompasión, derrotismo, un poco de grosería... Es fascinante asistir al despliegue de tus facetas más vulgares. Empezaba a creer que no tenías ninguna.

—¿A qué diablos ha venido eso?

—Quieres salir corriendo por la opinión de un hombre del cual hace unos días ni siquiera te fiabas. Curioso... —Enigma me miró como si yo fuese un espécimen bajo un microscopio—. No es propio de ti.

—¿No es propio de mí? ¿Y qué hay de ti? Allí, en la iglesia, eras tú la que parecía muy dispuesta a escuchar sus objeciones. Mucho más que yo.

—Lo único que manifesté fue que su razonamiento sonaba muy coherente, pero jamás se me pasó por la cabeza que no tuviera una solución, aunque vea muy difícil encontrarla.

—Podrías haberlo dicho con esas palabras. Me habría gustado tener un poco de apoyo.

—¿Quieres mi apoyo? Perfecto. Aplaudiré, chillaré y agitaré los brazos como una loca siempre que alguien diga algo que no te guste oír. Les diré a Burbuja y a Yokai que lleven camisetas con el lema «¡Nunca te rindas, Faro!», porque, al parecer, tú no necesitas un equipo de buscadores, tú lo que quieres es un grupo de motivación.

—Muy a mi pesar, dejé escapar una leve sonrisa—. ¿Qué te importa mi opinión? Si no estás de acuerdo con ella, rebátela, pero no llegues a la conclusión de que todo esto ha sido inútil.

—Ése es el problema, que me importa tu opinión —dije—. Me importa más que ninguna otra.

La miré a los ojos. Tan verdes. Tan preciosos.

Me acerqué a ella.

—Espera un momento… —dijo de pronto—. ¿Vas a besarme?

La pregunta fue como sentir un cubo de hielo meterse por el cuello de mi camisa.

—Eh… Quizá… —balbucí—. ¿Puedo…?

—La verdad, no sé qué responder a eso. Me había preparado para algún tipo de discusión contigo, no para que me besaras. Igual que en Asturias: creía que nos estábamos despidiendo y, de pronto… En fin, me gustaría que, si vas a hacer algo así, al menos me dieras una pista previa.

—¿Sabes qué? Olvídalo. Está claro que hoy no es mi día. Para nada. Buenas noches.

Me escabullí dentro de mi cuarto igual que un ratón que se esconde en su agujero. Cerré la puerta y me quedé con la espalda apoyada contra ella, sintiendo las mejillas como si me ardieran en llamas.

Entonces oí un par de golpes.

Abrí la puerta. Era Enigma.

—¿Qué?

—Nada. Es que… Ésta es mi habitación.

Miré el número.

—Ya. Sí… La mía es la de al lado, claro. —Me di un golpe en la frente con la palma de la mano—. ¡Idiota!

Me apresuré a salir de allí, con la cabeza gacha, vigilando de no pisar mi dignidad, la cual seguro que estaba tirada por los suelos, hecha un guiñapo.

Entonces ella me sujetó el brazo. Me di la vuelta y, al hacerlo, Enigma me sujetó la cara con las manos y dejó caer sus labios en los míos. Un beso de golpe. Firme e intenso, como si yo fuera algo que ella no quería dejar escapar. Al separarnos, ella dejó las manos sobre mis hombros, rodeando mi cuello.

—Perdón… —dijo—. Ahora soy yo la que no he avisado.

—¿Y eso a quién diablos le importa?

Me lancé sobre ella otra vez, sin poder pensar en nada que no fuera memorizarla con mis labios.

Me recibió con avidez. No hubo nada sensual ni delicado en el contacto. Imagino que ambos llevábamos mucho tiempo sin deshacer una cama más que para dormir y nuestras hormonas recibieron aquello con la alegría de una fiesta sorpresa.

Recorrí su espalda con las manos, como si quisiera sacar fuego de su piel. La cosa empezó a ponerse seria cuando Enigma metió las suyas dentro de la parte trasera de mi pantalón. Caminamos a trompicones, sin separarnos, hacia la primera superficie horizontal que surgió en nuestro trayecto. Por suerte era una cama y caímos sobre algo blando, sin parar de besarnos ni de tocarnos.

Los botones de mi camisa fueron la primera pérdida irrecuperable de aquel *round* ansioso. Salieron despedidos por todas partes cuando Enigma decidió que no quería perder el tiempo en desabrocharlos, una idea que yo compartía. Entretanto, yo me sacaba los pantalones a patadas porque mis manos estaban demasiado ocupadas en otros lugares más interesantes.

Después, ella se quitó la camiseta por la cabeza, arrojándola a un lado como el objeto más inútil creado por el ser humano. En aquel momento sin duda lo era. Una prenda siguió a la otra, entre besos y mordiscos. Sentí la leve punzada de sus dientes sobre el lóbulo de la oreja y el dolor me hizo estremecer de gusto.

Enigma me empujó sobre la cama y se colocó a horcajadas encima de mí. La cabeza me golpeó contra el cabecero. Aquel dolor me causó menos placer. Dejé escapar un quejido y me llevé la mano a la coronilla. Ella se rió.

—Lo siento —dijo sin dejar de besarme entre palabra y palabra.

—No importa. —Con el ímpetu volví a golpearme de nuevo, esta vez más fuerte—. ¡Ay!

Ella volvió a reírse. Era un sonido estupendo y quise acompañarlo. Por un instante dejamos de explorarnos el uno al otro, sin poder parar de reír, como dos adolescentes bobalicones que comparten un chiste que sólo ellos pueden entender.

Cuando nuestras risas se apagaron yo quise mirarla en silencio durante un momento, pues sentía como si hasta el momento hubiera estado bebiendo un vino muy caro y exclusivo a tragos, sin paladearlo. Sostuve sus mejillas entre las manos y contemplé admirado sus ojos verdes, el color de la fortuna.

—Eres preciosa…

—Lo sé.

Me besó. Esta vez quisimos tomarnos nuestro tiempo. Sus labios se movían sobre los míos de una forma que yo jamás habría imaginado. Despertó nervios bajo mi piel que ignoraba siquiera que existiesen. Empecé a pensar que aquélla iba a ser una noche memorable.

Entonces ocurrió algo inesperado. En el momento en que mi cabeza recuperó por un instante su capacidad de reacción, más allá de la de bombear sangre a otra parte de mi cuerpo, una imagen parpadeó en el fondo de mi cerebro.

Era el rostro de Danny.

El efecto fue devastador.

Deseé no pensar en ella en aquel momento justo, pero me fue imposible. Era una situación incómoda, inoportuna, como cuando alguien de pronto te dice: «No pienses en canguros». Normalmente nadie suele pensar en canguros… hasta que alguien te dice que no lo hagas, entonces no puedes quitarte a esos dichosos animales de la cabeza.

«No pienses en Danny… No pienses en Danny…»

Pero, a cada segundo, su imagen se hacía más y más potente, copándolo todo.

Una punzada de culpa me aguijoneó el pecho, matando cualquier otro tipo de sentimiento, ya fuera por encima o por debajo de la cintura.

«No pienses en Danny…»

«Danny, desaparecida, quizá en serios problemas. Danny, a quien dejaste para irte a Francia porque, según tú, no podías seguir manteniendo una relación con alguien del Cuerpo de Buscadores. Esa Danny. No pienses en ella.»

Enigma se dio cuenta de que algo no estaba funcionando bien.

—¿Qué ocurre?

«Maldita sea…»

No pude continuar. Me sentía como si estuviera llevando a cabo la peor de las infidelidades. Incluso empecé a experimentar un leve dolor de estómago. Me senté en el borde de la cama, apoyando la cabeza en las manos, y dije algo de lo que estaba seguro que me iba a arrepentir.

—No puedo. Esto es… No podemos seguir, no es correcto.

—Enigma me miró, interrogante. Yo sólo añadí una palabra—: Danny.

Ella asintió con la cabeza lentamente. Pensé (o quise pensar) que me comprendía, que de algún modo sabía lo que me estaba pasando por la cabeza.

Se sentó a mi lado y me acarició el pelo. La sensación de sus dedos deslizándose sobre mi cuero cabelludo fue increíble. Enigma no me lo estaba poniendo fácil. Pero no cambié de parecer, seguía pensando que estaba actuando mal.

—Lástima… —dijo—. Pero supongo que es lo mejor. Nunca me ha gustado ser un cuerpo con la cabeza de otra persona.

Se apartó y comenzó a vestirse. No sé si estaba ofendida o decepcionada, y no me atreví a mirarla a la cara para leer sentimientos en sus ojos.

—No se trata de eso —dije. Quería explicarme, pero no sabía cómo hacerlo—. Necesito estar seguro de que ella se encuentra bien. Necesito volver a verla.

—¿Y después qué, Faro? —me preguntó, muy seria—. ¿Querrás continuar donde lo has dejado? Eso estaría muy bien, pero me gustaría saber con quién exactamente.

—Contigo —dije con vehemencia—. Quiero que sea contigo.

Al parecer, no fui demasiado convincente.

—Tal vez —repuso ella—. Deberías marcharte. Ahora mismo no tengo muchas ganas de estar a tu lado.

Me vestí y salí de su habitación, con la cabeza gacha y los hombros caídos, aplastado por el peso de un montón de malas decisiones.

4

Reserva

Al día siguiente eludí a Enigma como un cobarde, si bien imaginaba que ella tampoco tendría muchas ganas de verme.

Salí del hotel temprano y me presenté en el nido para hablar con Burbuja y Yokai. Tenía un abultado parte de novedades que dar a mis compañeros.

Encontré a Yokai en su postura habitual, sentado en el sofá, con el ordenador sobre las piernas y haciendo bailar los dedos sobre el teclado. Me respondió con una especie de gruñido ambiguo cuando lo saludé.

—Creo que sigue dándole vueltas a la copia del manuscrito —me explicó Burbuja—. ¿Qué hicisteis ayer Enigma y tú? No os pusisteis en contacto en todo el día.

Tardé bastante tiempo en relatar todo lo ocurrido desde que encontré a Alzaga en el archivo hasta que Saúl, Enigma y yo abandonamos el yacimiento por la noche. Terminé mi historia en ese punto. Consideré que mis compañeros no tenían por qué conocer el resto de los detalles, especialmente Yokai, quien, al fin y al cabo, no dejaba de ser un menor de edad.

El debate posterior fue también largo y profundo. Llegamos a la conclusión de que la muerte de Alzaga era, por el momento, un misterio irresoluble que no dejaba de favorecernos, de modo que no le dimos muchas vueltas. Más animado fue nuestro intercambio de ideas a propósito de los siguientes pasos a dar.

A Burbuja, el que Enigma y yo dejásemos el yacimiento así como el Proyecto Lilith, le pareció prudente y necesario. En realidad, nunca fue un plan que le gustara demasiado. Estuvo de acuerdo conmigo en que, en cuestión de hallazgos, la iglesia de Funzal ya no daba más de sí.

Se mostró menos entusiasta con la idea de salir de Valcabado de inmediato. Aunque reconocía que nuestras opciones de encontrar la ciudad de Teobaldo y sus monjes eran muy reducidas, y que la situación del país no invitaba a permanecer en él más tiempo del necesario, se resistía a aceptar que nuestra misión hubiera llegado a su fin. Al igual que yo, Burbuja se había jugado su futuro para llevarla a cabo, y no quería abandonar sin haber luchado hasta el final.

El buscador propuso que prolongáramos nuestra estancia en La Victoria al menos hasta que la policía inglesa emitiera su orden de extradición contra Cronin, sólo por ver cómo acababa aquel asunto. Según me dijo, Lacombe creía que era algo que estaba a punto de ocurrir, en dos o tres días como máximo.

Le pregunté su parecer a Yokai y él escurrió el bulto.

—Yo voto lo que diga Burbuja —respondió sin despegar los ojos de su portátil—. Con esas gafas tan gordas tiene que ser, por narices, el que mejor piense de los tres.

—En cuanto regresemos a Madrid pienso operarme —masculló el buscador—. Te lo aseguro, voy a deshacerme de estos malditos culos de vaso aunque sea lo último que haga.

—No hagas eso, cariño, yo opino que te sientan muy bien.

Era Enigma la que acababa de hablar, justo en el momento en que entraba por la puerta del nido.

Puse la espalda recta, como un soldado ante la llegada del general. Mientras tanto, Enigma saludó a nuestros compañeros. Luego se dirigió a mí y me preguntó por qué no la había esperado para ir al nido.

Actuaba como si nada hubiese ocurrido la noche anterior, mientras que yo ni siquiera me sentía capaz de mirarla a los ojos. Una vez más, la lógica de sus pensamientos se me escapaba por completo.

—Yo... No sé... Era muy temprano. Pensé que querrías...

—¿Qué? ¿No estar conmigo? ¿No volver a dirigirme la palabra?—. Dormir un poco más.

—¿Eso pensaste? Pues he tenido que desayunar sola. No me gusta comer sola en lugares públicos, me da la sensación de que todo el mundo me mira con pena. —Se sentó en el sofá, junto a Yokai. Era el lugar de la habitación más lejano al que yo me encontraba—.

En fin, al menos te gustará saber que mientras me abandonabas vergonzosamente yo he hecho algo útil. Llamé a Cronin. Tú y yo estamos fuera de la excavación.

—Estupendo —dijo Burbuja—. Ha sido fácil.

—¿Fácil? No, en absoluto. He tenido que poner mi mejor voz de enferma y asegurarle que me sentía al borde de la muerte, y que un nuevo infarto caería sobre su conciencia si no regresaba a España de inmediato. Ha sido una larga y gimoteante conversación. Muy poco agradable.

Quiso saber qué habíamos estado haciendo en su ausencia y le resumimos nuestras últimas decisiones. Al igual que Burbuja, creyó que merecía la pena quedarnos un par de días más en Valcabado.

—Como queráis —dije—. Pero no sé qué más podemos hacer. Me siento bloqueado.

—Qué lástima, cielo. Últimamente parece como si te ocurriera con frecuencia… —comentó ella, maliciosa.

Burbuja propuso que pusiéramos por escrito las pistas que teníamos hasta el momento. Según él, nos serviría para aclarar ideas y, al mismo tiempo, comprobar si se nos estaba pasando algo por alto.

Sacó un cuaderno y un bolígrafo y empezó a tomar notas.

—Veamos: tenemos las traducciones de ese cura y las constelaciones de la iglesia. Tauro, Leo, Escorpio y Acuario. Se supone que éstos son caminos, pero no sabemos en qué orden hay que seguirlos.

—Ni tampoco dónde están. Nadie lo sabe.

—No me agobies, novato, intento ser productivo —me reprendió—. El texto valcateca dice: «… en el orden en que la palabra fue escrita, desde el primero hasta el último». ¿Cuál es la palabra?

Le expliqué a Burbuja lo que Saúl me dijo sobre la forma en que el término «palabra» aparecía en la inscripción original, como un glifo que alude a textos sagrados.

El buscador se quedó pensativo.

—Texto sagrado, ¿eh…? —musitó—. Cuatro constelaciones… Tauro, Leo, Escorpio y Acuario.

—En versión valcateca, la Araña, el Ratón, la Serpiente y el Viajero —añadí.

Burbuja no pareció escucharme. Contemplaba sus notas absorto, dando golpecitos con el bolígrafo en el borde del cuaderno.

Entonces, sus labios se curvaron en una media sonrisa astuta.

—No puedo creer que se te haya pasado por alto, novato —dijo.

—¿De qué estás hablando?

—No, espera, quiero disfrutar de esto. —Me miró, sonriendo burlón—. ¿Dónde tienes la cabeza, novato? ¿Es que estás enamorado o algo así?

—Dame eso. —Le arrebaté el cuaderno de las manos—. ¿En qué diablos quieres que repare?

—¿Cuántas constelaciones hay?

—Cuatro.

—¿Y dónde estaban?

—En el cielo.

—No, idiota. ¿Desde qué parte de la iglesia podían verse?

—Desde la bóveda… —respondí, irritado—. No tengo ni idea de dónde quieres ir a parar.

—En la bóveda. Bien. Cuatro símbolos en la bóveda de una iglesia. Dime una cosa, si te colocas bajo la bóveda de casi cualquier iglesia del mundo, miras hacia arriba y ves cuatro imágenes en ella, ¿qué supones que es lo que representarán?

—¡Ey, yo ésa me la sé! —saltó Yokai—. Es un…

—No, respeta las canas, chaval. Deja que conteste el que manda —dijo Burbuja—. Vamos, Faro, no me digas que no sabes la respuesta.

La inspiración me iluminó al fin, como un chispazo.

—Un tetramorfos —dije—. Los cuatro evangelistas: Marcos, Mateo, Lucas y Juan. —Miré a Burbuja con entusiasmo. Él asintió—. ¿Cómo no me di cuenta? Cuatro constelaciones, cuatro evangelistas… ¡Es un maldito tetramorfos!

—La palabra exacta es más bien «bendito», pero sí: eso es justo lo que es —puntualizó el buscador—. En la iconografía cristiana, a cada uno de los evangelistas se le relacionaba con un signo, lo que se conoce como un «viviente», y, a su vez, ese viviente los conecta con un signo zodiacal. San Marcos lleva un león, su signo es Leo; san Lucas lleva un toro, signo de Tauro; san Mateo lleva un hombre alado, se corresponde con Acuario, que es el único signo zodiacal que se representa con la forma de un hombre.

—¿Y géminis? —dijo Yokai.

—Eso son dos, listillo, no uno.

—¿Y qué hay de san Juan? —preguntó Enigma—. El símbolo de san Juan es un águila, no tiene relación con el signo de Escorpio, que es la otra constelación que marcaba la iglesia.

—Con Escorpio no, pero sí con Antares, la estrella más brillante de la constelación. Según los astrónomos de la Antigüedad, era una de las cuatro «Estrellas Reales» y guardiana del cielo, igual que las águilas.

—Lucas es Tauro, Juan es Escorpio, Marcos es Leo y Mateo es Acuario —resumió Yokai, con un leve tono de admiración—. Qué tío, va a ser verdad que las gafas te hacen más listo.

—Dos licenciaturas y un doctorado, chaval. Te lo he dicho un montón de veces.

—Sí, y nunca me cansaré de escucharlo... —respondió el chico, sarcástico.

El descubrimiento de Burbuja no sólo era impresionante, sino que también me mostraba una forma nueva de enfocar aquel acertijo. Las ideas se empezaron a suceder en mi cabeza, una tras otra.

—«... en el orden en que la palabra fue escrita, desde el primero hasta el último» —cité. El entusiasmo me hizo ponerme en pie y empezar a dar paseos por la habitación—. La palabra son los evangelios. Textos sagrados, la Palabra de Dios, y sin duda el orden del que habla la inscripción valcateca es en el que fueron escritos, del primero hasta el último. Desde el más antiguo hasta el más moderno.

—Marcos, Mateo, Lucas y Juan —señaló Enigma, sacando a relucir teología elemental—. Ése es el orden en que se considera que los evangelios fueron escritos, ¿no es así?

—Exacto. Y también es el orden en el que hay que seguir los Senderos de Indios para llegar a la Ciudad de los Hombres Santos. Primero el Camino del Ratón, Marcos; luego el del Viajero, Mateo; después el de la Araña, Lucas, y, por último, el de la Serpiente, Juan. ¡Ahora el mapa sí que está completo!

Me sentía exultante. Incluso deseé que Saúl estuviera allí para poder soltarle a la cara un gratificante «te lo dije». Seguro que ese cura no volvería a subestimar la capacidad de los caballeros buscadores.

En lo alto de mi nube triunfal, bastó una frase de Enigma para tirarme a la realidad de cabeza y sin paracaídas.

—Seguimos sin saber por dónde transcurren los Caminos de Indios.

Por un dulce instante había sido capaz de olvidar ese detalle.

—¿Estáis seguros de que nadie conoce esa información? —preguntó Burbuja.

—Casi seguros —respondí—. Los valcatecas se llevaron el secreto a la tumba. Cualquier persona que supiera moverse por aquellos senderos lleva siglos muerta.

Entonces se oyó la voz de Yokai.

—Este tipo no.

Burbuja, Enigma y yo miramos al unísono al chico, que seguía trabajando con su portátil.

—¿A qué tipo te refieres?

—A éste de aquí —respondió sin ser consciente de la expectación que había causado—. He estado investigando un poco por Google desde que mencionaste eso del laberinto de los valcatecas.

—¿Cuándo? —pregunté.

—Ahora, mientras no parabais de rajar del horóscopo y esa movida de los evangelistas. He encontrado esto, mira.

Le dio la vuelta a la pantalla del ordenador para que pudiera leerla. Era un blog de un aficionado a las anécdotas históricas que hablaba sobre un hecho ocurrido en Valcabado unos cuarenta años atrás. El protagonista era un explorador inglés llamado Christopher Harding que había organizado una expedición a la selva de Los Morenos para encontrar una ciudad perdida. El relato mencionaba el nombre de un indio de La Victoria, un tal Juan Domingo con el que Harding estableció contacto. El inglés creía que Domingo era un auténtico descendiente de valcatecas que conocía la trayectoria de los Senderos de Indios y trató de convencerlo para que se uniese a la expedición. Por algún motivo que no se reflejaba en el blog, Domingo se negó y Harding partió a la jungla sin él. Nadie volvió a verlo con vida.

—Eso no significa nada —dijo Burbuja—. Ese tipo, Juan Domingo, quizá ya esté muerto, y puede que fuera un simple charlatán.

—Pero aquí lo dice bien claro —repuso el chico—. Harding tenía pruebas de que aún quedaban personas con sangre valcateca en La Victoria porque lo leyó en un libro de un tipo llamado Manuel Freire. Lo que ocurre es que al único que pudo encontrar fue a ese indio, pero eso no significa que no haya más.

—¿Por qué estás tan seguro?

—En Valcabado todavía quedaban un montón de indios en el siglo XIX, pero entonces el primer gobierno independiente del país empezó a exterminarlos a todos. Fue un auténtico genocidio, como lo del Congo en la misma época.

—Lo sé —dije—. Saúl nos lo contó. El mariscal García Tamudo acabó con los indios.

—No, no es así. Acabó con la mayoría, pero no con todos. Lo he leído en una página web. A los que quedaron se los confinó en reservas, con la excusa de que allí podrían administrar sus asuntos según sus leyes, en un supuesto régimen de autonomía. Todo mentira. Lo que se buscaba en realidad era alejarlos de la sociedad criolla y de los puestos de gobierno. Sin acceso a hospitales, ni a educación pública, ni a servicios básicos de ningún tipo… Los han estado sometiendo desde entonces, como si fueran poco menos que animales.

—Me temo que alguien ha estado leyendo otra vez demasiados panfletos de las guerrillas populistas —dijo Burbuja—. Eso de las reservas secretas de indios suena absurdo.

Yokai y él se enzarzaron en una discusión, que acabó degenerando en un intercambio de insultos muy creativos. Yo no les prestaba atención. Mi mente estaba inmersa en otros asuntos.

—Tengo que irme —dije de pronto.

—¿Tú solo? ¿Adónde? —preguntó Burbuja.

—No, yo solo no —respondí tras pensarlo un momento—. Necesito que me acompañes. Quiero apretarle las tuercas a alguien, y eso es algo que a ti se te da mejor.

—No hay problema, novato. ¿A quién hay que extorsionar?

—A un cura mentiroso.

Dicho esto, procedí a explicarles en qué consistía mi idea.

Golpeé la puerta de la habitación del hostal donde Saúl se alojaba. Sabía que estaba dentro pues podía escuchar las notas de una empalagosa canción de los Moody Blues colándose por los resquicios.

El sacerdote abrió. Me metí en el cuarto sin perder el tiempo en saludos ni cortesías.

—¿Qué es esto? ¿Una visita sorpresa? —preguntó.

—Un interrogatorio, más bien —respondí, dispuesto a no darle cuartel—. ¿Te suena el nombre de Christopher Harding?

—No. ¿Quién es? ¿Un actor de cine?

—Mientes, y vas a ir al infierno, porque los curas no deben mentir —le amenacé—. Christopher Harding, un inglés que vino a Valcabado en busca de la ciudad perdida en Los Morenos. Tienes que acordarte de esa historia porque salió en todas las noticias del país, durante semanas no se habló de otra cosa.

—Ah, ese Christopher Harding… ¿Qué quieres que te diga? Fue hace décadas, hay días que ni siquiera recuerdo dónde dejé los zapatos antes de acostarme.

—Y supongo que tampoco recuerdas a Juan Domingo, el indio con el que Harding se entrevistó para que le sirviera de guía en el laberinto de los valcatecas. Ese indio conocía el trazado de los antiguos senderos de la jungla.

—Por el amor de Dios, hijo, no tengo ni idea de qué me estás hablando.

—¿Toda la nación conoce esa historia salvo el experto en culturas indígenas? ¿El mismo experto que jamás mencionó la existencia de las reservas donde el gobierno mantiene confinados a los descendientes de los valcatecas? —Saúl permaneció en silencio—. Nos hiciste creer que no quedaba ni uno de esos indios con vida desde hacía siglos, y sabías que era mentira. En su estudio sobre los valcatecas, Manuel Freire prueba que gran parte de su cultura se mantuvo viva a través de las comunidades indígenas del país. Tú conoces ese libro, lo citaste el día que nos presentaron, pero esa información nos la has ocultado todo este tiempo. Me pregunto si será la única.

Saúl dio un paso atrás, acorralado. Se humedeció los labios y dirigió una fugaz mirada a su espalda.

—De acuerdo… Puede que… olvidase algunos detalles. Pero fue por una buena razón.

—¿Cuál?

—Te lo explicaré, pero antes… deja que baje un poco el volumen de la música.

Saúl cogió un radiocasete que había encima de la cama. Era uno de esos viejos modelos de los años ochenta, muy grande y con altavoces redondos a cada lado. Antes de que pudiera darme cuenta, el sacerdote me lo lanzó con todas sus fuerzas. Su puntería fue magnífica y me acertó de pleno en la entrepierna. Me doblé en dos igual que una alcayata.

Saúl aprovechó el momento para salir corriendo por la puerta. Le escuché bajar las escaleras a saltos, luego un breve tumulto, algunas voces, protestas y, al cabo de un par de minutos, el cura regresó otra vez a la habitación. No lo hizo por voluntad propia: Burbuja lo tenía bien agarrado por los brazos para que no pudiera moverse.

Sabía que era buena idea dejar las posibles vías de escape bajo la vigilancia de mi compañero.

—¿Estás bien, novato? —me preguntó al verme ovillado en el suelo con las manos entre los muslos—. ¿Nada roto?

—Cielos, espero que no… —respondí. El dolor remitió lo justo como para que pudiera incorporarme—. Sujétalo bien, ¿quieres? Este tipo tiene muy mala idea.

El sacerdote parecía haber aceptado su cautiverio con deportiva serenidad. No se resistía ni hacía aspavientos para librarse de Burbuja.

—Lo siento, hijo. Yo apunté al estómago.

—Menuda disculpa… —dije—. ¿Vas a responder ahora a mis preguntas?

—No lo sé, eso depende. ¿Hasta qué nivel de daño físico está dispuesto a llegar tu amigo para que hable?

—Piense en el martirio de san Vicente, padre —dijo Burbuja—. Por ahí van los tiros.

Saúl asintió con gesto apreciativo.

—Muy esclarecedor… Reconozco que no es habitual encontrarse gorilas con conocimientos del martirologio. Impresionante.

—Tiene dos licenciaturas y un doctorado.

—Ya veo. Debí darme cuenta por las gafas. —Saúl miró a Burbuja—. Puedes soltarme, muchacho; te aseguro que no pienso ir a ninguna parte. Si hay algo que te enseñan en el seminario es a reconocer cuándo un falso arqueólogo y un matón con gafas te tienen acorralado.

Burbuja le dejó libre.

—Curioso seminario —dijo.

—Sí, era de los baratos —respondió Saúl mientras se sentaba en la cama acariciándose las muñecas doloridas—. Dichosa vejez… Te aseguro que hace veinte años habría podido tumbarte de un puñetazo. En fin, soy todo vuestro, allá vosotros y vuestra conciencia por acosar así a un pobre cura entrado en años.

—Y mentiroso —apunté—. ¿Por qué no nos hablaste de las reservas ni de aquel indio con el que contactó Harding?

—Por el mismo motivo por el que oculté a Cronin mis traducciones. El hecho de que te haya echado una mano un par de veces no quiere decir que me fíe de ti, hijo.

—Déjame que comparta contigo una teoría —dije—. Creo que Voynich y yo no somos los únicos que queremos encontrar la ciudad de los valcatecas. Sospecho que cierto cura también alberga esa idea en la cabeza, pero quiere hacerlo él solo, quizá por ambición personal o *ad maiorem Dei Gloriam*, ni lo sé ni me importa. Lo que sí sé es que este cura primero se sirvió de Cronin para acceder a la excavación y que luego allí se encontró con una falsa doctora y su asistente. Les ayudó, o fingió ayudarles, para obtener de ellos las pistas sobre la ubicación de la ciudad que él no podía lograr por sus propios medios. Se cuidó mucho de administrarles sólo la información necesaria, para que no tuvieran la mala idea de irse a buscar esa ciudad por su cuenta, e incluso hizo lo posible por desanimarles… y casi lo consigue. Es un cura muy astuto, y con muy pocos escrúpulos, seguro que no hace falta que te diga cómo se llama.

—Ésas son palabras muy duras teniendo en cuenta que te salvé el pellejo de los militares.

—Considero que esa deuda quedó saldada en el momento en que te mostré la Espada del Archiestratega y te enseñamos a resolver el enigma de la iglesia de Funzal. De ti no obtuvimos nada a cambio.

—Te dejé ver las traducciones.

—Un mero cálculo. Tú no encontrabas ninguna pista en ellas y probaste suerte conmigo. Creo que no me has prestado ni una sola ayuda que fuera desinteresada desde que nos conocemos.

—¿Y qué si ha sido así? ¿Acaso tú no te has beneficiado de ello?

—Claro, tanto que quiero seguir sacándole todo el jugo posible a esta hermosa amistad —respondí—. Juan Domingo, el indio con el que habló Harding, no era un charlatán, ¿verdad? Él conocía el trazado de los Senderos de Indios, y también estoy seguro de que tú sabes que no era el único. Habrá otros como él en las reservas.

—Tan sólo buscamos un nombre, padre —añadió Burbuja, con actitud amenazante.

Saúl mantuvo la sangre fría.

—Puedes llamarme Saúl, muchacho; hemos compartido muchas cosas juntos —respondió, socarrón—. Así que eso es todo. Venís aquí, me amenazáis un poco y el taimado cura se saca de la chistera el nombre que ha estado ocultando todo este tiempo. La clave de todo, igual que en las novelas. Pues dejadme que os diga que la cosa no es tan sencilla.

—¿Eso es una negativa?

—No, genio de las dos licenciaturas. A lo que me refiero es a que yo estoy tan bloqueado como vosotros. —Saúl nos miró alternativamente a Burbuja y a mí—. De acuerdo, conocía la historia de Harding y aquel indio. Todo el mundo la sabe en este país. Y, sí, estoy convencido de que Juan Domingo era capaz de seguir los senderos valcatecas, pero dejadme apuntaros un matiz: a pesar de lo que diga Manuel Freire en su libro, ese conocimiento no lo comparten todos los de su raza, ni siquiera era un saber común entre los valcatecas; sólo estaba alcance de unos pocos en su sociedad. ¿Lo transmitieron? Quizá, pero las personas que hoy en día lo poseen podrían contarse con los dedos de una mano. Es más que probable que Juan Domingo fuera un caso único. Harding tuvo que peinar el país durante meses hasta encontrarlo, y durante el proceso descartó a muchos que sí eran meros charlatanes. Yo todavía sigo encontrándolos a decenas.

—¿Y dónde está ahora ese indio? —pregunté.

—Muerto.

—¿Cómo sé que no me estás mintiendo otra vez?

—Es la verdad, por desgracia. Busqué a ese maldito indio durante años. Me recorrí el país entero… ¿Sabes lo que cuesta encontrar a un indio en Valcabado? No basta con abrir la guía telefónica y buscar su nombre. Aquí son como parias. El gobierno sólo reconoce su existencia para incluirlos en el censo de las reservas, el cual sólo es accesible para algunos funcionarios de la administración.

—Entonces, ¿cómo estás tan seguro de que Juan Domingo ya no vive?

—En primer lugar, porque han pasado más de cuarenta años desde que Harding contactó con él y la esperanza de vida de los indios de Valcabado es muy baja. Al cumplir los treinta ya parecen ancianos, y muy pocos rebasan los cincuenta años de edad. Sus condiciones de vida son terribles.

—Aun así, eso no demuestra nada.

—¿Quieres más pruebas? Hace un par de años logré que un amigo mío que trabajaba en el Ministerio de Interior buscara para mí a Juan Domingo en el censo de las reservas. Al pobre hombre lo descubrieron y lo echaron a la calle, pero antes de eso averiguó que en 1995 Juan Domingo fue confinado en la reserva de Coimara. También me dijo que seis meses después se desató una epidemia de tifus que acabó con tres cuartas partes de la población de la reserva y que el gobierno lo había ocultado. Te lo repito, hijo: no me cabe duda de que Juan Domingo está más que muerto.

El relato sonaba veraz. No creí que, en esta ocasión, Saúl nos estuviera mintiendo. Sin embargo, sí detecté una pequeña inconsistencia en las palabras del sacerdote.

—A pesar de todo, tú sigues buscando —dije.

—¿No me escuchas, hijo? ¿Por qué rayos iba yo a seguir tras la pista de un muerto?

—Eso no lo sé, pero estás en ello, tú mismo lo has admitido al reconocer que aún sigues encontrando a muchos charlatanes. —Saúl no replicó—. No obstante, también dices que supiste de la muerte de Juan Domingo hace dos años, así que, ¿a quién has estado buscando durante ese tiempo?

—Hay otro más —dijo Burbuja—. Y él lo sabe.

—¿Es eso cierto, Saúl?

El sacerdote nos dirigió una mirada hostil.

—Por todos los demonios… —farfulló—. ¿Quién se supone que sois vosotros dos, Sherlock y Watson?

—Contesta a mi pregunta.

Saúl se tomó su tiempo antes de darnos una respuesta.

—Tenía un hijo —admitió a regañadientes—. Juan Domingo. Tenía un hijo llamado Rico. Era un mozo de unos veinte años de edad cuando lo de Harding.

—¿Por qué iba su hijo a conocer el trazado de los Senderos de Indios?

—Ésa es una posibilidad. El padre los conocía, y ése era un tipo de aprendizaje que entre los valcatecas se transmitía de generación en generación.

—¿Y sabes dónde está Rico ahora?

Saúl negó con la cabeza.

—No he podido encontrarle. Ni siquiera tengo claro que aún siga con vida, pudo correr la misma suerte que su padre.

—Pero estoy seguro de que tienes algunas pistas bastante buenas, ¿verdad?

Saúl me atravesó con la mirada.

—Conjeturas y suposiciones. Te he dicho ya todo cuanto sé, sin engaños, pero no compartiré mis hipótesis contigo a cambio de nada. Tuve que pagar un precio demasiado alto por ellas.

Sentí un leve remordimiento. Burbuja tenía capacidad de sobra para sacarle información al cura mediante el uso de la violencia, pero solía emplearla con tipos que se lo merecían mucho más. Puede que los buscadores no fuéramos la gente más honorable del mundo, pero nunca nos rebajamos a ser una cuadrilla de matones.

Burbuja me miró.

—Novato, puedo hacer que hable —me dijo en un discreto aparte—, pero, francamente, prefiero que no me lo pidas. No sería algo de lo que enorgullecernos.

Tenía razón. Nuestro plan consistía sólo en asustarlo un poco, no en convertirlo en una masa sanguinolenta. Ése no era el estilo de un caballero buscador.

—Si vais a empezar con las palizas, al menos que sea en el cuarto de baño —dijo el sacerdote a nuestra espalda—. No quiero que la cama se manche de sangre.

—De momento nadie va a golpear a nadie —respondí—. Ratón, Viajero, Araña y Serpiente.

Él me miró con intenso recelo.

—¿Qué es eso?

—El orden en el que hay que seguir los Senderos de Indios para llegar hasta la ciudad perdida.

—¿Cómo sabes que es el correcto?

—Sería largo de explicar. Digamos que es sólo una hipótesis bastante firme, fruto de un enorme y costoso esfuerzo. —El sacerdote se me quedó mirando sin decir palabra. Yo me encogí de hombros—. Los dos buscamos lo mismo, ¿no es así? Sería buena idea que dejásemos de estorbarnos unos a otros y compartiéramos nuestras pistas. Todas ellas. Incluidas hipótesis y conjeturas.

—Ya veo… —dijo al fin—. Si esto es una carrera, que al menos sea entre caballeros.

—Es un punto de vista.

—Empiezo a pensar que es cierto que te diviertes con todo esto, hijo… —comentó, moviendo lentamente la cabeza de un lado a otro—. Muy bien, acepto tus reglas. Me parecen justas. Pero quizá descubras que me has dado algo más valioso que lo que yo puedo ofrecerte.

—Deja que sea yo quien lo decida —objeté—. Ahora, háblanos de Rico. ¿Qué sabes de él?

—Por lo que he podido averiguar, es posible…, sólo posible, que aún siga con vida y que se encuentre en una de las reservas de indios. En Valcabado hay dos: la de Coimara y la de Santa Aurora. No tengo ni idea de en cuál de ellas puede estar, pero me inclino por Santa Aurora. Las autoridades de Coimara cerraron la reserva hace unos años porque estaba desbordada.

—¿Existe alguna forma de comprobarlo? —quiso saber Burbuja.

—Como ya os he dicho, el gobierno tiene un censo de las reservas, pero es confidencial. Sólo el personal de alto rango del Ministerio de Interior puede acceder a él. —Saúl me miró—. Lo siento, hijo; tú me has dado información vital y yo sólo el camino a un callejón sin salida. Que conste que te avisé.

—¿Está informatizado? —pregunté, ignorando sus disculpas—. Es decir, ¿existe alguna base de datos informática en el Ministerio de Interior en la que se guarda ese censo?

—No lo sé… Supongo que sí, claro… Estamos en el siglo XXI. Imagino que esa clase de información estará metida en ordenadores.

Burbuja y yo intercambiamos una mirada de satisfacción.

—Perfecto —dije—. Podremos consultarla.

—¿No me habéis escuchado? Es confidencial, prácticamente un secreto de Estado. No está colgada en una página web ni nada similar. Tendrías que ser una especie de… pirata informático para acceder a ella.

—Es curioso que digas eso. Porque nosotros tenemos uno.

Burbuja asintió con vehemencia.

—Sí… Y, además, el crío es condenadamente bueno.

Yokai tardó sólo un par de horas en reventar la seguridad informática del Ministerio de Interior de Valcabado. Asistí al proceso con enorme fascinación, pues nunca antes había visto al chico trabajar en su elemento. Era todo un espectáculo.

Durante el tiempo que tardó en acceder a los archivos del censo habló en voz alta, despotricó, insultó, sonrió, lanzó aullidos de triunfo y cantó a voces estribillos de canciones; todo ello sin apartar las manos del teclado de su portátil. Parecía que sus dedos estuvieran dotados de más articulaciones de lo normal.

—Sí, veamos… —decía, hablándole en todo momento al ordenador, como si fuera un ser vivo—. Cortafuegos, cortafuegos… ¡*Yeah*, ahí estás!… Pero ¿qué es esto? ¿*Ashampoo Firewall*? ¿Es una puta broma? Pero, tíos, ¿se puede saber dónde vivís, en la jodida Edad Media? ¡La madre que los parió…! Vamos a ver… Sí, nena, sí… ¡A tomar por culo el cortafuegos! ¿Y ahora qué? ¿Un IDS? HIDS, fuera… NIDS, fuera… ¿Quieres más, eh, hijo de puta? ¿Quieres venir a por más? Mira cómo destrozo tu puto *bastion host*… ¡En toda la cara! ¡Toma ya! ¿Introduzca clave? Oh, sí, por supuesto, voy a introducirte mi clave hasta que grites como una perra… ¿Qué te parece esto, eh? Dios, estoy que me salgo…

Más o menos ésas fueron sus palabras durante dos intensas horas. He preferido omitir las frases más soeces, hirientes u ofensivas contra algunos colectivos.

Aquella encarnizada lucha con los sistemas de seguridad del ministerio se saldó con una rápida victoria del muchacho, aunque más bien fue una masacre en toda regla. Yokai no dejó vivo a un solo enemigo.

—Ya estoy dentro, tíos —nos avisó al terminar—. Toda la red informática de los funcionarios de esta barraca fascista, disponible para el que quiera echar un vistazo. La próxima vez pedidme algo que sea difícil.

—Buen trabajo, chaval —le felicitó Burbuja—. Estoy orgulloso. —Yokai levantó una mano y ambos chocaron las palmas. La relación entre ambos me resultaba cada vez más desconcertante—. ¿Puedes localizar el censo de las reservas?

—Sí, por aquí debe de andar. Creo que ahora estoy en el ordenador del secretario de Defensa… Joder, a este tío le va el porno muy chungo…

—Vamos a centrarnos en nuestro asunto, ¿de acuerdo? —le pedí.

—Eso dijo ella...

Yokai siguió explorando la red hasta que, al cabo de un rato, localizó los censos. El nombre del hijo de Juan Domingo figuraba en la lista de la reserva de Santa Aurora desde abril de 2011, fecha en que se registró su acceso.

Nuestro pacto con Saúl nos obligaba a compartir con él ese dato, de modo que Burbuja y yo lo visitamos de nuevo en su hostal, esta vez con una actitud menos hostil aunque no por ello más confiada. El sacerdote todavía nos causaba profundos recelos.

A Saúl no le gustó descubrir que Rico, el hijo de Juan Domingo, podía estar en la reserva de Santa Aurora. Según él, era la peor de las posibilidades. Yo quise saber por qué.

—Ese sitio es un reducto de los cárteles —respondió—. Combina una favela de Caracas con un *township* de Johannesburgo y obtendrás algo parecido a Santa Aurora en un día tranquilo. Allí no hay ley, ni gobierno, ni nada que mantenga un mínimo de orden. Si Rico se encuentra en ese lugar, podemos darlo por perdido.

Pensé que Saúl exageraba.

—A pesar de eso, merecerá la pena acercarse y echar un vistazo —dije—. No creo que corramos ningún peligro si nos andamos con cuidado.

—Hijo, nadie se asoma a Santa Aurora a «echar un vistazo» —repuso el sacerdote—. Es una moderna guarida de piratas. Allí no se cuelan ni las moscas sin que los narcos lo sepan, y cuando entra alguien nuevo, les gusta darle la bienvenida. A su manera.

—Ya hemos tratado antes con gente peligrosa.

—No como éstos, hijo, no como éstos. El cártel de Valcabado controla Santa Aurora. Es el más espantoso de todos, el más sangriento... Ellos no sólo matan por negocio, también por diversión, para demostrar que pueden hacerlo sin que nadie se lo impida. Prefieren la tortura a la muerte rápida, les gusta causar el mayor sufrimiento posible. Cuando caes en sus manos, la ejecución es una medida de gracia, y no siempre la conceden. Ellos sólo... dejan que mueras.

Yo sabía muy bien de lo que eran capaces los señores de la droga de Valcabado. Uno de ellos mató a mi padre.

Fue una dura experiencia escuchar de labios de Saúl los métodos de aquel cártel. Yo sabía que mi padre murió por sus manos pero desconocía la forma en que lo asesinaron, y averiguar de pronto que pudo haber sido muy dolorosa resultó un impacto difícil de encajar.

Traté de disimularlo, pero algo debió de notar Burbuja en la expresión de mi rostro, pues se apresuró a desviar el tema de la conversación a otros derroteros.

—Gracias por el aviso, pero nosotros iremos a ese lugar con o sin narcos.

Saúl se quedó un rato en silencio, acariciándose la barba con expresión preocupada.

—Os acompañaré —dijo al fin. Su tono de voz me sonó al de alguien que decide a qué hora van a programar su ahorcamiento.

—No —respondió Burbuja—. Ni te lo hemos pedido ni necesitamos que lo hagas. Este asunto sólo nos compete a nosotros.

—Sobre eso discrepo —repuso Saúl. Me dio la impresión de que, de pronto, había envejecido una buena cantidad de años—. Sois dos extranjeros deambulando a solas por Santa Aurora. Un par de extraterrestres no llamarían más la atención... y causarían menos recelos. Si tuvierais la suerte de encontrar a Rico, él jamás confiaría en vosotros.

—¿Y en ti sí?

—Los indios confían en los sacerdotes porque la mayoría de ellos siempre intentaron ayudarles a mejorar sus condiciones de vida. En Santa Aurora un cura os abriría más puertas que cualquier otra persona. Si sois inteligentes, dejaréis que os acompañe.

—¿Tú... deseas venir con nosotros? —pregunté.

—En absoluto —respondió, tal y como yo sospechaba—. Mis hábitos no me protegerán de los narcos, al contrario: ahí dentro quizá corra aún más peligro que vosotros. Pero quiero encontrar a ese indio.

Burbuja y yo intercambiamos una mirada. Después de tantas misiones juntos éramos capaces de suponer nuestros pensamientos sólo con vernos las caras.

—Muy bien, que venga —dijo el buscador—. Puedo cuidar de los dos sin ningún problema.

Los tres nos pusimos a perfilar los detalles de nuestra incursión en la reserva, cosa que planeábamos llevar a cabo al día siguiente. En todo momento el sacerdote mostró un ánimo apagado, más bien lúgubre, sin siquiera recurrir a su habitual reserva de frases mordaces. Daba la impresión de ser un soldado al que acaban de destinar a una misión suicida.

Transmitimos las novedades a Enigma y a Yokai. Como yo suponía, quisieron participar en la búsqueda de Rico pero Burbuja y yo mostramos una negativa inflexible. Considerábamos que nuestros compañeros no podrían aportar nada en aquella misión, salvo, en todo caso, buena voluntad. Enigma se hizo cargo, pero no así Yokai, que pasó el resto del día enfurruñado y de mal humor. Ni siquiera tuvo ganas de pelearse con Burbuja.

La tarde siguiente, Burbuja y yo fuimos al encuentro de Saúl. Habíamos quedado en la plaza de la Catedral, donde nos recogería con su coche. Me sorprendió verlo con un alzacuellos puesto. Era la primera vez que le veía lucir un elemento que señalase su condición sacerdotal.

Santa Aurora se encontraba a unos treinta kilómetros de La Victoria, hacia el norte. Ninguno de los tres parecíamos tener ganas de charla intrascendente, así que hicimos casi todo el viaje en un ominoso silencio. Llegamos a la reserva al final del atardecer.

Después de todo lo que yo había oído sobre las reservas de indios de Valcabado, me imaginaba Santa Aurora como un sórdido y penoso agujero. Comprobé que la realidad no se correspondía con mis expectativas: era mucho peor.

La reserva era una enorme mancha de pobreza, fealdad y miseria en mitad de un paraje deshabitado. Crecía, como una pútrida extensión de limo, a ambas orillas de un riachuelo de aguas infectas. Su perímetro estaba rodeado por una alambrada de espinos, más propia de un campo de concentración que de un núcleo urbano. El acceso a la reserva estaba vigilado por una pareja de soldados que montaban guardia dentro de una garita cochambrosa. Sus ventanas estaban rotas y sus paredes de cemento, cubiertas de grafitis y manchas de porquería. Cuando pasamos a su lado, los dos militares que había dentro apenas nos dedicaron un gesto para que siguiéramos nuestro camino.

Saúl, Burbuja y yo nos aventuramos dentro de la reserva, a través de un panorama deprimente.

En Santa Aurora, los indios malvivían en chabolas construidas a base de planchas de metal, palés de madera y pedazos de chatarra ensamblados de cualquier manera. Se levantaban sobre el barro del suelo, arracimadas la una junto a la otra sin orden ni planificación alguna. El espacio entre las chabolas a menudo era tan estrecho que había que pasar de lado. No había calles asfaltadas, ni aceras ni cualquier otro rasgo urbano reconocible. Sólo uralita sobre barro.

Encima de nuestras cabezas pendían los cables del tendido eléctrico, unidos por postes que se mantenían en un precario equilibrio. De las chabolas brotaban aún más cables que sus habitantes empalmaban con los de los postes para poder disponer de electricidad. También los usaban como improvisados tendederos, donde dejaban sus prendas a secar. Era como contemplar una sucesión de carpas de circo a las que el viento ha arrancado la cubierta a jirones.

En la orilla del riachuelo que dividía la reserva en dos había varios retretes portátiles, como los de las obras, los cuales se suponía que deberían suplir la falta de cuartos de baño en las chabolas. Vaciaban su contenido directamente en las aguas del río, convirtiéndolo en un caudal repulsivo y apestoso. A pesar de ello, vi muchos niños que se bañaban despreocupados en aquel riachuelo y mujeres que lavaban la ropa en la orilla. Por otro lado, también observé que muchos habitantes de la reserva ignoraban la presencia de aquellos retretes y preferían aliviarse en cualquier rincón angosto. Como consecuencia de ello, el olor era insoportable en todas partes. Uno podía elegir entre dejar que aquel aroma nauseabundo entrase por la nariz o bien intentar respirar por la boca, arriesgándose a tragar alguna mosca de los pegajosos enjambres que nos rodeaban.

Todo cuanto veían mis ojos era destartalado, miserable o infecto. La pobreza de aquel lugar podía sentirse sobre la piel igual que un eccema. En el ánimo causaba una angustia tan profunda como la indignación que se sentía al pensar en las gentes que habían obligado a aquellos seres humanos a vivir en tal estado de indigencia.

A pesar de ello, en los indios de la reserva se apreciaba un esfuerzo por transmitir normalidad. Como si no hubiera nada vergonzoso en que los relegasen a aquellos tristes poblachos, sin nada más que lo básico para sobrevivir. Caminaban entre inmundicias sin parecer asqueados o tristes, decoraban sus chabolas con mustios adornos florales o incongruentes guirnaldas de bombillas, como las que se cuelgan en los árboles de Navidad; y lucían sus ropas de cuarta o quinta mano con digna pulcritud, intentando ocultar con ellas sus cuerpos malnutridos. Era como si quisieran resistirse con todas sus fuerzas a parecer desesperados, aunque estaban lejos de lograrlo.

Me fijé en que aquellos indios tenían rasgos nobles, aunque muy sofocados por sus lastimosas condiciones de vida. La mayoría eran muy altos, de miembros largos y espigados. Sus facciones eran muy marcadas en ambos sexos, de afilados pómulos y mandíbulas simétricas. A los hombres esto les otorgaba un cierto atractivo, no así a las mujeres, cuyos rostros resultaban muy masculinos. Todos ellos tenían el pelo oscuro y los ojos levemente rasgados y de color claro. Sus ancestros, los valcatecas, debieron de ser gentes de imponente aspecto físico.

Entre los indios de la reserva destacaban varios hombres cuyo aspecto era más occidental y su tono de piel, más claro. Llevaban ropas de buena calidad, la piel cubierta de tatuajes y parecían encontrarse en mejor forma física que los indios. Muchos de ellos iban armados con pistolas metidas por dentro del pantalón, con la culata al aire de forma bien visible, sin que mostraran ningún interés por disimular que las llevaban.

Saúl me señaló a uno de ellos con disimulo.

—Soldados —me dijo—. Sicarios del cártel. La policía de aquí. Manteneos lejos de ellos, ni siquiera los miréis.

Seguimos deambulando por entre las chabolas hasta que llegamos a lo que parecía ser una especie de zona de comercio. Allí había varios contenedores industriales, como los que se usan para el transporte marítimo, dentro de los cuales los indios vendían todo tipo de cosas: ropas, herramientas y utensilios de cocina, aparatos electrónicos obsoletos… Pasamos junto a uno en el que un indio sin camiseta vendía piezas de carne cruda sobre una mesa de plástico cubierta de sangre y de moscas. En la parte alta del contenedor, colgados de ganchos, había animalillos desollados. Preferí no preguntarme de qué género eran.

Saúl se acercó al carnicero, que nos dirigió una mirada preñada de suspicacia. Sin embargo, cuando reparó en el alzacuellos del sacerdote su actitud se tornó menos hostil, casi amigable. Los dos empezaron a charlar en un idioma que me resultó por completo desconocido. Unos diez minutos después, el sacerdote se reunió de nuevo con nosotros. Traía uno de aquellos animales despellejados envuelto en papel de periódico, empapado de sangre fresca.

—¿Qué diablos traes ahí? —preguntó Burbuja.

—Un gato.

—¿Qué?

—Sí, aquí los comen mucho. Son fáciles de cazar y están por todas partes. Una vez lo probé, pero no me gustó demasiado: la cabeza la cocinan con mucho cilantro.

Sentí un malestar en la boca del estómago.

—Por Dios, deshazte de ese pobre animal… ¿Por qué has tenido que comprarlo? —dije.

—Se llama «relaciones públicas», hijo. Ese indio me ha dado mucha información, no me pareció adecuado irme sin comprar nada. Toma, sostenme esto. —Saúl puso el gato en las manos de Burbuja, quien lo dejó caer en un cubo lleno de desperdicios que había cerca, con un gesto de repulsión—. El carnicero me ha dicho que cree que Rico vive en una chabola al otro extremo de la reserva, la que tiene el número 12 pintado en la puerta.

—Fantástico. Eso quiere decir que está vivo.

—Eso parece, pero no nos confiemos, podría tratarse de otro Rico.

Los tres dirigimos nuestros pasos lejos del recinto comercial.

—¿En qué idioma hablabais? —pregunté—. Tú y el carnicero.

—Valteco —respondió—. Es más bien un dialecto, se supone que deriva de la primitiva lengua valcateca. Naturalmente, todos los indios del país conocen el castellano, pero les conmueve mucho que un blanco les hable en valteco. Para ellos es toda una declaración de amistad.

Empecé a darme cuenta de que traer a Saúl con nosotros fue un acierto. Burbuja y yo ni siquiera habríamos sabido por dónde empezar a buscar a Rico en medio de aquel lugar extraño en el que los gatos eran la base de una dieta equilibrada.

A medida que nos distanciábamos del lugar de las tiendas encontrábamos menos personas a nuestro paso. Tan sólo algún indio sentado frente a su chabola, fumando o escuchando un transistor.

La zona por la que caminábamos estaba más despoblada que las demás. Había menos viviendas y un mayor espacio entre ellas. Tenían, si cabe, un aspecto aún más miserable que las que había en otras partes de la reserva, como si llevasen fabricadas desde hacía más tiempo. Todas tenían números pintados en la puerta o en la fachada, sin que siguieran ningún orden concreto. La 7 estaba junto a la 51, la 51 junto a la 16… Así nos llevaría bastante tiempo encontrar la de Rico, la número 12.

En nuestra búsqueda llegamos a una especie de callejuela solitaria. En un rincón un perro famélico hocicaba entre las basuras, y desde alguna parte se escuchaba el llanto de un bebé mezclado con la música enlatada de un transistor.

De pronto vimos a alguien que corría hacia nosotros. Se trataba de una muchacha india que gritaba presa de una enorme angustia. Saúl la interceptó y le preguntó algo en valteco. La chica no paraba de gimotear y señalar hacia su espalda.

—¿Qué ocurre? —pregunté.

—Dice que unos hombres están dándole una paliza a su tío.

—¿Dónde?

—No es nuestro problema —aseveró Saúl—. Sé que es duro, pero no podemos hacer nada. Es importantísimo que no nos hagamos destacar.

La muchacha nos miraba temblorosa, con las mejillas húmedas de lágrimas.

—Sí, eso suena muy caritativo, padre —dijo Burbuja, desabrido. Luego se dirigió a la chica—: ¿Dónde está tu tío?

Ella cogió la mano del buscador y se lo llevó, a la carrera.

—¡Maldita sea! —escupió Saúl—. ¡No es momento de quijotadas! ¡Tu estúpido amigo nos va a causar la ruina!

En vez de responder a eso, fui corriendo tras la chiquilla y Burbuja. Saúl me acompañó, sin dejar de protestar.

La joven india nos condujo hasta una chabola apartada. La costrosa tabla de madera que le servía de puerta estaba tirada en el suelo, hecha pedazos. En el interior de la vivienda se oían gritos y golpes.

Burbuja entró. Saúl y yo fuimos tras él. Allí pudimos ver a dos hombres tatuados que masacraban a puñetazos a un indio anciano que estaba tirado en el suelo, hecho un ovillo, tratando de protegerse con dos brazos débiles como ramas. Su rostro era una máscara de sangre, heridas y golpes.

Sin mediar palabra, Burbuja se lanzó contra uno de los hombres tatuados y le aplastó la nariz con el codo, luego le golpeó con la mano en el hombro, justo debajo del cuello. Fueron dos movimientos secos, rápidos, certeros como un disparo. La nariz del tipo crujió y estalló en un surtidor de sangre. Después, cuando el canto de la mano de Burbuja se clavó en su cuello, emitió un gañido de dolor y cayó al suelo.

El otro hombre se arrojó sobre mi compañero, pero Burbuja se giró, le agarró la mano y tiró de ella hacia atrás, hasta que se oyó un chasquido. El atacante gritó y cayó de rodillas. Burbuja aprovechó ese momento para darle un rodillazo en el plexo solar. El tipo boqueó falto de aire, igual que un pez sacado del agua. Todo fue tan rápido que ni Saúl ni yo tuvimos oportunidad de intervenir.

Entonces, el primer tipo al que Burbuja había derribado, sacó una pistola de la parte trasera del pantalón y apuntó al buscador a la cabeza.

—¡Voy a volarte los sesos, pendejo!

Se produjo un disparo. El hombre tatuado gritó y soltó la pistola. Miré a mi derecha y vi que Saúl sostenía un revólver de cuyo cañón aún salía una voluta de humo.

—¿Quieres pensártelo mejor, hijo? —preguntó. Parecía un cuatrero del Salvaje Oeste… y dotado de la misma puntería. Aquel sacerdote era una caja de sorpresas.

Los dos atacantes miraron a Saúl, asustados. Uno de ellos se incorporó de un salto y salió corriendo, apartándome de un empujón. El otro siguió sus pasos, pero, antes de desaparecer de nuestra vista, nos lanzó una amenaza:

—¡Están muertos! ¿Lo oyeron? ¡Muertos!

El tipo reanudó la huida. Burbuja fue tras él, pero Saúl lo sujetó del brazo.

—Déjalos —ordenó, severo—. Ya hemos llamado bastante la atención.

A pesar de ello, el buscador se zafó de él y salió de la chabola para comprobar que los dos matones no iban a volver. Saúl guardó el revólver bajo su camisa, donde lo había llevado oculto todo el tiempo.

—¿Ibas armado? —pregunté.

—Por supuesto. ¿Crees que me metería aquí llevando sólo un alzacuellos? —El sacerdote se acercó al anciano, que estaba muy aturdido, y lo ayudó a incorporarse. Con mucho cuidado, lo sentó en una desvencijada mecedora que había en un rincón—. Busca un poco de agua, ¿quieres? —me pidió.

Aquella chabola parecía un almacén de trastos viejos. Rebusqué por todas partes intentando encontrar algo líquido, sin éxito. Entonces la joven india apareció, llevándole a Saúl una botella de plástico llena de agua y un paño húmedo. El sacerdote lo utilizó para limpiar la cara del anciano.

—Gracias, padrecito… —musitó el hombre, que empezó a espabilarse un poco—. Gracias.

—No me las des a mí, yo no he tenido nada que ver —respondió Saúl, con sinceridad—. ¿Tienes por aquí algo parecido a un botiquín? —El anciano señaló una encimera, a mi lado. Inspeccioné su único cajón y encontré una bolsa de plástico en la que había un poco de algodón, una caja de pastillas y unas tiritas. Se lo acerqué a Saúl.

—Tendrás que apañártelas con esto…

El sacerdote trató como pudo las heridas del indio. Por suerte, parecían más aparatosas que graves. Debimos de aparecer justo cuando empezó la paliza.

—¿Esos hombres eran del cártel? —preguntó Saúl al anciano. Éste asintió, trémulo, con la cabeza—. ¿Y por qué te pegaban?

—Dinero —respondió la joven, que asistía a Saúl igual que una diligente enfermera.

Su tío chistó.

—Calla, *m'hijita*… A ellos no les importa.

—¿Les pediste prestado dinero? —preguntó Saúl. El anciano asintió, reticente—. Ya veo. Querían cobrar su deuda y tú no la tenías.

—Sí la tenía —repuso el hombre, intentando mostrar dignidad—. Todo. Hasta la última plata que les pedí, pero dijeron que no era suficiente, que había intereses. Mentira. Ellos nunca hablaron de eso cuando les pedí el dinero.

—¿No? Bien, pues ahora ya sabes cómo funcionan los prestamistas del cártel —dijo Saúl mientras le limpiaba un corte en la frente—. Si vives aquí, deberías estar al tanto de sus trampas, viejo.

—Nunca antes les había pedido dinero, ¿yo qué sabía? —gimoteó. Por un momento pensé que iba a ponerse a llorar, pero no lo hizo—. ¿Yo qué sabía…? Ahora regresarán, y estarán furiosos… Ay, padrecito, ¿qué voy a hacer…?

Saúl respiró hondo. No tenía respuesta para eso, ninguno la teníamos. Empecé a temer que hubiésemos agravado los problemas de aquel pobre viejo en vez de solucionarlos.

—¿Cómo te llamas? —preguntó el sacerdote.

—Rico —respondió el anciano—. Y ésta es mi sobrina, Sita.

En ese momento, Burbuja entró de nuevo en la chabola.

—Eh, no os lo vais a creer —nos dijo—. Pero en lo que queda de la puerta he visto que hay pintado un número 12.

Una vez más, la Fortuna brindaba una pequeña ayuda a los caballeros buscadores.

Sita preparó una infusión cociendo las hojas de una planta a la que llamó *pinnata*. Probé un sorbo por no parecer descortés. Tenía un sabor dulzón, un tanto empalagoso. Según nos explicó Rico, aquella planta tenía múltiples virtudes salutíferas. Los indios valcatecas la llamaban también «Hierba de Aire».

Descubrimos que, después de todo, Rico no era tan anciano como parecía. Aún no había cumplido los sesenta años de edad, pero sus precarias condiciones de vida le hacían parecer al menos una década más viejo.

Su sobrina Sita, que tenía quince años, no compartía con él ningún lazo de sangre en realidad. Según nos contó Rico, los padres de la joven fueron amigos suyos. Cuando los dos murieron a causa de la misma enfermedad, dejando a su hija huérfana a una edad muy temprana, Rico se hizo cargo de ella. Nos dijo que en la reserva aquel tipo de falsos parentescos era cosa habitual. Todos los indios de Santa Aurora conformaban una especie de gran núcleo familiar en el que trataban de cuidar unos de otros, aunque, por supuesto, también había excepciones.

Rico, que estaba muy agradecido con nosotros por haber espantado a los matones del cártel, respondió a todas nuestras preguntas sin mostrar ningún recelo. Como es lógico, lo primero que quisimos fue saber si era el hijo de aquel Juan Domingo al que Harding trató de llevar en su expedición a Los Morenos.

Nos confirmó la historia. Rico la recordaba bien: él tenía dieciocho años cuando el inglés intentó contratar a su padre, y estaba presente el día en que se reunió con Harding en el bar del hotel Embajadores. Esto fue apenas una semana antes de que el explorador partiese a Los Morenos para no regresar nunca más. Según pudimos comprobar, Rico tenía una envidiable memoria a largo plazo.

Recordaba bien a Harding. Un hombre bronceado, atlético, muy atractivo; parecía una estrella de cine. A su padre, no obstante, no le era simpático, decía que pensaba y actuaba igual que un niño. Harding le ofreció mucho dinero a cambio de acompañarlo, pero Juan Domingo fue tajante en su negativa. Le dijo que nunca encontraría la ciudad perdida, aunque supiera moverse por la jungla como un animal salvaje. La ciudad era la morada de Tupana, el Padre Eterno, y Él no deseaba que fuera encontrada.

—¿Tu padre conocía la ubicación de la ciudad? —quise saber.

Ante mi pregunta, Rico puso cara de espanto y se santiguó varias veces.

—Oh, no, no —dijo—. Él no sabía, no. Ni tampoco quería saber. Mi papá tenía mucho miedo de aquel lugar. Una vez se internó en la jungla, demasiado profundo, él solo. Tardó mucho en regresar, creíamos que se había perdido. Dos días más tarde, apareció de nuevo en casa. Nos contó que vio algo allá, en Los Morenos, algo terrible, pero nunca nos quiso decir qué era. Desde entonces no regresó a la jungla nunca más. Yo creo que se encontró con los *nanej makajmucharu*.

—¿Los qué? —preguntó Burbuja.

—Sólo son cuentos… —dijo Sita.

Su tío la reprendió con una mirada severa.

—No son cuentos, *m'hijita*. Mi papá me contó la historia.

Dicha historia narraba cómo siglos atrás Tupana, el Padre Eterno de los valcatecas, guió a un grupo de Hombres Santos hasta la jungla de Los Morenos. Allí fueron recibidos por los indios, quienes les ayudaron a construir una gran ciudad en medio de la selva. A cambio, los Hombres Santos les enseñaron secretos que les otorgaron un gran poder.

Cuando el último de los emisarios de Tupana murió, los valcatecas se convirtieron en custodios de aquellos secretos. Gracias a ellos dieron vida a los *nanej makajmucharu*, un ejército de guardianes que vigilaban la ciudad, día y noche, y el tesoro más valioso que se encontraba en ella: el *Semmakeraj*, la Palabra Prohibida. Un artefacto creado por el mismo Tupana.

Con el tiempo, los valcatecas se emborracharon de ambición y quisieron más gloria y poder, las fabulosas enseñanzas de los Hombres Santos ya no les satisfacían. Ellos querían ser tan grandes como dioses. Querían ser como Tupana. Guiados por aquella ambición, los valcatecas cometieron un gran sacrilegio: pronunciaron el *Semmakeraj*. No eran conscientes de que sólo el Padre Eterno puede manejar el inmenso poder que otorga la Palabra Prohibida. Ese mismo poder fue lo que provocó su destrucción. Los valcatecas fueron aniquilados por una fuerza desatada que no era de este mundo.

Cuando los indios desaparecieron ya no quedó nadie que pudiera controlar a los *nanej makajmucharu*, que desde entonces vagan por el interior de la jungla de Los Morenos causando la muerte a todo aquel que se atreve a acercarse demasiado a la Ciudad de los Hombres Santos de Tupana.

Al concluir Rico su relato, Sita agitó la cabeza con incredulidad.

—Sólo cuentos —volvió a decir—. Para asustar a los niños, nomás.

—Nada de eso. Mi papá los vio, estoy seguro. Por eso no quiso guiar al inglés a Los Morenos, y por eso él mismo nunca regresó a la jungla.

Aquella historia me pareció muy curiosa. Especialmente el detalle referido al *Semmakeraj*. Ese término sonaba muy parecido a *Shem Shemaforash*, y me pregunté si sería aquella forma en la que los valcatecas denominaban al Nombre de los Nombres.

—De modo que tu padre nunca volvió a internarse por la jungla —dijo Saúl. Rico negó con la cabeza—. ¿Y qué hay de ti? ¿Tú conoces los Senderos de Indios?

—Sí, los conozco. Mi papá me enseñó a leerlos… Él lo aprendió del suyo. La sangre de los mauakaro corre por nuestras venas.

—¿Los mauakaro? —pregunté.

—Cazadores —aclaró Saúl—. En la primitiva sociedad valcateca no todos los hombres sabían leer los Senderos de Indios. Sólo los mensajeros, los sacerdotes y los cazadores. —Rico asintió—. ¿Vuestra familia desciende de los mauakaro?

—Por seguro. Fíjese, padrecito, fíjese… —El indio se acercó a Saúl y abrió los párpados todo lo que pudo para mostrarle sus ojos. Eran de un color verde apagado—. Ojos de cazador, ¿lo ve? Del mismo color que la jungla. En tiempos de los valcatecas, a los nacidos con ojos verdes se les entrenaba desde chicos para ser mauakaro.

—Pero, tío, mis ojos son de otro color —intervino Sita.

El indio acarició sus cabellos con afecto.

—No, *m'hijita*, tú no, pero eso no importa. Como yo no tengo hijos, tuve que enseñarte a ti.

Aquél sí que era un inusitado golpe de suerte. Nosotros buscábamos un guía y nos encontramos con dos, quizá los únicos que existían en todo el país. Ahora tan sólo teníamos que convencer al tío o a la sobrina para que nos ayudaran en nuestra misión.

Decidí abordar el asunto sin rodeos.

—Rico, necesitamos su ayuda —dije—. Mis amigos y yo queremos adentrarnos en la jungla siguiendo los Senderos de Indios. Tenemos unas indicaciones… Una especie de mapa, por decirlo así, que marca cuatro de esos senderos: el Ratón, el Viajero, la Araña y la Serpiente. ¿Tú podrías indicarnos cómo encontrarlos?

—Podría… Sí… —respondió el indio, aunque sin mostrar entusiasmo—. El Ratón… Sé donde comienza, es sencillo. Mi papá siempre entraba a la jungla por aquel sendero, pero…

—¿Pero?

—Yo ya soy viejo, *m'hijo*… Es un camino largo, y hay muchos peligros allá, en la selva… No sé si tengo fuerzas…

—Oh, tío, sí, hagámoslo —intervino Sita—. Yo iré contigo, por favor.

El indio negó con la cabeza, tozudo.

—No, Sita. Es muy arriesgado… Una chiquilla y un viejo no pintan nada en ese lugar. Lo lamento, pero no podemos ayudarles.

Su actitud indicaba que no pensaba cambiar de idea, pero nosotros necesitábamos tanto la colaboración de aquel hombre que yo estaba dispuesto a convencerlo usando todos los medios a mi alcance, incluso los más arteros.

—¿No crees que quedaros en la reserva es una mala idea? —pregunté. No me sentía nada orgulloso de lo que estaba a punto de decir—: Esos hombres que te pegaban volverán, tú mismo lo has dicho, y nosotros ya no estaremos aquí para ayudarte. Si os encuentran a tu sobrina y a ti, no tendrán piedad, ¿eso es lo que quieres? Supongo que no. Tu única opción de manteneros a salvo es venir con nosotros.

Explotar los miedos de aquel pobre indio era un ardid muy bajo, pero no tenía ninguna otra baza en la mano para negociar.

Mis palabras suscitaron la duda en Rico, pero no lo convencieron del todo. Comenzamos un tira y afloja con aquel indio cabezota, tratando de convencerlo de que ser nuestro guía en Los Morenos era la mejor decisión que podía tomar. El indio remoloneaba, daba largas, ni afirmaba ni rechazaba... Fue un proceso agotador.

Mientras Saúl y yo seguíamos presionándolo, Burbuja perdió la paciencia y se evadió de la conversación. Empezó a deambular por el interior de la chabola hasta que se asomó por un ventanuco para fumarse un cigarrillo. Fuera ya se había hecho de noche.

Nuestra negociación con Rico se estancaba. A pesar de que incluso su sobrina intentaba convencerlo para que nos ayudase, el indio seguía resistiéndose con pasiva cabezonería. Con voz plañidera nos decía que quizá más adelante..., que aún no sabía..., que debía pensar..., que era tan viejo... Yo empezaba a desesperarme.

Entonces Burbuja llamó nuestra atención.

Volví la cabeza hacia donde estaba. El buscador miraba por el ventanuco y parecía encontrarse muy tenso.

—¿Qué ocurre? —pregunté.

—No estoy seguro... pero... —De pronto tiró su cigarrillo al suelo y lanzó un exabrupto—. ¡Mierda! ¡Al suelo, al suelo! ¡Todos al suelo!

Dio un salto hacia nosotros y nos obligó a tumbarnos, mejilla contra tierra. Sobre nuestras cabezas se desató una tormenta de balas que masacraron las débiles paredes de la choza de Rico.

Sentí como si alguien hubiera encendido todos los cohetes de un castillo de fuegos artificiales al mismo tiempo. Los precarios muros de uralita y conglomerado que nos rodeaban se desmenuzaron en un montón de agujeros y los pobres trastos que adornaban la casa de Rico estallaron en pedazos. El remendado sofá sobre el que Saúl y yo estábamos sentados apenas un segundo antes reventó en una lluvia de retales. La rapidez de reflejos de Burbuja nos había salvado de convertirnos en dianas de barraca.

Los disparos se detuvieron y escuché una voz que llegaba desde el exterior.

—¡Esto para que aprendas a jugárnosla, guanchón comevergas!

Fantástico. Los tipos del cártel regresaban a por la revancha. Y con refuerzos.

Una nueva ráfaga de tiros barrió la chabola de lado a lado, reduciendo a escombros los pocos trastos que quedaban en pie. Había tantos agujeros de bala en las paredes que éstas apenas podían soportar el peso de la cubierta. Por entre los estampidos de las detonaciones, que parecían no tener fin, escuché una especie de crujido. Los débiles muros de la chabola, ya apenas existentes, terminaron por colapsar. Toda la techumbre de la estructura se nos vino encima.

Por suerte, la arquitectura de aquellas chabolas era de materiales ligeros. Las planchas de uralita y fibra de vidrio y los listones de madera casi podrida sólo nos causaron magulladuras al desplomarse sobre nosotros.

Los sicarios dejaron de disparar.

Salimos a rastras de aquella ruina de desguace y echamos a correr.

—¡Mierda! ¡Están vivos! —escuché—. ¡Que no escapen!

Se produjeron algunos disparos más. Una bala hizo un boquete en una plancha de metal, justo frente a mí. Nos metimos por entre los espacios angostos de las chabolas, tratando de burlar a los sicarios del cártel, que iban tras nosotros.

—Saúl, dame tu arma —dijo Burbuja.

El sacerdote se la entregó y el buscador hizo un disparo al aire. Volvimos a escuchar la voz de uno de los narcos:

—¡Por ahí están, entre las barracas de la derecha!

—¿Por qué diablos has hecho eso? —preguntó Saúl.

—Tú vete con Rico y su sobrina. Faro y yo haremos que nos sigan por este lado. —Saúl trató de objetar, pero mi compañero se lo impidió—. ¿A qué esperas? ¡Sácalos de aquí!

Saúl y los dos indios se alejaron de nosotros mientras Burbuja golpeaba con fuerza la pared de una chabola con la tapa de metal de un cubo de basura.

—¡Los oigo! ¡Por aquí, síganme!

—Corre, novato. Como jamás has corrido en toda tu vida.

No tuvo que repetírmelo dos veces.

Burbuja y yo esprintamos igual que gamos por entre las chabolas de la reserva, escuchando a nuestra espalda los pasos de los sicarios del cártel. Ignoraba cuántos eran, puede que hubiéramos puesto en alerta a toda la maldita banda. Por suerte para nosotros, la noche era muy oscura y convertía las callejuelas de la reserva en un caótico laberinto, lo cual supuse que disuadía a nuestros perseguidores de intentar frenarnos a tiros.

Burbuja y yo zigzagueábamos por entre los espacios de las barracas y contenedores de la reserva, huyendo sin rumbo fijo, igual que dos ratones acorralados. Queríamos entretener a los matones el mayor tiempo posible para que Saúl y los indios tuvieran posibilidades de escapar. Cómo lo haríamos nosotros era algo que aún no teníamos resuelto.

Poco a poco empecé a dejar de oír los pasos e insultos de los sicarios. Quizá al fin habíamos logrado despistarlos por entre las chabolas. Burbuja, que iba delante de mí, aminoró el paso hasta detenerse por completo. Al abrigo de las sombras se quedó muy quieto, escuchando.

A unos pocos metros de nuestro escondite vimos aparecer por detrás de un contenedor a una pareja de hombres con tatuajes en la cara. Ambos llevaban pistolas en la mano.

—¿Los viste? —preguntó uno de ellos.

—No deben de andar muy lejos —respondió el otro—. ¡Naguará! No se ve una mierda en este puto agujero.

Burbuja y yo pegamos la espalda contra la pared de una chabola y contuvimos la respiración. Aquellos tipos deambulaban tan cerca de nosotros que habríamos podido escupirles.

De pronto algo se me enredó entre las piernas. Me agité un poco y mi tobillo golpeó contra algo blando. Se oyó el maullido estridente de un gato, que salió huyendo de debajo de mis pies y derribó un montón de latas a su paso.

—¡Ahí están!

Maldito animal. Ahora entendía por qué en aquel lugar los desollaban y se los comían. Habría estado más que gustoso de hacer lo primero con aquel estúpido bicho.

Los sicarios se lanzaron sobre nosotros sin darnos tiempo a escapar. Una vez más, tuve que bendecir la suerte de que Burbuja me guardara las espaldas. El buscador redujo a uno de ellos propinándole un brutal rodillazo en el estómago y luego un golpe en la nuca. Seguro que ya estaba inconsciente antes de caer al suelo.

Se dispuso a darle un puñetazo al otro, pero éste le golpeó en el pómulo con la culata de su pistola. Las gafas de mi compañero salieron volando por los aires.

Me lancé de cabeza contra la espalda del sicario y lo tiré al suelo de un placaje. Él se zafó de mí sin dificultad: era mucho más grande y más fuerte. Aunque no le causé mayor daño, al menos sí que pude concederle a Burbuja unos valiosos segundos para que agarrara lo que parecía ser una tubería oxidada y golpeara al narco en el cráneo con todas sus fuerzas. Éste dejó escapar un jadeo. Burbuja repitió el golpe y el tipo se desplomó igual que un fardo.

—¿Estás bien, novato? —me preguntó después el buscador.

—Sí, gracias. Te has manejado de fábula con esa tubería.

—Demasiado. Da gracias a que no te he partido la cabeza: sólo veo bultos.

—¿Dónde están tus gafas?

—Ni idea, creo que cayeron por aquí…

En ese momento escuchamos a otros dos narcos que se acercaban corriendo hacia donde estábamos nosotros. El peligro aún nos acechaba.

—Vámonos de aquí —dijo Burbuja—. Corre. Hacia la salida.

—Espera… ¿Y tus gafas?

—Tendré que arreglarme sin ellas.

Un narco brotó por detrás de una de las chabolas y nos señaló. No había tiempo para discutir por unas gafas, de modo que emprendimos de nuevo la huida. Esta vez yo iba a la cabeza, seguido por Burbuja. Deseé fervientemente que sus problemas de visión no fueran demasiado serios.

Los sicarios nos pisaron los talones durante un buen trecho, y de nuevo tuvimos que emplear toda nuestra astucia y agilidad para perdernos por entre los huecos y callejuelas que había entre los chamizos de la reserva. Llegué a desorientarme por completo, ignoraba si estábamos más lejos o más cerca de la salida.

Dejé de escuchar a los matones que nos perseguían y me atreví a detenerme para buscar alguna referencia que me indicara en qué punto de la reserva nos encontrábamos.

Al hacerlo me di cuenta de que estaba solo.

Miré a mi alrededor con creciente angustia. No vi a Burbuja por ninguna parte. Debimos de separarnos en algún requiebro de aquel laberinto de chabolas, pero no era consciente de en qué momento pudo ocurrir eso.

Tampoco había rastro de los narcos, de modo que me arriesgué a retroceder unos pasos por el camino que había tomado, esperando encontrar a mi compañero. Por desgracia, me resultaba muy complicado orientarme por aquel poblado chabolista casi a oscuras. Todas las barracas, desparramadas sin ningún orden, se me antojaban idénticas. A la luz del día ya había sido complicado moverse por aquel lugar, pero ahora, en medio de la noche, era una tarea casi imposible.

Hice esfuerzos por mantener la cabeza fría. Burbuja sin duda estaría buscando una vía hacia la salida, de modo que si yo hacía lo mismo tarde o temprano nos volveríamos a reunir. Abandoné la búsqueda de mi compañero y traté de localizar el río siguiendo mi olfato, convencido de que, si hacía eso, acabaría saliendo de aquel poblado.

Apenas había dado unos pocos pasos cuando, de pronto, me topé de bruces con un tipo escuchimizado, con el pelo rapado y un enorme tatuaje en mitad del cráneo. Al verme, sonrió mostrando un par de incisivos hechos con piezas doradas.

—Naguará, ¿qué tenemos aquí? —dijo—. Un poco tarde para andar deambulando, ¿no, viejo? —Mostró un enorme machete—. Apuesto a que tú no sabes nada de esos cabrones a los que estamos buscando...

Me di la vuelta y eché a correr, pero tropecé con un cubo de basura volcado, lleno de restos de carne. Resbalé con algo blando y caí al suelo. El narco me sujetó por el pelo y me obligó a inclinar la cabeza hacia atrás, mostrando el cuello.

—Voy a hacerme una cartera con tu pellejo, amigo —me dijo, hablándome al oído.

Mis dedos se aferraron a un pedazo viscoso de carne. Parecía un hígado, o un riñón u otra víscera similar. Era lo único que tenía a mano para defenderme, así que se lo encajé a aquel tipo en la boca, empujándolo como si quisiera metérselo por la garganta hasta el estómago.

Lo cogí desprevenido y logré que me soltara. El sicario escupió una arcada violenta y me miró con ojos furiosos. Se lanzó sobre mí, cuchillo en ristre. Me aparté un segundo antes de que me abriera en canal y lo agarré del brazo. No se me ocurrió mejor ataque que el de hundirle los dientes en la parte más carnosa de la mano, hasta que noté el repulsivo sabor de su sangre.

El narco gritó y soltó el cuchillo. Traté de cogerlo pero él me saltó encima y me dio un puñetazo en la cara, aunque no fue muy fuerte. Aquel tipo no era más que un amasijo de piel y de huesos.

A pesar de todo luchaba con ferocidad. Rodamos el uno sobre el otro tratando de reducirnos. Resbalé de nuevo con un pedazo de carne fresca y el sicario logró colocarse encima de mí. Aplastó los dedos contra mis ojos y sentí un dolor intenso. Sus uñas se hundían entre mis párpados como si quisiera arrancarme de cuajo las pupilas.

Palpé el suelo a ciegas y sentí el tacto del mango del machete. Sin detenerme a pensar, lo así con fuerza y lo clavé a ciegas en el cuerpo del tipo.

Sus dedos aflojaron la presión sobre mis pupilas y pude abrir los ojos. El sicario lucía una expresión grotesca en la cara, con una boca muy abierta de la que manaba sangre en abundancia. Su propio machete le atravesaba el cuello de lado a lado.

Emitió un gorjeo repulsivo acompañado de otra buena cantidad de sangre y, finalmente, se desplomó sobre mí, ya convertido en un cadáver.

Lo aparté con una exclamación de asco y me alejé de allí a toda prisa, mientras con las manos me limpiaba, casi a golpes, la baba sanguinolenta que salpicaba mis mejillas. El corazón me latía con tal fuerza que temí que fuera a sufrir un infarto.

Entonces me topé con la alambrada que delimitaba el perímetro de la reserva. Sentí un inmenso alivio al descubrir que tenía una abertura del tamaño suficiente como para que pudiera pasar por ella. Al fin podría escapar de aquel lugar y buscar a mis compañeros.

Tuve que arrastrarme por el barro para sacar medio cuerpo fuera de la verja. Cuando ya estaba a punto de incorporarme, una luz me apuntó a la cara, cegándome por un instante.

—¿Qué pasa aquí? —escuché—. ¿Adónde te crees que vas, guanchón piojoso? ¡Regresa a tu maldito agujero!

Parpadeé para recuperar la sensibilidad en los ojos y vi a un par de soldados frente a mí. Uno de ellos me apuntaba con una linterna a la cara; el otro, menos amable, lo hacía con un fusil.

—Necesito ayuda —dije, aturdido—. Unos hombres nos persiguen. Son del cártel…

El de la linterna no quiso oír mis explicaciones.

—¿Y a nosotros qué verga nos importa lo que se hagan en su reserva de mierda? —espetó—. ¡He dicho que vuelvas a meterte ahí dentro, maldito indio!

—No soy indio, soy europeo. —Me puse en pie, lentamente y con las manos en alto—. Español... Tengo aquí mis documentos de identidad.

Los soldados se miraron desconcertados.

—Acompáñanos —dijo el de la linterna. El otro seguía apuntándome con su arma.

—¿Adónde?

—¿No escuchas o qué? ¡He dicho que vengas con nosotros! —insistió el soldado. Su compañero se puso detrás de mí y me empujó con el cañón del fusil, de muy malos modos—. En silencio. Y no se te ocurra bajar las manos.

No me quedó más remedio que obedecer. Las posibilidades de reunirme de nuevo con Burbuja y los demás empezaban a parecerme cada vez más remotas.

5

Cautiverio

Los soldados me llevaron hasta una garita, fuera de la reserva. Fue inútil tratar de razonar con ellos o explicarles mi situación. Siempre que hablaba ellos me ordenaban callar, con una actitud cada vez más hostil. Dejé de intentarlo cuando uno me golpeó con el mango de la linterna en la cara. Aquello me convenció de que lo más prudente sería cerrar el pico y esperar a ver cómo se desarrollaban los acontecimientos.

Cuando llegamos a la garita me metieron a solas en un cuartucho que más bien parecía un armario y cerraron la puerta con llave.

Ignoro cuánto tiempo permanecí en aquel lugar, angustiado por la inquietud. Los soldados me habían quitado el reloj, la cartera, el móvil y, en definitiva, cualquier cosa que les pareció de valor. El tiempo pasaba cada vez más lento y yo empezaba a temer seriamente por mi integridad física.

Al cabo de lo que me parecieron horas, me sacaron de aquel cuarto y me montaron en un vehículo militar. Ya era de día. De nuevo me prohibieron abrir la boca y, por supuesto, tampoco me ofrecieron ninguna pista sobre lo que pretendían hacer conmigo. En cualquier caso, yo estaba tan derrotado que sólo tenía fuerzas para obedecer sus órdenes.

El vehículo me llevó a una especie de cuartel en medio de ninguna parte. Allí, sin hacerme preguntas, sin dejarme hablar, me tomaron fotografías y luego me metieron en un calabozo, sin más compañía que la de un catre y un inodoro de aspecto repulsivo.

Sobre el catre había un colchón duro y estrecho, sin sábanas, tapizado de manchas oscuras. A pesar de su aspecto, me tumbé en él y me dormí de puro agotamiento, igual que si hubiera caído en coma.

Desperté cuando un soldado vino a dejarme una bandeja de comida. Pan, agua y una especie de sopa espesa con legumbres, fría como una gelatina. Al incorporarme en el catre me sentía como si tuviera la más terrible, dolorosa y espesa de todas las resacas del planeta. La cabeza me palpitaba de forma insoportable y no había ni un solo miembro de mi cuerpo que no estuviera entumecido.

Lo único que toqué de la bandeja de comida fue el agua, que bebí de un trago, pues sentía la lengua hinchada y seca. Aquel líquido tibio y con regusto a óxido apenas me alivió, pero obtuve un débil consuelo al comprobar que nadie pretendía dejarme morir de hambre y de sed. Al menos por el momento.

Las siguientes horas las pasé dentro de aquella celda, en un tormento de preguntas sin respuesta. Por qué me retenían en aquel lugar, qué había sido de mis compañeros y cuánto tiempo transcurriría hasta que alguien me sacara de allí eran sólo algunas de las dudas que aumentaban mi ya de por sí espantoso dolor de cabeza.

Cuando creía que mi estado de ansiedad iba a hacerme perder la cabeza, la puerta de la celda se abrió dando paso a una pareja de soldados. Me ordenaron acompañarles en silencio, de nuevo sin ofrecerme ninguna explicación.

Fui conducido hasta una habitación con barrotes en las ventanas y provista de una mesa y unas sillas de metal. Me obligaron a tomar asiento y después me esposaron a una cadena que estaba sujeta a la mesa, luego volvieron a dejarme solo.

Poco después, alguien entró en la habitación. El alivio que sentí al encontrar por fin una cara amiga fue tan intenso que casi me hace soltar un par de lágrimas.

Julianne Lacombe se sentó frente a mí.

—Alfaro, gracias a Dios… —dijo—. He tenido que remover cielo y tierra para encontrarte.

—Julianne, ¿qué está pasando? ¿Por qué me retienen los militares?

—Tranquilo, todo irá bien. Voy a sacarte de este lugar, te lo prometo.

—¿Y Burbuja? ¿Y Saúl? ¿Están a salvo? Fuimos a la reserva y… Ella me hizo callar, con gesto impaciente.

—Está bien. Todo bien. Ahora no hay tiempo para eso. Escúchame bien. —Julianne tomó mis manos entre las suyas y me miró a los ojos para infundirme ánimos—. Media ciudad se ha levantado en armas, es como un golpe de Estado o algo parecido… No sé… Por todas partes reina la confusión… Aeropuertos cerrados, tumultos… Tenemos que tener mucho…

Otra persona entró en la habitación y Lacombe se interrumpió. Se trataba de un hombre uniformado de mediana edad, con el rostro picado de viruelas y expresión severa. Se dirigió a Lacombe sin mirarme y le dio un seco apretón de manos.

—Coronel Salcillo, policía militar —se presentó—. ¿Es usted Julianne Lacombe?

—Interpol —completó la agente. Ambos tomaron asiento—. Coronel, debo emitir mi más enérgica protesta por esta situación. El señor Tirso Alfaro, al que ustedes retienen de manera absolutamente irregular, es un miembro de la policía internacional y como tal goza de una serie de garantías legales que ustedes están violando de forma vergonzosa. No estoy dispuesta consentirlo.

Lacombe disparaba sus frases como si fueran balas, sin dejarse amedrentar por aquel fantoche de uniforme. Supe que mi destino estaba en buenas manos. Me quedó claro que ella iba a luchar por mí con uñas y dientes en el momento en que la escuché identificarme como agente de Interpol. Técnicamente eso ya no era cierto, pero entendí que Lacombe no iba a pararse a considerar un simple formalismo con tal de sacarme de aquel lugar.

El coronel mostró un documento que llevaba dentro de una carpeta.

—Señorita, lea esto, por favor. Es un edicto del gobierno, firmado por el presidente. En él se recoge la declaración del estado de alerta ante la reciente situación de inestabilidad de la capital. Eso significa que la policía militar de la república tiene derecho a retener a cualquier persona que amenace el orden público.

Lacombe apartó el documento con desprecio.

—¡Esto es un ultraje! El señor Alfaro no sólo es un agente de mi equipo, también es un ciudadano europeo. ¡Ustedes no tienen ningún derecho a ponerlo bajo custodia militar! ¡Ni siquiera es culpable de ningún delito!

—Me temo que está en un error. Su agente está acusado de asesinato.

—¿Qué?

—De otro ciudadano europeo —dijo el coronel, consultando unos papeles que traía consigo—. Un tal… Abel Alzaga, de nacionalidad española. Tenemos varios testigos que vieron a este hombre cometer el crimen y luego darse a la fuga.

No podía creer que el maldito Ballesta siguiera complicándome la vida después de muerto. Hay personas para las que ni siquiera el infierno es un lugar demasiado remoto.

—Ridículo… Absolutamente ridículo… Ni siquiera tengo palabras… —dijo Lacombe—. Si el señor Alfaro es culpable de algún crimen tendrán que demostrarlo. Debe disponer de una defensa, establecerse una fianza, dar aviso a las autoridades españolas… Coronel, son tantas y tan graves las irregularidades que están ustedes llevando a cabo que le advierto muy seriamente que esto puede dar lugar a un conflicto legal internacional.

El militar se puso en pie.

—Señorita, veo que no entiende la situación —dijo, cortante—. Mientras el estado de alerta siga activo, el ejército administrará los asuntos de seguridad nacional como mejor considere para mantener el orden público. Ningún organismo extranjero tiene autoridad para interferir en nuestros procesos. El caso de su agente será visto por un tribunal militar en juicio sumarísimo y, si es absuelto, será puesto en libertad.

Me quedé sin aliento. Lacombe se escandalizó.

—¡Juicio sumarísimo! ¿Está de broma?

—Se pedirá sentencia de muerte.

—¡No! —exclamé—. ¡No puede estar hablando en serio!

Lacombe estaba muy pálida. Parecía que le costaba asimilar las palabras del coronel.

—Muy en serio. Y usted, señorita, no está en condiciones de poder evitarlo —dijo el militar—. Esta reunión ha terminado. —Hizo una señal hacia la puerta y dos soldados entraron para llevarme de vuelta al calabozo. Esta vez tuvieron que hacerlo a la fuerza.

—¡Yo no lo hice! —grité—. ¡Yo no he matado a nadie! ¡Julianne, Julianne, por favor, tienes que sacarme de aquí! ¡Todo esto es un disparate!

Ella me miró conmocionada, sin poder decir palabra. Había acudido a aquel lugar cargada de toda una batería de argumentos legales, los cuales manejaba mejor que nadie, segura de poder rescatarme. Imagino que al toparse con la ilógica oposición de aquel coronel, la pobre Lacombe cayó en un severo bloqueo mental.

Triste. Pero no tanto como el futuro que me esperaba a mí.

Sentencia de muerte… Ésas eran dos palabras que nadie quiere escuchar junto a su nombre.

Lo último que vi antes de que los soldados me sacaran a rastras de aquel cuarto fueron los ojos de la agente, los cuales transmitían una impotencia absoluta. Me dijo algo, pero no la escuché. Estaba muy ocupado dejándome llevar por una crisis de pánico.

Uno de los soldados me golpeó en la cabeza y caí en un negro estado de inconsciencia. Después de aquello, las cosas empeoraron bastante.

Recuperé el sentido dentro de otro calabozo, sólo que éste era diferente al primero en el que me confinaron. Era mucho más pequeño, en vez de catre tenía una colchoneta tirada en el suelo y tampoco tenía ventana, la única iluminación era la de un tubo de neón en el techo, que no dejaba de parpadear.

Era una celda sin barrotes. Sólo rugosos muros de hormigón y una puerta de metal con una estrecha mirilla a menos de un metro del suelo la cual sólo podía abrirse desde el otro lado.

Tenía un dolor de cabeza terrible y una sensación de mareo. Pero ambas eran la menor de mis preocupaciones. La idea de encontrarme frente a un tribunal militar y enfrentarme a una posible sentencia de muerte copaba todos mis pensamientos.

Me arriesgaba a morir en el mismo país donde lo hizo mi padre. No dejaba de ser una macabra tradición familiar.

Me negué a caer en la desesperación. Ahí fuera había personas valientes y dotadas de muchos recursos que no dejarían que me ejecutasen igual que a un criminal. Mis compañeros buscadores me librarían de aquel suplicio. Estaba seguro.

O, al menos, intentaba estarlo.

Me tumbé en el colchón con los ojos cerrados. Aun así, no dejaba de notar el incesante parpadeo del tubo de neón, acompañado de un zumbido que, al cabo de un tiempo, me empezó a sonar estridente.

No sé cuánto tiempo pasé allí tumbado, encerrado en aquel purgatorio sin más compañía que la de mi propio miedo. Me pareció una eternidad.

De pronto la puerta de la celda se abrió. Un par de soldados entraron y me obligaron a ponerme en pie. Sin decir una palabra, uno de ellos me esposó las muñecas a la espalda y el otro me metió en la boca un pedazo de esponja, luego me amordazó. La esponja rezumaba un líquido amargo que me vi obligado a tragar, en medio de una espantosa sensación de ahogo. Lo último que hicieron fue cubrirme la cabeza con una bolsa de tela negra.

El pánico me dominó. Traté de gritar pero sólo logré emitir sofocados gruñidos que pronto se transformaron en punzantes arcadas por culpa de aquella esponja. Los soldados me arrastraron violentamente durante un largo trecho. Yo no podía ver nada.

Nos detuvimos. Me obligaron a levantar los brazos y sujetaron la cadena de las esposas de algún tipo de soporte que estaba encima de mi cabeza. Quedé colgado de tal forma que no podía sostenerme más que de puntillas, los hombros me tiraban dolorosamente debido a la postura antinatural a la que estaba forzado. Entonces, alguien me arrancó la bolsa de la cabeza.

Estaba en una habitación vacía de paredes grises, sin ventanas, sin mobiliario. Frente a mí había un soldado con una recortada y otro que llevaba en la mano una porra de goma. Ambos me miraban como si yo fuera un simple pedazo de carne.

El de la porra se acercó a mí y me golpeó en el estómago, justo por debajo de las costillas. Un dolor espantoso me humedeció los ojos de lágrimas. Ni siquiera podía gritar, sólo emitir gruñidos de angustia.

El soldado esperó un momento y luego descargó otro golpe, en el mismo sitio. El dolor fue aún más intenso. Sentía la garganta atorada por las náuseas, y un sabor bilioso en el paladar que se mezclaba con aquel repugnante líquido amargo que rezumaba la esponja. El soldado repitió el golpe por tercera vez. Los pies me resbalaron y quedé colgando inerte del techo, sintiendo como si los tendones de mis brazos fueran a partirse igual que cuerdas demasiado tensas. Un cuarto golpe eliminó en mí toda sensación que no fuera la de un dolor que jamás pensé que pudiera experimentar sin perder la cordura.

Aquello fue sólo el principio de una larga paliza.

El soldado descargó su porra en mi estómago, en mis riñones, en la espalda. Buscaba siempre algún punto blando, donde no hubiera huesos, sólo órganos que parecía querer machacar hasta reventarlos. No me resistí. No podía hacerlo. Lo único que podía hacer era esforzarme por respirar y desear que alguno de aquellos golpes me hiciera perder el sentido, pues no creía ser capaz de soportar aquello durante más tiempo.

Cuando mi cuerpo ya sólo era un amasijo de nervios rotos, alguien soltó el enganche que me mantenía colgado del techo. Caí al suelo de cara igual que un peso muerto. Me levantaron agarrándome por las axilas y volvieron a colocarme aquella bolsa negra en la cabeza. Luego fui arrastrado otra vez a mi celda, en donde me quitaron la bolsa, las esposas y la mordaza y me arrojaron sobre la colchoneta.

Después se marcharon. En silencio.

Me doblé en un violento acceso de arcadas hasta vomitar un líquido sanguinolento y bilioso. El solo acto de respirar era un sufrimiento agónico. Carente de cualquier asomo de fuerzas, me limité a permanecer en el suelo, inmóvil, deseando que aquel dolor terminara lo antes posible.

En algún momento la luz de mi celda se apagó y quedé sumido en una oscuridad total. Lo siguiente que recuerdo es un vacío negro en el cual no había nada más que dolor y miedo.

Salí de él una eternidad después, cuando sentí que alguien me arrojaba un cubo de agua helada a la cara. Aturdido, abrí los ojos y miré a mi alrededor.

Me di cuenta de que no estaba en mi celda sino en la misma habitación donde me encontré con Lacombe. Me habían sentado en una silla y esposado a la mesa que tenía justo delante. Sentía entumecida toda la zona del tronco y mi garganta producía un sonido rasposo al respirar.

Estaba solo.

Después de largo rato, apareció un visitante y tomó asiento enfrente de mí. Me miró con un par de ojos rasgados y azules, muy azules.

—Tirso Alfaro… Supongo que, después de todo, no está usted muerto… O quizá sí. Quizá lo estemos los dos y esto sea una especie de purgatorio. ¿Usted qué opina?

—Yoonah... —dije, escupiendo la palabra como si fuera un insulto. El doctor me miraba como si yo fuera algo muy divertido e interesante. De no haber estado atado a la mesa me habría lanzado a arrancarle aquellos ojos de muñeca con mis propias manos—. Usted es el culpable de esto.

—¿Yo? Oh, no, amigo mío; sobreestima mi capacidad de influencia en las decisiones de las fuerzas de seguridad del país. Usted se encuentra en esta situación por sus propios méritos. No debió matar a Abel Alzaga, fue un error.

—Ya estaba muerto cuando lo encontré.

—Entiendo... Y, según su opinión, ¿quién es el verdadero asesino?

—No lo sé. Puede que esté conmigo en este momento.

A Yoonah la respuesta le pareció muy graciosa.

—Espero que su defensa sea más sólida que ésa, señor Alfaro... —dijo con una sonrisa—. No, yo no maté a Abel Alzaga, alias Ballesta. Al contrario, su muerte fue un duro revés para mí. El señor Alzaga nos fue tan útil... Una bomba de relojería en el seno del Cuerpo de Buscadores. Hizo un trabajo excelente, excelente, y nosotros premiamos la excelencia.

—¿Nosotros?

—Señor Alfaro, voy a presentarle a alguien. Una persona a quien estoy seguro que lleva tiempo deseando conocer. Le ofrecerá un trato y le aconsejo por su bien que lo acepte. —Yoonah se dirigió hacia la puerta y la abrió. Una mujer entró en la habitación—. Tirso Alfaro, le presento a Lilith.

La mujer que tomó asiento junto al doctor Yoonah debía de rondar los sesenta años, puede que algunos más. A pesar de ello, se movía de una forma juvenil y delicada, como si fuera una de aquellas elegantes actrices de cine de la época del Hollywood dorado, una especie de Lauren Bacall o Bette Davis en la plenitud de su madurez.

Tenía unos atractivos ojos de un color dorado, lleno de matices, inmensos y algo saltones. El pelo gris, más bien plateado, y un rostro de facciones suaves en las que el único elemento asimétrico era su nariz, quizá demasiado larga. Iba apenas maquillada, sin disimular las suaves arrugas que pendían de la comisura de sus labios y del extremo de sus ojos.

Aun en mi penoso estado no pude dejar de observar aquella cara con enorme fascinación. Había en ella algo que atraía las miradas de forma irresistible, como observar el rostro de una estatua antigua que surge de pronto entre las ruinas. Hermosa y ajada al mismo tiempo. El delicado vestigio de un pasado espléndido. Algo transmitía aquella mujer que te hacía desear que sus ojos se fijaran en ti, que te dieran su aprobación. Irradiaba un carisma inmenso, hasta el punto de que, por un segundo, sentí una terrible vergüenza por que me viera de aquella forma: esposado a una mesa, con el cuerpo roto por el dolor y el miedo palpitándome en las sienes. Como un prisionero de guerra ante una emperatriz.

La mujer me miró y sonrió.

—Señor Alfaro, al fin nos conocemos —dijo, como si no estuviera en una sórdida sala de interrogatorios sino en un elegante club social—. Soy June Lockhard, presidenta de Voynich Incorporated.

—Lilith... —acerté a decir.

—Lilith, sí —repitió con un leve azoramiento—. Tiene usted que disculparme, señor Alfaro. Siento un rechazo a la exposición pública cercano a la repulsión. Es un... pequeño trastorno. Siempre que puedo evitarlo, prefiero mantener alejado de extraños tanto mi rostro como mi nombre. El doctor Yoonah, aquí presente, es desde hace mucho tiempo la imagen de mi empresa. Es un socio muy valioso para mí. —El aludido respondió al halago con una modesta inclinación de cabeza—. Si le digo esto es porque quiero que comprenda el inmenso respeto que siento por usted. Jamás mantengo un encuentro cara a cara con un desconocido a menos que la situación sea extraordinaria. Claro que... usted y yo no somos tan desconocidos después de todo, ¿no es verdad?

Pude haber actuado de muchas formas en aquel encuentro. Pude haber mostrado ira, sorpresa o rencor; pude haber sido cáustico o grosero, pude haber hecho innumerables preguntas y exigido aún más explicaciones... Todo aquello habría sido lógico ante la mujer que, según todos mis indicios, era el cerebro en la sombra de muchas de mis últimas desgracias. Sin embargo yo aún estaba aturdido y confuso, no sólo por los acontecimientos, sino por el dolor de la paliza que me habían dado los soldados, que aún palpitaba en mi organismo.

Me estaba costando un gran esfuerzo concentrarme en aquel

encuentro y me sentía como en medio de una lisérgica visión, sin estar del todo seguro de si estaba consciente o sólo protagonizaba algún delirio, acurrucado aún sobre el suelo de mi celda. Incluso articular palabras me exigía una enorme fuerza de voluntad.

—¿No somos… desconocidos? —pregunté.

—No del todo, señor Alfaro —respondió ella—. Sigo sus pasos con enorme interés, y estoy familiarizada con la labor que ha realizado como buscador. Es muy meritoria. Tiene usted un talento innato, y mucha tenacidad, por eso le respeto.

Aún tuve ánimos para esbozar una sonrisa rota.

—¿Por qué…? —dije—. ¿Por qué todo esto? No lo entiendo…

—Lo imagino. Querrá hacerme muchas preguntas, pero no voy a responderlas. No he venido para eso. Quiero acabar con sus padecimientos, quiero ayudarle. Pero, a cambio, tendrá que ayudarme a mí.

—¿Cómo?

—Usted encontró algo en la iglesia de Funzal. Quizá la manera de llegar hasta la ciudad perdida de los valcatecas. Tan sólo debe decirme cuál es. Hágalo y saldrá de aquí como un hombre libre.

Sus ojos dorados horadaron los míos hasta los más profundos recovecos de mi cerebro. Sus palabras sonaban tan suaves, tan seductoras… Salir de allí. Ser un hombre libre. Poder recuperarme de aquel dolor, no tener que regresar a una celda oscura ni volver a temer por mi vida. Ella me ofrecía un trato razonable y lógico. No tenía por qué convertirme en un mártir, nadie me lo exigía.

Yo estaba tan cansado, tan débil…

—Hay senderos… —dije casi en un susurro—. Senderos de Indios, los llaman. Los valcatecas los trazaron y cada uno tiene un nombre. Hay que seguir… —Tragué saliva. La garganta me escocía como si estuviera en carne viva—. Hay que seguir cuatro de ellos, en orden…

La voz me falló. Sentía el dorado brillo de los ojos de Lilith como una luz intensa y ardiente. Cerré los míos.

—¿Sí? —dijo ella, con apenas un perceptible matiz de ansiedad—. El orden. ¿Cuál es el orden? Dígamelo y haré que lo suelten. Yo tengo ese poder.

—El orden…

Liberado. Al fin liberado. Sólo tenía que pronunciar un puñado de palabras. No más palizas. No más dolor. Podría reunirme con mis compañeros.

Entonces, al pensar en ellos, caí en la cuenta de que yo no podía aceptar aquel trato. Lo que Lilith me estaba pidiendo no me pertenecía. Era un hallazgo que yo no hice solo, sino con la ayuda de todo el Cuerpo de Buscadores. No sólo Enigma, Burbuja y Yokai; también Danny, desaparecida; Narváez, asesinado por Voynich; Zaguero, ejecutado por orden de Alzaga.

Trueno, traicionado por Ballesta, el cómplice de Lilith.

Yo era libre de vender mis esfuerzos a esa mujer, pero no tenía ningún derecho a traicionar la sangre de mis aliados.

—No sé el orden —dije con apenas un hilo de voz.

Lilith frunció los labios. Miró a Yoonah y éste pronunció una sola palabra.

—Miente.

La mujer volvió a dirigirse a mí, esta vez con una actitud más fría.

—El orden, señor Alfaro, díganoslo. Ahora.

Me quedé en silencio, con la cabeza baja. No quería mirar a los ojos de aquella mujer pues temía que al hacerlo flaqueara mi determinación.

Lilith volvió a hacerme la misma pregunta. También Yoonah. Ambos alternaron promesas y amenazas. Yo no volví a pronunciar una sola palabra.

Al fin, Lilith se puso en pie.

—Qué inútil sacrificio… ¿Es que no se da cuenta? Va a morir en este lugar.

—Yo no maté a Alzaga —susurré—. Soy inocente.

—Pobre estúpido —dijo ella, con desprecio—. No habrá ningún juicio. Su sentencia ya está escrita.

Dio media vuelta y salió de la habitación. Al momento, aparecieron dos soldados que me levantaron de la mesa. Yoonah contempló cómo me llevaban de regreso a mi calabozo, igual que a un peso inerte.

—Adiós, señor Alfaro —dijo, haciendo un irónico gesto de despedida.

Volvieron a colocarme una capucha en la cabeza, y ya no vi nada más.

Tras aquel encuentro comenzó una pesadilla que apenas soy capaz de describir. Son imágenes y recuerdos informes que aún me arrancan del sueño en mitad de la noche, con un grito atascado en la garganta y el cuerpo empapado en sudor.

Mi último recuerdo nítido es el de los soldados llevándome a un cuartucho helado, con desagües en el suelo. Me quitaron la capucha y luego me obligaron a desnudarme, después me enchufaron con una enorme manguera de agua helada hasta que caí acurrucado en un rincón, aplastado por la presión del agua y roto por el dolor. A veces me obligaban a ponerme en pie a patadas y luego volvían a rociarme hasta que resbalaba de nuevo.

Mucho después, convertido en un despojo tembloroso, me volvieron a meter aún desnudo en mi celda, y allí me dejaron. Eso fue sólo el principio. Aquellos soldados no sólo me arrebataron mis ropas, también las fuerzas y la voluntad. Todo me lo quitaron salvo el dolor y el pánico. Me redujeron a un ser que se mantenía con vida por puro instinto animal.

Vestido tan sólo con unas prendas que ellos me dieron, finas como el papel y siempre hechas harapos, pasé un calvario cuya duración exacta no soy capaz de precisar. Carecía de la más elemental forma de medida del tiempo, pues en mi celda sin ventanas siempre estaba encendido aquel diabólico neón parpadeante que me taladraba las pupilas y me impedía dormir. En el momento en que mis ojos se cerraban y estaba a punto de caer en una dulce inconsciencia, los soldados, con malévola eficiencia, irrumpían en mi celda y me sacaban a rastras, como a un pelele, para someterme a algún tipo de tormento.

Rociarme con chorros de agua helada a toda presión era uno de sus favoritos. Luego me dejaban empapado en la celda, preso de unos temblores tan violentos como espasmos. Alternaban aquel suplicio con palizas, las cuales me propinaban tras colgarme de un gancho por las muñecas. A veces me golpeaban con porras y otras con los puños; nunca en hueso, siempre en la carne blanda. En otras ocasiones me provocaban descargas eléctricas de gran intensidad, en el estómago, entre los dedos y en los testículos. El dolor era insoportable. Otras veces me tumbaban en el suelo, boca arriba, y me cubrían la cara con una toalla, luego me colocaban la cabeza bajo un chorro de agua que caía justo sobre mi boca, empapando la toalla y provocándome una angustiosa sensación de ahogamiento. Me mantenían así durante muchos minutos que parecían horas, hasta que volvían a colgarme de una cuerda como a un pedazo de carne y me daban una de sus palizas. Después, a la celda de nuevo.

Allí, el zumbido de aquel tubo de neón se me clavaba en la cabeza como una aguja, hasta el punto de que estoy convencido que no era natural, que mis carceleros manejaban su intensidad para hacerla más dañina, y su parpadeo arañaba mis ojos a todas horas, ya los tuviera abiertos o cerrados. Perseguir el sueño era imposible. Y cuando el agotamiento era tan feroz que ni todas las luces ni los sonidos del mundo me habrían mantenido despierto, los soldados venían a por mí y todo empezaba otra vez: las palizas, los simulacros de ahogamiento y las descargas eléctricas.

No me alimentaban ni me dirigían la palabra. Eran máquinas de tortura, eficaces e inhumanas, de rostros inexpresivos. Recuerdo las idas y venidas de aquel calabozo en una sucesión de imágenes de pesadilla. Me veo a mí mismo en aquella celda infernal gritando, suplicando en llanto por un solo segundo de sueño. Semidesnudo y tan indefenso como un animal en el matadero. La mente vacía, colapsada por el dolor, mis sentidos atrofiados por una bruma delirante. Y el miedo. Siempre el miedo. Nunca creí que pudiera llegar a sentirse con tanta intensidad sin perder la cordura... O quizá llegué a perderla.

A menudo, en mi vigilia insoportable creía encontrarme de nuevo frente a los dorados ojos de Lilith. Como si al contemplar mi sufrimiento el Destino hubiera obrado un milagro y me hubiera permitido dar marcha atrás en el tiempo, volver al momento en que Lilith me dio la oportunidad de escapar de aquel tormento y yo la rechacé. En mi visión estaba tan desesperado por dejar de sentir dolor (o por un minuto de sueño... Oh, Dios... habría dado cualquier cosa por tan sólo un minuto de sueño) que le repetía sin cesar aquello que ella quería saber.

—Ratón... Viajero... Araña... Serpiente...

El orden de los Senderos de Indios.

Entre las palizas, el frío, el hambre y el sueño mi mente bordeó el colapso. Llegó un punto en el que repetía a todas horas aquellas cuatro palabras. Mientras los soldados me pegaban, me electrocutaban, mientras tiritaba en mi celda, mientras fingían ahogarme o masacraban mi cuerpo dolorido con aquellos manguerazos de agua gélida; yo repetía esos cuatro nombres, una y otra vez.

—Ratón… Viajero… Araña… Serpiente…

A gritos, más bien alaridos. Entre balbuceos. A menudo en medio de crisis de llanto histérico provocadas por el agotamiento y el dolor. Era como si esperase que Lilith, de alguna forma, pudiera oírlas, entender su significado y poner fin a aquel tormento, tal y como me había prometido.

Pero nada cambiaba. Las torturas seguían con implacable sucesión.

Entonces, en algún momento que no puedo precisar, volvieron a llevarme a la sala de interrogatorios. Esta vez ni siquiera se molestaron en esposarme a la mesa. Me dejaron como al animal malherido que era, tirado en el suelo contra un rincón, encogido sobre mí mismo. Una patética figura aturdida y temblorosa.

Alcé la cabeza, sin fuerzas, y me encontré con los ojos dorados de Lilith. El doctor Yoonah la acompañaba. Creía estar frente a una alucinación.

—Parece que ahora ya está listo —dijo el asiático.

Lilith me miró sin transmitir sentimiento alguno y formuló una sola pregunta:

—¿Cuál es el orden de los senderos?

Empecé a sollozar como un niño.

—Ratón… Viajero… Araña… Serpiente…

Ella asintió, después salió de la habitación. Yoonah se dirigió a los soldados allí presentes:

—Podéis llevároslo, ya no lo necesitamos.

—Doctor, hemos recibido orden de abandonar este acuartelamiento de inmediato para reforzar la seguridad en la capital. ¿Qué debemos hacer con el prisionero?

—No tengo ni idea. Podéis trasladarlo, dejarlo aquí o pegarle un tiro. Eso a nosotros ya no nos incumbe.

Dicho esto, Yoonah se marchó.

Los soldados me levantaron del suelo y me llevaron a mi celda. Apenas reparé en que estaba a oscuras, y que no se oía ningún zumbido. El tubo de neón estaba apagado.

Me dejaron caer sobre la colchoneta. En cuanto mi cuerpo quedó tumbado, los párpados se me cerraron y caí de golpe en un profundo sueño. Fue como dejarse llevar por la muerte.

En el sueño yo caminaba por un lugar que me resultaba familiar. Era una gruta muy amplia, repleta de una exuberante vegetación. Mis pies caminaban sobre una manta de musgo y césped, mullida como un colchón de plumas. Había plantas de todas clases, cuyos tallos se inclinaban bajo el peso de flores carnosas y coloridas. Despedían una fragancia extraordinaria. Por entre sus pétalos se agitaban extraños insectos de caparazones irisados, algunos parecían hechos de piedras preciosas. En algún lugar al fondo de la gruta se escuchaba el rumor del agua.

Al mirar hacia el centro de la gruta vi una especie de sarcófago que estaba cubierto por una enredadera de color verde esmeralda.

Me embargó una lucidez súbita, muy propia de los sueños. Ya sabía dónde me encontraba. Era el Oasis Imperecedero de la ciudad de Ogol, en los acantilados de Bandiagara. El lugar donde yo había encontrado la Cadena del Profeta, sólo que en aquella onírica realidad lucía mucho más hermoso y lleno de vida de como figuraba en mis recuerdos.

Había un hombre sentado sobre una roca. Llevaba una túnica bordada y en la cabeza un turbante. Con la punta de una rama hacía dibujos en la tierra.

—Hola, buscador —saludó sin mirarme. Su tono sonaba afable—. Ven, acércate. Me alegro de volver a verte.

Me aproximé hacia él y miré lo que estaba dibujando con la rama. Había un ratón, una serpiente, una araña y un monigote con una especie de petate colgado al hombro. El hombre me miró. Al encontrarme con aquellos ojos de un verde intenso lo reconocí de inmediato: era el misterioso guardián del oasis que encontré durante mi búsqueda del tesoro de Yuder Pachá.

—Pareces algo cansado, buscador. Siéntate, descansa. Estás en un lugar seguro —me dijo—. ¿Sabes qué sitio es éste?

—El Oasis Imperecedero —respondí—. O eso creo… Tiene mucho mejor aspecto que la última vez que lo vi.

Él asintió con expresión satisfecha.

—Así es, ¿verdad? Ahora que los numma no corrompen esta tierra, puedo venir más a menudo —dijo a modo de explicación—. Dime, buscador, ¿cómo van tus asuntos?

—Bien. Más o menos.

—¿Más o menos?

—Ahora mismo estoy teniendo algunas dificultades.

—Ah, entiendo, entiendo… Lamento escuchar eso, pero era de esperar. El camino hacia la sabiduría no es un camino fácil. A menudo un mayor conocimiento no nos proporciona satisfacción, sino todo lo contrario. —Su rostro se entristeció—. Miedo, frustración… Sí, a veces es mejor la ignorancia. Quizá no nos haga más felices, pero sí nos hace sentir más seguros. Tú mismo lo descubrirás cuando encuentres el Altar del Nombre.

—Eso no ocurrirá. Ya no.

—¿Por qué? ¿Es que te has cansado de buscar? No lo creo.

Sentí una punzada de vergüenza y bajé la mirada al suelo.

—Les he dicho el orden en el que deben seguir los Senderos de Indios. Ahora Lilith llegará al Altar del Nombre antes que yo. —Sentí un nudo en la garganta, como si fuera un niño que sabe que ha decepcionado a su padre. Puede que así fuera.

—Oh, sí, los Senderos… —dijo el vigilante, sin mostrar demasiada preocupación—. Ratón, Viajero, Araña y Serpiente. Qué nombres tan curiosos… ¿Y dices que ése es el orden correcto? ¿Estás seguro de ello?

—Sí. Lo decía en la inscripción: «El orden en que la palabra fue escrita». La palabra son los evangelios que…

—Lo sé, lo sé; no hace falta que me lo expliques. Éste es tu sueño, buscador, son tus propios recuerdos. —El vigilante me sonrió—. Marcos, Mateo, Lucas y Juan: desde el primero hasta el último. Supongo que tienes razón. Como te dije una vez, yo no entiendo mucho de textos sagrados. —Volvió a trazar signos en la tierra. Esta vez escribió un número romano. VII—. Desde el primero hasta el último… —repitió, luego rodeó el VII con un círculo.

De pronto, al ver aquel signo me di cuenta de algo importante en lo que no había reparado hasta entonces.

—Siete… —dije—. Maldita sea… Siete…

—¿Ocurre algo, buscador?

—¡Yo estaba equivocado! —exclamé—. ¡Ése no es el orden correcto!

El vigilante asintió, parsimonioso.

—Sí, eso pienso yo —dijo—. Sea quien sea la persona a quien le has dado esa información, parece que la has engañado sin darte cuenta.

—¡El Sendero del Ratón no es el primero! Lilith buscará en la dirección equivocada, con un poco de suerte se quedará dando vueltas en medio de la jungla y entonces yo podré… —Mi entusiasmo se frenó de golpe—. No, no podré. Voy a morir en esta celda. Ahora mismo debo de estar delirando.

—No morirás, buscador… Es decir, no hoy, al menos. Antes tienes que encontrar el Altar del Nombre y… tomar una decisión.

—¿Qué decisión?

—La de si deseas obtener todas las respuestas o sólo muchas más preguntas. —El rostro del vigilante se tornó serio—. Pero ten cuidado, buscador. El conocimiento absoluto nos vuelve absolutamente inhumanos. La duda es un regalo de Dios, nos hace buscar respuestas, y la búsqueda es lo que da sentido a nuestras vidas. Sin ella no tenemos alma.

El oasis se oscureció como en un crepúsculo suave.

—¿Qué ocurre?

El vigilante levantó la mirada.

—Nada que deba preocuparte. —Se puso en pie, limpiándose las manos contra la túnica—. Debo marcharme, pero tú puedes quedarte aquí un poco más si lo deseas. Descansa, recupera el sueño y las fuerzas. En mi oasis estás bajo mi protección.

Quise decir algo, pero sentía una modorra pesada, apenas era capaz de mantener los ojos abiertos. Me tumbé sobre aquel lecho de musgo fresco y confortable y me sentí seguro. Dejé que el sueño invadiera mi cuerpo sin oponer resistencia.

De pronto, desperté.

El dolor regresó de golpe a mis músculos, y otra vez me vi medio desnudo tumbado en el suelo de una celda. Alguien me sacudía el hombro y yo me agité igual que un animalillo asustado.

—Tranquilo… Tranquilo… —escuché. Era una voz familiar, tanto que creía que aún estaba soñando encuentros delirantes con recuerdos del pasado—. Tirso, soy yo.

Enfoqué los ojos para atisbar figuras en las sombras. La puerta de la celda estaba abierta y por ella se colaba la luz de un pasillo. Había una silueta enfrente de mí. Su rostro empezó a volverse nítido.

Era un fantasma. Otra visión onírica, no cabía la menor duda.

—¿Danny…?

Ella sonrió. A medias, igual que siempre. Pero su sonrisa apenas duró un segundo.

—Dios mío, Tirso… —dijo con voz trémula—. ¿Qué te han hecho?

Me cubrí la cara con las manos y sollocé de puro alivio.

Danny me trajo una manta para que pudiera cubrir un poco mi andrajoso aspecto. También me ofreció un poco de agua de una cantimplora que llevaba.

Estaba sentado en la colchoneta de la celda, temblando igual que un pajarillo. Ella me acariciaba el pelo con mucho cuidado, como si estuviera tranquilizando a un perro callejero. Yo aún me encontraba sumido en un profundo estado de confusión, muy lejos de disponer de todas mis facultades tanto físicas como mentales. Pero al menos tenía la profunda sensación de que lo peor había quedado atrás.

Quería hacerle muchas preguntas, pero mi aturdimiento me impedía siquiera articular frases coherentes, tan sólo retazos de ideas que me titilaban en la cabeza.

—Tú… Estás aquí… —dije—. ¿Cómo…?

—Luego —respondió ella—. Antes, salgamos de este agujero.

—Soldados… Los soldados… —Tragué saliva. Imposible construir una frase simple, tenía el cerebro bloqueado.

—No hay soldados, todos se han ido. —Ella pasó mi brazo por encima de su hombro y me ayudó a levantarme. Las piernas me temblaban tanto que ni siquiera eran capaces de sostenerme—. ¿Puedes andar?

—Dame… sólo… un momento… —Me quedé apoyado sobre Danny, esperando recuperar las fuerzas—. Los soldados… ¿Por qué… no están…?

Danny me dio una respuesta que en aquel momento fui incapaz de asimilar. No fue hasta más adelante, cuando escuché de nuevo el relato estando en mejores condiciones, que supe qué había ocurrido con mis celadores.

Al parecer, durante mi cautiverio la tensa situación política del país había terminado por estallar. Ocurrió tal y como Saúl predijo: el gobierno hostigó los núcleos de las guerrillas populistas y éstas respondieron con una violencia y una coordinación inesperadas. La mitad del país se levantó en armas, en un golpe de Estado en toda regla, y el gobierno se vio desbordado. Los acontecimientos se precipitaron. El presidente Luzón tuvo que recurrir a todos los acuartelamientos militares que había en los alrededores de La Victoria para mantener la capital bajo su control, aunque eso supusiera abandonarlos a su suerte. Las tropas fueron transportadas de manera apresurada y caótica.

Uno de los acuartelamientos que vaciaron fue el mismo en el que yo me encontraba prisionero. Para mí fue una suerte que no quisieran acarrear con un preso carente de valor ni que quisieran molestarse en rematarlo. Debieron de pensar que, en mi lastimoso estado y encerrado bajo llave, mis heridas y la inanición les ahorrarían las molestias. Fue un verdadero milagro que Danny me encontrara.

—¿Cuánto tiempo… —intenté preguntar— he estado…?

—Te capturaron hace cuatro días.

Cuatro días. Cuatro días de torturas y sin dormir. Era lógico que me sintiera como un muerto viviente.

Danny me ayudó a caminar y juntos recorrimos los pasillos de aquel edificio, hacia la salida. Era la primera vez que lo hacía sin llevar la cabeza cubierta por una capucha. No había un alma por ninguna parte, sólo cuartos vacíos, muebles volcados y muchos papeles tirados por el suelo. Eran claros testimonios de una caótica desbandada.

Al salir al exterior, la luz del sol se me clavó en las retinas como el filo de un cuchillo. Me cubrí los ojos con las manos y seguí caminando a tientas, llevado por Danny. Por entre mis dedos atisbé un vehículo que nos aguardaba con el motor en marcha. Era el destartalado coche de Saúl, aunque yo no reparé en ello en aquel momento.

Vi a Burbuja bajarse del lado del copiloto y dirigirse hacia nosotros con una expresión de furia.

—¡Pandilla de bastardos hijos de puta! —exclamó—. Mira cómo

te han dejado… ¡Te juro que les arrancaré las entrañas por esto, maldita sea! —Danny se puso al volante del coche mientras Burbuja me ayudaba a subir al asiento trasero. Me trataba como si fuera algo a punto de romperse, tan sólo le faltó llevarme en brazos. Mi aspecto debía de ser realmente horrible.

Empecé a notar que la cabeza se me iba. Apenas podía mantenerme consciente.

—Los senderos… —musité—. Burbuja, los senderos… Yo estaba… equivocado… El orden… no es el correcto…

—Tranquilo, novato, tranquilo… Ya estás a salvo, ¿me oyes? Estás a salvo. —Me lo repitió muchas veces, como si quisiera asegurarse de que podía entenderlo.

—¿Dónde está el cura? —preguntó Danny—. Tenemos que irnos.

—Como tardabas en salir ha ido a buscaros. Entró por esa puerta de ahí detrás.

Saúl apareció un poco después, viniendo hacia nosotros con paso apresurado.

—Os he visto salir —dijo—. ¿Lo habéis encontrado?

—Está ahí atrás —respondió Danny.

—¡Gracias a Dios! —El sacerdote se acercó a inspeccionarme. Creo que dije algo, pero no estoy seguro. De hecho, gran parte de estos detalles no los recordé hasta un tiempo después—. Tiene muy mala pinta… No quiero ni pensar en lo que puedan haberle hecho esos animales. ¿Dónde lo encontraste?

—En una celda del sótano —respondió Danny—. Por suerte, alguien se dejó un juego de llaves en un despacho, de lo contrario no sé cómo habría hecho para sacarlo de allí.

—Algo se nos habría ocurrido… ¿Sabes? Una vez conocí a un tipo que derribó una puerta a cabezazos. —Saúl me dio una palmada afectuosa en el hombro—. Puedes descansar tranquilo, hijo. Ahora estás en buenas manos.

Dormir, sí. Qué palabra más dulce. Caer en un sueño profundo, ilimitado, sin temor a despertar de pronto en una celda. Era lo que deseaba con cada fibra de mi ser, en lo único en lo que podía pensar. Dormir. Eso y nada más.

Caí aplastado por un agotamiento sobrehumano y dejé que aquella pesadilla se diluyera en las brumas del descanso.

Freeway (IV)

*D*avid Yoonah abandonó el Palacio de Gobierno con una sensación de desagrado.

Era un sentimiento habitual siempre que se veía obligado a soportar uno de los interminables encuentros con el presidente Luzón. Aquel tipo era peor que una indigestión. Un dictadorzuelo jactancioso, violento y corto de miras, la excrecencia de un Estado corrompido hasta la médula tras décadas y décadas de gobernantes intercambiables y estúpidos. Valeriano Luzón era sólo el último de ellos, quizá ni siquiera el peor, pero Yoonah estaba convencido de que era el más plomizo. En resumen: un imbécil con poder.

La reunión, como de costumbre, consistió en un largo monólogo del presidente, el cual siempre hablaba como si estuviera encaramado a lo alto de un pedestal. Luzón parecía incapaz siquiera de pedir la hora sin que sonara como una pringosa diatriba nacionalista.

Durante la reunión se habló del ataque de las guerrillas populistas. Luzón alternó lloriqueos y soflamas histéricas. El gobierno estaba a punto de verse desbordado por un enemigo que amenazaba con hacerse con el control de todo el país. Lo que el presidente le pedía a Voynich eran más hombres de Wotan para reforzar al ejército y contener la oleada revolucionaria. Luzón destilaba pánico en cada frase, y no era para menos: si el golpe de Estado triunfaba (y daba la impresión de que podía hacerlo), él sería el primero en estrenar el paredón de fusilamiento de los nuevos jerarcas de la república.

Sólo por eso Yoonah sentía una leve simpatía por los rebeldes.

Sin embargo, los intereses de Voynich eran más importantes que la repugnancia que Luzón le causaba. Para coronar sus planes con éxito, el Proyecto Lilith necesitaba un país estable, con un gobierno amigo y fácil de sobornar. No es que Yoonah no confiara en que no se pudiera comprar a los populistas de alguna forma (todo en el mundo tiene su precio, y Voynich tenía medios para pagar cualquier cosa), pero estrechar lazos con el nuevo gobierno sería una empresa larga y tediosa que habría que empezar desde cero. Una dilación semejante en aquel momento era por completo inoportuna... Y luego estaba el asunto del yacimiento de wolframio. Con toda seguridad el nuevo gobierno querría nacionalizarlo, y aquél era un caramelo demasiado suculento para que Voynich dejara que se lo arrebatasen de las manos.

Le gustase o no a Yoonah, Voynich tendría que hacer lo posible por apuntalar al presidente Luzón y su caterva de ministros idiotas.

—¿Cuándo dispondré de más hombres, doctor? —preguntaba, casi a gritos, el mandatario. Su estado de excitación era tal que escupía al hablar—. ¡Esos comunistas están a las puertas de mi capital!

Yoonah se limpió un pequeño salivazo de la punta de la nariz. Pensó con qué gusto habría reventado con una de sus muletas la cabeza de aquel tipo.

—Si fuera por mí, señor presidente, le aseguro que de inmediato —respondió él sin alterarse—. Pero yo no controlo Wotan. Sólo soy un modesto accionista de Voynich Incorporated, la decisión no depende de mí.

—¡Eso no fue lo que me dijo cuando firmamos nuestro acuerdo!

—Lo sé, pero el número de efectivos que usted me pide ahora es muy superior al que reflejaba el contrato original. El contexto es diferente.

—¿Acaso quiere usted que esos vendepatrias, esos traidores, esos socialistas criminales se hagan con el poder? —Luzón le amenazó con un dedo gordo y chato—. ¡Si eso ocurre, despídase de nuestros acuerdos! ¡Esos piojosos los pondrán a todos ustedes en la frontera! Y su excavación arqueológica... ¡Despídase de ella también!

Yoonah suspiró. Luzón ni siquiera tenía idea de quiénes eran exactamente sus enemigos. A veces los llamaba «socialistas», otras «comunistas», otras «chusma descamisada» y, casi siempre, «traidores a la patria». En realidad las sutilezas políticas eran demasiado complejas para su inteligencia: lo único que le preocupaba de los rebeldes era que amenazaban con dejarlo sin trabajo.

—Por supuesto, no queremos llegar a tal extremo —dijo Yoonah—. Por ese motivo, la señorita Lockhard está dispuesta a reunirse en persona con usted para perfilar los detalles de un acuerdo más ambicioso entre nosotros y su gobierno.

«Mucho más de lo que podrías imaginar, pequeño escarabajo vociferante», pensó Yoonah. En realidad, tal acuerdo suponía en la práctica que Voynich compraba el país entero, como si fuera una opa hostil. Aunque supuso que a Luzón el término «presidente títere» no le quitaría el sueño, siempre y cuando pudiera seguir engordando sus cuentas bancarias en Belice.

—¿Eso supone más hombres de Wotan?

—Oh, sí... En gran cantidad.

El presidente se calmó un poco.

—Perfecto. Delo por firmado. ¿Cuándo podré ver a la señorita Lockhard? ¡El tiempo corre en nuestra contra!

—Aterrizará dentro de unas tres horas. De hecho, ahora mismo debería estar camino del aeropuerto para recibirla; así que, si usted me dispensa, señor presidente...

—Sí, vaya, vaya; no pierda tiempo.

—Gracias. —Yoonah se puso en pie, apoyándose en sus muletas—. A propósito, sobre ese prisionero español del que le he hablado...

Luzón hizo un gesto de impaciencia, como si aquel tema no le interesara.

—Sí, todo dispuesto. La policía militar lo retiene bajo arresto, tal y como usted pidió, a la espera de sus instrucciones. Por cierto, que me han informado de que una agente de Interpol, una francesa, se presentó en el acuartelamiento alegando una serie de argumentos de tipo legal. Quería llevarse a su hombre.

—No se lo habrán dado, ¿verdad? —preguntó Yoonah, con preocupación—. Le recuerdo que hemos pagado mucho por él. Mucho.

—No, le dijimos que el prisionero estaba a la espera de un juicio militar. Pero espero que se ocupe pronto de él: esa mujer amenazó con un conflicto internacional y no quiero más problemas de los que ya tengo, ¿me ha comprendido?

—Pura palabrería, señor presidente, no debe preocuparse por tales amenazas. Solucionaré mis asuntos con ese prisionero a la mayor celeridad.

Luzón quedó satisfecho por la respuesta. Yoonah salió del despacho del presidente sin apenas poder disimular lo ansioso que estaba por hacerlo.

Ya en la calle, frente al Palacio de Gobierno, le esperaba un chófer junto a un espléndido Audi negro. Un presente del gobierno de Valcabado a sus nuevos amos y señores de Voynich. Cómodo, rápido y escandalosamente lujoso, aunque a Yoonah le causaba cierto repelús: se parecía demasiado a un coche fúnebre.

El matemático se acomodó en el asiento trasero haciendo una mueca. El dolor en las piernas lo molestaba otra vez. Nunca llegaba a desaparecer del todo, pero el clima húmedo de La Victoria a menudo lo tornaba casi insoportable.

Un desagradable recuerdo de su fracaso en Malí. Yoonah se consoló pensando en que pronto devolvería aquel dolor a su causante. Se lo devolvería con creces.

El chófer emprendió camino al aeropuerto. Durante el trayecto, Yoonah observó a través de las ventanillas cómo la capital se iba transformando en un fortín a la espera del inminente ataque de las guerrillas. Había más soldados que civiles, todos armados hasta los dientes, señal inequívoca de que de un momento a otro las cosas se iban a poner muy complicadas. Para entonces Yoonah esperaba estar en el corazón de Los Morenos, disfrutando por fin del trofeo que durante tantos años había estado persiguiendo. Sería un momento apoteósico.

Un par de horas más tarde, Yoonah contemplaba desde la terminal de llegadas del aeropuerto el aterrizaje de un único y solitario vuelo. Era un avión pequeño, con el dinámico logotipo de una compañía aérea sobre el fuselaje. Freeway Airlines. Voynich había comprado aquella ruinosa aerolínea un par de años atrás y su modesta flota se utilizaba básicamente como transporte semiprivado para los altos directivos de la compañía.

En aquel avión viajaba June Lockhard, la presidenta y accionista principal de Voynich.

Yoonah la aguardó con un leve cosquilleo en el estómago.

La inminencia de verla en persona siempre le hacía sentir como un abyecto súbdito ante una audiencia con su emperatriz. Era un sentimiento casi medieval. Yoonah estaba seguro de que existían pocas personas en el mundo capaces de suscitar tan rendida admiración con su sola presencia.

La vio aparecer y de nuevo se sintió fascinado por aquella aura que parecía rodearla igual que un esplendor. Quizá eran sus ojos, de un regio color dorado, o su elegancia propia de una figura antigua... Era difícil precisar la fuente de su carisma, tanto como resistirse a ella.

Yoonah había trabajado a su lado durante muchos años. Algunos lo considerarían su colaborador más cercano, y no se equivocaban, pero, a pesar de ello, eran muchas cosas las que desconocía de aquella mujer. June Lockhard guardaba con tanto celo su privacidad que daba la impresión de que entrometerse en ella resultaba una especie de sacrilegio.

Hasta donde Yoonah sabía, la presidenta de Voynich no tenía pasado, no tenía raíces familiares, ni amigos ni, en apariencia, una vida más allá de sus esporádicas apariciones en público. Puede que ella misma cultivara aquel misterio para reforzar su carisma, o puede que no, pero de cualquier forma para la mayoría de la gente de Voynich, June Lockhard era más una presencia poderosa que un ser de carne y hueso. Como una diosa a la que se invocaba a menudo y que sólo se mostraba ante el resto de los mortales para dar testimonio de su majestad. En dichas ocasiones ella se materializaba, como un Deus ex machina, y uno tenía la certeza de que algo importante estaba a punto de suceder. Algo que cambiaría la vida de algunas personas.

Sí. Ella tenía ese poder. Yoonah lo sabía muy bien, había tenido el privilegio de contemplarlo en múltiples ocasiones. Se sentía muy afortunado de estar tan cercano a ella. Enfrentarse a esa mujer o, simplemente, entorpecer sus planes era un error costoso. De eso Yoonah también había sido testigo.

La presidenta de Voynich se presentó ante el doctor con su séquito habitual. Una cuadrilla de asistentes de apariencia muda, vestidos casi idénticos y de rostros sombríos. No por primera vez, Yoonah pensó al verlos en una cohorte de sacerdotes que llevaban dispositivos móviles en vez de incensarios y trajes de Armani en lugar de hábitos.

—David, querido —le saludó la presidenta de la compañía—. Me alegro de verte.

—Señorita Lockhard. —El matemático inclinó la cabeza de manera casi servil—. Espero que haya disfrutado de un viaje agradable.

—No me gustan los trayectos largos en avión, ya lo sabes, pero considero que la ocasión merecía el esfuerzo... O, al menos, es lo que he deducido por tus informes. ¿Hay alguna otra novedad que deba conocer?

—Acabo de mantener una entrevista con el presidente Luzón. Quiere más hombres de Wotan.

—Lo sé —aseveró ella. A Yoonah no le sorprendió: aparte de los minuciosos informes que él remitía casi a diario, la presidenta de Voynich tenía otras muchas fuentes de información de las que el matemático ni siquiera tenía constancia—. Lo arreglaré con él, si no queda otro remedio. ¿Crees que debería darle prioridad a ese asunto?

—Me temo que sí. La situación del país ha empeorado bruscamente en las últimas horas, las guerrillas han demostrado ser más combativas y tener mucha más iniciativa de lo que el gobierno esperaba.

—¿Y eso en qué afectará a nuestro proyecto principal?

—Lilith no se detendrá —aseguró Yoonah, con fervor—. Estamos a punto de obtener la información que necesitamos para abordar la fase final. Todo está detallado en mis informes.

—Sí, también estoy al corriente de eso. ¿Has conseguido algún guía para la exploración de Los Morenos?

—No ha sido fácil, pero sí. En la reserva de Coimara encontramos un indio llamado Diego que es capaz de seguir los senderos valcatecas.

—¿Fiable?

—Del todo, hicimos una prueba —afirmó Yoonah—. Lo único que nos queda por saber es la ruta a seguir, y ese dato estoy seguro de que nuestro... prisionero lo encontró en la iglesia de Funzal.

La mujer asintió con la cabeza.

—Tirso Alfaro... No estaba muerto, después de todo.

—No. Lo encontraron en la reserva de Santa Aurora y fue identificado por las fuerzas de seguridad de La Victoria. Nuestros hombres de Wotan me comunicaron su arresto, tras lo cual hice unas averiguaciones entre el personal de la excavación. No hay duda: el señor Alfaro ha estado entrando y saliendo de ella a placer bajo una identidad falsa.

—Eso no dice mucho a favor de nuestras medidas de seguridad,

David. —*El matemático se ruborizó. Quiso articular una defensa pero la mujer no le dio la oportunidad*—. *Analizaremos después ese asunto. ¿Qué ha sido del señor Alfaro?*

—*Sigue bajo arresto. Lo interrogaré de inmediato.*

Ella se quedó pensativa.

—*Lo haremos juntos —dijo después—. Quiero conocerlo en persona, ver qué clase de persona es. A mí me dirá la verdad.*

Yoonah no albergaba dudas al respecto. Si aquella mujer deseaba algo, siempre lo conseguía. El buscador sería arcilla húmeda bajo el peso de aquellos ojos dorados.

—*Dispondré un encuentro, cuando lo hayamos doblegado un poco. Haré que se muestre en disposición de colaborar...*

—*Con cuidado, David —dijo ella, con severidad—. Ese joven ha hecho sorprendentes logros y eso merece nuestro respeto. Cometimos un error al no darnos cuenta de su potencial desde el principio, hubiera sido un apoyo muy valioso para nuestra causa dentro del Cuerpo de Buscadores.*

—*Ya no hemos de preocuparnos por tal institución. Ballesta llevó a cabo su labor de forma provechosa antes de su muerte.*

—*Eso parece... —dijo ella, no muy convencida—. No obstante, no dejaremos nada al azar. Le sacaremos su información al señor Alfaro, por supuesto, pero también cubriremos la ausencia de Ballesta. Nos es indispensable estar al tanto de los movimientos de nuestros adversarios.*

—*¿Cuál es su idea?*

La mujer se lo explicó. Una vez más, Yoonah se convenció de que para ella no había nada imposible. Su triunfo sería absoluto, y él tendría el privilegio de estar a su lado para contemplarlo.

Se sentía un hombre muy afortunado.

CUARTA PARTE

La Ciudad de los Hombres Santos

1

Regresa

Desperté con una maravillosa sensación de bienestar, como supongo que debe despertar alguien tras seguir una luz brillante al final de un túnel.

Escuché (como supongo también que ocurre en tales casos) una dulce melodía de tonos angélicos, aunque yo no me encontraba en ninguna nube junto a una puerta dorada, respondiendo de mis múltiples pecados ante un tipo con barba y un juego de llaves en la mano. De hecho, estaba tumbado en una cama en el interior de lo que parecía ser una cabaña. Sobre mi cabeza un ventilador movía perezosamente sus aspas.

La música que escuchaba empezó a sonarme familiar. Era una pieza clásica que yo ya había oído antes, aunque no recordaba su nombre. En realidad, eran pocas cosas las que recordaba: mi memoria era como una tela llena de agujeros.

Hacía muchísimo calor y una sofocante humedad, casi sólida, como algo que se pudiera masticar a bocados. Tenía el cuerpo empapado en sudor y vestía tan sólo unos calzoncillos que sin duda habían conocido tiempos mejores. Supongo que por eso suele decirse que siempre hay que salir de casa con la mejor ropa interior de la que se disponga: uno nunca sabe cuándo va a despertarse medio desnudo en una cama frente a desconocidos.

Por suerte para mí, el primer rostro que apareció en mi campo de visión no era el de alguien desconocido… ni tampoco el de alguien que no me hubiera visto antes incluso con menos ropa puesta.

—Hola, cariño —dijo Enigma—. ¿Todo bien por el país de los sueños?

Quise responder, pero de mi boca pastosa sólo brotaron sonidos guturales. Además, la melodía que sonaba se arrancó en un florido arpegio que me sentó como un taladro en las sienes.

—Tranquilo, te traeré un poco de agua. —Mi compañera me colocó un vaso de papel en los labios. Lo sostuve con manos temblorosas. Me sentía muy débil.

El agua se llevó los algodones de mi paladar y al fin pude decir algo inteligible.

—Esa música… ¿tiene que estar tan alta? —Enigma se disculpó y apagó un reproductor de CD que había junto a mi cama—. Gracias. ¿Qué se supone que era eso?

—*Ciel e terra armi di sdegno* —respondió ella, leyendo en una caja de compacto—. *Tamerlano*, de Haendel. El aria de Bayaceto… Aunque no creo que ningún sultán turco fuese capaz de cantar con voz de castrato.

—No, no; me refiero a por qué está puesto.

—Tu amiga francesa insistió en ello. Según ella, este tipo de música tiene propiedades asombrosas en los enfermos, como una especie de terapia auditiva. Esa mujer dice unas cosas muy extrañas, me cae simpática.

—¿Lacombe? —pregunté—. ¿Julianne Lacombe está aquí?

—No en este momento. Últimamente viene y va, tratando de encontrar una forma segura de salir del país. Pero todos los demás estamos a tu lado, cariño: Lacombe, Burbuja, Yokai, Saúl…, incluso Danny, lo cual me resulta casi tan increíble como los efectos curativos de la ópera barroca.

Danny… Mi cabeza empezaba a despejarse. Desagradables imágenes en una celda… Varios días sin dormir… Lilith… Y Danny, Danny apareciendo de la nada, igual que un ángel salvador.

Me incorporé un poco. Reparé en que tenía el cuerpo cubierto de cardenales y magulladuras de todos los colores imaginables, como si acabara de salir del taller de un tatuador alucinado por los psicotrópicos. Era una visión un tanto grimosa, así que me apresuré a cubrirme con una sábana. Enigma me ayudó.

—Gracias, puedo hacerlo solo… —dije, algo enojado. Nunca he tenido un buen despertar.

—Lo sé, cariño, pero siento un apego maternal por los desvalidos. —Ella me miró con afecto—. ¿Cómo te encuentras?

—Bien… Sólo un poco confuso… y cansado.

—Entiendo lo primero, pero lo segundo me resulta sorprendente: has dormido durante casi dos días seguidos, al principio temíamos que estuvieras en coma. Luego los médicos dijeron que simplemente estabas cargando las baterías de un cuerpo agotado, así que desde entonces nos turnamos para hacerte compañía y que así vieras una cara amiga al despertar. Entre unas cosas y otras, he hecho yo la mayoría de las guardias.

—¿Por qué?

Ella se encogió de hombros.

—No lo sé… Quizá porque me propuse que fuera mi cara la primera que vieras al abrir los ojos, o porque yo tampoco he dormido muy bien desde que te capturaron… O quizá porque tenéis razón al decir que mis actos son incomprensibles. ¿Tú qué piensas?

Pensaba que, después de escucharla y a pesar de mi cansancio, estaba deseando terminar lo que empezamos en la habitación de un hotel de La Victoria; pero no me pareció momento ni lugar para decir algo así.

—Pensar es un esfuerzo del que ahora mismo no me siento muy capaz… ¿Dónde estamos?

—En un pueblecito llamado Cauacaró; me gustaría poder decir que «encantador», pero lo cierto es que es un sórdido estercolero. Eso sí, la gente es muy amable y el dispensario no está nada mal, como puedes ver.

—¿Esto es un dispensario? —pregunté—. Más bien parece una especie de bungalow vacacional… ¿Cómo he llegado hasta aquí?

Enigma me contó los hechos ocurridos en los últimos días. Fue un relato largo y lleno de divagaciones, muy propio de su estilo narrativo, que me costó un enorme esfuerzo poder seguir.

Según ella, La Victoria no era un lugar seguro para quedarse por culpa de los enfrentamientos armados entre militares y guerrillas. La idea de buscar refugio en Cauacaró fue de Saúl. Allí había un rudimentario hospital administrado por misioneros redentoristas entre los cuales Saúl tenía algunos amigos. Ellos podrían hacerse cargo de mí.

Cauacaró, al parecer, era desde hacía tiempo uno de los más antiguos reductos de las guerrillas populistas de Valcabado y entre los redentoristas del pueblo había muchos que colaboraban con ellos de forma activa. Esto suponía muchas ventajas ya que, por un lado, los misioneros estarían encantados de atender las heridas de una víctima de la brutalidad militar de Luzón y, por el otro, el enclave estaba bien defendido de un posible ataque de las tropas gubernamentales gracias a su remota ubicación y a que un grueso número de guerrilleros lo defendían. En cualquier caso, según me dijo Enigma, los enfrentamientos armados todavía no habían llegado tan al norte, aunque era cuestión de tiempo.

Durante el trayecto manifesté ocasionales momentos de lucidez (de los cuales no recuerdo absolutamente nada) en los que apenas hacía otra cosa que gimotear y balbucir palabras y frases inconexas. En ninguno de esos momentos mostré ser consciente de que ya no estaba prisionero en un calabozo.

Al llegar a Cauacaró, los sacerdotes que me atendieron comprobaron que mis heridas no eran demasiado graves: no había roturas ni órganos dañados en exceso. Durante casi dos días de sueño profundo, los médicos de aquel dispensario me curaron y me alimentaron mediante sueros.

Aunque los medios de los que disponían los misioneros eran más bien modestos, casi rudimentarios, aquella gente tenía mucha experiencia, ya estaban acostumbrados a manejarse en semejantes condiciones ante casos aún más graves, por lo que yo no supuse un gran desafío. Tomé nota mental de aportar un generoso donativo a las misiones redentoristas si alguna vez tenía la oportunidad. Sería mi forma de pagar la cuenta del hospital.

—Supongo que los demás querrán saber que estás despierto —dijo Enigma al terminar su relato—. ¿Te sientes con fuerzas para una reunión de equipo?

—Si te soy sincero, no —respondí—. Me gustaría comer algo… y descansar un poco. Me siento como si tuviera el cerebro atascado.

—Sí, lo entiendo. No obstante, avisaré al brujo de la tribu, el padre Sergio, que es quien ha estado cuidando de ti este tiempo. Tendrá que echarte un vistazo y comprobar que todo está en orden. —Enigma señaló el reproductor de CD, con una sonrisilla malévola—. ¿Quieres que vuelva a poner *Tamerlano*?

—Sí: dentro de una caja en el fondo de un agujero, por favor.

—No le diré eso a Lacombe, le rompería el corazón. —Enigma me sonrió—. Me alegro mucho de que estés bien, Faro. Me has dado un buen susto, no lo vuelvas a hacer.

Le prometí que haría lo posible.

Antes de que se marchara, quise hacerle una pregunta.

—¿Es cierto que Danny está aquí, con nosotros?

Me pareció que su expresión se tornaba un poco más seria, aunque quizá fue sólo una impresión mía.

—Sí, lo es.

—¿Qué ocurrió? ¿Dónde ha estado todo este tiempo? ¿Y cómo nos ha encontrado?

—Son muchas preguntas, cariño, y tú ahora necesitas descansar. Ella misma te lo contará cuando te encuentres mejor.

—Es una excelente noticia, ¿verdad? Un verdadero golpe de suerte.

—Claro. —Ella dibujó una enorme sonrisa en su rostro. Quizá demasiado grande—. Todo el equipo junto otra vez. Estamos muy contentos.

Después de decir eso me dejó a solas. Yo volví a quedarme dormido incluso antes de que saliera de la habitación.

El padre Sergio era un mexicano de cuerpo chato y voz ronca. Interrumpió mi sueño sin ningún cuidado y me sometió a un chequeo rápido. Aunque no fue antipático (más bien al contrario), sí me hizo sentir como si yo no fuera más que un quejica que le hacía perder el tiempo con mis insignificantes dolencias de occidental. Imagino que aquellos buenos misioneros estaban acostumbrados a tratar casos mucho peores que el mío en aquel rincón perdido del mundo, olvidados y sin apenas medios. Para ellos un paciente con sólo unos cuantos golpes y algo de falta de sueño no sería más que una simple rutina. Como el mismo padre Sergio me dijo durante el chequeo: «Ahora esto ya se cura solo».

Le dije que estaba hambriento y él lo recibió como una buena señal. Me prometió que buscaría algo de comer y luego salió de la habitación de la misma forma abrupta en que había entrado. Yo me sentía mucho mejor, y con la cabeza más ágil. Incluso me vi con fuerzas para sentarme en el borde de la cama y fumar un cigarrillo.

Mientras disfrutaba de mi primera ración de nicotina en mucho tiempo, escuché una voz a mi espalda.

—Eh, caballero buscador… ¿Has llamado al servicio de habitaciones?

Me di la vuelta. Era Danny. Traía un plato con algo de carne y arroz hervido.

Sentí un nerviosismo un tanto absurdo al volver a verla. De alguna manera me habría gustado prepararme para aquel reencuentro, aunque, como siempre había ocurrido en nuestra relación, ella marcaba los tiempos a su antojo.

Dejó el plato sobre una mesita y permaneció junto a la puerta, mirándome con aquella perenne sonrisa de medio lado que siempre me fue imposible interpretar. Entre sus labios ella siempre tuvo una pregunta con múltiples respuestas.

No había cambiado nada desde la última vez que nos vimos en Madrid. Me seguía pareciendo igual de atractiva, puede que incluso más, ya que ahora identificaba su rostro con el final de mi pesadilla en aquella prisión militar. Cada parte de su cuerpo, cada resquicio de su piel era un recuerdo de lo adicto que llegué a volverme a acariciarla, a besarla, a sentir su contacto aunque fuera breve e ínfimo.

Su sola visión aún tenía la capacidad de estremecer mis nervios. Me di cuenta de que aquello era lo que más había echado de menos de ella, de lo que más me costó separarme: el tacto de su piel y el sabor de aquella sonrisa a la mitad, que me hacía perder la cabeza.

Reparé en mi escasa ropa y sentí una leve incomodidad. No por pudor (allí no había nada que ella no hubiera visto antes), sino porque experimentaba una cierta indefensión, como si estuviera expuesto ante un francotirador oculto.

No sabía qué hacer, cómo actuar ni qué decir; y eso que siempre imaginé que al volver a verla las palabras acudirían solas. Finalmente opté por soltar una estúpida obviedad:

—Danny… Eres tú…

—¿Cómo te encuentras, Tirso? Enigma dice que vuelves a tener aspecto de ser humano.

—Más o menos… Un poco marcado aquí y allá, como puedes ver, pero el padre Sergio dice que no son más que cardenales.

Ella miró las señales de los golpes en mi piel. Se acercó y me acarició el costado teñido de magulladuras con delicadeza, como si temiera hacerme daño.

—Tirso… Es… terrible… —dijo—. Lo siento. Lo siento mucho. Esto no tendría que haber ocurrido.

Me aparté de forma disimulada. Si seguía sintiendo aquel contacto sobre la piel era capaz de hacer algo inoportuno.

—No digas eso, Danny, no es tu culpa. Como de costumbre, me metí donde no debía y esta vez pagué las consecuencias. Tú me sacaste de aquel lugar y aún no te he dado las gracias.

—Yo apenas hice nada. Lacombe te localizó y fue ese cura, Saúl, el que se enteró de que los soldados iban a abandonar el acuartelamiento. Burbuja y yo sólo hicimos el trabajo pesado.

—Lógico, es el más indicado para un par de buscadores.

—¿Buscadores? —dijo ella, como si la palabra le resultara extraña—. Hace mucho tiempo que nadie me llama así, y, si te soy sincera, creí que nadie volvería a hacerlo.

—¿Estás al tanto de…?

—Sí, los demás me han puesto al día. —Danny esbozó una de sus sonrisas, esta vez más parecida a una mueca—. Demasiados cambios, ¿no es así? Pero no me sorprenden. Yo ya sabía que Alzaga estaba comprado.

—¿Lo sabías?

—Me enteré durante mi… —Se calló un segundo—. No sé cómo decirlo, ¿«ausencia» sería la expresión correcta?

Por fin llegaba el momento de resolver algunas dudas.

—¿Dónde has estado todo este tiempo, Danny?

Ella suspiró, como si le diera pereza responder a mi pregunta.

—Es una historia muy larga, y creo que menos interesante de lo que piensas. Quizá quieras seguir descansando un poco y luego…

—No, quiero saberlo ahora —dije. Mi tono me sonó algo brusco, así que lo suavicé—: Por favor.

—Está bien… Como quieras. He contado esto tantas veces que ya puedo repetirlo como si fuera un guión. Todo empezó con Zaguero.

—¿Zaguero?

—Sí. Con su asesinato, más bien. Estaba segura de que él averiguó algo sobre el Proyecto Lilith y que por eso lo mataron. No me equivoqué. Aunque me costó mucho trabajo, y tuve que acudir a algunos de mis contactos menos agradables, descubrí que el Proyecto Lilith era en realidad una operación de expolio masivo muy bien disimulada. El problema fue que mis investigaciones pronto dieron en un callejón sin salida. Tenía muchos indicios, pero ninguna prueba, ni tampoco nada que relacionara el proyecto con la muerte de Zaguero, así que tomé una decisión drástica: iría a completar mis pesquisas en el único lugar donde sabía que encontraría todas las respuestas.

Comprendí lo que quería decir, y no dejé de admirarme por su audacia.

—La sede de Voynich en California. —Ella asintió—. ¿Te infiltraste en Voynich?

—Eso es —respondió ella, sin darle importancia—. No era nada que no hubiera hecho antes. Cuando Narváez mandaba en el Cuerpo casi siempre acudía a mí para llevar a cabo una infiltración… ¿Recuerdas la primera vez que nos vimos, en Canterbury? Pensaste que yo era una taquillera en aquel museo de nombre ridículo. Ese tipo de cosas se me dan bien, el viejo me lo decía continuamente: que yo tenía talento para el engaño. —Danny dejó escapar una de sus medias sonrisas—. Quizá no parezca un cumplido, pero reconozco que siempre me lo he tomado como tal.

Aquello demostraba una vez más la agudeza casi infalible de Narváez para calibrar a sus agentes. Quizá la expresión «talento para el engaño» era un poco fea, pero sí estaba de acuerdo en que Danny era muy hábil ocultando sus verdaderos pensamientos.

—¿Por qué no pusiste a nadie al corriente de tus planes? Tu hermano estaba muy preocupado por ti… Todos lo estábamos.

—Pobre Bruno… —dijo ella—. Era la última persona en quien habría confiado. Si mi hermano hubiera sabido lo que yo pretendía, existía un riesgo serio de que Alzaga lo descubriese, estaba encima de Burbuja como una sombra.

—Pero… ¿tú ya sabías que Alzaga trabajaba para Voynich?

—Sabía que no era de fiar, y eso era suficiente. Lo de Voynich lo descubrí después, cuando ya estaba dentro de la compañía.

—De modo que lo lograste, pudiste infiltrarte en su sede.

—Claro, ya te he dicho que soy buena en eso. Adopté un nuevo nombre, una nueva identidad… Ellos ni siquiera sospecharon.

—¿Cómo lo hiciste?

—Lo siento, Tirso Alfaro. Ésos son los secretos del prestidigitador… Quizá algún día te cuente algunos detalles, pero no todos.

Si revelase mis métodos a cualquier persona no se me daría tan bien hacer mi trabajo.

Me dolió un poco que yo para ella fuese «cualquier persona», aunque comprendí el motivo de sus reservas.

—¿Qué fue lo que descubriste allí? —quise saber.

—Todo lo que yo buscaba. Absolutamente todo. Sus objetivos, sus contactos, las verdaderas intenciones del Proyecto Lilith… Era un plan tan ambicioso que al principio no podía creerlo. Llevan forjándolo durante años, casi desde el momento en que se fundó la empresa. Incluso llegué a tener la sensación de que Voynich no era sino otra de las consecuencias de aquel proyecto. Es algo… —Danny hizo una pausa. Después, con un leve tono de admiración, dijo—: Algo inmenso. Un único objetivo planeado durante décadas, sin dejar nada al azar.

—¿Qué objetivo?

—El *Shem Shemaforash* —respondió ella—. Siempre fue la Mesa de Salomón. El Proyecto Lilith peinó el mundo durante años en busca de pistas sobre la localización de la Mesa. Todo un ejército de arqueólogos, estudiosos y simples buscatesoros trabajaban para el Proyecto, algunos de forma consciente y otros no. Al final, Voynich manejaba tres teorías sobre la localización de la reliquia, y las tres las investigaban en paralelo. Una de ellas situaba la Mesa en España, tal y como en su día pensaron Warren Bailey y Ben LeZion. La otra teoría era lo que ellos llamaban la «pista africana». Pensaban que antes de que la Mesa llegara a manos de Salomón pudo haber estado en Malí, y que ésa era la verdadera «Cadena de la Sabiduría» que buscaba Yuder Pachá. La tercera y última hipótesis sitúa la Mesa aquí, en Valcabado, en la ciudad que fundaron Teobaldo y sus monjes en la jungla de Los Morenos. —Danny me miró de forma intensa—. ¿Te das cuenta de lo que eso supone, Tirso? Ellos buscaban la Mesa en tres lugares distintos, y en dos de ellos siempre hubo alguien que frustró sus planes.

—Nosotros —dije, empezando a comprender muchas cosas—. El Cuerpo Nacional de Buscadores.

—Exacto. Por eso Voynich deseaba nuestra desaparición. Para ellos éramos un competidor; de hecho, el único capaz de torcer su proyecto, y eso a pesar de contar con muchos menos medios. Hicimos algo más que adelantarnos a ellos: les humillamos.

Ahora por fin me explicaba por qué Lilith, Yoonah y todos sus simpáticos amigos parecían tener una fijación malsana con nuestra modesta institución de recuperadores de patrimonio. Sin darnos cuenta, de manera un poco atolondrada incluso, nos habíamos cruzado en el camino de un enemigo muy poderoso. Y muy vengativo.

Entonces Danny dijo algo que me resultó muy sorprendente.

—Si no nos hubiéramos empeñado en buscar aquellos tesoros, Voynich jamás se habría fijado en nosotros. Nuestra situación ahora sería… diferente. Puede que incluso Narváez y Zaguero aún siguieran con vida.

No entendí bien a qué venía aquella reflexión. Incluso sentí un regusto amargo al escucharla. Me sonó casi como un reproche.

—Bien… En cualquier caso… Ya es un poco tarde para dar marcha atrás, ¿no crees? —dije con voz átona.

—¿Qué…? Oh, sí, por supuesto… Como es lógico, no es que lamente nada de lo que hemos hecho hasta ahora. Sólo es que… nunca antes lo había visto de esa forma.

Pareció quedarse ensimismada. A mí cada vez me desagradaba más aquel hilo de sus pensamientos, así que decidí cortarlo.

—¿Qué más descubriste?

Danny me explicó que después de que Voynich corroborara que la Mesa no estaba en España ni en Malí, la opción de Valcabado era la única que se mostraba como segura, de modo que el Proyecto Lilith centró allí todos sus medios y esfuerzos.

La buscadora consideró que era un buen momento para regresar a Madrid y dar señales de vida. Antes de abandonar California se puso en contacto con Burbuja y así se enteró de que estaba en La Victoria, junto con lo que quedaba del extinto Cuerpo de Buscadores. Danny decidió reunirse con él. Aterrizó en Valcabado un par de días después de que me capturaran en la reserva de Santa Aurora.

—Por lo que me han contado, vosotros también habéis estado muy activos todo este tiempo —me dijo—. Estando tú involucrado, no me sorprende. Si existe alguien capaz de volver a poner en marcha al Cuerpo de Buscadores aun cuando éste se supone que ya es historia…

—No es historia —la interrumpí—. Todavía tenemos una misión pendiente.

—¿Sigues con la idea de encontrar esa ciudad?

—Creo que aún podemos intentarlo.

Danny me miró como si yo fuera una causa perdida.

—¿No te han maltratado lo suficiente en esa prisión, Tirso? —Suspiró—. Sé que no vas a escucharme, pero me gustaría tanto que te plantearas la posibilidad de dar marcha atrás…

Manifestaba una preocupación sincera, un auténtico temor por lo que pudiera ocurrirme en el futuro.

—¿Hacia dónde, Danny? Miro a mi espalda y no encuentro ningún sitio adonde ir, ningún punto al que quiera o pueda volver. —Negué lentamente con la cabeza—. No, para mí sólo hay una opción: seguir avanzando… hasta que ya no quede más camino.

—¿Y qué hay del resto? Enigma, mi hermano… Yokai, que aún es casi un niño… ¿Vas a obligarles a seguirte? Tú sabes que eso no está bien.

—Tienes razón —admití—. Y no, no voy a obligarles a hacer nada que ellos no quieran. Si es su deseo detenerse en este punto, lo entenderé. —Dirigí a Danny una mirada cautelosa—. También entenderé que tú hagas lo mismo.

Ella sonrió de medio lado con tristeza. Por la expresión de su rostro imaginé que tenía la intención de decirme que ella ya había hecho suficiente, que el más básico sentido común la obligaba (nos obligaba a todos) a hacer las maletas y dejar de perseguir búsquedas a las cuales sólo yo otorgaba una importancia vital. No se lo habría discutido.

Pero no fue eso lo que dijo.

—Al igual que tú, me temo que yo tampoco tengo más opciones que seguir adelante. —Me dio la impresión de que pronunciar aquellas palabras le causaba un gran pesar; sin embargo, se esforzó por mantener aquella media sonrisa entre los labios—. Al menos uno de nosotros tendrá que seguirte para cuidar de ti, ¿no crees? Tú solo serías capaz de cualquier disparate.

Me acarició la mejilla con cariño, dejando su mano sobre mi rostro más tiempo del necesario. Nos acercamos el uno al otro.

Entonces alguien se asomó por la puerta de la habitación.

—Eh… Siento interrumpir —dijo Enigma, delatando un cierto reparo—. Lacombe está aquí. Quiere decirnos algo y le gustaría que tú estuvieras presente, Faro.

Danny y yo nos separamos como si acabaran de sorprendernos haciendo algo inadecuado. Puede que así fuera.

Le dije que me reuniría con ellos en cuanto comiera un poco y encontrara algo de ropa decente que ponerme, luego Danny y ella se marcharon, dejándome a solas.

El verlas juntas fue como enfrentarme a una decisión pendiente.

Enigma no se equivocaba al describir Cauacaró como un lugar inhóspito. Al salir del dispensario por primera vez me encontré con un deslavazado conjunto de viviendas que parecían haber sido arrojadas más que construidas. El término «poblado» era demasiado ambicioso para describir aquel lugar.

La humedad del ambiente era un suplicio. Apenas me hube vestido, todas mis prendas se empaparon en sudor, y ese estado no varió durante los días siguientes. En todo momento, ya fuera de día o de noche, tenía la sensación de acabar de salir de una ducha de agua tibia.

Me reuní con mis compañeros en un salón de la casa de los misioneros redentoristas, sentados alrededor de una mesa y bajo la atenta mirada de una fotografía del Papa y una imagen de la Virgen del Perpetuo Socorro, lo cual dotaba aquel encuentro de un cierto aire como de concilio.

Comenzamos con los inevitables comentarios sobre mi estado de salud y escuché de nuevo detalles sobre mi rescate que yo ya conocía. Saúl también estaba presente, y me habría gustado preguntarle por la suerte del indio Rico y su sobrina Sita, pero, al parecer, Lacombe tenía urgentes noticias que darnos por lo que cualquier otro asunto tendría que ser relegado en el orden del día.

La agente de Interpol acababa de regresar de una ciudad llamada Rozales, la segunda en tamaño del país y que estaba cerca de Cauacaró. Allí pudo comunicarse con algunos miembros de las legaciones extranjeras de Valcabado y se enteró de que la embajada de Francia estaba evacuando a todo su personal en aviones. Como aquél era uno de los pocos países de la Unión Europea con representación diplomática en la república, el gobierno francés estaba colaborando con otras legaciones para trasladar a sus ciudadanos hasta Colombia, donde podrían solicitar la ayuda de sus propias embajadas y regresar a sus países. Al parecer, los estadounidenses estaban haciendo lo mismo.

Lacombe dijo que podía conseguirnos plazas en los vuelos franceses y americanos que despegarían de Rozales al día siguiente. Era una manera segura y rápida de salir de Valcabado antes de que los enfrentamientos entre gobierno y populistas degenerasen en una guerra civil abierta.

—Dadas las circunstancias —nos dijo—, creo que no tenemos otra opción. Este lugar se está poniendo peligroso.

Recibimos la oferta con un silencio tenso. Aquello suponía abandonar la búsqueda de la Ciudad de los Hombres Santos y, en última instancia, el final de la última misión de los caballeros buscadores.

Por mi parte, yo tenía claro que no iba a dejar el país. Si no tenía más remedio, me quedaría en Cauacaró y emprendería la búsqueda de la ciudad por mis propios medios, solo o en compañía de Saúl, quien, al ser ciudadano valceño, no podía beneficiarse de la oferta de Lacombe.

En Madrid no existía ninguna razón por la que yo quisiera volver.

Preferí no revelar mi decisión hasta que los demás hubieran manifestado la suya, pues no quería condicionarles de ninguna manera. Ellos tenían derecho a mostrar más juicio que yo.

El primero en hablar, después de un buen rato de miradas y reojos, fue Burbuja.

—¿Qué hará Voynich? —preguntó.

Pareció que Lacombe no esperaba esa pregunta.

—No estoy segura… —respondió—. Alguien de la embajada americana me dijo que nadie de la compañía se había puesto en contacto con ellos; de hecho, tenía la impresión de que estaban preparando algún tipo de expedición al interior de Los Morenos.

—Ya veo —dijo el buscador—. Van a por la ciudad. Bien, en ese caso, yo lo tengo claro: me quedo.

—¿Qué…? No, no, no… Es un error, Bruno —dijo la agente—. El país no es seguro. Debes comprender que…

—Lo siento —zanjó el buscador—. No puedo abandonar ahora. Hice un juramento: «Regresa».

—¿Regresa? —intervino Yokai.

—Es un lema, amiguito. Nuestro lema. Regresa. Recuperamos lo que nos pertenece. Narváez me hizo jurar que lo cumpliría y para eso fui entrenado. —Burbuja nos miró uno a uno a todos sus compañeros buscadores—. No sé lo que hay en realidad en esa jungla, pero sé a quién pertenece, y no es a Voynich. Tengo clara cuál es mi obligación, la misma que ha sido siempre desde que Narváez me enseñó cómo llevarla a cabo y que se resume en una simple palabra que está grabada en nuestro escudo: «Regresa».

Lacombe le miraba sin comprender. Algo lógico, pues aquellas palabras no iban dirigidas a ella, sino a nosotros.

Con las manos ocultas bajo la mesa, saqué de mi bolsillo mi viejo mechero con el emblema del Cuerpo de Buscadores y volví a mirarlo una vez más. La columna, la corona, la llama y la mano abierta con el ojo en su palma. Unas letras griegas rodeaban el conjunto formando el mismo lema que Burbuja nos había recordado. La palabra que daba un sentido a nuestras extrañas e incomprensibles vidas.

Después de un largo silencio, Enigma habló:

—Regresa… Siempre me gustó ese lema. Es sencillo y elegante. Me gusta cumplir con mi deber cuando está expresado con tan buen gusto. Yo también me quedo.

Danny se encogió de hombros.

—A mí no se me ha perdido nada en Colombia —dijo. Y luego, como si tomase una decisión, añadió—: Regresa.

—Regresa —repetí, siguiendo aquel improvisado ritual—. No voy a dejaros solos.

—Eso espero, novato; todo esto fue idea tuya. —Burbuja miró a Lacombe—. La decisión ya está tomada, Julianne. El chico y tú podéis marcharos, los demás tenemos trabajo que hacer aquí.

—Es absurdo… —dijo la agente, sumida en un total estado de confusión—. ¿De qué juramento estáis hablando? Con franqueza, no puedo entenderos…

—Ni lo intente, agente Lacombe —intervino Saúl, a quien toda aquella situación parecía resultarle muy divertida—. Sospecho que estas personas son un grupo de gente muy peculiar.

—Gracias, cariño —dijo Enigma, que lo tomó como un cumplido—. Me lo dicen mucho.

—Un momento, ¿y yo qué? —saltó Yokai—. Yo no voy a irme con esta tía a ninguna parte.

Intentamos razonar con él. Llevarlo con nosotros al lugar al que pretendíamos ir sería temerario y, probablemente, incluso ilegal. La discusión se prolongó porque el chico no estaba dispuesto a dejarse convencer: insultó, protestó y acudió a toda su reserva de frases malsonantes, que era mucha. Llegó a amenazar a Lacombe con que tendría que llevarlo a rastras y maniatado hasta Rozales, y que estaba dispuesto a hacer de su viaje un infierno. Todo ello aderezado con opiniones muy groseras sobre los franceses.

La discusión se enquistó. Lacombe, que supongo que ya estaba harta de escuchar insultos gratuitos de labios de Yokai, dijo que ella tenía que regresar a Rozales y volvería al día siguiente, por la mañana; hasta entonces aún teníamos una última oportunidad de cambiar de parecer. Luego ya no habría marcha atrás.

Después de aquella disputa yo estaba muy cansado así que pusimos fin a la reunión. Antes de que saliera en busca de una cama, Enigma me dijo que quería hablar conmigo.

—No te robaré mucho tiempo, cariño, tienes mala cara. —Lo cierto era que me sentía aún muy débil. Quizá había intentado abarcar demasiado en mi primer día de recuperación—. Tan sólo una pregunta: ¿por qué no dejamos que el chico se quede?

—Burbuja tiene razón: es un menor y meterlo en la jungla sería una imprudencia.

—Él está dispuesto a ir con o sin nuestro permiso.

—Porque no se hace a la idea del peligro que vamos a correr.

—Ni yo tampoco, cariño. Se nos llena la boca con palabras rimbombantes, juramentos, lemas y qué sé yo. Sí, todo eso suena muy bien, muy épico... Pero, en el fondo, es tremendamente infantil. La realidad es que ninguno sabemos lo que nos espera y, aun así, estamos dispuestos a seguirte. ¿Por qué no le das al chico esa oportunidad, si es lo que quiere?

—Porque sólo es un niño, me sorprende que tú no lo veas de igual forma.

—Yo lo veo como lo que es, no como lo que me conviene según mis necesidades.

—¿Qué quieres decir?

—¿Era un niño o un adulto cuando le permitiste violar los archivos de Interpol para quitarte aquella Alerta Roja? ¿Y cuando le pediste que se colara en los censos de las reservas de indios? En tales casos no reparaste en su edad, no la pongas ahora como excusa para impedirle tomar sus propias decisiones. No sería justo.

—¿A ti te parece juicioso que se meta de cabeza y a ciegas en una jungla?

—Claro que no. Tampoco que lo hagas tú y no voy a tratar de impedírtelo, sé que no me escucharías. Lo que sí puedo hacer es acompañarte y echarte una mano cuando una anaconda quiera devorarte.

Reprimí un escalofrío. No había pensado en lo de las serpientes.

—Allí... hay anacondas...

—Oh, sí, cariño. Gigantescas, viscosas y húmedas. —Después, como de forma casual, añadió—: A Yokai le gustan las serpientes, ¿sabes? Lo que le dan un miedo espantoso son las arañas.

—¿Sí? Pues creo que en ese sitio hay bastantes, y muy grandes.

—¡Magnífico! Él te ayudaría con las serpientes y tú a él con las arañas. Es una simbiosis perfecta. Os seríais más útiles el uno al otro que yo, que no soporto a ninguno de esos bichos... En realidad, puede que sea yo la que deba marcharme.

Sus palabras me hicieron sonreír.

—Sabes que eso no me gustaría nada.

—Ya me imagino: soy tu amuleto de la suerte —repuso—. Deja que Yokai venga con nosotros, Faro. Sé que será lo correcto, tengo una corazonada, y mis corazonadas son infalibles.

Dejé escapar un suspiro de cansancio. Necesitaba con urgencia tumbarme un rato, cerrar los ojos y poner en orden mis ideas.

—Me lo pensaré... —dije, sin querer comprometerme.

Sólo por dejarlo claro y poder continuar con mi relato: Yokai nos acompañó. No podía ser de otra forma desde el momento en que Enigma decidió ponerse de su parte. El chico tuvo la suficiente astucia como para aliarse con la única persona a la que yo era incapaz de negarle nada.

Aquella misma noche, después de perder la tarde en una larga siesta, mantuve una charla con Burbuja y Saúl. Quería saber qué había ocurrido con Rico y su sobrina ya que si realmente íbamos a explorar Los Morenos, debíamos estar seguros de que todavía contábamos con el guía apropiado.

Me quedé más tranquilo al descubrir que ambos se encontraban a salvo en Cauacaró. Saúl y Burbuja lograron sacarlos de la reserva y Rico había aceptado colaborar con nosotros. El indio comprendió que tras sus roces con los sicarios del cártel no le quedaban muchas más opciones. Lo único que no me convencía era que su sobrina nos acompañase también: con Yokai y ella en el grupo, nuestra peligrosa búsqueda en la jungla parecería una delirante excursión de instituto.

—El indio no irá a ninguna parte sin la chica —dijo Saúl—. No quiere dejarla sola, y dice que ella puede sernos útil ya que también conoce los senderos. Él mismo se los enseñó.

—Estupendo. Así Yokai tendrá alguien con quien jugar... —masculló Burbuja. No le hacía ninguna gracia que nuestro aprendiz de buscador se uniera a la expedición.

Entre los tres comenzamos a planificar algunos detalles sobre nuestra incursión a la jungla. Saúl propuso esperar al menos tres días para que yo recuperase la forma física y a él le diera tiempo para reunir un equipo básico de exploración, cosa que esperaba hacer gracias a unos contactos a los que aludió vagamente.

Ni a Burbuja ni a mí nos pareció mala idea, pero mi compañero manifestó su inquietud por que Voynich nos tomara la delantera.

—Si los rumores que ha oído Julianne son ciertos, nos llevan ventaja —dijo—. Supongo que ellos también descubrieron el mapa de las constelaciones de la iglesia de Funzal.

Reconocí avergonzado que yo había tenido algo que ver en eso. Ni Saúl ni el buscador me lo reprocharon, dijeron que en mi situación ellos habrían hecho lo mismo, sin embargo su consternación era evidente.

—Puede que hayan encontrado un guía para seguir los Senderos de Indios —aventuró Saúl—. Ahora mismo cuentan con la misma información que nosotros y disponen de muchos más medios.

—Eso no es del todo cierto —dije—. Al menos en lo que a información se refiere.

—¿Qué quieres decir?

—El orden de los senderos. El que yo les di no es el correcto.

—¡Estupendo, novato! Así que los engañaste.

—No, en realidad no. Yo también estaba equivocado, pero no me di cuenta hasta después. —Los dos me miraron sin comprender, así que me expliqué—: Cada uno de los senderos corresponde a un evangelista, ¿no es así? Y se supone que hay que seguirlos en el orden en que los evangelios fueron escritos, desde el más antiguo hasta el más moderno, es decir: Marcos, Mateo, Lucas y Juan.

—Exacto. No veo dónde está el error —dijo Saúl.

—El error no lo cometimos nosotros, sino las personas que construyeron la iglesia de Funzal. Recordad la datación: siglo VII, ¿lo entendéis? ¡Siglo VII!

—¿Qué importancia tiene eso?

—Mucha, porque altera el orden de la escritura de los evangelios. Un cristiano del siglo VII jamás consideraría que Marcos es el más antiguo porque los Padres de la Iglesia, desde san Agustín de Hipona en adelante, estaban convencidos de que el primer evangelio fue el de Mateo. Este fallo de datación no se descubrió hasta el siglo XIX. En tal caso, el orden correcto de los senderos es Viajero, Ratón, Araña y Serpiente; es decir, Mateo, Marcos, Lucas y Juan.

—¡Es cierto! —exclamó Burbuja—. Maldita sea, ¿cómo no caímos en ello?

—Pero fue una suerte que no nos diéramos cuenta en su momento —dije yo—. Gracias a eso, ahora Voynich empezará a buscar la ciudad por el camino equivocado.

Burbuja celebró la noticia encendiéndose un cigarrillo.

Más tarde le preguntamos a Rico si conocía el arranque del Sendero del Viajero. El indio nos dijo que estaba en una parte de la jungla más al sur de donde nos encontrábamos, cerca de una aldea llamada Bocagua. Nuestro cometido inmediato sería encontrar la forma de llegar hasta ese lugar.

—Dejádmelo a mí —dijo Saúl, con aire enigmático—. Dadme un par de días y lo tendré todo listo.

No nos quiso ofrecer más detalles. Lo próximo que supimos de él fue que al día siguiente al amanecer se marchó de Cauacaró sin dar cuentas a nadie.

No tuvimos mucho tiempo para preocuparnos de Saúl. A media mañana, Lacombe regresó de Rozales con la idea de llevarse a todos los que estuvieran dispuestos a abandonar el país. No le sorprendió descubrir que ninguno habíamos cambiado de opinión, y saber que tampoco Yokai se iría con ella más bien le produjo un alivio mal disimulado.

A pesar de eso, la agente de Interpol se mostró muy intranquila por nuestra suerte. Estaba convencida de que éramos una pandilla de lunáticos.

—Acabas de salir de una cárcel valceña y no se te ocurre mejor idea que internarte en plena jungla a buscar Dios sabe qué —me dijo, después de intentar convencerme otra vez para que desistiera de mis planes—. Ojalá pudiera al menos entender por qué lo haces.

—Ya sabes… Buscar cosas es divertido —intenté bromear. Ella respondió con una sonrisa desganada. Creo que fue la primera vez que entendió una de mis gracias a la primera, quizá era la señal de que al fin comenzábamos a conocernos.

—Te he traído algo —me dijo—. Conseguí que alguien de la embajada francesa me lo diera.

Lacombe me entregó una mochila de tamaño mediano. En su interior había una especie de plato de plástico, unos cables y un pequeño dispositivo rectangular parecido a un reproductor de DVD portátil.

—¿Qué es todo esto?

—Un dispositivo de internet por satélite. Es muy sencillo de usar: la antena parabólica se conecta al *router*, que es esto de aquí, con este cable. Cuando lo utilices, asegúrate de orientar la antena hacia el oeste. El *router* funciona con una batería que tiene unas cinco horas de autonomía, de modo que no la malgastes.

Sopesé la mochila. Era muy ligera y la parabólica podía desmontarse en dos piezas, por lo que no suponía un bulto muy aparatoso.

—Te lo agradezco, pero no creo que nos sirva de mucho sin un ordenador…

—No es para que navegues por internet sino para que podáis comunicar vuestra posición —Lacombe cogió el pequeño *router*—. Si os encontráis en problemas, conéctalo y pulsa este botón de aquí, el dispositivo enviará vuestras coordenadas a un satélite y éste las remitirá a la central de Interpol en Bogotá. Yo estaré allí para recibirlas. Es tecnología francesa de salvamento, muy buena… Utiliza una banda L, lo que significa que la transmisión de datos es precaria pero su cobertura es casi ilimitada, de modo que aunque estéis perdidos en el rincón más apartado de esa jungla, vuestra señal de socorro me llegará, y yo haré que vayan a por vosotros. No me iré de Bogotá hasta que tenga pruebas de que estáis sanos y salvos.

Era un fantástico regalo, y así se lo hice saber. Ella le restó importancia. Aunque aquel gesto me emocionó, también me resultó sorprendente. Nunca pensé que la agente y yo hubiéramos estrechado un lazo tan profundo como para que se preocupase por mi suerte de aquella forma. Me parecía extraño.

—A Yokai le encantará este trasto —dije—. Gracias. No tenías por qué hacerlo.

—Recuerda lo que te he dicho de la batería: sólo cinco horas, quizá menos. No necesitarás más que unos minutos para enviar las coordenadas, pero, aun así, ten mucho cuidado. Si se agota o se estropea estaréis solos, ¿lo has entendido, Alfaro?

Le dije que sí, aunque lo cierto era que planeaba endilgarle aquel aparato a Yokai en cuanto tuviera la oportunidad. Seguro que él lo manejaría mucho mejor.

Lacombe no regresó a Rozales de inmediato. Se quedó con nosotros en Cauacaró unas horas más, intentando hasta el último momento convencer a alguien para que se fuese con ella. Yo apenas volví a hablar con la agente, pues estaba demasiado ocupado en planificar nuestra búsqueda, manteniendo charlas e intercambiando impresiones con unos y con otros. También tuve que desalojar mi habitación del dispensario dado que para el padre Sergio yo ya no era en absoluto un caso grave de convalecencia y necesitaba mi cama para otros enfermos. Yokai y Burbuja me hicieron un hueco en la habitación de la residencia de los misioneros que ambos compartían.

Tras la hora del almuerzo pude disponer de un momento de tranquilidad en el que nadie me necesitaba o quería hablar conmigo. Aproveché aquel instante a solas para descansar en mi nuevo alojamiento y darles vueltas a algunos pensamientos de carácter banal, como, por ejemplo, cómo me las arreglaría para conseguir cigarrillos en la jungla.

Hasta el momento había saqueado sin freno las reservas de Burbuja y el buscador ya empezaba a mostrarse un poco menos amable cada vez que le pedía su paquete de tabaco.

Precisamente fue su voz la que escuché al asomarme a la ventana para dar unas cuantas caladas. Al mirar hacia abajo vi al buscador; estaba hablando con Lacombe, y la conversación parecía tener un carácter reservado. Ninguno de los dos reparó en que yo me encontraba unos metros sobre sus cabezas.

Por lo que escuchaba, me parecía entender que la agente le estaba explicando a Burbuja el funcionamiento del módulo de internet por satélite.

—Y tenéis que orientar la antena siempre hacia el…

—Hacia el oeste, sí, lo sé —dijo Burbuja—. Ya me lo has explicado.

—Es donde… Es donde está el satélite. —Lacombe hizo una pausa. Luego, con voz apesadumbrada, dijo—: Tecnología francesa, de la mejor calidad…

—También lo has repetido muchas veces. —El buscador sostuvo los hombros de la agente con las manos—. Vamos a estar bien, no nos pasará nada… A pesar de tu tecnología francesa.

Me pareció que ella esbozaba una débil sonrisa.

—Eso no ha tenido mucha gracia…

—Lo siento, pero ¿quieres escuchar algo verdaderamente gracioso?

Burbuja se inclinó sobre ella con delicadeza. Pensé que iba a susurrarle algo al oído, pero, en vez de eso, el buscador besó a Lacombe en los labios. Apenas fue algo más que un roce de unos segundos, pero ambos cerraron los ojos como si se tratase de una experiencia muy intensa.

Me atraganté con el humo de mi propio cigarrillo. Lo expulsé como pude por la nariz y me cubrí la boca con la mano para disimular una tos. Ni Lacombe ni Burbuja se dieron cuenta, estaban demasiado absortos en su labor de dejarme sin habla.

Se separaron.

—Pues sí… Eso ha sido… gracioso —dijo ella. A pesar de su piel oscura, podía percibirse un rubor intenso. Parecía una colegiala a la que acababan de dar su primer beso y yo, por mi parte, creía estar viendo visiones. Me llegué a preguntar si no estarían gastándome algún tipo de broma pesada—. ¿Por qué lo has hecho?

Burbuja se encogió de hombros.

—Porque no sé cuándo volveré de esa jungla, e irme sin decirte que colaborar contigo no ha sido tan malo como yo pensaba me parecía grosero.

—Eso no ha estado bien, Bruno… Haces que todo resulte mucho más difícil.

—Julianne… —dijo él, sosteniendo su barbilla entre los dedos para mirarla a los ojos—. Explorar la selva es difícil. Besarte a ti es lo más sencillo que he hecho en mi vida.

Para refrendar sus palabras, volvió a inclinarse sobre sus labios. Esta vez fue un beso mucho más largo, tanto que no me quedé a ver el final. Consideré que necesitaban un poco de privacidad... y yo asimilar que el motivo de la preocupación de Lacombe no era tanto mi seguridad como la de mi compañero.

Pobre mujer. Había tenido que encapricharse justo del buscador que siempre acababa recibiendo las peores heridas durante una misión.

Saúl regresó a Cauacaró un día después de la marcha de Lacombe. No vino solo.

Apareció en el poblado sobre el asiento del copiloto de un enorme y ruidoso jeep que temblaba a cada bache como una chatarra deleznable. Al volante iba un mestizo de piel oscura, bigote y el cuello rodeado de cadenas de oro. Tenía aspecto de gitano de teatro.

Saúl nos lo presentó como a un tal Rodrigo, un colombiano residente en Valcabado y que se ganaba la vida con el comercio.

—¿Qué tipo de comercio? —pregunté.

—De lo que sea —respondió el sacerdote—. Si lo quieres, él lo tiene.

—Un buen lema.

Rodrigo soltó una carcajada.

—Sí, muy bueno, sí —dijo—. No lo había pensado. Lo pondré en unas tarjetas de visita, ¿qué te parece, viejo? ¿Crees que me dará una buena publicidad? —Le dio una palmada a Saúl en la espalda que sonó como un disparo.

—Rodrigo y yo nos conocemos desde hace mucho tiempo. Encontrarlo no ha sido fácil, pues siempre va de un lado a otro, pero no he descansado hasta dar con él. Es justo el hombre que necesitamos.

—¿Para qué? —quise saber.

—Para todo, *m'hijo* —respondió Rodrigo, con su voz de tenor—. Tengo todo lo que os hace falta ahí, en el carro. Ven, te lo mostraré.

Rodrigo empezó a sacar un montón de cajas del interior del jeep y desembaló su contenido ante nosotros. Lo que nos mostraba era un equipo básico de supervivencia en la jungla, moderno, casi nuevo y, según repitió Rodrigo una y otra vez, a un precio tal que el gasto era no comprarlo.

Mis compañeros y yo nos reunimos alrededor del jeep como los clientes del puesto de un bazar, mientras Rodrigo nos mostraba cada componente de su equipo glosando su calidad y su coste absurdamente bajo.

Primero nos enseñó ropa. Camisas, sombreros, botas de caucho tan grandes como las de un buzo, calcetines gruesos, camisas y pantalones desmontables. Todo muy resistente y hecho con tela impermeable de colores claros. Al parecer, los tonos oscuros atraían a los insectos. El tejido impermeable nos sería útil cuando nos encontrásemos bajo uno de los copiosos e inesperados aguaceros de la jungla.

Nos mostró también tiendas de campaña, hamacas, sacos de dormir, mosquiteras, linternas para la cabeza que se cargaban con un manivela, sin necesidad de baterías; y, en fin, toda una serie de complementos indispensables para acampar en plena jungla. Parecía que el maletero de su jeep no tenía fondo.

—Os hará falta crema solar, mucha crema solar —nos dijo al tiempo que sacaba unos botes—. Y agua. Tres litros al día por lo menos… Ahí dentro vais a sudar como puercos y si no lleváis cuidado os deshidrataréis. Tomad también una caja de éstas: son pastillas potabilizadoras, pero mucho ojo, no es bueno beber agua potabilizada más de tres días seguidos; llevadlas sólo por si hay una emergencia. Una caja, no, mejor dos… ¡A este precio sería un crimen no llevar más de una!

Rodrigo metió el corpachón hasta el fondo del maletero y brotó después blandiendo un machete del tamaño de un antebrazo. La hoja hizo un sonido silbante al cortar el aire.

—¡Joder! —exclamó Yokai—. ¡Para mí uno de ésos!

—¡Claro que sí, *m'hijo*! Aquí tienes, hay uno para cada uno. Otro para ti… y para ti… Aquí otro para la bella señorita… —Rodrigo nos repartió machetes a todos—. Ligeros y muy resistentes, ideales para abrirse paso entre la maleza.

—No me parece buena idea darle un arma blanca al crío —dijo Burbuja, que veía cómo Yokai ensayaba una especie de movimientos ninja con su machete.

—Lo es, te lo aseguro —repuso Saúl—. En la selva no se puede avanzar un solo metro sin uno de éstos. Llevadlo con cuidado y no lo perdáis.

A continuación, Rodrigo abrió una caja en la que había un montón de ampollas de cristal llenas con un líquido incoloro. Era antisuero para serpientes. De ésos me llevé bastantes.

—Toma cuantos quieras —me dijo Rodrigo—. Tengo antídoto para serpiente lora, jergón, rabo amarillo, víbora de terciopelo… —Le pregunté si no tendría algo para mantener alejadas a las temibles anacondas—. ¡Por supuesto, *m'hijo*! Toma una de éstas.

Lo que me entregó fue una navaja suiza normal y corriente.

—¿Está de broma? —pregunté.

—Claro que no. Para librarte de la anaconda esto es lo único que te servirá de algo. —Rodrigo me colocó el brazo por encima del hombro, como si fuera a decirme una confidencia entre amigos—. Verás, *m'hijo*, te contaré: la anaconda es un mal bicho, lo mires por donde lo mires. Yo las he visto de hasta diez metros, con una cabeza tan grande como la de un bebito. Lo bueno es que son perezosas… Lo malo: que les encanta la carne humana. Somos su presa ideal: torpes, ruidosos, lentos y dejamos toda una estela de ricos olores a nuestro paso. Debes tener cuidado cuando te pares debajo de los árboles, porque les gusta descansar en las ramas y cuando ven una presa jugosa, simplemente se dejan caer sobre ella. A nadie le gusta que se le vengan encima cien kilos de serpiente, ¿verdad, *m'hijo*?

—No, no…, por supuesto —dije yo, empezando a sentir un leve malestar.

—Claro. Por eso, nada de acampar bajo los árboles. Aun así, a veces ocurre que a la anaconda le da por acercarse al campamento mientras duermes. Va reptando, poco a poco, siguiendo el apetitoso olorcito de tu orina… Un consejo: no mees cerca del campamento… Como decía, se acerca en mitad de la noche, silenciosa como un ratón. Llega a tu tienda de campaña y tú piensas: «Ché, no corro peligro, anoche eché bien el cierre con la cremallera, y las serpientes no pueden abrir cremalleras». Grave error, *m'hijo*: la anaconda sí que puede. Con su lengüecita bífida tantea el cierre hasta que descubre un orificio, siempre lo hay, entonces por ahí mete el hocico, poco a poco…, poco a poco… Con la cabeza, que es gorda como un puño, va empujando hacia arriba y abre la cremallera… Siempre muy despacito, sin hacer ruido. Al final, claro, consigue entrar, y tú estás durmiendo tan tranquilo: eres la cena puesta sobre la mesa. La anaconda desencaja la mandíbula y empieza a tragarte por los pies, y tú, en sueños, notas una sensación húmeda en los dedos, como si te estuviera lamiendo un perro, ¿me entiendes, *m'hijo*? Te despiertas y, ¿qué haces? Tu primer impulso es gritar y salir corriendo. Si haces eso, ya estás muerto: la anaconda te rodea con su cuerpo antes de que puedas incorporarte y te aplasta hasta que te asfixias, todo ello sin dejar de comerte. Así pues, nada de echar de correr, nada de mover ni un músculo. Por suerte, tienes la navaja que el buen Rodrigo te vendió y eso te da una oportunidad de salir con vida.

—¿Qué debo hacer? ¿Clavársela? —pregunté casi sin voz.

—¡No, no, no! ¡Nada de eso, viejo! ¿Crees que puedes atravesar a un bicho de cien kilos con esa navajita de porquería? ¡Sus escamas son duras como piedra! Rodrigo te dirá lo que debes hacer, no es agradable, pero es lo único que funciona: tú mantente bien quieto, tieso como un palo, con los brazos pegados al cuerpo y tu navaja apuntando hacia los pies, bien agarrada. Deja que la anaconda te trague: los tobillos, las rodillas, los muslos… Intenta no contemplar cómo su boca de abre de forma grotesca para adaptarse a tu tamaño, no es una visión bonita. Puedes cerrar los ojos si quieres, pero debes estar muy atento… En el instante en que tus manos estén dentro de la cabeza de la anaconda, ¡le clavas bien hondo la navaja en el paladar! ¡Hasta que veas asomar la punta por entre los ojos de la bicha! Luego jalas bien fuerte hacia ti y le rebanas el cerebro. Ahora ya está muerta y no puede hacerte nada… Eso sí, acuérdate de lavarte bien justo después porque su baba es corrosiva, ¿me entendiste, *m'hijo*? —Yo asentí con un gesto trémulo. Rodrigo sonrió y me dio unas palmaditas en la mejilla—. ¡Bien! ¿Cuántas navajas quieres?

Todos mis compañeros se apresuraron a comprar una. Enigma, de hecho, se llevó dos.

Completamos nuestro equipo con víveres de campaña: latas de conserva de todo tipo y comida en polvo o liofilizada. De todo aquello Rodrigo también tenía un nutrido inventario. Por último, compramos algunos repelentes para insectos.

—Aquí tengo una cosa buena —dijo el comerciante, entregándonos tres botes grandes—. Nopikex, Menticol y un poco de alcanfor. Mezcladlo todo a partes iguales y tendréis el mejor repelente contra garrapatas, jejenes y otros bichos. Por los mosquitos no os apuréis: en Los Morenos apenas hay de ésos.

Según nos explicó Saúl, los dos ríos que daban nombre a la jungla tenían un alto nivel de pH, por lo que sus aguas no eran aptas para que los mosquitos pusieran allí sus huevos. Era el único elemento positivo de realizar una exploración por Los Morenos.

El último efecto que compramos a Rodrigo fueron unas barras de un producto oleoso que olía a amoníaco. El comerciante nos dijo que si sufríamos alguna picadura o roce con alguna planta venenosa, debíamos aplicarnos aquella pasta en vez de rascarnos. Saúl le dio la razón.

—Es un error de novato —dijo el sacerdote—. Algo te pica y te rascas. En la mayoría de los casos eso extiende el veneno y es peor, y, en el caso de que sea una picadura de insecto, corres el riesgo de meterlo dentro de la herida y las consecuencias pueden ser bastante asquerosas.

Los dos hombres comenzaron a intercambiar anécdotas de pobres diablos que habían sufrido espantosas inoculaciones bajo la piel por efecto de las picaduras de insecto. Parecía que ambos rivalizaban por contar la más truculenta. Ganó Rodrigo con diferencia al narrarnos el caso de un biólogo sueco que pasó cinco días con el cuerpo infestado de gusanos vivos. El tipo los veía agitarse y asomar la cabeza por las llagas de su piel, como repugnantes y diminutos periscopios. Cuando regresó a la civilización, le extrajeron hasta cincuenta gusanos, algunos de hasta dos o tres centímetros de largo.

A Yokai le encantaron esas historias. Enigma, en cambio, llegó a marearse con el relato del pobre biólogo sueco.

—Es lo más repugnante que he oído en mi vida… —dijo.

—Sí, lo es —convino Saúl, con gesto serio. Nos miró a todos como si estuviera a punto de echarnos un sermón, cosa que en realidad hizo—. No os cuento todo esto sólo porque quiera asquearos. Necesito que comprendáis que Los Morenos es una jungla mortal y venenosa, que tengáis al menos una idea de a lo que nos vamos a enfrentar. Puede que creáis haber estado antes en sitios duros, horribles, bajo condiciones extremas… Este lugar los supera a todos. Preparad vuestro cuerpo y vuestra mente para lo peor y quizá, sólo quizá, podamos regresar sin sufrir grandes daños. Pensad en lo que os he dicho. Lo que nos espera no será ninguna broma.

2

Viajero

En Cauacaró permanecimos una semana más durante la cual Rodrigo, Saúl, el indio Rico y su sobrina Sita nos impartieron un cursillo acelerado de supervivencia en la jungla.

Todas sus enseñanzas fueron útiles, pero las que me parecieron más fascinantes fueron las de Rico, que se basaban en las antiguas tradiciones de los mauakaro, los cazadores valcatecas.

Rico nos enseñó a distinguir los frutos venenosos de los que no lo eran (mediante una regla muy simple: si lo comen los monos, es que está bueno), diversos trucos para no sufrir un desagradable encuentro con las serpientes y otros animales venenosos, y también nos habló de plantas cuyas infusiones y ungüentos tenían propiedades extraordinarias, a menudo incluso más eficaces que los productos sintéticos que Rodrigo nos vendió. Pronto nos dimos cuenta de que Rico sería un guía muy eficaz.

Pasados los siete días, el colombiano nos llevó en su jeep hasta Bocagua, una diminuta aldea que más bien era un puesto de paso para viajeros. Desde allí nos internaríamos en la jungla, siguiendo el primero de los Senderos de Indios de nuestra ruta.

Dejamos a Rodrigo en Bocagua, muy feliz por haber encontrado unos clientes tan espléndidos y, sobre todo, por no tener que acompañarnos en nuestra expedición. Allí, en medio de una mañana lluviosa y cálida, dimos nuestro primer paso hacia la Ciudad de los Hombres Santos, siguiendo el curso de un riachuelo.

Caminamos durante unas tres horas, sin tener que lamentar más que la perenne humedad, a la cual ya casi nos habíamos acostumbrado, y los aguaceros intermitentes que convertían la tierra en un barro espeso. Ningún obstáculo que nuestras magníficas prendas de explorador no pudieran sortear.

A medida que avanzábamos por el curso del río la vegetación a nuestro alrededor se volvía más exuberante. La jungla de Los Morenos carecía de un límite claro, no había ninguna marca o señal que separara el purgatorio del infierno verde; simplemente, la selva iba creciendo a tu alrededor a cada paso, como una neblina que te rodeaba sin darte cuenta.

Abriendo la marcha caminaban Rico y Sita. Yokai los acompañaba, trotando alrededor de la muchacha e intentando entablar conversación con ella.

Decidí acercarme al indio y a su sobrina. Rico caminaba en silencio y cabizbajo, llevando un andrajoso macuto y sus propias ropas. No quiso que le compráramos un equipo idéntico a los nuestros.

—¿Estamos caminando ya por la Senda del Viajero? —le pregunté. Él negó con la cabeza.

—Aún no. Nomás nos adentramos en la espesura.

—El sendero arranca más al interior —dijo Sita—. Todavía tenemos que seguir un rato vadeando el arroyo de Culebras.

—¿Es así como se llama este riachuelo? —pregunté—. Espero que no nos encontremos muchas.

Sita se rió como si yo hubiera dicho algo muy tonto.

—No, aquí no hay culebras —me dijo—. Se llama así porque es muy sinuoso.

—A mí no me dan miedo las serpientes —intervino el muchacho, pavoneándose—. Yo tenía una en un terrario. Le daba ratones muertos para comer, era alucinante.

Sita arrugó la nariz en un gracioso gesto.

—¿Le dabas ratones? ¡Eso es asqueroso! —exclamó.

La cara de Yokai se enrojeció igual que un semáforo.

—Sí... Claro... Asqueroso, por supuesto. Pobres ratones... En realidad, aquella serpiente no me gustaba tanto; de hecho ni siquiera era mía, era de un amigo que...

El chico se enredó en una historia absurda. Decidí acudir en su ayuda.

—Yokai, ¿te has asegurado de meter el *router* del satélite dentro de una bolsa de plástico, como nos recomendó Rodrigo? —le pregunté. Él era el encargado de transportar y cuidar del dispositivo.

—Sí, todo controlado, tío. Voy a cuidar de este trasto como de mis... —el chico miró de reojo a Sita y carraspeó, azorado—, de mi... cabeza. Lo he encendido hace un rato y funciona sin problema.

—No deberías hacer eso, Lacombe insistió en que no malgastáramos la batería.

—Es necesario. Aquí hay mucha humedad y, aunque esté bien protegido, debo controlar que el *router* no se va a tomar por el culo... —Otro miradita a la muchacha—. Es decir, que no se estropea. Tan sólo lo enciendo, veo que todo está correcto y luego lo apago.

—De acuerdo, tú eres el que controla las máquinas —dije—. ¿Llevas tu podómetro?

Yokai se sacó la mano del bolsillo. Sostenía un pequeño dispositivo digital con forma de huevo. Fue una idea de última hora de Danny, a quien le pareció útil que midiéramos la cantidad de kilómetros que avanzábamos al día. Aparte del chico y de ella, Enigma llevaba otro podómetro igual.

Nos separamos del río tras una hora de marcha y nos adentramos en la jungla. En aquel lugar la vegetación se cerraba sobre nosotros como una bóveda de hojas. La humedad era muy intensa, y me hacía sentir abotargado, como en la fase final de una resaca. Al levantar la mirada, contemplé entre las ramas de un árbol a los primeros monos aulladores, de pelaje oscuro y aspecto inquietante. Su presencia se nos haría habitual durante los próximos días.

Rico se detuvo. Se acercó hacia el tronco de un árbol y allí, comido por un montón de maleza, señaló lo que parecía ser una simple roca.

—*Ejawá* —dijo—. El viajero. Aquí comienza.

Me acerqué a inspeccionar la roca y descubrí que se trataba del fragmento de una estela con restos de relieve. Le pregunté a Saúl si podía tratarse de escritura valcateca.

—Así es, pero no se distingue mucho, sólo el nombre de Tupana. —Se dirigió al indio—: ¿Estás seguro de que es el sendero correcto?

Rico no respondió. Estaba arrodillado en el suelo, con los ojos cerrados, como en una especie de trance.

—No debéis hablarle ahora —nos advirtió Sita—. Está recordando el camino.

Todo el grupo contemplamos expectantes la quietud de Rico. Tras unos minutos, el viejo abrió los ojos, se puso en pie y comenzó a caminar. Sus labios se movían, como si bisbiseara una letanía para sí. Procedimos a seguirlo, muy callados, temiendo romper su concentración.

Yo me acerqué a la muchacha.

—Sita, ¿qué es lo que hace tu tío? —pregunté—. Da la impresión de que reza.

—No reza, canta —respondió ella—. *Lumala ejawá*, la canción del viajero. Le sirve para seguir el sendero sin extraviarse, como hacían los antiguos mauakaro. Los demás podemos hablar entre nosotros, a él no le molesta, pero no debemos dirigirnos a él hasta que se detenga o perderá las estrofas y, en ese caso, no encontraríamos el camino.

—Entonces, ¿eso quiere decir que ahora estamos sobre el sendero? —Miré a mi alrededor buscando algún vestigio que indicara que avanzábamos por una ruta abierta por la mano del hombre, pero todo lo que encontré fue naturaleza salvaje—. ¿Dónde está? ¿Hay alguna marca o señal?

—No, la canción es el sendero —respondió la muchacha. Luego, entonando una melodía a media voz—: *Kalé epú ejawá, Tupana waphe kalé epú ejawá...* Así comienza la primera estrofa del Sendero del Viajero. Cada sendero tiene su propia canción, y los mauakaro las conocían todas. Se recita completa, en dirección al norte, donde vive Tupana, y, al llegar a la última estrofa, se comienza otra vez desde el principio, pero en esta ocasión caminando hacia la puesta de sol. Después otra vez, y luego otra... Siempre es igual, pero se debe cambiar la orientación una vez que se llega a la última estrofa y antes de comenzar de nuevo desde el principio. Así se va formando el sendero.

De modo que así fue como los valcatecas construyeron su laberinto en la jungla. No eran caminos de piedra ni rutas marcadas por una señal, era un mapa cantado, por eso los arqueólogos y exploradores jamás encontraron un solo resto de aquella red de senderos. El sistema me pareció asombroso.

—¿Y cómo sabe tu tío hacia qué punto cardinal debe girar cada vez que acaba la canción? —pregunté.

—Depende de hacia dónde te dirijas. La secuencia es distinta según tu destino. Desde el Sendero del Viajero puedes atravesar la jungla o bien cruzarte con otros tres senderos distintos. Nosotros buscamos el del Ratón, y hacia allá es hacia donde se dirige mi tío. La propia letra de la canción te indica la secuencia de puntos cardinales que debes seguir en función del lugar al que vayas.

—¿Qué ocurriría si se olvidara de una estrofa? Podríamos perdernos.

—No, yo se las recordaría. Los mauakaro siempre se internaban en la jungla en parejas, por eso yo también estoy aquí.

Increíble. Era tan sencillo como ingenioso. Me dije a mí mismo que, en cuanto tuviera oportunidad, le pediría a Rico que me enseñara aquella canción completa. Tenía mucha curiosidad por conocerla y también deseaba hacerle un montón de preguntas sobre la mecánica de aquel sistema tan fascinante.

Así pues, siguiendo los pasos del indio cantor, hicimos nuestro primer contacto con la temible jungla de Los Morenos.

Caminábamos al principio sumidos en un silencio casi votivo, contemplando el exuberante despliegue de vegetación que nos rodeaba por todas partes. Cedros de troncos inmensos, helechos gigantes, palmas de hojas afiladas como flechas… Era como atravesar el interior de una esmeralda, y, jaspeando aquella verde densidad, suspendidas en el aire se veían innumerables orquídeas de colores indescriptibles, algunas pequeñas y delicadas, otras de un tamaño abrumador. En aquel lugar, todos los elementos vivos parecían tener una proporción irreal, como si vinieran de otro mundo.

Una red de lianas y raíces aéreas cubrían cada palmo de vegetación como si fueran las arterias de un cuerpo vivo. Procuré no acercarme demasiado a ellas pues Saúl nos había prevenido que las serpientes gustaban de confundirse entre los enmarañados nudos de las raíces. Si bien es cierto que yo apenas recordaba el temor a aquellos odiados animales, pues la espectacularidad de la jungla ejercía en mí un efecto hipnótico. Me sentía como una hormiga al entrar en una catedral.

El sol pronto dejó de iluminarnos y nos vimos cubiertos por una umbría verdosa, plagada de sonidos extraños que no parecían humanos ni animales, o bien una mezcla de ambos. De vez en cuando el ulular de un mono aullador resonaba sobre nuestras cabezas, como si nos sobrevolara un alma en pena.

Pronto descubrimos que avanzar por la selva no era tarea sencilla. Árboles, plantas y ramas bloqueaban los pasos igual que barrotes en una celda. Burbuja, que iba en cabeza junto con Rico y Sita, golpeaba la maleza con la hoja de su machete, apretando los dientes y maldiciendo por lo bajo. A menudo el manto vegetal era tan tupido que debíamos ser varios los que lo derribásemos a golpes de machete. Resultaba una tarea agotadora que exigía un mayor esfuerzo a causa de la pesadez del aire, y era habitual que tras abrir un paso tuviéramos que descansar un par de minutos para recuperar el aliento y enjugarnos el sudor pegajoso de los párpados y el cuello. Nuestros cuerpos rezumaban como esponjas.

En una ocasión me llevé un buen susto cuando al descargar mi machete sobre una rama escuché un siseo parecido al de un radiador. A mis pies cayó la mitad de una serpiente de lomo negro con anillos blancos. Aún se agitaba al tocar el suelo. Lancé un grito y di un paso atrás, asqueado.

—¿Qué ocurre? —dijo Saúl, mirando por encima de mi hombro—. Ah, ya veo. Una serpiente caracolera. Tranquilo, hijo, es inofensiva… Es decir, lo era. —Me dio una palmada en la espalda y siguió caminando.

Danny, que iba detrás, se puso a mi lado. Tenía la cara empapada de sudor y unos mechones de pelo apelmazados y puntiagudos le cubrían la frente, como una especie de peinado gótico.

—Un cura muy peculiar, ¿verdad? —me dijo.

—Supongo que el clero de estos países es algo distinto a lo que estamos acostumbrados.

—Ah, ¿es valceño? Yo pensaba que no, apenas tiene acento. —Percibí un tono suspicaz. A Danny el sacerdote seguía produciéndole mucha desconfianza y apenas se relacionaba con él.

—La verdad es que nunca se lo he preguntado, sólo lo daba por supuesto.

—Tampoco es que se le vea rezando muy a menudo…

—¿Hay algo que quieras decirme? Si es así, hazlo, porque ahora mismo no estoy muy hábil para captar sutilezas. —Me di cuenta de que había sonado algo brusco—. Lo siento, este maldito calor me hace sentir un poco irritable.

—Descuida, nos pasa a todos. No quería ofenderte, ya sé que confías en él, pero recuerda que para algunas personas resulta muy sencillo hacerse pasar por quienes no son. —Dejó escapar una de sus sonrisas incompletas—. Lo sé por experiencia.

Seguimos avanzando entre resuellos, empezando a acusar el cansancio de nuestra primera jornada. Al fin, la comitiva se detuvo. Rico dijo que podíamos hacer un descanso para comer, luego seguiríamos un par de horas más y acamparíamos para nuestro primer vivac en la jungla.

El lugar escogido para el almuerzo era un pequeño claro rodeado de cedros. Burbuja y Danny sopesaron la hojarasca del suelo con unos palos largos para comprobar que no había serpientes. Entretanto, yo me senté bajo un árbol para sacar algunos víveres de mi mochila. El menú del día sería pescado en lata y huevos en polvo. Delicioso.

Ayudé a Rico y a Sita a encender una pequeña hoguera donde calentar los huevos. Al sacar mi mechero con el escudo del Cuerpo algo captó mi atención.

Me quedé mirando el mechero; en concreto, la imagen de la mano abierta con el ojo en la palma. Al verla, una idea comenzó a titilar en el fondo de mi cabeza, igual que una palabra atrapada en la punta de la lengua.

Rico me dijo algo.

—¿Perdón...?

—El fuego, *m'hijo*: hay que encenderlo. —El indio sonrió—. Se le había ido el santo al cielo.

Con gesto atolondrado, encendí el mechero y acerqué la llama al montón de ramitas que Rico había dispuesto. Aún seguía persiguiendo aquella idea fugaz en el interior de mi cerebro.

Tenía el pálpito de que era algo muy importante.

Sentí un escozor en el dedo. La llama me había quemado. Aparté la mano del fuego y me llevé el pulgar a la boca.

—Pero... tenga cuidado, hombre. Parece que la jungla le atoró la cabeza.

—La cabeza... —murmuré, aún con el dedo entre los labios—. Con la cabeza... En los despachos... Gente... en los despachos...

—¿Qué dice, *m'hijo*?

Dejé escapar un suspiro roto. Descubrí que de pronto estaba temblando.

—Nada… Nada… Yo… —dije, poniéndome en pie. Me alejé de allí entre tropiezos, como si estuviera borracho y me apoyé en el tronco de un árbol cercano. Mis compañeros pensaron que estaba sufriendo un mareo por la deshidratación. Burbuja se me acercó y se empeñó en hacerme beber un trago de agua. Yo me dejé hacer sin oponer resistencia. Mi cuerpo estaba allí, en aquel claro, pero mi cabeza se encontraba en otra parte, perdida en una violenta tormenta de pensamientos.

Entre ellos, el de un hombre que derribaba una puerta a cabezazos.

Pasé el resto de la jornada en un silencio taciturno, aunque nadie reparó en ello dado que era la actitud general. El primer asalto de nuestra lucha contra Los Morenos nos había dejado exhaustos y casi noqueados.

El último tramo de ruta antes de acampar se nos hizo muy penoso. Aún no nos habíamos enfrentado a las plagas de insectos homicidas ni a las serpientes gigantescas, pero nada de eso fue necesario para someter nuestras fuerzas. El clima, aquella humedad masticable que nos mantenía envueltos en una película de sudor, la angustiosa sensación de pugnar por cada bocanada de aire con un millón de vegetales voraces, los hombros y las muñecas agarrotados, las manos llenas de pequeñas heridas tras horas de abrirnos camino a machetazos; sólo eso bastó para demostrarnos que aquella jungla no iba a darnos tregua.

La luz del sol, tamizada de verde, se desvaneció poco a poco dando paso a una truculenta oscuridad plagada de siluetas y sonidos furtivos entre los árboles. Aquellos sonidos pronto se transformaron en un escándalo de cacofonías producidas por las criaturas nocturnas. En la noche, la selva era un lugar escandaloso.

—¿Oyes eso? —me dijo Burbuja mientras montábamos una de las tiendas entre los dos—. Parecen gritos de terror.

—Lo son —añadió Rico, que nos escuchaba—. Los pájaros se asustan cuando se va el sol. Ellos no comprenden lo que es un atardecer, les parece el fin del mundo.

Terminamos de montar la tienda en un silencio alicaído.

El campamento era muy simple. Tres diminutas tiendas de campaña en las que nos hacinábamos sin distinción de sexos, colocadas con mucho cuidado de no levantarlas al pie de los árboles para evitar ser sorprendidos por serpientes trepadoras o echarnos a dormir encima de los nidos de los insectos. La luz venía sólo de nuestras linternas de cabeza. Rico dijo que debíamos evitar encender hogueras durante la noche, pues el calor del fuego podría atraer a los reptiles y otros animales igual de indeseables.

La comida de la cena sirvió para elevar un poco la moral del grupo. Durante la misma, Rico nos habló de los animales que eran comestibles, lo cual dio lugar a que Saúl compartiese algunas anécdotas sobre la primera vez que había comido serpiente, mono y otros bichos igual de poco apetecibles. Narraba con gracejo y deslizando sus particulares muestras de sentido del humor y eso arrancó algunas risas que fueron muy bienvenidas.

La velada fue corta, no obstante. Burbuja, que era el que más esfuerzo había hecho al encabezar la marcha junto a Rico, se metió pronto en su tienda. Después lo siguieron el indio y su sobrina, casi al mismo tiempo que Danny.

Saúl y Enigma se quedaron charlando en un aparte. Él debía de estar contando algo muy gracioso porque ella se reía, aunque no los escuchaba. Yo permanecía a un lado, dándole vueltas a mi mechero entre los dedos sin poder dejar de mirarlo.

Rodrigo me había vendido unas cuantas cajetillas de Marlboro en Cauacaró, así que decidí fumarme unas caladas, aunque descubrí con disgusto que la humedad había convertido mis cigarrillos en cilindros blandos y apelmazados.

Me alejé un poco del centro del campamento y me encontré con Yokai, que estaba comprobando que el *router* por satélite seguía funcionando.

—¿Qué tal, chico? —le dije—. ¿Cómo lo llevas?

—¿Eh…? Oh, bien, bien… Bueno, estoy hecho polvo, pero si esto es lo más jodido que nos vamos a encontrar, puedo con ello.

—Me alegro. ¿Y el equipo?

—Funciona todavía —respondió, guardando el *router* en su bolsa hermética.

—¿Has echado un vistazo a tu podómetro? Tengo curiosidad por saber cuánto hemos avanzado hoy.

—Precisamente llevo nota de eso. Desde que salimos de Boca-gua hasta llegar a Los Morenos, unos veinte kilómetros. En la jungla hemos recorrido seis.

—¿Sólo seis? Vaya, me siento como si hubiéramos completado una maratón.

—Avanzamos despacio por culpa de esta mierda de plantas y de árboles. Espero que esa ciudad perdida no ande lejos o tardaremos siglos en llegar.

—¿Qué son todas esas cifras que tienes ahí anotadas?

—Oh, esto… Llevo la cuenta de la distancia que recorremos en cada tramo, hasta que Rico cambia de orientación.

—¿Por qué?

El muchacho se encogió de hombros.

—No lo sé, por hacer algo… Sólo andar es un coñazo, echo de menos mi ordenador.

Me gustó que Yokai intentara hacer cosas útiles. Era un buen chico.

—Lo estás haciendo muy bien, sigue así —le dije. Él puso una expresión satisfecha—. Pero ahora será mejor que te vayas a dormir, tienes cara de cansado.

—Sí, eso mismo pensaba hacer, en cuanto guarde todo esto… —Se inclinó sobre la mochila para meter dentro el *router*.

—Espera, no te muevas, tienes una especie de polilla en la espalda, te la espantaré…

Lo que Yokai tenía sobre su camisa era en realidad una tarántula del tamaño de una mano abierta que ascendía hacia su cuello, parda y con unas patas peludas y gruesas. Estoy casi seguro de que era una migala. La empujé bien lejos con el mango de mi machete y cayó entre la hojarasca igual que una piedra. Por suerte, mi problema con los ofidios no es extensivo a las arañas, que no me provocan más desagrado que el de una hormiga grande.

—¿Ya está? —me preguntó el chico.

—Todo correcto.

—Gracias, tío. Menos mal que no era una araña… Saúl dice que por aquí hay tarántulas; te juro que ando acojonado por encontrarme a uno de esos putos bichos.

—No, nada de arañas, sólo una polilla inofensiva. Se marchó volando en cuanto la soplé un poco.

—Genial. —Yokai cerró su mochila y se la colgó al hombro—. ¿Tú no vienes a la tienda?

—No, antes tengo que hacer una cosa. Iré enseguida.

—*Oky doky*... Eh, por cierto... —Se rascó la nuca, incómodo—. No le digas a Sita que me dan miedo las arañas, ¿vale?

—Soy una tumba.

Yokai me levantó el pulgar en señal de aprobación y se metió en su tienda. Yo terminé mi cigarrillo y volví hacia el centro del campamento. Enigma y Saúl seguían charlando, iluminados por un pequeño foco de camping que habíamos traído con nosotros.

Volví a sentarme en un lado, manoseando mi mechero.

Me puse a recordar el día en que Saúl me sacó del archivo de la diócesis en su viejo coche, cuando encontré el cadáver de Alzaga en aquel despacho. Ése día el sacerdote me puso a salvo de los soldados sin saber qué había hecho, si me perseguían por una buena razón o no; ni siquiera sabía mi nombre.

Nunca llegó a saber mi nombre.

El cura era un hombre confiado hasta límites increíbles. Recordaba bien algo que me dijo después de aquella frenética huida, cuando ya estábamos a salvo.

(«Oye, tus asuntos no son de mi incumbencia. Si vas por ahí con una identidad falsa o disparando gente en los despachos del archivo, eso es cosa tuya.»)

«Disparando gente en los despachos...»

No era la primera vez que mi mente almacenaba recuerdos cuyo verdadero sentido no se mostraba hasta tiempo después, cuando podía ver las cosas con perspectiva.

«Disparando gente en los despachos.» Eso fue lo que dijo. Pudo haber dicho «matando», «asesinando» o incluso «liquidando». Pero no, el verbo fue otro: «disparar», estaba claro. Lo que no tenía sentido es que él supiera que Alzaga había muerto de un disparo cuando yo nunca se lo dije.

Me llegó un retazo de la conversación de Enigma y Saúl.

Saúl.

—¿De verdad? —decía ella—. ¿Un tatuaje?

El sacerdote reía.

—Oh, sí, doctora; un pecado de juventud. Incluso los curas hemos tenido alguna vez veinte años.

—¿Puedo verlo? ¿O está en un lugar muy comprometido?

—No, está en mi hombro… El pobre; me daría vergüenza sacarlo a la luz, todo arrugado y descolorido. Es mejor que ambos nos ahorremos esa visión.

—Al menos dime qué representa.

—Yo lo sé —dije sin levantar los ojos de mi mechero. Las manos me temblaban. Saúl y Enigma se callaron y me miraron sorprendidos, como si acabaran de darse cuenta de que estaba allí—. Es el Bronce de Luzaga.

Saúl me miró, asintiendo con la cabeza.

—Vaya, se diría que alguien está dotado con el don de la clarividencia —dijo—. Me temo que acabas de chafarme una buena historia, hijo.

—¿Es cierto, es el Bronce de Luzaga? —preguntó Enigma—. ¿Cómo lo sabías?

En vez de responder, me levanté y me acerqué a ellos. Le arrojé mi mechero a Saúl en el regazo, como si fuera una acusación.

—¿Cómo lo llamaste? —pregunté.

—¿Cómo llame el qué, muchacho?

—El mechero. La primera vez que nos vimos en la excavación de Funzal, cuando tú dijiste que ella no era Alicia Jordán. Yo me encendí un cigarrillo y tú dijiste algo… Hasta hoy no me había dado cuenta que lo hiciste al ver ese mismo mechero, con ese escudo grabado. —Le miré a los ojos—. Reconociste el símbolo y lo llamaste de una manera. ¿Cómo fue?

Saúl apartó la mirada. Se quedó un buen rato girando el mechero entre sus dedos, en completo silencio.

Al fin, emitió un largo suspiro. Me sonó como a una derrota.

—La mano de gloria… —musitó. Otro silencio largo. Saúl no se atrevía a mirarnos, seguía con los ojos fijos en el mechero—. Es… una leyenda medieval. Se creía que cuando una bruja moría en la horca podías cortar su mano y ésta alumbraría los espacios oscuros. Era un talismán que se asociaba con los ladrones.

—Un ladrón, que es justo lo que eres tú —dije—. Igual que nosotros. Un ladrón a sueldo del Estado.

—¿Cómo…? —preguntó Enigma.

—Por eso nunca tuvo interés en saber quiénes éramos —le dije—. En realidad, tampoco le hacía falta: lo supo en cuanto reconoció el escudo en mi mechero. Imaginó que estábamos realizando una misión, que por eso utilizábamos nombres falsos. Nunca nos delató porque él también es uno de nosotros: es un buscador. —Volví a mirar a Saúl, que parecía haber encogido bajo un enorme peso—. O, al menos, lo fue hace tiempo.

Enigma dedicó a Saúl la misma mirada que a un completo extraño.

—¿Eso es cierto?

—Yo no soy nada de eso, hijo —respondió él, devolviéndome el mechero—. Sólo un simple cura.

Respiré hondo. Me sentía terriblemente cansado, y lo que estaba a punto de hacer ahora iba a suponerme un esfuerzo que no estaba seguro de poder llevar a cabo.

—¿Mataste a Abel Alzaga?

Mi pregunta escandalizó a Enigma.

—¡Pero, Faro...!

—No. Quiero que responda.

—No sé por qué iba yo a querer matar a ese hombre.

—Porque una vez conociste a un tipo que derribó una puerta a cabezazos... —Enigma me miró como si estuviera loco. Saúl ni siquiera se movió—. Es un vago recuerdo que tengo del día que me sacasteis del calabozo. Tú lo dijiste: «Una vez conocí a un tipo que derribó una puerta a cabezazos». ¿Sabes qué? Yo también conozco a ese tipo: se llama Yelmo, es otro buscador. Como lo era Alzaga, cuyo nombre era Ballesta. Ballesta hace años realizó una misión aquí, en Valcabado, una misión que le llevó a infiltrarse en el cártel con un compañero. Pero algo salió mal, los narcos empezaron a sospechar y Ballesta, para salvar el cuello, reveló la identidad del otro buscador con el que trabajaba. El cártel dejó escapar al traidor, pero el otro no tuvo tanta suerte: fue ejecutado... o, al menos, así se supone que ocurrió.

»Mucho tiempo después Ballesta regresó a Valcabado y, para su sorpresa, para su inmensa sorpresa, descubrió que el compañero a quien había delatado aún seguía con vida, aunque imagino que su asombro no debió de ser comparable al que sintió el buscador al que traicionó cuando volvió a toparse con su delator. Ese buscador, ese que se suponía muerto, vio una oportunidad para vengarse y no la dejó escapar. Citó a Ballesta en el archivo de la diócesis, un lugar en el que podía moverse a su antojo sin levantar sospechas, y allí, en un despacho, lo até a una silla y… lo ejecuté, porque de eso se trataba: no fue un asesinato, fue la ejecución de una sentencia. Después, por pura casualidad, yo encontré a Ballesta aún moribundo y le pregunté quién había sido su verdugo. Él me lo dijo. Pronunció tu nombre, Saúl.

—Estoy seguro de que eso no es cierto —dijo él, con voz apenas audible.

Yo negué lentamente con la cabeza.

—No, por supuesto que no. No mencionó a ningún «Saúl», que para él era un extraño. El nombre que dijo antes de morir fue el tuyo, el auténtico… —La voz me falló y tuve que hacer una pausa. Cada palabra me costaba un esfuerzo inmenso—. Acusó a Trueno, el buscador.

Escuché a Enigma quedarse sin respiración.

Saúl permaneció mudo. Quieto.

—Dios mío… —susurró Enigma.

Ella y yo esperamos durante un silencio interminable a que el sacerdote diera alguna muestra de confirmar o desmentir aquella historia. En aquel momento, incluso los ruidos de la jungla sonaban como un eco muy lejano.

Saúl, lentamente, se acarició el mentón.

—Regresa… —dijo—. Era un buen lema, sí… Regresa. Yo nunca pude hacerlo. Ese cerdo me lo impidió. Bien sabe Dios que está mejor muerto.

—¿Qué fue lo que ocurrió? Hace años, durante aquella misión —preguntó Enigma.

—Lo siento, pero no creo que eso os importe a vosotros —respondió Saúl—. Son mis heridas, viejas heridas. Igual que ese tatuaje mustio. Ya no merece la pena enseñárselo a nadie.

Sentí que debía decir algo, pero tras aquella experiencia me encontraba emocionalmente exhausto. Era incapaz de forjar palabras para expresar el más básico pensamiento.

—¡Pero él debe saberlo! —dijo Enigma, señalándome.

—Al parecer, él ya sabe muchas cosas —replicó Saúl, sarcástico—. No le hará ningún mal que me guarde algunas para mí. Tengo derecho.

Se puso en pie y se encaminó hacia una de las tiendas. Yo seguía bloqueado, sin poder hablar. Quizá, pensaba, era mejor así. Dejar las cosas como estaban y no pretender ir más lejos.

La ignorancia no nos hace sentir más felices, pero sí más seguros… No recordaba dónde había oído antes esa frase.

Enigma alternaba miradas ansiosas entre Saúl y yo.

—Tirso… —dijo, acuciante.

Saúl se detuvo.

—¿Cómo te ha llamado?

—Es mi nombre —dije—. Tirso Alfaro.

Sentí como si un gran peso se me desprendiera del alma.

Mi padre me miraba como si yo fuese algo que no debía estar allí, situación que, en todo caso, ambos compartíamos.

—¿Podrías…? —dijo, hablándole a Enigma—. ¿Podrías dejarnos solos, por favor?

Ella se metió discretamente en una de las tiendas. El hombre a quien yo había estado llamando Saúl se sentó a mi lado.

Guardamos silencio durante mucho rato escuchando los aullidos nocturnos de la selva, como esperando encontrar ocultas entre ellos las palabras apropiadas para un momento tan irreal.

Fue él quien primero se atrevió a hablar, lo cual resultó una suerte ya que si hubiera dependido de mí habríamos estado bloqueados en aquel punto hasta el amanecer.

—No soy un cura.

Estuve a punto de echarme a reír. Había esperado escuchar cualquier cosa de sus labios, pero no aquello.

—Eso ya me lo imaginaba.

Él tomó aire, como si estuviera a punto de dar un salto al vacío.

—Hace años —comenzó—, dos hombres me llevaron a la jungla. No me dijeron para qué, pero yo me temía la verdad. Cuando dos soldados del cártel se llevan a un hombre a la selva ya sabes que uno no regresará.

»Al llegar, uno de ellos me pidió que caminara por delante. Di unos pasos y escuché a mi espalda el sonido de un arma al amartillarse. Me gustaría poder decir que pensé en tu nombre… Habría sido lógico, pues siempre te llevaba en la cabeza. «Cuando acabe esta misión», me decía, «regresaré y me quedaré con él. Sólo esta misión. Nada más que ésta…». Eso me servía como motor para continuar. Pero no voy a mentirte, Tirso: no pensé en ti sino en lo aterrado que estaba, y en que no quería morir… —Cerró los ojos, angustiado por un mal recuerdo—. Tenía tanto miedo que no podía ni respirar.

Saqué uno de mis cigarrillos y él me pidió otro. Con manos temblorosas se llevó el cigarrillo a los labios y le dio varias caladas profundas.

Luego continuó su relato:

—Me detuve y esperé que al menos fuera una muerte rápida, aunque sabía que no tendría esa suerte. El cártel de Valcabado no concede esa clemencia. No imaginaba que la suerte que yo esperaba superaría mis expectativas.

»Fue un fantasma lo que me salvó… *pechu jimarené*, el «espíritu hermoso», así es como los valcatecas llamaban a los jaguares. Salió de entre la maleza como una sombra y se lanzó sobre el hombre que estaba a punto de dispararme. El jaguar le arrancó el cuello de un mordisco antes siquiera de tocar el suelo. El otro gritó de espanto, sacó su pistola y se puso a pegar tiros a ciegas… Pobre imbécil: al espíritu hermoso no se le puede matar fácilmente. El jaguar se abalanzó sobre él y le abrió el estómago con las zarpas. Después, aquel animal me miró. La sangre aún goteaba de su hocico.

»Jamás olvidaré esos ojos, de un color verde intenso.

»¿Por qué no me mató a mí también? No lo sé. Nunca he dejado de preguntármelo… Él sólo… me miró… Yo no podía moverme, el miedo me paralizaba. Al cabo de una eternidad, el jaguar se marchó… Simplemente… desapareció en la jungla, ni siquiera se molestó en devorar las piezas que acababa de cobrarse o, al menos, en llevárselas con él. Como un espejismo, como una plegaria respondida, apareció, me salvó la vida y después se esfumó. A veces incluso he llegado a dudar de que ocurriera… Fue tan extraño…

Se quedó en silencio, como si estuviera haciéndose preguntas.

—¿Qué ocurrió después?

—Eché a correr, sin rumbo, perseguido por mi propio miedo. Me perdí. Vagué por la jungla durante un par de días, buscando una salida. Hay muchas cosas que no recuerdo porque caí enfermo. Al cabo de un tiempo un hombre me encontró delirando y casi deshidratado. Era un recolector de caucho que vivía en una pequeña aldea llamada Salvador… Un nombre muy providencial, ¿verdad? Aquel lugar era un diminuto poblado sin apenas más habitantes que la familia de aquel recolector y un cura que vivía con ellos, un misionero que estaba enfermo de malaria cuando me llevaron a la aldea. Murió mientras yo me recuperaba de mis dolencias.

—Una vida por otra… —dije sin poder evitarlo.

—Sí, eso parece. Pero mis problemas no habían terminado. Un día unos hombres del cártel se presentaron en la aldea para cobrar su impuesto, tal y como hacen en todos los territorios del país que están bajo su control. Mi presencia enseguida llamó su atención al ser el único europeo entre aquellas gentes. Preguntaron al recolector de caucho que quién era yo, y aquel hombre, aquel bendito y buen hombre, mintió para salvarme la vida: dijo que era un misionero que había llegado hacía poco de La Victoria para sustituir al anterior, al que murió de malaria. Sus familiares corroboraron la historia.

»Los hombres del cártel se quedaron unos días en la aldea y, durante ese tiempo, tuve que hacerme pasar por sacerdote. Me enteré de que el cártel aún me andaba buscando y de que habían puesto precio a mi cabeza. Cuando los narcos se marcharon yo me quedé más tiempo en aquel lugar por precaución, pues tenía miedo de que el cártel me encontrara. Pasaron días, meses… Yo cada vez estaba más integrado entre aquellas buenas gentes, al principio todos me llamaban Saúl, después "padre Saúl" o simplemente "padrecito"; usurpé la identidad del misionero muerto y terminé por acostumbrarme a esa situación. A menudo me decía: "Me quedaré sólo unos días más… una semana, como mucho, el tiempo justo para que el cártel deje de buscarme…"; pero el tiempo pasaba y yo seguía en la aldea, a salvo de la amenaza del cártel.

—¿Cuánto tiempo permaneciste allí?

—Casi dos años —respondió él—. No debía haber sido tanto tiempo, pero ocurrió algo mientras estuve allí, algo que alteró mis planes.

—¿Qué fue?

—Me hablaron de los valcatecas y de la ciudad perdida que levantaron en mitad de la jungla. Yo hacía tiempo que tenía la sospecha de que en este lugar existían indicios de la presencia de la Mesa de Salomón, por eso quise hacer aquella última misión. Lo que descubrí gracias a las gentes del Salvador fue que las leyendas tenían una base real, así que me propuse seguir investigando. Aprendí sobre los valcatecas todo cuanto aquellas gentes pudieron enseñarme; pero, con el tiempo, sus conocimientos se agotaron. Al fin, deseando saber más, me atreví a abandonar Salvador. Comencé a recorrer el país rastreando los vestigios de los valcatecas y de su ciudad perdida, siempre como Saúl, el misionero. Descubrí que aquello me abría muchas puertas en los pueblos y aldeas y, además, me alejaba del punto de mira del cártel. A medida que descubría más cosas mi afán de conocimiento aumentaba, estaba seguro de poder hallar la pista definitiva sobre la ubicación de la ciudad por mis propios medios. Empecé a estudiar sobre los antiguos indígenas con otros sacerdotes de la diócesis de La Victoria, quienes aceptaron mi falsa identidad sin apenas recelos... En este país hay tantos misioneros y son tan necesarios que el obispado raras veces se molesta en indagar sobre sus orígenes, se limitan a aceptar su presencia. El tiempo transcurría deprisa... Un año sucedía a otro, y éste a otro... Mi búsqueda me tenía tan absorto que cuando quise darme cuenta ya no existía Trueno, sólo Saúl, el sacerdote.

—¿Quieres decir que en todo este tiempo jamás, ni una sola vez, te planteaste volver? ¿Recuperar tu antigua vida?

—Aquélla era la vida de un buscador —respondió él, con sencillez—. Era lo mismo que estaba haciendo aquí, sólo que con otro nombre. En realidad, el cambio no fue tan brusco.

Podía entender aquella justificación. Él era un hombre sin raíces para quien la existencia consistía en perseguir una búsqueda, no le importaba dónde ni cómo realizarla, sólo llevarla a cabo.

Lo comprendía porque en ese aspecto ambos nos parecíamos.

—Entiendo... —dije—. No había nada por lo que quisieras regresar...

No fue un reproche. No era mi intención reprocharle nada a quien, después de todo, nunca significó demasiado para mí hasta hacía poco tiempo. Él no era el culpable de mis falsas expectativas.

Volvimos a quedarnos en silencio, luego él esbozó una sonrisa débil.

—Yo era tan estúpido, Tirso... —me dijo—. Recuerdo cuando íbamos juntos a ver esos museos. Para mí eras el objeto más raro del mundo... Como si de pronto alguien me pusiera en las manos una máquina llena de botones y resortes y me dijera: «Ahí tienes este trasto, es tuyo; ahora, hazlo funcionar». No tenía ni la más remota idea de qué hacer contigo... No se me dan bien los niños. Me cuesta pensar como uno de ellos: no sé cómo hablarles, no sé qué les gusta o qué les aburre... En aquellos museos me sentía seguro. Era como jugar un partido en casa, ¿lo comprendes? —Me encogí de hombros de forma ambigua—. Ni siquiera sabía de qué podía hablar contigo, así que no se me ocurrió mejor idea que contarte lo de la Mesa. A mí me apasionaba esa historia, de modo que pensé... En fin, ¿por qué no intentarlo?

—Me acuerdo de eso...

—Sí. La escuchabas embobado. Te encantaba ese relato.

—Tú... lo contabas muy bien.

—Gracias, reconozco que soy buen narrador. —Sonrió y dijo, por segunda vez—: Dios mío, qué estúpido era: un joven con la cabeza llena de ideas absurdas... Al ver cómo te bebías aquella historia pensé en que algún día podríamos... No lo sé... Quizá buscar juntos... Cuando fueras más mayor. Empecé a fantasear con la idea de que podrías convertirte en buscador, igual que yo, y eso me entusiasmaba, por eso quise hacerme cargo de ti.

—Eso no tiene mucho sentido. Yelmo me dijo que querías dejar el Cuerpo.

—Claro, al principio ése era el plan... Dedicarte unos cuantos años, seguir tu formación y luego, cuando tuvieras edad suficiente, incorporarme otra vez al Cuerpo; los dos juntos. Narváez me dijo que podía volver cuando quisiera y yo pensaba hacerlo, pero contigo. Estaba seguro de que el viejo no iba a negármelo... Nunca me negaba nada. Yo era su favorito. —Al decir esto, me guiñó el ojo con gesto pícaro—. ¿Te das cuenta de lo absurda que era esa idea? Y, aun así, yo estaba tan entusiasmado con ella... Creo que eso te dará una muestra de la clase de hombre que era yo por aquel entonces, muy inmaduro en muchos aspectos.

—¿Y qué fue lo que cambió?

—Digamos que ahora sé que un hijo no es un potencial camarada de aventuras sino algo más serio. Mi experiencia aquí, en Valcabado, me hizo darme cuenta de que tú tenías derecho a una existencia normal, y eso yo no iba a saber dártelo ni aunque hubiera querido. Yo no sé hacer otra cosa salvo lo que he hecho toda mi vida.

—Comprendo —dije sin apenas disimular un deje sarcástico—. De modo que pensaste en lo mejor para mí, ¿no es eso?

—Quería que no tuvieras que pasar por la experiencia de un narco apuntándote a la cabeza con una pistola —respondió él, desafiante—. Tenía mucho miedo, Tirso, muchísimo miedo. No soy capaz de describirte cuánto… El tiempo que estuve en Salvador apenas me atrevía a salir de la habitación, y durante los primeros años era incapaz de dar un solo paso sin mirar a mi espalda. En este país, una sentencia de muerte dictada por el cártel es algo muy serio. Cuando al fin tuve los medios y el valor para regresar, tú ya no eras ningún niño, y por más que lo intentaba, no era capaz de pensar ninguna manera de explicarte a ti, a tu madre, a todo el mundo, cómo era que yo no estaba muerto y pretender que me dejaran hacerme cargo de ti. Luego mi miedo cambió de forma: ¿y si tú no querías volver conmigo, con un extraño con el que no pasaste más que un puñado de horas en unos museos? Los planes que tenía para ti empezaron a parecerme infantiles y ridículos. Yo aquí tenía mi búsqueda, pero allí ya no tenía nada, de modo que decidí no regresar. —Permaneció pensativo unos segundos—. Resulta que al final seguiste mis pasos y que ahora vamos juntos tras esa Mesa, que es lo que yo siempre deseé… No sé cómo me hace sentir eso… Es como si alguien me hubiera gastado la broma más pesada del mundo.

De pronto los dos parecíamos incómodos. Dos actores de un melodrama que salíamos empujados a escena sin habernos estudiado el papel, sin tener siquiera ganas de interpretarlo.

—¿Y qué se supone que hemos de hacer ahora? —me preguntó—. ¿Debemos abrazarnos y llorar de emoción por el reencuentro? ¿Recuperar el tiempo perdido de nuestra relación padre-hijo?

No supe qué responder. Ni siquiera estaba seguro de si el haber recuperado a mi padre de entre los muertos me provocaba una enorme felicidad o tan sólo estupor. Nadie me había preparado para algo semejante. Cualquier reacción que se me pasaba por la cabeza me parecía ridícula, ya fuera echarle a la cara intensos reproches o perdonarlo entre sublimes muestras de amor filial. Ni siquiera sabía qué reprocharle o qué perdonarle exactamente.

Cuando dijo que yo fui para él como un artefacto sin instrucciones me pareció una frase extraordinariamente acertada: en aquel preciso instante él era lo mismo para mí.

—De momento nos centraremos en nuestra búsqueda —dije—. Eso es algo que los dos podemos manejar.

Estaba agotado, tanto física como emocionalmente. La idea de meterme en mi saco de dormir, cerrar los ojos y no pensar en nada durante unas horas me empezó a parecer cada vez más atractiva.

Me puse en pie y me dirigí hacia mi tienda.

—Tirso...

—¿Sí?

—Me alegro de haberte encontrado.

Fue agradable escucharle decir eso, pero no era suficiente.

—He sido yo quien te ha encontrado a ti —respondí—. Tú siempre supiste dónde buscarme.

Entré en la tienda y dejé a mi padre a solas en la oscuridad.

Decidí que, por el momento, era mejor que Trueno siguiera siendo Saúl para el resto de mis compañeros. Temía que si se descubría nuestro lazo familiar aquello enrarecería el ambiente de una expedición que ya de por sí resultaba un tanto estrafalaria. Mi padre también guardó silencio sin que yo tuviera que pedírselo, y eso me supuso un alivio.

Nos pusimos de nuevo en marcha con las primeras luces del amanecer, siempre tras los pasos de Rico y su canto valcateca. Después de la jornada del día anterior ya estábamos más curtidos como caminantes de la jungla y fuimos capaces de avanzar más rápido; además, en aquel tramo el camino alternaba varios claros con la espesura, por lo que resultó más sencillo que el del primer día.

Durante el trayecto aproveché para mantener una discreta conversación con Enigma. Quería pedirle que mantuviera en secreto lo que había presenciado la noche anterior. A ella también le pareció que sería lo más juicioso.

Quiso saber cómo me encontraba.

—No estoy seguro —respondí—. Por una parte, me alegro de que siga vivo... Me alegro muchísimo... Pero, por otra, me siento decepcionado porque en todo este tiempo no intentara regresar conmigo... Creo que entiendo por qué lo hizo, pero aun así...

—Suspiré—. Es complicado. ¿Tú qué piensas que debería hacer?

Ella me miró con cara de susto.

—Cariño, soy muy hábil en muchos campos, pero esto supera mis conocimientos de psicología. Sólo podría aconsejarte según lo que tengo leído en algunas novelas de Tolstói… y otras de V. C. Andrews, lo siento. —Enigma se quedó pensativa unos momentos, mientras yo sajaba a machetazos una raíz que nos bloqueaba el paso—. Es curioso… Ahora la expresión «nunca se debe decir de esta agua no beberé ni este cura no es mi padre» adquiere un nuevo significado para mí.

—Bueno, él no es un cura en realidad —dije, limpiando contra mi pantalón la savia de la hoja del machete.

—Qué lástima, ¡habría sido como un drama de Jacinto Benavente! ¿Te contó cómo sobrevivió al cártel?

Le hice una versión resumida del relato de mi padre.

—De tal palo, tal astilla —comentó—. Los dos tenéis una suerte especial para salir de atolladeros… Lo cierto es que, ahora que lo pienso, os parecéis bastante. La forma de hablar, el mismo humor sarcástico, los gestos… Debí haberme dado cuenta.

—¿Esta vez falló la cinésica? —pregunté, burlón.

—Cariño, eso ha sido un golpe bajo —dijo, apartando unas lianas del camino—. Ahora hablando en serio: si quieres saber mi opinión, él me gusta. Es valiente, simpático… y atractivo.

—¿Atractivo? —dije con un gesto de desagrado—. Por Dios, tiene edad para ser tu padre…

—Lo sé, pero resulta que es el tuyo. Eso lo hace aún más interesante.

—Eso ha sonado muy retorcido… y asqueroso.

—Puede, pero ya que el hijo no se decide, quizá tenga que plantearme dar un salto generacional hacia atrás.

—Por favor, dame una tregua. Ahora mismo tengo abiertos demasiados frentes emocionales.

—Y no veo que hagas nada para resolver ninguno de ellos. No es que me importe, Faro, no es mi estilo vivir pendiente de la decisión de un hombre; pero suponía que al volver a encontrarte con Danny habrías tenido tiempo para aclarar tus ideas —dijo ella, con cierto rencor—. Al menos eso fue lo que me dijiste.

—No entiendo a qué viene eso ahora.

—La verdad, tampoco yo… Quizá es porque al estar deambulando por en medio de la jungla sin rumbo fijo una no puede hacer otra cosa que no sea darle vueltas a la cabeza. Pienso, me hago preguntas... Por ejemplo, si merece la pena esperarte durante mucho más tiempo. —Hizo una pequeña pausa, como si quisiera pensar con cuidado lo que iba a decir a continuación—. Me gustas, Faro, creo que eso es evidente; pero no tanto como para poner en riesgo mi amor propio peleándome por ti con nadie.

—Yo no pretendo nada parecido.

—Tú no, pero es a lo que me siento abocada desde que Danny está aquí, y no me gusta. —Enigma frunció el ceño—. No, no me gusta nada.

—¿Qué puedo hacer para que te sientas mejor?

—No lo sé, Faro... No sólo es esta situación nuestra, tan particularmente irritante. Tengo una mala sensación desde que Danny apareció... Es extraño, muy extraño.

No le vi sentido a esas palabras y quise que me las aclarara, pero en ese momento Burbuja se acercó a nosotros para comprobar que aún seguíamos la marcha, pues nos habíamos quedado muy rezagados del resto del grupo. Nos echó una pequeña regañina por eso y luego nos avisó de que Rico iba a hacer un alto para almorzar.

La siguiente fase del trayecto fue más dura. Caminamos por una sofocante espesura que no parecía tener final, rodeados por enjambres de insectos muy molestos que parecían empeñados en querer anidar en nuestros labios, nariz y globos oculares. Rico los llamó «moscas dulces». Al parecer, ponían sus huevos en las mucosas. No eran peligrosas, pero sí muy irritantes y, por supuesto, la posibilidad de que llenaran tus ojos con sus larvas tampoco las hacía más agradables.

Nos hartamos de caminar dando manotazos al aire o a nosotros mismos (algunos muy dolorosos) y al cabo de un rato todos llevábamos la cara cubierta con pañuelos y los ojos ocultos por gafas de sol; fue la única manera de que las moscas dulces dejaran de ser un suplicio. Parecíamos una cuadrilla de terroristas.

Al atardecer, Rico ayudó a Burbuja a cazar un tapir. Era una fea bestia parecida a un cerdo, de color negro y con el morro alargado en forma de trompa chata. El indio informó de que sería nuestra cena, así variaríamos un poco el menú de comida deshidratada y latas de atún.

Rico despellejó al tapir, lo descuartizó y lo asó sobre una hoguera ensartado en palos. No tenía mal sabor, parecido al jabalí o alguna carne de caza de ese tipo, aunque lo habría disfrutado más de no haber oído cómo chillaba cuando Burbuja le rebanó el cuello con su machete.

Le pregunté a Yokai cuánto habíamos avanzado. Su podómetro marcaba una cantidad de kilómetros mucho mayor que la de la última jornada. Al parecer empezábamos a adaptarnos a las condiciones de una marcha por la jungla.

Aquella noche dormimos tranquilos y sin más sobresaltos que el hecho de que Enigma se encontrase una serpiente bejuquilla en su saco de dormir. Salió huyendo de la tienda en cuanto Enigma dio un grito, probablemente más aterrada que la propia buscadora.

A medida que nos internábamos en la jungla, la fauna era cada vez más extraña y amenazante. En aquel mundo verde las criaturas que lo poblaban parecían fruto de una desatada imaginación. Había orugas peludas cuyo aspecto era el de bolas de algodón de azúcar que se movían por voluntad propia; Sita las llamó «orugas de peluche», y aunque su aspecto casi invitaba a acariciarlas, eran, como la mayoría de los seres de aquella jungla, sumamente venenosas.

Menos letales pero igual de sorprendentes resultaban las mantis de hoja, de las cuales podían verse muchas… si uno estaba atento, ya que su parecido con el follaje de un árbol era total gracias a sus cubiertas de quitina nervadas, color verde esmeralda. También de colores muy llamativos era el ciempiés gigante, de cuerpo violeta, cabeza roja y múltiples patitas amarillas. A pesar de su llamativo aspecto, verlo no era una experiencia agradable, pues era grande como una serpiente. El que yo encontré estaba devorando una rana que había paralizado con su veneno y aquella estampa aún me produce malestar al recordarla.

Algunos animales ni siquiera parecían de este mundo: vi mariposas de cristal, de alas transparentes y delicadas, mariposas imperiales cuya envergadura era casi como la del brazo de un niño, escarabajos de cuernos barrocos que parecían pequeñas máquinas de guerra… Eran criaturas tan fascinantes que por un momento llegamos a olvidarnos de que la mayoría de ellas eran peligrosas.

Lo recordamos de una manera ingrata. Durante el tercer día de marcha, a la hora del almuerzo, de pronto Burbuja exhaló un grito que nos sobresaltó a todos. El buscador acababa de sufrir la picadura de una «hormiga bala», llamada así porque el dolor que produce es como el de un disparo a quemarropa. También se la conoce como «hormiga 24 horas», que es el tiempo que se prolonga el sufrimiento.

Aquel insecto introdujo su aguijón en la pierna de Burbuja a través de la tela del pantalón, justo encima de la rodilla. Rico actuó de forma rápida y eficaz. Impidió que el buscador tocase la herida para no reventar la glándula de veneno que la hormiga inoculaba bajo la piel, extrajo el aguijón de la zona afectada y luego trató la picadura con diversas medicinas de nuestro botiquín y con un ungüento hecho de mandioca que él mismo había elaborado.

Yo he visto a Burbuja sufrir muchas heridas, desde impactos de virote hasta mordeduras de cocodrilo, pero nunca antes le había visto expresar un sufrimiento más intenso que aquella vez. Incluso vi asomar un par de lágrimas por el borde de los ojos. Él mismo describió más tarde aquel dolor como «ardiente e insoportable», dijo que era la misma sensación que tener una aguja al rojo vivo clavada en la rodilla.

No hubo forma de calmarlo hasta muchas horas después. La rodilla se le hinchó y empezó a rezumar líquido. Tuvimos que permanecer parados un día entero, esperando a que el buscador se recuperase. Gracias a los antihistamínicos, los antibióticos y los analgésicos de nuestro botiquín logramos mitigar sus síntomas; a pesar de ello, el pobre Burbuja pasó un auténtico infierno hasta que el dolor remitió y la hinchazón se redujo lo suficiente como para que pudiera volver a andar.

El hecho de que el más físicamente preparado de todos nosotros se viera reducido a una masa doliente por culpa de una criatura de dos centímetros de tamaño nos sirvió de primer aviso para que nos tomásemos la jungla en serio. No sería el último.

Después de cinco días caminando por la selva empecé a temer que aquella ciudad no apareciese nunca. Quizá nos habíamos perdido y Rico no quería admitirlo, o puede que jamás hubiera conocido el camino… El cansancio empezaba a sugerirme ideas casi paranoicas.

Entonces, al final del quinto día, al fin encontramos algo.

3

Ratón

Apareció entre la maleza de forma imprevista. Tan oculta que podríamos haberla ignorado de haber pasado tan sólo un par de metros más lejos.

Era una estructura construida en piedra, similar a una atalaya de planta redonda y comida por las enredaderas. Tan sorprendente era que estuviese en aquel lugar como el material con el que estaba hecha. Nos preguntábamos de dónde habrían salido aquellas piedras.

Fascinados, recorrimos su perímetro buscando algún tipo de acceso. Localizamos un vano adintelado con la altura de un hombre. En las jambas había símbolos glíficos valcatecas escritos en relieve. Mi padre los tradujo para nosotros.

—«Sendero del Ratón» —leyó—. Aquí comienza la segunda etapa de nuestro viaje.

En su voz había un timbre de emoción contenida. Si para mí aquél era un hallazgo increíble, para él, que había pasado los últimos años estudiando la civilización que lo construyó, debió de ser comparable a descubrir una Piedra Rosetta.

Inspeccionó aquella estructura manifestando una alegría casi infantil.

—Fijaos en estas piedras… Esta talla es casi perfecta… A los defensores de la teoría del determinismo medioambiental les daría un síncope si pudieran ver esto. ¡Arquitectura en piedra! —Nos miró con ojos brillantes—. ¡En medio de la jungla! ¿Os dais cuenta de lo que eso significa?

Rico no compartía su entusiasmo. Vi cómo el indio se santiguaba con supersticioso nerviosismo.

—Esto no es bueno… —dijo—. No me gusta. No es bueno.

—¿Es una construcción valcateca? —preguntó Danny—. Parece muy sencilla… ¿Cuál crees que sería su función, Saúl?

—No tengo ni idea. Jamás había visto nada parecido… Pero estos glifos de aquí me hacen pensar en algún fin de tipo religioso.

—¿Qué es lo que dicen?

—«Tupana, Padre Eterno, tus muertos vivirán y sus cadáveres se levantarán.»

—Qué bonito —dijo Enigma.

—Moradores del polvo, despertad y dad gritos de júbilo —añadió Burbuja—. Porque Tu rocío es como el rocío del alba, y la tierra dará luz a los espíritus.

—¿Qué era eso? —pregunté.

—Así es como reza el texto completo: tus muertos vivirán y sus cadáveres se levantarán. Moradores del polvo, despertad, etcétera, etcétera… Es un versículo del Libro de Isaías.

Rico volvió a santiguarse, cada vez más asustado.

—Supongo que la teoría de que Teobaldo y sus monjes cristianizaron a los valcatecas se hace cada vez más incuestionable —dije yo—. Vamos a entrar.

Mis compañeros y yo atravesamos el vano y nos metimos en la estructura. Tenía aspecto de salón y la cubierta parecía encontrarse a una gran altura, aunque un manto de raíces la cubría por completo. La maleza invadía gran parte del espacio colándose por oquedades rectangulares que estaban abiertas en la parte más alta del muro. Algunos pájaros salieron aleteando al entrar nosotros.

Danny se dirigió hacia una sección de la pared que estaba repleta de vasijas apiladas. Habría un par de decenas o incluso más, todas ellas redondas, panzudas y selladas con pedazos de cuero sujetos con cuerdas.

Observé que cada una de las vasijas estaba decorada con el mismo glifo, que se repetía varias veces. Mi padre lo identificó como el símbolo de Tupana, el Padre Eterno.

—¿Qué habrá aquí dentro? —preguntó Danny—. ¿Quizá el oro de los valcatecas?

Sin esperar nuestra respuesta, quitó el cierre de cuero de uno de los recipientes y miró en su interior. Puso cara de asombro y lanzó una exclamación.

—¡Dios mío! ¡Es la tarántula más grande que he visto en mi

vida! ¡Mirad! —Yokai soltó un taco y echó a correr. Danny empezó a reírse—. Tranquilo, chico, sólo estaba bromeando… ¡Vuelve!

Yo dejé escapar un suspiro de paciencia.

—No le tomes el pelo al crío, ¿quieres? Eso no está bien.

—Lo siento, no he podido evitarlo. —Me mostró el interior de la vasija—. No hay arañas, sólo está llena de miel.

—¿Miel?

—Eso parece. —Metió el dedo en el recipiente y sacó un poco de una sustancia densa y amarillenta, luego se lo metió en la boca—. Sí, es miel inofensiva. Y muy rica. Hoy podremos cenar con postre, ¿no es estupendo?

—Déjame ver. —Le quité la vasija de las manos y la arrojé contra el suelo. Tal y como yo temía, al romperse reveló que en su interior, sumergida en la miel, había una cabeza humana momificada. Danny contuvo una arcada.

—¡Oh, maldita sea! —exclamó—. ¡Yo he probado eso!

—Te está bien empleado por gastar bromas pesadas —dije, imitando una de sus sonrisas. Le pasé mi cantimplora para que pudiera enjuagarse la boca.

—Eres un canalla, debiste haberme avisado… ¿Cómo lo sabías, por cierto?

—Lo supuse, más bien. Había unas vasijas parecidas en las Cuevas de Hércules, en el mismo sitio donde encontré el manuscrito úlfico; también estaban llenas con cabezas embalsamadas en miel.

Burbuja y mi padre se aproximaron hacia donde estábamos y el buscador se puso a inspeccionar aquel cráneo reseco cubierto de cuajarones pegajosos.

—¿Por qué diablos meterían las cabezas en este mejunje? —se preguntó—. ¿Qué pretendían? ¿Que supieran mejor?

—Era una práctica funeraria habitual entre los valcatecas —dijo Trueno—. Ellos pensaban que el alma se encontraba en la cabeza, por eso preservaban esa parte del cuerpo del difunto. Lo de preservarlas en miel es algo común a muchas culturas de la Antigüedad, los egipcios también lo hacían en ocasiones.

—Todo parece indicar que lo que hemos encontrado es una especie de necrópolis —señalé—. Fijaos: hay un montón de vasijas, supongo que todas con su cabeza dentro… Lo siento, Danny, pero me parece que nos hemos quedado sin postre.

Desde uno de los extremos de la estancia, Enigma llamó nuestra atención.

—Eh, venid a ver esto… Creo que he encontrado a uno al que olvidaron glasear.

La buscadora nos mostró un esqueleto que estaba patéticamente desmadejado en un rincón sobre un lecho de hojarasca. Fue una suerte que Yokai no estuviera allí, porque en aquella ocasión sí que había arañas, un par de ellas de cuerpo rojizo y patas finas como alfileres que se introdujeron por las cuencas del cráneo del esqueleto cuando Enigma lo apuntó con su linterna.

No parecían ser los restos de un antiguo valcateca. Llevaba puestas unas prendas harapientas que se asemejaban mucho a nuestras propias ropas de explorador, incluso calzaba un par de botas ennegrecidas de tipo Panamá y alrededor de su muñeca descarnada colgaba la correa de un reloj.

Había una bolsa medio podrida junto al cadáver. Mi padre la cogió e inspeccionó el interior. Encontró un pasaporte metido en una bolsa de plástico, junto con un pequeño fajo de dólares. El pasaporte era británico.

—Vaya por Dios… —dijo Trueno al leer la primera página—. Es Christopher Harding.

Nos quedamos unos segundos en silencio contemplando aquellos restos. Me parecieron una tétrica advertencia.

—Pobre diablo —comentó Burbuja—. No llegó muy lejos, después de todo.

—O quizá más de lo que él mismo esperaba —respondió mi padre, arrojando el pasaporte junto al esqueleto—. Salgamos de aquí, no parece que haya nada más que sea de interés. Sólo muertos.

Abandonamos la necrópolis en silencio. Ya en el exterior descubrimos que apenas había luz, así que comenzamos a montar nuestro campamento para pasar la noche.

Durante la cena reinó un ambiente distendido. El saber que estábamos sobre la pista correcta nos hacía sentir un moderado optimismo que casi compensaba las duras jornadas anteriores. El único que parecía no compartir aquel estado de ánimo era el indio Rico, que en todo momento se mostró silencioso y taciturno. No le gustaba haber acampado tan cerca de las ruinas valcatecas.

El menú fue el habitual combinado de huevos en polvo y latas. A esas alturas me parecía insulsa y escasa, eché de menos el tapir asado que Rico cocinó un par de días atrás. Para distraer la sensación de hambre, me puse a revisar las fotos de la necrópolis que había tomado con mi teléfono móvil. Quizá en ellas hubiera alguna pista interesante.

—Hola, Faro —escuché a mi espalda—. ¿Te importa si te hago compañía?

Era mi padre.

No habíamos hablado a solas desde la noche en que admitió que no era ningún sacerdote llamado Saúl. Reconozco que lo había estado evitando pues aún no sabía cómo enfrentar aquella extraña situación. Mis sentimientos todavía eran confusos.

Se sentó a mi lado. Al igual que al resto de nosotros, los días de exploración habían desmejorado visiblemente su aspecto. Estaba más delgado y parecía mucho más viejo, sobre todo a causa de su barba, que había crecido bastante en una forma de mechones grisáceos e hirsutos. Aunque no era un auténtico cura, no podía negarse que en aquel momento tenía un cierto aire de patriarca bíblico.

—Debo darte las gracias —me dijo.

—¿Por qué?

—Sin ti no habría llegado tan lejos. Llevaba años atascado en esta búsqueda... A pesar de las penalidades, reconozco que me siento rejuvenecido.

—Me alegro —respondí, lacónico.

Seguí mirando las fotografías en silencio.

—Faro... Así que ése es tu nombre de buscador. Me gusta. ¿Te lo puso el viejo?

—No, fue Burbuja. Narváez murió antes de poder bautizarme.

—Oh..., claro. Enigma me lo contó... Sentí saber lo del viejo. Yo le apreciaba mucho, era un gran hombre, más que cualquier otro que haya conocido.

Me constaba que Enigma le había estado poniendo al día sobre nuestros asuntos, y, en el fondo, me causaba una cierta irritación que ambos mantuvieran un trato amistoso.

—Sí, lo era. Supongo. No tuve oportunidad de tratarlo más a fondo.

—Una lástima… Estoy seguro de que te habría cogido mucho aprecio, le gustaban los buscadores con imaginación y con recursos, y a ti te sobran ambas cualidades. —Aquel mal disimulado intento por acercarse a mí mediante halagos empezó a incomodarme. Su afán por estrechar lazos entre nosotros llegaba con muchas décadas de retraso—. ¿Por qué no me cuentas un poco cómo fueron tus comienzos como buscador? Me gustaría escucharlo con tus propias palabras.

Dejé escapar un suspiro.

—Oye… Sé lo que intentas hacer… No me parece mal, incluso aprecio el esfuerzo, pero, sinceramente, ahora mismo no estoy de humor.

—Sí… Claro… Lo comprendo. Démonos un poco más de tiempo, ¿no es así…?

—Algo parecido —respondí, cortante.

—Como quieras. Tú marcas los tiempos, hijo —claudicó. Se puso en pie con aire remolón—. Ah, por cierto, casi lo olvido… Toma.

Me lanzó sobre el regazo algo que sacó de su bolsillo. Era una chocolatina de caramelo y almendras. Empecé a salivar nada más verla: tras cinco días alimentándome a base de comida deshidratada y enlatada, aquello era un lujo exquisito.

—¿De dónde has sacado esto? —pregunté, asombrado.

Él me guiñó un ojo.

—Un perro viejo sabe dónde esconder un par de huesos para un momento de apuro.

Hice trizas el envoltorio y empecé a devorarla con avidez, entre ruidosos bocados. El sabor me pareció tan delicioso que incluso cerré los ojos de puro placer.

Trueno esbozó una sonrisa.

—¿Qué es tan gracioso? —pregunté.

—Nada… Estaba pensando en que la última vez que te di una de ésas debió de ser hace unos veinte años. Te gustaban mucho.

—A todos los niños les gustan las chocolatinas.

—Es verdad. —Él se quedó callado un instante—. ¿Sabes, Tirso? Eras un chiquillo muy llevadero… Como ya te dije, no se me dan bien los niños. No es que no me gusten, es que, sencillamente, nunca he sabido cómo tratarlos y eso hace que me sienta incómodo con ellos; pero contigo era diferente. Te llevaba de la mano por aquellos museos y nunca, ni una sola vez, se te ocurrió protestar o decir que estabas aburrido.

El sabor del chocolate había mejorado un poco mi humor, así que me permití decir algo amable:

—No me aburría. Al final... disfrutaba de esos momentos.

—Gracias, hijo. La verdad es que yo también. —Se metió las manos en los bolsillos y se quedó unos segundos mirando al cielo—. No te imaginas lo que echaba de menos a ese crío cada día que pasé en este lugar.

—No tanto como para volver a buscarlo.

—Tenía miedo de que ese niño se hubiera convertido en un joven que me odiaba.

—Nunca te he odiado... Si te soy sincero, hasta hace poco pensaba en ti con cierta indiferencia.

—¿Hasta hace poco? ¿Qué fue lo que cambió?

—Llegué a creer que, después de todo, yo te importaba algo.

—Algo, no —respondió él, sin mostrar ninguna emotividad—. Tú lo eras todo.

Escuchar ese tipo de cosas no me ayudaba en nada a analizar con frialdad mis emociones...Y, además, el chocolate me había vuelto vulnerable.

—Si eso es verdad, ¿por qué no volviste, maldita sea? —repuse, haciendo un gran esfuerzo para no exteriorizar mi enfado—. Sí, lo sé: tu búsqueda. Era muy importante. ¿Sabes?, puedo entender eso, y tienes mucha suerte, porque quizá sea una de las pocas personas capaces de comprender lo importante que es una búsqueda para alguien, hasta el punto de que te haga olvidar todo lo demás... Pero... —Me interrumpí, pues temía desatarme en un molesto alud de sentimientos—. Yo quería tener a mi padre.

Trueno me miró con una profunda expresión de tristeza.

—Lo siento mucho, Tirso.

—Es igual... De todas formas ya no tiene remedio.

—¿Serviría de algo si te dijera que ahora ya puedes tener a ese padre que querías? ¿Aunque sea con varios años de retraso?

—No, la verdad es que no; incluso me produce un poco de vergüenza ajena escuchar eso. Parece la frase de un mal folletín.

—Lo siento —repitió—. Sólo quería decirte algo emotivo… Pero, qué diablos, no se me dan nada bien estas cosas, hijo. El exceso de melodrama me incomoda y, en ese sentido, cualquier cosa me parece un exceso.

Curioso, siempre pensé que eso lo había heredado de mi madre. Al parecer, era una herencia doble. Menuda familia estábamos hecha.

—Bueno… La próxima vez, en vez de palabras tiernas prueba de nuevo con el chocolate. En estos momentos es lo que más agradezco.

Él volvió a sacar una chocolatina de su bolsillo.

—Me alegra que digas eso porque tengo otra.

Sonreí de medio lado.

—Dame eso. ¿Acaso has metido en tu equipaje algo que no sean golosinas?

—Sí: una petaca con ginebra, pero ésa es sólo para mí.

Volví a sonreír. Al menos debía reconocer que mi padre tenía sentido del humor. Y, según Enigma, también era valiente y atractivo… Un curtido explorador, manejaba el revólver como un vaquero, hablaba lenguas antiguas y era único narrando buenas historias. Por si todo eso fuera poco, además llevaba chocolatinas en los bolsillos para endulzar los momentos tensos.

Maldita sea, aquel tipo era un padre estupendo.

¿Por qué yo no podía dejar de hurgar en viejos errores que ya no tenían solución y, simplemente, alegrarme por haberlo encontrado? Desgraciadamente, la cosa no era tan sencilla. O, al menos, a mí no me lo parecía en aquel momento. Aún seguía hecho un lío.

Mientras devoraba mi segunda ración de azúcar, que me sentó tan bien como la primera, algo se movió por entre unos arbustos que estaban a mi espalda. Trueno y yo nos pusimos tensos esperando que apareciera cualquier criatura salvaje, pero sólo era Yokai.

Al vernos con los machetes en ristre, el muchacho alzó las manos.

—Eh, calma, tíos, bajad las armas… Soy yo.

—¿Qué haces moviéndote por la maleza de esa forma? —pregunté.

—Sólo he ido a mear. Se supone que no debemos hacerlo cerca del campamento.

—Ah, sí, ya veo —dijo mi padre. Le señaló la entrepierna discretamente—. Te has dejado la puerta abierta, hijo.

—Ups… —El chico se subió la cremallera del pantalón—. Gracias por el aviso, tío; a Faro le dan miedo las anacondas —dijo, haciendo gala de una de sus elegantes muestras de humor—. ¡Ey! ¿Eso es chocolate?

Le pasé el resto de mi chocolatina y se lo metió en la boca de una sola vez. Lo masticó como si fuera un caballo comiéndose una manzana.

—¿Has comprobado ya que el *router* sigue funcionando? —Había notado que al chico le gustaba que le hiciera la misma pregunta todas las noches, le hacía sentirse útil.

Me respondió que se disponía a chequearlo en aquel preciso instante.

Se sentó junto a nosotros y sacó el dispositivo de su mochila. Todas las piezas seguían intactas y protegidas por sus bolsas herméticas. Yokai se colocó el *router* en las rodillas y lo encendió.

—Vaya, qué raro… —dijo, frunciendo el ceño—. El marcador de la batería no tendría por qué haber bajado tanto desde que lo comprobé ayer.

—Es lógico si lleváis cinco días encendiendo y apagando esa cosa cada noche —dijo Trueno.

—No, no; apenas lo mantengo encendido un segundo, lo justo para comprobar que sigue funcionando. Pero mira: la señal de carga ha bajado casi un tercio, eso es mucha cantidad.

—Quizá ayer lo dejaste encendido sin darte cuenta… —dije.

—Imposible, siempre tengo mucho cuidado; además, de ser así ahora estaría frito. Se supone que esto sólo tiene autonomía para cinco horas y ha pasado un día entero desde que lo miré por última vez. —Yokai inspeccionó el resto de los componentes—. Mierda. Alguien lo ha estado usando.

—¿Estás seguro?

—Sí. Mira este cable: está metido en la bolsa hecho un lío, pero yo lo tenía enrollado y sujeto con una goma elástica. Te digo que alguien lo ha usado, y ha tenido que ser ayer por la noche, mientras estábamos durmiendo. Es el único momento del día en que no llevo encima este trasto.

—¿Dónde lo dejaste ayer cuando te fuiste a dormir? —preguntó mi padre.

—En tu tienda, como siempre.

Trueno y Rico compartían tienda. Como sólo la ocupaban ellos dos quedaba libre más espacio que en las demás, así que solíamos guardar en ella nuestros efectos comunes tales como el botiquín, los instrumentos para cocinar o el dispositivo por satélite.

—¿Entró alguien ayer a coger el *router*? —le pregunté a mi padre.

—No estoy seguro. Como guardamos el botiquín siempre hay alguien metiéndose en nuestra tienda para buscar tiritas, pomada para las rozaduras y cosas así… A veces incluso mientras estamos durmiendo. Ya ni siquiera reparo en ello.

Estaba en lo cierto. Un par de días atrás yo mismo me levanté en mitad de la noche a coger un analgésico para un intenso dolor de espalda que no me dejaba dormir. Trueno y Rico ni siquiera se despertaron.

Me pareció muy extraño. Se suponía que aquel dispositivo era sólo para un caso de emergencia. Nos acercamos al campamento, donde el resto del grupo se preparaba para meterse en sus tiendas, y preguntamos por el *router*. Nadie admitió haberlo utilizado la noche anterior ni ninguna otra.

Que uno de nosotros hubiera escamoteado el dispositivo para utilizarlo a escondidas no tenía sentido para mí, así que supuse que Yokai sólo estaba imaginando cosas raras. Preferí no darle mayor importancia a aquel suceso.

Fue un error que acabaría por lamentar.

Según Rico no estaríamos mucho tiempo siguiendo el Sendero del Ratón. En base a las indicaciones valcatecas, éste se cruzaba con el Sendero de la Araña, nuestra siguiente etapa, a no mucha distancia. La mala noticia era que a partir de ahora tendríamos que avanzar por la parte más espesa de la jungla.

Los días que llevábamos de marcha eran una carga cada vez más evidente. Todos sufríamos de algún tipo de daño producido por las garras de la selva y de sus criaturas, ya fueran pieles irritadas, picaduras de insectos, desórdenes digestivos o cualquier otra incomodidad por el estilo. Ninguna grave, pero todas bastante molestas.

A cada paso el entorno se hacía más espeso a nuestro alrededor. Llegó un momento en que nos convertimos en simples organismos tan sólo concentrados en avanzar, alimentarse y dormir por las noches. Cada vez más taciturnos, cada vez más agotados. Nuestra rutina no se diferenciaba en exceso de la de cualquier otro animal de la selva. Con el tiempo, la jungla tiene la capacidad de deshumanizarte.

El segundo día de marcha nos topamos con el brazo de un río. Unos caimanes dormitaban en la orilla, a lo lejos, pero por suerte no había rastro de anacondas. Al vadearlo para buscar la forma de pasar al otro lado, encontramos los restos de un puente de piedra. Otra sorprendente huella de la presencia de los valcatecas, y señal inequívoca de que nuestro camino era el correcto.

El puente estaba demasiado derruido como para cruzarlo, pero sí era posible atravesar el río saltando de piedra en piedra.

—Hacedlo con cuidado —nos advirtió Trueno—. Si caéis al agua, un chapuzón no es lo peor que nos podría pasar.

—Tranquilo, no tengo ningún interés en servir de almuerzo a los caimanes —dijo Danny.

—Esas lagartijas no me preocupan, están demasiado lejos. Me refería a las pirañas.

Uno a uno, pasamos a la otra orilla sin sufrir ningún percance salvo cuando llegó el turno de Yokai. El muchacho resbaló en una de las piedras y cayó al río; por suerte, Enigma y Burbuja estaban cerca. Sacaron al chico, que agitaba los brazos aterrado, antes de que se convirtiera en comida para peces. Se le llevó un buen susto pero se le pasó rápido: por la noche, mientras se metía en su tienda para irse a dormir, incluso aseguraba estar decepcionado por no haber visto ninguna piraña. A los pocos minutos escuchamos un grito que venía del interior de la tienda. Entré a la carrera y me lo encontré sin camisa, temblando igual que un pajarillo en pleno invierno. Tenía el cuerpo infestado de sanguijuelas.

Entre Burbuja, mi padre y yo lo desnudamos y le extrajimos más de una decena con la ayuda de mi mechero y mucha paciencia. Fue una delicada operación, ya que algunas de aquellas repugnantes criaturas habían decidido alimentarse cerca de los lugares más sensibles del pobre muchacho.

—Chaval, para de temblar si no quieres que te abrase las pelotas —dijo Burbuja, acercándole el mechero a la cara interna del muslo—. ¡Maldita sea…! Ésta es mucha más intimidad de la que quería compartir con ningún compañero.

—Eso dijo ella… —respondió el chico con voz trémula. Al menos aún tenía presencia de ánimo para bromear (aunque bien pudo ser efecto de la ginebra que le dio mi padre para tranquilizarlo). Más tarde, mientras dormíamos hacinados en la tienda igual que cada noche, noté cómo se estremecía de vez en cuando dentro de su saco.

El siguiente día fue el último de nuestro recorrido por el Sendero del Ratón. Unas pocas horas después de iniciar la marcha, nos topamos con otra asombrosa muestra de arquitectura valcateca. Mucho más impresionante que cualquiera que hubiéramos visto antes, pero también mucho más peligrosa.

Nuestro paso se vio cortado por una inmensa pared rocosa cubierta de árboles, raíces trepadoras y orquídeas de colores intensos; un grupo de pájaros parecidos a colibríes pero mucho más grandes revoloteaban por entre sus pétalos. Por el espacio que separaba una roca y otra brotaban hilos de agua. Era una estampa muy hermosa.

Encajada en medio de aquella pared vimos una estructura hecha por la mano del hombre. Tenía la forma de una pirámide escalonada de tres pisos, sus muros de piedra apenas eran visibles bajo un tupido manto de enredaderas.

Me pareció vislumbrar entre las hojas y las ramas unos relieves que representaban escenas y quise acercarme para inspeccionarlos mejor, pero Rico me lo impidió.

—Cuidado —me dijo—. Siempre hay serpientes ocultas en las enredaderas. Mejor no acercarse.

La pirámide tenía un único vano que servía como entrada, casi taponado por la maleza salvaje. Nos abrimos paso con ayuda de nuestros machetes y nos aventuramos a explorar el interior de aquella extraña construcción.

El vano daba a un corredor cubierto por una bóveda de aproximación de hiladas. La jungla también invadía aquel espacio y los muros estaban cubiertos por la vegetación, a pesar de lo cual me dio la impresión de que las paredes estaban decoradas con pinturas. No me atreví a comprobarlo por miedo a las serpientes.

El pasadizo tenía unos veinte metros de longitud. Al llegar al final nos encontramos con una cámara bastante grande donde ya apenas había restos de flora salvaje.

Tanto las paredes como el suelo estaban hechas de grandes losas de piedra, según pude comprobar mientras contemplaba anonadado a mi alrededor, apuntando con la linterna. Vi también un portón de hojas de metal que estaba en uno de los extremos de la cámara. Sobre él, grabada en un dintel de roca, había una inscripción valcateca. Mi padre la estaba leyendo.

—¿Qué dice ahí?

—«Sendero de la Araña» —respondió—. Tendremos que abrir esta puerta para continuar.

No había cerrojos y las hojas no se movieron cuando tratamos de empujarlas, eran demasiado pesadas. Al inspeccionarlas con detalle descubrí que estaban montadas sobre dos gruesos discos de piedra.

Frente al portón había un gran bloque de piedra rectangular parecido a un altar, parte de él estaba cubierto de inscripciones valcatecas que mi padre se puso a traducir. En la parte superior vi nueve extrañas barras de metal de una longitud de un palmo. Me dio la impresión de que podían girarse igual que las llaves de un grifo y me dispuse a comprobarlo, pero Burbuja me lo impidió.

—No toques nada hasta que no estemos seguros de que no va a hacernos daño, ¿quieres, novato?

Un buen consejo basado en la experiencia, aunque no veía nada a mi alrededor que tuviera aspecto de trampa mortal, y así se lo dije a mi compañero. Entonces éste señaló con su linterna dos objetos en los cuales yo no había reparado.

Estaban situados en los extremos de la cámara, uno enfrente del otro. Se trataba de dos grandes columnas de piedra recubiertas de intrincados relieves abstractos con diseños de entrelazo. Rematando cada una había un curioso adorno: una estructura de metal redonda, parecida a una rosquilla gigante que alguien hubiera ensartado en lo alto de la columna.

El altar con las inscripciones estaba colocado justo en medio de las dos pilastras, a la misma distancia de ambas. Aquella disposición me dio mala espina.

Burbuja y yo fuimos a inspeccionar una de las columnas. Al aproximarme percibí un sonido leve que crecía en intensidad cuanto más cerca estaba de la columna, como si viniera de su interior. Era una especie de zumbido.

—¿Qué crees que serán estas cosas? —pregunté.

—No lo sé, pero no me gustan... ¿Oyes eso?

—Suena como cuando enciendes una lámpara con la bombilla floja.

—Exacto, y eso es lo que no me gusta. Esa clase de ruido aquí no pinta nada.

Entendí lo que quería decir y compartía su inquietud. Lo dejé examinando las columnas y regresé junto a Trueno, que aún se peleaba con las inscripciones del altar. Le pregunté si había algo importante en ellas.

—Aún no estoy seguro, parece una especie de oración.

—¿Y las de la parte de arriba? —Señalé el lugar donde estaban aquellos resortes con forma de barra. Sobre cada uno de ellos había un símbolo—. Parecen glifos.

—No lo son, son números.

—¿Números?

—Sí, del uno al nueve. —Fue nombrándolos por orden—: *Iná, iyamá, kele, pau...* Cada símbolo representa una cantidad.

—Resortes numerados... ¿Crees que alguno de ellos servirá para abrir la puerta?

—Tiene sentido, pero no me apetece ir probándolos uno a uno a ciegas, no creo que sea una buena idea. Lo mejor será que termine de traducir el resto de las inscripciones por si descubro alguna pista.

Como dijo que eso le llevaría un rato, decidimos montar un campamento en el exterior de la estructura, junto a la entrada, e ir preparando algo para almorzar.

Trueno apareció un tiempo después con la traducción del texto escrita en un cuaderno. Era una especie de poema sobre la creación, vagamente similar al que estaba escrito en el libro del Génesis.

En el primer día era Tupana. En el principio era el Número.

En el segundo día Tupana estaba solo y dio vida a sus tres formas. Las tres formas se unieron al Número y esto fue el Universo.

En el tercer día Tupana dobló el Universo para poblarlo de espíritus.

En el cuarto día Tupana creó el mundo. Tupana sacó los elementos del Universo para ponerlos en el mundo y lo

hizo dos veces, una para los elementos del Norte y otra
para los elementos del Sur.
En el quinto día el Universo se partió por la mitad: arriba
quedó la morada de Tupana y abajo quedó el reino de los
demonios.
En el sexto día fueron cuatro.
En el séptimo día Tupana descansó.
El Número abre el sendero.

Nadie del grupo fue capaz de extraer ninguna pista de aquellos versos, salvo que, al parecer, había que conocer el Número que el poeta identificaba con Tupana para abrir la puerta del Sendero de la Araña. Llegamos a la conclusión de que aquellos resortes del altar servían para marcar la cifra correcta, igual que una combinación.

Lo que no sabíamos era qué cifra era aquélla. En el poema se citaban varios números, pero no el más sagrado de ellos, el que se correspondía con Tupana.

Llevamos a cabo una improvisada tormenta de ideas lanzando teorías. Para Enigma, la combinación correcta era una cifra formada por todos los números que mencionaba el poema. Danny apostaba por el cuatro, que aparecía en un solo verso como si fuera el más importante. Burbuja creía que había que sumarlos todos y el resultado nos daría la clave… Todas eran ideas probables, pero ninguna se basaba en otra cosa que en la mera intuición.

Nos quedamos bloqueados. Yo empecé a pensar si la respuesta a aquel acertijo no sería mucho más simple de lo que aparentaba.

—¿Los valcatecas tenían algún número que considerasen especialmente sagrado? —le pregunté a mi padre.

—Tenían muchos números sagrados —respondió—. Desde el uno hasta el nueve, todos poseían algún significado para ellos, pero no sé de ninguno que fuera más importante que el resto.

Volví a leer el poema una vez más. Había algo que me resultaba familiar en el primer verso: «En el principio era el Número»… ¿De qué me sonaba eso? Ah, sí: uno de los gemelos me citó una frase de Platón que era parecida: «Dios es número», aquello me llevó a recordar que en el manuscrito úlfico de Gesalio aparecía esa misma sentencia escrita en latín. *Deus est numerus.* Quizá eso tenía importancia.

Pero yo no se la encontraba.

Me di cuenta de que mientras nosotros nos devanábamos los sesos en aquel poema, Rico y su sobrina Sita mantenían algún tipo de discusión a media voz. Entonces, el indio se apartó de su sobrina y se dirigió hacia la cámara valcateca.

—¡No, tío, no! —gritó Sita.

—¿Qué ocurre? —pregunté—. ¿Adónde va?

—¡Ay, Dios! Dice que sabe cómo abrir la puerta del sendero, pero yo creo que se equivoca. Por favor, díganle que se detenga, a mí no me hace caso.

La muchacha estaba muy angustiada. El resto corrimos tras el indio y lo encontramos dentro de la cámara, junto al altar. Tenía la mano sobre uno de los resortes.

—¡Rico! —exclamó mi padre—. ¿Qué vas a hacer?

El indio lucía una atolondrada sonrisa de orgullo.

—Yo lo sé, padrecito. El número. Ahora Rico los va a ayudar, ya verá.

Dirigí la mirada a aquellas grandes columnas de piedra que flanqueaban el altar como dos soldados vigilantes. El indio parecía muy pequeño entre las dos estructuras, pequeño y vulnerable.

Tuve un mal presentimiento.

—Espera un momento. —Trueno se acercaba lentamente hacia él, como si Rico tuviera el dedo en el gatillo de una pistola con la que se apuntaba a la cabeza—. Es…, es fantástico que quieras ayudarnos, pero es mejor que no te precipites, ¿de acuerdo? Antes de tocar nada, ¿por qué no nos dices cuál es el número?

Él seguía sonriendo con aquella absurda expresión de entusiasmo.

—¡Es el siete, señor! —exclamó—. El siete es el Número Sagrado porque son los días en los que Tupana creó el mundo. Mi papá me lo dijo una vez.

—Bien, bien, el siete, de acuerdo, eso… tiene sentido; pero antes vamos a discutirlo un poco, sólo para estar seguros de que…

—No, no, padrecito, no hace falta. Verá cómo tengo razón.

—¡Rico, no…!

Tarde. El indio giró el resorte del altar y con ello sentenció su destino.

De inmediato mi cuerpo experimentó una sensación extraña,

parecida a un hormigueo. La piel se me erizó e incluso noté cómo el cabello se me agitaba como por efecto de una extraña energía estática. El zumbido que brotaba de las columnas creció en intensidad hasta convertirse en una sucesión de chasquidos, y luego algo tan terrible como asombroso ocurrió ante nuestros ojos.

De los ornamentos que había en lo alto de las columnas brotaron dos relámpagos azules que restallaron igual que látigos luminosos. Dos brazos de electricidad pura atravesaron el cuerpo del pobre Rico, que se dobló hacia atrás en un espasmo violento y profirió un alarido. Durante apenas unos segundos, la imagen de Rico temblando entre aquellas dos lanzas brillantes fue lo único que pudimos contemplar. Se produjo otro chasquido, los relámpagos desaparecieron y aquel zumbido se atenuó hasta dejar de oírse. El aire se inundó de un hedor a electricidad y a carne y pelo quemados. Rico se desplomó sobre el altar y resbaló poco a poco hasta quedar tendido en el suelo.

Corrimos hacia él pero mucho me temía que ya no podíamos ayudarle. Su piel estaba cubierta de quemaduras, los ojos muy abiertos y enrojecidos; y de su nariz y oídos brotaban hilos de sangre. El cadáver del indio aún temblaba cuando Burbuja puso la mano sobre su pecho y comprobó que el corazón ya no le latía.

Mi padre contemplaba las columnas con una expresión de profundo temor, como si contemplara algo monstruoso.

—Que Dios me asista… ¿Qué clase de artefactos son éstos?

Era una pregunta para la que nadie tenía respuesta.

Llevamos los restos del pobre indio al campamento. Allí estaban Enigma, Yokai y Sita. La entereza con la que la muchacha recibió la muerte de su tío me resultó admirable. Nos pidió quedarse a solas un rato junto al cadáver y ninguno tuvimos corazón ni ánimo para negárselo. Dejamos que ambos se dieran el último adiós en el interior del corredor de acceso a la cámara, el único lugar donde la muchacha podía gozar de un poco de intimidad.

La muerte del indio nos dejó noqueados, no sólo por solidaridad hacia su sobrina sino también por el hecho más egoísta de que, de pronto, nos habíamos quedado sin guía.

Como es lógico, el ambiente en el campamento era lúgubre. Nadie parecía tener ganas de hablar sobre cómo continuar el viaje o qué hacer a continuación, cada uno rumiaba sus pensamientos a solas como si nos hubiéramos puesto de acuerdo para guardar un luto silencioso en respeto por el pobre Rico.

En un momento dado me retiré a fumar un cigarrillo. No podía apartar de mi cabeza la imagen del indio abrasado entre aquellos relámpagos fantasmales. Era como si el infeliz Rico hubiera sido víctima de algún tipo de implacable ira divina. Me sentía preso de un temor abstracto y supersticioso.

Aún le daba vueltas en la cabeza a aquellas ideas, entre nerviosas caladas de cigarro, cuando Danny se me acercó.

—Está anocheciendo —me dijo—. El resto de nosotros y yo pensamos que va siendo hora de hablar sobre nuestros próximos pasos, pero necesitamos que estés presente.

—Sí, entiendo. Tienes razón. Sólo… deja que me termine el cigarrillo.

Ella se sentó a mi lado.

—¿Qué ha ocurrido ahí dentro, Danny? —pregunté, tras un breve silencio—. Tú has visto lo mismo que yo, ¿verdad? No ha sido ninguna visión provocada por el cansancio, la fiebre selvática o algún veneno alucinógeno que hayamos ingerido sin darnos cuenta. Ha sido real.

—Me temo que sí.

—Dios… —dije entre dientes—. Esos malditos relámpagos…

—Para tu tranquilidad, te diré que no creo que Dios haya tenido nada que ver en esto. Si está en alguna parte, estoy segura de que tiene mejores cosas que hacer que matar a un pobre hombre con sus rayos divinos sólo porque ha equivocado la respuesta de un estúpido acertijo.

—Claro, claro… Yo pienso igual, pero… Maldita sea, ¿de dónde diablos salieron esas cosas?

—Eso no es ningún misterio: de dos enormes generadores metálicos.

—¿Generadores?

—Eso he dicho. —La buscadora se quitó un escarabajo que subía por la pernera de su pantalón—. He estado pensando… Cuando Rico accionó esa palanca, ¿escuchaste aquel zumbido? ¿Notaste cómo se te erizaba el pelo y un intenso olor a estática?

—Sí, ¿tú también? Pensé que era sólo una sugestión mía.

—Todos lo percibimos. Lo he estado hablando con Burbuja y con Yokai; creemos que esos relámpagos no tenían nada de mágico. Las dos columnas de piedra que hay junto al altar son generadores de electricidad… Bobinas de Tesla, más bien; dos inmensas bobinas de Tesla.

Iba a desechar la idea por inadmisible, pero me di cuenta de que prefería pensar que Rico murió a causa de un anacronismo inverosímil en vez de por alguna fuerza sobrenatural.

—Generadores eléctricos de una antigua civilización precolombina… —dije—. Por favor, dame algo más sólido que eso.

—Me gustaría, pero es todo lo que tengo.

Suspiré.

—Bobinas de Tesla, sí… ¿Y quién enseñó a los valcatecas a fabricarlas? ¿Los extraterrestres? ¿O bien es que dominaban el secreto de los viajes en el tiempo?

Ella se encogió de hombros.

—Tirso, lo que ha ocurrido en esa cámara lo hemos visto todos, tú también estabas allí; igual que estabas en aquella cripta de Asturias cuando a Enigma y a ti os atacaron una especie de robots. Lo que quiero decir es que la fuente de conocimiento de la que salieron esos autómatas pudo ser la misma de la que aprendieron los valcatecas a construir generadores eléctricos, llevada por un grupo de monjes de un continente a otro. —Danny me miró—. ¿Sabes? Es curioso: llevas mucho tiempo buscando esa Mesa pero nunca te has parado a pensar en si lo que buscabas era real o sólo una leyenda.

Esas palabras no sonaban propias de Danny. Siempre la vi como la más escéptica de todos nosotros… Aunque, bien pensado, nunca manifestó ninguna creencia en uno u otro sentido, simplemente se limitaba a guardarlas para sí.

—¿Real? —pregunté—. ¿A qué te refieres con «real»?

Ella se tomó un tiempo antes de responder.

—¿Y si fuera cierto? Todo lo que se dice sobre esa Mesa, Altar del Nombre, o como quieras llamarlo… ¿Qué ocurriría si al encontrarlo descubrieras que, en efecto, es una fuente de inmenso poder? Quizá no sobrenatural, pero sí incomprensible para nosotros. —Volvió a mirarme, con un leve gesto de desafío—. ¿Qué harías en tal caso, Tirso?

—Yo… No lo sé… —respondí—. Nunca lo había pensado.

Era cierto. En el fondo, lo que hubiera al final de aquella búsqueda jamás llegó a preocuparme en exceso. Una reliquia bíblica, un tesoro, un objeto mágico… Podía ser cualquiera de esas cosas y mi afán por hallarla no sería menor. No era el premio lo que yo quería, era el placer de la búsqueda.

—Quizá deberías empezar a planteártelo —sugirió—. Y también a preguntarte si somos las personas adecuadas para encontrar algo semejante.

—¿Por qué no íbamos a serlo?

Danny mostró una de sus sonrisas incompletas.

—Somos una pandilla de rastreadores, sólo eso… Sin inquietudes, sin proyectos… Buscando, siempre buscando. Eso es todo lo que sabemos hacer.

—Porque es lo que queremos —repliqué.

—Exacto. Encontramos algo… y después lo olvidamos, sólo nos importa nuestra próxima búsqueda. Quizá un hallazgo tan grande como el que perseguimos debería caer en manos de alguien que tenga las ideas más claras que nosotros, alguien que sepa qué hacer con ello.

—¿Alguien como quién? ¿Como Voynich, por ejemplo?

—¡Claro que no! Si eso es lo que entiendes de mis palabras, estás en un error.

—Entonces explícame lo que pretendes decir porque, francamente, empiezo a estar confuso… ¿No quieres que encontremos esa Mesa?

Ella rozó mi mejilla con sus dedos.

—Quiero que la encuentres tú —me dijo—. Y quiero que, cuando eso ocurra, sepas hacer lo correcto.

Incliné un poco la cabeza para prolongar aquel contacto el mayor tiempo posible, como un acto instintivo. La atracción que sentía hacia ella aún era muy fuerte, tanto que aún me impedía pensar con claridad.

Trueno apareció en aquel momento para preguntarnos si habíamos visto a Sita, estaba empezando a inquietarse por ella.

—Es probable que aún siga en el corredor —dije.

—Pobre muchacha… —comentó mi padre, apesadumbrado—. Iré a buscarla. Debe comer algo y descansar, le vendrá bien.

Me ofrecí a ir yo en su lugar. Me sentía responsable por el trágico fin de su tío ya que, al fin y al cabo, fui yo quien lo convencí para unirse a nuestra expedición.

Encontré a Sita en la entrada del corredor, sentada junto al cadáver de Rico al cual habíamos cubierto con su propia mosquitera. Otro problema con el que tendríamos que enfrentarnos era qué hacer con su cuerpo. Una húmeda jungla infestada de microorganismos no era el lugar más adecuado para dejar un cadáver a la intemperie.

Al acercarme a ella, la muchacha volvió la cara hacia mí y me regaló una sonrisa triste. Tenía los ojos y las mejillas húmedas, pero no lloraba.

—Siempre fue un cabezota —me dijo—. Pobre tío... Era muy simplón también, pero yo lo quería mucho. Cuidó de mí cuando mis padres murieron.

—Lo siento. Esto no tenía que haber ocurrido.

—Sí... En fin... Ya era muy viejito... Yo sabía que no le quedaba mucho tiempo, él mismo lo decía a veces. Se sentía cansado, sin ánimos... Y yo ya apenas lo necesitaba; de hecho, en los últimos tiempos era yo más bien la que cuidaba de él y así no se sentía solo. —Permaneció un rato en silencio, contemplando a su tío—. Una vez me contó que los mauakaro, cuando se hacían viejos, se iban solos a la jungla y no regresaban. Tupana los encontraba y se los llevaba en brazos al cielo, como a niños, para que pudieran descansar. Es una historia hermosa, ¿verdad?

—Sí, lo es. Mucho.

Ella asintió.

—Mi tío estaba orgulloso de su sangre mauakaro, más que de cualquier otra cosa en el mundo. Seguro que no le habría importado saber que iba a descansar en la jungla igual que sus ancestros.

—Sita... —comencé. Me iba a costar mucho decir lo que tenía en mente, pero sabía que era lo único correcto—. Si quieres, podemos regresar. Nos llevaremos el cuerpo de tu tío para que lo entierren donde tú desees.

Ella me miró, sorprendida.

—¿Y qué pasará con la ciudad que están buscando?

—Podemos intentarlo más adelante —respondí, procurando sonar convincente—. Encontraremos a otro guía... Es igual, ahora eso no es lo más importante.

—No encontrarán otro guía —repuso—. Quedan muy pocos que conozcan los senderos como mi tío… o como yo.

—Si no hay otra solución…

—Oh, pero sí la hay. Yo puedo llevarlos. Sé cómo.

—Pero tu tío…

Sita acarició la frente de Rico con ternura.

—Dijo que podíamos enterrarlo donde yo deseara… Bien: deseo enterrarlo como a un mauakaro. Que descanse en la jungla. —La muchacha me miró a los ojos—. Y después deseo ir con ustedes y ver esa ciudad de tesoros.

Tengo que ser honesto y admitir que era justo lo que deseaba escuchar. Quizá eso no diga mucho en mi favor (más bien al contrario), pero también es cierto que si la muchacha no hubiera realizado esa oferta, yo jamás se lo habría pedido. Lo juro por mi honor de caballero buscador.

Sin duda escaso y discutible, pero no por ello menos existente.

Enterramos al indio de la mejor manera que pudimos. Mi padre, que aún era un sacerdote ante los ojos de los demás, se vio en la delicada necesidad de pronunciar unas palabras a modo de servicio fúnebre. La propia Sita se lo pidió. Para ser un falso cura no lo hizo mal del todo, y supongo que Dios (o Tupana) no le echaría en cara al bueno de Rico aquella bienintencionada farsa cuando su alma llegase al Reino de los Cielos.

Estábamos muy cansados y nos fuimos a nuestras tiendas para dormir. Ahora que Rico ya no formaba parte de la expedición, Burbuja pudo ocupar su puesto vacante en la tienda de mi padre. Aunque suene poco apropiado, debo admitir que el espacio que ganamos Yokai y yo en nuestro alojamiento fue muy bienvenido. Burbuja era un tipo enorme.

Me metí en mi saco, disfrutando de aquella amplitud, y cerré los ojos. Yokai, a mi lado, estaba sentado en el suelo con su linterna de cabeza encendida.

—Apaga eso, estoy intentando dormir —le pedí—. ¿Puedo saber qué diablos estás haciendo?

—Leer el poema que tradujo Saúl. Por si no lo recuerdas, seguimos sin saber abrir esa puñetera puerta.

—Muestra un poco de decoro, hijo. —Sí, se me estaba empezando a pegar la forma de hablar de mi padre—. Rico aún está de cuerpo presente. Ya nos ocuparemos de eso mañana.

—¿Por qué crees que lo hago? —dijo, ofendido—. El pobre tipo ha muerto por culpa de este poema, lo menos que podemos hacer en su memoria es tratar de resolver el acertijo que encierra, no olvidarnos de ello como si fuera algo sin importancia.

El chico tenía su parte de razón... y yo no tenía ganas de discutir, así que le dejé hacer mientras yo trataba de conciliar el sueño. La ventaja de pasar varios días atravesando la jungla es que acabas por dormirte en cualquier circunstancia. Me puse a roncar apenas cerré los ojos.

Me desperté cuando sentí que alguien me sacudía el hombro. Como cada mañana, lo primero que me vino a la cabeza fue una maldición por lo corto que me había parecido el descanso. Farfullando y somnoliento, me incorporé de forma automática y me dispuse a afrontar un nuevo día.

El problema era que aún era de noche, según pude observar.

—¡Faro, Faro, ya lo tengo! —dijo Yokai a mi lado—. ¡Cinco!

—¿Qué...? Por todos los... ¿Qué jodida hora es?

Como ya he mencionado antes, no tengo un buen despertar.

La luz de la linterna de Yokai me deslumbró los ojos. El chico ni siquiera se había llegado a meter en su saco.

—No lo sé, las dos o las tres, ¿qué importa? ¡Ya sé el número! ¡Es el cinco!

—¿El cinco? ¿De qué mierda estás hablando? —Sin responderme, el muchacho salió de la tienda a toda velocidad—. ¡Eh, Yokai...! Maldita sea, ¿dónde vas? ¡Vuelve! ¡Yokai!

Fui tras él tropezando con mis propios pies mientras me ponía las botas. Vi cómo desaparecía en el interior del corredor, hacia la cámara. Cuando logré calzarme corrí en su busca. Empezaba a temer que aquel atolondrado saco de hormonas estuviera a punto de hacer algo muy imprudente.

Mis temores se cumplieron cuando lo encontré en la cámara, parado frente al altar, en el mismo sitio donde Rico cayó fulminado. Yokai sostenía uno de los resortes.

Maldita sea. Aquello ya lo había vivido antes. Y no acabó nada bien.

—¡Estúpido crío! ¿Qué crees que estás haciendo?

—Ya lo sé: la respuesta es cinco. El Número Sagrado es el cinco.

—¿De dónde diablos has sacado esa idea?

—Tardaría mucho en explicártelo. Es jodido de narices. Lo mejor es que lo veas tú mismo.

—¡No, no, nada de eso! ¡Quita esa mano de ahí!

Él me guiñó un ojo.

—Eso dijo ella…

Fueron sus últimas palabras antes de caer derribado.

No fueron relámpagos asesinos los que tumbaron al muchacho. En el momento en que Yokai giró el resorte, me lancé sobre él con la idea de apartarlo del altar antes de que fuese tarde. O bien lo salvaba de una muerte por electrocución, o bien los dos nos convertiríamos en carne a la brasa. Al caer al suelo escuché un violento golpe que parecía surgir de debajo de nuestros pies, seguido por una especie de siseo, parecido al que provocaría una enorme máquina de vapor. No quería ni pensar en la clase de muerte horrible que nos esperaba.

Entonces los discos sobre los que estaban montadas las hojas del portón empezaron a girar produciendo un desagradable chirrido. La puerta se abrió con firme lentitud, mostrando ante nosotros un pasadizo que desembocaba en la jungla.

El Sendero de la Araña.

La sinfonía de ruidos de la cámara debió de llegar aumentada por el corredor hasta nuestro campamento y despertar a Trueno y a Burbuja, pues al incorporarme los encontré mirando asombrados el portón abierto.

Yokai se levantó, sacudiéndose el polvo de la ropa.

—Tío, avísame cuando vayas a hacer eso —protestaba—. Me he destrozado el culo al caer al suelo.

—¿Qué ha ocurrido aquí? —preguntó Trueno, atónito—. ¡La puerta está abierta! ¿Cómo…?

—Sí, ha sido alucinante —dijo Yoaki—. Yo estaba ahí, en ese altar, en plan «eh, tío, que es el cinco», y Faro como «¡sal de ahí, renacuajo!», y yo «tranqui», y luego yo he girado esa cosa y él se me ha tirado encima para que los rayos esos no me frieran las pelotas. La hostia. Tendríais que haberlo visto.

Como la narración del chico no aclaró nada a nadie, yo conté lo sucedido desde que salí corriendo de la tienda.

—Te lo dije —añadió Yokai cuando terminé—. Te dije que el Número Sagrado era el cinco, y no me quisiste creer. ¡Nunca me haces caso cuando te digo las cosas!

—¿El cinco? —repitió Burbuja—. ¿Cómo lo has sabido? ¡Ha tenido que ser pura suerte!

—No, capullo. Álgebra. —Nuestras caras reflejaron el mayor de los desconciertos. Yokai nos miró como si fuésemos estúpidos—. Sí, álgebra. El poema no es más que un problema matemático.

—Hijo, eso tendrás que explicárnoslo mucho mejor… —dijo Trueno.

—Es como… —Yokai gesticuló. No se le daba nada bien razonar sus pensamientos, siempre se quedaba corto de vocabulario—. Como cuando alguien te dice: «Piensa un número del uno al diez, ahora réstale esto, súmale lo otro, divídelo por tal y multiplícalo por cual; el resultado que te da siempre es nueve, ¡abracadabra!». ¿No os han hecho nunca algo parecido?

—Sí —respondí—. Como un truco de ilusionismo mental.

—En realidad es una mierda de truco, sólo se trata de aplicar una ecuación. Es igual que ese poema: el tipo que lo escribió pensaba en un número y tan sólo había que adivinar cuál era. —Como seguíamos sin tenerlo claro, Yokai tuvo que sacar el cuaderno donde tenía apuntados los versos del altar y explicárnoslo paso a paso—. Fijaos, el primer verso: «En el principio era el Número»; bien, ésa es la cifra secreta, la que no sabemos cuál es. La llamamos X, ¿de acuerdo? En el siguiente verso dice: «Las tres formas se unieron al Número», es decir, a X hay que sumarle tres; al resultado de esa suma es a lo que el poema llama «el Universo». Continuamos: «Tupana dobló el Universo para poblarlo de espíritus», es decir, que ahora multiplicamos por dos, ¿me seguís?

—Creo que sí —respondió Burbuja, que iba a apuntando cosas en un papel—. Continúa.

—Bien. El cuarto verso es un poco más jodido. Dice: «Tupana sacó los elementos del Universo para ponerlos en el mundo». Yo imaginaba que los elementos son agua, tierra, aire y fuego; es decir, cuatro. Por lo tanto hay que restar cuatro. Sin embargo, en el texto también dice que Tupana quitó los elementos dos veces, lo que significa que hay que volver a efectuar la resta de cuatro. En total, quitamos ocho.

Mi padre miraba a Yokai, acariciándose la barba.

—Chico listo…

—Ya casi he terminado. El quinto verso dice que el Universo se partió; es decir, lo siguiente que hay que hacer es dividir por dos. Por último, dice que «en el sexto día fueron cuatro».

—¿Cuatro qué?

—Cuatro nada. Ése es el resultado que queda una vez que se han efectuado los cálculos anteriores.

—Eh, minigenio —dijo Burbuja—. Échale un vistazo a esto y dime si es más o menos lo que tú tenías en mente.

Le entregó el papel en el que había tomado notas mientras Yokai desgranaba su explicación. En él aparecía una fórmula algebraica.

$$\frac{2\,(x+3)-8}{2} = 4$$

—¡Eso es! —exclamó el muchacho—. La X es el Número del que habla el poema, y si la despejas comprobarás que es igual a cinco, pero yo ni siquiera tuve que hacerlo.

Burbuja sonrió de medio lado.

—Ya nos has deslumbrado bastante, renacuajo, no quieras alardear más, eso no está bien.

—No, hablo en serio; es un truco muy viejo, yo ya lo conocía. Si a cualquier número le sumas tres, lo multiplicas por dos, le restas ocho y luego lo divides por dos, el resultado siempre será ese mismo número menos uno. No falla. Puedes usar el sistema para quedarte con la peña y hacerles creer que les has leído el pensamiento o algo así.

—Hijo, quizá a ti te parezca un simple truco, pero no creo que haya muchas personas capaces de leer la mente de un poeta muerto hace siglos —dijo mi padre. El pecho de Yokai se infló como el de un pavo—. Reconozco que estoy impresionado.

También yo lo estaba. Siempre he sido un obtuso hombre de

letras, ni siquiera estoy seguro de poder resolver una simple ecuación de primer grado.

Pero había otro factor que me asombraba aún más que las habilidades de Yokai, y eran las de los propios valcatecas. Aquella civilización no sólo dominaba el álgebra, sino también la tecnología necesaria para fabricar puertas automáticas que se abrían accionando un resorte.

En Madrid, los gemelos Alfa y Omega me contaron que Herón de Alejandría ideó un mecanismo que abría las puertas de los templos en la Antigua Grecia. No recuerdo los detalles, pero creo que funcionaba mediante vapor de agua, cuerdas y poleas. En ese caso, ampliando mis miras hasta el último límite, podía concebir que los antiguos valcatecas hubieran creado un ingenio similar.

Pero ni Herón de Alejandría ni toda una legión de sabios de la Antigüedad fueron capaces de inventar nada parecido a una bobina de Tesla. Los valcatecas, una cultura rodeada por la jungla más hostil, en cambio sí que lo hicieron.

Sus conocimientos eran un desafío a toda lógica salvo que, como insinuó Danny, los hubieran obtenido gracias a una reliquia bíblica que encerraba el secreto de la sabiduría divina.

Si eso era cierto (y yo me resistía a reconocerlo), la posibilidad de encontrarla me producía una profunda inquietud. Poseer la fuente del poder de Dios era una ambición que superaba de forma ridícula cualquier expectativa de un modesto grupo de buscadores.

4

Araña

La jungla había cambiado.

Al principio no me di cuenta. La desaforada vegetación que rodeaba el Sendero de la Araña no parecía diferente a la que habíamos dejado atrás, pero a lo largo del primer día de marcha, mientras seguía los pasos de Sita, nuestra nueva guía, empecé a percibir sutiles alteraciones a mi alrededor.

Por ejemplo, una flora que me resultaba desconocida, de aspecto afilado y dañino, cuya tonalidad verde era diferente a la que yo había visto antes, más irreal.

En los minutos previos a una tormenta, puedes observar que los colores de las cosas cambian. Aunque la luz se haya oscurecido, todo adquiere una tonalidad chillona, artificial, como si transmitiera la tensión en la atmósfera… Pues bien, me sentía igual que si camináramos bajo la amenaza de una tormenta inminente que nunca llegaba a desatarse.

Las raíces flotantes, las enredaderas y las lianas eran más retorcidas; e incluso los troncos de los árboles parecían crecer sometidos a violentas torsiones, como si cada centímetro que se alzaban sobre el suelo les costase un doloroso esfuerzo. Las flores eran menos abundantes, y las que había tenían formas grotescas, incompletas, y presentaban unos colores demasiado intensos: rojos sangrientos, azules eléctricos, naranjas ardientes… No parecían pigmentos naturales y su visión, al cabo del tiempo, resultaba desagradable, aunque uno no supiera determinar el motivo exacto.

Había algo más en aquel tramo de jungla que me resultaba desasosegante. No supe qué era hasta que Burbuja me lo indicó.

—¿Lo oyes? —me preguntó durante la marcha.

—No oigo nada.

—Exacto. Todo está en silencio.

La jungla por lo habitual es una caja de ruidos: animales que chillan, pían, aúllan y rugen; ya sea de día como de noche; aleteos, movimientos, ramas que se agitan… Es como el sonido del tráfico en una gran ciudad: algo permanente.

Pero en aquel momento no se escuchaba nada. Sólo nuestros pasos. Nuestra respiración.

Tan inquietante es salir de casa una mañana en medio de una urbe y contemplar un panorama de calles vacías (sin coches, sin gente) como avanzar por una jungla en un silencio absoluto. Sabes que hay algo que no está bien, que no es normal.

Tampoco había animales. Y eso sí que resultaba extraño. Había llegado a acostumbrarme a caminar entre insectos de todo tipo, bajo la atenta mirada de los pájaros y de los monos aulladores que haraganeaban sobre las ramas de los árboles. Pero allí no había nada de eso. Sólo plantas de colores extraños. Y mucho silencio.

No encontré ningún ser vivo que no fueran mis compañeros hasta varias horas después de iniciar nuestra marcha, y, para ser exactos, tampoco era un ser vivo en realidad.

Me topé con él mientras caminaba junto a mi padre, un poco rezagados del resto del grupo.

En suelo, entre la hojarasca, había una extraña criatura con aspecto de artrópodo; inmóvil, boca arriba y con las patas encogidas sobre el cuerpo. Era casi tan grande como mi bota, provisto de un cuerpo rechoncho y cubierto de vello crespo. Las patas eran gruesas como dedos y dos de ellas tenían pequeñas pinzas. En su cabeza (o lo que parecía serlo) vi un par de mandíbulas afiladas de bordes irregulares, parecidas a las de una hormiga, y sobre ellas un racimo de esferas lechosas, quizá los ojos.

Mi padre lo tocó con el pie para voltearlo. Aquello dejó al descubierto unas alas transparentes y membranosas.

—¿Qué es eso? —pregunté, asqueado.

—No lo sé. Jamás había visto un insecto parecido —respondió mi padre—. Pero te diré algo: me alegro de que esté muerto.

Miré inquieto a mi espalda, como si esperase que de pronto apareciera volando en zigzag una de esas criaturas, directa hacia mi cuello.

Mi padre y yo seguimos caminando. No mencionamos a nadie lo que habíamos visto.

Llegué a alegrarme cuando volví a ver algunos animales e insectos propios de la fauna a la que ya estaba acostumbrado, aunque seguían siendo muy escasos en comparación con los días anteriores.

Si los encuentros con seres vivos eran raros, la visión de restos de valcatecas se hizo, por el contrario, algo habitual. Empezamos a acostumbrarnos a pasar junto a vestigios arquitectónicos de pequeña envergadura, tan ruinosos que era imposible adivinar su función. A veces no eran más que trozos de mampostería, fragmentos de adintelado o piedras entre la maleza.

Al atardecer de nuestra primera jornada de marcha por el Sendero de la Araña llegamos a un claro.

La vegetación desaparecía de forma abrupta alrededor de un perímetro en el que se veían algunos restos de árboles calcinados. La tierra allí era oscura, como si estuviera mezclada con cenizas.

En medio del claro había una estructura medio derruida hecha de sillares, muchos cubiertos por una negra capa de hollín. Entre las piedras encontramos algunas vasijas tiznadas y rotas de las que rezumaba miel. Supusimos que se trataba de un cementerio valcateca, similar al que habíamos descubierto días atrás.

—Da la impresión de que aquí hubo un incendio… —comentó Enigma, mirando alrededor.

—En todo caso, fue hace tiempo —observó mi padre—. Propongo que acampemos aquí para pasar la noche.

Empezamos a montar nuestras tiendas.

Se percibía un ambiente alicaído en el grupo. Creo que no se debía sólo al cansancio acumulado sino también a una sensación funesta que se percibía en el ambiente. Incluso el aire parecía enrarecido.

Tal sensación no desapareció ni siquiera mientras compartíamos nuestra frugal cena a la luz de un pequeño fuego. Masticábamos callados, mirando al suelo, rodeados por sombras que no ayudaban a mejorar nuestro estado de ánimo.

Pensé que aquello no era conveniente. No sabía cuánto camino nos quedaba aún por recorrer, y aquella súbita falta de moral era un lastre que no podíamos permitirnos llevar a cuestas. Traté de entablar alguna conversación que nos sirviera para relajar la mente, abstraernos por un instante de aquella sensación de pesadumbre, pero no tuve ningún éxito, nadie parecía querer hablar salvo por monosílabos, así que dejé de intentarlo.

Entonces Sita me hizo una pregunta.

—Señor Faro —dijo. Como todos me llamaban así, ella pensaba que ése era mi nombre de verdad. Lo de «señor» era un tratamiento que nunca logré que dejase de darme por más que lo intenté—. Esa ciudad que estamos buscando, ¿qué clase de tesoros hay en ella?

—Bueno, Sita… No estoy seguro, pero una antigua leyenda dice que los valcatecas guardaron en ella un objeto de gran valor.

—¿Qué era?

Al ir a contestar, mi mirada se cruzó con la de mi padre.

Esbocé una sonrisa que la oscuridad mantuvo en secreto.

—¿Sabes? —dije—. Podría contártelo si quieres, pero conozco una historia mejor…

Las palabras brotaron solas de mis labios mientras todos mis compañeros las escuchaban. La historia de un rey sabio y poderoso y el regalo maldito de una bruja llamada Lilith. Repetí aquel relato tal y como me lo había contado mi padre, pues estaba grabado en mi memoria desde que era un niño. Seguí su mismo desarrollo, utilicé sus mismas expresiones e incluso hice idénticas pausas de efecto; no brotaba de mí, yo tan sólo era un actor interpretando un buen guión.

Conecté la historia con mis propias vivencias, azuzado por las preguntas de Sita. Hablé de las Cuevas de Hércules, de la Máscara de Muza, de Ben LeZion y del diario del marqués de Miraflores… Luego de Malí, del tesoro de Yuder Pachá y los espantosos numma. Pero, aun entonces, yo utilizaba las palabras y las técnicas de narrador que creía que habría usado mi padre.

Sita escuchaba embelesada aquel relato. Sufrió con la muerte de Narváez, contuvo la respiración cuando Burbuja cayó herido en la Ciudad de los Muertos y tembló ante la aparición de Zugu, el dios de los numma. Si yo olvidaba algún detalle, mis compañeros me corregían y lo ampliaban. Entre todos los caballeros buscadores relatamos aquellos sucesos en mitad de la noche y alrededor de una hoguera, tal y como se contaron siempre las buenas historias.

El relato no tenía final. Todavía estábamos escribiéndolo. Así que, como siguiendo un círculo, acabé de contar nuestras aventuras volviendo de nuevo a la Mesa de Salomón, el motor de todas ellas.

—La leyenda dice que el *Baal Shem*, el Guardián del Nombre, es el único capaz de pronunciar la palabra divina de creación que está escrita en la Mesa, aquella que los valcatecas llamaban *Semmakeraj*; pero si lo hace, desencadenará una fuerza destructiva y terrible que nadie, salvo Dios, puede controlar.

—¿Ni siquiera el *Baal Shem*? —preguntó Sita, fascinada.

Entonces mi padre tomó la palabra por primera vez.

—Tampoco él —dijo. La luz del fuego marcaba sombras en su rostro. En aquel momento su parecido a un viejo profeta era más acusado que nunca—. Pero hubo un hombre, un santo obispo llamado Isidoro, que, según se piensa, llegó a descifrar muchos secretos de la Mesa. Él creía saber cómo anular el efecto destructor del *Semmakeraj*.

Me puse a escuchar con atención. Yo no conocía esa parte de la leyenda, pero era lógico que mi padre sí: aquélla era su búsqueda, siempre lo había sido.

—¿Cómo? —pregunté.

—«Que a Dios regrese lo que a Dios pertenece» —respondió mi padre, citando unas palabras de san Isidoro que yo ya conocía—. El *Semmakeraj*, el Nombre de los Nombres, concede el poder de la creación, pero si el *Baal Shem* utiliza la Mesa para escribirlo al revés, desde el final hasta el principio, ésta regresará a Dios, que es el origen de todas las cosas.

—Regresa —dijo entonces Yokai, a media voz—. Igual que nuestro lema.

Vi cómo Burbuja le miraba y le sonreía, como si le hubiera gustado mucho lo que acababa de decir.

—Así es, renacuajo. Como nuestro lema.

Nos volvimos a quedar en silencio, pero esta vez no era un silencio lúgubre, sino de esos que suceden a una buena historia, cuando permaneces callado disfrutando en tu cabeza de los mejores detalles, grabándolos en tu memoria para no olvidarlos nunca.

—Sí, ése ha sido un magnífico relato para antes de dormir —dijo Trueno, al cabo de un tiempo—. Que es algo que, con vuestro permiso, me dispongo a hacer ahora mismo.

Fue la señal para que todos nos fuésemos a descansar, con un ánimo mucho más alegre que el que teníamos al montar el campamento. Mientras los demás se iban metiendo en sus tiendas, yo aprovaché para fumar un cigarrillo a solas en un extremo del claro. Desde allí podían vislumbrarse algunas estrellas y era una visión espectacular.

—Siempre me gustó esa historia —escuché a mi espalda. Me volví y vi a Trueno—. Te felicito. Sabes contarla bien.

—No tanto como tú.

Él se quedó mirando al cielo, con las manos en los bolsillos.

—En fin… Es bueno saber que aún la recuerdas. Me hace pensar que, después de todo, sí que pude darte algo. Aunque fuera sólo una vieja leyenda para amenizar un fuego de campamento.

—Es mucho más que eso —añadí—. Me diste una búsqueda.

—No, yo no hice nada. Te agradezco que digas eso aun sabiendo que no es verdad… Pero ojalá lo fuera, así tendría motivos para sentirme orgulloso de ti. —Hizo una pausa y, sin dejar de contemplar las estrellas, dijo—: Eres un gran hombre, Tirso. Sí… Mi hijo es un gran hombre. —Movió la cabeza lentamente de un lado a otro, sonriendo—. Vaya… Qué bien sienta poder decir algo así.

Seguro que no tanto como me agradó a mí el escucharlo por primera vez.

—También mi padre lo es.

Él rió.

—Un par de buenos tipos… Deberíamos presentarlos para que se conozcan, seguro que lo pasarían bien juntos. —Se dio la vuelta hacia el campamento y empezó a alejarse—. Buenas noches, hijo.

Yo aún seguí un buen rato a solas, contando estrellas sobre mi cabeza. Disfrutaba de la increíble sensación de saber que el mejor buscador de la reciente historia del Cuerpo estaba orgulloso de mí.

Y, además, era mi padre.

Cuando me metí en mi tienda vi que Yokai no dormía. Estaba sentado como un indio sobre su saco de dormir, con la linterna puesta en la cabeza y un cuaderno sobre las rodillas, haciendo anotaciones en él. Al parecer el chico suplía la ausencia de su ordenador con aquel cuaderno sobado, del que nunca se separaba.

—Yokai, si vas a hacer algún otro descubrimiento sorprendente prefiero que me lo digas ahora en vez de volver a despertarme en plena madrugada. De verdad que esta noche necesito dormir.

—¿Qué…? Oh, no, tranquilo, tío… Nada de descubrimientos, sólo estaba comprobando una cosa, enseguida acabo. —Volvió a centrar su atención en el cuaderno—. Qué raro…

—¿Qué es tan raro?

—¿Recuerdas que te dije que voy anotando la distancia que recorremos en cada trayecto antes de cambiar de sentido? He estado intentando buscar un patrón en los movimientos de nuestros guías.

—Lo hay. Rico cantaba una especie de canción y al llegar a determinadas estrofas tomaba una dirección distinta. Su sobrina hace lo mismo.

—Sí, lo de la canción; eso ya lo sabía, Sita me lo contó. Pero no me refería eso; lo que estaba buscando era si la distancia recorrida seguía algún tipo de constante… Pensé que a lo mejor Rico o Sita cambian de sentido tras andar siempre el mismo número de metros o una cantidad de ellos que siga un determinado orden, algo así… Creí que si descubría un patrón fijo en las distancias, eso nos sería útil por si nos perdíamos.

—¿Eso se te ocurrió a ti? —pregunté—. Es una idea muy inteligente.

—En realidad, más bien fue Enigma quien me lo sugirió… Pero yo he tomado todas las anotaciones.

—De acuerdo, no voy a quitarte mérito. ¿Y has encontrado algún patrón?

—Creo que… sí, pero… no es precisamente lo que yo esperaba. —Me mostró una página del cuaderno en la que había escritas varias cifras ordenadas en columna. Yokai señaló las últimas cuatro—. Fíjate, estos números representan la distancia en metros que hemos recorrido hoy entre cada cambio de sentido hasta que hemos montado el campamento.

—Ya veo, pero son muy diferentes, ¿qué tienen en común?

—A simple vista, nada; pero después de lo que pasó ayer en aquella cámara, hoy me vino a la cabeza la idea de multiplicar todas estas cifras por cinco, el Número Sagrado. Lo he hecho como si fueran cifras exactas, sin decimales.

—¿Y bien?

Yokai me enseñó otra página del cuaderno donde había cuatro multiplicaciones. Los resultados estaban puestos en orden, uno debajo del otro.

$$11000100$$
$$10010100$$
$$11001111$$
$$11001001$$

—Vaya... —dije, sin saber muy bien qué pensar de aquello—. Es muy... curioso.

—Curioso, no —corrigió Yokai—. Es raro de cojones. ¿Tienes idea de lo que es esto?

—A mí me parecen unos y ceros.

—Son cifras binarias —me dijo, con el mismo tono que habría utilizado para decir «el sol sale por el este, idiota»—. Y no cifras al azar, todas tienen sentido. La primera es una constante de Liouville, la segunda una progresión de Fibonacci, y si transformas las dos últimas en decimales obtienes el número pi y una proporción áurea, respectivamente.

—Espera, Yokai, ve más despacio, te estoy perdiendo... ¿Qué son todas esas cosas?

—Son conceptos matemáticos —explicó—. Conceptos matemáticos expresados en código binario. Todavía no he probado a multiplicar por cinco todas las distancias que hemos recorrido, pero en las que lo he hecho el resultado es siempre igual: un código binario detrás de otro.

Yokai dominaba las matemáticas mucho mejor que yo y por eso se mostraba más sorprendido por aquel descubrimiento. Yo no acababa de verlo más que como una llamativa casualidad.

—De acuerdo, son códigos binarios —dije—. Pero eso ¿qué implica exactamente? ¿Por qué códigos binarios?

—No lo sé, tío —respondió, mirando su cuaderno con el ceño fruncido—. Pero hay algo que tengo claro. Si esos indios fueron los que crearon este patrón, eran tipos muy listos, mucho más de lo que podemos imaginar.

—Eso no me sorprende tanto. Ya viste el artefacto eléctrico que acabó con la vida del pobre Rico.

—Lo sé, lo sé... Pero piénsalo detenidamente: cualquier persona avispada puede crear un aparato que produzca descargas eléctricas. Es simple mecánica, ni siquiera tienes que entender cómo funciona. Pero esto... —Golpeó con su bolígrafo en el cuaderno—.

Esto es lenguaje binario, tío, y expresando conceptos de matemática pura. Para hacer algo así no hay que ser avispado, hay que ser un puto genio. Esos valcatecas empiezan a parecerme siniestros.

—¿Por qué siniestros?

—Porque a pesar de todo lo que sabían, no queda nada de ellos. Nada. Fíjate en lo que hemos encontrado hoy: ruinas y restos chamuscados. Una cultura que domina los campos que dominaban estos tíos no desaparece de la noche a la mañana sin dejar apenas rastro. A no ser que algo los destruya por completo.

—¿Algo como qué?

De pronto me vino a la memoria el fragmento de una frase que pronunció mi padre antes, frente a la hoguera.

(«Una fuerza destructiva y terrible que nadie, salvo Dios, puede controlar…»)

—No lo sé, Faro —respondió el chico—. Y tampoco estoy seguro de querer saberlo.

Apagó su linterna, me dio las buenas noches y se tumbó sobre su saco. Yo hice lo mismo. De manera sorprendente, me costó conciliar el sueño mucho más de lo que esperaba.

Aquella noche tampoco estaba escrito que pudiera dormir del tirón, a pesar de lo mucho que lo necesitaba. Abrí los ojos en plena oscuridad al escuchar un grito que llegaba del exterior de la tienda. Yokai también estaba despierto.

—¿Qué ha sido eso? —pregunté.

—No lo sé, creo que ha sido una de las chicas.

Un grito en plena selva en mitad de la noche es inequívoca señal de peligro. Cogí mi machete y salí de la tienda junto a Yokai. Descubrí que no fuimos los únicos en seguir aquel impulso: Burbuja, Trueno y Enigma también estaban en el claro con sus machetes.

—¿Lo habéis oído? —nos preguntó mi padre.

—Sí —respondí—. ¿Dónde están Danny y Sita?

—Sita está en la tienda, le he dicho que se quede allí. Danny no lo sé —dijo Enigma—. Salió hace unos minutos, creo que ha sido ella la que ha gritado.

—¿Por qué diablos salió de la tienda? —preguntó Burbuja.

—¿A ti qué te parece? En tu tienda no lo sé, pero en la nuestra no hay cuarto de baño —contestó Enigma, irritada.

Burbuja llamó a voces a su hermana pero no obtuvo más respuesta que el silencio. Entonces oímos agitarse la maleza en un extremo del claro. Todos los que llevábamos armas nos giramos hacia allí a la vez, levantando nuestros machetes.

De pronto Danny surgió de la vegetación. Corría hacia nosotros a toda prisa, tanto que casi chocó con Burbuja, el cual la sostuvo por los brazos.

—¡Danny! ¿Dónde estabas? ¿Has sido tú la que has gritado?

La respiración de ella era agitada.

—¡Lo he visto! ¡Allí, en la espesura!

—¿Qué es lo que has visto?

—Yo… No lo sé, algo enorme que se agitaba entre los árboles. —Respiró hondo y poco a poco recuperó el dominio de sí misma—. Me asusté y grité, lo siento. Pensé que podía tratarse de algún animal salvaje, por un momento perdí la cabeza y eché a correr.

—¿Cómo de grande era eso que has visto?

—Tanto como para asustarme, Saúl, y eso no es fácil. Era una sombra que se movía, puede que de unos cuatro o cinco metros de altura.

—No hay animales de ese tamaño en esta jungla —dijo mi padre, con voz grave. Luego se corrigió—: No debería haberlos.

En aquel momento se desató una cadena de extraños sonidos que llegaban del interior de la jungla. El primero de ellos fue como si se abrieran un centenar de puertas oxidadas al mismo tiempo, luego estalló una cacofonía de aullidos, gritos y silbidos de origen animal. Las copas de los árboles que rodeaban el claro se estremecieron y vimos emprender el vuelo a un puñado de murciélagos que eran grandes como zorros. Pasaron sobre nuestras cabezas al mismo tiempo que se oía de nuevo aquel chirrido metálico mezclado con los chillidos de las criaturas nocturnas.

De forma instintiva, nos colocamos espalda contra espalda, apuntando con los machetes hacia el cinturón de selva que nos rodeaba.

Oí lo que me pareció que era una explosión. Por entre la espesa vegetación apareció de pronto una manada de simios que aullaban de terror. Eran negros y grandes, de largos brazos y patas que agitaban de forma histérica. No tengo idea de cuántos surgieron de improviso, atravesando el claro con la ferocidad de una jauría.

Los monos se lanzaron hacia nosotros. Muchos de ellos pasaron de largo, como si huyeran de algo, pero otros nos atacaron mostrando una hilera de dientes podridos y afilados. Uno de ellos se tiró a mi cuello cortando el aire con sus zarpas, tenía unas garras afiladas y gruesas como astillas de madera, algo muy poco habitual en un mono, más bien parecían las de un oso. Pude apartarme a tiempo y aquel animal sólo me arañó la mandíbula, aunque pudo haberme cortado el cuello.

El simio abrió la boca y gritó. Era una imagen grotesca. Tenía el cuerpo muy grande y la cabeza muy pequeña, con dos ojos de tamaño desmesurado, rojos como ampollas de sangre, sin pupilas. La forma de su nariz le daba un aspecto humano muy inquietante. Todo su cuerpo estaba cubierto de pelo rojizo salvo su rostro, que era una máscara de cuero negro, cubierta de yagas y pústulas. La mitad de la cara estaba abierta en una horrenda herida tumefacta en la que durante un espantoso instante vi agitarse pequeños gusanos y ácaros.

El mono volvió a lanzarse sobre mi cuello. Hice un movimiento en arco con el machete, como si fuera a cortar una rama gruesa, y acerté a aquella criatura en el trono. Chilló igual que un niño, haciéndome estremecer, y cayó al suelo en mitad de su salto. Sangraba profusamente por un tajo abierto bajo las costillas. Chillaba, aullaba y agitaba las garras de forma dañina. Me acerqué a él y descargué el machete sobre su cuello.

Mis compañeros también se las veían con algunos de aquellos siniestros primates, aunque la mayoría seguían su huida sin prestarnos mayor atención, sólo aquellos que presentaban alguna herida se detenían a plantarnos cara. Burbuja mató a dos con su machete y Danny a uno. Enigma hirió a otro y el animal se dio a la fuga; antes de desaparecer, giró su pequeño rostro y nos lanzó un bufido maligno, luego desapareció en la espesura. Era el último de aquellos animales.

—¿Estáis todos bien? —pregunté.

Nadie tenía más que alguna herida superficial. Enigma fue a buscar todos los antisépticos de nuestro botiquín, así como algodón y vendas.

Trueno contemplaba uno de los cadáveres de los simios con cara de repugnancia. Burbuja había matado a aquella criatura al clavarle su machete en el pecho. Era idéntico al que me atacó a mí, pero éste tenía la piel cubierta de ampollas amarillentas que brotaban por entre su pelaje. Entonces, al iluminarlo mejor con la linterna, comprobé horrorizado que tenía tres ojos en vez de dos, aunque uno de ellos era mucho más pequeño y parecía atrofiado.

—¿Qué clase de repulsivas criaturas son éstas? —pregunté.

—Que me cuelguen si lo sé —respondió mi padre—. Parecen monos, pero nunca he visto a un mono con semejantes garras.

—Da la impresión de que escapaban de algo —terció Enigma, que se acercó a darme un poco de algodón y antiséptico para mi arañazo—. Mirad: este bicho tiene un ojo de más. Yo he visto a uno que tenía la cabeza cubierta de tumores. Asqueroso.

—Faro, ¿recuerdas el insecto que hemos encontrado esta mañana? —preguntó mi padre.

—Precisamente estaba pensando en él.

Enigma quiso saber de qué hablábamos. Yo se lo expliqué.

—Oh, sí… También yo me he topado con una de esas cosas, pero estaba bien viva. La vi trepando por un árbol y casi me muero del susto, no dije nada para no inquietar a Yokai.

Era una sabia precaución. Al chico no le gustaría nada saber que en aquella jungla habitaba una especie de araña voladora gigante.

—Las arañas no vuelan —dijo mi padre—. Y los monos que yo conozco no tienen garras ni más de dos ojos. No es normal. Parece como si la fauna de este lugar sufriera espantosas mutaciones.

Animales mutantes y ruinas quemadas, ésas eran las señales que nos recibían en aquel tramo de expedición, y ninguna invitaba a seguir avanzando.

Sacamos a los monos muertos del claro para que no atrajeran a otros animales salvajes y volvimos a meternos en las tiendas. Aquélla fue la primera noche en la jungla en la que nos turnamos para montar guardia, y yo me temía que no iba a ser la última.

El siguiente día amaneció cubierto por una bruma babosa que se pegaba a la piel y apenas dejaba ver más allá de unos pocos metros. Avanzamos todo el camino sin poder quitárnosla de encima y bajo lloviznas intermitentes. No me hubiera sorprendido que en cualquier momento Sita admitiese haber perdido el rumbo, pero la muchacha seguía las indicaciones de su melodía mauakaro con admirable diligencia. Era una guía tan buena como lo había sido su tío.

Al final de la mañana, siempre cubiertos por aquella bruma espesa, nuestro avance se vio cortado por el borde de un desfiladero cuya caída era imposible de precisar. Al asomarme lo único que vi fue un mar de niebla. Burbuja arrojó una piedra grande al fondo y ésta desapareció sin llegar a producir ningún sonido audible.

Recorrimos el borde a lo largo de unos pocos metros hasta que nos topamos con dos grandes mojones de piedra medio derruidos. Entre ambos arrancaba un puente colgante de madera, tendido mediante lo que parecían ser cables de metal, cuyo extremo opuesto resultaba invisible por culpa de la bruma, aunque daba la impresión de ser bastante largo.

Enigma descubrió una inscripción en uno de los mojones y Trueno la leyó:

—«Sendero de la Serpiente.»

Por fin la última etapa del camino, y mucho antes de lo que yo esperaba. Daba la sensación de que a medida que nos acercábamos a la Ciudad de los Hombres Santos el recorrido por cada sendero era menor. Si mi impresión era correcta, nuestro objetivo estaba casi al alcance de la mano.

Tal vez justo al otro lado de ese puente.

Me dirigí a mis compañeros.

—Hemos llegado mucho más lejos que nadie en los últimos siglos —les dije—. Sólo estar en este punto ya es un triunfo del que debemos sentirnos muy orgullosos. Yo al menos lo estoy. De todos vosotros. Sólo quería que lo supierais… y también daros las gracias.

No se me dan muy bien los discursos de motivación, pero me pareció que aquel puñado de frases sencillas les conmovió. Un poco.

Burbuja me sonrió de medio lado y me dio una palmada en el hombro.

—No pierdas el tiempo en charlas, novato. Tarde o temprano tendrás que cruzar esta mierda de puente.

Enigma puso un pie con cuidado sobre la primera tabla. Emitió un leve crujido.

—¿Esta cosa aguantará? Porque aunque caer a una sima de niebla en el corazón de la jungla me parece una muerte muy poética, no es algo que quiera experimentar.

Trueno inspeccionaba el puente pellizcándose el labio inferior con expresión analítica.

—Las tablas son de madera de caoba. Muy resistente a la humedad y los parásitos, no tendría por qué estar en mal estado… Y estos cables de metal parecen fuertes. No sé qué hacen aquí, pero ya he visto cosas demasiado extrañas como para que eso me sorprenda. —Nos miró uno a uno—. Si tuviera que elegir, jamás cruzaría este puente; pero dado que no tengo esa opción, al menos me alegro de que los materiales parezcan de primera calidad.

Eso no acababa de tranquilizarme.

—Yo iré primero —dijo Yokai—. Seguro que soy el que menos pesa.

—Llevamos días comiendo mal, andando y sudando a chorros; todos lucimos bastante delgados —repuse—. Iré yo delante.

Hubo algunas objeciones aunque no muy firmes. Ninguno de mis compañeros tenía prisa por arriesgar la cabeza en aquella pasarela y no se lo reproché, yo mismo empezaba a arrepentirme de mi iniciativa.

Me agarré bien fuerte a los cables que servían de barandilla y trasladé todo mi peso al puente. Gimió como un viejo barco en medio de un tifón pero la madera no se partió. Eso me animó para dar el siguiente paso.

No pude hacerlo.

A mi espalda escuché un disparo. Me volví de inmediato y contemplé cómo entre la bruma se materializaba algo que jamás creí que encontraría en aquella jungla.

Era un hombre de Wotan.

Reconocí la insignia triangular sobre su negro uniforme. También portaba un fusil recortado con el que efectuó otro tiro al aire. De inmediato aparecieron otros hombres vestidos igual que él, todos ellos armados. Nos rodearon y nos apuntaron con sus armas de fuego. Eran seis en total, pero pronto se les unieron dos más, y después, un par de indios que llevaban sendos animales de carga.

A lomos de una de las bestias estaba el doctor David Yoonah.

Llegué a creer que no era real, que sufría algún tipo de alucinación. Se suponía que la gente de Voynich debería estar en aquel momento perdida en la jungla siguiendo una pista falsa, no tendiéndonos una emboscada.

El asiático nos sonreía. Uno de los indios se acercó a él y lo ayudó a descender de la montura. Observé que caminaba sin sus muletas, pero los movimientos de sus piernas eran torpes, como si algo le impidiera flexionarlas de forma natural. Aparte de eso, lucía un rostro demacrado, lleno de pequeñas heridas, y sus ojos brillaban febriles; me habría parecido un hombre enfermo de no ser por aquella insoportable sonrisa de triunfo que torcía sus labios.

—Señor Alfaro —dijo mientras caminaba hacia nosotros con sus pasos de autómata—. Empiezo a pensar que es usted inmortal… Me siento tentado a dejar que lo acribillen a tiros ahora mismo sólo para comprobarlo.

No pude decir nada. Sólo era capaz de mirar anonadado a todas partes, intentando encontrar alguna explicación a lo que estaba ocurriendo. Uno de los hombres de Wotan les quitó a mis compañeros los machetes y luego los obligó a arrodillarse, con las manos en la nuca. Se colocó detrás de ellos y apuntó a la cabeza de Sita.

Me di cuenta entonces que aquello era real. Yoonah nos había encontrado.

—¡No! —exclamé—. Por favor, no le haga daño, sólo es una chiquilla.

El asiático hizo un gesto de desprecio.

—Yo no mato a niños, señor Alfaro. Ni tampoco a adultos, si puedo evitarlo. Esto sólo es una medida de seguridad, para que nadie de su grupo cometa algún disparate. Ahora levante las manos y únase a ellos, por favor. —Hice lo que me pidió y me arrodillé junto a Enigma, sin apartar la mirada del matemático. Éste nos contemplaba con una leve expresión de estupor—. Qué pintoresco grupo conforman ustedes, si me permiten decirlo. Un par de adolescentes, un cura viejo… Y, aun así, han llegado tan lejos en este lugar hostil… Me pregunto cómo lo han hecho.

—Quizá porque no somos tan estúpidos como para internarnos en la jungla vestidos de negro de pies a cabeza —espetó mi padre—. Ese color atrae a los insectos, maldito imbécil.

—Lo sé… Nos hemos dado cuenta. Éramos alguno más cuando empezamos a seguir sus pasos. Nuestro afán por la uniformidad corporativa nos ha jugado una mala pasada esta vez, lo reconozco. —Yoonah sonrió como si hubiera hecho un chiste muy ingenioso—. Por lo demás, padre Saúl, comprobará que no estamos nada mal equipados. Incluso tuvimos la precaución de traer bestias de carga, cosa que ustedes no hicieron.

—Si tantas ganas tiene de disparar a algo, hágales un favor a esos pobres animales y acabe con su sufrimiento, ¿acaso no ve que están moribundos?

—Lo veo, y lo huelo. Soy yo quien se ve obligado a montarlos —respondió Yoonah—. Es por ese motivo por lo que de momento no puedo prescindir de ellos, me son muy necesarios para avanzar. Mis piernas ya no… Oh, en fin, seguro que el señor Alfaro podrá contarle eso en detalle. —Se acercó a mí y se levantó la pernera del pantalón, dejando a la vista lo que parecía ser una especie de armazón oscuro que sujetaba su pantorrilla—. Admirable, ¿verdad? Prótesis de carbono. Tecnología de Voynich, por supuesto. Aún está en fase experimental, pero consideré que no existían mejores condiciones para testar su eficacia que en una expedición por la jungla. En esta expedición por la jungla —repitió, haciendo énfasis en la palabra «esta»—. Estamos a punto de alcanzar el que sin duda será el hallazgo más importante de este siglo, de cualquier siglo; yo no quería perdérmelo por nada del mundo. Y Lilith tampoco.

—¿Ella está aquí? —pregunté.

—Lo estará pronto. Somos su avanzadilla. Le agradará saber que al fin los hemos encontrado, el rastreo ha sido todo un éxito.

«Rastreo.» Aquel lapsus cometido por Yoonah indicaba que no nos siguieron en realidad, simplemente se limitaron a rastrear nuestra posición; pero por todos los diablos…, ¿cómo? No utilizábamos nuestros teléfonos móviles (eran inservibles en la jungla) ni tampoco cualquier otro aparato tecnológico que hubiera podido delatar a Voynich nuestros movimientos.

Entonces…, ¿cómo?

Mis ojos repararon en la mochila de Yokai, y al fin caí en la cuenta.

El dispositivo por satélite de Lacombe, aquel que el muchacho encendía y apagaba cada noche.

Ahora me explicaba por qué el dispositivo sufrió aquel súbito descenso en la batería. Yokai acertó al sospechar que alguien lo había utilizado a escondidas, y esa persona lo empleó para revelarle a Yoonah nuestra localización, puede que incluso se las apañara para trucarlo de tal manera que indicara a Voynich nuestro avance siempre que Yokai lo encendía al final de cada jornada. El muchacho había llevado todo este tiempo a un delator a cuestas.

Sólo quedaba responder a una pregunta. Una que habría dado cualquier cosa por no tener que volver a formularme nunca más: ¿quién de mis compañeros colaboraba con Voynich?

Habría confiado mi vida a cada una de esas personas. En realidad, ya lo había hecho varias veces y nunca me habían fallado. Era imposible que uno de ellos fuera un traidor. Imposible. Tenía que haber otra explicación.

Rezaba por que la hubiera.

Yoonah y sus hombres montaron un rudimentario campamento en un claro calcinado de la jungla que estaba cerca del puente. Era similar a aquél en el que nosotros habíamos pasado la noche.

En total había nueve hombres de Wotan, además de Yoonah y los dos indios. Algunos de ellos tenían aspecto de estar muy enfermos y todos presentaban múltiples picaduras de insecto en el rostro. Daba la impresión de que la selva de Los Morenos había sido más cruel con ellos que con nosotros.

Nos obligaron a permanecer sentados en el suelo, espalda contra espalda y con las manos sobre la nuca. Tres hombres de Wotan nos vigilaban sin soltar sus fusiles mientras Yoonah supervisaba el montaje del asentamiento. Como no podía ser de otra forma, Voynich viajaba con toda clase de artilugios modernos y sofisticados, los cuales portaban en cajas de material sintético. Incluso llevaban una especie de instrumento parecido a un teléfono provisto de una antena que medía casi un metro una vez desplegada.

La bruma era cada vez más densa a nuestro alrededor. Empezó a caer una fina lluvia, aunque apenas nos pareció mayor incomodidad ya que por culpa de la humedad del ambiente ya estábamos empapados.

Yoonah caminaba cerca de nosotros con sus pasos de robot, protegido de la lluvia con un poncho transparente. Se dirigió hacia el artefacto con forma de teléfono y descolgó el auricular.

—Aquí Yoonah: los hemos interceptado —dijo. Luego transmitió unas coordenadas que leyó en la pantalla de un pequeño dispositivo electrónico. Por último, colgó el auricular y volvió la mirada hacia mí. Daba la impresión de que le causaba un gran placer contemplarme empapado bajo la lluvia y con las manos sujetas tras la cabeza—. Lilith estará aquí en poco tiempo. Acabo de transmitir nuestra posición al último campamento base, que es donde ella se encuentra.

—¿Por qué diablos piensa que esa información me importa? —pregunté con odio.

—Debería. Lilith es quien decidirá la suerte que han de correr —respondió—. De todas formas, yo de ustedes no albergaría grandes esperanzas. Ya no nos son de utilidad.

—¿Van a matarnos? —quiso saber Burbuja.

—Algunos de ustedes se han ganado ese derecho a pulso —Yoonah me miró de reojo fugazmente—. Pero no me corresponde a mí decidirlo.

En ese momento apareció de entre la bruma una pareja de hombres de Wotan. Traían un mensaje para el matemático.

—Doctor, hemos localizado otro puente a unos ciento cincuenta metros de aquí, hacia el este.

—Perfecto. Imagino que los valcatecas debieron de construir más de uno para sortear el desfiladero. ¿Se encuentra en buen estado?

—Parece sólido.

Yoonah asintió.

—Esperaremos a que Lilith y el resto de la expedición se unan a nosotros y después cruzaremos hacia el Sendero de la Serpiente. —Yoonah me miró—. ¿Le gustaría acompañarnos, señor Alfaro?

La pregunta me cogió por sorpresa. No esperaba una oferta semejante.

—¿Qué quiere decir?

El asiático tomó una de las cajas negras y la abrió. En su interior, encajado en un forro protector de gomaespuma, había un tubo de material plástico, bastante grande. Yoonah lo sacó para mostrármelo.

—Puede que ya imagine lo que hay aquí dentro, pero se lo confirmaré: es el Testamento Úlfico. La pieza original. Salvada milagrosamente de las profundidades del metro de Londres. Se lo muestro porque, una vez más en nuestra accidentada relación, quiero ofrecerle un trato justo.

—¿Por qué se empeña en seguir haciendo eso? Sabe que no voy a aceptar.

—Me empeño, señor Alfaro, porque soy un hombre racional y práctico, a pesar de que usted me siga viendo como una especie de caricaturesco villano. Le repito que ésa es una imagen que está sólo en su imaginación.

El cinismo de aquel personaje no dejaba de asombrarme.

—Váyase al infierno… —dije, hastiado.

Él fingió no darse por aludido.

—Supongo que tuvo usted oportunidad de estudiar el Testamento, de lo contrario no habría llegado tan lejos. Nuestros expertos también lo han hecho, pero hay un punto que no les ha quedado claro: El *Shem Shemaforash*, el Nombre de los Nombres. El autor del manuscrito asegura haber tomado nota de él, pero no somos capaces de encontrarlo.

—¿Qué le hace pensar que yo sí?

—Usted conoce la palabra, la descifró aquí, en el manuscrito, ¿o quiere hacerme creer que se ha aventurado a ciegas en esta jungla sin disponer de todas las piezas del puzle? No, amigo mío; yo sé que usted no es tan estúpido. —Estuve tentado de echarme a reír. Estaba claro que, a pesar de nuestra intensa y hermosa enemistad, Yoonah seguía sin conocerme. Resultaba casi decepcionante—. Dígame cuál es la palabra sagrada y dejaré que nos acompañen hasta el final, hasta la ciudad perdida. Usted desea verla con sus propios ojos tanto como nosotros, no lo niegue.

No le habría dado esa información ni aunque la conociera, eso lo tenía muy claro; pero pensé que si lograba engañarlo y hacerle creer que había descubierto el *Shem Shemaforash*, podría utilizar aquella baza para ganar tiempo y encontrar una forma de salir de aquel atolladero.

Sólo esperaba que mis compañeros comprendieran mi juego y no lo echaran a perder.

Abrí la boca para dar una respuesta evasiva y, entonces, algo sucedió.

A través de la lluvia y la bruma se oyó un sonido que levantó ecos por todas partes. Era un chirrido metálico, espantoso, como si a nuestras espaldas se abriesen las oxidadas puertas del infierno. Sonaba idéntico al que oímos mis compañeros y yo la noche anterior, justo antes de que se nos echaran encima aquellos simios deformes, sólo que, en esta ocasión, aquello que lo producía parecía estar mucho más cerca.

Casi sobre nosotros.

Todas las personas que había en el campamento enmudecieron y se quedaron paralizadas, mirando hacia las profundidades de la bruma con inquietud. Aquel sonido se extinguió y sólo quedó el leve rumor de la lluvia.

El tiempo pareció detenerse.

Yoonah guardó el manuscrito en la caja y llamó a uno de los hombres de Wotan.

—¿Qué ha sido eso?

—No lo sé, doctor.

—¡Vaya a investigarlo, deprisa!

Tres hombres armados se agruparon y se aventuraron en la bruma. De pronto aquel ruido espeluznante volvió a sonar, cada vez más cerca, como si cayera sobre nosotros un alud de bloques de metal.

Se oyó un grito.

La niebla escupió el cuerpo sin vida de uno de los hombres de Wotan. Tenía medio cráneo destrozado y en el único ojo que aún conservaba en su lugar se veía una expresión de terror. Cayó sobre un charco que empezó a teñirse de rojo con su sangre.

Y después aquellas cosas brotaron de la nada.

Dos palabras vinieron a mi mente cuando contemplé lo que salió de la bruma.

Nanej makajmucharu. En valcateca, cosas que no deberían moverse y, sin embargo…, se mueven.

Pensé en algo colosal y ruidoso que de pronto se abalanza sobre mí, un artefacto repleto de goznes herrumbrosos que gimen como miles de cuchillos deslizando su filo por una pizarra. Aquellas monstruosas apariciones parecían el delirio de un ingeniero enloquecido.

Su forma era similar a la de los autómatas que nos atacaron a Enigma y a mí en Asturias, pero mucho más grandes y grotescas. Sus cuerpos eran corazas esféricas de las que brotaban patas articuladas, las cuales utilizaba para desplazarse sin rumbo fijo con movimientos de artrópodo.

Gigantescas arañas de metal. Un brutal amasijo de apéndices unidos mediante barras, placas y engranajes, algunos de los cuales giraban enloquecidos. Aquellas máquinas de diseño imposible emitían chirridos que se clavaban en el tímpano como agujas; algunos agudos, otros tan graves que hacían temblar el corazón en el pecho, como rugidos de una bestia.

Fueron dos las que irrumpieron de pronto en el campamento, cada una con la envergadura de un elefante. Aquella visión inconcebible me paralizó de miedo y estupor; tan sólo acertaba a contemplarlas con la misma actitud de alguien que observa hipnotizado las luces del camión que está a punto de arrollarlo. Una de las máquinas tenía adheridos cuatro apéndices móviles rematados con pinzas que chasqueaban y giraban a una velocidad imposible, colocados sobre una especie de torreta que llevaba en la parte superior, la cual se movía de un lado a otro sin parar. La otra máquina portaba en su parte frontal (o lo que supuse que sería su parte frontal) un gigantesco rodillo con cuchillas que se movía de arriba abajo, aplastando y destrozando todo a su paso.

De pronto, aquella misma máquina escupió un chorro de fuego que abrasó a dos hombres de Wotan entre espantosos gritos. Corrieron como antorchas encendidas propagando las llamas antes de caer al suelo.

El caos se desató a nuestro alrededor.

Todo ser vivo empezó a correr y ante mis ojos desfilaron imágenes terribles. Vi a algunos hombres de Wotan disparar contra la máquina que tenía el rodillo de cuchillas. Al comprobar que las balas no causaban efecto, salieron huyendo: uno de ellos fue aplastado por una de las patas del artefacto, que le partió la columna en dos; otro tropezó, cayó de cara al barro y, antes de que pudiera incorporarse, un brazo de hojas afiladas cayó sobre él. Chilló como un animal mientras las cuchillas le destrozaban la carne.

Me dejé llevar por el pánico, sin más pensamiento que el de escapar de aquellas criaturas, mientras el campamento era reducido a escombros y cenizas. La máquina con la torreta lanzó un garfio atado a una cuerda que atravesó el cuello de un indio que huía a mi lado. Como si fuera un ser inteligente, el artefacto recogió la cuerda y atrajo al indio hacia sí; una vez que estuvo a su alcance, lo desmembró con sus pinzas. Repitió la misma operación con otros dos hombres de Wotan: a uno le reventó la cara con el garfio, matándolo en el acto, y a otro lo enganchó por la pierna. Aún estaba vivo cuando las pinzas lo partieron en dos, a la altura de la columna.

Escuché disparos y gritos, escapé a través del fuego y por entre un montón de restos humanos cubiertos de barro y sangre. En medio de aquella violenta anarquía ni siquiera podía preocuparme por la suerte de mis compañeros, sólo podía pensar en huir de la violencia desatada por esos dos diabólicos autómatas. Entre la bruma y la lluvia me sentía como la presa de un infierno plagado de monstruos.

Entonces alguien me agarró del brazo. Era Burbuja.

—¡Al puente, Faro! —me gritó—. ¡Corramos hacia el puente!

Empecé a pensar con algo más de claridad. Vi que la mayoría de mis compañeros estaban junto a Burbuja y me dispuse a escapar con ellos, pero entonces vi la caja en la que Yoonah guardaba el Testamento Úlfico, abandonada junto a un charco de barro.

—¡Seguid! ¡Yo os alcanzo! —dije.

—¡Novato! ¿Dónde diablos vas?

Corrí hacia la caja para recuperar el tubo de plástico con el manuscrito. Durante la carrera me salieron al paso hombres de Wotan que me ignoraron, ocupados como estaban en huir de las máquinas homicidas.

Alcancé la caja sin sufrir ningún percance. Entonces, al recoger el manuscrito, vi a Yoonah. El doctor estaba tirado en el suelo, de espaldas. Sostenía con ambas manos una pistola con la que disparaba sin cesar a uno de los autómatas, que se dirigía inexorable hacia él precedido por aquel terrible tambor cubierto de cuchillas.

La pistola se le encasquilló. Intentó ponerse en pie, pero no fue capaz. La máquina estaba cada vez más cerca.

Decidí ir a socorrerlo. No fue un acto de piedad, era sólo que no creía estar preparado para volver a contemplar cómo aquel autómata convertía a un ser humano en carne picada. Era una imagen de pesadilla.

Antes de que pudiera llegar hasta él, un hombre de Wotan se me adelantó para asistirlo. El doctor agarró sus brazos con desesperación y se puso en pie; al hacerlo, tiró al guardia al suelo.

Lo miró durante un segundo y luego escapó tan rápido como pudo.

Aquel pobre infeliz trató de levantarse por sus propios medios, pero un montón de lodo viscoso entorpecía sus movimientos. No pude llegar a él a tiempo. El mortal rodillo del autómata lo atrapó por las piernas y las cortó en pedazos y entre terribles gritos de dolor. Las cuchillas recorrieron todo su cuerpo hasta llegar a la cabeza, reventó en esquirlas y jirones.

Sujeté el manuscrito contra mi pecho y eché a correr hacia el puente. Atrás quedaron los sonidos de la masacre, cada vez más lejanos.

Encontré a mis compañeros entre las dos columnas de piedra que marcaban el inicio del Sendero de la Serpiente. Les ordené que cruzaran el puente sin mirar atrás y ellos así lo hicieron.

—¿Estamos todos? —pregunté a Burbuja.

—¡Sólo faltan Saúl y Danny, creí que venían contigo!

—No, yo estoy solo.

—¡Maldita sea! Voy a buscarlos, quizá se hayan desorientado.

Se alejó a la carrera antes de que pudiera detenerlo y se perdió entre la bruma.

Contuve el primer impulso de seguirlo. Sería contraproducente que ambos buscásemos a Danny y a mi padre por nuestra cuenta, lo más juicioso sería esperarlo allí y desear que los encontrara sanos y salvos. Y pronto.

Pasaron unos angustiosos minutos y ni rastro de Burbuja ni de los otros. Enigma apareció a mi lado desde el otro extremo del puente.

—Yokai y Sita están a salvo —informó—. Os estamos esperando. ¿Y los demás?

—No hemos encontrado a Danny y a Saúl; Burbuja ha ido a por ellos. —Chasqueé con la lengua—. Hace una eternidad de eso... Estoy empezando a preocuparme. ¿Y sí...? —No me atreví a completar aquella pregunta.

Enigma me cogió de la mano.

—Seguro que están bien, cariño. Esperemos un poco más.

Justo en ese instante, alguien apareció por entre la niebla.

No era Burbuja, era Yoonah.

El asiático no estaba solo. Tenía a mi padre bien sujeto por el cuello y le apuntaba a la cabeza con una pistola. Trueno tenía la cara empapada de agua y sangre, la sangre brotaba de una pequeña herida en su frente; salvo por ese detalle, mi padre parecía encontrarse de una pieza.

Yoonah se aproximó a mí renqueando de forma penosa. Se detuvo a unos pocos metros de distancia y amartilló el arma.

—Lo siento, hijo —dijo mi padre, que intentaba permanecer impasible—. Me he dejado atrapar por este bastardo.

Me vi abrumado por una ardiente sensación de furia.

—Suéltelo, Yoonah —dije entre dientes—. Sólo es un simple cura.

—Lo sé, él no me interesa más que como baza. —Sus labios se deformaron en una sonrisa grotesca—. Ahora vamos a negociar, señor Alfaro. Una vez más.

—¿Qué es lo que quiere de mí?

—Ese manuscrito. —Señaló con la pistola el tubo de plástico que yo aún llevaba bajo el brazo—. Es lo que quiero a cambio.

—No lo hagas, Tirso —dijo mi padre—. No merece la pena. Esa cosa aún os puede ser útil, y a mí ya no me necesitas.

Estaba en un error. Siempre lo necesité, mucho más que a un viejo pergamino. Aún seguía necesitándolo.

—De acuerdo, Yoonah. Cerramos el trato.

Levanté las manos, sujetando el tubo de plástico, y di un paso hacia él. El matemático me detuvo.

—No, sin trucos. Le quiero a usted bien lejos, señor Alfaro. Láncele el manuscrito al cura.

Trueno me miraba. «Es un error», transmitían sus ojos, pero el error habría sido volver a perder a mi padre si yo podía evitarlo.

Hice lo que Yoonah me ordenó. Trueno cogió el tubo al vuelo. Entonces, en el momento en que estuvo en sus manos, descargó con él un golpe en la boca del matemático. Yoonah apartó la pistola. Mi padre le dio una patada en la pierna, a la altura de la rodilla, y el asiático lanzó un grito de dolor intenso y se dejó caer al suelo. Con el manuscrito entre las manos, Trueno echó a correr hacia el puente.

Vi cómo Yoonah tanteaba la tierra en busca de su pistola. Su mano se cerró en torno a la culata, apuntó y disparó.

Mi padre se desplomó.

—¡No! —grité.

Corrí hacia él. Estaba vivo, pero tenía una herida de bala en un costado que sangraba sin parar. Lo sujeté entre mis brazos para incorporarlo.

—¡Huye, Tirso, huye! —dijo él, entre muecas de dolor—. Ve a por esa ciudad.

Ante nosotros, Yoonah, aún tirado en el suelo igual que una serpiente, nos apuntaba con su pistola. Su rostro parecía ausente de toda cordura. Le oí amartillar el arma por segunda vez y abracé a mi padre con fuerza, pues me sentía como un niño muy asustado.

De pronto, Yoonah dio un alarido propio de un animal.

De la bruma salió disparada una cadena unida a un garfio cuyas puntas se hundieron en la espalda del asiático. La cadena dio un tirón hacia atrás y contemplé cómo Yoonah era arrastrado por el barro hacia uno de los autómatas que atacaron el campamento, que surgió imponente ante nuestros ojos.

Una de sus pinzas sujetó al matemático, que no cesaba de gritar, y lo alzaron del suelo hacia la torreta de la parte superior. Escuché un chasquido cuando la columna del asiático se partió y de su boca empezó a brotar sangre. Otra de las tenazas del autómata le rodeó el cuello y se cerró con un golpe seco. La cabeza se desprendió igual que la fruta de una rama y cayó en un gran charco de lodo, mientras los apéndices de aquella criatura hacían pedazos el resto del cuerpo del doctor.

Ni siquiera tuve tiempo de horrorizarme. La criatura mecánica avanzaba hacia nosotros horadando el suelo con sus patas de metal. Arrastré a mi padre, que no podía ponerse en pie, para colocarnos lejos del alcance del autómata. Pesaba demasiado para mí y el barro entorpecía mis movimientos. A mi espalda, cada vez más cerca, podía escuchar cómo las tenazas de aquel monstruo chasqueaban al aire.

Entonces vi a Enigma correr hacia nosotros bajo la lluvia, chapoteando en un camino de cieno viscoso. Sujetó a mi padre por un brazo y me ayudó a cargar con él. Una de las patas del autómata descendió sobre nosotros y se clavó en el lodo, segundos después de que los tres escapáramos de ser aplastados.

Corrimos hacia el puente hostigados por la desesperación mientras aquella máquina nos perseguía de forma implacable; por suerte, gracias a la ayuda de Enigma, éramos capaces de aumentar cada vez más la distancia que nos separaba.

Al fin nuestros pies se posaron sobre las tablas de madera del puente. Seguimos corriendo sin parar, entre resbalones y tropiezos. Ya podía ver el otro extremo, donde Sita y Yokai nos gritaban para que fuésemos más rápido.

Me atreví a mirar a mi espalda.

—Oh, no... —mascullé.

El autómata no se detuvo al llegar al puente. Siguiendo su ciego avance, clavó una de sus patas de madera sobre las tablas de la pasarela, después avanzó con otra que quedó flotando en el aire y, aun así, siguió aproximándose.

Contemplé horrorizado cómo aquella mole de metal tropezaba y se desplomaba sobre el puente.

—¡Corre, Enigma, corre!

La estructura era demasiado débil para soportar el peso del autómata. Cuando éste cayó, los cables que sujetaban la pasarela se partieron, haciendo un ruido escalofriante, y volaron a mi alrededor como las puntas de un látigo. El suelo comenzó a inclinarse bajo nuestros pies.

—¡Agárrate, Faro! —gritó Engima.

El colosal autómata cayó al fondo del abismo emitiendo chirridos de metal que sonaron como el rugido de un dragón. Al mismo tiempo, el puente se rompió por la mitad. Cerré los ojos y con todas mis fuerzas sujeté a mi padre con un brazo y con el otro me así a una de las tablas de la pasarela. Sentí una violenta sacudida en el estómago mientras nos balanceábamos sujetos al extremo del puente como monos colgando de una liana.

Recibí un fuerte golpe al impactar contra la pared al otro extremo del desfiladero y abrí los ojos. Miré hacia arriba y unas finas gotas de lluvia me arañaron las pupilas; a pesar de ello, pude vislumbrar los rostros de Yokai y de Sita, que nos contemplaban desde varios metros de distancia. Bajo nuestros pies, un abismo de bruma sin fondo. Lo único que evitaba que nos precipitásemos al vacío eran las escasas fuerzas con las que nos aferrábamos a los restos de la pasarela que no se había tragado el desfiladero.

El agarre era muy precario. Con una mano sujetaba una de las tablas y con la otra sostenía a mi padre; a mi lado, Enigma se encontraba en idéntica situación. Trueno se sostenía al cuerpo de ambos para no caer.

Intenté ascender usando las tablas como peldaños de una escala, pero no podía moverme. El peso de mi padre era excesivo y la mano con la que me sujetaba al puente se resbalaba poco a poco por culpa de la lluvia. Si quería llegar hasta el borde del desfiladero tendría que utilizar ambas manos, pero eso supondría soltar a Trueno, algo que no estaba dispuesto a hacer.

Así pues, mi única opción era seguir colgando de aquel maldito puente, a la espera de que las fuerzas me fallaran y cayera al fondo del precipicio, lo cual no tardaría mucho en ocurrir.

—¡Eh, vosotros dos! —escuché decir a Trueno—. ¡Soltadme! ¡No tiene sentido que nos despeñemos todos!

Apreté los dientes y miré a Enigma. En su expresión vi reflejado el esfuerzo sobrehumano que hacía para no dejarse caer.

—Vete —le ordené—. Suéltalo y sube.

Ella negó con la cabeza.

—O todos o ninguno, cielo.

Íbamos a morir. Acepté aquel hecho con sorprendente frialdad cercana al fatalismo: mi momento había llegado y no había nada que pudiera hacer para evitarlo.

Me quedé contemplando a Enigma, porque lo último que quería ver en esta vida era el verde de sus ojos. Eran mi amuleto de la suerte.

Entonces el puente se agitó. Miré hacia arriba y vi a Yokai agarrado a uno de los cables partidos, descendiendo a través de la pared del desfiladero como un escalador. Tenía uno de los extremos del cable enrollado a la cintura. Estúpido crío imprudente, ¿qué pretendía con eso?

Quise increparle para que dejara de hacer locuras, pero sentía que si movía un solo músculo, aunque sólo fuera para emitir un sonido con mi garganta, todo mi cuerpo fallaría y se desplomaría como un castillo de naipes.

El muchacho se acercó a nosotros hasta situarse a nuestro lado y le gritó a Saúl que se sujetara a su espalda.

Mala idea. Si hacía un mal movimiento los tres nos precipitaríamos al vacío. Quise decirlo pero tan sólo acerté a cerrar los ojos para no ver cómo mi padre se despeñaba.

Hay sin duda un ángel guardián que vela por el Cuerpo Nacional de Buscadores. Uno que debe de estar especialmente agotado por el exceso de trabajo, pero que también es el más eficaz de toda la corte celestial. En esta ocasión se presentó ante nosotros con la forma de un hacker adolescente y malhablado. Empecé a creer en los milagros en el mismo instante en que vi cómo mi padre se sujetaba a la espalda de Yokai y ambos comenzaban a ascender por la pared del desfiladero. Contaron con la valiosa ayuda de Sita, que desde arriba tiraba del cable para que fueran más rápido.

El hecho de verme liberado del peso de Trueno fue un don celestial. Pude sujetarme con ambos brazos a las tablas de madera y comenzar a subir por ellas. El ascenso fue un esfuerzo tremendo, que sólo pude llevar a cabo gracias a la descarga de potencia física que siempre produce el sentir la inminencia de la muerte.

Una vez arriba, me desplomé sobre un suelo lodoso (bendito y firme suelo lodoso), pero sólo me permití un segundo de descanso antes de ayudar a Enigma a trepar al borde del desfiladero. A nuestro lado, Yokai y Trueno alcanzaron la posición de Sita, sanos y salvos.

Recuerdo que me quedé mucho tiempo tendido en el barro, de cara al cielo, recuperando el aliento y disfrutando de la maravillosa sensación de gozar de un suelo firme bajo mi espalda.

5

Serpiente

La herida de mi padre no tenía buen aspecto. Aunque en apariencia la bala no había dañado ningún órgano vital, observé preocupado que no se veía ningún orificio de salida.

Sita le aplicó una cura con una pasta de hierbas que siempre llevaba encima y que anteriormente nos fue muy útil, aunque nunca en daños de semejante gravedad. En cualquier caso, según me dijo la muchacha, aquello sólo serviría para combatir una infección inmediata. Lo que mi padre precisaba era una urgente y sofisticada atención médica. Nosotros ni siquiera teníamos un botiquín, se había quedado entre los restos del campamento de Voynich, junto con todas nuestras cosas.

—No debéis preocuparos por mí —dijo Trueno—. Esto no es más que un arañazo. Apenas me duele.

Mantenía el ánimo elevado, supongo que porque consideraba que su estado actual no era peor del que sería si se hubiera despeñado por el desfiladero.

Encontramos junto al puente roto una estructura de piedras parecida a la caseta de un blocao, medio en ruinas, y allí dentro buscamos refugio y tratamos a mi padre de la mejor manera que pudimos. El resto también podíamos dar cuenta de varias heridas y rasguños, pero, por fortuna, ninguna tan grave como un disparo.

Reconozco que la inquietud que sentía por el estado de mi padre apenas me dejó tiempo para acordarme de Burbuja y de Danny. Las preocupaciones es mejor administrarlas por orden, no todas a la vez, y en este caso fue justo lo que hice.

Gracias a esa idea pude ahorrarme una angustia innecesaria ya que finalmente los dos hermanos se reunieron con nosotros y ambos en buen estado.

Burbuja encontró a Danny junto a los restos del campamento y, juntos, regresaron al puente. Cuando llegaron, se toparon con los restos de Yoonah y el puente roto. Eso les hizo temer lo peor.

Danny recordó que uno de los hombres de Wotan dijo haber localizado otro puente a unos metros de distancia, así que ambos fueron en su busca. Pudieron hallarlo sin mayor problema y cruzar al otro lado del desfiladero. Dieron con nosotros tras recorrer el borde del precipicio hacia el lugar donde estaba el primer puente. Verlos aparecer sanos y salvos y con parte de nuestro equipo fue la primera buena noticia de un día que, hasta el momento, estaba resultando bastante complicado.

—Sólo hemos podido recuperar esto —dijo Danny, depositando unos pocos bultos en el suelo—. Un botiquín de Voynich, la mochila de Enigma, algunas cantimploras, un par de machetes y el dispositivo por satélite de Lacombe.

Yokai se lanzó sobre este último. Al abrir la bolsa que lo guardaba puso mala cara.

—Mierda —masculló—. Está destrozado.

—¿Crees que tiene arreglo? —pregunté, sin albergar muchas esperanzas.

—Quizá, pero no con nada de lo que tengo a mano.

No todo eran malas noticias. El botiquín de Voynich estaba muy bien surtido (bastante mejor, de hecho, que el que teníamos nosotros) y en la mochila de Enigma quedaban bastantes víveres. Además, Burbuja traía otro objeto que me alegré de ver.

—Encontré esto al otro lado del desfiladero, junto a los trozos de Yoonah —dijo con una mueca de repulsión—. Danny y yo pensamos que puede ser algo importante.

—Es el manuscrito úlfico —indiqué, cogiendo el tubo negro que me entregó el buscador—. Gracias, has hecho bien trayéndolo. Me estaba planteando si regresar yo a por él, y de paso buscar algunas otras cosas de utilidad.

—Yo no lo haría, novato: en ese campamento ya no queda nada. Todo está hecho pedazos o en llamas, Danny y yo hemos traído lo único que parecía en buen estado.

—Además, esa especie de… robots asesinos aún estarán acechando —añadió Danny.

—Nada más que uno de ellos. El otro cayó por el precipicio.

—Es igual. Uno solo ya me parece bastante peligroso. —Danny reprimió un escalofrío—. ¿Qué diablos eran esas cosas?

—*Nanej makajmucharu* —respondió Trueno—. Centinelas, autómatas fabricados por los valcatecas con ayuda del Altar del Nombre para proteger la ciudad perdida. Según la leyenda, cuando los indios desaparecieron sus criaturas quedaron vagando sin control por la jungla.

Burbuja negó con la cabeza.

—Eso es imposible lo mires por donde lo mires… Nadie, y mucho menos una civilización que no existe desde hace cientos de años, puede fabricar una máquina que siga funcionando sola durante siglos. Necesita una fuente de energía.

Todas las objeciones expresadas por mi compañero ya me las había hecho yo antes, e incluso algunas más. Dejé de perder neuronas en aquel esfuerzo al darme cuenta de que era absurdo. Uno puede toparse con un monstruo, cerrar los ojos y repetirse que es un producto de su imaginación, pero eso no le impedirá al monstruo abrirte el estómago con sus dientes. Supongo que el doctor Yoonah compartiría este razonamiento…, de estar vivo.

Enigma hizo en voz alta la única pregunta sobre aquellos autómatas que resultaba pertinente en aquel momento:

—¿Creéis que habrá más?

—No lo sé —respondió Trueno—. Pero de lo que estoy seguro es de que su aparición sólo puede significar una cosa: la Ciudad de los Hombres Santos se halla muy cerca. Y nosotros estamos en cabeza.

—¿En cabeza?

—Esto es una carrera y han estado a punto de tomarnos ventaja, pero no ha ocurrido así. Sin embargo, parte de la expedición de Voynich sigue aún nuestros pasos, y saben dónde estamos.

—Cierto —convine—. Yoonah les dio nuestra situación. Es Lilith en persona quien nos persigue ahora.

—Y no debemos permitir que nos alcance —aseveró mi padre—. No cuando la meta está tan cerca. Tenemos que seguir adelante sin perder tiempo.

—Tú no estás en condiciones de ir a ninguna parte —objeté.

A modo de respuesta, mi padre se incorporó. Sus primeros movimientos le costaron un esfuerzo visible, pero mientras se ponía en pie no dejó de mirarme con expresión de desafío.

—Puedo andar —dijo—. La herida no me duele y gracias a ese botiquín apenas hay hemorragia... Y, aunque así fuera, iría a esa ciudad aunque para ello tuviera que dejar un reguero de sangre por el camino. ¡Que Lilith siga ese rastro! Cuando llegue ante la Mesa de Salomón y me encuentre abrazado a ella, hecho un despojo seco y moribundo, mis últimas palabras serán: «Yo gano».

Aquél era Trueno el buscador en estado puro. Quizá por cosas como aquélla siempre tuvo fama de ser el mejor del Cuerpo.

Más allá de su arenga, había que reconocer un hecho: nuestra única opción era seguir avanzando para encontrar, o bien la ciudad perdida, o bien una forma de salir de aquella jungla. En aquel momento, cualquiera de las dos posibilidades me parecía un logro épico para nuestro pequeño grupo de inconscientes.

El resto de mis compañeros pensaban igual que yo, de modo que sin más dilación emprendimos el último tramo del camino.

Me di cuenta de algo que me resultó llamativo: éramos siete, el mismo número que formaban Teobaldo y sus monjes cuando, más de mil años atrás, se internaron por aquel mismo camino para poner a salvo el Altar del Nombre. Tuve la firme certeza de que aquello era una señal, aunque no sabía si buena o mala.

De aquellos siete que partimos no todos vivieron para contar esta historia, pero los que lo hicieron jamás se arrepintieron de haber querido llegar hasta el final, con todas sus consecuencias.

El Sendero de la Serpiente transcurría a través de un paisaje macabro. En aquel lugar la vegetación parecía haber crecido sometida a un largo tormento, y cada rama, cada tronco y cada raíz presentaban torsiones propias de un cuerpo torturado. Sobre los árboles crecía un musgo de aspecto enfermizo parecido a una supuración y el exultante verdor de la jungla allí lucía un tono apagado, como el que tendría una planta a punto de marchitarse. No había flores, y los escasos frutos que brotaban de aquella fronda exangüe parecían tumores dañinos, como bolsas de piel fofa o racimos de postas cubiertas de espinas. Había muchos lugares que parecían devastados por las llamas, como calvas sobre un cuerpo enfermo.

Aquella sensación de paraje arrasado nos acompañaba a cada paso. Encontramos muchos restos de estructuras de piedra hechas una ruina, algunas semienterradas bajo montículos de escoria. Era como atravesar el escenario de una batalla antigua, donde una vegetación tóxica aún no ha podido cubrir del todo los estragos de la hecatombe. Tuve claro que algo horrible debió de ocurrir en aquel lugar, algo cuyas consecuencias aún no se habían desvanecido del todo.

Tras recorrer un corto trecho, nos topamos con otro de los autómatas valcatecas, aunque por fortuna éste ya no suponía ninguna amenaza. Estaba volcado sobre la tierra, como un gigantesco insecto muerto, y sus placas de metal, descoyuntadas y cubiertas de raíces.

Pudimos echar un vistazo a sus entrañas y lo que vimos fue un intrincado amasijo de ruedas dentadas, resortes y poleas de todos los tamaños. Por lo demás, el interior de aquel autómata se había convertido en un nido para toda clase de criaturas.

Yokai inspeccionó los restos con curiosidad.

—Mirad esto… Es… ¡alucinante! Todas estas ruedas y cosas… ¿Cómo se supone que funcionaba? Quizá con algún tipo de generador o combustible… Joder, daría lo que fuera por poder destriparlo y estudiarlo con calma. —Asomó la cabeza al interior de la coraza del autómata y en ese momento, por entre los engranajes, apareció una panzuda tarántula gris, grande como una rata. El muchacho gritó y pegó un brinco hacia atrás.

—Mejor no perder el tiempo con estos cacharros, ¿verdad, renacuajo? —le dijo Burbuja.

Yokai asintió repetidas veces con la cabeza. Se le habían quitado las ganas de seguir investigando las tripas del autómata.

No fue el último que encontramos en el camino. A medida que avanzábamos vimos muchos más, yaciendo desmembrados entre las ruinas de piedra. Algunos estaban casi intactos, otros no eran más que un montón de piezas desperdigadas. Al cabo de un tiempo, aquel trayecto empezó a parecerme un cementerio de chatarra.

Observé que las placas de las corazas de aquellos autómatas estaban decoradas con relieves e inscripciones. Muchas eran auténticas piezas de artesanía a base de diseños vegetales, entrelazos y retículas geométricas. Mi padre tomó una de aquellas placas al azar y se entretuvo unos minutos contemplando las inscripciones grabadas sobre ella.

—«Mía es la venganza» —tradujo.

—Es la misma frase que aparecía sobre las máquinas que nos atacaron en Asturias —apuntó Enigma—. ¿Dice algo más?

—No, sólo esa frase repetida varias veces. Una curiosa marca de fábrica. —Arrojó la placa a un lado—. Sigamos adelante.

Aunque trataba de disimularlo, era evidente que a Trueno la marcha no le estaba resultando fácil. A menudo se quedaba rezagado de nosotros y, cuando creía que nadie le miraba, se llevaba la mano a la herida de la bala y hacía un gesto de dolor. Yo me sentía cada vez más angustiado por él.

La noche cayó sobre nosotros y decidimos hacer un alto junto a una estructura con forma de atalaya. El interior parecía un buen lugar para pasar la noche a cubierto: no había rastros de animales venenosos y era lo bastante amplio para que cupiésemos los siete.

Lo primero que hicimos fue comprobar el estado de la herida de mi padre. Al verla, Sita torció el gesto.

—Esto no está bien, padrecito —dijo mientras le cambiaba el rudimentario vendaje y le aplicaba un poco más de su pasta de hierbas—. Aún sigue sangrando, y no estoy segura de que el ungüento sea capaz de detener la infección.

Él esbozó una sonrisa tranquilizadora.

—Tú sigue aplicando tu poción mágica, chiquilla; me está sentando muy bien, te lo aseguro. Durante el camino ni siquiera recordaba que aún seguía aquí este arañazo.

La pérdida de color en su rostro decía lo contrario.

Yokai encontró una pequeña escalera interior que ascendía caracoleando pegada a la pared. Le vi subir por los peldaños mientras ayudaba a Sita a limpiar la herida de Trueno. Un tiempo después, el muchacho apareció bajando los escalones de dos en dos. Parecía muy excitado.

—¡Eh, tíos! ¡Tenéis que subir a ver esto! Es… Está… ¡La he visto! ¡Os juro que la he visto! ¡Estamos muy cerca!

Volvió a subir por la escalera sin perder el tiempo respondiendo a preguntas y los demás fuimos tras él. Tras ascender durante muchos metros, aparecimos en un mirador colocado en la cima de la torre. Desde aquel lugar se dominaba una amplia panorámica del atardecer sobre la jungla.

Y entonces la vi.

La Ciudad de los Hombres Santos.

La atalaya se encontraba justo en el borde de un gran valle, más bien un gigantesco cráter que parecía tener muchos kilómetros de diámetro. Justo en el centro de aquella depresión, contemplé una estructura colosal.

Pensé en aquellos cuadros barrocos que representan la construcción de la Torre de Babel, pues aquella imagen parecía sacada de una de esas pinturas. Tenía la forma de una pirámide de planta redonda, alta como un rascacielos, hecha de multitud de edificios más pequeños que se amontonaban unos junto a otros formando una maciza espiral ascendente, como una montaña hecha de arquitecturas.

Bajo la luz del ocaso, mis ojos contemplaron aquel abigarrado conjunto de pináculos, tejados, torres y cubiertas almenadas que se elevaban como si quisieran alcanzar el firmamento. Centenares de casas de piedra negra, muchas de ellas de varios pisos de altura, que culminaban en una cima en la que, como un faro en lo alto de un pico, se veía una extraña construcción con forma de esfera y rematada con una cruz gigantesca.

La ciudad parecía emerger de las entrañas de la tierra, creciendo en giros hacia lo alto igual que una plegaria monumental. La vegetación recorría su superficie igual que arterias sobre un cuerpo vivo, brotando entre los sillares y los vanos. Un silencio absoluto la rodeaba como una campana de cristal. Con ayuda de unos binoculares, pude ver fragmentos de avenidas de pavimento roto, estatuas cubiertas de enredaderas y viviendas de aspecto palaciego comidas por la ruina. Aquella asombrosa urbe estaba clavada justo en el centro de un enorme cráter como si se hubiera desprendido de más allá de las nubes y hubiera formado un cráter al impactar sobre la Tierra; algo, en definitiva, que no parecía hecho en este mundo.

Contemplamos aquella imagen en sobrecogido silencio, pues su aspecto superaba cualquier expectativa que fuéramos capaces de manifestar con un simple grito de entusiasmo. Su existencia era incomprensible, turbadora, una fantasía hecha realidad; hermosa e inquietante como un enigma sin solución.

Al verla mi corazón latía tan rápido que era casi doloroso y, por un segundo, temí no ser capaz de soportar la explosión de sentimientos que me produjo observar aquella ciudad por primera vez. Nada en la vida me había preparado para ese momento. Nada.

La luz del sol se apagó y entonces reparé en que una débil luminiscencia brotaba de la estructura esférica que coronaba la ciudad.

—Es… hermosa —acerté a decir, una vez que recuperé el aliento. Más que palabras fueron un suspiro lánguido que tan sólo Enigma, que estaba a mi lado, pudo escuchar.

—No es hermosa —dijo—. Es terrible.

Yo asentí, lentamente.

—En verdad éste es un lugar terrible: la casa de Dios y la Puerta del Cielo.

—Sí… Pero la Puerta del Cielo era un sitio al que no tenía pensado ir hasta dentro de mucho, mucho tiempo.

Volvimos a quedarnos en silencio, con la mirada fija en la ciudad mientras las sombras de la noche la hacían desaparecer poco a poco.

Reanudamos la marcha justo al amanecer. Ahora que nuestra meta estaba cerca, todos nos sentíamos impacientes por alcanzarla lo antes posible. Incluso mi padre parecía haber mejorado tras una noche de descanso.

El descenso por el valle donde se encontraba la ciudad nos llevó varias horas, y en ese intervalo tuve que aceptar la realidad de que aunque el ánimo de Trueno era alto, su aspecto no era en absoluto de mejoría, más bien al contrario. No obstante él insistía en encontrarse en plena forma, y rechazaba de plano la posibilidad de aminorar la marcha por su culpa. Al final, yo mismo quise creer que se encontraba mucho más recuperado.

Cuando por fin llegamos al linde de la urbe, su entusiasmo era casi infantil; algo lógico, pues para él era la culminación de una búsqueda vital. Como si mis compañeros y yo lo hubiéramos acordado de antemano, dejamos que fuese él quien primero atravesara las puertas de la ciudad.

El acceso se efectuaba a través de un enorme portal de piedra. Dos estatuas titánicas sostenían el dintel. Sus rasgos, muy inquietantes, eran simples esbozos sobre una cabeza ovalada y pulida: dos líneas para los ojos y un agujero redondo para la boca. Sobre el bloque de piedra que sostenían entre las dos había una inscripción que mi padre leyó.

Semmakeraj, decía.

Tras el portal, una amplia avenida que transcurría formando una curva entre hileras de edificios.

Toda la ciudad estaba dispuesta en torno a aquella única avenida, la cual iba ascendiendo gradualmente como si discurriera alrededor de una enorme montaña. Por el camino surgían de cuando en cuando espacios con aspecto de plazoleta, en los cuales quedaban restos de esculturas. Casi todas aquellas esculturas eran muy simples: obeliscos, prismas, pirámides, bloques poliédricos; todas talladas con una exquisita pulcritud... El gusto artístico de los valcatecas parecía inclinarse por las formas geométricas puras. Las escasas imágenes antropomórficas eran muy esquemáticas, hechas a base de circunferencias, óvalos y triángulos (todos trazados con perfecta simetría), a menudo sin rasgos faciales o tan sólo insinuados mediante escuetas líneas. Lo mismo ocurría con las raras representaciones de animales o vegetales; daba la impresión de que para los valcatecas todo ser vivo podía reducirse a estructuras geométricas.

Los edificios que encontramos en nuestro recorrido por la ciudad estaban todos en ruinas, muchos invadidos por la vegetación, que crecía descontrolada por cualquier resquicio. Exploramos el interior de algunos de ellos y no encontramos más que espacios vacíos. Nada de restos de mobiliario, enseres o cualquier otro tipo de objetos que denotaran la presencia de vida humana. Cada estructura era un cascarón vacío.

Lo que sí encontramos fueron muchos restos de piezas de metal: cables, ruedas dentadas, barras y placas. Muchas de las viviendas valcatecas daban la sensación de ser meros almacenes de chatarra.

La mayoría de aquellas piezas sugerían que quizá en el pasado debieron de formar parte de asombrosos ingenios y mecanismos, pero nosotros no encontramos ninguno; era como si todos aquellos artefactos de pronto hubieran estallado en pedazos; incluso algunas de esas piezas tenían un aspecto retorcido, como si alguien hubiera tratado de fundirlas.

Otro elemento que abundaba en la ciudad eran las inscripciones. Existía abundante literatura grabada en las paredes de las casas y sobre las estatuas destrozadas. Preferimos no detenernos a traducirlas hasta no haber alcanzado la parte más alta de la ciudad, allá donde estaba aquella estructura esférica que vi el día anterior con mis prismáticos.

No obstante, era inevitable que nuestro avance a través de la ciudad fuera lento. Todo nos resultaba fascinante y asombroso, queríamos explorar cada recodo, cada edificio, buscar tesoros por entre las ruinas esperando encontrar alguna pista que nos indicara qué ocurrió siglos atrás para que aquella urbe espléndida se vaciara de habitantes.

Entonces, al entrar en uno de los edificios, hicimos un desagradable descubrimiento.

El lugar en cuestión parecía ser muy importante. En su fachada había una pareja de colosos, similares a los de las puertas de la ciudad, que sostenían un enorme frontón triangular con un único glifo tallado. Trueno lo identificó como el símbolo de Tupana, el Padre Eterno. Bajo el frontón había una puerta a la que se accedía mediante una escalinata de peldaños quebrados por multitud de raíces.

En el interior nos topamos con una lúgubre imagen.

Accedimos a un gran salón repleto de restos óseos, todos ellos parecían ser humanos. El suelo estaba sembrado de esqueletos cubiertos de raíces que brotaban por entre sus costillas y por los huecos de sus cráneos. Había decenas de ellos, y muchos más apilados junto a las paredes formando montañas de huesos y calaveras.

En un extremo del salón había un altar con forma de prisma y, tras él, una especie de trono tallado en un único bloque de piedra oscura. Sentado al trono, otorgándonos una macabra bienvenida, había un esqueleto casi intacto, con el cráneo grotescamente inclinado hacia atrás, abiertas sus mandíbulas en una suerte de grito silencioso.

El esqueleto estaba cubierto por unas telas harapientas y sobre sus costillas, pendiendo de una cadena dorada, descansaba una enorme cruz pectoral adornada con piedras verdes. Junto a él, apoyado sobre el trono, vi un báculo plateado cuyo extremo tenía la forma de una espiral. De no haber resultado poco creíble, habría asegurado que nos encontrábamos ante los restos de un obispo sentado en su cátedra, ante una audiencia de feligreses descarnados.

—Y aquí están… —dijo mi padre, con gesto serio—. Los valcatecas.

—¿Quién es el tipo del trono? —preguntó Danny—. ¿Su rey?

—Más bien parece algún tipo de sacerdote —respondí—. Fijaos en el báculo, y en la cruz… De hecho, hay cruces grabadas por todas partes. Si no fuera una locura, diría que esto es una iglesia.

—Di más bien una catedral —añadió Trueno. A continuación, se acercó hacia el esqueleto del trono; renqueaba de forma penosa.

—Entonces… Todo esto deben de ser plegarias —comentó Burbuja, señalando las inscripciones que cubrían los muros del salón.

Sin dejar de inspeccionar el esqueleto, mi padre negó con la cabeza.

—Son números —puntualizó—. Todo lo que hay escrito en las paredes son cifras, operaciones matemáticas.

De entre las huesudas manos del cuerpo del trono, Trueno extrajo un montón de hojas secas, parecidas al papiro, unidas mediante cuerdas formando un tomo.

—¿Qué es eso? —pregunté.

—Parece un pequeño manuscrito. Las páginas son tiras secas de palma. —Lo hojeó—. Escritura silábica simple, y el texto no es muy largo. Si me concedéis un par de horas lo podría traducir. —Hizo una pequeña pausa y dejó traslucir un fugaz gesto de dolor—. Por otro lado, un breve receso no me vendría nada mal, hijo.

Su rostro estaba demacrado y respiraba con cierta dificultad. Sin duda merecía aquel descanso que nos había pedido.

—¿Cómo va tu herida?

Él trató de sonreír.

—Mejor que nunca. Tan sólo… tengo interés en leer estas páginas. Me gustaría saber por qué este cadáver las sostenía entre las manos.

Aceptamos interrumpir durante un tiempo la exploración de la ciudad. Como a ninguno nos apetecía acompañar a aquel montón de huesos, salimos de regreso a la avenida y buscamos un edificio menos espeluznante para descansar.

Comimos algunas latas y bebimos un poco de agua. Mientras mi padre traducía el manuscrito, los demás exploramos los alrededores. Calculé que debíamos estar a medio camino del cénit de la urbe. Ojalá hallásemos pronto algo más motivador que chatarra y un montón de huesos; por el momento no había rastro de la Mesa de Salomón ni de nada que se le pareciera.

Tras fumarme un cigarrillo contemplando los extraños relieves geométricos de un edificio cercano, regresé al lugar donde habíamos establecido nuestro sobrio campamento. Mi padre ya había terminado su traducción.

—¿Ha merecido la pena? —pregunté.

—Es probable… Podéis juzgarlo vosotros mismos. —Hizo una mueca al cambiar de postura y luego consultó unas notas que había tomado sobre el mismo manuscrito—. Creo que el autor del texto y el hombre que vimos sentado en aquel salón eran la misma persona. Firma el manuscrito como Iojané, Quinto de Su Nombre y Siervo de Tupana. Diría que fue una especie de sacerdote de alto rango.

—¿Como un obispo?

—Pudiera ser. He tomado nota de la traducción, os la leeré en voz alta.

Nos sentamos a su alrededor para escucharlo.

He aquí el testimonio de Iojané, el Quinto de Su Nombre y Siervo de Tupana, en el vigésimo día del ciclo del Cazador. Que mis palabras sirvan de advertencia.

Los ancianos de la ciudad finalmente han sido corrompidos por su sed de conocimiento. Los dones de Tupana no fueron suficientes para ellos y el orgullo les ha cegado, provocando nuestra perdición tal y como estaba escrito. Ya lo dijeron los Hombres Santos: no pronunciarás el *Semmakeraj*, el Nombre Sagrado, pues, de hacerlo, tu destino será el del rey que anduvo como las bestias y pació entre ellas, convertido en animal por la ira de Tupana.

A la salida del sol, los ancianos se reunieron en el santuario de la cima de la ciudad, junto al Altar del Nombre, y pronunciaron el *Semmakeraj*. Tal sacrilegio ha hecho temblar la tierra y el castigo de Tupana ha caído sobre nosotros. Las puertas del cielo se han abierto y los espíritus del Padre Eterno descargan su fuego sobre nuestra ciudad. No hay salvación, pues grande ha sido nuestro pecado.

Los hombres, las mujeres y los niños tratan de huir hacia la jungla. Necios. Nada escapa de la espada ardiente de Tupana. Todos estamos condenados. Nuestra gran ciudad se arrastra a la sombra, los palacios caen en pedazos y los templos se hunden en un mar de llanto y de sangre. Las máquinas de Tupana se vuelven contra nosotros y nos aplastan con furia ciega. Muerte y dolor por todas partes. Ése es nuestro castigo: perecer y desaparecer como lo que nunca existió.

Aquellos que sabemos que ya nada puede salvarnos nos hemos refugiado en la morada de Tupana, donde tantos años he servido, para implorar su perdón. Nada he podido hacer por quienes buscaban el consuelo de su pastor. Casi todos están muertos. Escucho el lamento de mi ciudad, más allá de las puertas del templo. Mi vista se nubla y las fuerzas me abandonan. El fuego de Tupana ya está en el umbral. Se acerca. La muerte y el caos. El fin. Se acerca. Ya está aquí.

Guardamos unos momentos de fúnebre silencio. Aquéllas no eran precisamente las palabras que esperábamos escuchar para animarnos en nuestra exploración.

—Aniquilados… —dijo Danny—. Todos ellos… aniquilados.

—Eso parece, hija. —Mi padre dejó sus notas aparte—. Siento que la lectura no haya sido más alegre.

—Hay tantos fenómenos naturales que podrían explicar ese testimonio —saltó Burbuja. Parecía incluso un poco ofendido—. Un terremoto, un incendio que se desata de pronto, una epidemia… ¡Cualquier cosa! Échale la culpa a Dios y a su cólera y todo tendrá sentido. No hay que tomárselo al pie de la letra.

—Espero que no, cariño… —comentó Enigma.

—«El rey que anduvo entre las bestias y pació entre ellas…» —dije pensativo, citando una frase del manuscrito—. ¿Qué quiere decir eso?

—No estoy seguro, pero podría referirse a Nabucodonosor —respondió Burbuja—. Es un relato del Libro de Daniel: Nabucodonosor, rey de Babilonia, presume de su poder y su sabiduría y Yahveh castiga su orgullo causándole la locura. El rey pasó siete años andando desnudo a cuatro patas y comiendo hierba, como los animales.

—Bien, no tengo intención de quedarme en cueros ni caminar por ahí a gatas… No, al menos, estando sobria —dijo Enigma—. Así que propongo que, por el momento, nos olvidemos de las maldiciones divinas y los reyes enloquecidos y tratemos de sacar alguna información útil de este manuscrito.

—Tienes razón —dije—. Quizá no os hayáis dado cuenta, pero entre tanta alusión a la ira de Dios hay un dato muy importante: la ubicación exacta de la Mesa. El manuscrito dice que está en un santuario en la cima de la ciudad.

—¿Crees que seguirá allí? —preguntó Danny.

Sólo había una forma de averiguarlo.

Saber que el final estaba ya al alcance de nuestras manos nos insufló nuevas energías para seguir avanzando, cada vez más concentrados en la meta y sin apenas prestar atención a lo que veíamos alrededor.

A pesar de todo, nos fue imposible sustraernos por completo del deprimente panorama que nos acompañaba. En los niveles más altos de la ciudad, la ruina y la desolación eran cada vez más acentuadas. Los restos que encontramos en aquel templo fueron los primeros que vimos, pero no los últimos. Un número creciente de esqueletos y huesos humanos fue testigo silencioso de nuestra exploración. Era evidente que si la ciudad cayó arrasada por algún tipo de cataclismo, nosotros caminábamos justo hacia lugar donde se había desatado la mayor violencia.

La avenida en espiral que habíamos estado siguiendo desde que entramos en la ciudad terminaba de forma abrupta en un pórtico encajado en una pared de roca. El diseño me resultó familiar: una pareja de estatuas sosteniendo un frontal con el glifo de Tupana grabado en su superficie. En el pasado aquel acceso debió de estar sellado por una puerta de piedra, pero ésta ahora descansaba hecha añicos en el suelo entre un montón de metales retorcidos, como si algo hubiera hecho explosión al otro lado.

Nos detuvimos un momento antes de atravesar el pórtico. Nos encontrábamos a una considerable altura, sobre un amplio mirador semicircular desde el que se divisaba todo el valle a nuestros pies. Hacía mucho viento. Varios metros por encima de nuestras cabezas se veía aquella gigantesca estructura con forma de esfera que marcaba el punto más alto de la ciudad. Ahora que la tenía más cerca podía apreciar mejor lo imponente de su tamaño.

Danny fue la primera en atravesar el umbral de la puerta, después el resto del grupo la siguió, poco a poco, como si dudaran.

Mi padre se acercó a mí de forma discreta.

—Tirso, ayúdame, ¿quieres? —me pidió en voz baja—. Me cuesta horrores dar un puñetero paso.

El color cerúleo de su rostro me asustó, casi tanto como la forma encogida que tenía de caminar.

—Tu herida...

—Deja mi maldita herida en paz. Nada me impedirá ver lo que hay en ese santuario, pero necesito que me eches una mano... Estoy... muy cansado.

—Ven. Apóyate en mí —le dije. Él pasó el brazo sobre mis hombros. Su cuerpo irradiaba calor, como si tuviera fiebre—. Entraremos los dos juntos.

—Ah, sí... —masculló—. Justo como debía ser.

De esta forma fue como accedimos al santuario de la Ciudad de los Hombres Santos, y nuestros ojos contemplaron al mismo tiempo el *Semmakeraj*, el Altar del Nombre.

La Mesa del Rey Salomón.

Era la auténtica, sin la menor duda; o, en todo caso, era un objeto fuera de lo común, tuve la certeza en cuanto lo vi.

Estaba en el interior de una gran sala abovedada de paredes curvas. El espacio era tan amplio que me sentí muy pequeño cuando entré en él, llevando a mi padre casi a cuestas. Se accedía a través de una pasarela de piedra que transcurría sobre el agua. Toda la parte inferior de la sala estaba inundada por un estanque de proporciones lacustres, cuyas aguas eran de un color plateado. Recordé la descripción del universo según el libro del Génesis: en el interior de una esfera, Dios separó el firmamento de las aguas y colocó el uno encima de las otras. Aquella sala era la exégesis valcateca de la Creación.

Sobre nosotros la inmensa bóveda que representaba el cielo resplandecía con el brillo de una capa de placas de oro, tachonadas por millares de piedras preciosas de todos los colores. Daba la impresión de que cada mineral forjado en las entrañas de la Tierra estaba representado en aquella cúpula: gemas verde esmeralda, azul zafiro, rojo rubí, y también transparentes como el diamante; ninguna era más pequeña que el huevo de una codorniz, y había tantas que se habría necesitado varias horas para contarlas todas.

Al contemplar aquel espectáculo, mi padre murmuró unas palabras:

—El material de su muro era de jaspe, pero la ciudad de oro puro y los cimientos estaban adornados con toda piedra preciosa. La ciudad no tiene necesidad de sol ni de luna, porque la Gloria de Dios brilla en ella.

Reconocí la cita. Era el capítulo 21 del Apocalipsis: la descripción de la Jerusalén Celestial. Muy adecuada en aquel momento, pero ni por asomo hacía justicia a lo que veían nuestros ojos.

El foco de la sala era el Altar del Nombre. Estaba situado justo en el centro, sobre una plataforma redonda que brotaba de las aguas del estanque. La plataforma tenía varios metros de diámetro porque la pieza que sujetaba era inmensa.

A esas alturas, yo ya conocía varias descripciones de la Mesa de Salomón. Me di cuenta de que todos cuantos hablaron de ella en realidad nunca llegaron a verla.

La Mesa era ovalada y se componía de dos cuerpos. El cuerpo inferior era un grupo escultórico de doce cuadrúpedos colocados en círculo, con las cabezas mirando hacia fuera. Cada criatura era diferente, siendo su único rasgo común el que todas tenían cuernos. Los de algunas eran gruesos y retorcidos como la concha de un caracol, otros se expandían en muchas puntas como los de los alces, otros parecían de toro, otros de búfalo… y otros tenían un aspecto que yo no podía identificar con el de ninguna criatura conocida.

Las estatuas tenían al menos un metro de altura y estaban hechas de un metal dorado y brillante, salvo los cuernos, que eran de madera de ébano, tan pulida como un azabache. Los veinticuatro pares de ojos de los animales eran piedras rojas.

Sobre sus lomos sostenían el segundo cuerpo de la Mesa, que también era el más interesante. Se trataba de una tabla de unos cinco metros de radio y un palmo de gruesa. Sobre su superficie había múltiples anillos giratorios hechos de metal y adornados con letras del alfabeto hebreo. Los anillos más grandes estaban en el borde de la Mesa, y después disminuían su diámetro a medida que se acercaban hacia el centro. No conté cuántos había en total, pero me parecieron varias decenas.

En el borde de la Mesa, además de innumerables placas de gemas, había unos pequeños resortes con forma de rueda los cuales, según descubrí más tarde, servían para hacer girar los anillos de la superficie.

Observé fascinado que de la Mesa brotaban múltiples cables de metal dorado que se sumergían en el interior del estanque y luego brotaban de él, expandiéndose por los muros de la sala como un entramado de enredaderas, cubriéndolo todo con una retícula brillante. Daba la impresión de que el Altar era un corazón unido a la estructura de la ciudad mediante arterias por las que circulaba oro líquido en vez de sangre. De hecho, el objeto palpitaba con una fosforescencia suave, titilante y cálida como la llama de una hoguera, que inundaba toda la sala con un brillo sobrenatural. Además, la Mesa emitía un débil zumbido. Más que una pieza de arte parecía tratarse de un organismo vivo.

Mis compañeros y yo nos acercamos a ella enmudecidos por un temor reverencial. Yo era capaz de sentir el poder que emanaba de aquel artefacto de igual modo que se puede sentir la luz y el calor del sol al amanecer. Ignoraba quién (o qué) habría forjado un objeto como aquél, pero volcó en su diseño un conocimiento que dudo que nadie en el mundo supiera descifrar.

Era soberbio y sobrecogedor. Un tesoro por el que merecía la pena emprender una búsqueda, por ingrata que ésta fuese.

Miré a mis compañeros, cuyos rostros brillaban iluminados por el esplendor de la Mesa. Creía poder interpretar sus pensamientos por la expresión de sus caras: Sita lucía una expresión de pasmo casi cómica, los ojos de Enigma brillaban como los de un niño al contemplar un caro y anhelado juguete; la cara de Burbuja traslucía incredulidad y fascinación al mismo tiempo, y Yokai miraba el Altar mordiéndose el labio inferior, como si viera un sofisticado ordenador y tuviera que hacer esfuerzos para no lanzarse a comprender su funcionamiento. Danny, por su parte, lucía una de sus medias sonrisas imposibles de descifrar.

—Bien, buscadores… —dije tras un largo silencio—. ¿Qué os parece?

Ninguno respondió de inmediato. La primera en hacerlo fue Enigma.

—Me parece que habrá que habilitar una sala muy grande en el Arqueológico para meter dentro este cacharro. —Movió la cabeza de un lado a otro, en un gesto de admiración—. Pero, cariño, ¡ésa será la madre de todas las exposiciones!

—Adelante, ¿a qué esperáis?: acercaos, tocadla, sentidla —dijo mi padre—. ¡Haceos fotos con ella y colapsad las redes sociales, qué diablos! ¡Éste es un momento de triunfo!

Enigma dio un paso hacia delante con la mano levantada en un gesto tímido. Luego la apartó.

—No me atrevo. Parece tan… trascendente.

Burbuja la miró con una sonrisa burlona.

—Sólo es una reliquia, como todas las que recuperamos. —Se acercó a la Mesa y colocó su mano sobre ella. Me pareció ver cómo su pecho se abombaba con orgullo—. Eh, novato, cuando escribas sobre esto, acuérdate de decir quién fue el primero en tocar el Altar del Nombre. Quiero pasar a la Historia.

Al ver que Burbuja no caía fulminado por un rayo divino ni nada similar, nos atrevimos a inspeccionar la Mesa sin recelos, intercambiando comentarios, preguntas y exclamaciones de entusiasmo.

Quien aún no había dicho una palabra era Yokai. El muchacho contemplaba los anillos de la superficie del altar, con el ceño fruncido. Me acerqué a él.

—Tu primera misión como buscador y ya has encontrado un tesoro milenario —le dije—. Ahora lo difícil será superar esto, chico.

Él sonrió.

—¿Ésta es la de verdad? —me preguntó—. ¿La misma que viajó desde África a Jerusalén? ¿La que estuvo en poder de Salomón, de los romanos, de los reyes visigodos…?

—Yo diría que sí.

—Increíble. Es… —El muchacho hizo una pausa, como si tratara de encontrar una palabra que definiera sus sentimientos. Finalmente optó por apoyarse en su vocabulario habitual—: Cojonudo… ¿Cómo funciona?

—No lo sé. Imagino que con estos anillos podrá escribirse el *Shem Shemaforash* utilizando las letras del alfabeto hebreo.

—¿Estos signos son letras hebreas? —preguntó. Yo asentí—. No conozco ese alfabeto, ¿me lo podrías apuntar en algún sitio?

—Pídeselo a Enigma, ella es la que sabe de sistemas de escritura; del hebreo yo sólo reconozco algunas letras. —Supuse lo que el muchacho tenía en mente—. Yokai, no le des más vueltas a lo del

Shem Shemaforash. Esa palabra, si es que alguna vez existió, se perdió hace siglos.

«Y puede que sea lo mejor», pensé.

—Igual está en alguna de las inscripciones que hemos visto por toda la ciudad.

—Quizá, pero eso ya no es de nuestra incumbencia. —Apoyé la mano en el hombro del chico y le sonreí con afecto—. Lo que queríamos era encontrar la Mesa, y eso ya lo hemos conseguido. Utilizarla nunca estuvo en nuestros planes, ¿entiendes?

Él asintió.

—Sí... Supongo que sí.

—Pareces decepcionado.

—No, no lo estoy, de verdad. Sólo es que... —Hizo un gesto de desdén—. Da igual. Es que me jode dejar preguntas sin respuesta.

—Por eso es por lo que serás un magnífico buscador.

De pronto el chico hizo algo muy extraño. Algo inesperado y sorprendente, algo de lo que jamás habría pensado que sería capaz.

Se volvió y, de golpe, me dio un abrazo.

Fue muy breve, duró sólo un segundo. Creo que nadie más lo vio, por lo tanto, no tengo testigos para afirmar que ocurriera en realidad; pero os aseguro que sucedió: Yokai me dio un abrazo.

Creo que fue la primera vez que hacía ese gesto en mucho tiempo.

Cuando se separó vi que sus mejillas estaban muy rojas.

—¿Y esto? —pregunté.

Él respondió sin mirarme, como si estuviera avergonzado.

—No sé dónde estaría ahora si nunca te hubiera conocido, pero seguro que aquí no. —Se pasó el dorso de la mano por debajo de la nariz—. Gracias.

Pasamos mucho tiempo inspeccionando la sala del Altar del Nombre. Cuando salimos de allí se estaba poniendo el sol.

Descendimos a los niveles inferiores de la ciudad y buscamos un lugar cómodo para pasar la noche. Aún teníamos que planear nuestros próximos movimientos, lo cual no iba a ser fácil. El triunfo que suponía haber hallado la Mesa no podía mitigar el hecho de que apenas teníamos medios para salir de la jungla.

El estado de mi padre también era preocupante. A esas alturas no podíamos negar que su herida era grave y su estado cada vez peor. Necesitaba un médico, y lo necesitaba con urgencia.

Hablamos de todos estos asuntos en el interior de una de las viviendas de la ciudad, tomando una espartana ración de alimentos. Se propusieron muchas ideas y se debatió largo y tendido sobre nuestras posibilidades. Llegamos a la conclusión de que lo mejor sería desandar el camino hasta Bocagua, ya que era una ruta que conocíamos. Además, Yokai intentaría reparar el dispositivo por satélite de Lacombe con las piezas desperdigadas entre las ruinas de la ciudad.

En el fondo, todos sabíamos que los dos planes tenían muy pocas posibilidades de éxito (por no decir ninguna), y que aferrarnos a ellos obedecía a un optimismo desesperado más que a un frío análisis de nuestra situación. En otras palabras: no podíamos pensar en soluciones mejores, no al menos esa noche.

Me dormí con el pensamiento de que si realmente había un Dios creador de mesas mágicas, ojalá quisiera echarnos una mano, porque para salir de aquella jungla íbamos a necesitar más de un milagro.

Dormí muy poco esa noche y tuve muchas pesadillas. Una de ellas fue tan vívida que me hizo despertar. Abrí los ojos en mitad de la oscuridad con el estómago atenazado por la preocupación.

El resto de mis compañeros dormían. Sin hacer ruido, salí a la avenida de la ciudad para fumar el clásico cigarrillo de noche en vela. Al hacerlo vi una luz en el interior de un edificio que estaba junto al que nos servía de campamento.

Me asomé a su interior y vi a Yokai. El muchacho llevaba puesta su linterna de cabeza y leía el manuscrito úlfico mientras tomaba notas en su cuaderno. Era admirable que aún lo conservara después de todas nuestras vicisitudes.

Le di un buen susto al entrar en la vivienda. Cuando oyó mis pasos agarró su machete y lo blandió al aire.

—Eh, tranquilo, chico. Soy yo —dije, mostrando las palmas de las manos—. ¿Qué ocurre? ¿Tampoco tú puedes dormir?

Me fijé en que tenía una expresión extraña en el rostro, como si acabara de ver a los fantasmas de los valcatecas haciendo guardia por la ciudad.

—Faro, creo que lo tengo.

—¿Qué es lo que tienes?

—El Nombre.

Ambos sabíamos de qué nombre hablaba.

Miré al chico en silencio durante un buen rato.

—Te dije que te olvidaras de eso.

—Lo sé, lo sé, pero no podía. Lo tenía aquí, en la cabeza, sin parar de dar vueltas; como un maldito picor en la cabeza, ¿entiendes? —Hablaba de forma atropellada y sus ojos tenían un brillo febril. Empecé a pensar que quizá deliraba por la falta de sueño—. Todo el día, todo el maldito día, desde que descubrí lo de los códigos binarios, ¿recuerdas? El puto código binario... ¡Lo tenía clavado en el cerebro!

—Yokai, no te entiendo... ¿De qué código binario estás hablando?

—¡Las distancias! El número de metros que recorremos todos los días. Al multiplicarlos por cinco salen unos y ceros, sólo unos y ceros. Te lo enseñé. No me digas que lo has olvidado, joder. Lo tengo apuntado aquí, en alguna parte.

Empezó a pasar las hojas de su cuaderno con movimientos espasmódicos, como si las quisiera arrancar.

—No, no, está bien; ya lo recuerdo —dije—. Oye, pareces cansado, ¿no crees que deberías intentar dormir un poco?

—¡No puedo! Lo tengo aquí. —Se golpeó la frente con el dedo—. El código. Yo lo había visto antes, pero no lo recordaba. Maldita sea, no lo recordaba. ¡Mira!

Me colocó su cuaderno debajo de las narices y vi que una de las páginas estaba repleta de signos escritos a mano.

—Yokai, ¿qué es esto? —pregunté, temeroso de que la fiebre de la jungla hubiera hecho estragos en la salud mental del chico.

—¡El *Shem Shemaforash*! —Golpeó la hoja del cuaderno—. ¡Esto es el puñetero nombre de Dios!

—¿Qué?

—¡Dios es número! —exclamó, luego dejó escapar una carcajada que no estoy seguro de que me gustara oír—. Pero... no uno cualquiera, tío; es un número binario. Joder... El Dios de Salomón y de los valcatecas piensa como una computadora, ¿te lo puedes creer? Resulta que todo este tiempo que he estado dándole al ordenador en realidad lo que hacía era rezar, ¿no es acojonante? —Volvió a reírse otra vez.

—Chico, estás empezando a asustarme…

—Lo siento, perdona… —Se calmó un poco y me miró, esta vez parecía algo más cuerdo—. Es que es tan increíble… Tan jodidamente increíble… Pero no se me ha ido la olla ni nada parecido, te lo prometo. Voy a explicártelo, ¿de acuerdo? Fíjate: todo el texto del manuscrito úlfico estaba escrito con tinta oscura salvo dos letras, siempre las mismas, que estaban escritas en rojo.

—Lo recuerdo: el alfa y la omega.

—Eso es. Si las escribes todas seguidas obtienes esto.

Me mostró de nuevo aquella página plagada de letras, y en esta ocasión empecé a encontrar un sentido en ellas.

ΩΩΑΩΑΑΩΩΩΑΩΩΩΩΑΩΩΩΩΩΑΑΩΩΩ
ΑΩΑΩΑΩΩΩΑΩΑΩΩΩΩΑΑΩΩΩΑΑΑΩΑΑΩΑΩ
ΑΑΑΑΑΩΑΩΑΩΑΩΑΩΩΑΩΑ…

—Ahora haz una cosa —prosiguió Yokai—. Imagina que esto no son letras griegas. Imagina que son unos y ceros.

No me hizo falta imaginarlo. El muchacho había tomado nota del resultado en otra de las páginas del cuaderno y me lo enseñó.

110100111011110111110011101010110101111001101 11
01101011111010101011010…

—Ahora lo entiendo —dije, asombrado—. Un código binario…

—¡Exacto! Es lo que te decía. Lo que ocurre es que el autor del manuscrito, como es lógico, no emplea unos y ceros porque no los conoce: el uno y el cero son cifras árabes. Sin embargo, el concepto es el mismo. Cuando reúnes todas las letras alfa y omega del manuscrito obtienes una palabra escrita en binario.

—¿Una palabra?

—Sí. Cada conjunto de cifras equivale a una letra. Así es como se escriben textos en lenguaje informático, el binario es el idioma de los ordenadores.

—Pero… no tiene sentido que aparezca ese código en un manuscrito del siglo VIII.

—Tío, hay millones de cosas que hemos visto que no tienen sentido y, aun así, ésta no es la más rara. Los chinos ya utilizaban códigos binarios hace diez siglos, y la geomancia medieval también se basaba en ese sistema. Lo único que hay que saber es a qué letra del alfabeto corresponde cada conjunto de unos y ceros... o de alfas y omegas, en este caso.

—¿Y tú lo sabes?

—Es en lo que llevo trabajando toda la puñetera noche. Observa.

Yokai me contó que Enigma le había anotado en su cuaderno un alfabeto hebreo completo, como el que aparecía en los anillos de la Mesa. El chico me mostró una página en la que estaban todas las letras dispuestas en columna y, junto a ellas, había escritos conjuntos de cinco caracteres de alfas y omegas, con su correspondiente transcripción en unos y ceros.

Cada conjunto, una letra. Asombroso.

—Me he basado en la aritmética de Leibniz para convertir las letras hebreas en términos binarios —me explicó—. Es casi universal, se inspira en Francis Bacon y en un montón de tíos que teorizaron sobre lenguaje binario antes que él. Me di cuenta de que podía utilizar ese sistema cuando, al convertir las cifras binarias de las distancias que recorríamos en la jungla, me salían cifras coherentes según la aritmética de Leibniz. Estoy seguro de que es la que se aplica para hacer funcionar la Mesa.

No entendí una palabra de aquello, pero, en realidad, no era importante. Lo sorprendente era el resultado: cada una de las veintidós letras del alfabeto hebreo convertida en una ristra de unos y de ceros.

—Dame un minuto para que asimile todo esto —dije, casi suplicando. Siempre me siento estúpido cuando me hablan de matemáticas.

—No es tan difícil, Faro. En el manuscrito úlfico hay escrita una palabra en binario mediante las letras alfa y omega. —Señaló con el índice la página del cuaderno en la que estaba escrita la tabla alfabética hebrea—. Gracias a esta tabla, yo puedo expresar esa palabra en letras hebreas y, a su vez, escribirla en la Mesa. Sé cómo pronunciar el *Shem Shemaforash*.

Poco a poco, empecé a asumir la enormidad de aquella revelación.

—Maldita sea, chico —dije en un murmullo—. ¿Sabes lo que eso significa?

—Sí, que soy un tío muy listo.

—Más que eso; significa que eres el puñetero *Baal Shem*. —Le miré a los ojos—. Tú, Yokai, eres el último Guardián del Nombre.

He mencionado antes que el acertijo del *hydraulis* de Ctesibio que Enigma y yo encontramos en Asturias fue el segundo más retorcido y enrevesado al que jamás me tuve que enfrentar. El primer puesto de esa lista corresponde con todo merecimiento al del código binario oculto en la Mesa de Salomón.

Cuando los gemelos me citaron aquella frase de Platón (Dios es número), no pensé que fuera a resultar tan literal. En efecto, Dios (su nombre al menos) era una cifra, una cifra interminable que, como una clave de acceso, había que introducir en el Altar del Nombre para desatar todo su poder.

No soy teólogo ni pretendo serlo, ni tampoco es mi intención hacer temblar los pilares de ninguna Iglesia, dejo eso para los novelistas sin ideas; pero supongo que el pensar que la mente de Dios Todopoderoso funciona como un ordenador cósmico puede encajar bien en cualquier fe básica y modesta. Al fin y al cabo, según la Biblia, Dios es lo opuesto al caos, y la naturaleza entera, según tengo entendido, funciona sujeta a unas reglas matemáticas. Eso es algo que ya descubrieron los antiguos cuando hallaron la proporción áurea en los pétalos de las flores, las espirales de las galaxias y hasta en las proporciones del cuerpo humano (hecho a imagen y semejanza de Dios, según dicen). Sin duda, una creación tan esclava del número sólo pudo salir de la mente de una computadora.

En resumen, es lógico que Dios sea incomprensible. Todo el mundo se hace unos líos tremendos con los ordenadores.

También me parecía lógico que el último *Baal Shem* fuera un pequeño genio informático.

Dicho esto, el descubrimiento de Yokai me seguía resultando demasiado complejo para mis cortas entendederas, así que decidí despertar al resto del equipo para que el muchacho les contara su teoría y ellos juzgaran si tenía o no sentido.

De todos nosotros la única que tenía nociones de hebreo clásico era Enigma, así que le pedí que utilizara la tabla elaborada por Yokai para traducir el término binario que aparecía en el manuscrito úlfico. El resultado fue casi aterrador.

—Las primeras letras forman la palabra *shejiná* —dijo la buscadora—. «Morada de Dios»… Luego hay una frase: «Ésta es la morada de Dios, y éste su Santo Nombre».

Enigma se quedó en silencio.

—¿Sí? ¿Qué dice después? —pregunté.

—Después viene lo que supongo que será el *Shem Shemaforash*, y si después de todo lo que he oído pretendes que sea yo quien lo pronuncie en voz alta, cariño, estás muy equivocado.

—Oh, vamos, no es más que una palabra —dijo Burbuja.

—Bien, pues dila tú si quieres. Yo soy una mujer precavida. Lo que sí es evidente es que todas esas alfas y omegas del manuscrito úlfico tienen sentido si se traducen con el sistema de Yokai.

Aunque Enigma no quiso pronunciar el *Shem Shemaforash*, sí aceptó escribirlo en caracteres hebreos para nosotros con la ayuda de Yokai. La palabra era muy larga, compuesta por al menos una docena de letras. Le pregunté a la buscadora si su significado tenía algún sentido para ella.

—No estoy segura, cielo —respondió—. Mi hebreo no es tan bueno. Si ese término tiene traducción, yo la desconozco, aunque puedo decirte que es muy… musical. —De pronto puso cara de susto—. Dios mío, espero no estar cometiendo ningún sacrilegio al pensar en mi cabeza cómo se pronuncia.

—En teoría sólo tiene efecto si se escribe en la Mesa de Salomón, que es como el teclado del ordenador —dije—. Así que no hay por qué asustarse.

—¿Y bien? ¿Qué hacemos ahora? —preguntó mi padre—. ¿Subimos allí arriba y comprobamos si tenemos la clave para desatar el poder de Dios?

Apenas presté atención a su pregunta. Al ver a Trueno sólo podía pensar en su lamentable estado: su voz era casi un susurro, su cara era de color ceniciento y su frente estaba perlada de sudor por efecto de una fiebre cada vez más alta. Se notaba que estaba realizando un gran esfuerzo por mantenerse lúcido durante aquella conversación.

En aquel momento el dichoso nombre sagrado no me importaba tanto como la salud de mi padre, que se le escapaba a chorros del cuerpo junto con la sangre de su herida. Aún no habíamos sido capaces de cortar del todo la hemorragia.

—Quizá debamos volver junto a la Mesa a intentarlo —dijo Yokai, dudoso—. Sólo por ver qué ocurre…

—No ocurrirá nada y será una pérdida de tiempo —aseveró Burbuja—. No quiero menospreciar tu hallazgo, chico, creo que es extraordinario; pero tan sólo se trata de un viejo acertijo en un pergamino, no de una fórmula mágica. Tenemos cosas mucho más importantes en las que pensar.

Danny me miró.

—Tú decides, Faro —dijo—. ¿Probamos suerte o… lo dejamos pasar?

Contemplé a mi padre. Por primera vez me enfrenté al hecho de que estaba viendo a un hombre que robaba minutos a la muerte. Sus posibilidades regresar con vida a la civilización eran escasas, más bien nulas; no tenía sentido negarme a reconocerlo.

Decidí que si Trueno iba a morir, tenía derecho a hacerlo después de saber si el hallazgo al que había sacrificado su existencia era tan importante como decían las leyendas. Salvarlo ya no estaba en mis manos, pero sí el darle una última respuesta.

Existía, claro está, el riesgo de desatar sobre nosotros la ira divina, pero, siendo sincero, no pensaba que aquello pudiera ser peor que nuestra actual situación.

—Tenemos el Altar y tenemos el *Shem Shemaforash* —dije—. Yokai es quien ha descubierto el nombre, y si él quiere utilizarlo, yo lo apoyo.

Danny negó con la cabeza, como si mi respuesta la hubiera decepcionado.

—¿Dejas la decisión en manos de un niño?

Antes de que el muchacho pudiera protestar, yo tomé la palabra:

—No es un niño ni es su decisión, es la mía. Creo que algunos de los que están aquí tienen derecho a saber si lo que han encontrado es lo que estaban buscando.

Recibí un silencio como respuesta, pero nadie me llevó la contraria.

Les dije que mi idea era acompañar a Yokai hasta el santuario cuando saliera el sol, y que ambos intentaríamos hacer funcionar la Mesa. No obligaba a nadie a venir con nosotros. A pesar de ello, Enigma y Danny dijeron que lo harían.

Burbuja me pidió que saliera con él a la avenida a compartir un cigarrillo.

—Faro, Saúl no está bien —me dijo cuando estuvimos a solas—. Es un milagro que aún siga con vida. Seguro que tú también te has dado cuenta; esa herida lo está matando.

—Soy consciente de ello —dije, tratando de no traslucir ninguna emoción—. Pero me gustaría evitarlo.

—Lo sé, yo también le he cogido aprecio a ese viejo cura, y quiero que salga de ésta, pero… —En vez de terminar la frase, le dio una larga calada a su cigarrillo—. Su única posibilidad, aunque remota, es emprender el camino de regreso en el mejor estado de forma posible. No debe moverse de donde está a no ser que sea imprescindible. ¿Entiendes lo que quiero decir?

—Sí. Es mejor que mañana no suba hasta el santuario.

—Es mucho esfuerzo para un moribundo, y necesitará todas sus energías para enfrentarse a la jungla.

—No quiero dejarlo solo.

—Nadie dice que lo hagas. Sita se quedará con él para atenderlo y yo los vigilaré a ambos.

—¿Estás seguro?

—Del todo. No podría contener la risa viendo al renacuajo hacer de sumo sacerdote, y seguro que al chaval le ofendería —bromeó el buscador—. Tú haz lo que tengas que hacer con esa Mesa, yo cuidaré del resto.

Se lo agradecí. Después terminamos de fumar y regresamos al interior de la vivienda.

Quise hablar unos momentos a solas con mi padre, pero al acercarme a él descubrí que estaba inconsciente. La cabeza le ardía por la fiebre y en su costado derecho se había formado una gran mancha de sangre oscura.

6

Semmakeraj

*B*urbuja se quedó contemplando durante un buen rato cómo sus compañeros recorrían la avenida de la ciudad en dirección al santuario.

El buscador percibió un leve destello de solemnidad en la comitiva, seguramente no intencionada. Al frente marchaba Faro, con los hombros caídos bajo un peso invisible. Burbuja pensó en lo distinto que era su compañero de aquel novato que le atropelló con su bici en Canterbury (hacía una eternidad de eso). Desde entonces había sido capaz de hacer honor a su alias y se había convertido en una luz a la que seguir en momentos de duda. No porque fuera el más inteligente o el más fuerte, sino porque de todos ellos era el único que jamás dudaba. Transmitía una seguridad absoluta, un convencimiento profundo en todas sus decisiones. Para Burbuja, seguir a Faro era sencillo, pues daba la impresión de que tanto sus aciertos como sus errores obedecían a un plan trazado que sólo él conocía.

Tal responsabilidad había hecho de él un hombre más serio, menos espontáneo y despreocupado; pero sin duda más maduro. Burbuja no envidiaba su posición: liderar es menos grato que obedecer. Hasta el momento Faro había hecho un buen papel, pero la tensión empezaba a marcarse en su rostro, en sus gestos y hasta en el tono de su voz.

Ojalá esa misma tensión no lo quebrara, pensó Burbuja. Los buscadores iban a necesitar a Faro más que nunca en las próximas jornadas.

El pequeño grupo desapareció tras un edificio en ruinas. Burbuja apuró su cigarrillo de una calada, tiró la colilla y regresó junto con Sita y Saúl.

En la vivienda que usaban como refugio el aire apestaba a enfermedad. La muchacha india estaba inclinada sobre Saúl, limpiándole el sudor del rostro con ayuda de un pañuelo bastante sucio. La cara del viejo tenía el mismo color que la cera a punto de derretirse, y su respiración era un silbido seco. Llevaba inconsciente desde hacía horas.

Burbuja se apostaría todo el tabaco que le quedaba a que el pobre diablo no viviría para ver otro atardecer, pero, si perdiera la apuesta, soportaría con gusto su síndrome de abstinencia.

—¿Cómo va? —le preguntó a Sita.

Ella negó con la cabeza.

—Mal, muy mal —respondió—. Se nos está muriendo.

Burbuja inspeccionó el botiquín de Voynich en busca de ibuprofeno, aunque sabía perfectamente que el último fue utilizado el día anterior. Comprobar si algún antipirético había aparecido por arte de magia en el botiquín le pareció mejor que quedarse viendo cómo Saúl se apagaba sin remedio.

—¿Qué puedo hacer, Sita? —preguntó el buscador—. Dame alguna tarea o me volveré loco.

—Creo que ayer vi un tamarindo cerca de la entrada a la ciudad. Si tuviera algún fruto, podría sacarle la pulpa y dársela al padrecito, puede que eso le hiciera bajar un poco la fiebre.

—Iré a buscarlo.

Sita le describió el aspecto de la planta y Burbuja salió del refugio. Se dirigió hacia el nivel más bajo de la urbe a toda prisa.

Cuando llevaba recorrido un buen trecho, casi al llegar al acceso principal de la avenida, se frenó en seco.

Un nutrido grupo de hombres de Wotan estaba entrando en la ciudad. Todos ellos iban armados.

Burbuja dejó escapar una maldición entre dientes. Dio media vuelta y corrió por la avenida en dirección al refugio. Cuando entró estaba casi sin aliento.

—¿Qué ocurre? —preguntó Sita.

—¡Hombres de Voynich! ¡Se dirigen hacia aquí! —El buscador comenzó a recoger los restos del campamento y los ocultó. En el fondo del refugio había una estancia a oscuras. Burbuja llevó a Saúl a cuestas hasta allí y lo depositó en un rincón, con mucho cuidado. Después se dirigió a Sita—: No te muevas de aquí pase lo que pase,

¿me has entendido? —Se desprendió el machete que llevaba colgado al cinturón y se lo entregó a la muchacha—. Si alguien os descubre, utiliza esto. ¿Crees que podrás?

Sita asintió con expresión de temor.

—¿Usted qué va a hacer?

—Tengo que avisar a Faro y a los demás. —Burbuja tomó a la muchacha por los hombros y la miró a los ojos—. No tengas miedo, ¿de acuerdo? Mientras te quedes aquí escondida todo va a salir bien, te lo aseguro. No voy a dejar que nadie os haga daño.

Se aseguró de que Saúl y la muchacha estaban bien ocultos y luego salió a la carrera del refugio.

Al llegar a la avenida escuchó una voz que le daba el alto. Los hombres de Wotan lo habían descubierto.

Burbuja aceleró el paso y sonó un disparo. El buscador notó un aguijonazo en la parte trasera de la rodilla y sintió como si la rótula se le partiera en dos. Lanzó un grito de dolor y cayó al suelo. Tenía una herida de bala en la pierna que sangraba a borbotones.

Dos hombres vestidos de uniforme se acercaron a él y lo agarraron de los hombros para obligarlo a levantarse.

—¿Dónde están los demás? —preguntó uno de ellos.

Burbuja le miró apretando los dientes. El dolor de la rodilla era muy intenso.

—Que te jodan, cerdo.

Recibió un puñetazo en el estómago.

Uno de los hombres de Wotan localizó la vivienda de la que Burbuja había salido a la carrera. Lo llevaron a rastras a su interior.

«Por favor, que no los encuentren… Que nos los encuentren…», pensaba el buscador.

Los guardias tiraron a Burbuja al suelo y lo apuntaron con sus armas.

—¿Hay alguien más contigo? ¡Responde!

El buscador permaneció en silencio y uno de los hombres le pisó en la rodilla herida. Burbuja gritó.

Una mujer entró en el refugio.

—¿Qué está ocurriendo aquí?

Los guardias se apartaron para mostrar a Burbuja.

—Hemos encontrado a este hombre corriendo por la avenida. Creemos que es uno de los que se le escapó al doctor Yoonah.

La mujer estaba parada frente a la puerta a contraluz, Burbuja apenas le veía el rostro. Se acercó a él y entonces el buscador pudo contemplar su rostro simétrico, con aquella nariz alargada y fina, la boca grande, plegada en un gesto cruel. Y sus ojos.

Dos ojos grandes. Dorados. Imposible olvidarlos cuando ya se han visto antes.

Burbuja creyó que el dolor le hacía alucinar con fantasmas.

Espíritus imposibles, viejos y olvidados. Sombras que no deberían estar allí.

Su rostro se demudó en una expresión de asombro infinito.

—Tú... —Uno de los guardias volvió a aplastarle la rodilla con el pie y su frase se cortó en una exclamación de dolor.

La mujer sonrió de medio lado. Parecía satisfecha por que el buscador la hubiera reconocido. Se inclinó sobre él y le acarició la mejilla con el dorso de la mano.

El buscador sintió que se le erizaba la piel. Aquel tacto frío nunca le pareció agradable, era como sentir el roce de una estatua de mármol.

—Bruno, mi pequeño hombrecito... —dijo la mujer—. Nunca soporté verte sufrir.

Volvió la cabeza hacia uno de los guardias armados e hizo un leve gesto de asentimiento. El hombre levantó el cañón del fusil y disparó al pecho de Burbuja, justo en el corazón. El buscador se desplomó de espaldas.

La mujer se incorporó y contempló el cadáver durante unos segundos. En su rostro sólo había indiferencia.

La sangre que manaba del cuerpo de Burbuja formó un charco bajo los pies de la mujer. Ella dio un paso atrás.

«La sangre es más espesa que el agua...», pensó de forma inopinada. La mitad de su boca se torció en una sonrisa incompleta.

—Pudo habernos dicho dónde están los demás —dijo uno de los hombres de Wotan.

—No es necesario, ya lo sé. Estarán donde esté el Altar. Seguiremos inspeccionando la ciudad y los encontraremos. —La mujer señaló el cuerpo del buscador—. No quiero que salga ninguno vivo de aquí. Este hallazgo es de Voynich, sólo de Voynich. Además, alguien debe pagar por lo que le ha ocurrido a David Yoonah y al resto de nuestro equipo.

—¿Y... la otra mujer?

—Tampoco. Es de suponer que querrá reunirse con su hermano; pero, aun así, que nadie dispare contra nadie hasta que yo lo indique.

Uno de los guardias surgió de un rincón de la vivienda. Llevaba a Sita agarrada por las muñecas.

—Señora, he encontrado a esta tigrilla en un cubículo. Casi me corta el cuello con un machete.

—¿Estaba sola?

—También había un viejo, pero me parece que está muerto.

La mujer se acercó a Sita, que sollozaba de miedo, y le acarició el pelo con la punta de los dedos.

—Tranquila, pequeña, tranquila... Nadie va a hacerte daño. Al contrario. —Puso el rostro a la altura del de Sita y la miró a los ojos. La joven india dejó de sollozar, pero seguía temblando igual que un pájaro atrapado en el cuerpo de una serpiente—. Vendrás conmigo y te mostraré cosas asombrosas. Cosas que nadie ha visto jamás... Sí, mi pequeña: Lilith te enseñará...

Cogió a Sita de la mano con delicadeza. La muchacha la siguió hasta el exterior del refugio sin oponer resistencia.

Yokai, Danny, Enigma y yo entramos por segunda vez en el santuario del Altar. Le sensación de encontrarme ante algo más que una simple reliquia volvió a abrumarme cuando contemplé de nuevo el brillo fosforescente que irradiaba.

Atravesamos la pasarela que discurría sobre el estanque de aguas plateadas y nos acercamos hacia la Mesa. Puede que lo que estuviéramos a punto de hacer fuera un error de fatales consecuencias, pero, al mismo tiempo, sentía que ya no podíamos dar marcha atrás. Una certeza fatalista me embargó, transmitiéndome la idea de que era justo ahí donde debíamos estar, en aquel preciso instante, como si desde mucho tiempo atrás hubiéramos estado siguiendo, sin ser conscientes de ello, un camino recto de un único sentido.

Yokai, el inverosímil *Baal Shem*, sacó la hoja del cuaderno en la que estaban anotadas las letras hebreas que conformaban el *Semmakeraj* y lo colocó sobre la Mesa. Vi que le temblaba el pulso.

—No tenemos por qué hacer esto si no quieres —le dije en voz baja, para que las mujeres no me oyeran.

—Quiero hacerlo —respondió él, decidido—. No tengo miedo.

—Eso es una suerte, porque yo sí. —Le guiñé el ojo con discreción. Él esbozó una pálida sonrisa.

—¿Qué hacemos ahora? —preguntó Enigma—. ¿Buscamos el manual de instrucciones o simplemente improvisamos?

Busqué las ruedas en el borde de la Mesa que recordaba haber visto la última vez y, con mucho tiento, hice girar una de ellas. No ocurrió nada.

—Inútil —dije—. Esto son sólo adornos.

—¿Estás seguro? —preguntó Yokai—. Porque no veo otra forma de… —Probó a accionar el resorte y, al hacerlo, el anillo más grande de los que había en la superficie del Altar giró con un quejido de metal.

—¿Cómo has hecho eso? —pregunté, sorprendido—. Yo he movido esa misma rueda hacia todos los lados. —Probé a repetir el gesto, pero aunque el resorte giraba sin dificultad, el anillo permaneció quieto.

Hice un experimento y le pedí a Enigma y a Danny que accionaran el mecanismo, pero, de nuevo, el anillo siguió inmóvil. Sólo se movía cuando era Yokai quien hacía girar las ruedas del borde de la Mesa.

—No lo entiendo… —dijo Danny, confusa—. ¿Qué es lo que el resto hacemos mal?

—Nada —respondí—. ¿Acaso no está claro? Lo que ocurre es que ni vosotras ni yo somos el *Baal Shem*, sólo Yokai.

—Este trasto empieza a darme escalofríos… —terció Enigma, mirando la Mesa con recelo.

Una inspección rápida nos mostró que había tantas ruedas como anillos, por lo que era lógico suponer que cada una de ellas servía para hacerlos girar. Yokai, que era nuestro experto en máquinas, dedujo que lo que había que hacer era alinear los caracteres hebraicos de los anillos hasta formar el *Shem Shemaforash*.

—¿Y dónde colocamos la primera letra? —preguntó Danny—. ¿En el anillo grande que está más hacia el exterior o en el pequeño que está cerca del centro? Tenemos que tener cuidado de no escribir el nombre al revés.

Recordé que mi padre nos contó que pronunciar a la inversa el *Shem Shemaforash* destruiría la Mesa. «Que a Dios regrese lo que a Dios pertenece», fueron las palabras de san Isidoro.

—Eso es fácil: las ruedas están numeradas —respondió Enigma, señalando uno de los resortes del borde. Nos dimos cuenta de que sobre él había un pequeño signo grabado en esmalte rojo—. ¿Lo veis? Éste es *aleph*, aquí *beth*, luego *guimel*…

—No conozco el hebreo en profundidad como tú —dije—, pero, si no me equivoco, eso son letras, no números.

—Son las dos cosas. En hebreo todas las letras del alfabeto tienen también un valor numérico. En mi opinión, la rueda *aleph* mueve el primer anillo, la *beth* el segundo, *guimel* el tercero… y así sucesivamente.

Los resortes estaban colocados en orden alfabético (o numérico) unos junto a los otros. El mecanismo, por lo tanto, no parecía complicado. Yokai nos aseguró que podría manejarlo sin problema.

Así pues, ya sólo restaba que el Guardián del Nombre escribiera el *Semmakeraj*… y que el resto cerráramos los ojos y apretáramos los dientes a la espera de no desencadenar el fin del mundo.

—¿Estás listo, chico? —pregunté, apoyando la mano sobre el hombro de Yokai para darle ánimos—. Éste es tu momento.

—Sí… Claro… —Se colocó frente al Altar y puso su mano sobre la primera rueda. Antes de girarla volvió la cabeza hacia nosotros—. ¿No debería… rezar alguna oración o algo parecido?

—Como tú quieras, cariño —respondió Enigma—. Tú sólo… hazlo a tu estilo.

—Vale. —El muchacho apretó los labios con gesto decidido—. Pues a tomar por…

Giró la primera rueda con un golpe brusco. Yo aguanté la respiración.

De pronto, al mismo tiempo que el anillo se deslizaba sobre la superficie de la Mesa, por el acceso al santuario comenzaron a brotar hombres armados vestidos con el uniforme de Wotan.

En apenas unos segundos, se colocaron alrededor del estanque que rodeaba el Altar y nos apuntaron con sus fusiles. Cerrando aquel inesperado asalto, apareció una mujer de ojos dorados a la cual ya tenía la desgracia de conocer. Identificaba aquellas pupilas irreales con los momentos más terribles de mi cautiverio en manos del ejército valceño.

Lilith nos había encontrado.

Se mostró ante nosotros igual que una reina, precedida de una escolta de hombres armados. Los destellos de las gemas que decoraban la pared del santuario hacían juego con el color de sus ojos. Entró caminando despacio, sin mostrar ningún asombro ante el panorama que la rodeaba, como si ya hubiera estado allí varias veces en el pasado.

Sentí un escalofrío al ver que llevaba a Sita cogida de la mano. La joven india caminaba junto a ella con aire dócil. En su otra mano, Lilith sostenía una pequeña pistola.

Ambas, la mujer y la muchacha, atravesaron la pasarela del estanque en dirección a la Mesa. Al llegar a la mitad, Lilith se detuvo y me sonrió. Una sonrisa a medias.

—Nunca dejaré de asombrarme por tu tesón, Tirso —dijo—. ¿Puedo llamarte Tirso? Siento como si nos conociéramos en profundidad… De hecho, siento como si os conociera a todos vosotros pues llevo admirándoos en la distancia mucho tiempo, buscadores.

Su mirada nos recorrió a todos y se detuvo en mí. Sentí un fuerte impacto, como si estuviera de nuevo prisionero y desnudo en aquel calabozo, sometido por el miedo y el dolor, dispuesto a hacer cualquier cosa que la dueña de esos ojos me pidiera para terminar con mi sufrimiento. Las palmas de las manos me empezaron a sudar y tuve la tentación de apartar los ojos.

No lo hice.

—Llegas tarde —dije. Recordé lo que Trueno habría dicho de estar en mi lugar—. Yo gano.

—Sólo la carrera —respondió ella. Su voz adquirió un matiz dulce—. Tirso… Mi querido Tirso… ¿Por qué hemos de enfrentarnos? No deseo arrebataros vuestro hallazgo, siempre quedará en el recuerdo del Cuerpo de Buscadores que fueron ellos quienes encontraron el Altar del Nombre. Eso era lo que tú querías, ¿verdad? La búsqueda, nada más que la emoción de la búsqueda. Pues bien, lo has conseguido, has triunfado: tu búsqueda termina aquí.

—¿Y qué hay de la Mesa?

—Oh, pero tú no quieres la Mesa… Claro que no, nunca la has querido en realidad. Tampoco sabrías qué hacer con ella. Mi pobre y valiente buscador... —Sonrió y me mostró una expresión cercana al afecto—. Eres como un niño que empuña un arma. Ni siquiera sabes de lo que es capaz lo que tienes entre las manos.

—Supongo que tú sí.

—Así es. Yo puedo hacer con ella cosas extraordinarias, cosas buenas que convertirían este mundo en un lugar mejor. Es la meta que ha marcado toda mi vida, mi buen Tirso. Piensa en Voynich, en toda su tecnología puesta al servicio de hombres y mujeres, facilitando sus vidas, haciéndolos felices... Yo creé Voynich, y lo hice para eso. Lo que tienes frente a ti, querido, no es más que tecnología, ¡la más grandiosa del universo! Pero una máquina, al fin y al cabo. Yo sé cómo manejarla para desvelar todos los secretos del futuro y ponerlos al servicio de la humanidad.

—¿Ése es tu plan? ¿Hacer realidad un lema corporativo?

—Mi pobre niño... Por supuesto que tú no puedes entenderlo. ¿Te das cuenta de hasta qué punto no mereces tener esa Mesa? Pero no importa... De todos modos, lo que estás a punto de hacer con ella es precisamente lo que yo deseo. Adelante, no voy a causaros ningún daño. Pronuncia el Nombre y activa el Altar. —Sus ojos brillaron con una luz hipnótica—. Tendremos todas las respuestas del universo. Seremos como dioses.

Quizá fue el profundo tono de su voz, unido al brillo fantasmal que irradiaba la Mesa y los destellos de plata del estanque, lo que me hizo comprender por primera vez que aquel Altar encerraba un poder auténtico y numinoso, demasiado grande para comprenderlo en todo su alcance. Mi mente (cualquier mente) no podía abarcarlo, de igual modo que no se puede contener un océano en un vaso de cristal. Eso no quiere decir que el océano sea algo sobrenatural, simplemente que el vaso es demasiado pequeño para soportarlo.

Lilith tenía razón: éramos niños jugando con algo peligroso. No sólo mis compañeros y yo, sino también ella; pero en su caso resultaba más amenazante ya que su soberbia le hacía creer que una mente humana podía abarcar un océano de preguntas sin respuesta.

Habíamos estado a punto de cometer un tremendo error.

—No sé cuál es el Nombre —dije—. Nunca lo he sabido.

El rostro de Lilith se tensó.

—No me mientas, querido niño. Sé por qué te he encontrado aquí y lo que estabas a punto de hacer.

—Probar suerte —repliqué, desafiante—. Sólo probar suerte, mover anillos y letras al azar esperando obtener algún resultado por casualidad. Eso es lo que hacía. El *Shem Shemaforash* no existe.

No pareció que mi burdo engaño le causara ninguna contrariedad. Sonrió de nuevo a medias y se dirigió a mis compañeros.

—¿Es cierto eso? —preguntó.

Yo estaba tranquilo. Ninguno de ellos iba decir la verdad.

Entonces, Danny respondió:

—No. —Levantó la mirada hacia mí y en sus ojos vi una expresión de tristeza—. El chico lo sabe. Él conoce la palabra que activa la Mesa.

Sentí como si alguien me hubiera arrancado el corazón.

—¿Danny…?

Ella se apartó lentamente del Altar en dirección a Lilith.

—Lo siento, Tirso, lo siento… Pero tienes que comprender… Todo esto es demasiado para ti, para nosotros, siempre lo fue. Traté de explicártelo, pero no supe cómo…

No, Danny no. La traición de cualquiera de ellos me habría destrozado como la de un hermano, pero Danny… Ni siquiera podía asimilarlo.

La miré devastado. No sentía odio, no podía sentirlo hacia ella.

—Por favor, dime por qué lo has hecho.

—Porque ella tiene razón —respondió, desesperada—. ¿No os dais cuenta de todo lo que esta búsqueda nos ha arrebatado desde que nos embarcamos en ella? Era demasiado grande para nosotros y, aun así, nos empeñamos en llevarla adelante, aun a costa de muchas vidas, las vidas de nuestros amigos.

—Pero fueron ellos quienes los mataron, Danny —dije—. ¡Ella lo hizo! ¡Lilith!

La buscadora negó con la cabeza, obstinada.

—Se defendía de nosotros —repuso—. Yo tardé en comprenderlo, pero al fin lo vi claro: nosotros éramos la amenaza, no ella. Sus intenciones nunca fueron malas, tan sólo quería… —La voz se le quebró. Me miraba como si deseara con todo su ser hacerme entrar en razón—. Quiere hacer cosas buenas, y nosotros se lo impedimos. Si hubiéramos permanecido lejos de su camino nada malo nos habría ocurrido, ni a nosotros ni a nadie.

—Danny…

—Es la verdad, Tirso. Nunca hubo héroes y villanos, sólo nosotros y ella. Y, de ambos, ella es la única que desea crear algo con la ayuda de ese Altar. Nosotros sólo pretendemos robarlo. No hay nada honroso en nuestras acciones, pero las suyas… —la buscadora miró a Lilith como una rendida creyente— cambiarán el mundo. Lo entiendes, ¿verdad? Dime que lo entiendes, por favor…

—Es inútil —dijo la mujer—. Jamás podrá comprenderte. No es más que un buscador ciego, incapaz de ver más allá de su rastro. Pero no importa, no necesitamos convencerlo, tan sólo obligarlo. —Lilith me apuntó con su pistola—. Dile al muchacho que escriba el Nombre.

—Haced lo que os pide, Tirso —suplicó Danny—. Por el bien de todos.

A ese punto habíamos llegado: a que a ella no le importara que Lilith me volara la cabeza si no accedía a su petición. Me preguntaba en qué momento perdí a Danny y dejé que cayera bajo el hechizo de aquella bruja de ojos dorados. ¿Qué hice mal? ¿Qué señales fui incapaz de percibir y por qué no pude evitarlo? Tenía que haber algo más, algo que se me escapaba.

En cualquier caso, ya daba igual; no iba a vivir lo suficiente para averiguarlo.

Miré a Yokai. Estaba muy asustado.

—No debes hacerlo —le dije—. No importa lo que pase, ni cómo nos amenace: no escribas el Nombre.

Enigma se acercó al muchacho y se colocó delante de él, como si quisiera protegerlo.

—Tranquilo, cariño —le dijo al oído—. Todo va a salir bien.

Lilith amartilló el arma.

—Tirso, es tu última oportunidad. Haz que el muchacho active el Altar.

Yokai me miró angustiado.

—Voy a hacerlo…

—No, Yokai, no. Escúchame bien: no tengo miedo, ¿lo ves? No me importa lo que me ocurra.

—No me pidas que deje que te maten por mi culpa —dijo, apretando los dientes como si estuviera furioso. Unas pequeñas lágrimas asomaron por sus ojos y él se las limpió con un gesto de rabia—. No me pidas eso, maldita sea, no tienes derecho.

Tuve la certeza de que haría cualquier cosa por impedir mi muerte, por más que yo fingiera encontrarme sereno. Lilith fue muy astuta amenazándome a mí delante del chico.

Aun en el caso de que Yokai mantuviera la suficiente fortaleza de ánimo para verme caer a sus pies, ¿cuántos amigos más tendría que ver morir a manos de Lilith para que se quebrara su voluntad? El chico tenía razón: yo no tenía derecho a someterlo a semejante prueba.

Debía dejar que escribiera el *Semmakeraj*. Era inevitable.

Miré a Enigma esperando encontrar algo de buena suerte en sus pupilas verdes, mucho más luminosas que millones de ojos dorados.

Entonces recordé algo.

«Que a Dios regrese lo que a Dios pertenece.»

Yokai sabía cómo desatar el poder del Altar, pero también cómo anularlo. Tan sólo había que escribir el Nombre al revés, desde el final hasta el origen. Cabía la posibilidad de que Lilith no supiera eso y pudiéramos engañarla haciéndole creer que invocábamos el *Semmakeraj* cuando en realidad lo que hacíamos era poner en marcha su mecanismo de autodestrucción. El problema era que no se me ocurría cómo darle a Yokai esas instrucciones sin que resultara evidente, no tanto para Lilith como para Danny: ella sí sabía que existía una forma de inutilizar el Altar.

«Que a Dios regrese lo que a Dios pertenece...»

—Yokai... ¿Recuerdas nuestro lema?

Los ojos de Enigma titilaron cuando ella comprendió mi idea.

—Eso es, cariño —dijo—. Regresa.

Le hizo un fugaz guiño a Yokai.

—Regresa... —repitió el muchacho. Me miró, asintió y esbozó una débil sonrisa—. Devolvemos las cosas a quienes pertenecen.

Sentí un inmenso orgullo al escucharlo.

—Adelante, chico. Sé un buscador.

El Guardián del Nombre hizo girar los anillos del Altar hasta que las letras encajaron de la manera correcta. Lilith nos miró con expresión de triunfo.

Entonces, el mundo comenzó a temblar.

Trueno se estaba muriendo.

Cuando era un caballero buscador, la mayoría de sus compañe-
ros decían de él que no le tenía miedo a nada, incluso el viejo Nar-
váez compartía esa opinión, pero no era verdad. Como cualquier ser
humano con piel capaz de erizarse, Trueno le temía a muchas cosas
(por ejemplo, a los payasos, pero ése era un secreto que no habría
admitido ni bajo la peor de las torturas) y, de todas ellas, la que más
le espantaba era la muerte.

Un miedo universal después de todo, no había por qué avergon-
zarse de ello y él no lo hacía. Sin embargo, el motivo del espanto de
Trueno por el Suspiro Final no tenía que ver con angustiosas incóg-
nitas sobre lo que esperaba más allá de la tumba (si es que esperaba
algo) ni tampoco con la idea de una muerte entre sufrimientos. El
dolor ni siquiera estaba en su lista de temores, por eso sus compañe-
ros creían que no tenía ninguno.

No. Lo que a Trueno siempre le aterró de la muerte era que de-
jaría su búsqueda sin terminar.

Ahora sin embargo, y ya con unos cuantos años de buena e inte-
resante existencia a sus espaldas, Trueno ya no temía tanto el cerrar
los ojos para siempre. Sentía que todo lo que había buscado en esta
vida ya lo había encontrado. Pudo atravesar las puertas de la Ciu-
dad de los Hombres Santos, pudo contemplar con sus propios ojos el
brillo de la Mesa de Salomón. Y, lo más importante, lo hizo en com-
pañía de su hijo.

Tirso, un buscador. Igual que él.

Ya nada de lo que pudiera encontrar en este mundo podría satis-
facerle tanto. Tan sólo le quedaba una búsqueda; aquella que, según
siempre decía el viejo Narváez, era la más sublime e importante de
todas. También la última.

Sin duda que a Trueno no le habría importado quedarse unos
cuantos años más bregando con esta ingrata y sucia existencia, ate-
sorando unos cuantos puñados de aventuras en compañía de su hijo,
como siempre deseó; pero aquello ya no era posible. Su cuerpo herido
y abrasado por la fiebre ya no daba más de sí. Hora de apagar la luz,
coger el abrigo y salir sin mirar atrás.

Trueno creía estar preparado. Ya no tenía miedo.

Sólo impaciencia.

El dolor era cada vez más tenue, señal de que sus nervios se es-

taban apagando poco a poco. Ya había partes del cuerpo que ni siquiera podía sentir y, de hecho, tampoco estaba del todo seguro de haber recuperado por completo la lucidez. Se sentía como cuando uno está al final de un sueño y, de alguna manera, sabe que no es real y que está a punto de despertar.

Trueno pasó sus últimas horas de vida en aquella frontera entre el delirio y la consciencia. Imágenes de fantasía creadas por un cerebro a punto de fundirse se mezclaban con los estímulos del mundo real, haciendo que le resultara imposible distinguir entre unos y otros. Escuchaba voces conocidas que llegaban como de muy lejos: Tirso, Enigma, la joven india Sita... y también las de Narváez, su viejo amigo Zaguero y otras personas que dormían en su memoria.

Escuchaba, por ejemplo, a Burbuja hablando con Sita.

—¿Cómo va? —preguntaba. Su voz sonaba como si hablara con un pañuelo en la boca.

—Mal, muy mal —respondía Sita—. Se nos está muriendo.

Y luego la voz de Narváez, imponente como un glaciar.

—Claro que se está muriendo. El pobre Trueno está demasiado cansado, dejadle marchar. Tengo ganas de reunirme con él y recordar los buenos tiempos.

Trueno creía ser capaz de responderle, puede que en sueños, puede que en realidad.

—Ey, viejo, ¿eres tú? Vaya, sí que me alegro de oírte... Te he echado de menos, ¿sabes?

—Nosotros a ti también, Trueno. —Curioso. Aquélla era la voz de Yelmo. Yelmo, con su cabeza dura como una roca. Una vez conocí a un tipo que derribó una puerta a cabezazos—. ¿Qué has estado haciendo todo este tiempo?

—Podría contártelo si quieres, pero conozco una historia mejor. —Era Tirso quien hablaba, pero no el adulto sino el niño de ojos grandes. Se estaba comiendo una chocolatina. Era de avellanas, caramelo y tamarindo.

—Creo que ayer vi un tamarindo cerca de la entrada a la ciudad —decía Sita—. Si tuviera algún fruto, podría sacarle la pulpa y dársela al padrecito, puede que eso le hiciera bajar un poco la fiebre.

—No, dejadle en paz —respondió Narváez—. No tiene sentido. Dejadle que regrese. Quiero tener de vuelta a mi mejor caballero buscador.

Regresa.

«Que a Dios regrese lo que a Dios pertenece» (dijo alguien con la voz de Zaguero).

Trueno se sintió levantado en volandas. Como si alguien le llevara a alguna parte.

—¿*Ya es la hora?* —*preguntó, o creyó preguntar*—. ¿*Ya he de irme?*

—*No, aún no* —*dijo Zaguero*—. *Ellos vienen.* —*Ahora su voz era diferente, una mezcla de tonos que Trueno no podía identificar*—. *Voynich está aquí.*

¿*Voynich? Dios mío, entonces hay que avisar a…*

—*Tengo que avisar a Faro y a los demás* —*dijo Burbuja.*

Sí, buen chico. Eso es justo lo que debes hacer. Le caía bien ese buscador, le recordaba un poco a él mismo cuando era más joven.

—*No hagas ruido, Trueno* —*le advirtió Narváez*—. *Ya vienen. Mientras te quedes aquí escondida* —¿*escondida?*— *todo va a salir bien, te lo aseguro. No voy a dejar que nadie os haga daño.*

—*Voy a ponerme en pie, debo ayudar.*

—*No, muchacho, no. Ni lo intentes, estás demasiado ocupado muriéndote, ¿recuerdas?*

—*Oh, sí… Es verdad.*

Trueno oyó un disparo.

—¿*Ésa es mi señal?* —*le preguntó a Narváez*—. ¿*Ya puedo irme?*

La respuesta del viejo fue muy extraña:

—*Vendrás conmigo y te mostraré cosas asombrosas. Cosas que nadie ha visto jamás…* —*Ni siquiera sonaba como la voz de Narváez, más bien parecía una mujer, y había algo peligroso en sus palabras. Trueno decidió que no quería ir con ella. Nadie debería ir con ella.*

—*No, me quedaré aquí un poco más, gracias* —*dijo.*

No recibió ninguna respuesta. Ya no había voces ni caras familiares, tampoco ecos ni sueños. Tan sólo oscuridad y una sensación de frío que poco a poco le invadía por todo el cuerpo. Del dolor ya apenas quedaba rastro.

Trueno supo que el momento había llegado. Eso era la muerte.

Entonces le pareció oír algo nuevo en sus delirios. Como agua corriendo en un pequeño riachuelo, y, por entre aquel murmullo, una voz.

—Todavía no, buscador. Aún es pronto.

Era la voz de un hombre, un hombre verde.

¿Un hombre verde? Eso no tenía sentido. ¿Qué diablos es un hombre verde?

Trueno abrió los ojos.

Vio dos pupilas de un intenso color esmeralda y por un momento creyó estar de nuevo ante aquel jaguar que, muchos años atrás, brotó de la espesura para salvar su vida. Al igual que entonces, ahora le miraba.

—No un animal, buscador. Un hombre igual que tú. —La voz adoptó un tono burlón—. Un hombre verde.

Al fijarse mejor, Trueno descubrió que aquellos ojos no eran los de ningún jaguar sino los de una persona normal y corriente. Tenía una barba abundante veteada de gris, y alrededor de su cabeza llevaba enrollada una tela azul. Aquel hombre sonreía con afecto.

Trueno se incorporó. No sentía dolor ni fiebre. Se apartó la camisa para ver su herida y en vez de encontrar una tumefacta y sangrienta oquedad, vio una cicatriz limpia, con aspecto de ser muy vieja.

El hombre del turbante lo miraba, agachado junto a él. Llevaba puesta una especie de túnica raída pero hecha con tejidos de buena calidad.

—Ya estoy muerto, ¿verdad? —preguntó Trueno.

Echó un vistazo a su alrededor. El más allá tenía un aspecto muy decepcionante; de hecho, era idéntico al interior de una vivienda valcateca en ruinas.

—¿Muerto? —dijo el hombre de ojos verdes—. Lo dudo. Yo nunca he creído en fantasmas, y ahora mismo puedo verte perfectamente.

—Entonces ¿qué es esto? ¿Un sueño?

—Eso es más probable… ¿Por qué no echas un vistazo y lo compruebas?

Trueno miró al hombre con recelo y se puso en pie. Dio unos pasos por el interior de aquel lugar y lo identificó como el mismo en el que sus compañeros y él habían buscado refugio en la ciudad. Era de los últimos recuerdos que tenía antes de caer inconsciente.

No vio a Tirso ni a ningún otro salvo a Burbuja. El buscador estaba tendido en el suelo sobre un gran charco de sangre, aunque no parecía muerto, más bien daba la impresión de estar plácidamente dormido. Incluso le pareció oírlo roncar.

Trueno se giró y vio al hombre del turbante de pie, justo a su espalda. No sabía cómo había llegado hasta allí pero tampoco le importó; en los sueños siempre pasan cosas raras.

Porque aquello era un sueño, ya no le cabía duda.

—¿Por qué toda esa sangre? —preguntó, señalando a Burbuja—. ¿Está malherido?

—Lo estaba, pero ya no. Ahora descansa, aunque me temo que tendrá que despertarse pronto, y tú también, buscador. El peligro aún no ha pasado.

—¿Quién eres tú?

El aludido se encogió de hombros.

—Tan sólo un vigilante que solía pasar el tiempo en mi oasis, lejos de aquí —respondió. Luego, con voz de tristeza, añadió—: Mi oasis es como era antes esta jungla que rodea la ciudad: un lugar fértil y lleno de vida, pero ahora está enferma. Necesita que la curen. Necesita un buen jardinero.

—¿Tú eres un jardinero?

El hombre sonrió.

—Soy alguien que sabe cómo devolver la vida a lo que está marchito.

De pronto el suelo tembló bajo los pies de Trueno y se oyó como si un relámpago gigantesco partiera el firmamento en dos. El viejo buscador salió a toda prisa a la avenida de la ciudad y miró al cielo: un remolino de nubes negras se estaba formando sobre el santuario del Altar.

—¿Qué está ocurriendo? —preguntó.

—Es tu hijo.

—¿Tirso?

El hombre asintió.

—Ha hecho algo muy honorable y por eso recibirá una recompensa justa.

—¿Recompensa? ¿Cuál?

—Ojo por ojo, diente por diente... En el universo todo es equilibrio y armonía —respondió el hombre—. Tu hijo ha encontrado un objeto muy valioso y se lo ha devuelto a quien le pertenece; a cambio, él también recibe algo que le había sido arrebatado. En concreto, dos tesoros tan importantes como el que está a punto de regresar a su dueño, al menos para tu hijo lo son.

«A punto de regresar a su dueño...», se repitió Trueno.

—El Altar —dijo—. Tirso ha destruido el Altar del Nombre.

—Ahora todo volverá a su origen.

La tierra tembló de nuevo. Una enorme grieta se abrió en el pavimento de la avenida y algunos cascotes se desprendieron de los edificios.

—Tenemos que salir de aquí —dijo Trueno.

Regresó junto a Burbuja y trató de sacarlo de su sueño pero no fue capaz.

—¿Qué le ocurre? ¿Por qué no puedo despertarlo?

—No puedes despertar a quien no duerme.

—¡Pero tú dijiste que...!

—No me has entendido. Aquí el único que sigue soñando eres tú, buscador, pero ya es hora de que pongas fin a ello. Tenéis que marcharos antes de que sea tarde. —El hombre atravesó a Trueno con sus iris color esmeralda—. Despierta.

Trueno abrió los ojos.

—¡Despierta, Saúl! —escuchó. Burbuja le estaba sacudiendo el hombro con fuerza. Al fondo se oía un bramido como de un terremoto, y todo alrededor se movía de lado a lado—. Maldita sea, despierta, ¡tienes que despertar!

—Está bien, hijo, está bien... —dijo Trueno—. Ya estoy despierto, ¿ves? Deja de agitarme de esa forma o me vas a romper un brazo.

—¡Gracias a Dios! ¿Estás bien? ¿Puedes ponerte en pie?

—Me siento mejor que nunca. Yo... soñaba con una cosa de lo más rara... Tú estabas en el suelo y había un hombre...

—De ojos verdes —completó el buscador. Trueno y él se miraron durante un segundo—. Yo también he tenido un sueño bastante extraño.

—¿Qué crees que...?

Burbuja le hizo callar con un gesto.

—Ni idea. Ni lo sé ni estoy seguro de querer saberlo. Lo único que tengo claro es que tenemos que salir de aquí antes de que este maldito edificio se nos venga encima.

Los dos salieron del refugio justo antes de que una pared colap-

sara en un alud de piedras. Ya en la avenida, contemplaron un espectáculo que los dejó sin aliento.

La ciudad entera estaba siendo devorada por la jungla a una velocidad tan asombrosa como imposible.

De pronto sobre sus cabezas resonó un estruendo brutal, como si el cielo se hubiera abierto en dos en medio de una violenta explosión. Ambos levantaron la mirada hacia el santuario del Altar justo a tiempo de ver cómo estallaba en pedazos envuelto por un resplandor verde.

—¡Dios mío…! —exhaló Trueno—. ¡Tirso!

Burbuja y él corrieron por la avenida hacia la cúspide de la ciudad.

El último anillo giró en el centro de la Mesa. En el mismo instante en que las letras del *Semmakeraj* quedaron alineadas sentí que el suelo se movía bajo mis pies. Se oyó un rumor rocoso, como si un animal salvaje respirara en el fondo de una cueva, y la superficie del estanque que rodeaba el Altar se erizó igual que la piel bajo el frío.

La fosforescencia que brotaba del Altar creció en intensidad, así como el zumbido que emitía. Las doce bestias que lo sostenían brillaban incandescentes como focos eléctricos. Sentí calor en el rostro y tuve que protegerme los ojos con la mano de aquel brillo cegador.

Entonces atisbé que sobre la superficie de una de las bestias se formaba una grieta y de ella brotaba un líquido espeso y luminoso de color verde esmeralda. Se abrieron otras muchas grietas más que rezumaron la misma sustancia, como si al Altar sangrase por un millar de heridas. Las grietas aumentaban de tamaño y de longitud cubriendo toda la superficie de la Mesa con un ruido similar al del hielo al quebrarse. Todo el Altar comenzó a gotear aquella sustancia color de jade que se derramó sobre el estanque; sus aguas emitieron un resplandor verde que inundó todo el santuario.

Después, el Altar del Nombre estalló en pedazos.

Reventó igual que una esfera de cristal sometida a un calor excesivo. Un millón de diminutas esquirlas doradas salieron despedidas en todas direcciones como una lluvia de estrellas, causándome una enorme sorpresa. Los fragmentos del altar quedaron suspendidos en el aire formando una pequeña galaxia de oro y sentí como si, de pronto, el tiempo se detuviera.

Mis ojos quedaron clavados en el centro de aquel firmamento.

En el centro de una oscuridad surcada de destellos vi una esfera verde y perfecta que latía como un corazón. Con cada latido adoptaba una nueva forma geométrica, cambiando como una gota de agua esculpida por manos invisibles: de pronto era un prisma, luego una pirámide de muchas caras, después parecía un diamante… Su evolución era delicada y muy hermosa, y cada forma era más compleja y perfecta que la anterior, hasta que adoptó el perfil de imposibles geometrías repletas de caras brillantes como un espejo. Yo no podía apartar la mirada de aquel espectáculo soberbio.

Escuché entonces una voz en el interior de mi cabeza, sonaba como la mía, pero, al mismo tiempo, me resultaba ajena a mi pensamiento.

No mires, buscador.

«Pero debo hacerlo… Ahí están todas las respuestas…»

El conocimiento absoluto nos hace absolutamente inhumanos. ¿Realmente deseas tener todas las respuestas del Universo?

«Quiero tenerlas.»

Y, cuando lo hagas…, ¿qué te quedará por buscar?

«Nada. No más preguntas. No más misterio.»

Sólo el misterio nos hace vivir.

Sólo el misterio.

Aparté la mirada y, justo en ese momento, los fragmentos del Altar, que aún estaban suspendidos en el aire, cayeron en las aguas del estanque. De pronto todo el santuario quedó a oscuras y los muros temblaron. Las láminas de oro de la bóveda y las gemas que la decoraban empezaron a desprenderse. El lugar parecía estar a punto de venirse abajo.

Cogí a Enigma y a Yokai del brazo.

—¡Vámonos de aquí! —les dije.

Nos dirigimos hacia la pasarela que cruzaba el santuario. Allí estaba Lilith, de pie y quieta como una estatua, contemplando con sus ojos dorados algún punto en el vacío. Parecía estar bajo algún tipo de hipnosis.

El santuario se estremeció con violencia y caímos al suelo. La bóveda se llenó de grietas. Entonces las aguas del estanque produjeron un rugido y se elevaron en forma de columna, y de su interior salieron disparados como tentáculos una multitud de raíces cubiertas de espinas. Se clavaron en las paredes del santuario y comenzaron a trepar hacia la bóveda como serpientes. Algunas de ellas atravesaron el cuerpo de los hombres de Wotan igual que lanzas. El pánico se desató y los guardias comenzaron a correr hacia la salida. Sobre uno de ellos se desprendió una enorme placa de oro de la bóveda que le sajó el cuello como la hoja de una guillotina, otro fue agarrado por una de aquellas raíces espinosas y lo arrastró hacia la columna de agua, un fin que compartió con varios compañeros.

Las raíces se convirtieron en una peligrosa amenaza. Brotaban sin parar de las aguas del estanque, ahora convertidas en un violento géiser, y se desplegaban retorciéndose y sesgando el aire como los palpos de un ser vivo. Algunos de los hombres de Wotan se vieron de pronto atrapados por aquella red de espinas, que se ciñó sobre sus cuerpos como si quisiera devorarlos. A algunos los estrangulaban hasta casi decapitarlos, a otros les subían por el cuerpo, arañándoles prendas y carne, hasta introducirse por sus bocas, por sus oídos, por sus ojos. Contemplé la espantosa visión de un soldado cuyo estómago reventó y por él brotó un haz de raíces trepadoras.

Todos los guardias de Wotan perecieron devorados por aquella vegetación asesina antes de alcanzar la salida del santuario, cuyo aspecto ya era como el interior de un invernadero de pesadilla.

Grité a Yokai y a Enigma para que corriesen hacia la salida. Yo fui tras ellos, junto con Danny y con Sita. Vi cómo la buscadora tropezaba con una de aquellas raíces.

Me aparté de mis compañeros y fui en su ayuda. La sujeté de las manos y tiré de ella hasta que la planta se rompió y Danny quedó libre. Ambos echamos a correr y logramos salir del santuario.

Al encontrarme en la avenida de la ciudad contemplé cómo por todas partes brotaban millones de árboles, plantas y raíces; partiendo muros, destrozando piedra y haciendo pedazos las arquitecturas en medio de una explosión vegetal. La jungla se estaba comiendo la ciudad a una velocidad terrorífica.

La tierra volvió a temblar con violencia. Un obelisco de piedra grande como el tronco de un árbol se desplomó sobre Enigma, que corría unos pasos por delante de mí.

Grité su nombre y fui hacia ella. El obelisco la tenía atrapada.

Intenté moverlo pero fue imposible, pesaba demasiado. A nuestro alrededor, la ciudad colapsaba entre temblores y la furia de una vegetación destructora.

—¡Márchate! —gritó Enigma—. ¡Tienes que salir de aquí!

No estaba dispuesto a dejarla atrás. Seguí intentando mover el obelisco con todas mis fuerzas.

Vi a Danny, que corría hacia nosotros.

—¡Danny, ayúdame! —grité.

Ella se detuvo. Desvió la mirada a la puerta del santuario y entonces me di cuenta de que era allí a donde se dirigía.

—¡Está ahí dentro! ¡Sigue ahí dentro! —dijo.

—¡Maldita sea! ¿Quién?

—¡Ella! ¡Debo sacarla de allí!

—¿Lilith? —pregunté, atónito—. ¡Por el amor de Dios! ¿Eso qué diablos importa? ¡Tienes que ayudarme a mover esta piedra! ¡Enigma está atrapada!

Danny permaneció paralizada, como si no supiera lo que debía hacer.

Entonces salió corriendo hacia el santuario.

—¡Danny!

Me miró una última vez y desapareció de mi vista.

En ese momento Yokai apareció corriendo por la avenida. Regresaba para intentar sacar a Enigma de debajo del obelisco. El muchacho apoyó la espalda contra él y trató de empujarlo.

—¡No puedo! —exclamó—. ¡Ayúdame, Faro, entre los dos quizá podamos moverlo!

De pronto me sentí bloqueado. Pensé que debía sacar a Danny del santuario antes de que la estructura se derrumbara sobre ella, pero eso supondría dejar a Enigma.

Quizá podía hacerlo. El santuario estaba a sólo unos pasos, no me llevaría más que unos segundos regresar a por Danny, llevármela de allí y juntos ayudar a Yokai a mover el obelisco. Sólo sería un instante. Era imposible que a Enigma le ocurriera nada malo en tan poco tiempo.

Un enorme bloque de piedra se desprendió de un edificio y cayó junto a Yokai.

Miré a Enigma y la idea de que aquellos ojos verdes se cerraran para siempre me resultó insoportable.

Me uní al chico y juntos empujamos el obelisco. Apreté los dientes hasta que me dolieron las mandíbulas y sentí como si mis tendones fueran a partirse igual que cables tensados. La mole de piedra que mantenía presa a Enigma se movió un poco y, al fin, la buscadora pudo liberarse. Me abracé a ella como si temiera que alguien me la fuese a arrebatar.

Entonces, la esfera que guardaba el santuario estalló en medio de un resplandor verde. Yokai, Enigma y yo nos quedamos mirando sobrecogidos cómo de sus restos surgía una cascada de árboles y raíces.

—Danny… —dijo Enigma.

—Tomó una decisión —respondí. Luego la miré—. Yo también.

La buscadora me acarició la mejilla y me besó. El tiempo volvió a detenerse para mí por un instante y me sentí feliz por estar allí con ella, aún rodeados por una ciudad que se derrumbaba y amenazados por el peligro.

¿Quién quiere todas las respuestas del Universo pudiendo tener un enigma de ojos verdes?

—¡Oh, venga ya, no me jodáis! —protestó Yokai—. ¡Larguémonos de aquí de una puta vez antes de convertirnos en abono para plantas!

Fue un necesario golpe de realidad. La desatada fronda cuyo epicentro parecía situarse en el lugar que ocupaba el santuario estaba devorando la ciudad a toda prisa. Empezamos a correr hacia la puerta de la urbe, sorteando no sólo muros y cascotes que caían a nuestro paso, sino también raíces, plantas e incluso árboles enteros que irrumpían frente a nosotros haciendo pedazos el pavimento. Brotes de follaje surgían de cada grieta, cada oquedad y cada resquicio y se extendían como una marea verde que amenazaba con arrastrarnos.

De pronto, bajo mis pies surgió una masa tentacular de ramas que se enredaron en torno a mis tobillos y me cortaron el paso. Enigma y Yokai me agarraron de los brazos y tiraron de mí, pero las ramas eran gruesas y sólidas, me tenían bien atrapado. Crecían sin parar alrededor de mi cuerpo, multiplicándose en zarcillos ensortijados que se transformaban en sólidos brazos vegetales, ascendiendo por mis piernas con enloquecedora rapidez. Intenté destrozarlas con las manos, pero aunque pude arrancar muchos trozos, las ramas no dejaban de crecer.

En ese momento vi ascender por la avenida a Trueno y a Burbuja, quien llevaba un machete en la mano. Al verme se lanzó sobre las ramas, que ya me cubrían hasta la cadera, y empezó a cortarlas a machetazos. Pudo desbrozar las suficientes para liberarme.

Reunidos los cinco buscadores, seguimos descendiendo a la carrera a lo largo de la avenida en espiral bajo una tormenta de ruinas, mientras a nuestro alrededor la ciudad era engullida por una explosión de hojas, troncos y enredaderas.

Por fin vislumbramos el portón de acceso. Las titánicas estatuas que lo flanqueaban ya no eran más que dos pilares de hiedra cubiertos por secreciones musgosas. Pasamos junto a ellos sin mirar atrás y seguimos corriendo hasta que nos quedamos sin aliento y caímos al suelo de rodillas.

Miré a mi espalda y en el lugar donde antes se alzó la Ciudad de los Hombres Santos encontré una montaña selvática. Los escasos vestigios arquitectónicos que quedaban a la vista eran cubiertos de inmediato por un tapiz vegetal que no paraba de crecer, consumiéndolo todo a su paso en una hoguera esmeralda. Ya no había edificios, ni avenidas ni obeliscos; sólo árboles frondosos y tierra fértil, tal y como debió de ser antes de la llegada del Altar del Nombre e incluso de los propios valcatecas.

De la ciudad sagrada no quedó ni un solo rastro.

En lo profundo de una espesura situada en la cima de un monte, la joven india lloraba de miedo acurrucada junto a un árbol.

Las ramas de aquel árbol, junto con las de muchos otros, cubrían la espesura a la manera de una bóveda orgánica, como si aquel umbrío rincón tuviera cientos de años de antigüedad. No los tenía. De hecho, era sorprendentemente joven, de apenas unos minutos de existencia.

Junto a la chiquilla, tirada en el suelo, había una rueda dentada de metal. Un millar de pequeños tallos verdes brotaron de forma silenciosa y cubrieron aquel objeto, después la tierra se lo tragó.

Era lo último que quedaba de la Ciudad de los Hombres Santos.

La joven india no reparó en ello. Seguía sollozando por el temor.

El Vigilante del Oasis apareció por entre un grupo de helechos y pequeños arbustos. Caminaba plácidamente con las manos a la espalda y mirando a su alrededor con expresión satisfecha. Era un buen trabajo aquél, pensaba. Un hermoso jardín.

Se dirigió a la muchacha india y le habló con voz cálida:

—No llores más, chiquilla, ya pasó todo.

Sita se sobresaltó. Miró al hombre, asustada, y al encontrarse frente a aquellos ojos de un verde intenso y aquella dulce sonrisa se sintió más segura.

Se limpió las lágrimas de las mejillas entre hipidos. El Vigilante le ofreció su mano y ella la tomó. De pronto ya no sentía miedo.

—¿Qué ha ocurrido? —preguntó la joven.

—¿No lo recuerdas?

Sita se quedó pensativa un momento.

—Recuerdo a una mujer de ojos dorados... Me miraba y me hablaba... Tenía una voz dulce pero fría al mismo tiempo, no sé explicarlo... —Se interrumpió y lanzó una exclamación—. ¡Dios mío! ¡El padrecito y sus compañeros! Están...

—No, pequeña, están a salvo. —El Vigilante le ofreció una cálida sonrisa—. Y ahora tú también, así que no te preocupes más por ellos.

Desde el fondo de la espesura llegó un sonido extraño. Parecían los gruñidos de un pequeño animal. Sita y el Vigilante se dieron la vuelta y vieron a una mujer tirada en el suelo a cuatro patas. De su garganta brotaban ruidos guturales y en su expresión no se atisbaba ni un asomo de humanidad.

La mujer descubrió un escarabajo gordo como una pelota caminando por entre sus dedos. Una sonrisa mema se dibujó entre sus labios. Cogió el caparazón del insecto con los dedos, lo contempló un instante con mirada golosa y después se lo metió en la boca. Empezó a masticarlo con verdadera fruición. Luego olfateó el aire y percibió algo. Giró el rostro hacia Sita y el Vigilante y los miró.

Sus ojos eran dorados.

La joven india se pegó al Vigilante, temerosa.

—Tranquila, pequeña —dijo él, acariciándole la cabeza—. No va a hacerte daño. Ya no puede.

La mujer de ojos dorados bufó y salió huyendo, siempre a cuatro patas. Se perdió por entre la maleza igual que una alimaña que escapa asustada de la luz del sol.

—¿Qué le ha pasado? —preguntó Sita.

—Quería todo el conocimiento del Universo y al final obtuvo más del que era capaz de soportar. —Dejó escapar un suspiro—. El conocimiento absoluto nos hace absolutamente inhumanos...

—¿Cómo?

—Nada, sólo pensaba en voz alta. —Él sonrió de nuevo—. ¿Quieres que nos marchemos ya?

—Oh, sí, por favor... Pero... ¿iremos muy lejos? Es que me siento tan cansada...

—Ya lo sé, pequeña, pero no te preocupes. Yo te cogeré en brazos y te llevaré a un lugar seguro.

A Sita no le pareció un ofrecimiento extraño. Todo lo contrario, pensó que nada le gustaría más.

El Vigilante tomó a Sita con suma delicadeza. Apenas lo hubo hecho, la joven india cerró los ojos y se quedó dormida, como una niña pequeña en los brazos de su padre.

Después, los dos desaparecieron en la espesura.

Narváez

M i padre siempre dice que lo más difícil de contar una buena historia es saber cuándo terminarla.

Él es mucho mejor narrador que yo, así que en ese punto me lleva bastante ventaja. Quizá porque para mí las historias que merecen la pena no terminan nunca en realidad, siguen un curso común, enlazándose unas con otras, y tratar de separarlas es como intentar deshacer la trama de un tapiz cuajado de escenas. Al final, lo único que te queda es una obra incompleta.

Nuestra aventura en pos del Altar del Nombre no terminó con la desaparición de la Ciudad de los Hombres Santos; aún nos quedaba la parte difícil: regresar sanos y salvos.

Sin embargo, no sé por qué, tengo la impresión de que eso ya pertenece a otra historia diferente, una nueva misión del Cuerpo Nacional de Buscadores en la que el valioso objeto que debíamos retornar esta vez éramos nosotros mismos. También es una buena historia, desde luego, pero conozco algunas mejores.

Digamos simplemente que tras vagar un tiempo por la jungla, haciendo titánicos esfuerzos por no perder la esperanza de que hallaríamos una salida de aquel laberinto, de pronto nos topamos con un pequeño milagro.

Era un burro.

Aquel bendito asno no estaba solo. Montado a su grupa había un recolector de caucho el cual creyó ver fantasmas cuando nos encontró en medio de la selva.

El tipo hablaba portugués, lo cual era la primera señal que nos indicó que ya no estábamos en Valcabado sino en la región amazónica del Brasil. Durante nuestro periplo por la jungla de Los Morenos habíamos cruzado una frontera sin darnos cuenta.

El recolector de caucho nos llevó de vuelta a la civilización y desde allí pudimos contactar con la agente Lacombe, que, fiel a su promesa, envió de inmediato a buscarnos y puso en danza a varios servicios de seguridad internacionales para que pudiéramos regresar a España.

Unas tres semanas después de aterrizar en Madrid, recuperado ya casi por completo de las secuelas de una expedición por la jungla (aunque en realidad eso es algo de lo que nunca llegas a recuperarte del todo), me reuní con Burbuja en su piso.

La vivienda del buscador estaba casi vacía y junto a la puerta había un par de maletas grandes. Burbuja y yo compartimos alguna cerveza y bastantes cigarrillos, como siempre que estábamos a solas. La conversación tuvo más silencios que palabras, pero eso a ninguno de los dos nos hizo sentir incómodos. Nunca necesitamos de una charla banal para encontrarnos a gusto el uno con el otro.

Burbuja estaba bien de ánimo, o todo lo bien que podía esperarse tras la pérdida de su hermana. Llevaba su tristeza, que debía de ser muy profunda porque la mía aún lo era al pensar en Danny, de la misma forma discreta que siempre administró sus sentimientos. Burbuja siempre fue un hombre de coraza dura, capaz de superar cualquier cosa siempre que la vida le diera una buena dosis de actividad en la que ocupar cuerpo y mente, y de eso, en aquellos días, no le faltaba.

Aunque a mí me habría gustado que las cosas hubieran ocurrido de otra forma.

—Supongo que ya es algo tarde para hacer que cambies de idea, ¿verdad? —le pregunté mientras ambos nos fumábamos el enésimo par de cigarrillos.

Él me miró con gesto socarrón.

—¿Con las maletas en la puerta y el billete de avión cerrado? Lo siento, novato, pero sí: ya es un poco tarde.

—Voy a echarte de menos… ¿Quién quedará ahora para recordarme que no soy más que un novato?

—Espero que nadie. Y, si alguien lo hace, se las verá conmigo. Ese privilegio es sólo mío.

Sonreí.

Me encendí otro cigarrillo y, tras darle algunas caladas en silencio, dije:

—Lo que está claro es que cuando te hayas ido fumaré bastante menos. Eso no deja de ser algo positivo para mi salud…

—Yo voy a dejarlo.

—¿En serio?

—Sí… ¿Ves este cigarrillo, novato? —Me enseñó la colilla que tenía entre los dedos y luego la aplastó con gesto solemne contra un cenicero—. Pues éste es el último que me verás fumar en toda tu vida.

—No te creo.

—Oh, sí… ¿Recuerdas que una vez me dijiste que lo único que te había hecho dejar el tabaco fue una mujer? Pues supongo que ahora es mi turno. Julianne detesta que fume.

No pude evitar sentirme incrédulo ante tal propósito. En su momento yo me hice uno idéntico, y fui capaz de mantenerlo durante un tiempo hasta que la mujer desapareció de mi vida y la cambié por un paquete de tabaco.

No obstante, tenía que reconocer que la relación entre Burbuja y Lacombe parecía tener cimientos muy sólidos y duraderos. Y si ella se había propuesto que mi compañero dejase de fumar para siempre, había muchas posibilidades de que lo lograra. Si la agente de Interpol tenía una virtud, ésa era la perseverancia, yo lo sabía muy bien.

—¿Te recibirá en París cuando aterrices? —le pregunté. Esperaba que la respuesta fuera afirmativa; Burbuja iba a darle un vuelco a su vida por ella, y lo menos que se merecía a cambio era que fuese a recogerlo al aeropuerto.

—Eso creo —respondió él—. Pero no volaré a París mañana sino a Nueva York. Tengo que… —Hizo una pausa algo tensa—. Tengo que solucionar unos temas de herencias.

—¿Herencias?

—Sí, por lo visto parte de lo que legó esa mujer me corresponde legalmente. —No dejé de percibir el profundo desprecio con el que Burbuja pronunció las palabras «esa mujer». Nunca mencionaba a Lilith por su nombre si podía evitarlo.

—Vaya… Eso debe de ser una enorme fortuna.

—No tanto, sólo el porcentaje equivalente a una legítima. Ni siquiera aceptaría un solo céntimo de ese dinero de no ser porque me vendrá bien tener algo en el bolsillo cuando empiece a establecerme en Francia.

—¿Sabes adónde irá a parar el resto?

Burbuja hizo un gesto de indiferencia.

—Espero que al infierno, igual que ella.

—Si te soy sincero, aún me cuesta asimilarlo —dije—. Aunque eso explica muchas cosas…

—Sí, supongo que sí. —Burbuja me miró torciendo la boca en una sonrisa amarga—. La próxima vez que protestes sobre tu madre, novato, piensa que podría haberte ido mucho peor.

—¿Puedo hacerte una pregunta… algo delicada?

—Adelante. Me servirá para no pensar en las tremendas ganas que tengo ahora mismo de fumarme un puñetero cigarrillo.

—¿Por qué crees que Lilith sólo se puso en contacto con Danny y no contigo?

Él dejó escapar un suspiro hondo.

—No lo sé… y no dejo de preguntármelo, a pesar de que hay muchas cosas que he logrado entender después de darle muchas vueltas a la cabeza. Por ejemplo, supongo que esa mujer supo de la existencia de la Mesa al casarse con mi padre, que guardaba todos los documentos de Warren Bailey y Ben LeZion en los que se mencionaba cómo la estaban buscando. Puede que ahí naciera su propia obsesión por encontrarla.

—Una búsqueda vital —dije—. Como en el caso de mi padre.

A esas alturas, la verdadera identidad de Saúl el sacerdote ya no era un secreto para ninguno de mis compañeros.

Burbuja hizo un vehemente gesto de negación.

—No es lo mismo, novato; a tu padre, igual que a ti, sólo le interesaba la búsqueda, no el objeto; pero esa mujer tenía una fijación enfermiza en lograr lo que creía que era una fuente de poder. Para Lilith supongo que la búsqueda no era más que un estorbo. —Hizo una pausa larga y luego añadió—: Quizá por eso no trató de convencerme a mí para que me uniera a ella. Yo nunca lo habría visto de esa forma.

—¿Y Danny sí?

—Es complicado, novato… Recuerda cómo era mi hermana… Hermética hasta para mí, que la conocía mejor que nadie… Y, a pesar de eso, nunca me di cuenta de que el recuerdo que guardaba de esa mujer no era de odio, como en mi caso, sino de pérdida. Ella quería recuperarla.

De nuevo pensé en el paralelismo que existía entre aquella historia y la que compartíamos mi padre y yo.

—A veces creo entender por qué Danny… hizo todo aquello —me atreví a decir—. No sé cómo habría actuado yo de haber estado en su lugar.

—Ni yo, Tirso, ni yo… —convino Burbuja—. Quiero pensar que desde el momento en que esa mujer decidió ir a por Danny, captarla, mi hermana no tuvo ninguna posibilidad de resistirse. Recuerdo pocas cosas de ella, pero sí que tenía la cualidad de manipular a los demás a su antojo. —Se quedó callado un segundo—. Era un ser muy dañino.

—¿Cuándo crees que logró engañar a Danny?

—No lo sé… Quizá fue cuando se marchó a California a investigar la muerte de Zaguero…, o puede que para entonces ya estuviera colaborando con esa mujer… Debí darme cuenta a tiempo. Podría haberlo evitado.

—No pienses en ello —le dije—. Te esperan días difíciles por delante, es mejor que los emprendas sin cargas extra.

Burbuja sonrió de medio lado.

—¿Sabes, novato? De pronto me has sonado igual que el viejo, ese tipo de sentencias eran muy propias de él… Vas a hacer grandes cosas, Faro; ojalá estuviera aquí para verlas, te lo digo de corazón.

—Entonces, quédate —dije, haciendo un último intento a la desesperada.

Él negó con la cabeza.

—Necesito empezar de cero. No podré superar nunca lo de Danny si me rodeo de cosas que continuamente me recuerdan a ella.

—Vas a dejarme un hueco muy difícil de cubrir.

—Eso seguro, yo soy muy bueno. Pero cuentas con un gran equipo para empezar y sé que te las apañarás bien. Tienes mucho talento, novato.

La falta de nicotina empezaba a afectarle más rápido de lo que yo esperaba, incluso me dedicaba halagos.

—Si alguna vez quieres regresar, te estaré esperando.

—Gracias… ¿Quién sabe? Quizá Julianne y yo nos acabemos

tirando los trastos a la cabeza, o puede que ese puesto en Interpol no esté hecho para mí, después de todo. Dicen que una pareja no debe trabajar en el mismo sitio, que no es bueno para la relación.

—Espero que no sea cierto... Los dos viajamos en ese barco.

Él dejó escapar una carcajada. Era algo que no hacía a menudo, lo cual era una lástima porque Burbuja tenía una risa muy contagiosa.

—Es verdad, lo había olvidado... —dijo—. ¿Tienes algún consejo para mí de un ex agente de Interpol? Ahora yo voy a ser el novato.

—Ninguno, salvo que quizá deberías empezar a aficionarte a la música clásica; a tu nueva jefa le apasiona.

—Julianne no será mi jefa en realidad, más bien una colega de departamento; después de todo, yo tengo mi caché... Además, hemos hecho un trato: yo dejo de fumar y, a cambio, ella no me torturara con sus arias barrocas.

—Chico listo —dije. Cogí un par de cigarrillos del paquete, los últimos que quedaban, y le pasé uno a Burbuja—. Sé que dijiste que ni uno más, pero me gustaría repetir tu Ceremonia de la Última Calada dándole un poco más de solemnidad. Voy a echar mucho de menos estos momentos... Enigma no fuma.

—Pues despídete tú también del tabaco, novato —me dijo. Cogió el cigarrillo que le ofrecía y se lo encajó entre los labios—. Qué diablos, una última vez, por los dos mejores caballeros buscadores de todo el maldito Cuerpo.

Nos encendimos los cigarrillos y dejamos que el tiempo pasara entre volutas de humo.

Accedí al interior del Museo Arqueológico Nacional por la puerta habitual para visitantes, como si yo fuera uno más. Fui directo hacia el mostrador donde una mujer de sonrisa simpática me dio la bienvenida.

—¿Una entrada? —me preguntó.

—No, gracias. Estoy buscando a Daniel Urquijo, dijo que preguntara aquí por él.

—Oh, sí. Un momento, por favor...

La mujer salió del mostrador y fue a buscar a uno de los vigilantes de seguridad que me pidió que lo acompañara. Lo seguí de regreso al exterior del museo y reparé, con bastante sorpresa, que nos encaminábamos a la monumental puerta decimonónica del edificio, la cual sólo se abría para ocasiones especiales.

Volvimos a entrar en el museo a través de ella.

Urquijo, el abogado del Cuerpo de Buscadores, me estaba esperando en el primitivo salón recibidor del Arqueológico.

El guardia se marchó y nos dejó a solas. Urquijo permaneció impasible, con su habitual aspecto pulcro y anodino de siempre, como el de alguien a quien nada en este mundo es capaz de sorprender.

—Llegas tarde —me dijo.

—Lo siento, me he entretenido despidiéndome de Burbuja.

—Los agentes en activo no deben relacionarse con antiguos miembros del Cuerpo, es una norma no escrita.

—Sospecho que muchas de esas normas van a tener que reescribirse… o, mejor dicho, no reescribirse —me corregí—. Da igual…, ya sabes lo que quiero decir, abogado.

Urquijo emitió un suspiro melindroso.

—Sí, eso imaginaba…

—¿Por qué me han hecho entrar por esta puerta?

—Porque es una ocasión especial, Faro; pensé que serías consciente de ello. —Me examinó de arriba abajo—. Y que vendrías vestido de la manera adecuada.

—¿Por qué? ¿Habrá algún tipo de fiesta?

El abogado suspiró de nuevo. Sin duda me veía como un caso perdido.

—Las autoridades pertinentes han aprobado reanudar las actividades del Cuerpo Nacional de Buscadores —dijo como si estuviera recitando un documento oficial—. Como enlace legal, es mi obligación informar a su nuevo director de que a partir de este momento queda bajo su única responsabilidad el coordinar las actuaciones de este organismo, así como mantener el secreto obligado por el Real Decreto del 2 de septiembre de 1918 firmado por Su Majestad el rey don Alfonso XIII. El nuevo director del Cuerpo Nacional de Buscadores jurará cumplir con todos los artículos de dicho Real Decreto siempre que no contravengan el ordenamiento constitucional vigente… ¿Me has comprendido?

—Sí, más o menos.

—Entonces di: «Lo juro».

—Oh, perdón… Lo juro.

Tercer suspiro del abogado.

—Bien. Por mi parte, todo correcto.

—¿Eso es todo? —pregunté—. ¿Ya… estoy al mando?

—Sí, me temo que sí… —respondió Urquijo, con gesto resignado—. Por favor, Faro, a partir de ahora intenta no hacer ninguna locura. La responsabilidad que han puesto sobre tus hombros es un enorme privilegio. Sigue el ejemplo de los que te precedieron y todo irá sobre ruedas.

—El que me precedió no era un ejemplo muy digno que digamos. Intentó matarme.

El abogado emitió una tosecilla, incómodo.

—Me prometiste que no sacarías eso a relucir…

Dejé escapar una sonrisa. Iba a disfrutar mucho en el futuro buscándole las cosquillas al tieso abogado.

—¿Quieres adoptar el alias de «Narváez»? —me preguntó Urquijo—. Es la costumbre entre la mayoría de los directores del Cuerpo, en memoria de su fundador.

—¿Otra norma no escrita?

—Más o menos.

—Será la primera que dejemos aparcada por el momento —dije—. Quiero seguir llevando el nombre de Faro… y, si es posible, me gustaría que ninguno de mis sucesores adoptara el de Narváez. Por más que lo intenten, no habrá otro igual que el viejo.

—Eso ya no depende de mí —respondió el abogado. Luego me miró con una expresión de curiosidad, como si me viera por primera vez—. Veo que ya tienes las cosas muy claras, muchacho…

Me alegró dar esa impresión a Urquijo. Lo cierto era que el estómago me hormigueaba y que tenía las manos metidas en los bolsillos para que el abogado no viera cómo me temblaban.

Urquijo me entregó una tarjeta de plástico azul con mi nombre. La recibí sintiendo una gran emoción.

—¿Cuándo puedo entrar al Sótano? —pregunté.

—Cuando quieras. Tu equipo ya está esperándote allí para recibir las primeras instrucciones. Te dejo para que puedas reunirte con ellos.

—¿Tú no vienes?

—Tengo un montón de papeleo por hacer y personas con las que reunirme. Reabrir un organismo como éste no es fácil... y no imaginas la de recelos que ha causado tu nombramiento. Hay quien te ve como... demasiado independiente.

—Fantástico. Eso es que hemos tomado la decisión correcta.

Urquijo suspiró por cuarta vez.

—Eso espero, señor director; me juego mucho apostando por ti. —Cogió un pequeño maletín que había encima de un mostrador y me acompañó a la salida. Ya en el jardín, frente al acceso a la reproducción de las cuevas de Altamira, nos despedimos—. Mañana a primera hora me reuniré contigo en el Sótano. Hay muchas cosas que debo explicarte. —El abogado sonrió de forma taimada—. Tendrás que leerte un montón de informes muy, muy, muy farragosos durante los próximos días... Adiós.

Increíble. Resultaba que Urquijo sí que tenía sentido del humor después de todo..., aunque un tanto retorcido.

Ya a solas, me dirigí hacia la entrada al Sótano, nuestro cuartel general.

Mientras caminaba combatiendo el temblor de las rodillas y la sensación de estómago revuelto, no pude evitar acordarme de mi primer día como caballero buscador. Fue el viejo Narváez quien me tomó juramento, y Burbuja estaba presente. Se me ocurrió pensar que aquel momento adquiría ahora una enorme trascendencia en la historia del Cuerpo: tres de sus directores reunidos en una misma habitación... Claro que, por entonces, ninguno de sus protagonistas éramos conscientes de ello.

Lógico. Todo lo ocurrido tras aquel momento era bastante difícil de prever.

Con mi pase azul, abrí el acceso secreto al Sótano que estaba camuflado en la reproducción de Altamira. Tras bajar una escalera metálica, aparecí al fin en la sala de recepción de nuestro cuartel general. El escudo con la corona, la columna y la mano de gloria en llamas fue lo primero que encontraron mis ojos.

Bajo aquel mismo escudo vi a Enigma y a Yokai esperándome. Mi equipo.

Enigma me miró con gesto expectante.

—¿Ya está? —preguntó—. ¿Ya... lo eres?

Creo que en mi cara apareció la sonrisa más amplia del mundo.

—Tenéis ante vosotros al nuevo director del Cuerpo Nacional de Buscadores.

Enigma dio un brinco de júbilo y me rodeó el cuello con los brazos. Luego me plantó un sonoro beso en la mejilla.

—¡Enhorabuena, cielo!

—Sí, felicidades, cariño —dijo Yokai, que se apoyaba deslavazado sobre la superficie del mostrador de recepción—. ¿Tengo que besarte yo también?

—Ni se te ocurra, me pincharías con ese conato de barba que te ha salido de pronto —respondí—. Caballero buscador Yokai, espero que mañana te presentes en tu puesto correctamente afeitado, y no con esa especie de pelusa grimosa.

—Bésame el culo, tío —respondió, en una clara muestra de cómo pensaba respetar en adelante la dignidad de mi cargo. Tampoco esperaba menos de él—. ¿Dónde está mi despacho? ¡Quiero uno bien grande!

—Eso dijo ella… —añadí sin poder evitarlo—. ¿Sabes? Cuando yo entré aquí por primera vez me metieron en un cubículo diminuto el cual, por cierto, tuve que compartir con otro agente.

—Oh, venga, no me jodas… ¡Me prometiste que tendría un despacho! —dijo el chico, con tono plañidero.

—Deja de lloriquear y ven aquí. —Lo llevé al antiguo taller de Tesla. Gran parte de la maquinaria y demás cacharros que pertenecieron al antiguo buscador aún seguía allí. Cuando abrí la puerta Yokai puso la misma expresión que un niño al abrir sus regalos de cumpleaños—. ¿Éste te parece un buen despacho?

—¡Hostia puta! —soltó el chico. Se abalanzó sobre los ordenadores de Tesla y empezó a trastear con ellos de forma compulsiva.

Enigma se colocó detrás de mí y se le quedó mirando.

—Qué mono… Me encantaría meterlo en una cajita y llevármelo a casa por Navidad —dijo—. ¿Podemos adoptarlo?

—Es una broma…, ¿verdad?

Ella dejó escapar una carcajada musical.

—Tendrías que haber visto la cara que has puesto. —Me dio un beso suave en la oreja que me hizo estremecer. Lamenté profundamente que no estuviéramos a solas.

—¿Y qué hay de ti? ¿También quieres un despacho nuevo?

—Oh, no, cielo; mi viejo mostrador de la entrada será perfecto. Este lugar necesita una cara tan agradable como la mía para dar la bienvenida a los visitantes. De lo contrario, se podrían asustar.

Yokai empezó a soltar unos tacos espantosos cuando uno de los ordenadores se quedó colgado.

—En eso te doy la razón…

Dejamos al chico con sus juguetes nuevos y recorrimos el resto del Sótano cogidos de la mano, como una pareja de recién casados que contempla su nueva vivienda. Seguramente éramos una estampa algo cursi… pero yo me sentía en la cima del mundo.

Al llegar frente al despacho de Burbuja nos detuvimos. La mayoría de sus cosas seguían allí, el buscador no quiso llevárselas. Al verlas sentí un regusto de tristeza.

—No sé qué hacer con este despacho…

—Déjalo como está, cielo; aquí tenemos espacio de sobra. Así, cuando vuelva, todo estará tal y como él lo dejó.

—¿Cuando vuelva?

—Lo hará, no te quepa duda —respondió ella, con tanta seguridad como si fuera capaz de leer el futuro—. Tú regresaste.

Deseaba con todas mis fuerzas que estuviera en lo cierto.

Seguimos recorriendo el Sótano, proyectando con entusiasmo qué haríamos con cada uno de los espacios. Yo tenía muchas ideas: quería montar un buen taller para que Alfa y Omega trabajasen cerca de nosotros siempre que fuera necesario, y también habilitar un despacho bien grande para Trueno. El mejor buscador de la historia del Cuerpo no merecía menos.

—Me habría gustado que estuviese hoy aquí —me dijo Enigma—. Así habríamos sido más para darte un recibimiento en condiciones.

—Ya sabes… Todavía tiene que gestionar su «resurrección» administrativa. Uno no pasa de ser Saúl el sacerdote a Trueno el buscador en un abrir y cerrar de ojos. Urquijo le está ayudando con todo el papeleo.

El abogado se había mostrado inflexible con las normas. Mientras mi padre no regresara a la vida de forma oficial, no podía ser readmitido en el Cuerpo de Buscadores y, por lo tanto, su entrada al Sótano estaba vedada por el momento. Supongo que podía haber hecho valer mi nueva autoridad para obligar al abogado a cambiar de parecer, pero prefería dosificar poco a poco el uso de mis privilegios. Ya tendría tiempo y mejores oportunidades de sacar a la luz mi vena dictatorial.

Enigma y yo terminamos el recorrido por el Sótano en el interior del despacho más grande, aquel que en su día fue el Santuario de Narváez.

Sentí un leve mareo al pensar que ahora yo ocuparía su lugar.

Me quedé mirando las desnudas paredes en silencio.

—Ahora tendrás que decorarlo a tu gusto —me dijo Enigma.

—Ya tengo un par de ideas.

—¿Como cuáles?

Señalé un espacio vacío, detrás de la mesa del escritorio con el escudo del Cuerpo.

—Allí pondré una divisa enmarcada: *Nemo me impune lacessit*. Era la misma que tenía Narváez, será una especie de homenaje al viejo… Y allí colgaré otra.

—¿Y en ésa qué pondrá?

—*Deus est numerus.*

Enigma asintió.

—Cariño —dijo después—, tienes un gusto horrendo para la decoración.

—De acuerdo, dejaré que escojas tú entonces.

—No, no, nada de eso. Ahora éste es tu Santuario. —Dejó escapar una sonrisa maliciosa—. Le diré a los nuevos agentes que nadie puede entrar jamás aquí salvo que tú lo ordenes, como hacía cuando estaba el viejo… Eso te dará un halo de misterio.

Yo hice un gesto apreciativo.

—Me gusta eso —dije—. Lo del misterio… y lo de los nuevos agentes. Tendré que empezar a reclutar de inmediato, ahora mismo estamos en cuadro.

—¡Oh, deja que lo haga yo! ¡Soy muy buena en recursos humanos!

Por supuesto que dejé que se encargara ella. No olvidaba que fue Enigma la primera en detectar en Yokai el potencial que después demostró tener. De manera oficiosa, coloqué sobre ella la responsabilidad de buscar nuevos caballeros buscadores, y he de decir que no me decepcionó.

Pronto fuimos muchos más aparte de Yokai, Trueno, Enigma y

yo; y llevamos a cabo muchas búsquedas interesantes, con la misma pasión y entrega en cada una de ellas. Tuvimos éxitos y también algún fracaso, y muchas de aquellas búsquedas resultaron tan apasionantes como la que nos llevó a recorrer medio mundo tras el Altar del Nombre.

Podría contarte todas esas historias si quieres y quizá, al escucharlas, descubras que en realidad ninguna es mejor que otra porque todas forman parte de un mismo relato.

Un relato que no tiene fin, igual que la búsqueda perfecta.

Nota

Gran parte de los datos expuestos en esta obra son reales, otros son mera ficción. Considero innecesario indicar cuáles son unos y cuáles otros. Que sean los lectores quienes decidan por sí mismos.

Me gustaría aclarar, no obstante, que la teoría de que antiguas culturas pudieron alcanzar altos niveles de desarrollo en medio de un ambiente tan hostil como la jungla del Amazonas es por completo cierta, y cada vez más aceptada en el mundo académico. Al respecto, el estudio de Michael Heckenberger *The Ecology of Power: Culture, Place and Personhood in the Southern Amazon* expone pruebas mucho más verosímiles de las que se ofrecen en este modesto relato de aventureros.

Aunque la selva del Amazonas es un lugar real, ciertamente parece de otro planeta. Para recrear tal escenario me he servido de las vivencias relatadas por exploradores más avezados que yo como Joe Kane (*El descenso del Amazonas*), Peter Fleming (*Aventura Brasileña*), Theodore Roosevelt (*Through the Brazilian Wilderness*) y David Grann (*La Ciudad Perdida de Z*). Por cierto: las orugas de peluche existen y, sí, lamento decir que las anacondas pueden abrir cremalleras.

Al llegar al final de una labor como la que supone escribir una trilogía de la envergadura de *Los Buscadores*, son muchas las personas de las que me quiero acordar. En primer lugar, y como no podría ser de otra forma, de todos los lectores que han sufrido con las desventuras de Tirso y sus compañeros. Algunos de esos lectores, tras terminar la historia, tuvieron además la gentileza de hacer el esfuerzo extra de publicar sus reseñas en diversos blogs y redes sociales. A todos ellos les doy las gracias. Espero que el cierre haya cumplido vuestras expectativas.

Para que esta novela pudiera llegar a todas esas personas ha sido imprescindible un magnífico trabajo de edición. Todo el equipo de Plaza & Janés que ha bregado por sacar adelante *Los Buscadores* merece ser mencionado aquí, empezando por Alberto Marcos, que es un editor fuera de serie y con una paciencia infinita. También quiero dar las gracias a Isabel Blasco y a Leticia Rodero por sus esfuerzos para que esta trilogía fuera conocida por el mayor número posible de lectores.

Escribir *Los Buscadores* y, al mismo tiempo, conservar una mínima vida social ha sido todo un reto. Este reto fue mucho más llevadero gracias a una buena cantidad de estupendos amigos que me permitían relacionarme de vez en cuando con personas que no eran producto de mi imaginación. De este grupo quiero dar las gracias a Rodrigo, que me descubrió la historia fascinante del Bronce de Luzaga (y con éste ya van dos sus aportes a la trilogía), a Patricia, que dio nombre a la india Sita, y a Víctor, el cual quizá algún día me confirme si, en efecto, Danny y Lilith llegaron a reunirse en el Freeway estando él tras la barra como testigo. También quiero dar las gracias a Bárbara, Carlos, Ignacio, Isaac y Marta. Chicos, al fin la he terminado (!).

Como es lógico, ningún escritor tiene admiradores más rendidos que su propia familia. En ese aspecto, no tengo nada que reprocharle a la mía, que no para de apoyarme y animarme. Aún no sé cómo darles las gracias.

En cuanto al resto de vosotros, muchas gracias por haber acompañado a Tirso hasta el final. Espero que al menos haya sido un viaje divertido.

L. M. M.

Índice